P.W

Das Buch

Marianne Moloch und ihr Sohn Danny sind auf der Flucht. Auf der Flucht vor Dannys Vater, einem gewalttätigen Kriminellen, den Marianne vor Jahren an die Polizei verriet. Auf der kleinen, beschaulichen Insel Sanctuary vor der amerikanischen Ostküste hat Marianne sich eine neue, sichere Existenz aufgebaut – so scheint es. Denn Moloch ist aus dem Gefängnis ausgebrochen und kennt nur ein Ziel: Rache! Er findet bald heraus, wo Marianne sich versteckt, und macht sich mit seinen ebenso brutalen wie kaltblütigen Freunden auf den Weg. Eine junge Polizistin und der etwas schwermütige Inselpolizist Joe Dupree sind die Einzigen, die Marianne zu schützen versuchen. Aber Joe kennt die Geheimnisse der Insel, er weiß um ihre Geister und all die rätselhaften Vorkommnisse. Er weiß auch, dass es ein Blutvergießen wie vor 300 Jahren nie wieder geben darf …

Der Autor

John Connolly, 1968 in Irland geboren, studierte Anglistik und Journalismus. Er lebt in Dublin und Maine und schreibt für die Irish Times. Seit dem phänomenalen Erfolg seines ersten Romans *Das schwarze Herz* gilt Connolly als neuer Star unter den Thrillerautoren.

In unserem Hause sind von John Connolly bereits erschienen:

Das dunkle Vermächtnis
Das schwarze Herz

John Connolly

DIE INSEL

Thriller

Aus dem Englischen
von Charlotte Breuer und
Norbert Möllemann

Ullstein

Besuchen Sie uns im Internet:
www.ullstein-taschenbuch.de

Umwelthinweis:
Dieses Buch wurde auf chlor- und säurefreiem Papier gedruckt.

Deutsche Erstausgabe im Ullstein Taschenbuch
1. Auflage Juli 2005

Published by Arrangement with John Connolly.
Titel der englischen Originalausgabe: *Bad Men*
(Hodder & Stoughton, a division of Hodder Headline, London)
Der Auszug des Songtextes auf S. 101 stammt von Pinetop Seven:
»The Fear Of Being Found« (Text: Darren Richard) von
Riggin the Toplights (Self-Help/Truckstop Records, 1998),
© Darren Richard
Umschlaggestaltung: Büro Hamburg
Titelabbildung: ©ès-Collection/Premium
Gesetzt aus der Minion bei hanseatenSatz-bremen, Bremen
Druck und Bindearbeiten: Clausen & Bosse, Leck
Printed in Germany
ISBN-13: 978-3-548-26300-7
ISBN-10: 3-548-26300-3

Prolog

Nicht Türme, sondern Riesen sind's,
Die überall um den Brunnenrand
Am Höllenabgrund Wache stehn.

Dante Alighieri, *Inferno, Canto XXXI*

Moloch träumt.

In der Dunkelheit einer Gefängniszelle in Virginia regt er sich wie ein alter Dämon, der umgetrieben wird von der Erinnerung an sein verloren gegangenes Menschsein.

Der Traum bedrängt ihn erneut, der erste Traum, denn in ihm liegt sein Ursprung, aber auch sein Ende.

Im Traum steht Moloch am Rand eines dichten Waldes, an seinen Kleidern klebt ein Geruch, der Geruch nach tierischem Fett und Salzwasser. An seiner rechten Hand spürt er ein Gewicht: eine Muskete, deren derber Lederriemen fast bis auf den Boden hängt. In seinem Gürtel trägt er ein Messer, ein Pulverhorn und einen Beutel mit Schrot. Die Überfahrt war schwierig, das Meer wild und die Wellen brachen sich über ihnen mit der Gewalt einer übernatürlichen Kraft. Einen Mann haben sie bei der Überfahrt zur Insel verloren; er ertrank, als eins der Boote kenterte und mit ihm zwei Musketen und ein mit Schießpulver und Schrot gefüllter Lederbeutel für immer in den Fluten verschwanden. Sie können es sich nicht leisten, Waffen zu verlieren. Sie sind gejagte Männer, auch wenn sie in jener Nacht selbst zu Jägern werden. Wir schreiben das Jahr 1693.

Moloch, der sich auf seiner Pritsche hin und her wirft, dreihundert Jahre nach der Zeit, in der sein Traum spielt, treibt für einen Augenblick zwischen Schlaf und Wachsein, bevor er wieder in die Welt seiner Bilder zurückgeholt wird. Er taucht erneut ab, sinkt wie ein Ertrinkender tiefer und tiefer in seine Erinnerung, denn der Traum ist nicht neu. Moloch weiß mittlerweile, dass er ihn träumen wird, wenn er den Kopf auf das Kissen legt und sich ihm überlässt, spürt, wie sein Herzschlag ihm in den Ohren dröhnt und Blut durch seine Adern gepumpt wird.

Und wie Blut fließt.

Sobald er für einen kurzen Moment die Oberfläche seines unruhigen Schlafs durchbricht, wird er sich bewusst, dass er getötet hat und wieder töten wird. Traum und Realität verschmelzen, denn Moloch hat sowohl im Traum als auch im Wachsein getötet, auch wenn in diesem Augenblick der Unterschied zwischen den beiden Ebenen undeutlich geworden ist.

Das ist ein Traum.

Das ist kein Traum.

Das ist. Das war.

Er hat Sand unter den Füßen. Hinter ihm sind die Kanus ans Ufer gezogen worden, Männer stehen um ihn herum, warten auf seine Anweisungen. Sie sind zu zwölft. Er hebt eine Hand und die Weißen folgen ihm in den Wald, während die Indianer lospreschen und ihnen vorauseilen. Einer wirft einen Blick zurück, sein Gesicht ist vernarbt und ein Ohr fehlt, eine Verstümmelung durch die eigenen Leute.

Wabanaki. Ein Wabanaki-Söldner, ein Ausgestoßener. Der Indianer trägt den Lederumhang mit dem Fell nach innen, wie es die kalte Jahreszeit erfordert.

»Tanto«, sagt der Eingeborene und meint den Gott des bösen Willens. Das abscheuliche Wetter, der Ertrunkene, vielleicht auch, dass er überhaupt an diesem Ort ist, umgeben von verhassten Weißen, all das lässt sich dem bösen Gott zuschreiben. Wabanaki wird von den anderen Männern Krähe genannt. Sie kennen seinen Stammesnamen nicht, obwohl es heißt, dass er bei seinem Volk ein bedeutender Mann war, der Sohn des Häuptlings, ein Sagamore, und dass er Häuptling geworden wäre, hätte man ihn nicht verstoßen. Moloch erwidert nichts und der Indianer folgt wortlos den anderen Kundschaftern.

Beim Erwachen wird sich Moloch wieder einmal fragen, wieso er diese Dinge weiß (der Traum kam in den letzten Monaten häufiger, wurde immer detaillierter.) Er weiß, dass er den Indianern nicht traut. Sie sind immer zu dritt, zwei Wabanaki und ein Mi'kmaq, auf den in Fort Anne ein Kopfgeld ausgesetzt ist, alle drei gewalttätige Männer, die sich ihm mit der Aussicht auf Alkohol, Waffen und Frauen verschrieben haben. Sie sind ihm vorübergehend von Nutzen, doch er fühlt sich unwohl in ihrer Gesellschaft. Sie werden von ihren eigenen Leuten verachtet, und sie sind klug genug zu wissen, dass die Männer, für die sie arbeiten, sie ebenfalls verachten.

In seinem Traum beschließt Moloch, dass sie getötet werden müssen, sobald sie ihren Zweck erfüllt haben.

In den Bäumen über ihnen ist ein kurzes Rascheln zu hören, kurz darauf taucht der Mi'kmaq-Killer auf. Er hält einen Jungen von höchstens fünfzehn Jahren umklammert. Der wehrt sich, doch seine Schreie werden erstickt von der großen Hand seines Ergreifers. Seine Füße strampeln kraftlos in der Luft. Einer der Wabanakis erscheint mit der Muskete des Jungen, der geschnappt wurde, bevor er einen Warnschuss abfeuern konnte.

Moloch nähert sich ihnen, und der Junge hört auf um sich zu treten, als er das Gesicht vor sich sieht. Er schüttelt den Kopf und versucht irgendetwas zu sagen. Der Indianer löst die Hand vom Mund des Gefangenen, hält ihm aber ein Messer an die Kehle, damit er nicht schreit. Als seine Zunge sich gelöst hat, erkennt der Junge, dass er nichts zu sagen hat, denn es gibt nichts zu sagen. Worte können nicht verhindern, was geschehen wird. Stattdessen bildet sein Atem weiße Wölkchen in der kalten Luft, als würde seine Existenz bereits den Körper verlassen und seine Seele dem Schmerz entfliehen, dem sein physisches Sein sich ausgesetzt sieht.

Moloch streckt die Hand aus und ergreift das Gesicht des Jungen.

»Robert Littlejohn«, sagt er. »Hattest du den Auftrag, nach mir Ausschau zu halten?«

Robert Littlejohn reagiert nicht. Moloch spürt, wie der Junge unter seiner Hand zittert. Er wundert sich, dass sie so lange ein solches Maß an Wachsamkeit aufrechterhalten. Immerhin sind seit seiner erzwungenen Abreise schon viele Monate vergangen.

Wahrscheinlich bedeutet das, dass sie große Angst vor ihm haben.

Andererseits müssen sie sich recht sicher wähnen, wenn sie die westliche Küste von Sanctuary von einem Kind bewachen lassen. Er lockert seinen Griff und streichelt mit den Fingerspitzen sanft über das Gesicht des Jungen.

»Du bist ein tapferer Junge, Robert.«

Er steht auf und nickt dem Indianer zu. Im nächsten Moment zieht der Mi'kmaq das Messer quer über die Kehle des Jungen, wobei er den Kopf am Haarschopf nach hinten reißt, damit die Klinge leichter eindringt. Moloch tritt einen Schritt vor dem spritzenden Blut zurück, starrt dem Jungen jedoch weiterhin in die Augen, während das Leben aus ihnen weicht. In seinem Traum ist Moloch enttäuscht darüber, wie der Junge aus dem Leben scheidet. In seinem Blick liegt keine Angst, obwohl seine letzten Sekunden auf dieser Welt sicherlich entsetzlich sind. Stattdessen sieht Moloch nur Verheißung, unausgesprochen, aber der Erfüllung harrend.

Als der Junge tot ist, trägt der Mi'kmaq ihn zu den Felsen oberhalb des Strands und wirft ihn ins Meer. Die Leiche des Jungen sinkt und ist schon bald nicht mehr zu sehen.

»Wir gehen weiter«, sagt Moloch. Sie betreten den Wald und achten behutsam auf ihre Schritte, damit keine knackenden Zweige die Hunde alarmieren. Es ist bitterkalt und fängt an zu schneien, der Schnee wird ihnen vom scharfen Wind ins Gesicht getrieben, aber Moloch kennt sich hier aus, auch ohne die Kundschafter, die ihm den Weg bahnen.

Vor ihnen hebt der Mi'kmaq die Hand, sofort bleibt die Gruppe stehen. Keine Spur von den anderen Indianern. Leise schleicht Moloch nach vorn zu dem Führer. Eine Zeit lang kann Moloch nichts entdecken, bis auf einmal Tabak aufglüht, als der Wachtposten einen langen Zug nimmt. Hinter ihm wächst ein Schatten aus dem Boden und der Körper des Mannes biegt sich gegen das Heft des Messers. Die Pfeife fällt zu Boden, die glühende Asche verteilt sich und erlischt zischend im Neuschnee.

Plötzlich ertönt lautes Gebell, einer der Vierbeiner der Siedler, mehr Wolf als Hund, bricht durch das Unterholz und stürzt sich auf einen der Männer zu Molochs Linken. Er setzt zum Sprung an, ein Schuss fällt, der Hund bäumt sich auf und dreht sich in der Luft, bevor er jaulend auf felsigen Boden fällt und verendet. Jetzt brechen die Männer aus dem Schutz des Waldes hervor, man hört Stimmen, schreiende Frauen und weinende Kinder. Moloch legt das Gewehr auf einen Siedler an, dessen Silhouette im Türrahmen einer Hütte erscheint; der Lichtschein der verlöschenden Glut hinter ihm macht ihn zu einer hervorragenden Zielscheibe. Es ist Alden Stanley, ein Fischer wie der Heiland, den er so sehr verehrt. Moloch drückt ab und Alden Stanley verschwindet augenblicklich in einer Wolke aus Funken und Rauch. Als sich der Qualm legt, betrachtet Moloch Stanleys zuckende Füße auf der Schwelle, bis sie sich nicht mehr rühren. Mit gezückten Messern und kurzen Äxten greifen die Männer an. Man setzt ihnen kaum Widerstand entgegen. Die Siedler sind nicht darauf vorbereitet; an diesem abgelegenen Ort haben sie sich in Sicherheit gewähnt, haben sich auf einen schläfrigen Wachtposten und einen Jungen auf einem Felsen verlassen. Als die Männer sich über sie hermachen, bleibt ihnen nicht einmal Zeit, ihre Waffen zu laden. Zwar sind die Siedler in dreifacher Überzahl, aber das nützt ihnen nichts. Sie sind überrumpelt. Schon bald werden ihre Bezwinger sich an den überlebenden Frauen und Mädchen vergreifen, bevor sie auch diese töten. Moloch sieht, wie einer seiner Männer, Barone, seiner Gier bereits freien Lauf lässt. Er hat ein Kind in seinem Griff, ein kleines Mädchen von fünf oder sechs Jahren mit hübschen blonden Haaren. Sie trägt ein weites weißes Nachthemd, das von seinen ausgestreckten Armen wie Flügel herabhängt. Moloch kennt den Namen des Kindes. Barone wirft die Kleine auf den Boden und stürzt sich auf sie.

Selbst in seinem Traum empfindet Moloch nicht das Bedürfnis, einzugreifen.

Eine Frau flieht rennend aus dem Dorf, er läuft hinter ihr her. Sie ist leicht zu verfolgen bei dem Lärm ihrer Schritte, Steine und Wurzeln verletzen ihre nackten Füße, reißen ihre Fußsohlen auf, bis sie schließlich nur noch langsam vorwärts kommt. Er überholt sie in den Büschen und schneidet ihr den Weg ab. Während sie sich noch zu dem Gemetzel umblickt, taucht er plötzlich vor ihr auf, und das fahle Licht, das durch die Äste fällt, wirft seinen Schatten auf ihr Gesicht.

Als sie ihn erkennt, wird ihre Angst noch größer, doch er sieht in ihrem Blick auch Wut und Hass.

»Du warst das also«, sagt sie, »du hast sie hierher geführt.«

Er holt mit der rechten Hand aus, der Schlag trifft sie mitten ins Gesicht und sie stürzt zu Boden. Bei dem Versuch, aufzustehen, quillt Blut aus ihrem Mund. Er stürzt sich auf sie und schiebt ihr Nachthemd die Schenkel und den Bauch hoch. Als sie mit den Fäusten nach ihm schlägt, wirft er sein Gewehr weg und presst ihr mit der linken Hand die Arme über den Kopf. Mit der rechten nestelt er an seinem Gürtel, sie hört das Geräusch von Metall auf Leder, als er sein Messer zieht.

»Ich habe dir gesagt, dass ich zurückkehren würde«, flüstert er. »Ich habe gesagt, dass ich wiederkomme.«

Dann beugt er sich ganz dicht über sie, sein Mund berührt beinahe ihre Lippen.

»Du wirst mich kennen lernen, Frau.«

Im Mondlicht blitzt die Klinge auf und in seinem Traum beginnt Moloch sein Werk.

Moloch also schläft und meint zu träumen.

Und weit im Norden der Insel, von der er träumt, öffnet Sylvie Lauter die Augen.

Es ist Januar und wir schreiben das Jahr 2003. Die Welt hängt schief. Sie wirkt verzerrt, als hätte sie sich Sylvies Wahrnehmung angenähert. Die Welt war ihr schon immer schräg vorgekommen, irgendwie aus den Fugen geraten. Sie hatte sich nie wirklich in diese Welt einfügen können. In der Schule hat sie sich zu den anderen Außenseitern gesellt, zu denen mit bunt gefärbten Haaren und gesenktem Blick. Sie geben ihr das Gefühl, dazuzugehören, obwohl sie die Idee der Zugehörigkeit verachten. Keiner von ihnen gehört irgendwo dazu. Die Welt wird sie nicht kriegen.

Aber jetzt hat sich die Welt geändert. Die Bäume wachsen diagonal, und eine Tür steht offen, gibt den Blick auf den Nachthimmel frei. Sie streckt die Hand aus und will danach greifen, aber ihre Sicht ist durch ein Spinnennetz getrübt. Sie kneift die Augen zusammen und sieht das gesplitterte Glas. Sie blinzelt.

An ihren Fingern ist Blut, auch in ihren Augen.

Und plötzlich beginnt der Schmerz. Ein starker Druck auf den Beinen und in der Brust ein fürchterlicher Schmerz. Beim Atmen scheinen sich Nägel in ihre Lunge zu bohren. Sie versucht zu schlucken und hat den Geschmack von Kupfer auf der Zunge. Mit der rechten Hand wischt sie sich das Blut aus den Augen, bis ihre Sicht wieder klar ist.

Die Motorhaube des Wagens ist nach innen gedrückt, hat sich wie in einer Umarmung um eine Eiche gewickelt. Ihre

Beine stecken irgendwo in dem Wrack zwischen Armaturenbrett und Getriebe. Sie erinnert sich an den Moment, als der Wagen außer Kontrolle und am Abhang ins Schlingern geriet. Der Abend spult sich noch einmal für sie zurück. Der Zusammenprall ist ein Chaos aus Eindrücken und Geräuschen. Sie erinnert sich daran, dass sie ganz ruhig war, als der Wagen an dem abschüssigen Bordstein mit der Beifahrerseite von der Straße abkam und die Wagenfront sich anhob. Sie erinnert sich an Zweige und grüne Blätter vor der Windschutzscheibe; an das dumpfe Geräusch des Aufpralls; an das Grunzen von Wayne, das er auch von sich gibt, wenn er verwirrt ist, was oft vorkommt, oder wenn er einen Orgasmus hat, was ebenso oft vorkommt. Sie spult den Film erneut zurück, und sie und Wayne befinden sich am Rande des von Menschen gemachten Abhangs, wo es hinuntergeht zu alten Schießständen und Armeebunkern, und sind kurz davor, abzustürzen. Jetzt brechen sie in die Garage ein, und sie sieht Wayne dabei zu, wie er den Wagen klaut. Dann liegt sie rücklings auf einer Matratze, wo Wayne mit ihr schläft. Er ist ein schlechter Liebhaber, aber er ist ihr Wayne.

Wayne.

Sie dreht sich nach links zu ihm um und sagt seinen Namen, aber es kommt kein Ton aus ihrem Mund. Sie formt den Namen mit den Lippen, schafft mit Mühe ein Flüstern.

»Wayne.«

Aber Wayne ist tot. Mit halb geöffneten Augen starrt er sie träge an. Aus seinem Mund quillt Blut, die Lenksäule hat sich in seine Brust gebohrt.

»Wayne.«

Sie fängt an zu weinen und ihre Sicht verschwimmt erneut.

Als sie die Augen öffnet, sieht sie Lichter vor sich. Da kommt Hilfe, denkt sie. Die Lichter geistern über die Windschutzscheibe und die demolierte Motorhaube. Das Wageninnere wird diffus erleuchtet, als eins der Lichter sich oberhalb ihres Kopfs bewegt, und sie fragt sich, wie es dorthin kommt.

»Helft mir«, sagt sie.

Eins der Lichter kommt näher und leuchtet in das offene Fenster rechts von ihr, endlich kann sie die Umrisse dahinter ausmachen, eine bucklige Gestalt, eingehüllt in Blätter, Zweige, Schlamm und Finsternis. Sie riecht nach modriger Erde. Die Gestalt hebt ihren Kopf. In dem eigenartigen Zwielicht, das von der Lampe in ihrer Hand ausgeht, registriert Sylvie graue Haut, dunkle Augen wie Ölblasen, rissige, blutleere Lippen, und sie weiß, dass sie Wayne schon bald folgen wird und dass sie beide ins Jenseits reisen werden und dass sie dort endlich ihren Platz im großen Gefüge finden wird, der ihr so lange verwehrt geblieben ist. Sie hat keine Angst. Sie möchte nur, dass der Schmerz aufhört.

»Bitte«, sagt sie zu der toten Frau an der Windschutzscheibe, aber diese zieht sich zurück, und Sylvie spürt, dass sie Angst hat und dass es hier etwas gibt, was selbst die Toten fürchten. Auch die anderen Lichter treten den Rückzug an, weshalb Sylvie flehend eine Hand ausstreckt.

»Geht nicht weg«, sagt sie. »Lasst mich nicht allein.«

Aber sie ist nicht allein.

Ein pfeifendes Geräusch ertönt in ihrer Nähe, neben sich sieht sie eine Gestalt vor dem Fenster schweben. Sie ist kleiner als die Frau und trägt keine Lampe bei sich. Das Haar schimmert weiß im Mondlicht, es ist so lang und verklebt, dass es fast das gesamte Gesicht bedeckt. Während die Gestalt näher kommt, merkt Sylvie, wie sie immer erschöpfter wird. Sie hört sich stöhnen. Ihr Mund öffnet sich, als sie erneut zu sprechen versucht, aber sie hat nicht einmal mehr die Kraft, ihn wieder zu schließen.

Die Gestalt am Fenster drückt sich gegen den Wagen. Kleine graue Finger umklammern die Oberkante des Fensters, um es weiter nach unten zu schieben. Sylvies Sicht ist wieder verschwommen, verdunkelt von Blut und Tränen, aber sie kann erkennen, dass ein kleines Mädchen versucht, ins Wageninnere zu gelangen, um ihr in ihrem Schmerz beizustehen.

»Liebes«, flüstert Sylvie.

Sylvie versucht sich zu bewegen, aber ein Schmerz durchfährt sie wie ein Stromschlag. Es tut ihr weh, den Kopf nach rechts zu drehen, damit sie das Mädchen aus dem Augenwinkel sehen kann. Für einen kurzen Moment hat Sylvie einen klaren Kopf. Wenn sie Schmerz empfinden kann, muss sie noch leben. Wenn sie noch lebt, gibt es noch Hoffnung. Alles andere sind nur Einbildungen des Verstandes, der durch das Trauma und die Verzweiflung an den Rand des Wahnsinns getrieben wird.

Die Frau mit der Lampe war nicht tot.

Das Kind schwebt nicht in der Luft.

Sylvie spürt, wie etwas über ihre Wange streicht. Es schwebt vor ihren Augen, und seine Flügel verursachen ein dumpfes Klappern, als sie gegen die Fenster und das Wagendach schlagen. Es ist eine graue Motte. Es sind noch andere in der Nähe. Sie fühlt sie auf der Haut und in den Haaren.

»Liebes«, sagt sie zögerlich, als ihre Hand schwach die Insekten streichelt. »Hol Hilfe. Ruf deine Mama oder deinen Papa. Sag ihnen, die Frau braucht Hilfe.« Ihre Augen fallen zu. Sylvie spürt, dass sie schwächer wird. Sie wird sterben. Sie hat sich geirrt. Es gibt keine Hoffnung.

Aber das Kind geht nicht weg. Stattdessen beugt es sich in den Wagen und zwängt seinen Körper durch den engen Spalt des offenen Fensters, zuerst den Kopf, dann die Schultern. Das Pfeifen wird lauter. Sylvie spürt etwas Kühles auf ihren Augenbrauen, über ihren Wangen, bis es auf ihren Lippen bleibt. Jetzt sind noch mehr Motten da, das Geräusch, das sie machen, klingt ihr immer lauter in den Ohren, wie tosender Applaus. Das Kind hat sie mitgebracht, irgendwie sind sie ein Teil von ihm. Die Kühle auf ihren Lippen wird stärker. Sylvie öffnet die Augen, das Kind hat sein Gesicht gegen ihres gepresst und seine Hand auf ihre Stirn gelegt.

»Nein –«

Und dann beginnen Finger ihre Lippen zu betasten, gegen ihre Zähne zu drücken, und sie fühlt alte Haut, die wie Staub an ihrer Zunge zerbröselt. Sylvie denkt intuitiv an die Motten und wie sich eins der Insekten in ihrem Mund anfühlen würde. Die Finger sind jetzt tief in ihrem Mund, greifen, streicheln und versuchen verzweifelt, ihre Wärme aufzuspüren, ein Lebenszeichen zu ertasten. Sie wehrt sich dagegen und versucht zu schreien, aber die dünne Hand erstickt ihre Stimme. Obwohl das Gesicht des Kindes ganz nah an ihrem ist, kann sie keine Einzelheiten erkennen. Es ist verschwommen, wie ein mit Wasserfarben gemaltes Bild, das im Regen liegt, sodass die Farben verlaufen und sich miteinander vermischen. Nur die Augen bleiben deutlich; schwarz und begierig, nach Leben dürstend.

Die Hand zieht sich zurück und auf einmal drückt sich der Mund des Kindes auf ihren, zwingt ihn mit der Zunge und den Zähnen, sich zu öffnen, Sylvie schmeckt Erde und verrottendes Laub und schmutziges, fauliges Wasser. Sie versucht, das Kind wegzuschieben, und fühlt die alten Knochen unter der Hülle aus Blattwerk und derben, vergammelten Kleidern.

Ihr ist, als saugte das Phantomkind ihr den letzten Rest an Energie aus; eine Sterbende, die von einem toten Mädchen verschlungen wird.

Von einem Grauen Mädchen.

Das Kind ist hungrig, unglaublich hungrig. Sylvie greift ihm in die Haare und gräbt die Fingernägel tief in seine Kopfhaut. Sie versucht das Mädchen loszuwerden, aber das Kind packt sie am Hals und presst seine Lippen auf ihren

Mund. Hinter dem Mädchen nimmt sie noch mehr undeutliche Gestalten wahr, die sich mit ihren Lampen versammelt haben, angezogen von dem Hunger des Grauen Mädchens, auch wenn sie die Gier des Kindes nicht teilen und sich immer noch von ihrer Furcht vor Sylvie abschrecken lassen.

Dann plötzlich ist der Mund des Kindes nicht mehr auf ihrem, auch die Knochen spürt sie nicht mehr. Die Lichter verschwinden und werden durch Lampen ersetzt, die grelleres Licht verbreiten und für richtige Beleuchtung sorgen. Ein Mann tritt zu ihr heran, und sie glaubt, dass sie ihn von irgendwoher kennt. Er sagt ihren Namen.

»Sylvie? Sylvie?«

Sie hört Sirenen, die näher kommen.

»Bleib«, flüstert sie. Sie ergreift seinen Arm und zieht ihn an sich heran.

»Bleib«, wiederholt sie. »Sie werden wiederkommen.«

»Wer?«, fragt der Mann.

»Die Toten«, erwidert sie. »Das kleine Mädchen.«

Sie versucht, den Geschmack des Kindes auszuspucken, Staub und Blut tropfen auf ihr Kinn. Sie fängt an zu zittern. Der Mann versucht sie zu halten und zu trösten, aber sie will nicht getröstet werden.

»Sie waren tot«, sagt sie. »Aber sie hatten Lampen bei sich. Wozu brauchen die Toten Licht?«

Die Welt um sie herum wird endgültig dunkel, und sie findet die Antwort, die sie sucht.

Die Wellen brechen sich an den Ufern der Insel. Die meisten Häuser liegen im Dunkeln. Keine Autos fahren auf der Island Avenue, der Hauptstraße der kleinen Gemeinde. Später, sobald der Morgen anbricht, wird der Postmeister Larry Amerling an seinem Schreibtisch sitzen und auf das Postboot warten, das die ersten Sendungen des Tages abliefert. Sam Tucker wird den Casco Bay Market öffnen und frische

Donuts, Croissants und Gebäck auslegen. Er wird die Kaffeemaschine in Betrieb nehmen und diejenigen namentlich begrüßen, die hereinkommen, um ihre Thermoskannen aufzufüllen, bevor sie die erste Fähre nach Portland nehmen. Später werden Nancy und Linda Tooker den Dutch Diner wie üblich für die Dauer von sieben Stunden öffnen – von sieben bis vierzehn Uhr, sieben Tage die Woche –, und diejenigen, die sich einen etwas gemächlicheren Tagesablauf leisten können, werden zum Frühstück und auf einen Plausch dort einkehren und Rührei mit Speck verzehren, während sie zu den Fenstern hinausschauen und auf den Landungssteg blicken, wo Archie Thorsons Fähre mehr oder weniger regelmäßig und selten pünktlich ankommt und abfährt. Um die Mittagszeit wird Jeb Burris sich nach dem Besuch des Black Duck Motel in die Rudder Bar begeben, obwohl im Winter keiner der beiden Orte seine Zeit lange beansprucht. Von Donnerstag bis Samstag hat das Good Eats, das einzige Restaurant der Insel, abends geöffnet, und Dale Zipper, der Chef und Besitzer, geht regelmäßig hinunter zur Anlegestelle, um einen guten Preis für Hummer und Krabben auszuhandeln. Die Lastwagen von Jaffe Construction, dem größten Arbeitgeber der Insel (mit insgesamt zwanzig Mitarbeitern), verlassen das Firmengelände, um die anstehenden Aufträge zu erledigen, angefangen vom Hausbau bis zu Bootsreparaturen. Der Chef, Covey Jaffe, ist stolz auf die breite Palette seines Dienstleistungsangebots. Es ist Anfang Januar, also sind noch Ferien, weshalb die Grundschule von Dutch Island geschlossen ist und die größeren Kinder sich nicht auf der Fähre zum Festland breit machen, wo sie zur weiterführenden Schule gehen. Stattdessen stellen sie Unfug an, suchen sich neue Orte, wo sie ungestört von den Blicken ihrer Eltern oder der Polizei kiffen und vögeln können. Die meisten wissen noch nichts vom Tod von Wayne Cady und Sylvie Lauter, und wenn sie am nächsten Morgen davon erfahren und die Nachricht erst einmal verdauen müssen, dämmert ihnen womöglich, dass die Erwachsenenwelt die elterlichen Verbote ausdehnen und die polizeiliche Wachsamkeit verstärken könnte. Aber im ersten Moment wird die Nachricht nur Schock und Tränen auslösen; die Jungs werden sich daran erinnern, dass sie scharf auf Sylvie Lauter waren, und die Mädchen mit einer gewissen Erregung an Wayne Cadys Grapschereien denken. Trotz klammheimlicher Freude werden die jungen Männer und Frauen zu den Familien der beiden Opfer pilgern und in peinlichem Schweigen auf der Schwelle verharren, während die Alten einander in ehrlicher Trauer umarmen.

Aber zum jetzigen Zeitpunkt brennt nur ein einziges Licht auf Dutch Island, abgesehen von den zwölf Straßenlaternen, und zwar im Gemeindehaus, das die Feuerwehr, die Bücherei und die Polizeistation beherbergt. Ein Mann sitzt zusammengesunken auf dem Stuhl in dem kleinen Büro, das die Polizeidienststelle von Dutch Island darstellt. Sein Name ist Sherman Lockwood, und er ist einer der Polizisten aus Portland, die im ständigen Wechsel auf der Insel Dienst tun. Er hat immer noch Sylvie Lauters Blut an den Händen und seiner Uniform und Splitter der zerbrochenen Windschutzscheibe des Wagens unter seinen Stiefeln. Vor ihm steht eine Tasse Kaffee. Am liebsten würde er heulen, aber er wird sich zusammenreißen, bis er wieder aufs Festland fahren kann, wo er seine Frau aus dem Tiefschlaf wecken und schluchzend sein Gesicht an ihres drücken und sie fest in den Armen halten wird. Er hat eine Tochter in Sylvie Lauters Alter, und sein schlimmster Albtraum ist es, sie eines Tages wie heute Nacht Sylvie vor sich sehen zu müssen – ihre Hoffnung auf ein glückliches Leben durch den Tod Lügen gestraft. Er streckt seine Hand aus und betrachtet im Licht der Schreibtischlampe das Blut unter den Fingernägeln und in den Falten der Knöchel. Er könnte noch einmal zur Toilette gehen und die letzten Spuren ihres Bluts entfernen, aber das Keramikwaschbecken ist voller Blutspritzer, und er fürchtet, diesen Anblick nicht ertragen zu können. Lieber ballt er die Hände zu Fäusten, steckt sie in die Jackentasche und versucht, sein Zittern unter Kontrolle zu bekommen.

Durch das Fenster kann Sherman die Umrisse einer großen Gestalt vor dem Sternenhimmel erkennen. Es ist die Gestalt eines Mannes, der vielleicht zwei Köpfe größer ist als er, um ein Vielfaches stärker, aber auch trauriger. Sherman ist nicht auf Dutch Island geboren. Er stammt aus Biddeford im Süden von Portland, wo er auch heute noch mit seiner Frau und seinen beiden Kindern wohnt. Der Tod Sylvie Lauters und ihres Freundes Wayne tut ihm weh, aber er hat die beiden nicht aufwachsen sehen wie der Mann draußen vor dem Fenster. Sherman gehört nicht zur eng geknüpften Gemeinschaft. Hier ist er Außenseiter und das wird er immer sein.

Auch der Riese da draußen ist ein Außenseiter. Seine massige Erscheinung, seine Unbeholfenheit, die Erinnerung an den Spott und das Getuschel, die er über sich ergehen lassen musste, haben ihn dazu gemacht. Er ist hier geboren und er wird hier sterben, ohne wirklich daran zu glauben, dass er dazugehört. Sherman beschließt, dass er dem Riesen gleich ein bisschen Gesellschaft leisten wird. Aber nicht sofort.

Nicht jetzt gleich.

Der Riese hat den Kopf ein wenig angehoben, als könnte er das Geräusch des Feuerwehrboots noch hören, das die Leichen von Sylvie und Wayne zur Autopsie auf das Festland bringt. In ein paar Tagen werden sich die Inselbewohner auf dem kleinen Friedhof versammeln, um dabei zu sein, wenn die Särge in die Erde hinabgelassen werden. Sylvie und Wayne werden nebeneinander beerdigt werden; draußen vor der kleinen Baptistenkirche wird es einen gemeinsamen Gottesdienst für sie beide geben. Alle, die im Winter hier wohnen, werden dabei sein, außerdem Presseleute, Verwandte und Freunde vom Festland. Fünfhundert Menschen werden von der Kirche auf den Friedhof ziehen, anschließend wird es bei der American Legion Kaffee und Brötchen geben und vielleicht etwas Stärkeres für die, die es am nötigsten brauchen.

Auch der Riese wird unter den Trauergästen sein. Er wird trauern, aber er wird sich auch Fragen stellen.

Er hatte Sylvies letzte Worte gehört und unerklärlicherweise fürchtet er sich.

Die Toten.

Sie waren tot, aber sie hatten Lampen bei sich.

Wozu brauchen die Toten Licht?

Doch vorerst ist die Insel wieder ganz still. Auf den Landkarten ist sie als Dutch Island verzeichnet, ein winziges Oval eine halbe Stunde mit der Fähre von Portland entfernt, draußen in der Casco Bay am Rand des äußeren Inselrings. Dutch Island heißt die Insel für diejenigen, die erst seit einiger Zeit hier leben, die entweder nicht mehr auf dem Festland leben wollen oder es sich nicht mehr leisten können. Für die Reporter, die von der Beerdigung berichten werden, ist es Dutch Island; auch für die Gesetzgeber, die über die Zukunft der Insel zu bestimmen haben, und die Immobilienmakler, die die Bodenpreise in die Höhe treiben; und schließlich kennen die Sommerurlauber, die jedes Jahr für einen Tag, eine Woche oder auch einen Monat hierher kommen, die Insel nur als Dutch Island, ohne jemals ihre wahre Natur zu begreifen.

Aber es gibt andere, für die die Insel nach wie vor den alten Namen trägt, den ihr die ersten Siedler gegeben haben, die Menschen aus Molochs Traum, bevor sie abgeschlachtet wurden. Sie nannten sie Sanctuary – Zuflucht –, und Larry Amerling, Sam Tucker, der alte Thorson und eine Hand voll anderer nennen sie bis heute noch so; aber nur wenn sie unter sich sind; und sie sprechen den alten Namen immer mit einer Mischung aus Ehrfurcht und einer Spur Angst aus.

Auch für den Riesen heißt die Insel Sanctuary, denn sein Vater hat ihm ihre Geschichte erzählt, ebenso wie dessen Vater sie an seinen Sohn weitergegeben hat und wie sie schon seit Generationen in seiner Familie überliefert wird. Nur wenige Außenseiter kennen die Geschichte, aber dem Riesen gehören Teile der Insel, von seiner Familie erworben, als niemand sich für die Insel interessierte, als sogar der Staat keinen Gebrauch von der Möglichkeit machte, Inseln in der Casco Bay zu kaufen. Weil seine Familie einen Großteil des Grund und Bodens besitzt, bleibt die Insel unangetastet. Die Familie Dupree hat schon immer dafür gesorgt, dass das Erbe der Insel sorgfältig geschützt wird und ihre Erinnerungen bewahrt werden. Der Riese weiß, dass die Insel etwas ganz Besonderes ist, deshalb nennt er sie Sanctuary, wie alle, die sich ihrer Verpflichtung gegenüber diesem Ort bewusst sind.

Und vielleicht heißt sie ja auch Sanctuary für den Jungen, der in den brechenden Wellen in der Pinienbucht steht und unverwandt auf das Meer hinausstarrt. Er macht nicht den Eindruck, als würde er sich um die Kälte scheren, und weder lässt ihn die Kraft der Wellen wanken noch droht der Sog seine Füße aus der Verankerung unter der Oberfläche zu ziehen. Seine Kleider sind aus grober Baumwolle, bis auf die schwere Rindslederjoppe, die ihm seine Mutter, an der Feuerstelle sitzend, mit der Hand genäht hat, während er ihr geduldig Tag für Tag dabei zusah.

Das Gesicht des Jungen ist sehr blass, seine Augen sind dunkel und leer. Er hat das Gefühl, gerade aus einem langen Schlaf erwacht zu sein. Vorsichtig streicht er mit den Fingern über die Druckstellen in seinem Gesicht, die der harte Griff des Mannes hinterlassen hat, dann über die hässliche Narbe am Hals, eine Erinnerung an die Wunde, die ihm von dem

Messer zugefügt wurde. Seine Fingerkuppen sind von tiefen Riefen gezeichnet, als hätte er lange im Wasser gearbeitet.

Für den Jungen – wie auch für die Insel – gibt es keine Vergangenheit, sondern nur die ewige Gegenwart. Er schaut sich um und sieht die Bewegung im Wald, die Gestalten, die zwischen den Bäumen umherhuschen. Ihr Warten wird bald ein Ende haben, ebenso wie sein unausgesprochenes Versprechen bald erfüllt werden wird.

Er wendet sich wieder dem Meer zu und setzt seine unerschütterliche Wacht über die Welt fort, die jenseits des Wassers auf ihn wartet.

Der erste Tag

Wieder fragten sie, wie ich heiße,
Zwei waren tot, bevor sie sich rühren konnten.
»Das ist mein Name, wenn Sie gestatten …«

Outlaw Song (Traditional)

1

Der Riese kniete sich hin und beobachtete, wie der Schnabel der Möwe sich öffnete und schloss. Der Hals des Vogels war in einem unnatürlichen Winkel verdreht, und in dem einen Auge sah er sein eigenes, verzerrtes Spiegelbild: die Stirn faltig, die Nase riesig und wulstig, der Mund winzig und in den Kinnfalten fast verschwunden. Er hing schwebend in der schwarzen Pupille des Vogels, ein bleiches Mondgesicht am dunklen, sternenlosen Himmel, und sein Schmerz und der der Möwe waren eins. Ein trockenes Buchenblatt fiel von einem Zweig, schlug fröhliche Purzelbäume über dem Gras, als es vom Wind erfasst wurde, und kam so nah, dass es fast die Federn der Möwe streifte. Die sterbende Möwe schenkte ihm keine Beachtung. Über ihrem Kopf schwebte die Hand des Riesen, die Verheißung von Tod und Erlösung.

»Was hat sie denn?«, fragte der Junge. Er war gerade sechs geworden und lebte seit fast einem Jahr auf der Insel. Und in der ganzen Zeit hatte er noch nie ein Tier sterben sehen.

»Ihr Hals ist gebrochen«, erwiderte der Riese.

Der Wind, der vom Atlantik hereinstürmte, zerzauste seine Haare und drückte seine Jacke auf dem Rücken platt. Von der Stelle, an der er hockte, hatte er einen Blick auf die steil abfallende Westküste der Insel. Da unten gab es nur Felsen, keinen Strand. Der alte Maler Giacomelli hatte ein Boot, das im Schutz eines Wäldchens in der Nähe des Ufers lag, aber er benutzte es nur gelegentlich. Im Sommer, wenn das Meer ruhiger war, sah man ihn manchmal mit dem Boot auf dem Wasser, eine Angelleine hinter sich herziehend. Der Riese glaubte kaum, dass Giacomelli, oder Jack, wie die meisten Inselbewohner ihn nannten, jemals etwas fing, aber wahrscheinlich ging es Jack gar nicht darum, etwas zu fangen. Der Maler machte sich nur selten die Mühe, die Angelhaken mit Ködern zu bestücken, und wenn doch einmal ein Fisch blöd genug war, sich an einem Widerhaken aufzuspießen, nahm Jack ihn gewöhnlich von der Angel und warf ihn zurück ins Meer, vorausgesetzt er bemerkte den Zug an der Leine. Angeln diente ihm lediglich als Alibi, als Vorwand, um mit dem Boot hinauszufahren. Während die Angelleine unbedrohlich im Wasser hing, war der alte Mann immerzu mit Zeichnen beschäftigt, seine Hand mit dem Kohlestift huschte flink über das Papier und fügte seiner scheinbar endlosen Serie von Skizzen der Insel immer neue Perspektiven hinzu.

Auf dieser Seite der Insel lebten nur wenige Menschen. Die meisten fühlten sich hier zu sehr den Naturgewalten ausgesetzt. Sauerampfer, Schafgarbe und hohe Brombeerbüsche wucherten an einigen Stellen auf dem Ödland, aber ansonsten gab es vor allem Bäume, die Ausläufer des Inselwaldes zu den Klippen hin. Hier an der östlichen Küste fand sich lediglich eine Ansammlung von Häusern, die kaum die Bezeichnung Dorf verdiente: In einem Haus wohnte der Junge mit seiner Mutter, im nächsten Jack, und Bonnie Claessen lebte hinter dem Hügel im Norden; dann gab es noch einige verstreute, zu Fuß leicht erreichbare Häuser. Aber die Aussicht war gut, wenn es einem nichts ausmachte, auf das leere Meer zu blicken.

Die Stimme des Jungen holte ihn in die Gegenwart zurück.

»Kannst du ihr helfen? Kannst du sie wieder gesund machen?«

»Nein«, sagte der Riese. Er fragte sich, wie der Vogel hierher gekommen war und warum er mit gebrochenem Genick auf dem Grasflecken lag. Er hatte den Eindruck, dass sich sein offener Schnabel ein wenig bewegte und seine winzige Zunge nach dem Gras schnappte. Vielleicht war er von einem Tier oder einem anderen Vogel angegriffen worden, aber nichts wies darauf hin. Der Riese blickte um sich, konnte aber keine anderen Lebenszeichen entdecken. Keine Möwen glitten durch die Luft. Es gab keine Stare, keine Chickadee-Meisen. Hier war nur diese einzelne sterbende Möwe, die einzige ihrer Art.

Der Junge kniete sich hin und streckte einen Finger aus, um den Vogel anzustupsen, aber die Hand des Riesen ergriff den Finger, bevor dieser den Vogel berühren konnte, und umfasste ihn mit seiner Hand.

»Lass das«, sagte er.

Der Junge sah ihn an. Er zeigte keinerlei Mitleid, dachte der Riese. Nur Neugier. Aber wenn er kein Mitleid hatte, verstand er auch nichts. Der Junge war einfach noch zu klein, um zu begreifen, und dafür mochte der Riese ihn.

»Warum?«, fragte der Junge. »Warum darf ich sie nicht anfassen?«

»Weil sie Schmerzen hat, und wenn du sie anfasst, verstärkst du ihre Schmerzen noch.«

Der Junge dachte darüber nach.

»Kannst du die Schmerzen wegmachen?«

»Ja«, erwiderte der Riese.

»Dann mach es doch.«

Der Riese streckte beide Hände aus, breitete seine rechte Hand wie eine Muschel über den Körper der Möwe aus und hielt ihren Hals zwischen Daumen und Zeigefinger.

»Ich glaube, du solltest jetzt besser wegsehen«, sagte er zu dem Jungen.

Der Junge schüttelte den Kopf und starrte unverwandt auf die Hände des Riesen, die den flauschigen, warmen Körper des Vogels umschlossen.

»Ich muss das tun«, sagte der Riese. Mit Daumen und Zeigefinger fasste er den Hals des Vogels, zog am Kopf, drehte ihn gleichzeitig um hundertachtzig Grad und setzte seinem Leiden ein Ende.

Der Junge brach in Tränen aus.

»Was hast du getan?«, schluchzte er. »Was hast du getan?«

Der Riese erhob sich und wollte dem Jungen die Hände auf die Schultern legen, doch der wich ängstlich zurück.

»Ich habe die Möwe von ihrem Leiden erlöst«, sagte der Riese. Mittlerweile hatte er begriffen, dass es ein Fehler gewesen war, den Vogel im Beisein des Jungen zu töten, aber er war unerfahren im Umgang mit Kindern. »Mir blieb nichts anderes übrig.«

»Nein, du hast sie getötet. Du hast sie getötet.«

Der Riese ließ die Hände sinken.

»Stimmt«, erwiderte er. »Das habe ich getan. Sie hatte Schmerzen und es gab keine Rettung für sie. Manchmal kann man nichts anderes tun, als dem Schmerz ein Ende zu bereiten.«

Aber der Junge rannte bereits nach Hause zu seiner Mutter, und der Riese konnte das Schluchzen des Jungen hören, als dieser auf dem gepflegten Rasen ihres Hauses stehen blieb. Sanft umfasste er die tote Möwe mit seiner rechten Hand und trug sie zu den Bäumen. Dort hob er mit einem scharfkantigen Stein ein kleines Loch aus, bedeckte das tote Tier mit Erde und Laub und legte den Stein auf den kleinen Hügel. Als er wieder aufstand, kam die Mutter des Jungen über den Rasen auf ihn zu, während der Kleine sich an sie klammerte und hinter ihr versteckte.

»Ich wusste nicht, dass du hier draußen bist«, sagte sie. Sie rang sich ein Lächeln ab, verlegen und zugleich beunruhigt durch die Angst des Jungen.

»Ich bin hier vorbeigekommen«, sagte der Riese. »Ich wollte eigentlich reinschauen und sehen, wie es dir geht. Dann hab ich Danny im Gras hocken sehen und wollte nachschauen, was los war. Er hatte eine Möwe entdeckt, eine sterbende Möwe. Ich –«

Der Junge fiel ihm ins Wort.

»Was hast du mit ihr gemacht?«

Sein Gesicht war verschmiert von Tränen und vom Schmutz an seinen Fingern, mit denen er sich abgewischt hatte.

Der Riese blickte zu ihm hinunter. »Ich habe sie begraben«, erwiderte er. »Da hinten. Ich habe die Stelle mit einem Stein markiert.«

Der Junge löste sich von seiner Mutter und ging zu den Bäumen hinüber, das Gesicht ernst und misstrauisch, als fürchtete er, der Riese könnte den Vogel irgendwie weggezaubert haben, weil er etwas Schlimmes mit ihm vorhatte. Als er den Stein gefunden hatte, blieb er mit hängenden Armen vor dem Grab der Möwe stehen. Mit der rechten Fußspitze prüfte er den Boden in der Hoffnung, vielleicht ein paar weiße Federn zu entdecken, nun mit Erde beschmutzt wie ein weggeworfenes Hochzeitskleid, aber der Riese hatte den Vogel tief vergraben, sodass keine Spur mehr von ihm zu sehen war.

»War sie nicht mehr zu retten?«, fragte die Mutter.

»Nein«, sagte der Riese. »Ihr Genick war gebrochen.«

Sie schaute hinüber zu dem Jungen und bemerkte, womit er beschäftigt war. »Danny, komm da weg.«

Als er zurückstapfte, vermied er es, den Riesen anzusehen, bis er wieder an der Seite seiner Mutter war. Sie legte den Arm um ihn und zog ihn an sich.

»Dem Vogel war nicht mehr zu helfen, Danny. Er war krank. Joe konnte nichts anderes tun.«

Und flüsternd, sodass nur der Riese es verstehen konnte, fügte sie hinzu: »Mir wäre es lieber gewesen, er hätte es nicht mit angesehen, wie du sie getötet hast. Du hättest warten sollen, bis er weg ist.«

Der Tadel ließ den Riesen erröten. »Tut mir Leid«, sagte er.

Die Frau lächelte in sich hinein, während sie den Jungen und den Mann gleichzeitig zu trösten versuchte. Er ist so groß und so stark, dachte sie, dennoch fühlt er sich unbeholfen und klein angesichts des Kummers eines kleinen Jungen und seiner Gefühle für die Mutter des Jungen. Eine seltsame Situation, in der ich mich befinde, wie dieser riesige Mann und ich umeinander herumstreichen, uns fast berühren – aber doch nicht ganz. So lange hast du gebraucht, so lange …

»Er ist noch klein«, sagte sie beschwichtigend. »Er wird es begreifen, wenn er älter wird.«

»Ja«, erwiderte der Riese. »Ganz bestimmt.«

Er lächelte reumütig, sodass für einen Moment seine Zahnlücken aufblitzten. Als ihm dies bewusst wurde, setzte er wieder ein ernstes Gesicht auf. Er hockte sich hin, um auf gleicher Höhe mit dem Jungen zu sein.

»Auf Wiedersehen, Danny«, sagte er.

Der Junge starrte immer noch zu dem Grab der Möwe hinüber und reagierte nicht.

Der Riese wandte sich zu der Frau um. »Tschüss, Marianne. Bleibt's bei unserem Abendessen?«

»Klar«, antwortete sie. »Bonnie wird sich heute Abend um Danny kümmern.«

Er lächelte beinahe schon wieder.

»Sag auf Wiedersehen zu Officer Dupree, Danny«, sagte die Frau, als der Riese sich anschickte zu gehen. »Sag Joe auf Wiedersehen.«

Aber der Junge wandte sich ab und vergrub sein Gesicht in ihrem Rock.

»Ich will nicht, dass du mit ihm ausgehst«, sagte er. »Und ich will nicht bei Bonnie bleiben.«

»Schsch« war alles, was seine Mutter darauf erwiderte.

Der Riese mit dem Namen Joe Dupree ging zu seinem Explorer, Schmutz unter den Fingernägeln und immer noch mit dem Gefühl des warmen Vogelkörpers an der Handfläche. Einem Fremden wäre sicher sein trauriger Gesichtsausdruck aufgefallen, aber für die Einheimischen auf der Insel war er so vertraut wie das Geräusch der sich brechenden Wellen oder der Anblick ans Ufer gespülter toter Fische.

Schließlich wurde er nicht umsonst Melancholie-Joe genannt.

Schon bei der Geburt war er riesig gewesen. Seine Mutter hatte gescherzt, wäre er ein Mädchen gewesen, hätte er sie gebären können. Man hatte ihn ihr aus dem Leib geschnitten und damit war das Kinderkriegen für Eloise Dupree vorbei gewesen. Allerdings war sie zum Zeitpunkt der Geburt fast vierzig Jahre alt, sie und ihr Mann waren zufrieden damit, eine Einkindfamilie zu bleiben.

Der Junge wuchs und wuchs. Eine Zeit lang vermutete man, er litte an Akromegalie, Riesenwuchs, einer seltenen Erbkrankheit, und seine Eltern fürchteten schon, ihr geliebter Sohn könnte ihnen vor der Zeit entrissen werden, weil die Krankheit seine Lebenserwartung auf die Hälfte oder gar ein Viertel kürzen würde. Der alte Doc Bruder, damals noch gar nicht so alt, schickte sie zu einem Spezialisten, der ihnen nach einigen Tests versicherte, dass ihr Junge nicht an dieser Krankheit litt. Natürlich müsse er wegen seiner Größe in seinem Erwachsenenleben mit erhöhtem Risiko von Herz-Kreislauf-Erkrankungen, Arthritis und Atemproblemen rechnen. Deswegen könne man zu einem späteren Zeitpunkt einen chemischen Eingriff in Erwägung ziehen. Der Arzt riet ihnen jedoch, die Entwicklung abzuwarten und erst einmal nichts zu unternehmen.

Joe Dupree wuchs immer weiter. In der Grundschule und später in der High School überragte er sämtliche Mitschüler. Die Pulte waren zu klein, die Stühle unbequem. Aus der Gruppe Gleichaltriger stach er hervor, als wäre ein wuchtiger Baum im falschen Teil des Waldes gepflanzt worden und müsste fortan inmitten von Erlen und Stechpalmen überleben und jeder würde schon bei flüchtigem Hinsehen feststellen, dass er fehl am Platz war. Die älteren Jungen hänselten ihn und behandelten ihn wie einen behinderten Sonderling. Wenn er versuchte, sich zur Wehr zu setzen, überfielen ihn gleich mehrere hinterrücks. Selbst im Sport fand er keinen Trost. Seiner Größe entsprechend war er massig und ohne jede Anmut und Behändigkeit. Er verfügte nicht über die Kraft und Energie, um in Wettkämpfen zu bestehen. Es mangelte ihm sowohl an den notwendigen Instinkten wie auch an den Fähigkeiten. Ob auf dem Footballfeld oder im Catchring, immer war seine Größe eine Last. Er schien dazu verdammt, sein Leben lang hinzufallen und sich wieder aufzurappeln.

Im Alter von achtzehn Jahren maß Joe Dupree zwei Meter fünfzehn und wog mehr als hundertzwanzig Kilo. Er war in jeder Hinsicht ein Klotz. Zwar war er klug, doch wegen seines Aussehens hielten die Gleichaltrigen ihn für beschränkt. Anstatt ihnen zu beweisen, dass sie sich irrten, wurde er zu dem, was sie von ihm erwarteten. Er war die Missgeburt, der Depp der Insel. (Allein die Tatsache, dass er von der Insel kam, reichte neben allem anderen zu seiner Verurteilung; für die Kinder aus Portland, die selbst von normal gewachsenen Inselbewohnern nichts hielten, war er ein Außenseiter.) Er zog sich in sich selbst zurück und nach der High School nahm er bei Covey Jaffe einen Job als Fahrer an. Erst kurz bevor sein Vater in den Ruhestand ging, bewarb er sich um eine Stelle bei der Polizei von Portland. Die Aufnahme in den Polizeidienst wäre beinahe an seiner Größe gescheitert, hätte man nicht auf seine Familientradition Rücksicht genommen. Als sein Vater aus dem Dienst ausschied, war es naheliegend, dass Joe Dupree dessen Stelle als ortsansässiger

Inselpolizist übernahm, unterstützt durch eine Reihe Kollegen vom Festland.

Vor drei Jahren war sein Vater gestorben, ein halbes Jahr nach Eloise. Sein Vater hatte einfach nicht ohne sie leben können. Einen anderen Grund konnte es für die plötzliche Verschlechterung seines Gesundheitszustands nicht gegeben haben, trotz anders lautender Meinungen der Ärzte und Spezialisten. Das Paar war siebenundvierzig Jahre lang zusammen gewesen, hatte in einem bescheidenen Haus auf der abgelegensten der bewohnten Inseln gelebt; sie hatten sich innig geliebt und ihr Leben in der Geborgenheit einer kleinen Gemeinde verbracht. Dupree vermisste sie beide sehr, besonders seinen Vater, denn er war gezwungen, die gleichen Wege zurückzulegen, auf denselben Straßen zu fahren, dieselben Leute zu grüßen und dieselbe Uniform zu tragen wie sein Alter Herr. Es gab ein Bindeglied zwischen den beiden Generationen, das sich nicht trennen ließ, und er verstärkte es mit jedem Tag, an dem er arbeitete.

Wenn es ihm besonders schlecht ging, dachte Dupree daran, wie sein Vater ihm in seiner Kindheit Geschichten aus uralter Zeit und aus der Bibel erzählt hatte: von Goliath, der mehr als sechs Ellen maß; vom Bett des Königs Og von Baschan, das sogar sechs Ellen überragte; von den Riesen der griechischen Mythologie, den Söhnen des Himmels und der Erde, die von den Olympiern ermordet wurden und deren Gräber die irdischen Berge bilden; von den Titanen, den Ahnen der Götter; von Agrius, dem Unbezwingbaren, der als erwachsener Mann in voller Kriegsausrüstung zur Welt kam und nach der Niederlage der Titanen Krieg gegen die Götter des Olymps führte; und von Aurgelmir aus der nordischen Mythologie, dem ersten Lebewesen, Vater der späteren Riesen, aus dessen Körper sich die Erde bildete. Die Riesen waren zeitlose Wesen, weder Götter noch Halbgötter, und Götter und Menschen beschlossen, sie zu vernichten.

Dupree verstand, worauf der alte Mann hinausgewollt hatte: Sein Sohn sollte sich als etwas Besonderes fühlen, als Teil eines großen Vermächtnisses, Geschenk der Götter, vielleicht sogar von Gott selbst. Sein Vater hatte ihm Geschichten von Pecos Bill erzählt, von Paul Bunyan, von der Armee aus langen Kerlen, die Friedrich der Große zusammengestellt hatte. All das diente einzig und allein dem Zweck, seinem Sohn ein wenig Trost zu verschaffen. Es hatte nicht funktioniert, da die Bibel nichts von kichernden Mädchen und Witze reißenden Jungs erzählte und die Riesen der Mythologie durch Waffen und Kriege besiegt worden waren, nicht durch böse Worte und erzwungene Isolation – dennoch liebte er seinen Vater für seine Bemühungen.

Dupree schaute zurück zu Marianne Elliots Haus. Danny war schon hineingegangen, aber seine Mutter stand noch in der Tür und betrachtete das dunkle Meer und die weißen Schaumkronen auf den Wellen, die wie Sonnenlichtsplitter an einem Gewitterhimmel glitzerten. Er versuchte sich ins Gedächtnis zu rufen, wie häufig er sie schon in dieser Stimmung erlebt hatte. Zuerst hatte er angenommen, sie sei vom Meer hypnotisiert, wie die meisten Leute, die von weit her auf die Insel kamen und nicht mit den Gezeiten vertraut waren. Aber ein- oder zweimal hatte er sie dabei beobachtet, ohne dass sie ihn bemerkt hatte, und ihm war aufgefallen, dass ihr Gesicht keinen Frieden ausdrückte, eher Besorgnis und sogar Furcht. Er fragte sich, ob sie vielleicht jemanden ans Meer verloren hatte und sich deswegen irgendwie daran gefesselt fühlte, wie die Witwen ertrunkener Fischer, die sich immer wieder von diesem großen Grab angezogen fühlen, das ihre geliebten Angehörigen nicht wieder hergibt. Plötzlich schien sie zu bemerken, dass er sie beobachtete, denn sie drehte sich zu ihm um, winkte noch einmal zum Abschied und folgte ihrem Sohn ins Haus.

Dupree ließ seinen Wagen an und fuhr die Küstenstraße

in Richtung Osten. Die Straße führte nicht an der gesamten Küste entlang. Es gab Gebiete im Nordwesten wie Stepping Stone Hill und im Südwesten Hunger Cove, die mit dem Wagen praktisch unerreichbar waren, aber da dort niemand lebte, war das Fehlen einer Straße auch kein sonderliches Problem. Dennoch begleitete Dupree in jedem Frühjahr eine Gruppe von Freiwilligen nach Stepping Stone und Hunger, wo sie Bäume und Gebüsch zurückschnitten, die die Trampelpfade hinunter ans Wasser überwucherten, für den Fall, dass irgendwann einmal ein schneller Zugang von der Hauptstraße aus nötig sein sollte. Das war eine mühsame Arbeit, aber weit weniger lästig, als sich im Notfall den Weg freizuhacken.

Etwa tausend Menschen lebten das Jahr über auf der Insel, eine Zahl, die Neuankömmlinge überraschte. Die Insel war vergleichsweise groß, acht Kilometer lang und mehr als drei Kilometer breit, eine von siebenhundertfünfzig Inseln und Inselchen, deren Hügelketten sich verstreut über die Weite der zweihundert Quadratkilometer großen Casco Bay erhoben. Zwar war sie größer und dichter bevölkert als ihre unmittelbare Konkurrentin Great Chebeague, aber aufgrund ihrer Größe lebten die meisten Menschen ziemlich abgeschieden in einiger Entfernung von dem kleinen Ort, der um den Anlegeplatz der Fähre entstanden war und nur »die Bucht« genannt wurde. Während der Sommermonate nahm die Bevölkerung auf Dutch Island zu, allerdings nicht im gleichen Maße wie bei den anderen Inseln der Casco Bay, etwa Peaks oder Chebeague oder Long Island, da die Insel erheblich weiter östlich lag und dem rauen Meeresklima stärker ausgesetzt war. Im Winter blieben nur die alteingesessenen Familien. Ihre Geschichte war mit der Insel verwoben und ihre Namen existierten dort seit Jahrhunderten: Amerling und Tooker, Houghton und Hall, Doughty und Dupree.

Die Heizung im Explorer lief auf Hochtouren, denn es

herrschte selbst für Januar eine schneidende Kälte. Es war die Rede von bevorstehenden Stürmen, und Thorson, der Kapitän der Fähre, hatte die Mitteilung ausgehängt, dass der Fährbetrieb während der kommenden Woche eventuell eingestellt werden müsse. Dupree hatte schon öfter am Landesteg Streitigkeiten schlichten müssen, die sich an Thorsons angeblicher Überängstlichkeit entzündet hatten. Gelegentliche Besucher der Insel konnten manchmal nicht nachvollziehen, wie wichtig die Fährverbindung für die Inselbewohner war. Casco Bay Ferries, die Gesellschaft, die den Fährverkehr zu den meisten Inseln betrieb, lief Dutch Island wegen der zu großen Entfernung und des Mangels an Passagieren nicht an, auch wenn sie ihr Postboot täglich dorthin schickte. Thorsons Familie hielt den Fährbetrieb zwischen Festland und Insel schon seit siebzig Jahren aufrecht, brachte die Kinder zur High School, Studenten zur Universität, Großväter zu Besuchen ihrer Enkel, Angestellte in ihre Büros, Patienten in die Krankenhäuser, Jungs zu ihren Freundinnen (und wie im Falle von Dale Zipper auch Jungs zu ihren Freunden – die meisten Leute verloren zwar kein Wort über Dales Veranlagung, aber es gab doch einige Inselbewohner, die nie in Dales Restaurant essen würden, weil er, nun ja, »vom anderen Ufer« war), Menschen zu ihren betagten Eltern, die man ins Altersheim gesteckt hatte … die Liste ließ sich beliebig fortsetzen. Wer einen neuen Fernseher brauchte, parkte den Wagen in der Nähe der Anlegestelle, ging mit einem Trolley an Bord, ließ sich von der Fähre nach Circuit City bringen, nahm von dort mit seinem neuen Fernseher einen Bus oder ein Taxi rechtzeitig zurück zur Fähre, um mit Thorson wieder auf die Insel zu fahren. Ebenso wurde mit Herden, Maschinenteilen, neuen Reifen, Medizin, Munition, neuen Kleidern für die Kinder oder Weihnachtsspielzeug verfahren, eigentlich mit fast allem, außer mit Lebensmitteln, die man im Casco Bay Market kaufen konnte. In erster Linie beförderte Thorsons Fähre

Menschen. Für größere Einkäufe wie neue Autos oder landwirtschaftliches Gerät besaß Covey Jaffe ein Transportschiff, das man mieten konnte. Aber ohne Thorsons Fähre, mit der sich die alltäglichen Besorgungen erledigen ließen, wäre das Leben auf der Insel gelegentlich kompliziert, wenn nicht sogar unmöglich. Ob angesichts einer Sturmwarnung die Fähre auslief, war einzig und allein Thorsons Entscheidung, aber Dupree nahm sich vor, in den nächsten Tagen mit dem Alten zu reden und ihm klar zu machen, dass übertriebene Vorsicht ebenso gefährlich sein konnte wie Leichtsinn.

Dupree erledigte unterwegs ein paar Anrufe, kümmerte sich um ältere Einwohner, ging Beschwerden nach, ermahnte herumstromernde Jugendliche und überprüfte die Sommerwohnsitze der Wohlhabenden, um sich zu vergewissern, dass die Fenster und Türen intakt waren und niemand einen Teil ihres Reichtums sinnvolleren Verwendungen zugeführt hatte. Für ihn waren diese Kontrollfahrten Routine und er liebte sie. Trotz des rotierenden Dienstplans – vierundzwanzig Stunden Dienst, dann vierundzwanzig Stunden frei, wieder vierundzwanzig Stunden Dienst, gefolgt von fünf freien Tagen – leistete Dupree fast ebenso viele unbezahlte Überstunden wie normalen Dienst. Da er auf der Insel lebte, ließ sich das nicht vermeiden. Ob er aus der Kirche kam oder einkaufen ging, selbst wenn er in seinem Garten werkelte oder sein Dach reparierte, er war immer ansprechbar. So funktionierte nun einmal das Inselleben. Förmlichkeiten sparte man sich für Beerdigungen auf.

Auf seinem Weg zurück in die Stadt hielt Dupree bei einem der alten Aussichtstürme, die während des Zweiten Weltkriegs auf den Inseln errichtet worden waren. Einige Firmen hatten Türme als Lagerräume oder zum Abstellen von Gerätschaften angemietet. Dieser allerdings war ungenutzt, die Tür stand offen, und die Kette, mit der sie verschlossen gewesen war, lag zusammengerollt auf der obersten Treppenstufe. Die abgelegenen Türme besaßen eine große Anziehungskraft auf die einheimischen Jugendlichen, hier konnten sie ungestört Alkohol und Drogen ausprobieren und sich miteinander vergnügen. Dupree war davon überzeugt, dass so manche ungewollte Schwangerschaft in den dunklen Ecken dieser Türme zu Stande gekommen war.

Er parkte den Explorer, holte seine Stablampe unter dem Sitz hervor und stapfte durch das Gras zu den Stufen des Turms. Dieser gehörte zu einer nah an die Klippen gebauten kleineren Bauart und war nur knapp zwei Stockwerke hoch; sein Nutzen als Aussichtsturm wurde allerdings durch die hohen Bäume der Umgebung praktisch zunichte gemacht. Joe war überrascht, dass einige der Bäume ziemlich grob gestutzt und ihre Äste mit ungleichmäßigen Axthieben herausgeschlagen worden waren.

Der Polizist verharrte am Fuß der Treppe und lauschte. Obwohl aus dem Innern des Turms nichts zu hören war, hatte er ein ungutes Gefühl. Wahrscheinlich war das mittlerweile seine zweite Natur, dachte er. Während der vergangenen Wochen hatte er sich zunehmend unwohl in seiner Haut gefühlt, als er auf der Insel Streife gefahren war, auf der er nun schon seit fast vierzig Jahren lebte. Er hatte das Gefühl, dass sich etwas verändert hatte, aber als er es Lockwood erklären wollte, hatte der ihn bloß ausgelacht.

»Du lebst schon zu lange hier draußen, Joe. Du solltest ab und zu mal einen Ausflug in die Zivilisation unternehmen. Du fängst schon an, Gespenster zu sehen.«

Vielleicht hatte Lockwood ja Recht, vielleicht sollte er wirklich hin und wieder wegfahren; aber was die Ursache für Joes Beklemmungen betraf, irrte er sich. Larry Amerling, der Postmeister, und auch andere hatten Joe von ihrem Gefühl berichtet, dass irgendetwas auf Dutch Island nicht stimmte – allerdings hatten sie, als sie über diese Dinge sprachen, den alten Namen benutzt.

Sie nannten die Insel Sanctuary. Es hatte … *Vorfälle* gegeben: mehrere Einbrüche im zentralen Aussichtsturm (dabei waren die Kette und das Vorhängeschloss, die stabilsten, die Dupree hatte auftreiben können, zerstört worden), dann das plötzliche Wachstum der Pflanzen auf dem Weg zur Gedenkstätte (und das mitten im Winter, wo normalerweise alles dunkel war und höchstens Eiszapfen wuchsen). Zwar besuchte im Winter niemand die alte Stätte des Massakers, aber wenn die Wege schon jetzt überwuchert waren, würde es im Frühjahr einen Haufen Arbeit machen, sie wieder freizulegen.

Und dann war da vor einer Woche dieser Unfall gewesen, bei dem Wayne Cady sofort ums Leben gekommen war und Sylvie Lauter etwas später. Dieser Unfall gab Dupree mehr als alles andere zu denken. Er hatte hinter Lockwood gestanden, als die junge Frau kurz vor ihrem Tod über Lichter und die Toten gesprochen hatte, und dabei war ihm ein Satz eingefallen, den sein Vater einmal gesagt hatte:

»Manchmal gibt es kein Grab, das tief genug ist, um einen bösen Toten zu begraben.«

Er blickte nach Süden und hatte den Eindruck, Lücken zwischen den Bäumen zu entdecken: das Sumpfland, das die Stätte umgab. Er war schon seit Monaten nicht mehr dort gewesen. Vielleicht war ja jetzt der richtige Zeitpunkt.

Aus dem Turm drang ein leise scharrendes Geräusch. Dupree löste die Lasche seines Pistolenhalfters und legte die Hand auf den Knauf der Smith & Wesson. Er trat seitlich an die Tür und rief: »Polizei! Komm sofort da raus!«

Wieder ertönte das Geräusch, diesmal lauter. Schritte waren zu hören, und eine leise, nasale Stimme sagte: »Okay, Joe Dupree. Es ist alles okay, Joe Dupree. Ich bin's nur, Richie.«

Joe trat zurück, als Richie Claessen auf dem Treppenabsatz des Turms erschien. Das Sonnenlicht, das durch das untere verdreckte Fenster fiel, tauchte seine Gesichtszüge in sanftes Licht.

»Komm schon raus, Richie«, sagte Joe. Er spürte, wie die Anspannung aus seinen Schultern wich.

Wieso hatte ich Angst? Warum hatte ich die Hand an der Pistole?

Richie trat grinsend in den Türrahmen. Fünfundzwanzig, aber in der geistigen Verfassung eines Achtjährigen. Er stromerte gern über die Insel und brachte damit seine Mutter zur Verzweiflung, aber ihm war nie etwas zugestoßen, und das würde es auch nie, vermutete Joe. Richie kannte die Insel wahrscheinlich besser als jeder andere, für ihn barg sie keinerlei Schrecken. Während der warmen Sommermonate schlief er hin und wieder unter freiem Himmel. Niemand scherte sich um ihn, höchstens die Halbstarken aus der Gegend, wenn sie mal wieder zu viel getrunken hatten und ihre Freundinnen beeindrucken wollten.

»Hallo, Joe Dupree«, sagte Richie. »Wie geht's?«

»Danke, gut. Richie, ich hab dir schon öfter gesagt, du sollst nicht in diesen Türmen rumklettern.«

Das Grinsen auf dem Gesicht des Kind-Mannes blieb unverändert.

»Ich weiß, Joe Dupree. Bleib von den Türmen weg. Ich weiß, Joe Dupree.«

»Tja, also, wenn du es weißt, was machst du dann hier drinnen?«

»Er stand offen, Joe Dupree. Der Turm stand offen. Ich bin reingegangen, um mich umzusehen. Ich seh mich gern um.«

Dupree kniete sich auf den Boden und betrachtete die Kette. Das Vorhängeschloss war geöffnet, aber als er versuchte, es einrasten zu lassen, griff der Verschluss nicht, der Bügel glitt immer wieder mit einem leichten Klicken hinein und heraus.

»Und das hier ist nicht dein Werk?«

»Nein, Joe Dupree. Es war schon offen. Ich bin bloß reingegangen, um mich mal umzusehen.«

Er würde ein neues Schloss anbringen müssen, dachte Joe Dupree. Die Jugendlichen würden es zwar bestimmt wieder aufbrechen, aber er musste es wenigstens versuchen. Er zog die Turmtür heran und wickelte die Kette um den Türgriff, um es so aussehen zu lassen, als wäre die Tür verschlossen. Vorerst musste das reichen.

»Also, Richie, ich bring dich jetzt nach Hause.«

Er reichte dem behinderten Mann die Taschenlampe und sah ihm lächelnd zu, als dieser den Strahl der Lampe auf die Bäume und die Spitze des Turms richtete.

»Licht«, sagte Richie. »Ich mach Licht genau wie die anderen.«

Dupree hielt inne.

»Welche anderen, Richie?«

Richie sah ihn an und grinste.

»Die anderen, die im Wald.«

Danny holte sich eine Limo aus dem Kühlschrank und ging den Flur entlang ins Schlafzimmer seiner Mutter. Sie kniete vor dem Bett und versuchte Ordnung in die Papiere zu bringen, die überall darauf verstreut lagen. Dabei hatte sie denselben Gesichtsausdruck, wie wenn sie mit der Fähre hinüber nach Portland fuhren und sie zur Bank oder zum Autohaus musste.

»Alles in Ordnung, mein Schatz?«, fragte sie, als sie ihn neben sich bemerkte.

Er nickte.

Sie hockte sich auf die Fersen und sah ihn mit ernster Miene an.

»Joe hat getan, was er tun musste, weißt du? Für die Möwe war es das Beste.«

Danny reagierte nicht, aber sein Gesicht verdüsterte sich kaum merklich.

»Ich geh rüber zu Jack«, sagte er.

Er bemerkte ihren missbilligenden Blick und sein Gesicht wurde noch finsterer.

»Was ist?«, fragte er.

»Der alte Mann –«, begann sie, aber er fiel ihr ins Wort.

»Er ist mein Freund.«

»Danny, das weiß ich, aber er …«

Sie verstummte, als ihr die richtigen Worte nicht gleich einfielen.

»Er trinkt«, schloss sie schließlich halbherzig. »Und zwar häufig zu viel.«

»Aber nicht, wenn ich da bin.«

Darüber hatten sie sich schon mehrmals gestritten, seit Jack einmal umgefallen war, sich den Kopf an der Tischkante aufgeschlagen hatte und Danny nach Hause gerannt war, Hemd und Hände voller Blut. Seine Mutter hatte zuerst gedacht, er hätte sich verletzt, doch ihre Erleichterung, als sie die Wahrheit erfuhr, war sehr schnell in Ärger über den Alten umgeschlagen, weil er ihr einen solchen Schrecken eingejagt hatte. Aber dann war Joe gekommen, hatte erste Hilfe geleistet und später dem Alten auf seiner Veranda ins Gewissen geredet. Seitdem war Jack erheblich vorsichtiger und trank nur noch abends. Er malte wie ein Besessener, auch wenn Marianne nicht viel von seiner Kunst hielt.

»Er malt immer wieder dasselbe«, hatte sie zu ihrem Sohn gesagt, kurz nachdem sie und Danny dem Alten einen ersten Nachbarschaftsbesuch abgestattet und ihm Kekse gebracht hatten.

»Es ist nicht dasselbe«, hatte der Junge widersprochen. »Es sieht immer anders aus.«

Aber sie hatte bloß einen kurzen Blick auf das kleine Aquarell geworfen, das der Alte ihrem Sohn zum Abschied geschenkt hatte, die Felsen auf beiden Seiten der Bucht in bläulichem Grau, das Meer in einem bedrohlichen Grünton. Sie fand das Bild hässlich. Es war, als würde er nur die banalsten, langweiligsten Aspekte der Landschaft wahrnehmen. Es gab keine Menschen. Er konnte ja nicht einmal Vögel oder Wolken malen, und wenn doch, waren sie offenbar Nebensache. Auf seiner Palette schien er keine anderen Farben als Grau, Grün und ein verwaschenes Blau zu haben.

Aber der Junge hatte das Bild über seinem Bett aufgehängt und war darauf stolzer als auf die Dutzende von Postern und Postkarten, die die Wände bedeckten, sogar stolzer als auf die von ihm selbst gemalten Bilder, die seine Mutter für weitaus besser hielt als alles, was der alte Trunkenbold je hinbekäme. Doch behielt Marianne ihre Meinung für sich. Der Mann mochte seine Fehler haben, aber über einen Mangel an Großzügigkeit konnte sie sich nicht beklagen. Für sein Haus, in dem sie zur Miete wohnten, zahlten sie selbst für Inselverhältnisse ausgesprochen wenig. Sie hatte also reichlich Grund, dankbar zu sein.

»Bitte, Mama.«

Wenn sie sich nicht erweichen ließ, würde Danny einen Aufstand machen und sie von dem, was sie zu erledigen hatte, ablenken, und das konnte sie sich einfach nicht erlauben. Also gab sie nach und entließ ihn mit einer Handbewegung.

»Von mir aus. Aber sobald du auch nur das leiseste Gefühl hast, dass mit Jack irgendwas nicht stimmt, kommst du sofort nach Hause, verstanden?«

Er nickte feierlich, dann rannte er nach draußen. Seine Mutter stand auf und trat ans Fenster, von dem aus sich der gewundene Pfad zwischen ihrem Grundstück und Jacks Haus überblicken ließ. Anfangs hatte sie Danny immer begleitet und ihn entweder an die Hand genommen oder ängstlich beobachtet, wenn er vorauslief. Es war nicht weit, daher konnte sie ihn immer im Auge behalten. Sie hatte das Gefühl, dass ein wenig Selbstständigkeit gut für ihn war und sie ihm Raum für seine Entwicklung lassen musste. Sie wünschte sich, er wäre selbstbewusster, gleichzeitig fürchtete sie die

Konsequenzen, wenn sie die Zügel lockerte. Sie wusste, dass alle Eltern in diesem Dilemma steckten, aber für eine allein erziehende Mutter mit einem Sohn war es doppelt schwierig. Manchmal fühlte sie sich zu Entscheidungen gezwungen, die ihrem Naturell eigentlich zuwiderliefen, nur um das Fehlen des zweiten Elternteils zu kompensieren.

Der Junge trottete den Weg entlang, die Limobüchse immer noch in der Hand, und seine leuchtend rote Windjacke hob sich deutlich von dem Hintergrund der dunklen Bäume ab. Sie behielt ihn im Auge, bis er die Tür des Malers erreicht hatte. Sie sah, wie er klopfte und geduldig wartete, bis er ins Haus gelassen wurde.

Vincent »Jack« Giacomelli war im Frühjahr 1967 nach Dutch Island gekommen, nachdem er seinen Job als Lehrer an irgendeinem noblen College an der Ostküste verloren hatte. Er war ein wandelndes Lexikon der Kunstgeschichte, doch all sein Wissen und sein Verständnis der Materie versetzten ihn nicht in die Lage, auch nur annähernd so begabt und inspiriert zu malen wie diejenigen, von denen er anderen erzählte. Im Sommer 65 war sein Leben aus den Fugen geraten. Seine Frau war mit einem Physikprofessor durchgebrannt, der einen teuren Sportwagen von der Sorte fuhr, die man einem Physiker (also jemanden, der nach Jacks Erfahrung so langweilig war, dass ein Mathematiker dagegen regelrecht unterhaltsam wirkte) normalerweise nicht zutraute. Danach ging es mit Jack bergab. Aber vielleicht war es auch ganz anders gewesen und sie hatte ihn verlassen, weil es bereits mit ihm bergab gegangen war. Jack war sich dessen nie ganz sicher und irgendwie hatte er an diese Zeit nur noch vage Erinnerungen. Im Grunde konnte er sich an alles, was erst wenige Monate zurücklag, nur vage erinnern. Das ging so, seit er gestürzt war und sich den Schädel aufgeschlagen hatte, worauf Joe Dupree ihn sich zur Brust nahm und ihm auf seine ruhige Art klarmachte, dass er sich in Zukunft zusammenreißen müsse. Andernfalls könne er seine Sachen packen und zurück aufs Festland gehen, weil Joe Dupree solchen Unsinn nicht duldete.

Was Jack nicht begreifen konnte, war, warum er keinerlei Groll auf den Polizisten hegte. Schließlich hatten ihm die Leute auf der Insel schon seit dreißig Jahren gesagt, er solle sich zusammenreißen, ohne dass er einen Pfifferling darauf gegeben hätte. Aber bei Joe Dupree war das anders. Es blieb einem nichts anderes übrig. Wenn Joe Dupree einen mit diesem eigenartigen traurigen Blick ansah, kam man sich vor wie eine Zwiebel unter einem gut geschärften Messer, das Schicht um Schicht abtrug, bis nur noch das Herz übrig blieb.

Oder bis überhaupt nichts mehr übrig blieb, je nachdem, wie weit er ging oder welche Art Zwiebel man war. Jack war sehr in Sorge gewesen, dass Joe Dupree mit seinen bohrenden Fragen eine schreckliche Wahrheit über ihn herausfinden könnte, von deren Existenz nicht einmal er selbst etwas ahnte oder vor der er stets die Augen verschlossen hatte. Es war die Angst, dass er im Grunde nichts zu bieten hatte außer miserabler Kunst und gebrochenen Versprechen. Wenn das erst einmal bekannt war, würde es sich nie wieder verbergen lassen.

Nach jenem Gespräch hatte Jack eine Weile keinen Tropfen mehr angerührt. Natürlich hielt das nicht sehr lange, selbst Joe Dupree konnte einen hartgesottenen Säufer wie Jack nicht vom Alkohol abbringen. Aber zumindest war der Alte jetzt vorsichtiger, trank nur noch abends und nahm nie wieder eine Flasche mit ins Bett, wie er es in den guten alten Zeiten immer getan hatte. Stattdessen hatte er angefangen, mit einer nie gekannten Besessenheit zu malen.

Er hatte sich natürlich schon lange an der Malerei versucht. Er verdiente ein bisschen Geld mit dem Verkauf schlechter Ölgemälde und noch schlechterer Aquarelle an Touristen und manchmal baute er an sonnigen Wochenenden in Portland einen kleinen Stand am Wasser auf und präsentierte sich als einheimischer Maler von der Insel. Dazu ersann er eine Familiengeschichte, wie eine Menge Leute hier sie vorweisen konnten, die in Jacks Fall jedoch so vorgegaukelt war wie der Inhalt eines Zaubererhuts. Aber er verdiente genug, um in bescheidenem Wohlstand in einem abbezahlten Haus zu leben, das er nach Belieben vererben konnte – an Vettern und Kusinen, an eine Hand voll Nichten und Neffen oder an seine Schwester Kate, die, wenn man sich auf Jacks Testament verlassen konnte, eine herbe Enttäuschung erleben würde, wenn Jack erst einmal unter der Erde wäre.

Es klingelte an seiner Tür. Als er den Flur entlangging, machten seine alten Turnschuhe ein klatschendes Geräusch auf den nackten Holzdielen. Er war mittlerweile einundsiebzig Jahre alt, und auch wenn er sich – zumindest manchmal – wie ein junger Mann fühlte, erinnerte sein Körper ihn beharrlich daran, dass er das nicht war. Mit seinen eins achtzig ging er etwas gebeugt, sein Bauch war runder, Haare und Bart waren schütter geworden. Durch das Milchglasfenster der Eingangstür konnte er die Umrisse des Jungen ausmachen, die in schwarze und rote Kleckse verliefen, wie Wasserfarben, die auf Öl gerieten. Er öffnete die Tür und trat in gespielter Überraschung zurück.

»Ja, das ist ja das Danny-Monster.«

Der Junge stampfte an ihm vorbei und wartete nicht einmal ab, bis er hereingebeten wurde. Er steuerte schnurstracks die Tür von Jacks Atelier an, wo er stehen blieb und den alten Mann zum ersten Mal ansah.

»Darf ich reingehen?«

»Aber sicher, geh ruhig schon vor. Ich hole mir noch einen Kaffee und komme dann nach.«

Draußen setzte bereits die Abenddämmerung ein und in den Häusern in der Ferne brannten schon die Lichter. Jack ging in die Küche, nahm die Tasse mit Kaffee, schüttete noch heißes Wasser dazu und folgte dem Jungen ins Atelier. Es war ziemlich klein und hatte früher als Gästezimmer gedient, aber Jack hatte es umgebaut und eine Außenwand durch Glasschiebetüren ersetzt, sodass der Fußboden in den Rasen überging. Dieser erstreckte sich bis zu den Bäumen, die den Rand der niedrigen Klippe säumten, von wo man auf das bedrohlich dunkelblaue Wasser blickte. Der Junge stand vor der Staffelei und betrachtete das Bild, an dem Jack gerade arbeitete. Es war wieder ein Ölgemälde und ein erneuter Versuch, den Ausblick auf das Wasser festzuhalten. Ein weiterer *erfolgloser* Versuch, dachte Jack. Es war das Ungewissheitsprinzip in Aktion: Das verdammte Wasser veränderte sich ständig, und wenn er es festzuhalten versuchte, hatte es im nächsten Moment schon wieder sein Aussehen geändert. Und dennoch lag etwas Beruhigendes in dem Versuch, selbst wenn er sich mit jeder Handbewegung und jedem Pinselstrich nur dem erneuten Fehlschlag näherte.

»Das ist aber nicht wie die anderen«, bemerkte der Junge.

»Was?«, brummte Jack, der von seinen eigenen Fehlschlägen abgelenkt wurde. »Was hast du gesagt?«

»Ich habe gesagt, es ist nicht wie die anderen. Es ist anders.«

»Wie anders?«

Jack stellte sich neben den Jungen, runzelte die Stirn und beugte sich näher an die Leinwand heran. Das Bild wies ungewohnte Markierungen auf, wie schwarze Streifen auf den Wellen. Er warf einen Blick an die Decke, um sich zu vergewissern, ob vielleicht durch einen bisher unbemerkt gebliebenen Riss Wasser eingedrungen war, konnte aber nichts entdecken. Die Decke war weiß und unbeschädigt.

Vorsichtig streckte er eine Hand aus und berührte die Leinwand, dann zog er seine Hand langsam wieder zurück. Die Zeichen schienen wie mit Farbe aufgetragen, aber er konnte die Textur der Pinselstriche nicht unter seinen Fingern fühlen. Er trat näher heran und entdeckte, dass einige der schwarzen Zeichen unter seinen eigenen Pinselstrichen lagen, die Horizontallinien, die er manchmal benutzte, um die Bewegung des Meers einzufangen. Es sah aus, als hätte er die Farbe über den Flecken aufgetragen, ohne es zu bemerken.

Aber das war unmöglich.

Er trat einen Schritt zurück und versuchte zu verstehen, was die Zeichen bedeuteten, ging mit geneigtem Kopf rückwärts, bis er an der Türschwelle stehen blieb. Aus der Entfernung ließ die Gesamtheit der Zeichen eine Form erkennen, und plötzlich wusste er, was sie bedeuteten. Und ebenso wusste er, dass Jack Giacomelli für sie nicht im Geringsten verantwortlich war, denn Jack Giacomelli fügte den natürlichen Landschaften, seiner einzigen Inspiration, nie etwas hinzu.

»Das sind Menschen«, sagte der Junge. »Du hast Menschen in dein Bild gemalt.«

Der Junge hatte Recht.

In den Ölgewässern seines Gemäldes schwammen zwei Körper.

Menschliche Körper.

So lange war die Insel ruhig gewesen.

Ihre Vergangenheit schlummerte sanft unter der Oberfläche, ihr Atem ließ die Bäume sich wiegen, das Wasser sich kräuseln und die toten Blätter einander über das Gras jagen wie kleine braune Vögel im Flug. Die Insel schlief wie jemand, der großes Leid ertragen hat, für den der Schlaf Zuflucht und Erholung bedeutet. Die Erinnerung derjenigen, die über all die Jahre hier gelitten hatten und gestorben waren, trieb durch das Bewusstsein der Insel, war eng verknüpft mit dem Land und den Bäumen und dem Meer, sodass niemand zu sagen vermochte, ob sie überhaupt je als eigenständige Individuen existiert hatten.

Aber es gab Plätze auf der Insel, die Zeugnis ablegten von

denjenigen, die einst hier gelebt hatten, und die Art, wie sie zu Tode gekommen waren, hatte sich in die Steine eingeschrieben. Im Herzen der Insel, knapp anderthalb Kilometer entfernt von der Bucht, gab es einen Wall aus Steinen, der eine eingefallene Bodenfläche umgab wie ein Rahmen. Von ebener Erde aus gesehen ließ sich keine Struktur entdecken, die Verteilung der Steine schien eher zufällig zu Stande gekommen zu sein. Aber von oben war die Bedeutung der Ruinen klar zu erkennen. Es gab Hausecken und Feuerstellen und Schornsteine; es gab Höfe und Nebengebäude und Pferche.

Hier hatten einst Menschen gelebt.

Ihr Ende hatte Narben auf dem Antlitz der Insel hinterlassen, und die Fundamente der Häuser gründeten viel tiefer, als ihre Erbauer beabsichtigt oder auch nur geahnt hatten. Die Steine waren mit dem felsigen Untergrund eine Verbindung eingegangen, die Übergänge waren nicht mehr offenkundig und die Bauten von Mensch und Natur eins geworden. Nur die von oben sichtbaren Muster und die halb versunkenen Grabsteine, die um ein einzelnes Kreuz herum errichtet waren, wiesen den Ort als das aus, was er war.

Als *die Stätte.*

Eine Zeit lang – fünfzig Jahre in der Erinnerung der Menschen, aber kaum eine Sekunde im Leben der Insel – hatte das Morden aufgehört, war die Insel wieder einmal unbewohnt geblieben. Doch dann waren wieder Männer gekommen, Männer, die vor den Konsequenzen ihrer Taten flohen, denn Orte mit einer Geschichte von Qualen und Gewalt ziehen irgendwann weitere Qualen und Gewalt an. Die Insel duldete ihre Anwesenheit, bis der Boden kein weiteres Blut mehr aufnehmen konnte und die Steine es nicht länger ertrugen, von den aus Wut gelegten Feuern geschwärzt zu werden.

Die Männer, die auf die Insel kamen, brachten eine Frau gegen deren Willen mit. Sie wurden wegen ihrer Verbrechen gejagt und auf alle war ein Kopfgeld ausgesetzt. Auf dem

Festland suchten Soldaten nach ihnen, weshalb sie in See stachen, um irgendwo einen Ort zu finden, wo sie für eine Weile in Sicherheit wären.

Schließlich stießen sie auf die Insel.

Sie waren zu viert. Sie waren bewaffnet und kampferprobt. Sie hatten gegen die Indianer, die Briten und die Franzosen gekämpft. Sie fürchteten weder Tod noch Teufel.

Fischer, die in einem Sturm vom Kurs abgekommen waren und in den Buchten der Insel Schutz suchten, entdeckten die Frau. Sie hatte sich in den Ruinen des alten Dorfes eine Hütte hergerichtet und ernährte sich von Wildfrüchten, Vögeln und Fischen. In der Hoffnung, die Aufmerksamkeit von Helfern zu erregen, hatte sie ein Feuer angezündet.

Sie war schon seit zwei Wochen dort und halb wahnsinnig, als man sie fand.

Von den Männern gab es keine Spur.

Man brachte sie zurück aufs Festland, wo sie über alles befragt wurde, was geschehen war. Doch sie konnte nur wenig aussagen. Am ersten Tag hatten sich die vier Männer abwechselnd über sie hergemacht. Am zweiten Tag war das Boot der Männer verschwunden, obwohl sie es auf den Strand gezogen und an einem umgestürzten Baum vertäut hatten.

Am dritten Tag hatte das Flüstern eingesetzt.

Zuerst hatte es geklungen wie Wind in den Bäumen, aber es gab keinen Wind. Die Stimmen schienen von überall herzukommen und allmählich wurde es den Männern ungemütlich. Undeutliche Schatten huschten zwischen den Bäumen am Waldrand umher. Weil sie wussten, dass die Frau nicht fliehen konnte, ließen die Männer sie am Morgen des vierten Tages an einen Baum gebunden zurück und verschwanden im Wald. Einige Zeit später hörte sie Schüsse.

Die Männer kehrten nicht zurück.

Soldaten durchkämmten die Insel, da es sich bei den Männern um skrupellose, gefährliche Individuen handelte, aber nur einer von ihnen wurde gefunden. Der Soldat, der ihn entdeckte, nahm zunächst an, er habe den Kadaver eines kleinen Tieres vor sich, bis er ihn mit dem Gewehrlauf berührte und den Schädel unter dem Haar freilegte, dann sein Gesicht und schließlich seine Arme, die in einer Kreuzigungsposition ausgestreckt waren. Nur mit großer Mühe gelang es, ihn aus der Erde herauszuziehen.

Sein Name war Gabriel Moser; man hatte ihn lebendig begraben.

»Begraben« war vielleicht nicht der zutreffende Ausdruck, denn an der Ruhestätte hatte es keinerlei Anzeichen von äußeren Einwirkungen gegeben und um seinen Schädel herum wuchs bereits Gras.

Gabriel Moser war nicht begraben worden, wie es schien. Gabriel Moser war unter die Erde gezogen worden und in der Finsternis erstickt.

Der Mann namens Joe Dupree wusste von all diesen Dingen. Er kannte die Geschichte der Insel, ebenso wie vor ihm sein Vater und sein Großvater sie gekannt hatten.

Der Erste, der herkam, hieß Thomas Lunt und er brachte seine Frau Katie und ihre Kinder Erik und Johann mit. Das war im Frühjahr sechzehnhunderteinundneunzig. Mit ihnen trafen die Leggits ein, Robert und Marie. Marie war damals schwanger und sollte später einen Jungen namens William zur Welt bringen. In den folgenden Wochen schlossen sich ihnen andere an. Das sind ihre Namen. Du musst sie dir einprägen. Es ist wichtig, dass du dich daran erinnerst …

Damals war Joe Dupree noch sehr jung gewesen und hatte nichts verstanden. Später, als er heranwuchs, erfuhr er immer mehr über die Insel und über das, was dort vorgefallen war. Er begriff, wie wichtig es war, den Frieden auf der Insel aufrechtzuerhalten und nichts zuzulassen, was ihre Ruhe störte. Es ließ sich nicht vermeiden, dass manche Leute törichte Dinge taten, denn alle Menschen haben ihre Fehler;

aber seit vielen Jahren hatte es auf der Insel keine gewaltsamen Todesfälle mehr gegeben.

Dupree bog auf die Liberty Avenue ein und schaltete den Motor ab. Die Straße zwischen dem Südwesten und dem Nordosten der Insel führte in beinahe gerader Linie quer über die Insel, abgesehen von ihrem Schlenker um *die Stätte* herum. Nach Pearl Harbour, als Casco Bay zur nördlichen Basis der Atlantikflotte wurde, war sie in Liberty Avenue zurückbenannt worden (anstelle der profanen Central Avenue). Man hatte ein großes Treibstofflager auf Long Island errichtet, weshalb alle Arten von Schiffen, von kleinen Kreuzern bis hin zu Flugzeugträgern, den Weg durch die Rinnen der Casco Bay nahmen, um aufzutanken. Ein Kabel, mit dessen Hilfe durchfahrende metallene Objekte entdeckt werden konnten, wurde quer über den Meeresboden zwischen Bailey Island und Two Lights ausgelegt, und zwei Schiffe bewachten die U-Boot-Abfangnetze im Hussey Sound, um sie für den militärischen Schiffsverkehr freizugeben.

Die zwei größten Küstenverteidigungsbatterien wurden auf Peak Islands, zur Überwachung der Zufahrt nach Portland, und auf Dutch Island, der größten der vorgelagerten Inseln, in Stellung gebracht. Beide waren ähnlich bestückt. Die Batterie auf Dutch Island verfügte über zwei 16-Zoll-Kanonen, ebenso groß wie die anderen entlang der Atlantikküste, hergestellt von der Firma Watervliet Arsenal in Albany. Sie waren achtzehn Meter lang, wogen fünfzig Tonnen und mussten mit einem eigens dafür konstruierten Frachter auf die Insel transportiert werden. Sie waren nur ein einziges Mal abgefeuert worden, während einer Zielübung, und prompt waren alle Fensterscheiben auf der Insel zersprungen. Danach wurde aus ihnen nie wieder geschossen, und als der Krieg zu Ende war, wurden sie wieder abgebaut und vernichtet.

Aber die Geschützstände, auf denen sie aufgestellt worden waren, blieben, große von Menschen geschaffene Anhöhen an der Südostküste der Insel, die mit der Zeit von Gras, Gestrüpp und Sträuchern überwuchert wurden. Darunter verlief ein Tunnelsystem, dessen Metalltüren mittlerweile an verrosteten Angeln hingen, aber selbst die mutigsten Jugendlichen hielten sich von den Tunneln fern. Türen, die an einem Tag offen gestanden hatten, waren am nächsten unerklärlicherweise verschlossen. Es gab Echos, wo eigentlich keine hätten sein dürfen, und Licht, wo nur Dunkelheit herrschen sollte. Die Jugendlichen der Insel begnügten sich damit, auf den Überresten der Geschützstände mit Motorrädern herumzubrettern oder, wenn sie der Übermut überkam, ihre Autos mit Höchstgeschwindigkeit in diagonaler Richtung den Hügel hinunterzujagen, das Lenkrad erst im letzten Augenblick einzuschlagen, um schweißüberströmt und voller Adrenalin vor der Straße zum Stehen zu kommen.

Aus diesem Grund waren auch Sylvie Lauter und Wayne Cady hier draußen gewesen. Sie hatten einen alten Dodge aus der Garage eines der Sommerhäuser entwendet. Falls sie bei ihren Aktivitäten Schaden am Wagen anrichteten, würde dieser erst Monate später entdeckt werden, und das auch nur, wenn es keinen Totalschaden gab und sie den Wagen am Geschützstand zurücklassen mussten, was schon bei mehr als einer Gelegenheit vorgekommen war.

Das Pärchen hatte getrunken, auf dem Rücksitz verstreut waren leere Bierdosen gefunden worden. Nach den Reifen spuren zu urteilen mussten sie mehrfach den Geschützstand hinuntergerast sein, bevor Cady die Kontrolle über den Wagen verloren hatte und mit voller Geschwindigkeit gegen die Eiche gerast war. Immer noch waren die Bremsspuren zu sehen, die die letzten Meter des Wagens markierten, gesplittertes Glas und Metall lagen um den Baum herum, dessen Rinde zerfetzt und vom austretenden Saft gesprenkelt war. Jemand hatte Blumen an der Wurzel abgelegt, arrangiert mit einigen Bierbüchsen und einem Päckchen Marlboro, in dem man noch zwei ungerauchte Zigaretten gelassen hatte. Dupree ließ die Finger über die vom Unfall verursachten Risse im Baumstamm gleiten, dann zerrieb er einige Krümel Rindenstückchen zwischen den Fingern.

Wayne Cady war mit einer solchen Gewalt gegen die Lenksäule geschleudert worden, dass sie in seine Brust eingedrungen war und ihn auf der Stelle getötet hatte. Seine Freundin war gegen die Windschutzscheibe geprallt, aber ihr Tod war durch die Quetschungen im Unterleib verursacht worden. Der alte Buck Tennier, dessen Haus sechzig Meter vom Geschützstand entfernt lag, hatte den Aufprall gehört und die Polizei gerufen. Als Dupree und Lockwood an der Unfallstelle erschienen, hatte Buck neben dem Wagen gekniet und mit Sylvie gesprochen. Es waren ihre letzten Worte gewesen. Die beiden Polizisten hatten Sylvie und Wayne mithilfe von Bolzenschneidern aus dem Wagen befreit, nachdem Doc Bruder, der immer noch als stellvertretender Gerichtsmediziner fungierte, am Unfallort ihren Tod festgestellt hatte. Die Leichen hatte man zur einzigen Ambulanz der Insel gebracht, bevor sie auf das Festland geschafft wurden. Dupree hatte es übernommen, Sylvies Eltern und Wayne Cadys arbeitsscheuen Vater zu benachrichtigen. Es hatte viele Tränen gegeben, selbst Ben Cady musste weinen, obwohl er schon recht betrunken war, als Dupree bei ihm eintraf.

Der riesige Polizist erschauerte. Er trat mit der Stiefelspitze eine Glasscherbe weg und starrte in die Dunkelheit des Waldes, als ihm plötzlich wieder Richie Claessens Worte einfielen:

Die anderen, die im Wald.

So lange war die Insel ruhig gewesen.

Jetzt war irgendetwas erwacht.

2

Harry Rylance breitete die Landkarte auf der Motorhaube des gemieteten Mazdas aus und beobachtete, wie sich eine Schweißperle über Galveston legte. Er erinnerte sich vage, dass Galveston irgendwann durch eine Flut fast völlig zerstört und später wieder aufgebaut worden war. Harry war in Galveston gewesen, und ihm war völlig schleierhaft, warum man sich die Mühe gemacht hatte, den Ort wieder aufzubauen. Vielleicht war er auch einfach nur verbittert. Er war von einer Hure in Galveston ausgeraubt worden, die seine Brieftasche geplündert hatte, während er nach dem Sex auf dem Klo gewesen war; seither zuckte er schon zusammen, wenn jemand das Wort »Galveston« in den Mund nahm. Zum Glück kam es vergleichsweise selten vor, dass jemand von Galveston redete.

Jetzt stand er hier und blickte auf einen dunklen Schweißfleck, der langsam in die Landkarte einsickerte, und zwar genau um das Kaff herum, wo diese Hure ihn damals beklaut hatte. Könnte ein Zeichen sein, sagte er sich. Wenn er seinen Kopf direkt über die Landkarte beugte, würde vielleicht noch eine Schweißperle auf das Papier tropfen und ihm sagen, wo er eigentlich steckte. Denn wenn nichts dergleichen passierte, wäre er in dieser gottverlassenen Gegend verdammt verloren. Das hätte Harry vielleicht nicht weiter gestört, wenn er auf dieser abgelegenen Schotterstraße allein gewesen wäre. Nun ja, vielleicht schon gestört, aber zumindest hätte er in relativer Ruhe herausfinden können, wo er war. Stattdessen –

»Weißt du endlich, wo wir hier sind?«, fragte Veronica wie üblich in diesem genervten, klagenden Tonfall, der sich ihm von irgendwo über der Nasenwurzel direkt ins Zentrum des Gehirns bohrte und an allem, was er da zufällig fand, herumnagte.

Also gut. Harry war nicht allein. Er hatte Veronica Berg bei sich. Zwar hatte Veronica so ziemlich alles, was sich ein Mann von einer Frau im Bett wünschen konnte, und noch eine Menge mehr (Harry war nicht gerade ein einfallsloser Typ, aber die Dinge, auf die sie kam, wenn sie sich erst einmal in der Horizontalen befand, machten ihm zeitweilig richtig Angst), aber außerhalb des Schlafzimmers war sie meist eine absolute Nervensäge. Sie saß auf dem Beifahrersitz, die Sonnenbrille auf der Nase, den Ellbogen im offenen Fenster, zwischen den Fingern eine Zigarette, die hoffnungslose Rauchsignale in den Winterhimmel schickte.

Und das war auch so eine Sache: Es war verdammt heiß hier unten. Zum Teufel, es war Januar! Es war nicht normal, dass es im Januar heiß war. Harry Rylance stammte aus Burlington, Vermont, und in Burlington, Vermont, bedeutete Januar, dass man Ski fuhr und sich den Arsch abfror und die Einfahrt freischaufelte. Wenn man in Vermont im Januar schwitzte, war man drinnen und die Heizung zu hoch eingestellt. Der Süden war keine Gegend, wo sich ein Mann im Januar aufhalten sollte – oder wo er sich überhaupt aufhalten sollte, wenn es nach Harry ginge. Harry konnte feuchtes Klima nicht ausstehen. Er gab es auf, die blau geäderte Landkarte der Vereinigten Staaten in seinem Rand-McNally-Straßenatlas anzustarren, fand sich damit ab, dass sein Versuch, sich einen groben Überblick zu verschaffen, ihn auch nicht klüger gemacht hatte, und widmete seine Aufmerksamkeit der regionalen Landkarte. Harry war nicht besonders gut im Kartenlesen, was er aber lieber für sich behielt. Ein Mann, der öffentlich zugab, dass er nicht in der Lage war, eine Karte zu lesen, konnte genauso gut in einem Damensattel reiten oder sich Musicals ansehen. Harry fragte sich, ob das vielleicht eine Veranlagung bei ihm war, ähnlich einer Leseschwäche. Er konnte einfach die blau-roten Muster und grünen Flecken nicht mit der natürlichen Landschaft um sich herum in Verbindung bringen. Ebenso gut könnte man ihm eine Innenansicht des menschlichen Körpers zeigen, all die Venen und Arterien und das blutige Fleisch, und ihn fragen, um wen es sich handelte.

»Ich habe dich gefragt –«, begann Veronica wieder.

Harry spürte, wie sich im Zentrum seiner Stirn der Druck aufbaute. Ihre Stimme bohrte unerlässlich weiter. Wenn sie nicht bald damit aufhörte, würde sein Kopf implodieren.

»Ich habe es gehört. Wenn ich wüsste, wo wir sind, wären wir woanders.«

»Was zum Teufel soll das denn heißen?«

»Das heißt, wenn du mich verdammt nochmal eine Minute in Frieden lassen würdest, könnte ich herausfinden, wo wir sind, und dahin fahren, wo wir eigentlich hinwollen.«

»Du hättest auf dem Highway bleiben sollen.«

»Ich bin vom Highway abgefahren, weil du gesagt hast, du würdest dich langweilen. Du wolltest ein bisschen was von der Landschaft sehen.«

»Hier gibt es aber keine Landschaft.«

»Tja, willkommen im Süden. Der Bürgerkrieg war das Beste, was der Gegend hier passieren konnte. Zumindest hat er ein paar Besucher hergebracht.«

»Du hättest nicht auf mich hören sollen.«

»Du hast mir gar keine Wahl gelassen.«

»Sprich nicht in dem Ton mit mir.«

»Hör mal, zu Hause hab ich schon eine Ehefrau. Ich brauche nicht noch eine.«

»Du kannst mich mal, Harry.«

Es war nicht zu überhören, dass sie gekränkt war. Jetzt würde er sich ihre Zuneigung erst wieder erschleichen müssen, wenn er nicht die Hoffnung begraben wollte, in Gesellschaft von Veronica Berg seinen sexuellen Horizont zu erweitern. Die jährliche Sitzung der Insurance Providers of America war weiß Gott nicht so aufregend, dass Harry das Bedürfnis hatte, das ganze Wochenende inmitten eines Haufens von Spießern zu verbringen und die ganze Zeit mit einem Ständer herumzulaufen. Er langte durch das Wagenfenster und berührte ihre feuchte Haut leicht mit der Handfläche. Sie wandte sich ab, ein deutliches Signal. Wenn sie ihn schon ihr Gesicht nicht berühren ließ, dann bestand durchaus die Möglichkeit, dass vorerst auch der Rest ihrer Haut unter Verschluss blieb; es sei denn, es gelang ihm bald, wieder Boden gutzumachen.

»Baby, es tut mir Leid. Ich hab's nicht so gemeint.«

Sie tat so, als wischte sie sich eine Träne fort. »Also, du solltest ein bisschen vorsichtiger sein mit dem, was du sagst. Du kannst manchmal ziemlich verletzend sein, Harry Rylance.«

»Es tut mir Leid«, wiederholte er. Er beugte sich hinunter und küsste sie auf den Mund, wobei er versuchte, den Nikotingeschmack in ihrem Atem zu ignorieren. Das war auch etwas, was ihn störte: ihre verdammte Qualmerei. Wenn es eins gab –

»Harry, da kommt jemand!«

Er sah auf – und tatsächlich, eine Staub- und Qualmwolke näherte sich ihnen. Er machte einen Satz weg von Veronica, schnappte sich die Landkarte und wedelte damit dem ankommenden Fahrzeug zu. Als es näher kam und der Staub sich ein wenig legte, erkannte Harry einen blauen Packard, mindestens zwanzig Jahre alt. Hinter dem Steuer saß ein junger Mann mit blonden Haaren, die auf der rechten Seite gescheitelt waren und ihm über ein Auge hingen. Er hielt an und schob sich die Haare aus dem Gesicht, während er den älteren Mann musterte.

Hinter sich hörte er Veronica vor Wohlgefallen schnurren. Der Junge sah *wirklich* gut aus, stellte Harry fest, vielleicht war er ein bisschen zu hübsch mit seinen blonden Haaren, aber auf jeden Fall gut aussehend. Harry fragte sich, ob er sich komisch benahm, kam aber zu dem Schluss, dass er nur das Gefühl hatte, es wäre so. Harry dachte, dass der Junge besser nie mit dem Gesetz in Konflikt geraten sollte, denn wenn er ins Gefängnis wanderte, würde sein Zellengenosse nie wieder Zigaretten kaufen müssen.

»Haben Sie sich verfahren?«, fragte der Junge. Seine Stimme klang ein bisschen hoch, beinahe unheimlich. Harry ging auf ihn zu und bemerkte, dass der junge Mann älter war, als es auf den ersten Blick schien: vielleicht Anfang zwanzig, obwohl er die Stimme eines Dreizehnjährigen hatte, der es nicht abwarten konnte, in die Pubertät zu kommen.

Verdammter Hinterwäldler, dachte Harry.

»Irgendwo bin ich falsch abgebogen«, sagte Harry, womit er wohlweislich unterschlug, dass er nicht die geringste Ahnung hatte, wo er war. Das war eine Frage der Ehre.

»Wo soll's denn hingehen?«

Wie bitte? *Wo soll's denn hingehen?* Wer redete denn so?

»Wir sind unterwegs nach Augusta.«

»Sie sind ganz schön weit weg von Augusta. Das liegt außerdem in einem anderen Staat.«

»Ich weiß. Wir lassen uns ein bisschen Zeit.«

»Im Urlaub?«

»Geschäfte.«

»Und was genau machen Sie?«

»Ich verkaufe Versicherungen.«

»Warum?«

»Warum was?«

»Warum verkaufen Sie Versicherungen?«

Harry zog die Augenbrauen zusammen. Das hatte ihm gerade noch gefehlt. Der Junge war offensichtlich ein zurückgebliebener Hinterwäldler, der mit seinem klapprigen alten Packard auf Nebenstraßen herumkurvte und nach Leuten

Ausschau hielt, die er belästigen konnte. Sie waren vor nicht einmal zwei Stunden aus dem Flugzeug gestiegen und schon entwickelte sich das Wochenende beschissen.

»Jeder braucht Versicherungen.«

»Warum?«

»Also angenommen, es passiert einem was. Wenn Sie zum Beispiel Ihren Wagen zu Schrott fahren, was machen Sie dann?«

»Das ist nicht mein Wagen.«

Himmelherrgott!

»Also gut, dann stellen Sie sich eben vor, Sie fahren ihn zu Schrott, und der Mann, dem er gehört, will, dass Sie das in Ordnung bringen.«

»Dann würd ich ihn reparieren.«

»Und wenn es ein Totalschaden wäre und der Wagen sich nicht mehr reparieren ließe?«

»Es gibt nichts, was ich nicht reparieren kann.«

Harry wischte sich frustriert übers Gesicht.

»Hier gibt's doch eine Menge Hurrikans, stimmt's?«

»Klar.«

»Und was würden Sie machen, wenn Ihr Haus weggeblasen würde?«

Der junge Mann dachte darüber nach, dann nickte er.

»Wenn ich ein Haus hätte«, erwiderte er, dann ließ er den Packard wieder an. »Folgen Sie mir«, sagte er zu Harry. »Ich bringe Sie dahin, wo Sie hinmüssen.«

Harry lächelte erleichtert und stapfte zu seinem Wagen zurück.

»Wir werden hinter ihm herfahren«, erklärte er Veronica.

»Von mir aus.«

»Und steck deine Zunge wieder in den Mund«, sagte Harry. »Du hast schon Sabber am Kinn.«

Nachdem sie fünf Meilen hinter dem Jungen hergefahren waren, begann Harry sich Sorgen zu machen.

»Wo zum Teufel bringt der uns hin?«, fragte er.

»Wahrscheinlich kennt er eine Abkürzung.«

»Eine Abkürzung wohin? Nach Louisiana?«

»Harry, der kommt hier aus der Gegend. Er kennt sich besser aus als wir. Beruhige dich.«

»Ich glaube, der Bursche spinnt. Er hat mich nach Versicherungen gefragt.«

»Du verkaufst Versicherungen. Die Leute reden immer mit dir darüber.«

»Ja, aber nicht so. Der hat sich benommen, als wüsste er gar nicht, was eine Versicherung ist.«

»Vielleicht hat er mal schlechte Erfahrungen gemacht.«

»Zum Beispiel?«

»Na ja, vielleicht hat er mal versucht, von deiner Firma einen Schaden ersetzt zu bekommen.«

»Sehr lustig. Außerdem ist es *unsere* Firma.«

»Ich geh nur ans Telefon. Ich verkaufe keine beschissenen Policen.«

»Was heißt denn hier beschissene Policen? Herrgott, redest du etwa so mit anderen Leuten über unsere Arbeit?«

»Wenn's keine beschissenen Policen sind, wie kommt es dann, dass sie nicht das einbringen, was sie angeblich einbringen sollen?«

»Das ist kompliziert.«

»Erklär's mir.«

»Du würdest es sowieso nicht verstehen.«

»Leck mich, Harry.«

»Wo fährt er denn jetzt hin?«

Vor ihnen war der Packard rechts abgebogen und hielt vor einem alten Bauernhaus. Der junge Mann stieg aus dem Wagen, ging die Stufen zur Eingangstür hinauf, öffnete sie und verschwand im Innern des Hauses.

»Das darf doch wohl nicht wahr sein«, murmelte Harry.

Er fuhr die Einfahrt hoch und parkte neben dem Packard. Das Haus erweckte den Anschein, als hätte es schon mal bessere Zeiten gesehen, ohne sich daran erinnern zu können. Bäume boten dem Hof Schutz, aber es war nicht ersichtlich wogegen, denn Harry konnte keinerlei Nachbarn entdecken. Früher war der Hof anscheinend bewirtschaftet gewesen, Harry erblickte einen vor sich hin rostenden John Deere in der offenen Scheunentür, allerdings mit platten Reifen und abgerissenem Auspuff. Durch die Bäume erspähte er zugewucherte Felder, auf denen schon lange nichts mehr geerntet worden war. Das Einzige, was es hier noch gab, waren Schmutz und Unkraut. Außerdem war es still, keine Hunde, keine Menschen, nicht mal ein paar magere Hühner pickten im Staub. Vor dem Haus erstreckte sich eine Veranda, von der Brocken weißer Farbe abplatzten wie große Tränen. Auch von der Fassade, den Fensterrahmen und der Tür blätterte die Farbe ab. Das ganze Haus schien zu weinen.

Harry öffnete die Wagentür und rief nach dem Mann.

»Hallo, junger Mann! Was soll das?«

Es kam keine Reaktion, und mit einem Mal verlor Harry, der sich im Großen und Ganzen für einen ruhigen Menschen hielt, die Nerven.

»Verdammt!«, schrie er. »Verdammt, verdammt und nochmal verdammt!«

Er stieg aus und stampfte hinauf zum Haus. Hinter sich hörte er Veronica, die ihm zurief, er solle warten. Er scherte sich nicht darum. Ihm stand nur noch der Sinn danach, schnell wieder auf den Highway zu kommen, ein Hotel zu suchen und sich voll laufen zu lassen. Zum Teufel, vielleicht würden sie auch einfach die Nacht durchfahren, bis sie nach Augusta kamen. Die Vorstellung, sich Zeit zu lassen und es unterwegs gemütlich angehen zu lassen, konnte er vergessen. Veronica konnte ihm den Buckel runterrutschen.

An der Tür angelangt, spähte er ins Haus. Man kam direkt ins Wohnzimmer. Alle Vorhänge waren zugezogen, sodass der Raum in Dunkelheit gehüllt war. In einer Ecke konnte er die Umrisse von Sesseln und einem Fernseher ausmachen. Ihm gegenüber lag die Küche und daneben ein Zimmer, das offenbar als Lagerraum diente. Zu seiner Linken führte eine Treppe in den ersten Stock.

Trotz der Hitze waren alle Fenster geschlossen. Von dem jungen Mann war keine Spur zu sehen.

Harry trat ein und verzog das Gesicht. Irgendetwas stank merkwürdig hier drin, dachte er. Er hörte Fliegen summen.

»Was ist denn los?«, rief Veronica und hatte erneut diesen klagenden Tonfall, auch wenn Harry es diesmal kaum bemerkte.

»Bleib, wo du bist!«, befahl er. »Und verriegel die Wagentüren.«

»Was –«

»Herrgott nochmal, tu, was ich dir sage!«

Sie schwieg und er hörte das Klicken der Türverriegelung. Vor ihm lag Dunkelheit, und abgesehen von dem Summen von Insekten, die man nicht sehen konnte, war kein Geräusch, keine Bewegung zu hören.

Harry betrat das Haus.

Viele Meilen weiter nördlich saßen zwei Police Officer, ein Mann und eine Frau, an einem Tisch in der Sebago Brewing Company am alten Hafen von Portland. Es war kurz nach vier und wurde langsam dunkel. Um diese Jahreszeit gab es kaum Touristen und auf den Straßen wie auch in der Kneipe war es entsprechend ruhig. Es hieß, ein Sturm braue sich zusammen und es werde schneien.

»Ohne die Touristen gefällt es mir besser hier«, sagte die Polizistin. Sie war klein und hatte kurze dunkle Haare, die kaum ihren Nacken berührten. Sie hatte schlanke Glieder und wirkte ohne Uniform fast zierlich, aber Sharon Macy war kraftvoll und behände. Und attraktiv, dachte Eric Barron. Sogar sehr attraktiv. Sie war erst seit einem halben Jahr im Department, und seitdem musste sich Barron ständig bremsen, um nicht über sie herzufallen. Barron war nicht dumm. In verschiedenen Bars und Clubs hatte er beobachtet, wie andere Kollegen sich an sie heranmachten, wie manche sogar ihre Eheringe versteckten, als wäre Macy blöd genug, darauf hereinzufallen. Aber Barron hatte sich zurückgehalten, und mittlerweile hatte er das Gefühl, dass er es sich als einer von wenigen erlauben konnte, sie nach dem Dienst auf ein oder zwei Bier einzuladen, um, na ja, abzuschalten. Er spürte, dass sie ihm allmählich vertraute und sich in seiner Gegenwart entspannte, zudem schien sie nichts dagegen zu haben, wenn er schon mal ihren Arm tätschelte oder sein Bein gegen ihres schob. Winzige Schritte. Barron war ein überzeugter Verfechter der Strategie der kleinen Schritte. Damit hätte er tatsächlich als anständiger Polizist durchgehen können, wenn er darauf Wert gelegt hätte, weder eitel noch ehrgeizig, sondern gewissenhaft und vorsichtig zu sein. Leider war Barron aber kein anständiger Polizist. Er hatte eine Menge Leute zum Narren gehalten, aber selbst die Kollegen, die ihn einigermaßen okay fanden, würden Barron nicht als »anständig« bezeichnen. Er verbreitete schlechte Schwingungen. Niemand bat Barron je darum, den Babysitter zu spielen oder die Tochter vom Cheerleader-Training abzuholen. Es ließ sich nicht präzise in Worte fassen, aber wenn man Kinder hatte, dann zählte Barron eher zu der Sorte von Leuten, vor denen man auf der Hut war. Die Jugendlichen aus der Gegend, selbst die Rabauken, vermieden es, sich mit ihm anzulegen. Barron tat gerne so, als läge das nur daran, dass sie Respekt vor ihm hätten, aber insgeheim wusste er es besser. Er sah es in ihren Gesichtern, vor allem in denen der Jungs.

Barron interessierte sich normalerweise nicht für Frauen wie Macy – er machte sich schlichtweg nichts aus erwachsenen Frauen –, aber Macy war schmal gebaut, mit einem knabenhaften Hintern, und Barron hatte eine Menge für Experimente übrig. Außerdem hielt er sich schon eine ganze Weile bedeckt und bemühte sich, nicht aufzufallen. Vor nicht allzu langer Zeit hatte er seinen Gelüsten ziemlich freien Lauf gelassen und sich damit eine Menge Ärger eingehandelt. Er brauchte ein Ventil für seine Frustration.

»Auf der Insel wird es ganz schön kalt sein«, sagte er. Er rieb ihre Hände, als müsste er die Blutzirkulation in ihren gefrorenen Gliedern anregen. Sie lächelte, zog aber die Hände weg und verbarg sie unter dem Tisch.

Verdammt, dachte Barron. Kein gutes Zeichen.

»Mir macht das nichts aus«, sagte sie. »Ich freue mich schon richtig darauf. Ich bin noch nie da draußen gewesen.«

Barron trank einen kräftigen Schluck von seinem Bier. »Es gibt nichts ›da draußen‹«, sagte er. »Nur einen Haufen Hinterwäldler, die irgendeine bescheuerte Inselfantasie ausleben. Alles Inzucht, lauter Trottel.«

Sie schüttelte den Kopf. »Sie wissen, dass das nicht stimmt.«

»Sie haben es noch nicht am eigenen Leib erfahren. Glauben Sie mir, nach vierundzwanzig Stunden auf der Insel kommt Ihnen das hier wie eine Mischung aus New York und Las Vegas vor.«

Barron legte manchmal einen besserwisserischen Tonfall an den Tag, der Macy ziemlich auf die Nerven ging. Aber Macy war Streifenpolizistin in der Probezeit und Barron ihr Außendienst-Ausbilder. Sie hatte ihre achtzehn Wochen Grundausbildung absolviert und inzwischen auch fast die sechs Wochen Außendienst hinter sich. In den verbleibenden knapp zwei Jahren Probezeit würde sie jeweils ein halbes Jahr mit einem neuen Einsatzgebiet vertraut gemacht werden, was ihr nur recht war. Sie konnte es kaum erwarten, endlich von Barron wegzukommen. Er war ihr unheimlich und er benahm sich nicht nur wie ein gestandener Streifenpolizist gegenüber seiner fünfzehn Jahre jüngeren Kollegin. Barron war schlicht unangenehm. Er gehörte zu einer Hand voll Polizisten, die sich wegen ihrer Brutalität einem Disziplinarverfahren gegenübersahen, mit dem sie – zumindest nach Macys Ansicht – die gesamte Dienststelle der Polizei von Portland in Misskredit brachten, und das zu einem Zeitpunkt, wo das weiß Gott niemand gebrauchen konnte. Die Bundesbehörden hatten die Dienststelle bereits im Visier und darunter litt die Arbeitsmoral. Eine Menge Polizisten warteten ohnehin nur noch darauf, dass sie sich nach fünfundzwanzig Jahren Dienstzeit endlich zur Ruhe setzen und irgendwo eine Kneipe eröffnen konnten. Und Leute wie Barron machten die Situation noch schlimmer.

Andererseits hatte er sie zu einem Bier eingeladen, um das bevorstehende Ende ihrer Zusammenarbeit zu feiern, das hatte sie ihm nicht abschlagen können. Das Sebago war zwar keine Polizistenstammkneipe, aber es waren noch ein paar weitere Kollegen anwesend. In den Stammlokalen war Barron nie anzutreffen. Gut vorstellbar, dass sie nicht die Einzige war, die sich in seiner Gegenwart unwohl fühlte.

Macy nippte an ihrem Bier und beobachtete den Verkehr auf der Middle Street. Sie musste sich immer noch an Portland gewöhnen, obwohl sie sich hier ein wenig an Providence erinnert fühlte, wo ihre Eltern lebten. Es gab eine Menge junger Leute in Portland, aber die Universität war relativ klein und insgesamt war die Atmosphäre eher provinziell. Es gefiel ihr, dass es eine ganze Reihe guter Kneipen und netter Restaurants in der Stadtmitte gab. Sie hatte kein großes Heimweh nach Providence und war froh, dass sie eine Menge schlechter Erinnerungen hatte zurücklassen können. Wenn sie damals nicht so viel Pech gehabt hätte, wäre sie jetzt längst verheiratet und würde vielleicht sogar in Erwägung ziehen, ein Kind zu bekommen. Natürlich war alles schief gelaufen, sonst säße sie jetzt nicht zweihundert Kilometer von Providence entfernt mit müden Beinen und schmerzendem Rücken in einer Kneipe.

Seltsam, aber was sie an Max besonders gemocht hatte, war, dass er ihr das Gefühl gegeben hatte, dass sie selbst in fünfzig Jahren noch neue Seiten an ihm würde entdecken können. Aber dann hatte es nur knapp anderthalb Jahre gedauert, bis Max einen Charakterzug offenbart hatte, der alle Hoffnungen auf eine Ehe mit ihm zunichte machte. Max konnte nicht treu sein. Max würde selbst ein Schlüsselloch ficken, wenn nicht gerade ein Schlüssel drinsteckte. Wenn er nicht eine einsame Studentin auf der Thayer Street aufreißen oder eine gelangweilte Sekretärin während der Happy Hour von fünf bis acht flachlegen konnte (so wie Macy, damals selbst eine gelangweilte Sekretärin in einer Anwaltskanzlei, ihn kennen gelernt hatte), dann vögelte er Nutten. Offenbar hatte er sogar eine Vorliebe für Prostituierte, was ihr klar geworden war, als man ihn gegen Kaution freigelassen hatte und sie sich, nachdem sie gedemütigt zu ihren Eltern zurückgekehrt war, ein letztes Mal getroffen hatten. Als sie in dem Diner saßen, hatte er alles gebeichtet und dabei Gift und Galle gespuckt, dass sie schon dachte, der Resopaltisch könnte sich auflösen. Den Nutten hatte er erzählt, er wäre solo, und es hatte ihn jedes Mal angemacht, wenn sie sich wunderten, wie ein so gut aussehender Kerl solo sein konnte. Selbst während er davon erzählte und obwohl seine Karriere längst ein Scherbenhaufen war (der Umgang mit Nutten war damals das geringste seiner beruflichen Probleme, denn er war im Zuge der Ermittlungen gegen Bürgermeister Buddy überwacht worden und sah plötzlich einer Anklage wegen Betrugs und Bestechung entgegen), hatte sie gespürt, dass ihm das noch immer schmeichelte. Max war völlig verkorkst, sowohl in moralischer als auch in psychischer Hinsicht. Sie war nur heilfroh, dass sie die Wahrheit vor einer möglichen Hochzeit erfahren hatte.

Das war vor zwei Jahren gewesen, kurz darauf war Macy auf die Idee gekommen, zur Polizei zu gehen. Damals engagierte sie sich als freiwillige Helferin in einem Frauenhaus, wo einige Frauen ihr regelrechte Horrorgeschichten darüber erzählt hatten, wie man bei der Polizei mit ihnen umgegangen war. Es hatte auch gute Geschichten gegeben, hoffnungsvolle, aber die üblen waren bei Macy hängen geblieben. Sie wollte demonstrieren, dass es auch anders ging. So einfach war das. Nach ihrer Trennung, als sie noch damit beschäftigt war, ihr Unglück zu verarbeiten, hatte sie Portland besucht und die Stadt hatte ihr gefallen. Sie lag nicht zu weit von ihren Eltern entfernt, sodass sie nach Hause fahren konnte, wenn ihr danach zumute war, aber doch weit genug weg, dass keine große Gefahr bestand, Max' alten Kumpels über den Weg zu laufen (oder, Gott bewahre, Max selbst). Die Lebenshaltungskosten waren erträglich und es wurden Polizisten gesucht. Ihre wenn auch geringen Kenntnisse des Rechtssystems und ihre Erfahrungen im Frauenhaus waren eine sichere Eintrittskarte gewesen. Sie bereute nichts, auch wenn die Zusammenarbeit mit Barron ihre bisher größte Herausforderung darstellte.

Ihr fiel auf, dass Barron schweigsam geworden war. Sie bemerkte seinen Blick, und sein Gesichtsausdruck war so feindselig, dass sie ihn am liebsten auf der Stelle dort hätte sitzen lassen und weggerannt wäre, auch wenn der Blick nicht ihr galt. Stattdessen beobachtete er einen Mann von mittlerer Größe, der mit dem Barkeeper sprach. Ein netter Typ, dachte Macy, irgendwie grüblerisch. Er zückte irgendeinen Ausweis, stellte ein paar Fragen, dann ging er weiter. Als er Barron entdeckte, stutzte er kurz, aber merklich. Er sah Barron in die Augen, bis dieser den Blick abwandte, dann verließ er die Kneipe. Macy beobachtete, wie er in einen alten Mustang stieg und in Richtung der Franklin Arterial davonfuhr.

»Wer war das?«, fragte sie.

»Niemand. Ein Versager.«

Er entschuldigte sich, er wolle aufs Klo, und bestellte beim Barkeeper noch zwei Bier. Macy hatte kaum ihr erstes Glas ausgetrunken und beabsichtigte nicht, noch ein weiteres zu trinken. Sie sah sich in der Kneipe um und entdeckte Odell von der Abteilung für Diebstahldelikte. Er trat an ihren Tisch und stieß mit seinem Glas an ihres.

»Sechs Monate rum«, sagte er. »Glückwunsch.«

Sie zuckte die Achseln und lächelte. »Sagen Sie mal, haben Sie eine Ahnung, wer der Mann war, der vor ein paar Minuten mit dem Barkeeper gesprochen hat? Er fährt einen Mustang.«

Odell nickte. »Charlie Parker.«

»Der Privatdetektiv?« Als Ermittler, so viel wusste sie, war es Parker gelungen, einigen ziemlich üblen Kollegen auf die Spur zu kommen. Er hatte sich einen Namen gemacht, auch wenn sein Ruf zwiespältig war. Ihr war zu Ohren gekommen, dass Parker im Department herumschnüffelte. Sie war neugierig zu erfahren warum.

»Genau der.«

»Ich habe den Eindruck, dass Barron ihn nicht besonders mag.«

»Es gibt nur wenige Leute, die Eric Barron mag, und von denen steht Parker nicht gerade an oberster Stelle. Vor ein paar Jahren sind die beiden mal heftig aneinander geraten. Parker hat damals den Tod einer Frau namens Rita Ferris untersucht. Sie ist nebenbei auf den Strich gegangen. Nachdem der Fall abgeschlossen war, hat sich Barron im Old Port Billiards mit Parker angelegt und ein paar Bemerkungen über die Frau fallen lassen.«

»Und?«

»Barron ging aufs Klo. Kurz darauf ist Parker ihm gefolgt. Dann kam nur Parker wieder raus. Barron hat nie darüber gesprochen, was da drin vorgefallen ist, aber seitdem hat er eine Narbe im rechten Mundwinkel« – Odell zeigte mit dem Finger auf seinen eigenen Mund –, »aber ich würde ihn an Ihrer Stelle nicht darauf ansprechen, wenn Sie verstehen, was ich meine.«

»Leute, die sich mit Cops anlegen, kommen normalerweise nicht so einfach davon.«

»Glauben Sie, irgendwer würde sich ins Zeug legen, um Barrons Ehre zu verteidigen?«

»Wohl eher nicht. Ich habe gehört, Parker stellt Fragen über Kollegen.«

»Kollegen, Expolizisten, Sicherheitsdienste. Er tritt reichlich Leuten auf die Füße.«

»Und wissen Sie warum?«

»Es geht um einen Fall, der schon Monate zurückliegt. Irgendwer hat versucht, drüben in Gorham einen Jungen zu missbrauchen. Der Junge war Terpentinschnüffler und sowieso schon ziemlich neben der Spur, daher konnte er sich kaum an was erinnern, aber er hat behauptet, der Mann hätte eine Uniform unter seiner Jacke getragen und außerdem eine Pistole. Seine Eltern sind wohlhabend, sie haben Parker angeheuert, damit er ein paar Fragen stellt. Sie befürchteten, der Kerl könnte sich erneut an ihren Jungen oder an einen anderen ranmachen.«

Barron kam von der Toilette zurück und nickte Odell zum Gruß zu.

»Wir sehen uns«, sagte Odell zu Macy. Er nickte Barron zu – »Eric« – und gesellte sich wieder zu seinen Kollegen.

»Was wollte der denn?«, fragte Barron.

»Nichts. Er hat mir nur gratuliert, dass die sechs Monate rum sind.« Sie spürte, wie Barron neben ihr kochte. Seine

Zündschnur war sehr kurz, und man trat sie besser aus, bevor sie das Pulverfass erreichte.

»Erzählen Sie mir noch ein bisschen über die Insel«, sagte sie.

Barron berichtete ihr, dass Dutch Island, oder auch Sanctuary, wie die Insel von manchen immer noch genannt wurde, innerhalb der Zuständigkeit der Polizei von Portland lag, obwohl sie die abgelegenste aller Inseln in der Casco Bay war. Dutch Island war nicht die einzige Insel, die einen Anspruch auf Polizeipräsenz hatte, aber Barron hielt sie für die am wenigsten gastfreundliche. Die meisten Cops aus Portland brauchten nicht auf Dutch Island Dienst zu tun. Es gab einen ortsansässigen Polizisten und ein paar Kollegen, die in einem Rotationssystem dorthin zum Dienstantritt fuhren. Zu der anderen Insel, Peak Island, die ebenfalls der Polizei von Portland unterstand, fuhren täglich zwei Officer mit dem Boot hinaus. Aber wenn das Boot nach Dutch Island abfuhr, war meist nur ein Polizist an Bord.

»Warum hat sie zwei Namen?«

»So hört sie sich interessanter an«, erwiderte Barron. »Aber glauben Sie mir, sie ist es nicht. Was wollen Sie noch wissen?«

»Was ist er für ein Typ?«, fragte Macy.

»Wer?«

»Dieser Dupree. Wie ist er so?«

Barron schnalzte verächtlich mit der Zunge. »Melancholie-Joe? Eine Missgeburt.«

»Es heißt, er sei ein Riese. Ich meine, ein richtiger Riese. Wie im Zirkus oder wie dieser Freistilringer, der neulich gestorben ist.«

»André, der Riese. Nein, Joe ist nicht so groß wie André. Aber trotzdem ein verdammt großer Scheißkerl. Und stark. Niemand legt sich mit Melancholie-Joe an.«

»Warum wird er so genannt?«

»Weil er eine erbärmliche Kreatur ist, deshalb. Er redet nicht viel, lebt zurückgezogen. Am besten, Sie nehmen sich ein paar Bücher mit nach Dutch Island, denn Joe wird Sie nachts bestimmt nicht mit Gesprächen wachhalten.«

»Mussten Sie auch schon mal Dienst auf der Insel tun?«

»Nur ein Mal, als eine Grippewelle die Hälfte der Belegschaft außer Gefecht gesetzt hatte. Es hat mir nicht besonders gefallen und Joe Dupree ebenso wenig.«

Wird wohl auf Gegenseitigkeit beruht haben, dachte Macy.

»Vermutlich passiert da nicht besonders viel.«

»Eigentlich gar nichts. Ein paar gelangweilte Jugendliche, die Autos klauen oder in Sommerhäuser einbrechen. Saufgeschichten. Meistens nur Fälle für die örtliche Polizei.«

»Aber nicht immer?«

»Was wissen Sie?«, fragte Barron.

»Jemand hat erzählt –«

»Wer?«

»Irgendjemand halt. Er meinte, Joe Dupree hätte mal einen Mann auf der Insel getötet.«

Wieder schnalzte Barron mit der Zunge. »Stimmt, er hat einen der Brüder Lubey getötet. Ronnie Lubey. Wenn er ein bisschen schneller gewesen wäre, hätte sein Partner keine Ladung Schrot ins Bein gekriegt. Lubey war stockbesoffen, Dupree und Snowman kamen dazu –«

»Snowman?«

»Ja, ein schwachsinniger Name für einen Schwachsinnigen. Hätte ihn die Schrotladung am Kopf getroffen, wär der Schaden wahrscheinlich geringer gewesen. Wie auch immer, Dupree und er treffen also ein, Snowman wird angeschossen und Dupree tötet Ronnie Lubey. Er wurde für einige Zeit vom Dienst suspendiert, aber die Ermittlungen ergaben, dass ihn keine Schuld traf. Das war alles. Niemand hat dem alten Ronnie viele Tränen nachgeweint. Er war ein übler Bursche. Sein Bruder lebt immer noch auf der Insel. Er hasst Joe Dupree wie die Pest.«

Barron schwieg eine Weile. Er wollte Macy etwas sagen, aber er kam sich irgendwie blöd dabei vor, so als könnte sie ihn auslachen oder für einen Lügner halten. Aber als er zur Polizei gekommen war, hatte Tom Huyler, sein erster Partner, ihm bei einem Bier genau dasselbe erzählt, was er jetzt Macy erzählen wollte, und Huyler war nicht der Typ, der Witze machte. Er war Calvinist, und wenn diese Leute sich zu einem Lächeln durchrangen, war es, als könnte man zusehen, wie das Eis in der Arktis schmilzt. Aber Huyler kannte sich mit der Geschichte der Insel aus. Schließlich waren es seine Leute gewesen, die die Insel anfangs besiedelt hatten.

Seine Leute, die niedergemetzelt worden waren.

Es stimmte schon, dass Dutch Island ruhig war, meistens wenigstens. Es gab merkwürdige Ehestreitereien und auch hin und wieder einen Betrunkenen, der mit dem Wagen gegen einen Baum fuhr. Aber er konnte sich noch gut daran erinnern, wie Huyler ihm die Geschichte der ersten Siedler berichtet hatte, die sich im späten siebzehnten Jahrhundert nach Scharmützeln mit den Indianern auf die Insel zurückgezogen hatten.

Dann hatte es, wie man in Geschichtsbüchern nachlesen konnte, interne Auseinandersetzungen zwischen den Inselbewohnern gegeben, in deren Folge einer der Siedler verbannt worden war. Er kehrte jedoch zurück, und zwar mit einer Reihe von Kumpanen. Die gesamte Bevölkerung – zehn, zwölf Familien, alle mit Kindern – wurde niedergemetzelt. Erst seit hundert oder vielleicht hundertfünfzig Jahren wurde die Insel wieder in nennenswertem Umfang besiedelt, und mittlerweile war die Gemeinde so groß, dass sie Anspruch auf einen ständigen Polizeiposten hatte.

Und manchmal verschwanden Leute. Meist waren es üble Gestalten. Das war das Merkwürdige daran. Es waren diejenigen, die niemand gebrauchen konnte, nicht einmal ihre eigenen Familien. Es waren die Säufer, die Gewalttätigen und Männer, die ihre Frauen prügelten. Natürlich verschwanden nicht alle üblen Gestalten, und auf Dutch Island gab es immer noch ein paar von der Sorte, aber die passten ziemlich auf, wohin sie gingen und was sie taten. Sie hielten sich nicht zu weit entfernt von ihren Häusern auf, mieden die Wälder im Zentrum der Insel und vor allem die Gegend, die als die Stätte bekannt war, die Stelle, an der die ersten Siedler begraben lagen.

Huyler war mittlerweile tot, er war vor zwei Jahren einem Herzinfarkt erlegen, aber Barron sah ihn immer noch vor sich, wie er mit einem Glas Bier in der Hand dasaß und in diesem typisch singenden Tonfall sprach, in den er hin und wieder verfiel, ein Überbleibsel seines Familienerbes. Barron hatte nie auch nur ein Wort von dem angezweifelt, was Huyler erzählt hatte, auch nicht die Geschichte von seiner letzten Streifenfahrt auf der Insel und von George Sherrins Tod. Denn George Sherrin war der Grund dafür, dass die weniger angesehenen Bewohner der Insel sich nachts nicht mehr in den Wald trauten. Niemand war erpicht darauf, Georges Schicksal zu teilen, unter keinen Umständen.

Über die Sherrins waren schon immer Gerüchte im Umlauf gewesen. Ihre Kinder waren aufsässig und eher von der schwer erziehbaren Sorte. Der alte Frank Dupree, Melancholie-Joes Vater, musste bei mehr als einer Gelegenheit eins der Kinder zu Vater Sherrin zurückbringen und ihm mitteilen, dass der Übeltäter dabei erwischt worden war, wie er ein Fenster eingeschlagen oder irgendeine arme Kreatur gequält hatte. Auf dem Weg nach Hause wurde das Kind dann jedes Mal ganz still, und Frank konnte sich eines komischen Gefühls nicht erwehren, wenn George mit dem Jungen ins Haus ging und sich die Tür leise hinter ihnen schloss. Frank hatte immer den Verdacht gehabt, dass bei den Sherrins irgendetwas vor sich ging, etwas Widerwärtiges und Verdorbenes, aber es gelang ihm nie, Sherrins ängstliche Frau Enid zum Reden zu bewegen, und Sozialarbeiter, die die Familie aufsuchen wollten, mussten damit rechnen, dass der Alte ihnen mit dem Gewehr vor der Nase herumfuchtelte oder die Hunde auf den Hals hetzte, sodass ihnen nichts anderes übrig blieb, als das Weite zu suchen.

Und dann, eines Tages, war George Sherrin verschwunden. Mit seinem Pick-up und einer Kettensäge war er in den Wald gefahren, um illegal Bäume zu fällen und billigen Brennstoff zu besorgen, und nicht wieder nach Hause gekommen. Seine Ehefrau hielt es erst nach zwei Tagen für nötig, Georges Verschwinden zu melden, und Frank Dupree konnte sich gut vorstellen, dass sie, wenn sie ihn schon nicht selbst umgebracht hatte, zumindest erleichtert war, ihn zwei Tage nicht im Haus zu haben. Und wenn George Sherrin wirklich üble Dinge mit den Kindern trieb, dann zweifelte Frank nicht daran, dass seine Frau darüber Bescheid wusste und womöglich sich selbst manchmal für seine Abartigkeiten zur Verfügung stellte, nur um die Kinder davor zu bewahren.

Also waren Frank Dupree und Tom Huyler in den Wald gefahren und hatten nach einigen Stunden Georges Pick-up gefunden und daneben seine Motorsäge. Eine der umstehenden Kiefern wies eine große Kerbe auf, wo George die Säge angesetzt hatte, aber irgendetwas schien ihn dabei unterbrochen zu haben, denn er hatte die Arbeit nicht beendet. Sie suchten die ganze Umgebung gründlich nach ihm ab, fanden jedoch nicht die geringste Spur. Später kehrten sie mit zwanzig Inselbewohnern zu der Stelle zurück, bildeten eine Kette, durchkämmten das Unterholz und suchten zwischen den Bäumen, aber George blieb verschwunden. Nach einigen Tagen stellten sie die Suche ein. Wenige Wochen später scherte sich niemand mehr um ihn. Georges Kinder wurden in der Schule besser, hin und wieder kam jetzt auch ein Sozialarbeiter zu ihnen nach Hause, und Enid Sherrin nahm mehrmals im Monat mit ihren Kindern die kleine Fähre zum Festland und vertraute sich einer Ärztin an, die die Schublade voller Buntstifte und reichlich Papiertaschentücher auf ihrem Schreibtisch hatte.

Ein Jahr später suchte ein Unwetter die Küste heim und Dutch Island als Vorposten der Inselgruppe bekam die volle Wucht ab. Es gab ein mächtiges Gewitter, in dem zwei Bäume von Blitzen gefällt wurden. Unter einem der Bäume fand man George Sherrin. Die Kiefer war zum Teil entwurzelt, aber die umstehenden Bäume hatten verhindert, dass sie ganz umfiel, und so ragte nur das riesige Wurzelwerk in die Luft und hinterließ ein gewaltiges Loch im Waldboden. In diesem wurden George Sherrins sterbliche Überreste entdeckt. Es wurde ein Ermittlungsverfahren wegen Mordes eingeleitet. Zwar gab es an seinem Skelett keine sichtbaren Verletzungen – keine Brüche, keine Löcher –, aber irgendjemand musste George Sherrin unter den Baum geschafft haben, da er ganz sicherlich nicht selbst ein Loch gebuddelt und sich eingegraben hatte. Enid Sherrin wurde vorgeladen und verhört, aber sie hatte ihre Kinder als Unterstützung dabei und die bezeugten alle dasselbe. Ihre Mama war die ganze Zeit, nachdem ihr Daddy verschwunden war, mit ihnen zusammen gewesen. Wer hätte sich denn sonst um sie kümmern sollen?

Es gab noch mehr Puzzlestücke, die den Ermittlern Rätsel aufgaben. Als der Baum und die Knochen analysiert wurden, ergaben die Resultate keinen Sinn. Nach Meinung der Experten hätte George Sherrin schon vor dreißig Jahren begraben worden sein müssen, so wie die Wurzeln um seine Knochen geschlungen und durch seinen Körper gewachsen waren, als hätten sie ihn damit festgehalten. Aber George Sherrin war erst seit einem Jahr vermisst worden. Niemand hatte eine Erklärung dafür, wie die Wurzeln so schnell hatten wachsen können. Es musste eine andere Erklärung für das Wachstum der Wurzeln geben.

Aber diese wurde nie gefunden.

»Das ist die Geschichte«, sagte Barron.

Macy musterte sein Gesicht, um zu sehen, ob er sie auf den Arm nehmen wollte. Offenbar war das nicht der Fall.

»Sie sagen, es sind noch mehr Menschen verschwunden?«

»*Ich* sage das nicht. Der Einzige, von dem ich gehört habe, war George Sherrin. Ich glaube, die anderen Berichte dienen nur dem Versuch, eine Legende zu stricken. Wissen Sie, Leute verlassen die Insel aus ganz persönlichen Gründen und kommen nicht zurück und plötzlich tauchen neue Namen in der Gerüchteküche auf. Aber das, was ich Ihnen soeben über George Sherrin erzählt habe, ist wirklich passiert. Dafür lege ich meine Hand ins Feuer.«

Er schob sein Bier zur Seite und gab dem Barkeeper zu verstehen, er solle noch eine Runde bringen. Aber Macy schob ihm ihr Glas hin, das sie nicht angerührt hatte.

»Nehmen Sie meins. Ich habe genug.«

»Wollen Sie etwa schon gehen? Ach kommen Sie, bleiben Sie noch ein bisschen.«

Er streckte seine Hand nach ihrer aus, aber sie griff nach ihrer Jacke, bemüht, jeden Körperkontakt zu vermeiden. Als sie die Jacke überzog, bemerkte sie, wie Barrons Blick dem Reißverschluss auf seinem Weg über ihre Brüste folgte.

»Nein, ich muss los. Ich habe noch einige Dinge zu erledigen.«

»Was für Dinge?«, fragte er. Irgendetwas schwang in seinem Tonfall mit, das sie erleichtert darüber sein ließ, dass noch andere Gäste in der Bar saßen und sie nicht mit ihm allein in einem Wagen oder, schlimmer noch, bei ihm zu Hause war. Er hatte sie am Nachmittag zu sich eingeladen und vorgeschlagen, sich einen Film im Fernsehen anzusehen und sich vielleicht thailändisches Essen kommen zu lassen.

Sie hatte dankend abgelehnt, daraufhin waren sie hier gelandet. Plötzlich hatte sie das Gefühl, damit die klügste Entscheidung seit langem getroffen zu haben.

»Ein paar Dinge eben«, erwiderte sie. »Danke für das Bier und auch, dass Sie sich während meiner Ausbildung um mich gekümmert haben.«

Aber Barron war schon aufgestanden und trat mit ihrem Glas in der Hand an die Bar. Er beugte sich über den Tresen und kippte das unangerührte Bier in den Ausguss. Sie schüttelte den Kopf, nahm ihren Rucksack und verließ die Kneipe.

Auf dem Weg nach Hause dachte Macy über all das nach, was sie soeben erfahren hatte, über Dupree und die Insel und George Sherrin. Sie dachte auch an Barron und schüttelte sich bei der Erinnerung an seine Berührung. Die Wochen der Ausbildung unter Barron waren schwierig gewesen. Anfangs hatte Barron angemessen Distanz gewahrt und sich nach Vorschrift verhalten. Aber nach und nach hatte sie sich in seiner Gegenwart immer unwohler gefühlt, weil er ihr dauernd zu nah kam, weil er sich mit großkotzigen Geschichten von Gewaltanwendung gegen »Klugscheißer« und »Punks« brüstete und weil manche Jugendliche ihm auf der Straße tödliche Blicke zuwarfen, wie Hunde, die einmal zu oft getreten worden waren. Während der letzten Wochen hatte Barron ein paarmal vorsichtige Annäherungsversuche gemacht. Zwar war er vorsichtig, weil er Beschwerden wegen sexueller Belästigung befürchtete und wusste, wie seine Vorgesetzten reagieren würden, wenn sie herausfinden sollten, dass er auch nur den Versuch gewagt hatte, mit einer ihm unterstellten Polizistin, dazu in der Probezeit, anzubandeln. Aber sein Verlangen war da gewesen. Macy hatte es gespürt wie einen Hautausschlag.

Macy wusste, dass sie hübsch war und, zumindest oberflächlich gesehen, eine Verletzlichkeit ausstrahlte, die eine bestimmte Sorte Männer anzog. Besser gesagt, es zog eine Menge ganz unterschiedlicher Männer an, und sie hatte gelernt, deren Bemühungen mit einer Eleganz aus dem Weg zu gehen, die einer Ballerina alle Ehre gemacht hätte. Barron war subtiler als die meisten anderen, aber vielleicht war es auch gerade diese Raffinesse, die Macy abschreckte. Während die meisten Männer direkt zum Frontalangriff übergingen, war Barron der Typ, der sich einschmeichelte wie ein umherschleichender Dieb. Das waren die Schlimmsten und man musste sie gut im Auge behalten.

Sie dachte an einen Vorfall, der sich am Abend zuvor ereignet hatte und der sie immer noch beschäftigte. Macy und Barron waren auf ihrer Routinestreife auf der Congress Street unterwegs gewesen, als sie ihn entdeckten. Die Scheinwerfer beleuchteten eine Gestalt in einer Alpha-Industries-Fliegerjacke mit über den Kragen hängender Sweatshirtkapuze und einer Strickmütze auf dem Kopf. Er warf einen Blick auf den Streifenwagen und lief abrupt in die entgegengesetzte Richtung.

»Wollen wir uns den Burschen mal vorknöpfen?«, fragte Barron. Er gab ein wenig Gas, um den Mann einzuholen. Der schaute sich um und ergriff die Flucht.

»Ich meine, ernsthaft«, fuhr Barron fort. Er könnte genauso gut über die Rückkehr der Schlaghosen oder den auferstandenen Progressive Rock geredet haben, so unbeteiligt, wie er wirkte. »Hier haben wir einmal wieder den schlüssigen Beweis dafür, dass eine Menge Krimineller schlichtweg dämlich sind. Wenn dieser Typ ganz normal weitergegangen wäre« – er schwenkte das Lenkrad nach rechts ein, als der Verdächtige auf die Pine Street einbog –, »dann würden wir ihn laufen lassen. Stattdessen beschließt er, vor unserem schönen Crown Victoria davonzulaufen, und ich sage Ihnen, der Kerl ist bescheuert. Sehen Sie sich nur mal die Dampfschwaden an, die er hinterlässt. Es ist, als würde man ein

Sprühflugzeug verfolgen. Okay, vergessen Sie's. Wir knöpfen ihn uns vor.«

Barron schaltete Blaulicht und Sirene ein und trat das Gaspedal bis zum Anschlag durch. Der Mann schien bereits in sich zusammenzusinken. Als sie hinter ihm auf den Parkplatz einbogen, wirkte er beinahe dankbar darüber, dass er erwischt wurde. Barron stieg aus und er und Macy näherten sich dem Mann von zwei Seiten. Er hatte die Hände gehoben und atmete keuchend. Barron schien zweimal hinzusehen, als er nah genug war, um den Mann zu erkennen. Es war kaum merklich, aber er hatte gestutzt.

»Na so was«, sagte Barron. »Terry Scarfe. Also, Macy, das hier ist Terry Scarfe. Wie geht's, Terry? Haben sie dich rausgelassen? Was haben die sich bloß dabei gedacht?«

»Vielleicht haben sie gelost«, sagte Macy. Scarfes Name stand auf einer Liste kürzlich auf Bewährung entlassener Straftäter. Nach Aussage der Kollegen war er ein berüchtigter Kleinkrimineller. Er war knapp eins fünfzig groß und extrem mager. Trotz seines jugendlichen Alters war sein Gesicht schwer gezeichnet, als hätte jemand hineingetreten.

»Wahrscheinlich Streichhölzer gezogen. Du bist an der Reihe, Terry. Und jetzt mach, dass du aus unserem schönen Gefängnis rauskommst. Bist du bewaffnet, Terry?«

Scarfe schüttelte den Kopf.

»Bist du ganz sicher? Stell dir vor, ich filze dich und finde irgendwas, womit du was anstellen kannst. Also, wenn du glaubst, dass die Kontrollen an den Flughäfen streng sind, dann warte ab, bis ich dich in die Mangel nehme. Wenn ich auch nur einen zugespitzten scharfen Fingernagel bei dir finde, hast du sofort eine Anzeige wegen Waffenbesitz am Hals. Und noch dazu wegen Widerstands gegen die Staatsgewalt. Also, ich frage dich nochmal, Terry. Hast du irgendwas bei dir, wovon wir wissen sollten? Messer? Oder Nadeln?« Scarfe fand seine Stimme wieder.

»Ich sagte Ihnen doch, ich hab nichts.«

»Auf den Boden!«, herrschte Barron ihn an.

»Hören Sie, es ist kalt. Ich sag Ihnen doch –«

Barron packte ihn und schleuderte ihn zu Boden. Scarfe landete auf den Knien und schien protestieren zu wollen, aber Barron drückte ihn so heftig hinunter, dass er mit dem Kinn aufschlug.

»Warum tun Sie das?«, jammerte Scarfe, während Barron ihn abtastete.

»Steh auf«, sagte Barron, als er die Durchsuchung beendet hatte.

Scarfe rappelte sich auf und rieb sich den Schmutz von den Händen.

»Warum bist du vor uns weggerannt?«, fragte Barron.

»Ich bin nicht vor Ihnen weggerannt. Ich bin *wohin* gerannt.«

»Und wohin?«

»Irgendwohin.«

»Sollen wir dich wieder einsperren? Seit wann bist du auf Bewährung draußen? Doch höchstens ein paar Tage.«

»Seit Montag.«

»*Montag*«, sagte Barron laut. »Du bist also gerade mal ein paar Tage draußen, und schon erwischen wir dich dabei, wie du wegläufst und dich gegenüber freundlichen Polizisten kein bisschen kooperativ zeigst.«

»Ich sage Ihnen doch, ich bin nicht weggelaufen. Ich hab viel zu tun. Ich hab jede Menge Scheiß am Hals.«

»Doch nicht etwa den Scheiß, den du auch im Knast erledigen kannst?«

Scarfe sah ihn verwirrt an. »Nein.«

»Sieht so aus, als hättest du es ziemlich eilig, wieder in den Bau zurückzukommen. Ich könnte mir vorstellen, dass es irgendein Scheiß ist. Einer, der unabhängig von der Geografie ist.«

Scarfe schwieg.

»Du bist ein Arschloch, Terry«, sagte Barron in unerwartet ernstem Tonfall. »Du bist und bleibst ein Arschloch, und wenn du dich nicht vorsiehst, kriegst du richtig Ärger. Und jetzt mach, dass du wegkommst.«

Macy warf Barron einen ungläubigen Blick zu. »Sie wollen ihn laufen lassen?«

»Auf welcher Grundlage sollen wir ihn denn festnehmen? Weil er sich zu jugendlich für sein Alter kleidet?«

»Er ist weggerannt.«

»Na ja, aber – Hey, bist du immer noch da!«

Scarfe war stehen geblieben, schien unentschlossen, was er tun sollte, jetzt, wo die beiden Polizisten sich über ihn stritten. »Ich hab dir gesagt, du sollst abhauen, also verschwinde, bevor ich mir's anders überlege.«

Scarfe warf einen letzten Blick auf Macy, zuckte die Achseln, überquerte mit schnellen Schritten den Parkplatz und verschwand in der Nacht. Die beiden Polizisten sahen einander an.

»Hören Sie, Macy«, sagte Barron. »Machen Sie nicht so einen Mist.«

»Was für einen Mist?«

»Mich in Gegenwart einer Kakerlake wie Terry Scarfe zu kritisieren.«

»Der ist doch nicht grundlos weggelaufen. Irgendwas hat er angestellt.«

»Und was hätten wir tun sollen? Ihn einbuchten, ihm dabei zusehen, wie er zwölf Stunden Däumchen dreht, bis er vor den Untersuchungsrichter zitiert wird? Vielleicht finden wir ja den richtigen Richter und seine Bewährung wird aufgehoben, und dann? Dann sitzt er wieder sechs Monate. Scheißspiel. Terry nützt uns mehr, wenn er draußen ist. Er hört Dinge, vielleicht kann er uns in Zukunft nützlich sein. Jetzt ist er uns was schuldig. Wir haben ihn in der Hand.«

Macy erwiderte nichts. Sie stiegen in den Wagen und fuhren die Congress Street entlang.

»Nun kommen Sie schon, Macy«, wiederholte Barron. »Vergessen Sie's.«

Aber Macy fühlte sich für den Rest der Schicht nicht wohl in ihrer Haut, und sie sprach wenig mit Barron, bis sie die Stufen zum Department hinaufgingen. Er streckte eine Hand aus und ergriff ihren Arm.

»Alles in Ordnung zwischen uns?«, fragte er. Macy schaute ihm in die Augen und zog es vor, nicht zu widersprechen.

»Natürlich. Ich habe bloß kein gutes Gefühl wegen Scarfe. Wir hätten ihn mitnehmen sollen.«

»Er ist dämlich. Wenn er irgendwas ausheckt, kriegen wir es schon rechtzeitig mit. Und wenn er wieder einfährt, dann kommt er nicht mehr raus.«

Er warf Macy sein gewinnendstes Lächeln zu und steuerte die Umkleideräume an. Während Macy ihm nachsah, fragte sie sich, ob sie vorhin richtig gesehen hatte: wie Barron Scarfe durchsucht und die kleinen Päckchen mit weißem Puder aus dessen Hosentaschen in seiner Handfläche hatte verschwinden lassen. Sie sagte zu niemandem ein Wort darüber. Sie hielt Barron nicht für einen Fixer; vielleicht wollte er die Tütchen für künftige Zwecke aufheben, zum Beispiel als Bezahlung für die Spitzeldienste von Junkies, aber auch das kam ihr nicht sonderlich plausibel vor. Drogen bei sich zu haben, zu welchem Zweck auch immer, war einfach viel zu riskant für Barron.

Blieb die Möglichkeit, dass Barron Scarfe schützen wollte. Auf dem Heimweg dachte Macy erneut mit Erleichterung daran, dass ihre Zeit mit Barron jetzt vorüber war, und trotz seiner Horrorgeschichten freute sie sich auf ihren bevorstehenden Inseleinsatz. Macy war nicht leichtgläubig, doch auch wenn die Polizeiarbeit ein gewisses Maß an Aberglauben förderte – alles Mögliche galt als Glücksbringer: Schuhe, bestimmte Wege, Gewehrkugeln –, war sie schon ein wenig verblüfft über Barrons Bericht, vor allem über die Ernsthaftigkeit, die er dabei an den Tag gelegt hatte. Barron schien tatsächlich all das zu glauben, was er ihr über George Sherrin und Dutch Island erzählt hatte, oder zumindest weniger Zweifel daran zu haben, als man von ihm erwartet hätte. Jedenfalls hatte er ihre Neugier geweckt, auch wenn es das Einzige war, was er bei Sharon Macy geweckt hatte.

Zudem war sie neugierig auf den Polizisten, den Barron und die anderen Melancholie-Joe nannten. Seine Geschichte war ziemlich bekannt in Portland: Sowohl sein Vater als auch sein Großvater waren Police Officer gewesen und hatten fast ihre gesamte Dienstzeit auf Dutch Island verbracht. Das war zwar ein Sonderfall, aber immerhin im Sinne des Departments. Die Duprees waren mit der Insel und dem dortigen Leben vertraut, und jedes Mal wenn man ohne Beteiligung eines Angehörigen der Familie Dupree Polizisten von außerhalb auf der Insel einsetzte, war das Experiment fehlgeschlagen. Die Delikte, wenn auch meist Bagatellen, hatten zugenommen, und die Nerven der Cops, die nicht ständig auf der Insel eingesetzt waren, hatten bald blank gelegen. Da sich mit der Zeit niemand mehr um den Dienst auf der Insel riss, waren die Duprees die wirklich erste Polizistenfamilie auf Dutch Island geworden.

Leider war aus der Ehe von Frank Dupree nur ein Sohn hervorgegangen, und dieser Sohn war offenbar so riesig, dass sogar seine Kollegen ihn als Missgeburt bezeichneten. Macy hatte gehört, dass das Department die Kosten für den Umbau eines Polizeifahrzeugs übernommen hatte, in das Joe Dupree hineinpasste. Er trug die beim PD Portland übliche Waffe, eine .45er Smith & Wesson, aber er hatte den Abzug in seiner eigenen Werkstatt so umgebaut, dass er mit seinem riesigen Finger leichter durch die Öffnung greifen konnte. Hin und wieder widmete eine der Lokalzeitungen eine Geschichte dem »Riesen von Dutch Island«, und in den Sommermonaten kamen Touristen auf die Insel, nur um ihn aus der Nähe zu sehen oder sich mit ihm fotografieren zu lassen. Joe schien nichts dagegen zu haben, oder wenn doch, änderte das nichts an seinem ewig besorgten Gesichtsausdruck.

Melancholie-Joe. Macy lächelte und sprach den Namen laut aus.

»Melancholie-Joe.«

Ihre Scheinwerfer erfassten das Hinweisschild für die Autobahn, während die Scheibenwischer bei den ersten Regentropfen hin- und herhuschten, und sie nahm die nördliche Auffahrt.

»Sanctuary«, sagte sie, um den Namen auf sich wirken zu lassen. Sie kam zu dem Schluss, dass ihr dieser Name mehr zusagte als Dutch Island.

»Immer noch besser, als Verkehrspolizistin spielen zu müssen.«

Moloch lag schweigend auf seiner Pritsche. Aus einem Fernseher in der Nähe waren Nachrichten zu hören. Es war von Krieg die Rede, der Nahe Osten stand in Flammen. Seine Mitgefangenen durften ihren Blutdurst als Patriotismus tarnen, auch wenn die wenigsten von ihnen in der Lage gewesen wären, Nebraska auf einer Landkarte zu finden, geschweige denn den Irak. Moloch blendete die Hintergrundgeräusche aus. Das ging ihn alles nichts an. Er hatte dringendere Angelegenheiten zu bedenken.

Sein Anwalt hatte ihm nicht viel über die Anhörung vor der Grand Jury sagen können, als sie sich zehn Tage zuvor an einem nackten Metalltisch im Besuchsraum des Gefängnisses gegenübergesessen hatten. »Ich weiß nur, dass sie einen Kerl namens Verso haben.«

Molochs Mundwinkel hatten gezuckt, aber ansonsten keinerlei Anzeichen von Verärgerung gezeigt. »Wird Verso von dieser Grand Jury belangt?«

»Ich weiß es nicht.«

Moloch hatte sich zu dem kleinen Mann vorgebeugt. »Mr Braden, wieso bezahle ich Sie, wenn Sie von nichts eine Ahnung haben.«

Braden blieb unbeeindruckt. Er wusste, dass Moloch bloß Dampf abließ. »Sind Sie fertig?«, fragte er.

Moloch lehnte sich wieder zurück und nickte.

»Ich schätze, dass Verso mit denen geredet und ihnen irgendetwas im Tausch gegen Straffreiheit angeboten hat. Verso ist ein ziemlich harter Brocken und Sie sitzen immerhin für unabsehbare Zeit hinter Gittern. Ich könnte mir also vorstellen, dass der Staatsanwalt sich dafür interessieren würde, falls Sie ihm etwas zu bieten haben, womit er Verso kriegen kann.«

»Und was springt für mich dabei raus, wenn ich aussage? Eine Zelle mit Aussicht?«

»Sie könnten mit Haftentlassung in acht bis zehn Jahren rechnen. Eine Aussage wird Ihnen auf jeden Fall nützen.«

»Ich habe nicht vor, noch ein Jahrzehnt im Knast zu verbringen, Mr Braden.«

Braden zuckte die Achseln und lehnte sich zurück. »Es liegt ganz bei Ihnen. Ich werde mich während der Anhörung auf dem Korridor aufhalten. Sie können um eine Unterbrechung bitten, sobald Sie herausfinden, in welche Richtung die Fragen zielen. Im Zweifelsfall verweigern Sie die Aussage, um sich nicht selbst zu belasten.«

Moloch senkte den Blick, bevor er wieder etwas sagte. »Irgendwas haben die in der Hand. Die wollen nicht Verso, die wollen mich. Hinter mir sind sie her.«

»Das wissen Sie nicht mit Sicherheit.«

»Doch«, sagte Moloch. »Ich weiß es.« Er stützte die Ellbogen auf und legte seine Handflächen gegeneinander. »Ich bezahle Sie gut, Mr Braden. Ich habe Sie engagiert, weil Sie intelligent sind, aber glauben Sie ja nicht, dass Sie intelligenter sind als ich. Ich weiß, wo Sie wohnen. Ich weiß über Ihre Familie Bescheid. Ich kenne den Namen des Jungen, der Ihre Tochter –«

»Hören Sie auf, mich zu –«

»– der Ihre Tochter in Ihrem Keller *fickt*, während Sie vor der Glotze hocken. Das alles weiß ich, Mr Braden, und andererseits kennen Sie mich. Ich habe den Verdacht, dass der Staat Virginia nicht die Absicht hegt, mich jemals freizulassen. Ich glaube sogar, dass der Staat Virginia darauf hofft, mich bald exekutieren und damit meine Zelle für den Nächsten freimachen zu können. Also brauchen sie eine Anklage wegen Kapitalverbrechen. Diese Anhörung der Grand Jury ist eine Falle, sonst nichts.«

»Ich habe keinerlei Beweise –«

»Beweise sind mir egal. Hören Sie auf Ihre Instinkte, was sagt Ihnen Ihr Gefühl? Sagen Sie mir, dass ich mich irre.«

Aber Braden sagte gar nichts.

»Es gibt also Gerede.«

»Gerüchte, Vermutungen«, erwiderte Braden. »Sonst nichts.«

»Dass sie Verso nicht im Visier haben.«

»Dass sie Verso nicht im Visier haben«, bestätigte Braden.

»Haben Sie mit dem Staatsanwalt gesprochen?«

»Er wollte sich nicht auf ein Treffen einlassen.«

»Wenn die auf Verso aus wären, hätte er sich mit Ihnen getroffen. Sie hätten für mich aushandeln können, dass man keine Anklage gegen mich erhebt. Jede Anklage, die dabei rauskommt, wird meinen Namen tragen, darauf können Sie sich verlassen.«

Braden hob die Hände. »Ich tue, was ich kann.«

Moloch fragte sich, ob Braden sich insgeheim freuen würde, wenn er eines Kapitalverbrechens für schuldig befunden würde. Er hätte dem Anwalt nicht drohen dürfen. Der Mann hatte auch so schon genug Angst vor ihm.

Moloch beugte sich wieder vor. »Hören Sie zu, Mr Braden. Ich möchte, dass Sie sich eine Telefonnummer merken. Schreiben Sie sie nicht auf, merken Sie sie sich einfach.«

Vorsichtig und deutlich flüsterte Moloch dem jüngeren Mann die sieben Ziffern zu.

»Wenn die Einzelheiten der Anhörung bestätigt werden, möchte ich, dass Sie diese Nummer anrufen und sämtliche Einzelheiten weitergeben. Rufen Sie nicht von Ihrem Büro aus an. Auch nicht von zu Hause. Benutzen Sie nicht Ihr Handy. Wenn Sie vernünftig sind, machen Sie einen Tagesausflug, vielleicht nach Maryland, und rufen von dort aus an. Habe ich mich deutlich ausgedrückt?«

»Ja.«

»Wenn Sie das richtig machen, sind Sie mich los.«

Braden stand auf und klopfte an die Tür des Besucherzimmers.

»Wache!«, rief er. »Die Unterredung ist beendet.«

Er ging, ohne seinen Mandanten noch einmal anzusehen.

Jetzt waren die Vorbereitungen angelaufen. Moloch hatte eine Nachricht erhalten, verschlüsselt in einem scheinbar harmlosen Telefongespräch. Sie waren auf dem Weg. Es ging voran. Alles würde bereit sein, wenn die Zeit gekommen war.

Er schloss die Augen und dachte an Krieg.

Der grauhaarige Mann saß im Rue de la Course an der North Peter Street, trank einen Kaffee und las ein Anzeigenblättchen. Jugendliche Männer zogen in Grüppchen an den Fenstern des Cafés vorbei, unterwegs in die Abgründe des Französischen Viertels. Er konnte die wummernden Bässe aus der Coyote Ugly Bar nebenan hören, die den Light Jazz aus den Boxen hinter ihm überlagerten. Ihm gefiel das Rue de la

Course, und er zog es dem Café du Monde vor, in dem er zuvor Beignets gegessen und Straßenmusikern zugehört hatte, die für ein bisschen Trinkgeld spielten. Im Café du Monde gab es nur schwarzen Kaffee oder Milchkaffee und der grauhaarige Mann mochte beides nicht. Er trank den Kaffee schwarz, ließ sich aber gern ein wenig kalte Milch dazu servieren. Die asiatische Kellnerin im Café du Monde war nicht bereit gewesen, seinen Extrawunsch zu erfüllen, daher hatte er sich gezwungen gesehen, woanders einzukehren. Das Rue de la Course hatte er eher zufällig entdeckt. Eigentlich war es ihm von jemandem empfohlen worden.

Im Rue de la Course hingen Ventilatoren von der Decke und auf den Tischen standen Art-déco-Leuchten mit grünen Lampenschirmen. Die Wandverkleidung sah aus wie aus gehämmertem Blech. Der Mann wunderte sich, dass es immer noch ein Café war und man den Laden nicht längst in eine Bar umgewandelt hatte, mit der sich viel mehr Geld verdienen ließe. Vielleicht war es früher einmal eine Bar gewesen, denn weiße Buchstaben auf der Eingangstür verkündeten, es würde Bier und Wein verkauft, obwohl auf der Getränkekarte hinter dem Tresen nur etwa vierzig Sorten Kaffee und Tee aufgezählt wurden, allerdings mit allem möglichen Schnickschnack. Der grauhaarige Mann, dessen Name Shepherd lautete, bevorzugte den Kaffee auf traditionelle Art, mit ein wenig Milch und ohne Brimborium. Es störte ihn nicht weiter, dass er hier keinen Drink bekommen konnte. Shepherd hatte nicht viel für Alkohol übrig. Es widerte ihn an, wie das Zeug Männer und Frauen in Idioten verwandelte. Überhaupt hatte Shepherd wenige Laster, wenn überhaupt welche. Er rauchte nicht, nahm keine Drogen und sein Sexualtrieb war buchstäblich gleich null. Er war weder an Frauen noch an Männern interessiert, obwohl er beides ausprobiert hatte, um sicherzugehen, dass er nichts verpassen würde. Wie seine Aversion gegen Alkohol half ihm auch das, einen klaren Kopf zu behalten.

Und so saß er da und trank seinen Kaffee aus einer Tasse, auf der ein Mann im Regenmantel abgebildet war, der an einem Tisch saß und Zeitung las, was ziemlich passend war, da auch Shepherd einen Regenmantel trug, an einem Tisch saß und Zeitung las. Zwei Tische weiter saß eine junge Frau im grünen Krankenhauskittel und schrieb etwas aus einem Lehrbuch ab. Sie schien seinen Blick zu spüren und blickte auf. Er lächelte ihr beiläufig zu und vertiefte sich dann wieder in die Zeitung.

Shepherd mochte New Orleans nicht. Es war eine Dritte-Welt-Stadt in einem Erste-Welt-Land, die sich so sehr in den Klauen der Korruption befand, dass sie Korruption für den Normalzustand und nicht für die Ausnahme hielt. Wenn er durch die Straßen ging, konnte er nur Hässlichkeit entdecken, das Schlechte im Menschen schamlos enthüllt. Von einem Tisch im Magnolia Café aus hatte er einen hartgesotten wirkenden Mann in der Tür einer hochgejubelten Oben-ohne-Bar stehen sehen, hinter ihm eine riesige Frau mit noch härteren Gesichtszügen, der die Fettpolster über die schmutzige weiße Reizwäsche quollen. Aus welchem Grund würde irgendjemand einen solchen Ort aufsuchen?, fragte sich Shepherd. Um ausgenommen zu werden, möglicherweise sogar bedroht; um den billigen Geruch einer Frau einzuatmen, die kaum besser war als eine Hure? Eine solche Verdorbenheit des Geistes und der Seele widerte ihn an, aber zumindest war sie offensichtlich, nicht versteckt wie die anderen, weit heimtückischeren Formen der Korruption.

Die Frau im grünen Krankenhauskittel stand auf, verstaute Lehrbuch und Notizheft in ihrer Mappe und verließ das Café. Ein oder zwei Minuten später brach auch Shepherd auf. Er hielt Abstand zu ihr, folgte ihr auf der anderen Straßenseite, während sie die Decatur Street entlangging. Als er sie in der Menschenmenge aus den Augen verlor, beunruhigte ihn das nicht, da er ihr Ziel kannte. Zu seiner Linken kreisten lärmend graue Schwärme von Staren über einem alten Schornstein an der Chartres Street. Der Januarhimmel war grau und freudlos. Touristen sahen den Vögeln einen Moment lang zu, dann gingen sie weiter, anscheinend irritiert von dem Anblick. Nach und nach verringerte sich die Zahl der Vögel, während sie einer nach dem anderen ihre Ruheplätze im Schornstein fanden, wie schwarze Schatten, die in noch tiefere Dunkelheit hinabstiegen.

Als er das Ende der Decatur Street erreicht hatte, war die Frau nirgendwo mehr zu sehen. Er wartete zehn Minuten, dann trat er auf die Sicherheitstore eines renovierten Wohnblocks zu, drückte die Nummer neun und dann die Rautentaste. Es klickte im Lautsprecher, und eine weibliche Stimme fragte: »Wer ist da?«

»Mein Name ist Jeff. Ich habe gestern wegen eines Termins angerufen.« Am Tag zuvor hatte er ihre Anzeige gefunden, in der eine »sinnliche Massage« angeboten wurde, und seinen Besuch angekündigt.

»Kommen Sie rauf«, erwiderte die Frau. Das Tor summte, er betrat den Hof und folgte der Innenbeleuchtung zur Treppe. Er stieg drei Stockwerke hinauf und blieb vor der Tür mit der Nummer neun stehen. Er wollte gerade anklopfen, als die Tür geöffnet wurde.

Sie hatte ihren Krankenhauskittel abgelegt und trug nun ein Samtkleid. Ihre Haarspitzen waren noch nass von der Dusche. Sie wirkte ein wenig verwirrt, offenbar versuchte sie sich zu erinnern, woher sie sein Gesicht kannte.

»Sie waren doch im –«, setzte sie an, als sich Shepherds Hand um ihren Hals legte und sie in die Wohnung geschoben wurde. Shepherd schloss die Wohnungstür leise hinter sich. Er drückte sie gegen die Wand und nahm seine rechte Hand aus der Tasche des Regenmantels, sodass sie das Messer sehen konnte.

»Wenn Sie schreien, werde ich Ihnen wehtun«, drohte er.

»Ich möchte Ihnen nicht wehtun. Wenn Sie meine Fragen beantworten, verspreche ich, dass ich Ihnen nichts tun werde. Haben Sie mich verstanden?«

Sie nickte und er lockerte seinen Griff.

»Setzen Sie sich.«

Er folgte ihr ins Wohnzimmer. Die Vorhänge waren zugezogen, und als einzige Lichtquelle in dem Zimmer diente eine Lampe, die mit einem roten Tuch verhängt war. Eine Tür zu seiner Rechten stand offen, in dem Raum dahinter war eine Massageliege zu sehen, auf der ein weißes Handtuch lag.

»Tut mir Leid, dass ich Sie irregeführt habe«, sagte Shepherd. Er stellte sich neben sie, das linke Bein ein wenig vorgeschoben, um seine Leistengegend zu schützen. Er hatte schon Ärger mit Frauen gehabt.

Sie schien den Tränen nahe zu sein. Er hörte es an ihrer Stimme, als sie fragte: »Was wollen Sie?«

Shepherd nickte zufrieden. »Also gut. Ich möchte nicht mehr Zeit verschwenden als nötig. Ich möchte wissen, wo Ihr Freund ist.«

Sie antwortete nicht.

»Ihr Freund«, wiederholte er. »Verso. Oder haben Sie ihn schon vergessen?«

»Ich habe nichts von ihm gehört.«

Shepherd seufzte. Blitzschnell förderte er das Messer zutage und ritzte ihre Haut von der linken Schulter bis zur rechten Brust auf. Sie wollte schreien, doch er hielt ihr den Mund zu.

»Ich sagte Ihnen doch, dass ich Ihnen nicht wehtun will, aber ich werde es tun, wenn Sie mich dazu zwingen. Ich frage Sie noch einmal: Wo ist er?«

»Die Polizei hat ihn.«

»Die Polizei *von wo*?«

»Virginia.«

»Wo in Virginia?«

»Das weiß ich nicht.«

Shepherd hob das Messer wieder, und sie sagte, diesmal lauter: *»Ich weiß es nicht.* Sie verlegen ihn dauernd. Er ist nicht mehr mein Freund. Seit er sich gestellt hat, hab ich ihn nicht mehr gesehen. Ich weiß nur, dass er bald nach Norfolk verlegt werden soll. Dort gibt es eine Anhörung vor der Grand Jury. Er will aussagen.«

»Wann hat er zuletzt angerufen?« Sie schwieg einen Moment.

»Meine Geduld hat Grenzen«, warnte er sie.

»Heute Morgen«, sagte sie schließlich.

»Bevor oder nachdem ich angerufen habe?«

»Danach. Ich wollte gerade zur Tür raus, als das Telefon klingelte.«

Das Telefon lag auf einem Tisch links von Shepherd. Ein Anrufbeantworter war angeschlossen, aber abgeschaltet.

»Warum ist Ihr Anrufbeantworter nicht an?«

»Ich wollte heute Abend ausgehen, mir einen Film ansehen. Sie waren meine einzige Verabredung.«

»Stehen Sie auf«, sagte Shepherd.

Sie tat, was er verlangte. Er schob sie zum Telefontisch hinüber, dann befahl er ihr, sich mit dem Rücken zu ihm hinzuknien.

»Bitte!«, sagte sie.

»Knien Sie sich einfach hin. Ich will nur den letzten Anrufer herausfinden und möchte nicht, dass Sie irgendeinen Unsinn anstellen, während ich wähle.«

Widerstrebend kniete sie sich hin. Shepherd drückte die Tasten und lauschte.

»Chesapeake Inn«, sagte eine männliche Stimme. Shepherd legte auf.

Arschloch, dachte er.

Er trat einen Schritt weg von der knienden Frau. Sie drehte sich nicht um.

»Bitte«, flehte sie. »Tun Sie mir nicht mehr weh.«

»Das werde ich auch nicht«, erwiderte Shepherd.

Er war ein Mann, der sein Wort hielt. Sie spürte nichts.

Harry Rylance hatte sich nie für einen nervösen Typen gehalten. Im Versicherungsgeschäft brachte man es zu nichts, wenn man nervös war. Nervosität war etwas für die Dummköpfe, die Policen kauften. Das ganze Geschäft war auf Angst gegründet. Ohne sie würde die ganze Versicherungsbranche so schnell sinken wie ein Stein, und Harry mit ihr. Aber Harry musste sich eingestehen, dass er im Moment mehr als nervös war. Der unheimliche, offensichtlich geistig minderbemittelte Bursche war wie vom Erdboden verschluckt, und Harrys sechster Sinn sagte ihm, dass es am besten wäre, so schnell wie möglich aus dem Haus zu verschwinden und zu hoffen, dass Veronica und er allein den Weg zum Highway zurückfinden würden.

Aber das Haus stank nach verfaultem Fleisch und überall summten Fliegen herum.

Und Neugier war etwas Schreckliches.

Vorsichtig schlich Harry durch das Wohnzimmer und zuckte jedes Mal zusammen, wenn eine Diele knarrte. In der Küche entdeckte er einen Stapel von Fast-Food-Verpackungen, voll mit abgenagten Knochen jener winzigen Hühnchen, die Imbissketten auf irgendeinem verstrahlten Pazifikatoll züchteten; anders, dachte Harry, konnten so winzige Schenkel und Flügel unmöglich zu Stande kommen. Auf dem Herd stand eine Bratpfanne, rundum verklebt mit verbranntem Fett, und auf dem faulig stinkenden Eintopf im Topf daneben schwammen tote Käfer. Neben dem Herd befand sich ein uralter Kühlschrank, der brummte und ratterte wie ein verrückter alter Mann in einem Blechkäfig. Harry streckte eine Hand aus, um ihn zu öffnen, hielt aber inne. Er sah sein Spiegelbild in der Metalltür, seine Umrisse verzerrt. Irgendetwas Weißes war hinter ihm.

Harry fuhr herum und schlug auf die Vorhänge ein, die in der stillen Luft unbeweglich vor dem Fenster hingen. Ein Teller fiel vom Abtropfgitter und zerschellte auf dem Fußboden. Ameisen stoben auseinander. Irgendwo huschte eine Kakerlake.

»Mist!«, entfuhr es Harry, dann öffnete er den Kühlschrank.

Bis auf einen Karton mit wochenalter Milch war er leer.

Im Gefrierfach entdeckte Harry abgepackte Fleischbeutel. Es waren ziemlich viele.

Er schloss den Kühlschrank wieder und ging zurück ins Wohnzimmer. Von oben war kein Geräusch zu hören.

»Hallo?«, rief Harry. »Junger Mann, sind Sie da oben?«

Er ging die Stufen hinauf, und in dem Moment hörte er es: zwei Worte eines Lieds, die ständig wiederholt wurden; offenbar hing die Nadel in der Schallplattenrille.

– don't care

– don't care

– don't care

Elvis, dachte Harry. Der King hatte gut reden.

Er erreichte den oberen Treppenabsatz. Vor ihm lag ein Schlafzimmer, aber es war leer, die Laken waren zurückgeschlagen, das Bett war ungemacht. Nach den Bodenfliesen zu urteilen schien es sich beim Nebenraum um ein Badezimmer zu handeln. Ein fürchterlicher Gestank drang aus dem Bad, so intensiv, dass Harry die Augen zu tränen begannen. Die Tür war nur angelehnt. Harry stieß mit dem Fuß dagegen und sie öffnete sich langsam.

Ein Mann saß auf der Toilette. Die Hose hing ihm um die Knöchel und von seiner Hand baumelte eine Zeitung. Instinktiv begann Harry sich zu entschuldigen.

»O Mist –«

Harry trat einen Schritt zurück und hielt sich die Hand vor den Mund, aber es war zu spät. Er spürte die Flüssigkeit auf seinen Fingern und beugte sich vor, um sich zu übergeben.

Der Mann auf dem Klo war erschossen worden, wo er saß, von seinem Kopf war nur noch ein blutiger Klumpen übrig. Das Gesicht war kaum noch zu erkennen, aber aus seinen dünnen Beinen, den grauen Haaren und seiner schlaffen Haut schloss Harry, dass der Mann mindestens siebzig Jahre alt sein musste. Sein weißes T-Shirt war übersät mit gelblichen Schweißflecken, und über seine Schultern hatte sich Blut ergossen, sodass es aussah, als trüge er Epauletten. Luftbläschen hatten seine Haut aufplatzen lassen.

Harry wollte nur noch wegrennen, aber immer noch hörte er Elvis' Stimme aus einem Zimmer am Ende des Flurs. Langsam ging er zu der Tür und warf einen Blick in das Zimmer.

Das Paar in dem Schlafzimmer war jünger als der alte Mann im Bad, erheblich jünger, höchstens Ende zwanzig, dachte Harry. Der Mann lag erschossen auf dem Boden, nackt vor einer offenen Schublade, deren Inhalt über den Fußboden verstreut war. Eine Schachtel mit Munition war heruntergefallen, die Patronen lagen herum, aber es war keine Waffe zu sehen. In seinem Rücken hatte der Tote ein Einschussloch, das angesichts der Verwüstung, die seinem Körper angetan worden war, kaum zu erkennen war. Harry musste sich erneut übergeben, aber sein Magen war leer und er konnte nur noch würgen.

Die Frau hatte dunkles Haar und saß zusammengesunken gegen die Kissen vor dem Kopfteil gelehnt. Sie war ebenfalls nackt. Die Laken waren von ihrem Körper weggezogen worden und auch sie war schlimm zugerichtet. Trotz seiner Übelkeit trat Harry einen Schritt näher und ihm schoss ein grauenhafter Gedanke durch den Kopf. Das war nicht die Tat eines Rasenden, dachte er. Diese Wunden waren den Menschen mit voller Absicht zugefügt worden. Das war –

»O Gott!«, flüsterte Harry.

An den Oberschenkeln und am Gesäß der Frau fehlten Fleischstücke, als hätte sie jemand herausgehackt. Auch bei dem Mann fehlte Fleisch, allerdings weniger; er war dünn und muskulös, ein wenig wie der alte Mann auf dem Klo.

Ein Bild schoss Harry durch den Kopf: der Kühlschrank, leer bis auf eine Tüte saurer Milch.

Und Fleisch. Frisches Fleisch.

Harry rannte los.

Die Treppe hinunter nahm er zwei Stufen auf einmal. Die Haustür stand immer noch offen und er sah Veronica hinter dem Lenkrad sitzen und ungeduldig mit den Fingern auf das Armaturenbrett klopfen. Ihre Augen weiteten sich, als sie ihn aus dem Haus kommen sah.

»Mach die Tür auf!«, schrie Harry. »Schnell!«

Sie langte nach der Fahrertür und starrte ihn immer noch an, während sie am Griff fummelte. Aber dann sah sie nicht mehr ihn an, sondern nur noch auf das, was hinter ihm war. Harry hörte, wie sie seinen Namen schrie, bevor die Welt sich wie ein Kreisel drehte und er das Gefühl hatte, zuerst den Wagen von der Seite, dann den Boden, schließlich den Himmel, das Haus und das Gras zu sehen, alles in einer wahnwitzigen Bilderabfolge, die ewig lang zu sein schien, obwohl sie in Wirklichkeit kaum eine Sekunde dauerte.

Und Harry konnte nicht verstehen warum, selbst als er starb und sein abgetrennter Kopf gegen die Verandastufen schlug und liegen blieb.

Und draußen auf Dutch Island lag der Mann, den einige als Melancholie-Joe Dupree kannten, auf seinem Bett und betrachtete den Regen, der immer stärker wurde, bis er ihm gänzlich die Sicht durchs Fenster nahm. Seine Knochen, seine Zähne, seine Gelenke, alles schmerzte, als ob die Anstrengung, seinen riesigen Körper zu bewegen, allmählich zu viel für sie wurde. Joe stöhnte und verbarg sein Gesicht im Kissen. Er konnte seine Tränen nicht aufhalten.

Lass es aufhören, flehte er. Bitte, lass es aufhören.

Ein Gesicht erschien in der Dunkelheit hinter dem Fenster: das Gesicht eines Jungen, die Haut blau-grau, die Augen dunkel. Der Junge streckte die Hand aus, als wollte er das Glas berühren, aber er fasste es nicht an. Stattdessen sah er zu, wie der Mann in der Uniform sich auf dem riesigen Bett einrollte, bis schließlich die Schmerzen nachzulassen begannen und Joe Dupree in einen unruhigen Schlaf fiel, gequält von Flüstergeräuschen, von grauen Gestalten und Tunneln unter der Erde und einem Jungen mit verwelkter Haut, der ihn anstarrte, während er schlief.

Der zweite Tag

Not a shred in the papers,
Becoming all too clear
Not a one cares that she got away.

Now the fear of beeing found
A little less profound
On a face that's never been
Fit to laugh.

Pinetop Seven, »The Fear Of Being Found«

3

Du sollst mich kennen lernen, Frau.

Der Traum war zu Ende und jetzt rauschten seine eigenen Gesichtszüge vor Moloch vorüber wie Regen. Es war, als hätte jemand eine große Anzahl Fotos zerschnitten und die Einzelteile zu neuen Bildern zusammengesetzt, sodass vertraute Gesichter in einem fremden Zusammenhang lächelten; und doch war er in diesem Wolkenbruch aus Eindrücken, diesem Sturzbach der Erinnerungen, immer derselbe. Dort saß er neben unbekannten Eltern und zwischen Zwillingen, die mittlerweile alle tot waren. Er rannte als kleiner Junge über den Strand und durchs Wasser; er hielt einen Fisch an einem Angelhaken; er weinte neben einem offenen Feuer. Das war seine Geschichte, seine Vergangenheit, aber sie schien nicht nur ein einziges, sondern viele Leben zu umspannen. Einige Bilder waren deutlicher als andere, einige Erinnerungen lagen weiter zurück, aber alle standen sie mit ihm in Verbindung, alle waren Teile der langen Kette seines Daseins. Er war bunt und er war vergilbt. Er war schwarz und er war weiß. Er war aus dieser Zeit und er war zeitlos.

Moloch erwachte, spürte, dass er beobachtet wurde. Sein Ohr fühlte sich wund an, wo es gegen den groben, billigen Stoff gescheuert hatte, und das Kissen war schon wieder schweißdurchtränkt. Er hatte das Gefühl, die Frau an seinem Gesicht zu riechen, ihre Haut zu fühlen, zu spüren, wie die Klinge durch ihr Fleisch glitt. Er rührte sich auf seiner Pritsche, erhob sich jedoch nicht. Stattdessen versuchte er, den Mann, der ihn beobachtete, anhand seines Geruchs, seines Atems und des leisen Klimperns seines Schlüsselbundes zu identifizieren. Noch immer jagten ihm Bilder aus seinem

Traum durch den Kopf, und plötzlich wurde ihm bewusst, wie sehr ihn der Traum erregt hatte, aber er zwang sich, sich auf die Gestalt jenseits der Gitterstäbe zu konzentrieren. Es war eine gute Übung. Die Zeit im Gefängnis hatte seine Fähigkeiten in vieler Hinsicht abgestumpft, sodass er jede Gelegenheit beim Schopf ergriff, seine Sinne zu schärfen. Das war das Schlimmste am Knast: die Monotonie, die fürchterliche Gleichförmigkeit der Tage; hier konnte jeder ein Seher sein, ein Wahrsager, der in der Lage war, das Wo und Wie jeder künftigen Stunde vorherzusagen, den genauen Ort, an dem er zu einer beliebigen Zeit sein würde; das war die unabänderliche Natur der Existenz hinter Gittern, die nur von gelegentlichen Ausbrüchen der Gewalt und des Wahnsinns bedroht wurde.

Jeden Morgen um sechs erklang der Weckruf, verkündet von Sirenen und Gehuste und Toilettenspülungen. Zwei Stunden später öffneten sich die Türen und alle Gefangenen traten auf den Flur zur ersten Zählung des Tages. Während der sechs täglichen Zählungen waren Gespräche untersagt. Anschließend ging es unter die Dusche (Moloch nahm jede Gelegenheit wahr, sich zu reinigen, da das Vernachlässigen der Hygiene für ihn die Vorstufe zur Selbstaufgabe darstellte), dann zum Frühstück, das man immer auf demselben Plastikstuhl sitzend einnehmen musste und offenbar nur dazu bestimmt war, einen mit Energie ohne Nährwert zu versorgen. Anschließend ging Moloch zur Arbeit in der Wäscherei, wo er kaum mit den anderen Männern sprach. Als Nächstes folgte die Zählung am Mittag, dann wieder Arbeit, eine Stunde Hofgang, Abendessen, noch eine Zählung und schließlich der Rückzug in die Zelle, wo er lesen und nachdenken konnte. Um acht Uhr gab es wieder eine Zählung, um zehn wurde das Licht ausgeschaltet. In den ersten Wochen war Moloch noch zu den späten Zählungen aufgewacht, um Mitternacht und um vier Uhr früh, aber irgendwann nicht mehr. Seit drei Jahren hatte er keinen Besuch mehr bekommen außer von seinem Anwalt. Er machte nur wenige Anrufe und schloss noch weniger Freundschaften. Ein Wartespiel war im Gange, und er war darauf vorbereitet, seine Rolle zu spielen.

Jetzt würde das Spiel ein Ende finden.

Moloch drehte sich auf seiner Matratze, seinen Körper hatte er wieder unter Kontrolle. Mit geschlossenen Augen konzentrierte er sich auf Geruch und Geräusche.

Rasierwasser. Spuren von Sandelholz.

Ein leichtes Rasseln in der Kehle, als der Mann ausatmete. Verstopfung.

Verdauungsgeräusche. Kaffee auf den leeren Magen.

Reid.

»Wachen Sie auf«, sagte Reids Stimme. »Heute ist Ihr großer Tag.«

Moloch hob den Kopf und sah den dünnen Mann an den Gitterstäben stehen, akkurat sitzende Mütze, die Bügelfalten an seiner Uniform wie scharfe Messer. Reid wandte den Blick ab und gab die Anweisung, Zelle 713 zu öffnen. Moloch verharrte noch einen Augenblick, wo er war, dann erhob er sich von seiner Pritsche und fuhr sich mit den Händen durch die Haare.

Moloch kannte das Datum. Manche Gefangene verloren im Gefängnis jedes Zeitgefühl. Bei vielen war es Absicht, denn nichts konnte die Lebensgeister eines Mannes, der zwanzig Jahre Knast vor sich hatte, schneller auslöschen als das Zählen der Tage bis zu seiner Entlassung. Die Tage im Gefängnis verstrichen langsam: Sie waren wie Perlen an einer langen Kette, ein endloser Rosenkranz unerhörter Gebete.

Moloch war anders. Er zählte die Tage, war sich der Stunden, Minuten, sogar der Sekunden bewusst, wenn er es wollte. Jeder Augenblick hier drinnen erschien ihm als Wunde, die ihm zugefügt wurde, und wenn die Zeit gekommen war, sich für diese Wunden zu rächen, wollte er sicher sein, dass er keine einzige ausließ. Seine Berechnung belief sich auf 1553 Tage, sieben Stunden und – er schaute auf die Uhr – drei Minuten, die er im Dismal-Creek-Staatsgefängnis von Virginia verbracht hatte. Er bedauerte lediglich, dass die Person, an der er sich rächen wollte, nicht lange genug leben würde, um ihm die Möglichkeit zu geben, seine Rachegelüste bis ins letzte Detail auszukosten.

»Stehen Sie aufrecht, die Arme ausgestreckt.«

Er tat wie ihm geheißen. Zwei Wachmänner traten ein, der eine mit Ketten über dem Arm. Sie fesselten seine Arme und Füße und verbanden sie dann mit einer Kette um seine Brust.

»Kann ich mir nicht mal mehr die Zähne putzen?«

Das Gesicht des Wächters war ausdruckslos.

»Warum? Sie gehen nicht zu einem Date.«

»Man kann nie wissen. Vielleicht habe ich ja Glück.«

Reid wirkte beinahe belustigt.

»Das glaube ich kaum. Sie haben bis jetzt kein Glück gehabt und Sie werden nie Glück haben.«

»Das Glück des Menschen kann sich schnell wenden.«

»Bisher habe ich Sie gar nicht für einen Optimisten gehalten.«

»Sie kennen mich nicht.«

»Ich kenne Sie gut genug, um behaupten zu können, dass Sie in Gefängniskleidung sterben werden.«

»Sind Sie etwa mein Richter?«

»Das nicht, aber wenn die Zeit kommt, werde ich Ihr Henker sein.«

Er trat zur Seite, als die Wächter Moloch hinausführten.

»Wir sehen uns, Mr Reid.«

Der ältere Mann nickte.

»Ganz bestimmt. Ich habe vor, der Letzte zu sein, den Sie sehen.«

Im Gefängnishof wartete bereits ein schwarzer Toyota Land Cruiser. Daneben standen zwei bewaffnete Ermittler der Bezirksstaatsanwaltschaft. Moloch nickte ihnen zum Gruß zu, aber sie reagierten nicht. Stattdessen sahen sie zu, wie er in den Wagen verfrachtet und seine Kette an einem Metallbügel auf dem Boden des Land Cruiser befestigt wurde. Anschließend überprüften sie die Ketten und Halterungen, bis sie sich davon überzeugt hatten, dass er sich nicht losmachen konnte. Die Vordersitze waren durch eine Abtrennung aus Maschendraht geschützt und hinter Moloch war ein zweites Gitter von der Decke zum Boden des Fahrzeugs angebracht.

Die Wagentür wurde geräuschvoll zugeschlagen.

»Passen Sie gut auf ihn auf«, sagte einer der Wächter. »Wir wollen nicht, dass er blaue Flecken kriegt oder ihm sonst was zustößt.«

»Wir werden uns schon um ihn kümmern«, erwiderte einer der Ermittler, ein großer Schwarzer namens Misters. Torres, sein Kollege, setzte sich ans Steuer.

»Machen Sie es sich bequem«, sagte er zu Moloch. »Sie haben eine lange Fahrt vor sich.«

Aber Moloch schwieg, er schien froh zu sein, für einen Moment das Leben außerhalb der Gefängnismauern genießen zu dürfen.

Dupree nippte in der Polizeiwache an seinem Kaffee. Eigentlich hatte er heute frei, aber er war gerade zufällig vorbeigekommen und …

Das war natürlich nur eine Ausrede. Die Wache war sein zweites Zuhause. Die meisten anderen Polizisten wussten das, und sie hatten nichts dagegen einzuwenden.

»Doug Newton«, sagte er. Er trank seinen Kaffee, den er sich auf dem Markt in einem Plastikbecher gekauft hatte, und aß einen der Donuts, die er seinen beiden Dienst habenden Kollegen mitgebracht hatte.

Ihm gegenüber klopfte Ron Berman mit einem Bleistift auf den Schreibtisch, abwechselnd mit der Spitze und dem Ende. Dupree fand das ein bisschen nervig, zog es aber vor, nichts zu sagen. Er mochte Berman, und angesichts der Tatsache, dass andere Kollegen weitaus lästigere Angewohnheiten hatten, als mit dem Bleistift auf den Schreibtisch zu klopfen (zum Beispiel fragte sich Dupree, ob Phil Tuttle, Bermans Kollege bei der Streife, sich schon jemals die Hände gewaschen hatte, nachdem er pinkeln gegangen war), machte es ihm nichts aus, Berman mit seinem Bleistift spielen zu lassen, zumindest im Moment.

»Doug Newton«, wiederholte Berman. »Ich habe den Anruf entgegengenommen und ihn im Protokollheft vermerkt, aber ehrlich gesagt hatten wir beide wichtigere Dinge zu tun, und es war ja auch nicht das erste Mal, dass er so etwas behauptet.«

Dupree langte zu Berman hinüber und nahm das Protokollheft. Da stand es in Bermans sauberer Handschrift. Am Morgen um sieben Uhr, kurz nachdem Berman und Tuttle ihren Dienst angetreten hatten, in den Straßen war es noch dunkel gewesen, hatte Doug Newton angerufen und von einem kleinen Mädchen in einem grauen Kleid berichtet, das Dougs sterbende Mutter quälte.

Schon wieder.

»Letztes Mal bist du doch zu ihm rausgefahren, oder?«, fragte Berman.

»Ja. Ich bin rausgefahren und wir haben eine Suche gestartet. Ich habe mich sogar an Portland und die Staatspolizei gewandt, um rauszufinden, ob ein kleines Mädchen vermisst wurde, auf das Newtons Beschreibung zutraf. Ohne Ergebnis.«

Beim ersten Mal hatte Tuttle Newtons Anruf entgegengenommen, hatte sich aufgeregt und Doug zusammengestaucht, er solle gefälligst nicht ihre Zeit verschwenden. Und jetzt, an diesem Morgen, hatte Doug Newton zum dritten Mal angerufen, nur dass seine Beschwerde diesmal anders klang.

Diesmal hatte er behauptet, das kleine Mädchen habe versucht, durchs Fenster in das Schlafzimmer von Dougs Mutter einzusteigen. Doug hatte die Schreie der alten Frau gehört, war zu ihr gerannt und hatte gerade noch gesehen, wie das kleine Mädchen in den Bäumen verschwunden war.

Das hatte er jedenfalls behauptet.

»Glaubst du, er fängt an zu spinnen?«, fragte Berman.

»Er wohnt mit seiner Mutter zusammen und war nie verheiratet«, erwiderte Dupree.

»Vielleicht braucht er mal 'ne Frau im Bett.«

»Ich wusste gar nicht, dass du auch Therapeut bist.«

»Ich bin ein Multitalent.«

»Könntest du Multitalent vielleicht mal diesen Bleistift in deiner Schublade verschwinden lassen? Das Getrommle beleidigt meine Ohren.«

»Entschuldigung«, sagte Berman, verstaute den Bleistift in der Schublade und schloss sie vorsichtshalber, um nicht wieder in Versuchung zu kommen.

»Doug mag ja vielleicht ein bisschen verschroben sein, aber für verrückt habe ich ihn noch nie gehalten«, erklärte Dupree. »Er hat nicht genug Fantasie, um sich so was auszudenken. Er war in seinem ganzen Leben nur in zwei Bundesstaaten, und ich schätze, er ist gar nicht sicher, dass die anderen achtundvierzig überhaupt existieren, da er sie noch nie gesehen hat. Also, entweder er wird langsam verrückt, oder in der vergangenen Nacht hat tatsächlich ein kleines Mädchen im grauen Kleid versucht, ins Schlafzimmer seiner Mutter einzudringen.«

Berman dachte darüber nach.

»Dann ist er also verrückt?«

Dupree schob ihm das Protokollheft wieder zu.

»Sieht so aus. Ich werde mich heute mal mit ihm unterhalten. Das würde gerade noch fehlen, dass Doug anfängt, auf Pfadfinderinnen zu schießen, die hier in der Gegend ihre Kekse verkaufen wollen. Gibt's sonst noch was?«

Berman setzte eine sorgenvolle Miene auf.

»Ich glaube, Nancy Tooker, der der Diner gehört, hat ein Auge auf mich geworfen. Gestern hat sie mir eine Extraportion Speck spendiert.«

»Auf dieser Insel gibt's einfach nicht genug Männer, die noch zu haben sind. Sie ist einsam.«

»Sie ist *fett.*«

»Und schon ziemlich alt.«

»Sie ist *richtig* alt, und außerdem hat sie, na ja, diese schlaffe Haut, die von den Oberarmen runterhängt.«

»Bingo-Flügel.«

»Was?«

»So heißen die: Bingo-Flügel.«

»Himmel, dafür gibt's einen Namen? Das ist ja beängstigend. Glaubst du, es nützt was, wenn ich ihr erzähle, dass ich verheiratet bin?«

»Du bist nicht verheiratet.«

»Ich weiß, aber es könnte ja sein, dass ich heirate. Und wenn ich es nur täte, um mir Nancy vom Hals zu halten.«

»Wenn du einen Rat von mir willst, lass dir nichts von ihr spendieren. Sag einfach, es verstößt gegen die Polizeivorschriften. Sonst wird dich der Speck noch teuer zu stehen kommen.«

Berman sah aus, als würde ihm das Frühstück hochkommen. »Mal den Teufel nicht an die Wand.« Trotzdem fiel ihm auf, dass Dupree an diesem Morgen überraschend gut gelaunt war. Berman vermutete, dass es mit Duprees Annäherungsversuchen bei Marianne Elliot zusammenhing, sagte aber nichts.

Dupree ließ seinen Trizeps schwabbeln. »Bingo-Flügel«,

sagte er. »Große Bingo-Flügel umfangen dich, wenn du in Nancy Tookers Armen liegst, ihr nacktes –«

Berman öffnete sein Pistolenhalfter.

»Noch ein Wort und ich erschieß dich«, sagte er.

»Spar die letzte Kugel für dich selbst auf«, erwiderte Dupree beim Hinausgehen. »Sie könnte deine einzige Rettung sein.«

Tief im Süden, in der Nähe der Stadt Great Bridge in Virginia, ging ein Mann namens Braun zu seinem Wagen; er trug ein Papptablett mit zwei Bechern Kaffee und in seiner Brusttasche steckten mehrere Zuckertütchen. Er überquerte die Straße, nahm auf dem Beifahrersitz Platz und reichte seinem Kumpel namens Dexter einen Kaffeebecher. Dexter war schwarz und ziemlich hässlich. Braun war rothaarig, aber dennoch gut aussehend. Er kannte sämtliche Witze über Rothaarige. Die meisten kannte er von Dexter.

»Vorsicht«, sagte er, »der ist heiß.«

Dexter betrachtete angewidert den vollen weißen Becher.

»Hast du kein Starbucks gefunden?«

»Hier gibt's kein Starbucks.«

»Willst du mich verarschen? Starbucks gibt's überall.«

»Hier nicht.«

»Mist.«

Dexter nippte an seinem Kaffee.

»Schlecht ist er nicht, aber es ist kein Starbucks.«

»Er ist besser als Starbucks, wenn du mich fragst. Schmeckt zumindest nach Kaffee.«

»Ja, aber das ist ja das Geheimnis von Starbucks. Es ist Kaf fee, schmeckt aber nicht nach Kaffee. Das Zeug soll gar nicht wie Kaffee schmecken. Es soll nach Starbucks schmecken.«

»Also nicht wie Kaffee?«

»Nein, nicht wie Kaffee. Kaffee kannst du überall kriegen. Starbucks kriegst du bloß bei Starbucks.«

Brauns Handy summte. Er nahm es auf und drückte die grüne Taste.

»Ja?« Er lauschte eine Weile, dann sagte er »Okay« und beendete das Gespräch.

»Wir sind so weit«, wandte er sich an Dexter, aber der hörte gar nicht hin.

»Sieh mal da«, sagte Dexter und machte eine Geste mit dem Kinn.

Braun folgte der Richtung von Dexters Blick. An der Straßenecke tauschte ein kleiner schwarzer Junge, der vielleicht elf oder zwölf Jahre alt war, aber jünger aussah, mit einem älteren Jungen ein Tütchen gegen Geld.

»Der ist doch noch ein Kind«, sagte Braun.

»Wenn du genauer hinschaust und seine Augen siehst, wirkt er bestimmt nicht mehr wie ein Kind. Die Straße hat ihn längst auf dem Gewissen. Er ist schon völlig verkorkst.«

Braun nickte, sagte jedoch nichts.

»Das hätte ich sein können«, bemerkte Dexter. »Vielleicht.«

»Du hast auch diesen Scheiß verkauft?«

»So was Ähnliches.«

»Und wie bist du davon weggekommen?«

Dexter schüttelte den Kopf und für einen Moment wich der Zorn aus seinen Augen. Er sah sich selbst in seinen brandneuen Levi's – richtige Levi's waren das noch, nicht diese in den Kniekehlen hängenden Jeans, die die Jugendlichen heute trugen, nur Schlaufen und weiße Nähte –, wie er über das Basketballfeld ging und unter den Sohlen seiner Turnschuhe Glassplitter knirschten. Ex saß auf einer Bank, allein, die Füße auf dem Sitz, den Rücken gegen den Zaun des Spielfelds gelehnt, eine Zeitung in der Hand.

»He, Kleiner.«

Ex stand für Exorzist. So hieß er, weil er auf diesen Film abfuhr. Einundzwanzig und so selbstsicher, dass er es sich leisten konnte, ganz allein an einem Herbsttag irgendwo herumzusitzen und eine Zeitung zu lesen, als hätte er nichts Besseres zu tun.

»Was willst du?«

Ex lächelte und tat so, als wäre er Dexters bester Kumpel, als hätte er nicht erst letzte Woche einen Zwölfjährigen zum Krüppel gemacht, weil der ihm was nicht zurückgezahlt hatte; der Junge hatte gejammert und geheult, als Ex sich auf seine Brust gekniet, ihm den Lauf auf den Knöchel gesetzt und mit demselben Lächeln abgedrückt hatte.

Der Straßenname des Jungen war Blade, Klinge, nach seinem Vater, der Gilette genannt wurde. Ein guter Name. Dexter mochte den Namen und Blade mochte er auch. Sie hatten sich immer umeinander gekümmert. Jetzt gab es niemand mehr, der sich um Dexter kümmern konnte, aber er würde sich um Blade kümmern, so gut es ging.

Ex' Lächeln war immer noch da, aber jede Spur von Wärme, die es vielleicht einmal ausgedrückt haben mochte, war längst abgestorben.

»Ich habe gesagt: ›He, Kleiner‹. Und darauf hast du nichts zu sagen?«

Dexter, dreizehn Jahre alt, sah Ex in die Augen und nahm die behandschuhten Hände aus den Taschen seiner Lakers-Jacke. Er war das Gewicht der Pistole nicht gewöhnt und brauchte beide Hände, um sie anzuheben.

Ex starrte auf den kurzen Lauf der Bryco. Er öffnete den Mund, um etwas zu sagen, aber die Worte verloren sich im Dröhnen der Waffe. Ex kippte hintenüber, schlug mit dem Kopf gegen den Zaun und sackte auf dem Boden zusammen, die Beine über die Rückenlehne der Bank gespreizt. Dexter blickte auf ihn hinunter. Die Kugel hatte Ex in der Brust getroffen, ihm lief Blut aus dem Mund.

»He«, flüsterte er. Er machte ein Gesicht, als hätte der kleine Junge ihn soeben beleidigt. »He, Kleiner.«

Dexter warf die Bryco über den Zaun und entfernte sich.
»Dexter? Alles in Ordnung?«
Braun stieß Dexter mit dem Ellbogen am Arm an.
»Ja, schon gut. Alles klar, Mann.«
»Wir müssen los.«
»Ja, wir müssen los.«
Er warf einen letzten Blick auf den Jungen an der Ecke – *He, Kleiner* – dann ließ er den Wagen an und fuhr los.

Zufällig saßen dreißig Kilometer weiter nördlich zwei Männer, auch ein Weißer und ein Schwarzer, bei ihrem Kaffee, nur mit dem Unterschied, dass sie ein Starbucks gefunden hatten und Grande Americanos aus den großen Starbucks-Bechern tranken. Einer von ihnen war Shepherd, der grauhaarige Mann, der nur wenige Laster hatte. Sein Partner hieß Tell. Er trug sein Haar zu Cornrows geflochten wie der Basketballspieler Allen Iverson, und vermutlich aus dem gleichen Grund: Die Weißen fühlten sich beim Anblick einer solchen Frisur eingeschüchtert. Tell las Zeitung. Das tat er jeden Tag, und zwar ausgiebig. Leider las er ausgerechnet die *USA Today,* nach Shepherds Meinung hätte Tell genauso gut die Rückseite einer Cornflakesschachtel lesen können und wäre sogar noch besser informiert gewesen! Die Stärke der *USA Today* lag nicht gerade in Analysen und Shepherd selbst hielt sich für einen analytischen Kopf.

Zwei Sitze weiter in dem sonst leeren Coffeeshop sprach ein Araber laut in sein Handy und unterstrich seine Aussagen durch kräftiges Fingerklopfen auf den Tisch. Er sprach so laut, dass Shepherd nicht sicher war, ob das Handy überhaupt eingeschaltet war. Der Mann benahm sich, als müsste er seine Worte bis in den Nahen Osten *schreien,* das Handy hielt er vermutlich nur aus Gewohnheit ans Ohr. So ging das nun schon seit fast zehn Minuten, und Shepherd bemerkte, dass Tell mittlerweile ziemlich genervt war. Inzwischen hatte er schon zum dritten Mal begonnen, dieselbe Geschichte über Massenvernichtungswaffen zu erzählen, einmal öfter, als Tell normalerweise brauchte, um das, was er gelesen hatte, verarbeiten zu können. Aber ehrlich gesagt war Shepherd selbst auch nicht gerade glücklich über das lautstarke Gequatsche. Er konnte Handys nicht ausstehen. Die meisten Leute hatten auch so schon schlechte Manieren, da brauchten sie nicht noch einen weiteren Anlass dafür, sich danebenzubenehmen.

Tell blickte auf. »He, Sie!«, sagte er zu dem Araber. »Geht's vielleicht auch ein bisschen leiser?«

Der Araber überhörte ihn. Daraus schloss Shepherd, dass der Mann entweder sehr arrogant oder sehr dumm sein musste, da Tell weiß Gott nicht so aussah wie jemand, den man einfach ignorierte. Eher wirkte er wie einer, der einem das Kreuz brach, wenn man ihn nicht beachtete.

Tells Gesicht nahm einen etwas verständnislosen Ausdruck an, während er sich etwas näher zu dem Araber hinüberlehnte.

»Ich sagte, könnten Sie ein bisschen leiser reden, bitte? Ich versuche hier meine Zeitung zu lesen.«

Shepherd fand, dass Tell ausgesprochen höflich wurde. Das machte ihn nervös.

»Leck mich doch«, sagte der Araber.

Tell blinzelte und faltete seine Zeitung zusammen. Shepherd streckte einen Arm aus, um seinen Freund zurückzuhalten.

»Lass es«, sagte er. Vom Tresen aus sah ein Angestellter bereits interessiert zu.

»Hast du gehört, was dieser Arsch gesagt hat?«

»Ich hab's gehört. Vergiss es.«

Der Araber redete weiter, selbst nachdem er schlürfend seinen Kaffee ausgetrunken hatte. Tell stand auf, Shepherd ebenfalls und blockierte den Weg seines Partners zu dem Araber.

Tell federte ein paarmal auf den Fußballen auf und ab, dann drehte er sich um und ging hinaus.

»Die Show ist vorbei«, sagte Shepherd zu dem Angestellten.

»Sieht so aus.« Er klang ein wenig enttäuscht.

Tell wartete bereits in dem Van auf der anderen Straßenseite und klopfte mit den Fingern einen Rhythmus aufs Lenkrad, als Shepherd neben ihm Platz nahm.

»Fahren wir los? Wir müssen unseren Zeitplan einhalten.«

»Nein, wir bleiben noch.«

»Auch gut.«

Sie warteten. Zehn Minuten später kam der Araber aus dem Starbucks. Er redete immer noch in sein Handy. Er stieg in einen schwarzen SUV, wendete und fuhr in Richtung Norden.

»Ich kann SUVs nicht ausstehen«, sagte Tell. »Kopflastige Kabine auf dem Fahrgestell eines Pick-ups, die fahren beschissen, sind gefährlich und schlecht für die Umwelt.«

Shepherd seufzte bloß.

Tell startete den Van und folgte dem SUV. Sie hielten sich hinter dem Araber, bis er in eine Gasse neben einem noblen Nahost-Restaurant einbog. Tell schaltete den Motor ab, öffnete die Fahrertür und ging in die Gasse hinein. Shepherd folgte ihm.

»He, Saddam.«

Der Araber drehte sich um, aber Tell hatte ihn schon gepackt. Der Mann versuchte, mit seinem Wagenschlüssel die Alarmanlage auszulösen, doch bevor er dazu kam, wand Tell ihm die Schlüssel aus der Hand und schleuderte sie auf den Boden. Er riss dem Araber das Handy aus der linken Hand und warf es hinter dem Schlüsselbund her. Dann zerrte er den Mann hinter das Gebäude, damit sie von den Fußgängern auf dem Gehweg nicht gesehen werden konnten.

»Erinnerst du dich noch an mich?«, fragte er. Er drückte den Araber gegen die Wand. »Ich bin's, Mr Leck-mich-doch. Was glaubst du wohl, wie du mit mir reden kannst? Ich war höflich zu dir, du Penner. Ich habe dich freundlich um etwas gebeten, und was machst du? Du behandelst mich schlecht, du SUV fahrendes Arschloch.«

Er schlug dem Araber mit voller Wucht ins angstverzerrte Gesicht. Er war fett und trug an jedem Finger einen Goldring. Kein echter Gegner für Tell.

»Es tut mir Leid.«

»Nein, es tut dir nicht Leid«, erwiderte Tell. »Du hast Schiss, das ist nicht dasselbe. Wäre ich dir jetzt nicht hierher gefolgt, hättest du keinen weiteren Gedanken an mich verschwendet und beim nächsten Mal im Starbucks hättest du genauso wieder in dein Handy gebrüllt und die anderen Gäste gestört und wärst ihnen auf die Nerven gegangen.«

Er boxte dem Araber gegen die Nase, die unter dem Faustschlag brach. Der Mann wand sich vor Schmerzen und hielt sich die verletzte Nase.

»Also erzähl mir nicht, es täte dir Leid. Sieh dich doch an. Meine Leute sind in Ketten hierher gekommen. Ich wette, du Arsch bist in der Business-Class hergeflogen.«

Er schlug dem Araber erneut mit der flachen Hand gegen den Kopf.

»Lass dich nie wieder von mir dabei erwischen, wie du telefonierst, Arschloch! Ich warne dich nur ein einziges Mal.«

Schließlich ließ Tell von ihm ab und entfernte sich. Hinter ihm lehnte sich der Araber gegen die Wand, betrachtete das Blut an seinen Fingern, dann bückte er sich, um seine Sachen aufzulesen: zuerst seine Autoschlüssel, dann das Handy. Das Handy machte ein kratzendes Geräusch auf dem Beton, als er es hochnahm.

Tell blieb abrupt stehen und blickte zurück zu dem Araber.

»Du Volltrottel«, sagte er.

Er ging zurück und zog die Pistole unter seiner Jacke hervor. Die Augen des Arabers weiteten sich. Als Tell ihm mit voller Wucht in den Bauch schlug, ging er zu Boden. Während Shepherd die Szene beobachtete, hielt Tell dem Araber die Pistole an den Kopf und drückte ab. Der Mann verkrampfte sich, dann lösten sich seine Finger allmählich von dem Handy.

»Ich habe dich gewarnt«, sagte Tell. »Ich habe dich gewarnt.«

Er steckte die Pistole wieder unter seinen Gürtel und ging zurück. Shepherd warf einen letzten Blick auf den toten Araber, dann schloss er sich Tell an. Er schaute seinen Partner verwirrt an.

»Ich dachte, deine Leute kämen aus Albany«, sagte er.

Leonie und Powell saßen schweigend vor dem Gerichtsgebäude und beobachteten, wie Moloch von zwei Ermittlern der Bezirksstaatsanwaltschaft hineingeführt wurde. Leonie trug ihre Haare im Afrolook, für Powell sah sie aus wie eine von diesen Superniggerfrauen aus den Siebzigern, Cleopatra Jones und Foxy Brown. Powell würde Leonie in ihrem Beisein nie als Niggerfrau bezeichnen, ebenso wenig als Lesbe, auch wenn nach seiner Auffassung beides zutraf. Er zweifelte nicht daran, dass Leonie ihn umbringen würde, sollte er eins dieser Wörter in ihrer Gegenwart benutzen; und falls es ihm wie durch ein Wunder gelänge zu überleben (dazu würde er sie töten müssen), würde Dexter ihn jagen und die Sache erledigen. Dexter und Leonie waren wie Bruder und Schwester. Auch Braun schien gut mit ihr auszukommen. Powell hatte jedenfalls nicht vor, sich mit Dexter und Braun anzulegen, egal wie viel komisches Zeug Braun redete oder wie oft Dexter ihm mit seinem Niggergrinsen und seinem ewigen Händeabklatschen auf die Nerven ging.

Powell lehnte sich zurück, strich sich mit der Hand durch die langen Haare und spielte mit den Locken in seinem Nacken. Seine Frisur war eine Mischung aus prollig und Achtzigerjahre-Glam-Metal, vorne kurz, hinten lang. Sein Gesicht war unnatürlich gebräunt und seine Zähne waren so weiß, dass sie sogar nachts leuchteten. Powell sah aus wie ein Gangster aus einem B-Movie. Vor fünf oder sechs Jahren hatte er sich sogar einmal von einem Fotografen ablichten lassen, und als die Zeitungen über seinen Gerichtsprozess berichteten, hatten sie diese Fotos benutzt. Powell hatte sich insgeheim geschmeichelt gefühlt, trotzdem waren auf seine Entlassung aus dem Knast dummerweise keine Angebote von Filmgesellschaften gefolgt.

»Es ist heiß«, sagte Powell.

Leonie erwiderte nichts.

Er schaute zu ihr hin, aber sie hielt den Blick auf das Gerichtsgebäude fixiert. Er wusste, dass Leonie ihn nicht ausstehen konnte, aber das war auch der Grund, warum er bei ihr war. Er war bei Leonie und Tell bei Shepherd, weil er und Tell die Neuen waren und aufmerksam beobachtet werden mussten. Es war eine gute Übung, sonst nichts, und Powell hatte nichts dagegen einzuwenden. Powell wäre lieber bei Shepherd gewesen, aber Tell war ein explosives Großmaul, bei dem man nie wissen konnte, was er alles von sich gäbe, wenn er einen Tag mit Leonie verbrächte. Hinterher würde man einen ganzen Monat brauchen, um seine sterblichen Überreste aus dem Innenraum des Vans zu kratzen. Verglichen mit Tell war Powell ein Ausbund an Diplomatie.

Also hielt Powell die Klappe und wartete, während er sich die Zeit damit vertrieb, sich Leonie in den unterschiedlichsten Posen zusammen mit anderen Frauen vorzustellen, mit Weißen, Chinesinnen, Latinas, und er selbst beim Gruppensex mittendrin. O Mann, dachte er, wenn die wüsste, woran ich gerade denke …

Sharon Macy verbrachte den Morgen damit, Wäsche zu waschen, ihre Sachen für die Reinigung zusammenzusuchen und alle Hausarbeiten zu erledigen, die während ihrer Arbeitszeit liegen geblieben waren. Anschließend fuhr sie zum Fitnessstudio in der Maine Mall und absolvierte ihr übliches Trainingsprogramm zur Stärkung von Herz und Kreislauf. Auf dem Stepper verbrachte sie so viel Zeit, dass sich ihre Beine anschließend wie Gummi anfühlten und das Gerät von ihrem Schweiß pitschnass war. Danach machte sie sich auf den Weg zur Big Sky Bread Company, wo sie in Versuchung geriet, die ganze Trainingsmühe mit einem Stück Plundergebäck zunichte zu machen, sich dann jedoch für Suppe mit Sandwich entschied.

Zum Essen setzte sie sich in eine der Nischen, blätterte dabei in der Südausgabe des *Forecaster,* einer kostenlosen Zeitung mit Lokalnachrichten aus South Portland, Scarborough und Cape Elizabeth. Ein Polizist aus der Dienststelle in Cape Elizabeth rief dazu auf, ihm für eine Ausstellung von Polizeimützen aus aller Welt Köpfe von Kleiderpuppen zu spenden; das Golfteam der South Portland Red Riots hatte einen neuen Schulbus gestiftet; und in der Mountain Road in Falmouth war ein Paar Männerhandschuhe gefunden worden. Macy war ziemlich verblüfft darüber, dass jemand sich die Zeit nahm, eine Anzeige aufzugeben, nur um ein Paar verlorene Handschuhe ihrem rechtmäßigen Besitzer zu übergeben. Merkwürdige Leute hier oben: Sie blieben unter sich, kümmerten sich nur um ihre eigenen Angelegenheiten, mischten sich nicht in die anderer Leute ein, konnten aber rührend großzügig sein, wenn die Umstände es erforderten. Sie erinnerte sich noch lebhaft an den Schneesturm im Vorjahr, einen Blizzard, der die Küste oberhalb von Boston bis in den Norden des Staates heimgesucht hatte. Frühmorgens hatte sie Geräusche auf dem Parkplatz vor ihrer Wohnung gehört und bei einem Blick aus dem Fenster festgestellt, dass zwei ihr unbekannte Männer dabei waren, Macys Auto aus dem Schnee freizuschaufeln. Und sie befreiten nicht nur ihren Wagen vom Schnee, sondern sämtliche Autos auf dem Parkplatz. Anschließend schulterten sie ihre Spaten und machten sich auf den Weg zu den Autos in der nächsten Auffahrt. Vor solch einer anonymen Freundlichkeit gegenüber Fremden konnte sie nur den Hut ziehen.

Sie blätterte weiter zu den Polizeinachrichten, überflog die Liste der Festnahmen und Vorladungen: die üblichen Straftaten, Diebstähle, Marihuanageschichten. Einige der Namen waren ihr bekannt, aber es gab nichts Weltbewegendes. Wenn es etwas gegeben hätte, hätte sie längst über den Buschfunk davon gehört.

Als Nächstes nahm sie sich die *Casco Bay Weekly* vor, ein kostenloses Wochenblatt aus Portland. Die *CBW* verfügte über keine spezielle Rubrik für Polizeinachrichten, ein Mangel, der immer wieder zu Spannungen zwischen dem Portland Police Department und den Herausgebern führte. Die Zeitung hatte beim Department schon mehrfach um Einzelheiten über Verhaftungen gebeten, war jedoch mit Protokollen abgespeist worden, in denen die Namen von Verdächtigen und die Gründe der Festnahmen geschwärzt worden waren, was die Informationen praktisch nutzlos machte. Die *CBW* jaulte wie ein Katze, der man den Schwanz eingeklemmt hatte, das Department wurde deutlich streitlustiger und ein Ende der Feindseligkeiten zwischen der Zeitung und dem PPD war nicht abzusehen. Ohne Journalisten, die die Polizei lautstark kritisierten, dachte Macy, wäre das Leben doch echt langweilig.

Nach dem Essen fuhr sie ins Zentrum und stellte ihren Wagen im Parkhaus am Markt ab. An einem der Marktstände kaufte sie frisches Gemüse, um zwei Stunden kostenlos parken zu können, danach ging sie die Congress Street hinauf zur Bücherei des Zentrums für die Geschichte von Maine.

Sie bog in den Fußweg neben dem Wadsworth-Longfellow House ein und betrat den Lesesaal, ohne sich um das Hinweisschild zu kümmern, das die Besucher aufforderte, ihren Namen und den Grund des Besuchs in eine Liste einzutragen. Der Bibliothekar hinter dem Tresen war weit in den Siebzigern, vermutete Macy, aber als er sie anlächelte, schloss sie aus dem Leuchten in seinen Augen, dass er noch sehr lebendig war.

»Hallo, ich würde mir gerne ansehen, was Sie über Dutch Island haben.«

»Gern«, erwiderte der Mann. »Darf ich fragen, warum Sie sich für die Insel interessieren?«

»Ich bin Police Officer und werde dort bald Dienst tun. Ich möchte mich einfach gern ein bisschen über die Insel informieren.«

»Dann werden Sie ja mit Joe Dupree zusammenarbeiten.«

»Ja, soweit ich weiß.«

»Ein anständiger Mann. Ich kannte seinen Vater, auch ein anständiger Mann.«

Er verschwand zwischen den Regalen hinter dem Tresen und kam mit einem Ordner zurück, der enttäuschend dünn aussah. Der Bibliothekar bemerkte ihren Gesichtsausdruck.

»Ich weiß, aber über Dutch Island ist nicht viel geschrieben worden. Wir bräuchten endlich mal ein ordentliches Buch über die Geschichte der Inseln in der Casco Bay, wenn Sie mich fragen. Alles, was wir hier haben, sind Zeitungsausschnitte und das hier.« Er nahm ein dünnes Bündel maschinengeschriebener Blätter aus dem Ordner, die nachlässig an der Seite zusammengeheftet waren.

»Das wurde vor vielleicht zehn Jahren von Larry Amerling aufgeschrieben. Er ist der Postmeister auf der Insel. Etwas Ausführlicheres haben wir hier nicht, aber vielleicht finden Sie noch etwas in Caldwells *Inseln von Maine* und in Millers *Kajaktour an Maines Küste.*«

Er holte ihr die genannten Bücher, dann setzte er sich wieder auf seinen Stuhl, nachdem sie einen Platz an einem der Lesetische gefunden hatte. Es gab noch ein paar andere Leser in der Bibliothek, die allerdings ein halbes Jahrhundert älter waren als Macy. Sie öffnete den Ordner, nahm Amerlings *Kurze Geschichte von Dutch Island* heraus und begann zu lesen.

Torres und Misters führten Moloch zurück zum Land Cruiser, wobei sie absichtlich schnell gingen, damit die Fesseln an Molochs Beinen den Gefangenen auf den letzten Metern zum Stolpern brachten.

»Du bist ein Arschloch, Moloch«, sagte Torres.

Moloch bemühte sich, seine Konzentration nicht zu verlieren. Die Anhörung vor der Grand Jury hatte ihn nur gelangweilt. Man hatte also die Leiche einer Frau gefunden, und Verso – der kleine, dämliche Verso – war angewiesen worden auszusagen, er habe Willard und Moloch dabei geholfen, die tote Frau in den Wald zu schaffen, nachdem Moloch sie getötet habe.

Na und?

Sobald klar geworden war, in welche Richtung die Fragen des Anklägers zielten, hatte Moloch begonnen, wie ein Behinderter durch die Nase zu sprechen, sodass seine Worte kaum zu verstehen waren.

»Stimmt irgendetwas nicht mit ihm?«, hatte der Richter gefragt, aber Moloch selbst hatte die Antwort geliefert.

»Tut mir Leid, Euer Ehren«, sagte er und änderte seine Sprechweise gerade so weit, dass der Richter ihn halbwegs verstehen konnte. »Aber ich habe Ihrer Frau gerade einen Gutenachtkuss gegeben und da hat die Schlampe prompt die Schenkel zusammengekniffen.«

Damit war die Anhörung beendet gewesen.

»Hörst du?«, wiederholte Torres. »Du bist ein Arschloch.«

»Warum bin ich ein Arschloch?«, fragte Moloch. Er würdigte die Männer neben ihm keines Blickes. Auch nicht die Ketten an seinen Händen und Füßen, so sehr war er bereits an den schlurfenden Gang gewöhnt, zu dem sie ihn zwangen. Er würde nicht fallen. Sie würden nicht zulassen, dass er hinfiel, jedenfalls nicht, solange es jemand mitbekommen konnte, aber sie zwangen ihn, Schritt zu halten, und hinderten ihn daran, aufrecht wie ein Mann zu gehen.

»Das weißt du ganz genau, du Arschgesicht.«

»Vielleicht wollte ich einfach nur den Richter ein bisschen provozieren.«

»Das ist dir gelungen«, sagte Torres. »Du hast ihn provoziert. Und glaub bloß nicht, dass du dafür nicht die Quittung kriegst. Du wirst noch an meine Worte denken. Sie werden dir deine Bücher wegnehmen, und das Einzige, was dir noch zu tun bleibt, ist scheißen, schlafen und wichsen.«

»Und dabei werde ich die ganze Zeit an Sie denken, außer vielleicht wenn ich schlafe.«

»Du Vollidiot, du bist ein toter Mann. Du wirst für alles bezahlen, egal wie sehr du den Richter beschimpfst.«

»Große Worte, Mr Torres, große Worte.«

Sie erreichten den Wagen, und Moloch lächelte in die Kameras, während sie ihn ins Heck verfrachteten und seine Ketten an dem dafür vorgesehenen Bügel anschlossen.

»Die Zeit mit Ihnen beiden war mir ein Vergnügen«, sagte Moloch. »Danke für die Gesellschaft.«

»Nun«, erwiderte Torres, »ich reiße mich jedenfalls nicht darum, dieses Vergnügen zu wiederholen.«

»Und Sie, Mr Misters?«, fragte Moloch, aber Misters reagierte nicht. »Mr Misters«, wiederholte Moloch und ließ sich die Buchstaben auf der Zunge zergehen, vor allem die *s*-Laute zog er genüsslich zu einem langen Zischen wie bei Wassertropfen, die auf einer heißen Herdplatte zerperlen. »War das nicht der Name von irgend so einer bescheuerten weißen Band in den Achtzigern? ›Broken Wings‹, das war doch von denen, stimmt's?«

Misters schwieg weiterhin.

»Ihr Kollege redet nicht viel, was?«, sagte Moloch zu Torres.

»Er ist sehr wählerisch, was die Leute angeht, mit denen er spricht.«

»Na ja, vielleicht kann er sich ja dazu durchringen, ein paar Worte zu sagen, bevor die Fahrt zu Ende ist.«

»Glauben Sie?«

»Ich bin mir sogar sicher. Ich kann ein sehr interessanter Gesprächspartner sein.«

»Das bezweifle ich.«

»Wir werden ja sehen«, erwiderte Moloch, »lassen wir uns überraschen.«

Und während der nächsten fünf Minuten summte er den Refrain von »Broken Wings«, immer und immer wieder, bis Torres den Wagen anhielt und ihm drohte, ihn zu knebeln. Erst jetzt, als der junge Ermittler vor Wut kochte, hörte Moloch auf.

Macy nahm ihre Umgebung in der Bibliothek kaum noch wahr. Der alte Bibliothekar, die anderen Leser, das gelegentliche Knarren, wenn die Eingangstür geöffnet wurde, und die kalte Luft, die dabei hereinströmte, all das drang nicht mehr bis zu ihr durch. Sie hatte sich vollkommen in die Geschichte von Dutch Island vertieft, die Geschichte von Sanctuary.

Die Indianer hatten heftig gekämpft, um ihre Herrschaft über die Inseln der Casco Bay aufrechtzuerhalten. Wie die heutigen Touristen hatten sie den Sommer auf den Inseln verbracht, gefischt, auf Schildkröten, Robben und sogar auf Wale Jagd gemacht. Chebeague war ihre Hauptbasis, aber sie nutzten auch andere Inseln, und das allmähliche Vordringen der weißen Siedler war ihnen ein Dorn im Auge. Die Inseln waren wichtige Siedlungsstützpunkte für die neuen Kolonien. Sie waren leicht zu verteidigen, sicherer als das Festland, zudem lieferte das Meer Nahrungsmittel im Überfluss. Macy fiel auf, dass einige der Inseln ebenso wie Dutch Island mehrere Namen hatten: Great Chebeague hieß früher Merry Island, dann Recompense; Peaks Island nannte sich zuerst Munjoy's, dann Milton's und schließlich Michael's Island, die Namen änderten sich mit den Besitzern.

Trotz ihrer relativen Sicherheit wurden die Inseln im späten siebzehnten Jahrhundert häufig angegriffen. Siedler, die vor den Gräueltaten auf Harpswell Neck und anderen in der Nähe der Küste gelegenen Inseln geflohen waren, errichteten auf Jewell, einer Insel des äußeren Rings, eine Festung. Im September 1676, einem Jahr voller blutiger Überfälle auf Weiße bei Casco Neck und Back Cove, wurden die Familien auf Jewell von indianischen Kriegern angegriffen, die in acht Kanus anrückten. Schockiert und verstört zogen sich die Weißen nach Richmond Island zurück. Bis zum Jahresende wüteten die Indianer entlang der gesamten Küste und löschten alle Siedlungen zwischen den Flüssen Piscataqua und Kennebec aus. Die Siedler verschanzten sich in den Ruinen, einige gaben jedoch auf und zogen sich in sicherere Gebiete im Landesinneren zurück. Im Jahre 1689 überfielen die Indianer Peaks Island, die vom Festland aus am einfachsten zu erreichende Insel, und schlachteten einen Großteil der Einwohner ab. Ein Jahr später kamen sie wieder und vertrieben die übrig gebliebenen Siedler von der Insel.

Bei Dutch Island, benannt nach dem niederländischen Seefahrer Chris Herschdorfer, der dort im siebzehnten Jahrhundert Schiffbruch erlitt, lagen die Dinge anders. Die Insel war sehr viel weiter vom Festland entfernt, was die Überfahrt für die Indianer erschwerte, die lediglich über Einbäume verfügten. Darüber hinaus war ihnen die Insel offenbar nicht geheuer, weshalb sie sie lieber unerforscht ließen.

1689, kurz nach den Indianerüberfällen auf Peaks, leitete Major Benjamin Church, dessen Soldaten zur Zeit der Massaker auf der Insel stationiert gewesen waren, eine Expedition nach Dutch Island. Er stellte fest, dass die Insel sehr stark bewaldet war und es nur eine Hand voll brauchbarer Anlegeplätze für Boote gab. Aber erst 1691 ließ sich ein Mann namens Thomas Lunt, der ständigen Kämpfe mit den Indianern überdrüssig, mit einer Gruppe von Siedlern auf der Insel nieder. In den ersten zwei Wochen kamen insgesamt dreißig Siedler auf die Insel, der Lunt wieder den Namen Sanctuary gab; unter ihnen befanden sich Überlebende der Massaker von Jewell und Peaks, und während der folgenden Monate stieg die Zahl der Neuankömmlinge ständig an. Sie beschlossen, in einiger Entfernung von der Küste zu siedeln, weil sie hofften, im höher gelegenen Landesinneren vor einem Überraschungsangriff sicherer zu sein.

Von diesem Zeitpunkt an wurde Amerlings Geschichte der Insel ungenauer und spekulativer; aber offenbar hatte es einen Siedler gegeben, einen Mann namens Buer, dessen Verhalten mit der Zeit immer unberechenbarer wurde. Er entfremdete sich von seiner Familie und verbrachte immer mehr Zeit allein im dichten Wald im Zentrum der Insel. Als er der versuchten Vergewaltigung der Frau eines anderen Siedlers beschuldigt wurde, versuchte er zu fliehen und wurde von dem Ehemann und drei weiteren Männern gejagt. Er tötete einen der Männer mit einem Schuss aus seiner Muskete und suchte anschließend Unterschlupf bei seiner Frau, die ihn verstecken sollte und der er beteuerte, nichts Böses getan zu haben. Aber da auch sie durch seine Veränderung verstört war und um ihr Leben fürchtete, verriet sie ihn an seine Verfolger. Man kettete ihn an einen Scheunenpfosten, doch irgendwie gelang es ihm, sich zu befreien, ein Boot zu stehlen und aufs Festland zu fliehen.

Einige Monate später, im Winter 1693, kehrte er mit einer Gruppe bewaffneter Männer und abtrünniger Indianer auf die Insel zurück und richtete ein Blutbad unter den Siedlern auf Sanctuary an, wobei er auch seine eigene Frau nicht verschonte. Nur eine der Siedlerinnen überlebte ihre Wunden lange genug, um berichten zu können, was geschehen war. Selbst jetzt, dreihundert Jahre später, ließen die Einzelheiten Macy erschauern. Eine Orgie aus Vergewaltigung und Folter. Viele der Frauen wurden vergewaltigt, gefesselt und lebend in einen Sumpf geworfen, wo sie ertranken. Zwischen Erwachsenen und Kindern wurde kein Unterschied gemacht.

Die meisten Täter wurden später gejagt und getötet, aber Buer und sein Leutnant, ein Italiener, der Gerüchten zufolge Barone hieß, entgingen der Festnahme. Es wurde behauptet, dass Buer einen falschen Namen benutzte und ein Mann namens Seera, auf den die Beschreibung passte, in Massachusetts im Zusammenhang mit dem Tod zweier Frauen gesucht wurde. Jedenfalls verschwand Buer nach den Ereignissen auf Sanctuary und wurde nie wieder gesehen. Dasselbe galt für Barone. Die Suche nach den Mördern wurde von drei Jägern geleitet, die von der Insel stammten und sich während des Massakers auf dem Festland aufgehalten hatten, um im Auftrag der Siedler Ware zu verkaufen. Es hieß, sie hätten eine große Zahl der an dem Überfall Beteiligten aufgespürt und kurzen Prozess mit ihnen gemacht. Als Sanctuary viele Jahre später erneut besiedelt wurde, befand sich unter den Siedlern auch der Enkel eines dieser Jäger. Sein Name war Jerome Dupree.

Amerlings Geschichte enthielt auch einen Bericht aus dem Jahre 1762 über die Entführung einer Frau, das Verschwinden der Männer, die sie nach Dutch Island gebracht hatten, und über die spätere Entdeckung der im Wald vergrabenen Leiche eines der Männer. Der Name Dupree tauchte immer wieder auf, und es war einer von Joe Duprees Vorfahren, der das Steinkreuz errichtet hatte, das nach wie vor inmitten der versunkenen Überreste der ehemaligen Siedlung und der Gräber derjenigen stand, die dort gestorben waren. George Sherrin, den man in einem Gewirr von Baumwurzeln entdeckt hatte, fand keine Erwähnung.

Amerlings abschließende Sätze faszinierten Macy ganz besonders:

> Wer die Insel nur von außen betrachtet, dem mag ihre Geschichte blutig und fremdartig erscheinen. Aber wir, die wir hier seit langer Zeit leben und deren Väter und Großväter und Urgroßväter auf dem Friedhof der Insel beerdigt wurden, sind mit der Fremdartigkeit von Dutch Island aufgewachsen. Hier verschwinden Wege durch den Wald innerhalb einer Woche, während gleichzeitig neue Wege entstehen, sodass man einem vertrauten Pfad folgen kann, der einen am Ende in eine ganz neue Umgebung führt. Wir sind gewöhnt an die Stille und an die Geräusche, die es nur auf diesem kleinen Fleckchen Erde gibt. Wir leben im Schatten der Geschichte der Insel, die unsere Vorfahren uns als Vermächtnis hinterlassen haben.

Macy klappte den dünnen Ordner zu und brachte ihn zurück zum Tresen. Die Namen, die ihr in Amerlings Geschichte begegnet waren, gingen ihr nicht aus dem Kopf. Church. Lunt. Buer. Barone.

Barone. Barron.

Wahrscheinlich war es nur ein Zufall, dachte sie, obwohl es erklären würde, dass Barron ein solcher Widerling war, wenn seine unangenehme Ausstrahlung auf einer stolze Familientradition beruhte.

»Haben Sie gefunden, wonach Sie suchten?«, fragte der Bibliothekar.

»Nein«, erwiderte Macy. »Ich hatte mir Antworten auf einige Fragen erhofft.«

»Vielleicht haben Sie auf der Insel selbst mehr Glück.«

»Vielleicht«, antwortete sie.

Auch Joe Dupree draußen auf Sanctuary fand nicht die Antworten, die er suchte. Er war zu Doug Newton gefahren, wie er es Berman versprochen hatte. Newton lebte mit seiner Mutter in der Nähe von Seal Cove am südlichsten Zipfel der Insel. Ihr Haus gehörte zu den ältesten auf Sanctuary und zu den am besten erhaltenen. Doug hatte es erst im vorigen Frühjahr frisch getüncht, sodass es zwischen den Bäumen hervorleuchtete.

Die alte Frau hatte nicht mehr sehr lange zu leben. Dupree konnte es an ihrem Gesicht ablesen und in ihrem Zimmer riechen. Wenn sie starb, würden die Ärzte mit einer komplizierten Erklärung für ihr Ableben aufwarten, aber für Joe und Doug, und vielleicht auch für die alte Frau selbst, war daran nichts Kompliziertes. Sie war einfach alt. Sie war Ende achtzig, ihr Körper hatte den Lebenskampf aufgegeben. Ihr Atem ging flach und keuchend, die Haut ihres Gesichts und ihrer Hände war schon fast durchsichtig. Sie hatte keine Schmerzen, und es gab nichts, was ein Krankenhaus hätte für sie tun können, daher hatte ihr Sohn sie zum Sterben nach Hause geholt. Debra Legere, die einige Pflegeerfahrung hatte, kam täglich für vier oder fünf Stunden, manchmal auch länger, wenn Doug etwas zu erledigen hatte, obwohl er mittlerweile kaum noch arbeitete. Dupree hatte den Eindruck, dass sich zwischen Debra, einer Witwe, und Doug, der nie verheiratet gewesen war, eine engere Beziehung entwickelt hatte, aber er hatte nicht vor, seine Nase in ihre Angelegenheiten zu stecken. Jedenfalls waren sie beide strenggläubige Baptisten, was ihrer Beziehung vermutlich Grenzen setzte.

Dupree trat ans Schlafzimmerfenster von Dougs Mutter

und blickte in den Garten. Es ging tief hinunter. Unter dem Schlafzimmer befand sich eine Küche, aber da Doug nie das Bedürfnis gehabt hatte, sie zu erweitern, schloss sie mit der Außenwand ab. So wie Dupree die Sache sah, konnte ein kleines Mädchen unmöglich das am höchsten gelegene Fenster des Hauses erreichen.

»Hatte sie eine Leiter dabei, Doug?«, fragte er leise.

Dougs Mutter war kurz aufgewacht, als sie das Zimmer betreten hatten, danach aber gleich wieder in einen unruhigen Schlaf gefallen.

Doug schien kurz davor, aus der Haut zu fahren, kam jedoch offenbar zu dem Schluss, dass es sich nicht lohnte.

»Ich weiß, was du denkst«, erwiderte er. »Das habe ich mich doch längst selbst gefragt: Wie konnte sie hier raufkommen? Ich weiß es auch nicht. Ich sage dir nur, was ich gesehen habe.«

»War das Fenster verschlossen?« Dupree prüfte das Schiebefenster mit der Hand. Es machte einen ziemlich soliden Eindruck.

»Soweit ich mich erinnere, ja. Vielleicht habe ich es nicht richtig einrasten lassen und der Wind hat es aufgestoßen, aber in der Nacht war gar kein Wind. Außerdem, hast du schon mal gehört, dass der Wind ein schweres Fenster nach oben aufschieben kann?«

Dupree starrte in den Wald. Das Fenster zeigte nach Nordosten. Er konnte den zentralen Aussichtsturm der Insel sehen und die Bäume, die die Gedenkstätte einrahmten.

»Hältst du mich für verrückt?«, fragte Doug.

Dupree schüttelte den Kopf. Er wusste nicht, was er denken sollte, aber es schien ihm ziemlich unwahrscheinlich, dass ein kleines Mädchen auf wundersame Weise die sieben Meter vom Garten hier herauf überwinden sollte, nur um eine alte Frau in ihrem Schlafzimmer zu erschrecken. »Bisher kamst du mir immer ziemlich besonnen vor«, sagte er schließlich. »Was soll ich sagen? Halt die Fenster geschlossen, ebenso die Türen. Hast du ein Gewehr?«

Doug nickte. »Mehr als eins.«

»Dass du bloß keins davon benutzt, Himmelherrgott! Das hätte mir noch gefehlt, dich einlochen zu müssen, weil du jemanden erschossen hast.«

Doug versprach, sich an den Rat zu halten. Das war zwar nicht gleichbedeutend mit dem Versprechen, niemanden zu erschießen, aber besser als nichts.

Dupree wollte gerade das Zimmer verlassen, als ein Stück Papier, wie von einem Luftzug erfasst, aus der Ecke neben dem Vorhang aufflog und wieder zu Boden segelte. Als der Polizist sich bückte, um es in Augenschein zu nehmen, stellte er fest, dass es sich um eine Motte handelte. Sie war hässlich und grau, mit gelben Zeichnungen entlang des Körpers. Ihre Flügel flatterten schwach.

»Doug, kannst du mir ein leeres Marmeladenglas mit Schraubdeckel bringen?«

Doug kam mit einem Glas zurück. Dupree steckte den Nachtfalter hinein und verschloss das Glas vorsichtig mit dem Deckel. Mithilfe seines Taschenmessers bohrte er ein Loch in den Deckel, damit die Motte Luft bekam, auch wenn ihm sein Gefühl sagte, dass sie nicht mehr lange leben würde.

Er hielt das Glas gegen das Tageslicht und betrachtete den Nachtfalter, drehte das Glas langsam, um sich seine Flügel und die Körperzeichnung anzusehen. Doug Newton blinzelte mehrmals, dann schüttelte er den Kopf.

»So eine Motte hab ich noch nie gesehen«, sagte er schließlich.

Dupree empfand einen unangenehmen Schmerz in der Magengegend. Plötzlich kam ihm Doug Newtons Geschichte von einem Mädchen, das durch die Luft schwebte, gar nicht mehr so weit hergeholt vor. Er musste schlucken.

»Ich schon«, sagte er.

Sie waren einige Kilometer vom Gefängnis entfernt und fuhren am Fluss entlang, als sie die Leiche am Straßenrand liegen sahen. Das Dismal-Creek-Gefängnis lag am Ende einer wenig befahrenen Straße, die fast ausschließlich von Gefängnisfahrzeugen benutzt wurde. Wer hier ein Problem hatte, konnte lange auf Hilfe warten.

»Was zum Teufel ist das?«, fragte Misters.

»Sieht aus wie eine Frau«, sagte Torres. »Fahr mal ran.«

Die Frau lag bäuchlings neben der Straße, die Beine gespreizt, die Schultern und Haare verdeckt von dem langen Gras, das hinter dem befestigten Seitenstreifen wuchs. Ihre Schenkel und Pobacken waren entblößt, der Rock war aufgerissen. Sie hielten dicht neben ihr, Torres stieg aus und Misters wollte ihm folgen. Aber Torres wies ihn an, zu bleiben, wo er war.

»Behalt ihn im Auge«, sagte Torres.

»Der haut schon nicht ab«, sagte Misters, blieb aber am Wagen und bewachte Moloch, der die Geschehnisse mit Interesse beobachtete.

Die Frau bewegte sich nicht und Torres entdeckte Blut auf ihrem Rücken. Er beugte sich vor und schob das Gras beiseite, das ihren Kopf verdeckte.

»O Gott –«

Wo ihr Kopf hätte sein sollen, war nur blutiges Fleisch zu sehen. Als er sich angewidert abwandte, erwischte ihn ein Schlag am Nasenbein und ließ ihn zu Boden taumeln. Misters griff nach seiner Waffe, aber schon war ein Schatten über ihm, und als er aufblickte, stand vor ihm ein Mann, ebenfalls ein Schwarzer, der ihn mit einer Schrotflinte bedrohte. Aus dem Gras auf der anderen Seite der Straße tauchte ein weiterer Mann auf, ziemlich jung, mit blonden Haaren und einem hübschen, fast femininen Gesicht. Hinter ihm erschien ein muskulöser Mann mit kurzen roten Haaren, der ausgewaschene Jeans und ein T-Shirt mit der amerikanischen Flagge trug. Der Schwarze nahm Misters die Waffe ab und fesselte seine Hände mit Plastikschnüren auf dem Rücken. Mittlerweile kniete der Blonde neben Torres, entfernte die Schlüssel von dessen Gürtel und die Pistole aus dem Halfter. Dann ging er zu dem Land Cruiser, öffnete die Tür und befreite Moloch von seinen Ketten.

Moloch reckte sich, sobald er ausgestiegen war, nahm Torres' Waffe von dem Blonden entgegen, ging zu dem auf dem Boden hockenden Misters und richtete die Waffe auf ihn.

»Nun, Mr Misters, haben Sie mir irgendetwas zu sagen?«

Misters öffnete den Mund nicht. Er betrachtete Moloch mit einer Mischung aus Angst und Ekel.

»Ich könnte Sie erschießen«, sagte Moloch, »verdient hätten Sie's.«

Er nahm Misters' Kopf ins Visier.

»Peng!«, sagte er, hielt sich die Mündung der Pistole vor den Mund und pustete imaginäre Rauchwölkchen weg.

»Aber ich werde es nicht tun«, sagte er.

»Nehmen wir ihn mit?«, fragte Dexter.

»Nein.«

»Wenn wir ihn hier lassen, kann er uns identifizieren.«

»Wirklich?«, fragte Moloch.

Er durchbohrte Misters mit seinem Blick.

»Ach, könnten meine Augen sehen und meine Zunge sprechen«, sagte er. »Von welchen Wundern würde ich berichten.« Er wandte sich zu dem blonden jungen Mann um.

»Blende ihn und schneid ihm dann die Zunge raus. Er hat sowieso keine Verwendung dafür.«

Sie arbeiteten schnell, schoben den SUV mitsamt der Leichen von Torres und der Frau in den Fluss. Misters ließen sie blutend und unter Schock am Flussufer zurück. Die ganze Operation hatte nur einige Minuten in Anspruch genommen.

Braun machte einen Anruf mit seinem Handy, und Sekunden später schlossen sich Powell und Leonie an, die in ihren Vans von beiden Seiten je zweihundert Meter entfernt von dem Hinterhalt die Umgebung beobachtet hatten. Die Vans trugen das Emblem einer nicht existenten Holzfirma, sodass sie jedes zufällig passierende Auto mit der Begründung hätten aufhalten können, ein umgefallener Baum müsse von der Straße geräumt werden. Aber sie waren bei ihrer Aktion von keinem Auto gestört worden. Die beiden Vans mit den fünf Männern und der Frau jagten nach Norden in Richtung Highway.

Dexter, Leonie und Moloch schwiegen eine ganze Weile. Dexter warf hin und wieder einen Blick in den Rückspiegel. Drei Wagen hinter ihnen befanden sich Braun, Powell und der junge Mann, was Dexter nur recht war. Der junge Willard war ihm nicht geheuer, seine Schönheit und scheinbare Unschuld verstärkten noch das Unbehagen über das, was darunter verborgen lag. Aber Moloch mochte ihn, außerdem hatte er sich als nützlich erwiesen. Er hatte die Frau aufgetrieben, indem er fast eine Woche lang auf kleinen Nebenstraßen, in Bars und billigen Motels herumgehangen hatte, bevor er mit der »passenden Kandidatin«, wie er sie beschrieben hatte, aufwarten konnte. Dann hatte er sie getötet und ihre Leiche rechtzeitig zum Treffpunkt gebracht.

Dexter war ein cleverer Typ, vielleicht nicht so clever, wie er selbst glaubte, aber insgesamt ziemlich intelligent. Er hatte einiges gelesen, unter anderem Bücher über Psychologie. Dexter war der Meinung, dass man, wenn man mit Menschen zu tun hatte, so viel wie möglich über die allgemeinen Verhaltensmuster herausfinden sollte, nach denen sie funktionierten. Er interessierte sich besonders für alles Abnorme, da er sich bei seiner Arbeit tagtäglich damit beschäftigen musste. Er wusste alles über Soziopathen und Psychopathen und andere Außenseiter, und er hatte begonnen, die Verrückten, denen er begegnete, nach ihren speziellen abnormen Veranlagungen einzuteilen.

Aber Willard ... Dexter hatte bisher noch kein Buch gefunden, in dem ein Typ wie Willard beschrieben stand. Willard war eine ganz eigene Kategorie. Tatsächlich war sich Dexter nicht einmal sicher, ob es sich bei Willard wirklich um ein menschliches Wesen handelte, auch wenn er so etwas nie in Gegenwart von Moloch oder jemand anderem äußern würde. Doch manchmal spürte er, wie Willard ihn anstarrte, und wenn er dem Jungen ihn die Augen sah, hatte er das Gefühl, in eine Leere zu fallen. Im All zu sterben musste sich so anfühlen wie sein Spiegelbild in Willards Augen zu sehen: Da war nur das Nichts, dunkles, schwarzes Nichts. Es wirkte nicht einmal bedrohlich. Es war einfach Leere.

»Worüber denkst du nach?«, fragte Moloch.

»Über alles Mögliche.«

»Verrat bloß nicht zu viel.«

»Ich sagte doch, alles Mögliche.«

Neben ihm starrte Leonie auf die vorbeifahrenden Autos.

»Willard?«, fragte Moloch.

»Wie kommst du darauf?«

»Ich habe dich dabei beobachtet, wie du in den Rückspiegel gesehen hast und sich dein Gesichtsausdruck verändert hat. Ich kann dich lesen wie ein offenes Buch, Dex.«

»Ich mag ihn nicht. Ich bin dir gegenüber immer ehrlich gewesen, also sag ich's dir klipp und klar. Der Typ ist nicht ganz sauber.«

»Aber nützlich.«

»Ja.«

»Und loyal.«

»Dir gegenüber.«

»Nur das zählt.«

»Bei allem Respekt, Mann, aber du hast die letzten drei

Jahre im Knast gesessen. Es ist schwierig, mit einem zusammenzuarbeiten, der nur auf einen Mann in Gefängniskleidung hört.«

»Aber du hast es geschafft.«

»Ich bin ein geduldiger Mensch und bei der Sache mit Verso haben wir Schwein gehabt.«

»Ja«, stimmte Moloch zu. »Ich nehme an, dass ihr irgendwas geplant habt, was Verso betrifft.«

»Das läuft bereits.«

»Du hättest Willard auf ihn ansetzen sollen. Er konnte Verso noch nie ausstehen.«

»Ich auch nicht, aber mein Abscheu ist nicht groß genug, um ihm Willard auf den Hals zu hetzen. Hast du gesehen, was er mit der Frau angestellt hat? Er hat sie regelrecht zerfleischt.«

»Vorher oder nachher?«

»Ich habe ihn nicht gefragt.«

»Dann werde ich ihn auch nicht fragen.«

»Ich nehme an, vorher.«

»Worauf willst du eigentlich hinaus, Dexter?«

»Wirf mal einen Blick in die Zeitung. Die liegt irgendwo dahinten.«

Moloch, der im Halbdunkel auf der Rückbank des Vans saß, suchte zwischen den Schachteln und hinter den Gardinen, bis er eine Ausgabe des *Post-Register* in Händen hielt. Die Titelgeschichte beschrieb die Entdeckung von vier Leichen in einem Haus südlich von Broughton.

Vier Leichen und zwei abgeschlagene Köpfe, ein männlicher und ein weiblicher, alles im Eisschrank.

»Sie bringen es ausführlich in allen Fernsehnachrichten. Ich schätze, Willard hat sich dort eine Weile verkrochen. Ich würde mein letztes Hemd darauf verwetten, dass ihn jemand in der Gegend gesehen hat und sein Gesicht bald neben deinem plakatiert sein wird. Er dreht immer mehr ab.«

Im Dunkeln des Vans hörte Dexter Moloch bedauernd seufzen.

»Du meinst, er ist eine Belastung?«

»Darauf kannst du Gift nehmen.«

»Dann bin ich ja wohl auch eine Belastung.«

Dexter warf ihm einen Blick zu.

»Du bist der Grund, warum wir hier sind. Willard nicht.«

Es vergingen einige Minuten, bevor sich Moloch wieder von hinten zu Wort meldete.

»Behalt ihn gut im Auge, aber unternimm vorläufig nichts.«

Was glaubst du wohl, dachte Dexter, ich behalte ihn im Auge, seit ich ihn das erste Mal gesehen habe.

Im hinteren Van war Powell eingenickt, Braun und Willard schwiegen vor sich hin. Braun hatte kein Problem damit. Im Gegensatz zu Dexter hatte er nicht allzu viel gegen Willard einzuwenden. Für ihn war Willard nur einer von den Verrückten, die Moloch um sich geschart hatte, und er hatte kein Interesse daran, mit ihm mehr als das unbedingt Notwendige zu reden. Von den fünf Leuten, die Moloch in Richtung Norden begleiteten, war er selbst vermutlich noch am ehesten halbwegs normal. Auch wenn er ein Killer war, so hatte er doch, ebenso wie Shepherd, nichts für unnötige Gewalt übrig, weshalb er auch dem Auftrag, die Straße abzusichern, während die anderen Molochs Bewacher ausschalteten, bereitwillig zugestimmt hatte. Braun machte nur wegen des Geldes mit: Er war ein guter Fahrer und führte seine Aufträge zuverlässig aus. Selbst in den schwierigsten Situationen behielt er einen kühlen Kopf. Jede Gruppe brauchte ihren Braun.

Er wollte lediglich seinen Anteil an der Beute. Dass bei ihren Aktionen auch Leute zu Schaden kamen, war ihm klar, aber das war Molochs Angelegenheit, nicht seine. Solange er sein Geld bekam, konnte Braun zufrieden davonspazieren, ohne irgendjemandem etwas zuleide zu tun, aber Leonie, Dexter, Willard und die anderen waren auf mehr aus. Sie wollten ihren Spaß. Er schaute zu Willard hinüber, aber der Junge war mit seinen Gedanken woanders, er hielt den Blick auf die Straße vor ihm gerichtet. Braun hatte weder etwas gegen das Schweigen noch gegen Willard.

Dennoch tastete er nach seinem Messer, das er am Oberschenkel trug; ein bisschen Sicherheit konnte nicht schaden.

Sowenig Braun gegen Willard hatte, so wenig traute er ihm über den Weg.

Braun war einfach klüger als all die anderen.

Willard starrte auf den Asphalt und dachte an die Frau. Es hatte lange gedauert, bis sie aufgehört hatte zu schreien, nachdem der Mann tot war. Sie hatte noch versucht, den Wagen anzulassen, und beinahe wäre es ihr auch gelungen, doch Willard war schneller gewesen und hatte die Scheibe mit seiner Machete zertrümmert. Als er nach den Wagenschlüsseln griff und sie aus dem Zündschloss riss, erstarb die Hoffnung in den Augen der Frau. Auch wenn sie noch um ihr Leben bettelte, wusste sie, dass es vorbei war.

Willard hatte sie zum Schweigen gebracht.

»Ich werde Ihnen nicht wehtun«, hatte er gesagt. »Ich verspreche es. Beruhigen Sie sich doch. Ich werde Ihnen überhaupt nicht wehtun.«

Die Frau weinte, Rotz und Tränen liefen ihr über das Kinn. Sie flehte ihn an, aber ihre Worte waren kaum zu verstehen. Willard hatte ihr schließlich die Machete gezeigt, hatte sie sehen lassen, wie er sie wegwarf.

»Nun kommen Sie schon«, sagte er. »Sie haben wirklich nichts zu befürchten.«

Und sie hätte ihm so gern geglaubt. Sie wollte ihm so sehr glauben, dass sie es sogar zuließ, dass er ihre Hand nahm und ihr aus dem Auto half. Er hielt sie von der Leiche des Mannes abgewandt – »Das brauchen Sie nicht zu sehen« –, als er sie zum Haus führte, aber irgendetwas an der sperrangelweit offen stehenden Tür und der Finsternis im Haus hatte ihre Instinkte wieder mobilisiert. Als sie versuchte wegzulaufen, warf Willard sich auf sie und brachte sie zu Fall, indem er ihre Beine festhielt. Er ließ sie schreien, während er sie an den Beinen zum Haus schleifte und ihre Fingernägel bei dem Versuch abbrachen, sich auf dem Boden festzukrallen. Niemand konnte sie hören. Willard warf einen gierigen Blick zu der Machete hinüber, die auf dem Rasen lag. Sie war sein Lieblingswerkzeug. Er konnte sie später holen, dachte er.

Im Haus hatte er noch genug andere Spielzeuge.

Shepherd sah den Wagen des Pizzalieferservice zuerst. Auf dem Dach des Saturns befand sich ein großes Werbeschild, das aussah wie die Schwanzflosse eines Hais. Shepherd hoffte, dass der Junge reichlich Trinkgeld bekam, weil der Job ihm nicht gerade viel Ansehen einbrachte. Shepherd startete den Van und rangierte ihn neben den Jungen, der dabei war, Pizzaschachteln aus den Isolierbehältern auf dem Rücksitz zu nehmen. Er hörte, wie die Hecktür des Vans geöffnet wurde, und zog sich die Skimaske über den Kopf. Kurz darauf zwang Tell, dessen Gesicht ebenfalls unter einer Maske verborgen war, den Jungen mit vorgehaltener Pistole auf den Rücksitz des Vans. Sonst war niemand auf dem Parkplatz des Motels.

»Hören Sie«, sagte der Junge, »ich habe nicht mehr als zehn Dollar Wechselgeld.«

»Zieh deine Jacke aus!«, befahl Tell.

Der Junge reichte ihm widerstandslos die Jacke. Shepherd beugte sich über die Vordersitzlehne und tippte dem Jungen mit der Waffe auf die Schulter.

»Du bleibst hier und verhältst dich ruhig. Mein Freund wird die Pizza für dich abliefern. Danach hauen wir hier ab und lassen dich irgendwo unterwegs raus. Es liegt an dir, ob du dann noch gehen kannst oder ob wir das, was von dir übrig geblieben ist, aus dem Wagen werfen. Kapiert?«

Der Junge nickte.

»Gehst du aufs College?«, fragte Shepherd.

Der Junge nickte erneut.

»Dachte ich mir. Du bist intelligent.«

Die Tür des Vans wurde geschlossen und Shepherd war mit dem Jungen allein. Tell, mittlerweile in der roten Jacke von Pizza Heaven, stieg die Stufen in den ersten Stock des Motels hinauf und klopfte an die Tür. Er zog sich die Maske vom Gesicht und wartete.

»Wer ist da?«, fragte eine Stimme.

»Pizza«, erwiderte Tell.

Ein Gesicht erschien an einem Fenster, von dem der Vorhang weggezogen wurde, dann wurde die Tür geöffnet. Ein Mann in weißem Hemd mit roter Krawatte stand vor ihm. Hinter ihm stand ein großer weißer Mann mit Geheimratsecken und Bierbauch.

»Was kriegen Sie?«, fragte der Ermittler des Bezirksstaatsanwalts, als Tell in die Isoliertüte langte.

»Das ist für Mr Verso«, antwortete Tell. »Geht aufs Haus.«

Der Boden der Tüte explodierte und der Ermittler stolperte rückwärts. Tells zweiter Schuss schleuderte den Mann aufs Bett. Verso versuchte ins Bad zu flüchten, aber Tell schoss ihm in den Hinterkopf, bevor er die Tür erreichte. Er feuerte noch einen Schuss auf den Mann, der auf dem Bett ausgestreckt lag, dann rannte er zurück zu dem Van. Shepherd startete, sobald Tell die Tur aufriss.

»Deine Maske«, sagte er.

»Mist.« Tell zog sie wieder vors Gesicht, bevor er einstieg. Hinter ihm saß der Junge vom Pizzaservice, die Knie ans Kinn gezogen.

»Alles in Ordnung?«, fragte Tell.

»Ja«, sagte der Junge.

»Du hast es richtig gemacht«, meinte Tell. »Du hast nichts zu befürchten. Zieh das über den Kopf.«

Er reichte dem Jungen den Isolierbeutel, den der sich sofort überstülpte. Sie fuhren zurück auf den Highway und hielten schließlich auf einem verlassenen Parkplatz. Tell öffnete die Hecktür und führte den Jungen zu einer der hölzernen Picknickbänke.

»Zu deiner Rechten gibt's ein Telefon. An deiner Stelle würde ich es während der nächsten zwanzig Minuten nicht benutzen, okay?«

»Okay.«

»Kriegst du Luft unter dem Ding?«

»Einigermaßen.«

»Gut.«

»Mister?«, sagte der Junge.

»Was?«

»Bitte töten Sie mich nicht.«

Wie Shepherd schon bemerkt hatte, war der Junge intelligent. Tell hob die schallgedämpfte Pistole und zielte auf den Isolierbeutel.

»Keine Bange«, erwiderte er, als er abdrückte.

Sie kauften Kaffee und Hamburger in einem Imbiss an der Ausfahrt 122 und warteten auf dem Rücksitz des Vans auf Shepherd und Tell. Sie hatten Mautstellen vermieden und sich an die vorgeschriebene Geschwindigkeit gehalten. Im Wagenheck hatte Moloch sich die Haare geschnitten, den Bart abrasiert und sich eine Brille mit schwarzem Rand aufgesetzt. Sein Führerschein wies ihn als John R. Oster aus Lancaster, Ohio, aus.

»Wie lange noch?«, fragte Moloch.

»Eine Stunde vielleicht«, erwiderte Dexter. »Wir können uns solange ausruhen.«

Moloch schüttelte den Kopf. »Wir fahren weiter. Die suchen mich längst, ziemlich bald wird jeder Fernsehsender von hier bis Kanada mein Bild bringen. Wir müssen sie finden, und zwar schnell.«

Auch wenn es anders klang, war er noch nicht sonderlich besorgt. Im Gefängnis hatte er häufiger Mexiko als bevorzugtes Exilland erwähnt für den Fall, dass ihm die Flucht gelang, da Mexiko keine Amerikaner auslieferte, die in den USA eine lebenslängliche Strafe erwartete. Der mexikanische Oberste Gerichtshof hatte entschieden, dass lebenslängliche Haft im Widerspruch zu einem Verfassungsartikel stand, der jedem Menschen die Möglichkeit der Rehabilitation zusicherte. Moloch hatte nie ernsthaft an Mexiko gedacht, aber er wusste nur zu gut, dass sich einige Leute im Gefängnis an seine Worte erinnern und diese weitergeben würden. Zwar ließen sich damit keine Kontrollen in Richtung Norden und Westen verhindern, aber er konnte immerhin hoffen, dass die Fahndung sich vor allem auf die südlichen Routen konzentrieren würde.

Er lehnte sich zurück und schloss die Augen. Er war stark und er hatte ein Ziel. Er überließ sich dem Schlaf und träumte von einer Frau.

Von einer sterbenden Frau.

4

Danny bettelte.

»Mom, nur noch zehn Minuten. Wenigstens *fünf*, bitte.«

Marianne schaute ihn über den Rand ihrer Brille hinweg an. Danny hatte sich immerhin schon den Schlafanzug angezogen, aber ihn dazu zu überreden hatte eine Stunde gedauert. Im vergangenen Jahr war er in eine neue Phase gekommen, es wurde immer schwieriger für sie, mit ihm umzugehen. Dauernd stellte er Fragen, zweifelte alles an, und bei jeder Kleinigkeit versuchte er die Grenzen ihrer Autorität auszuloten. Aber der Vorfall mit dem Vogel hatte ihn aus dem Gleichgewicht geworfen und seine Verletzlichkeit deutlich gemacht. Er hatte sich ihr wieder zugewandt, sich an sie geschmiegt und geweint über –

Ja, worüber eigentlich? Darüber, dass Joe Dupree den sterbenden Vogel mit bloßen Händen töten musste, um ihn von seinen Qualen zu erlösen? Oder darüber, dass er Danny nicht erlaubt hatte, den Vogel anzufassen, schon gar nicht, mit ihm zu spielen? Denn Danny tat Tieren manchmal weh. Sie hatte es schon beobachtet und ihn dabei erwischt, wie er eine Glasscherbe als Lupe benutzte, um Ameisen zu verbrennen, oder wie er Katzen quälte, indem er mit Steinen nach ihnen warf. Wahrscheinlich verhielten sich viele Jungen so und hatten keine Vorstellung von dem Schmerz, den sie verursachten. In dieser Hinsicht war Danny vielleicht einfach nur ein ganz normaler Sechsjähriger. Das hoffte sie zumindest. Ihr gefiel der Gedanke gar nicht, dass dabei etwas tief Verborgenes eine Rolle spielen könnte, etwas, was er von seinem Vater geerbt hatte, eine genetische Fehlschaltung, die von Generation zu Generation weitergegeben wurde und sich mit zunehmendem Alter bösartiger auswirkte. Sie wollte sich nicht vorstellen, dass ihr Danny – schließlich war er *ihr* Danny, damit keine Missverständnisse aufkamen – sich zu einem solchen Mann entwickeln würde.

Und er stellte mittlerweile Fragen, Fragen über *ihn,* und es gefiel ihr gar nicht, dass die Lügen, die sie Danny auftischen musste, ihm Kummer bereiteten. Er schien vage Erinnerungen an seinen Vater zu haben, er hatte geweint, als sie ihm sagte, dass er tot sei. Zwar nicht beim ersten Mal, eigenartigerweise, sondern erst beim zweiten Mal, als hätte er die dazwischen liegenden Tage gebraucht, um die Information zu verarbeiten und sich klar zu machen, was das für ihn bedeutete.

Wie ist er gestorben?

Bei einem Autounfall.

Wo?

In Florida.

Wieso war er in Florida?

Er hat da gearbeitet.

Was hat er gearbeitet?

Er hat Sachen verkauft.

Was für Sachen?

Leid. Schmerz. Angst.

Er hat Autos verkauft.

Ist er auf einem Friedhof begraben?

Ja.

Können wir ihn besuchen?

Eines Tages.

Eines Tages. Genauso wie sie eines Tages gezwungen sein würde, ihm die Wahrheit zu sagen, aber jetzt war es noch zu früh. In den nächsten Jahren war noch Zeit genug für Wut, Verletzung und Vorwürfe. Aber jetzt war er ihr Danny, noch würde sie ihn vor der Vergangenheit beschützen und vor den Fehlern, die seine Mutter begangen hatte. Sie fuhr ihm mit der Hand durchs Haar, doch er schien die Geste als Zustimmung zu verstehen und hüpfte wieder auf die Sofalehne.

»Nein, Danny, jetzt ist Schluss. Ab ins Bett!«

»*Mom.*«

»Nein! Du gehst jetzt ins Bett, Danny Elliot. Zwing mich nicht aufzustehen.«

Danny warf ihr seinen giftigsten Blick zu, dann stapfte er von dannen. Sie hörte, wie er die Treppe hinaufstampfte, die Schlafzimmertür zuknallte und sich dann mit voller Wucht auf das quietschende Bett warf.

Sie atmete tief durch und rückte ihre Brille wieder zurecht. Ihre Hände zitterten. Es war eigentlich ein Wunder, dass Danny so stabil war in Anbetracht der Umstände, unter denen er seine ersten Jahre verbracht hatte. Während der ersten dreißig Monate waren sie ständig kreuz und quer im Land unterwegs gewesen und nie lange an einem Ort geblieben, immer auf der Flucht vor möglichen Verfolgern. Diese Jahre waren die Hölle gewesen. Ihr waren davon lediglich verschwommene Bilder von armseligen Ortschaften und fremden Städten in Erinnerung geblieben wie bei einem unscharfen Film. Die ersten Monate waren die schlimmsten gewesen. Jedes Knarren einer Diele, das Geräusch von Abfall, der vom Wind über die Straße getrieben wurde, Zweige, die gegen das Fenster schlugen, hatten sie aus dem Schlaf gerissen. Selbst das Anspringen der Klimaanlage in billigen Motelzimmern hatte sie in panischer Angst hochschrecken lassen.

Aber am schlimmsten war es, wenn mitten in der Nacht Autoscheinwerfer ins Zimmer leuchteten und männliche Stimmen zu vernehmen waren. Manchmal lachten die Männer und sie konnte sich ein wenig entspannen. Am meisten fürchtete sie die leisen Stimmen, denn sie wusste, wenn ihre Verfolger bei ihr auftauchten, würden sie leise sein, ihr würde keine Zeit bleiben für eine Reaktion oder gar einen Fluchtversuch.

Schließlich waren Danny und sie hierher gekommen und hatten sich an einem Ort niedergelassen, wo *sie* zu allerletzt nach ihr suchen würden. Sie hatte oft genug von der Westküste gesprochen, von einem Ort, wo das ganze Jahr die Sonne schien und es Strände gab, an denen Danny spielen konnte. Das hatte sie sogar ernst gemeint. Sie träumte schon so lange davon, an der Westküste zu wohnen, aber es hatte nicht sollen sein. Sie fürchtete diejenigen, die nach ihr suchten, so sehr (ganz sicher suchten sie nach ihr, selbst nach so langer Zeit), dass selbst die gesamte Westküste nicht groß genug war, um sich dort zu verstecken. Stattdessen hatte sie sich in die Kälte und den dunklen Winter zurückgezogen und in eine Gemeinschaft, die als Frühwarnsystem für sie funktionieren würde, sobald sie auftauchten.

Sie schaute zum Kühlschrank hinüber, wo sie eine ungeöffnete Flasche Wein aufbewahrte für den Fall, dass einer ihrer neuen Freunde anrief und ihr anbot, es sich mit ihr vor dem Fernseher gemütlich zu machen und sich gemeinsam eine Comedy oder eine Talkshow anzusehen. Am liebsten hätte sie die Flasche jetzt geöffnet und wenigstens ein Glas getrunken, aber sie musste einen klaren Kopf bewahren. Auf dem Küchentisch vor ihr lagen die Haushaltsabrechnungen, die sie am Vorabend dort hatte liegen lassen in der Hoffnung, dass ein bisschen Schlaf sie weniger unbarmherzig erscheinen lassen würde. Sie verdiente nicht genug im Casco Bay Market, um ihre Ausgaben bestreiten zu können, und Sam Tucker hatte sie schon gebeten, den Rest der Woche zu Hause zu bleiben, und ihr versprochen, sie könne die Stunden im Laufe des Monats nachholen. Das hieß, sie wurde sich nach einem anderen Job umsehen müssen, wahrscheinlich auf dem Festland – vorausgesetzt, sie fand einen Job und jemanden, der sich nach der Schule und abends um Danny kümmerte –, oder sie musste Geld von ihrem »Spezialkonto« nehmen. Dazu würde sie aufs Festland fahren müssen, doch allein die

Vorstellung reichte aus, sie nervös zu machen. Selbst die größeren Banken stellten ein Risiko dar: Sie hatte das Geld schon auf fünf verschiedenen Banken in drei Countys deponiert – pro Konto nicht mehr als 7.000 Dollar –, aber sie lebte in ständiger Angst vor dem Finanzamt oder einem Bankprüfer, der die Zusammenhänge irgendwann aufdeckte. Dann wäre sie wirklich in Schwierigkeiten.

Außerdem war da noch zu bedenken, dass sie das Geld nicht benutzen wollte. Es war schmutziges Geld. Solange es irgend möglich war, wollte sie mit dem auskommen, was sie verdiente. Das allerdings wurde zunehmend schwieriger. Es gab zwar immer noch den Rucksack, versteckt zwischen Kisten und den paar Koffern auf dem Dachboden, aber sie hatte sich vorgenommen, auch dieses Geld nicht anzurühren. Immer lauerte die Gefahr, dass sie der Versuchung nicht widerstehen konnte, zu viel davon herauszunehmen, für Danny oder sich selbst, und damit Aufmerksamkeit auf sich zu lenken. Sie lebte in einer kleinen Gemeinde, und auch wenn die Leute hier in Maine sich nicht in anderer Leute Angelegenheiten einmischten, hieß das noch lange nicht, dass sie nicht neugierig waren. Das war leider die Schattenseite des Lebens in einem so abgelegenen Ort, aber das Opfer lohnte sich.

Zudem würde sie das Geld unbedingt brauchen, falls sie und Danny wieder einmal gezwungen waren, ganz plötzlich die Flucht zu ergreifen. Wenn sie jetzt damit begann, sich Kleinigkeiten zu leisten, bestand die Gefahr, dass sie sich daran gewöhnte, Geld zur Verfügung zu haben. Dann würden aus den Kleinigkeiten womöglich größere Ausgaben und der Fonds wäre bald aufgebraucht.

Und doch war es so viel Geld: beinahe 800.000 Dollar. Was konnte es schon schaden, ein bisschen davon zu nehmen, einen schönen Fernseher zu kaufen, ein paar neue Kleider, vielleicht sogar die Spielekonsole, die Danny sich wünschte. Ein paar kleine Ausgaben bei so viel Geld …

Sie schob die Versuchung beiseite. Nein, ein Gang zur Bank war die einzige Möglichkeit. Sie klappte ihre Brille zusammen, verstaute sie im Etui und begann, ihre Papiere einzusammeln.

Sie war fast fertig damit, als es an der Tür klopfte.

Sie hatten beschlossen, dass Leonie klopfen würde. Wenn jemand an die Tür kam, würde er sich einer attraktiven Frau mit einem strahlenden Lächeln gegenübersehen. Sie konnte unmöglich eine Gefahr darstellen.

Leonie hörte Schritte, die sich der Tür näherten, und im Halbdunkel wurde ein Vorhang beiseite geschoben. Sie lächelte verlegen und wedelte mit der Straßenkarte, die sie in den Händen hielt. Hallo, ich habe mich verfahren und es ist kalt hier draußen. Helfen Sie mir bitte und sagen Sie mir, wo ich bin. Sie blickte nicht nach links, wo Dexter stand und seine Waffe am Oberschenkel hielt, hinter ihm Braun, und auch nicht nach rechts, wo Willard reglos wartete, die linke Hand über die Messerklinge gelegt für den Fall, dass die Verandabeleuchtung sich darin spiegelte und Verdacht erregte. Moloch hielt sich etwas abseits, gemeinsam mit Shepherd, Powell und Tell.

Sekunden verstrichen, bis eine Kette ausgeklinkt und das Türschloss gedreht wurde.

Die Tür öffnete sich.

Joe Dupree stand auf Mariannes Türschwelle, er war in Zivil. Sie musste den Kopf in den Nacken legen, um ihn anzusehen, er hatte dunkle Ränder um seine strahlenden Augen.

»Joe? Gibt es ein Problem?«

Aber Dupree schüttelte nur den Kopf. »Ich war gerade hier in der Gegend unterwegs. Ich habe das hier für Danny mitgebracht.« Er holte eine kleine hölzerne Möwe hinter seinem Rücken hervor und reichte sie ihr. Sie nahm sie behutsam in die Hände und hielt sie gegen das Licht. An einigen Stellen wirkte sie roh geschnitzt, aber es war deutlich, dass das nicht auf einen Mangel an Geschick oder an Sorgfalt zurückzuführen war. Eher diente das primitive Schnitzwerk dazu, etwas von dem Vogel wiederzugeben, ein Abbild seiner Natur. Vor allem bei dem Kopf hatte sich Joe größte Mühe gegeben, der Schnabel war leicht geöffnet. Marianne konnte sogar eine winzige geschnitzte Zunge entdecken. Die Farbe war gerade erst getrocknet, man konnte sie noch riechen.

»Das ist wunderschön«, sagte sie und fragte sich, wie ein Mann mit solch großen Händen etwas so Kleines und Zartes geschaffen haben konnte; es fiel ihr schwer, sich vorzustellen, wie er ein kleines Messer in der Hand hielt. Für diese Arbeit musste er Stunden benötigt haben, dachte sie. Er hatte den Vogel getötet und anschließend Stunden damit verbracht, ihn aus Holz neu zu erschaffen.

»Möchten Sie reinkommen?«

»Ich möchte nicht stören.«

»Ich bin mit meiner Arbeit fertig und wollte gerade eine Flasche Wein aufmachen«, flunkerte sie.

Er zögerte, aber sie nahm ihm den Wind aus den Segeln.

»Sie sind doch nicht im Dienst, oder?«

Er musste nicht lange überredet werden. Sie erinnerte sich an all die Monate, die er sie nun schon umkreiste wie ein Spinnenmännchen, das sich zu einem Weibchen vorarbeitete, ohne zu wissen, wie sicher seine Annäherung war, immer in Angst um sein Leben. In diesem Fall allerdings waren zwar die körperlichen Proportionen umgekehrt, aber sie war es, die das Spiel in der Hand hatte. Sie hatte sich gefragt, warum er so lange dafür brauchte, sich ihr zu nähern, denn sie hatte seine Blicke bemerkt, als sie gerade im Supermarkt zu arbeiten begonnen hatte, die Schüchternheit, mit der er auf ihre höflichen Bemerkungen reagiert hatte. Doch sie kannte die Antwort im selben Augenblick, als sie sich die

Frage gestellt hatte. Sie wusste, dass es mit seinem Aussehen zu tun hatte, mit seinem Bewusstsein des Unterschieds zwischen ihnen, deshalb war sie es gewesen, die das Eis gebrochen und die Gelegenheiten zu einem Gespräch wahrgenommen hatte, sobald sie sich ergaben. Sie spazierte hin und wieder mit ihm ein Stück die Island Avenue entlang, wenn sich ihre Wege kreuzten, was für die Einheimischen Anlass war, sich gegenseitig mit einem verstehenden Lächeln anzustupsen. Damals war sie sich nicht sicher gewesen, ob sie an ihm als Mann interessiert war. Es war eigentlich eher seine Schüchternheit, die sie anzog, das anrührend zerbrechliche Selbstbewusstsein eines so riesigen Menschen.

Sie trat zur Seite, um ihn hereinzulassen, und nahm seinen Duft wahr, als er an ihr vorbeistrich: Er roch nach Holz und Harz und Salzwasser. Sie atmete diese Mischung so diskret wie möglich ein und spürte, wie sich etwas in ihr regte. Nach üblichen Maßstäben war er kein gut aussehender Mann. Sein Gebiss hatte Lücken, seine Zähne waren zu klein, um eine geschlossene weiße Reihe zu bilden. Sein Gesicht war lang, wurde aber breiter zu den Wangen und zum Kinn hin. Seine Augen und sein Mund waren von Fältchen umrahmt, zweifellos die Folge von Schmerz, physischem oder psychischem, offenbar hatte der Mann häufig Kummer. Ein wenig verwundert stellte sie fest, dass sie anfing, ihn attraktiv zu finden, und vermutete, dass das, zumindest teilweise, an seiner Mischung aus Kraft und Größe lag. Aber es lag auch an seiner Sanftheit und Geschicklichkeit, die es ihm ermöglichten, einen Vogel aus einem Stück Treibholz zu schnitzen, sich einfühlsam mit Jack dem Maler und dessen Problemen auseinander zu setzen und überhaupt mit nahezu allen Inselbewohnern in einer Weise umzugehen, dass sie ihn sowohl respektierten als auch mochten, selbst wenn er gelegentlich den einen oder anderen wegen kleinerer Vergehen zur Rechenschaft ziehen musste. Marianne Elliot hatte so lange Zeit mit Männern verbracht, die ihre Kraft dazu benutzten, andere zu verletzen und einzuschüchtern, dass Joe Duprees Liebenswürdigkeit und Menschlichkeit sie selbstverständlich für ihn einnahmen. Sie fragte sich, wie es wäre, mit ihm zu schlafen, und es überraschte sie und machte sie zugleich verlegen, zu spüren, welche Wärme diese Vorstellung in ihr hervorrief. Ihre eigene Lust hatte sie schon lange unterdrückt, um sich auf Danny und seine Bedürfnisse und auf die lebensnotwendige ständige Wachsamkeit konzentrieren zu können.

Als sie jetzt dem großen Polizisten zusah, wie er vorsichtig am Küchentisch Platz nahm, auf einem viel zu niedrigen Stuhl, sodass seine Knie im spitzen Winkel nach oben ragten, nahm sie erstmals seine muskulösen Schultern wahr, die Umrisse seiner Brust unter seinem Hemd, den Umfang seiner Oberarme. Seine Hände, doppelt so groß wie ihre, schwebten vor ihm in der Luft. Er schloss sie und legte sie auf dem Tisch ab, dann öffnete er sie wieder und legte sie auf seine Oberschenkel. Schließlich verschränkte er die Arme, stieß dabei gegen den Tisch, sodass eine Porzellanschüssel zu wackeln anfing. In der Enge der kleinen Küche wirkte er noch riesiger, er ließ sie noch vollgestopfter wirken, als sie war. Sie kannte sein Haus nicht von innen, konnte sich aber gut vorstellen, dass es dort nur die allernötigsten Möbel gab und nur wenige persönliche Sachen herumlagen. Alles Zerbrechliche oder Wertvolle war wahrscheinlich sicher verstaut. Sie empfand große Zärtlichkeit für diesen riesigen Mann und war drauf und dran, ihre Hand nach ihm auszustrecken und ihn anzufassen, besann sich jedoch rechtzeitig eines Besseren und kümmerte sich lieber um den Wein. Sie hatte eine Flasche Two Roads Chardonnay im Kühlschrank, ein Geschenk, das ihre Schwester ihr per Post geschickt hatte. Sie hatte den edlen Tropfen bisher für eine besondere Gelegenheit aufbewahrt, bis ihr klar geworden war, dass es für sie keine besonderen Gelegenheiten gab.

Gewohnt, alles selbst zu tun, wollte Marianne gerade die Flasche öffnen, als er sie fragte, ob er das übernehmen solle. Sie reichte ihm den Korkenzieher und die Weinflasche, die in seiner Hand wirkte wie eine winzige Bierflasche.

Er las das Etikett. »Flagstone. Den kenne ich nicht.«

»Es ist ein südafrikanischer Wein.«

»Robert Frost«, sagte er.

»Wie bitte?«

»Der Wein. Er ist benannt nach einem Gedicht von Robert Frost. Sie kennen es bestimmt, es handelt von den beiden Straßen, die im Wald in verschiedene Richtungen führen.«

Es war ihr ein bisschen peinlich, dass sie diesen Zusammenhang nicht selbst bemerkt hatte.

»Es ist schwer, ein solches Gedicht auf einer so bewaldeten Insel zu vergessen«, sagte er und setzte den Korkenzieher an.

»Zumindest kann man sich nicht allzu sehr verirren, wenn man die falsche Straße nimmt«, erwiderte sie, »man geht einfach immer weiter, bis man nasse Füße bekommt.«

Als er den Korken aus der Flasche zog, bemerkte Marianne nicht die geringste Anstrengung. Sie stellte zwei Gläser auf den Tisch und sah zu, wie er einschenkte.

»Es gibt immer wieder Leute, die sich hier verirren«, sagte er. »Waren Sie schon mal an der Stätte?«

»Danny und ich waren mal mit Jack dort, kurz nachdem wir hier angekommen sind. Es hat mir nicht besonders gefallen. Es war irgendwie … traurig.«

»Die Erinnerung an das, was dort geschehen ist, liegt immer noch über dem Ort, glaube ich. In jedem Sommer kommen Touristen auf die Polizeiwache und beklagen sich, dass die Wege dorthin nicht gut genug markiert sind, weil sie sich verlaufen haben und Schwierigkeiten hatten, die Straße wiederzufinden. Das sind meist die Schlimmsten, die Großmäuler in teuren Hemden.«

»Vielleicht haben sie es ja verdient, sich zu verlaufen. Aber warum wird der Weg dorthin nicht besser ausgeschildert?«

»Vor langer Zeit wurde einmal beschlossen, dass die Leute, die den Ort finden wollen, ihn auch finden werden. Es ist kein Ort für Leute, die die Toten nicht respektieren. Es ist kein Ort für jemanden, der ihn *nicht* traurig findet.«

Er reichte ihr ein Glas und setzte seins vorsichtig an die Lippen.

»Zum Wohl«, sagte er.

»Zum Wohl«, erwiderte sie. In ihren Augen sah er Hoffnung und Traurigkeit.

Der Riese war nicht weniger an Marianne interessiert als sie an ihm. Er wusste nicht viel über sie, bis auf ihren Namen und dass sie genug Geld besaß, um sich ein zwar kleines, aber gemütliches Haus mieten zu können. Aber er fühlte sich zu ihr hingezogen und stellte sich vor, so unwahrscheinlich das anfänglich auch erscheinen mochte, dass sie vielleicht auch etwas für ihn empfand. Er hatte all seinen Mut zusammennehmen müssen, um ihr ein Abendessen vorzuschlagen, nachdem er monatelang vorsichtig vorgefühlt hatte, und anschließend ein paar Augenblicke gebraucht, um zu begreifen, dass sie eingewilligt hatte.

Aber irgendetwas an ihr beunruhigte ihn. Genau genommen nicht etwas an *ihr,* es hatte eher etwas mit einem nicht verarbeiteten Element in ihrem Leben zu tun. Joe Dupree hatte gelernt, Menschen zu durchschauen. Sein Vater hatte ihm beigebracht, wie wichtig das war, und das Inselleben, bei dem man es Tag für Tag mit denselben Gesichtern, denselben Problemen zu tun hatte, hatte seine Wahrnehmung geschärft und ihn dazu gebracht, seine ersten Eindrücke gegen den wahren Charakter der Menschen abzuwägen, der sich ihm unausweichlich erschließen würde. Er schaute auf die Finger der Frau, als sie die Flasche wieder verkorkte und sie zurück in den Kühlschrank stellte. Sie nahm ihm gegenüber Platz und lächelte ein wenig nervös. Ihre rechte Hand nestelte an ihrem Ringfinger, aber da war kein Ring.

Diese Bewegung war ihm schon häufiger bei ihr aufgefallen, gewöhnlich wenn ein Fremder den Laden betrat oder ein lautes Geräusch sie erschreckte. Instinktiv fasste sie dann an ihren Ringfinger.

Es ist ihr Mann, dachte Joe.

Ihr Ehemann ist das nicht verarbeitete Element.

Bill Gaddis war kein glücklicher Mann. Es gab eine Menge Gründe, warum Bill selbst in seinen besten Zeiten nicht glücklich war, aber jetzt hatte er einen speziellen Grund. Er hatte eine hübsche Frau im Bett und sollte zur Tür gehen, weil irgendjemand penetrant klopfte, und das machte ihn wirklich unglücklich. Unter anderen Umständen hätte er das Klopfen vielleicht einfach ignoriert, aber wo er wohnte, hatten die Leute die Angewohnheit, gute Nachbarn zu sein, und der gute Nachbar an der Tür könnte, wenn das Licht an war und niemand reagierte, auf die Idee kommen, dass man vielleicht einen Unfall gehabt hatte, die Treppe runtergefallen oder in der Küche auf einem Wasserfleck ausgerutscht war, und niemand wollte derjenige sein, der sich sagen müsste: »Verdammt, ich war gestern Abend an seiner Tür und habe dauernd geklopft. Hätte ich bloß durchs Fenster geschaut oder es am Hintereingang versucht, dann würde er heute noch leben.« Und Bill war nicht wild darauf, dass der alte Art Bassett oder Rene Watterson durch den Hintereingang hereingeschlichen kamen und herumschnüffelten in der Annahme, es könnte jemand in einer Blutlache auf dem Boden liegen, nur um Bill mit dem Arsch in der Luft und mit den Gedanken bei ganz anderen Dingen zu erwischen.

Er fragte sich mittlerweile, warum sie überhaupt beschlossen hatten, hierher zu ziehen. Nach Pennsylvania, verdammt. *Pennsylvania.* Nach Bills Meinung zogen nur religiöse Eiferer freiwillig hierher, Leute, die Buttons für sündig hielten; Leute, für die schon Buttons eine Sünde darstellten, würden wahrscheinlich auch ein scharfes Auge auf Bill Gaddis' Aktivitäten haben. Verglichen mit diesen Leuten war Bill Gaddis der wahre Antichrist. Camp Hill, Pennsylvania, existierte auf den meisten Landkarten gar nicht, aber Bill wusste, warum sie ausgerechnet hier gelandet waren; weil man schon ziemlich genau suchen musste, um es zu finden.

Es hatte auch seine Vorteile. Seine Frau hatte einen Job im Holiday Inn in New Cumberland angenommen, gleich in der Nähe der Autobahn, wo sie mehrere Abende in der Woche an der Rezeption arbeitete. An den Wochenenden beschäftigte sie sich ein paar Stunden im Zany Brainy in der Camp Hill Mall mit Kindern, als Ausgleich dafür, dass sie selbst nie Kinder haben würde. Bill selbst arbeitete als Lastwagenfahrer für eine Papierfirma, und sie sahen sich gerade häufig genug, um sich daran zu erinnern, warum sie sich nicht öfter sehen wollten. In den ersten Wochen war Bill immer zum Holiday Inn gefahren und hatte sich ins Elephant & Castle gesetzt, dem englischen Pub, der dem Hotel angeschlossen war. Wenn seine Frau ihre Schicht beendet hatte, aßen sie dort gemeinsam, meist schweigend, dann fuhren sie nach Hause und schliefen an den beiden äußersten Enden ihres Ehebetts. Schließlich kaufte sie sich einen eigenen Wagen, aber Bill fuhr weiterhin ins Elephant & Castle. Er hatte dort eine Frau namens Jenna kennen gelernt, ein bisschen älter als er, aber immer noch gut aussehend, und schon bald hatte Bill noch mehr Grund, dankbar zu sein für die Zeit, die seine Frau bei der Arbeit verbrachte, und die damit verbundene Regelmäßigkeit.

Und jetzt klopfte jemand an seine Tür und beraubte ihn seiner so dringend benötigten Erholungspause.

Bill zog sich den Morgenmantel über, zupfte ihn zurecht, sodass sein langsam abknickender Ständer nicht zu sehen war, und schlurfte fluchend zur Tür. Er machte kein Licht im Flur und lüftete den Vorhang am Seitenfenster ein Stückchen. Er kannte die Frau auf der Treppe nicht, aber sie sah gut aus, vielleicht sogar noch besser als die Frau, die er gerade zurückgelassen hatte, und das sagte schon einiges. Sie hatte eine Straßenkarte in der Hand.

Bill fluchte noch lauter. Wie konnte man sich verirren, wenn man genau auf eine Mall zufuhr? Er brauchte bloß in den Vorgarten zu treten, dann konnte er die Mall am Ende der Yale Avenue deutlich sehen. Er ließ sich Zeit, die Frau eingehend zu mustern, sein Blick blieb auf ihren Brüsten hängen. Bill fluchte noch einmal, diesmal eher atemlos und bewundernd als verärgert, dann öffnete er die Tür.

Er hatte kaum Zeit, die Waffe in der Hand der Frau zu registrieren, bevor sie ihm das Ding gegen sein Doppelkinn rammte und ihn gegen die Wand schob. Hinter ihr tauchte ein Mann mit rotem Gesicht auf, dahinter erschienen zwei andere: ein hübsches Kerlchen und ein großer Schwarzer mit Boxervisage und Schnurrbart, der direkt an Bill vorbei ins Haus stürmte.

»Was soll der –«

»Schnauze!«, sagte die Frau. Sie tastete Bills Körper ab und ließ ihre Hand kurz in seinem Schritt verweilen.

»Wir stören doch nicht etwa?«

Aus dem Schlafzimmer hörte Bill einen Schrei, gefolgt von einem Geräusch, das ihm sagte, dass Jenna gerade aus dem Bett gezerrt wurde.

»Bloß ihr beide?«, fragte die Schwarze.

Bill nickte heftig, hörte aber auf damit, als ihm klar wurde, dass die Bewegung ihn den Kopf kosten konnte. Der hübsche Junge blieb an der halb offenen Tür stehen, während Bill unsanft zurück ins Wohnzimmer geschoben wurde. Jenna war schon dort, ein Laken um den Körper gewickelt. Sie schluchzte. Bill machte Anstalten, zu ihr zu gehen, aber die Frau hielt ihn zurück und zeigte auf die Wand. Bill konnte Jenna bloß einen hilflosen Blick zuwerfen.

Und dann hörte er, wie die Haustür geschlossen wurde und Schritte sich über den Flur näherten. Zwei Leute, dachte Bill. Der hübsche Junge und –

Moloch betrat das Wohnzimmer.

»Mensch, Billy!«, sagte er. Seine Augen wanderten zu der Frau, dann wieder zurück. »Wie ich sehe, hast du dich kein bisschen verändert.«

»Mein Gott, nein!«, erwiderte Bill. »Nicht du!«

Moloch trat an ihn heran, streckte die rechte Hand nach seinem Gesicht aus und kniff ihn in die Wange.

»Also wirklich, Billy«, sagte Moloch, »ist das vielleicht eine Art, seinen Schwager zu begrüßen?«

Dupree nickte beifällig.

»Das Haus sieht gut aus«, sagte Joe. »Sie haben eine Menge daran verändert im letzten Jahr.«

Er hielt das Glas so vorsichtig wie möglich, während sie ihn im Haus herumführte. Auf Marianne wirkte das Glas in seiner Hand verloren, sein Inhalt konnte für ihn kaum ein richtiger Schluck sein. Als sie kurz an ihrer Schlafzimmertür stehen blieben, spürte sie die Spannung. Es war kein schlechtes Gefühl. Nachdem sie einen kurzen Blick auf Danny geworfen hatten, der tief und fest schlief, gingen sie wieder nach unten.

»Ich wollte dem Haus unseren eigenen Stempel aufdrücken und Jack hatte nichts dagegen einzuwenden. Er hat uns hin und wieder geholfen, wenn er konnte.«

»Er ist in Ordnung. Es gibt keine Probleme mehr mit ihm, oder? So wie früher?«

»Sie meinen mit dem Alkohol? Nicht dass ich wüsste. Danny hat ihn ins Herz geschlossen.«

»Und Sie?«

»Er ist nett, glaube ich. Aber ein miserabler Maler.«

Joe lachte. »Er hat einen sehr eigenwilligen Stil, das muss man ihm lassen.«

»Aber er war von Anfang an freundlich, dafür bin ich ihm dankbar. Es war ziemlich schwierig für uns, als wir hierher kamen. Die Menschen hier sind ein bisschen ... *misstrauisch* gegenüber Fremden, scheint mir.«

»Inselbewohner sind gewöhnlich eine verschworene Gemeinschaft. Die Leute bleiben unter sich. Man kann ihre Zuneigung nicht erzwingen. Man muss ihnen Zeit geben, einen erst mal kennen zu lernen, und warten, bis sie auftauen und sich öffnen. Außerdem hat sich die Insel in letzter Zeit ziemlich verändert. Sie ist nicht direkt ein Vorort von Portland, aber sie entwickelt sich allmählich dazu, viele Leute sind Pendler. Dann sind da noch die Reichen, die hierher kommen, die Ufergrundstücke aufkaufen und die Preise in die Höhe treiben, sodass die Familien, die seit Generationen hier leben, es sich nicht mehr leisten können, für ihre Kinder ein Haus zu bauen. Die Bewertung der Ufergrundstücke basiert auf einem einzigen Verkauf im letzten Jahr und der Gutachter hat für seine Bewertung nur die letzten drei Monate in Betracht gezogen. Beinahe über Nacht waren die Grundstücke doppelt so viel wert. Es war alles legal, aber deswegen war es noch längst nicht rechtens. Die Inselgemeinden sterben aus. Sie müssen wissen, dass es vor hundert Jahren dreihundert Inselgemeinden in Maine gab. Jetzt sind es nur noch sechzehn, einschließlich dieser hier. Die Inselbewohner fühlen sich belagert, und um zu überleben, rücken sie noch enger zusammen, daher wird es für Neuankömmlinge schwerer, Fuß zu fassen. Die Alteingesessenen und die Neuen beäugen sich gegenseitig und halten sich voneinander fern.«

Er atmete tief ein. »Entschuldigen Sie, ich fange an zu schwadronieren. Aber die Insel ist mir wichtig. Die Menschen hier sind mir wichtig. Und zwar alle«, fügte er hinzu.

Erneut spürte sie die Spannung und genoss sie einen Augenblick lang.

»Aber im Laden zu arbeiten ist schon ein guter Anfang«, fuhr er fort. »Die Leute lernen Sie kennen, sie fangen an, Ihnen zu vertrauen. Alles andere ergibt sich dann schon von selbst.«

Marianne war sich da nicht so sicher. Einige der Leute, die in den Laden kamen, beschränkten das Gespräch mit ihr auf ein »Bitte« und »Danke«, andere sagten nicht einmal das. Am schlimmsten waren die Älteren. Sie schienen schon allein ihre Anwesenheit in dem Laden als eine Art Hausfriedensbruch zu betrachten. Mit den Jüngeren war es leichter. Die freuten sich darüber, dass frisches Blut auf die Insel kam, und einige junge Männer hatten ihr schon Avancen gemacht. Natürlich war sie darauf nicht eingegangen, da sie von den jüngeren Frauen nicht als Konkurrenz betrachtet werden wollte. Sie hatte sich darauf eingestellt, es eine Zeit lang ohne Mann auszuhalten. Sie hatte weiß Gott genug Männer gehabt, mehr als genug, aber Joe Dupree war anders.

Joe war nicht wie ihr Mann, nicht im Geringsten.

Moloch saß in einem der üppig gepolsterten Sessel und trank ein Bier.

»Na, Billy, kannst du immer noch nicht die Finger von den Weibern lassen?«, sagte er. »Kaum ist die eine aus dem Haus, liegt schon die Nächste im Bett?«

Bill hatte aufgehört zu heulen. Es blieb ihm nichts anderes übrig. Moloch hatte gedroht, ihn zu erschießen, wenn er weiterflennte.

Bill erwiderte nichts.

»Wo ist sie?«, wollte Moloch wissen.

Bill sagte immer noch nichts.

Moloch schluckte, dann zuckte er zusammen, als hätte er eine Reißzwecke verschluckt.

»Komisches Bier«, sagte er. »Seit drei Jahren hab ich kein Bier getrunken, aber das Zeug hier schmeckt wie Pisse. Ich frage dich noch einmal, Bill. Wo ist deine Frau?«

»Ich weiß es nicht«, antwortete Bill.

Moloch gab Dexter mit einem Kopfnicken ein Zeichen.

Dexter grinste, dann packte er Jennas Arm. Die Frau war kräftig gebaut, beinahe dick, mit von Natur aus roten Haaren, die sie ein bisschen dunkler getönt hatte. Ihr Make-up war über die Wangen verschmiert. Als sie versuchte, sich aus Dexters Griff herauszuwinden, fiel das Bettlaken zu Boden und sie bückte sich danach, während Dexter sie in Richtung Schlafzimmer zerrte. Sie ließ sich hängen, krallte ihre Finger in seinen Arm, damit er sie losließ.

»Nein«, sagte sie. »Bitte nicht.«

Sie warf Bill einen flehenden Blick zu, aber die einzige Hilfe, die er zu bieten hatte, bestand darin, seine Frau zu verraten.

»Sie arbeitet bis spät heute Abend«, stieß er hervor. »In der Mall«, fügte er hinzu, so grau im Gesicht, als würde er sich vor Scham über das, was er gerade getan hatte, gleich übergeben.

Moloch nickte. »Wann hat sie Feierabend?«

»In ungefähr einer Stunde.«

Moloch sah zu Dexter hinüber, der auf der Schwelle zum Schlafzimmer stand.

»Und?«, fragte Moloch. »Worauf wartest du noch? Du hast eine Stunde Zeit.«

Dexter grinste breit. Er zog Jenna ins Schlafzimmer und schloss die Tür leise hinter sich. Bill wollte sich von der Wand wegbewegen, doch die Schwarze drückte ihm augenblicklich ihre Waffe in die Wange.

»Ich hab's dir gesagt«, flehte Bill. »Ich hab dir doch gesagt, wo sie ist.«

»Das weiß ich zu schätzen, Billy«, erwiderte Moloch. »Bleib ganz ruhig sitzen.«

»Bitte«, sagte Bill. »Er darf ihr nichts antun.«
Moloch runzelte die Stirn.
»Warum nicht?«, fragte er. »Sie ist doch nicht mal deine Frau.«

Joe half ihr, die Gläser wegzuräumen.
»Ich muss Sie etwas fragen«, sagte er.
Sie trocknete sich die Hände ab.
»Bitte.«
»Es geht um –« Er unterbrach sich und suchte nach den richtigen Worten. »Ich muss Bescheid wissen über die Leute, die auf die Insel kommen. Wie gesagt, das ist hier eine kleine, verschworene Gemeinschaft. Wenn irgendetwas passiert, möchte ich wissen, warum es passiert. Verstehen Sie?«
»Nicht so richtig. Heißt das, Sie wollen etwas über mich wissen?«
»Ja.«
»Und was?«
»Dannys Vater.«
»Dannys Vater ist tot. Wir haben uns getrennt, als Danny noch klein war, sein Vater ist später irgendwo unten in Florida gestorben.«
»Wie hieß er?«
Sie hatte sich auf diese Situation vorbereitet. »Er hieß Server, Lee Server.«
»Waren Sie verheiratet?«
»Nein.«
»Und wann ist er gestorben?«
»Herbst neunundneunzig. Bei einem Autounfall außerhalb von Tampa.«
Das entsprach der Wahrheit. Ein Mann namens Lee Server war ums Leben gekommen, als sein Pick-up auf der Autobahn von einem LKW erfasst wurde. Den Zeitungsberichten hatte sie entnommen, dass er keine Verwandten hatte. Server

war ein Trinker gewesen, und aus den Berichten ging hervor, dass er schon mehrere Anzeigen wegen Alkohol am Steuer bekommen hatte. Bei der Beerdigung hatten sich nicht viele Leute an Lee Servers Grab gedrängelt.

»Ich musste das fragen«, sagte Joe.

»Wirklich?«

Er antwortete nicht, aber die Falten um seine Augen und seinen Mund schienen tiefer zu werden.

»Wenn Sie jetzt wegen morgen Abend einen Rückzieher machen, könnte ich das verstehen.«

Sie streckte ihre Hand aus und berührte seinen Arm.

»Sagen Sie mir eins: Wollen Sie das als Polizist wissen oder als zukünftiger Verehrer?«

Er errötete. »Ein bisschen beides, glaube ich.«

»Na ja, jetzt wissen Sie's. Ich möchte mich immer noch gerne mit Ihnen treffen. Ich habe sogar schon mein bestes Kleid aus der Mottenkiste geholt.«

Er lächelte, und als er zum Wagen ging, schaute sie ihm nach, bevor sie die Tür schloss. Sie lehnte sich gegen die Tür und stieß einen tiefen Seufzer aus.

Tot.

Ihr Mann war tot.

Wenn sie es sich lange genug einredete, würde es vielleicht irgendwann wahr werden.

Bill kauerte wie ein Häufchen Elend an der Wand, die Hände schützend über die Ohren gelegt, um die Geräusche aus dem Schlafzimmer nicht hören zu müssen. Die Augen hielt er fest geschlossen. Als er den Druck des Pistolenlaufs auf seiner Stirn spürte, öffnete er sie wieder. Langsam nahm er die Hände von den Ohren. Jetzt war es wieder still.

Die Erleichterung währte nicht lange.

»Du bist ein Jammerlappen«, sagte Moloch. »Du lässt zu, dass ein anderer Mann deine Frau nimmt, und kämpfst nicht einmal um sie. Wie willst du dir selbst noch in die Augen sehen?«

Als Bill den Mund aufmachte, kamen seine Worte nur krächzend heraus, er musste sich räuspern, um den Satz zu Ende sprechen zu können.

»Du hättest mich umgebracht.«

»Ich hätte dich respektiert. Ich hätte dich vielleicht sogar am Leben gelassen.« Er ließ die Aussicht, Bill weiterleben zu lassen, im Raum hängen, wie man einem bösen Hund einen Leckerbissen vor die Nase hält, den er ohnehin nicht bekommt.

»Wie hast du mich gefunden?«

»Wenn du untertauchen willst, Bill, dann zieh den Kopf ein und hüte dich vor alten Gewohnheiten. Aber einmal schlechter Spieler, immer schlechter Spieler. Du hast ein paarmal gewonnen, dann Schulden gemacht und gemeint, du müsstest sie nicht zurückzahlen. Solche Fehler sprechen sich herum.«

Bill schloss kurz die Augen.

»Was habt ihr mit mir vor?«, fragte er.

»Mit euch«, korrigierte ihn Moloch. »Allmählich habe ich das Gefühl, Bill, dass du an deine Frau oder an die Frau im Schlafzimmer keinen einzigen Gedanken verschwendest. Wie heißt sie übrigens?«

»Jenna.«

Moloch wirkte verwirrt. »Sie sieht gar nicht aus wie eine Jenna. Für eine Jenna ist sie ein bisschen ordinär. Aber wenn du es sagst, Bill. Ich habe nicht vor, deine Worte anzuzweifeln. Nachdem wir deine Frage jetzt auf deine Freundin und deine Frau ausgedehnt haben, können wir weitermachen. Ich glaube, du weißt, was ich will. Du gibst es mir, und vielleicht können wir uns ja dann einigen, du und ich.«

»Ich weiß nicht, wo deine Frau ist.«

»Wo *sie* sind«, verbesserte ihn Moloch. »Junge, Junge, du

denkst nur im Singular. Das ist eine ziemlich ärgerliche Angewohnheit, und vielleicht lebst du nicht mehr lange genug, um sie doch noch loszuwerden. Sie hat meinen Sohn und mein Geld.«

»Sie hat nie Kontakt mit mir aufgenommen.«

»Willard«, sagte Moloch.

Willards freudlose, träge Augen wandten sich Moloch zu.

»Brich ihm einen Finger.«

Und Willard gehorchte.

Joe Dupree machte noch einen kurzen Abstecher zur Polizeiwache. Tuttle erklärte ihm, alles sei ruhig. Sobald Berman zurück sei, sagte Joe, wolle er für ein paar Stunden nach Hause fahren und ein bisschen zu schlafen versuchen.

Dupree fuhr über nichtmarkierte Straßen, denn die meisten Straßen auf der Insel hatten noch keine Namen. Die Polizisten, die vom Festland auf die Insel kamen, brauchten einige Jahre, um sich hier zurechtzufinden, weshalb sie meist längere Zeit auf der Insel Dienst taten. Wenn jemand anrief, war es sinnvoll, sich die Telefonnummer geben zu lassen, da die Menschen sich immer bei der Angabe ihrer Adresse auf die Häuser ihrer Nachbarn bezogen – selbst von Nachbarn, die nicht mehr dort wohnten oder längst gestorben waren. Man merkte sich Landmarken, Kurven und Straßengabelungen und benutzte sie, um sich zurechtzufinden.

Dupree kehrte in seinen Gedanken zu Marianne und ihrer Vergangenheit zurück. In ihren Augen hatte er etwas bemerkt, als sie über Dannys Vater gesprochen hatte. Sie hatte ihm nicht die Wahrheit gesagt, zumindest nicht die volle Wahrheit. Sie hatte ihm erzählt, sie sei nicht mit Dannys Vater verheiratet gewesen, aber ihm war aufgefallen, wie ihre Hand erneut unbewusst zu ihrem Ringfinger wanderte. Sie hatte sich noch rechtzeitig gefangen und an ihrem Ohrring genestelt, und Dupree hatte sich nicht anmerken lassen, dass er die Geste bemerkt hatte. Sie wollte also mit einem Polizisten nicht über ihren Ehemann sprechen, auch nicht mit einem, mit dem sie am nächsten Abend ausgehen würde. Andererseits kannte sie ihn kaum und er hatte ihre Angst gespürt: die Angst vor ihrem Mann, aber auch vor den Konsequenzen, falls sie Informationen über ihren Mann preisgab. Er war in Versuchung, die Geschichte mit Server zu überprüfen, entschied sich jedoch dagegen. Er wollte nicht, dass ihr Zusammensein am nächsten Abend von seinen professionellen Instinkten getrübt wurde. Vielleicht würde sie ihm ja, falls sie sich näher kamen, alles erzählen, sobald sie dazu bereit war.

In dem Moment, als Bill zu schreien aufhörte, kam Dexter aus dem Schlafzimmer.

»Gut, dass du damit bis jetzt gewartet hast«, sagte er zu Moloch. »Du hättest mir am Ende noch den Spaß verdorben.«

Bill weinte schon wieder. Er war bleich von dem Schock.

»Alles in Ordnung, Bill?«, fragte Moloch. Er klang wirklich besorgt. »Du brauchst nur zu nicken, wenn alles klar ist, denn wenn du dich wieder erholt hast, kann Willard gleich mit dem nächsten Finger weitermachen. Es sei denn, du kannst uns noch ein bisschen mehr erzählen.«

Bill zitterte. Als er aufsah, fiel sein Blick auf die Uhr über dem Kaminsims hinter Moloch.

»O Scheiße!«, sagte er. Seine Augen huschten zu der halb offenen Schlafzimmertür. Er konnte Jennas Schatten an der Wand sehen, während sie versuchte, sich anzuziehen. Moloch betrachtete ihn amüsiert.

»Du hast Angst, dass sie gleich nach Hause kommt und deine kleine Nebenbeschäftigung entdecken könnte. Stimmt's, Bill? Ich will deine Stimme hören. Es ist unhöflich, nur zu nicken. Noch ein wortloses Nicken oder mehr als zwei Sekunden Pause bis zu einer Antwort, und ich sag Willard, er soll dir was brechen, was du nur ein Mal hast.«

»Ja«, krächzte Bill. »Ich hab Angst, dass sie's rausfindet.«

»Ein Mann, der ein bisschen klarer im Kopf wäre, hätte längst kapiert, dass er größere Probleme hat, als dass seine Frau seine Affäre entdeckt. Du bist ein bemerkenswerter Mann, Bill, jedenfalls was deine Fähigkeit angeht, dich gegenüber dem Offensichtlichen blind zu stellen. Also, wo ist meine Familie?«

»Ich hab's dir doch schon gesagt. Sie hat nichts von sich hören lassen, nicht bei mir.«

»Aha, wir kommen voran. Wenn sie nicht mit dir geredet hat – und ich will jetzt ganz ehrlich sein, Bill, ich würde es auch vorziehen, nicht mit dir reden zu müssen, da kann ich sie durchaus verstehen –, dann hat sie sich also bei ihrer Schwester gemeldet, nicht wahr?«

»Ja.«

»Aber du bist so ein Kotzbrocken, Bill, dass nicht mal deine eigene Frau dir erzählt, wo ihre Schwester sich aufhält.«

»Sie erzählt mir überhaupt nichts.«

»Aber du weißt doch bestimmt, wie sie sich verständigen.«

»Ich glaube, per Telefon.«

»Wo sind eure Telefonrechnungen?«

»Im Schrank neben dem Fernseher. Ein Ordner. Aber sie benutzt nie das Telefon zu Hause. Ich hab nachgesehen.«

»Kriegt sie Post?«

»Ja.«

»Wo bewahrt sie sie auf?«

»In einer verschlossenen Kassette in der untersten Schublade ihres Nachttischs.«

Moloch nickte Willard zu, der daraufhin ins Schlafzimmer ging, um die Kassette zu holen.

Als er das Zimmer verließ, wurde der Flur von Autoscheinwerfern erhellt, das Licht huschte über ihre Gesichter und warf zuckende Schatten ins Zimmer. Leonie drückte die Pistole gegen Bills Zähne, zwang ihn, den Mund zu öffnen, und schob den Lauf hinein.

»Eine Bewegung deiner Lippen und ich drück ab«, flüsterte sie.

Aus dem Schlafzimmer kam ein polterndes Geräusch. Jenna hatte offenbar versucht, ans Fenster zu stürzen, um Alarm zu schlagen, dachte Moloch. Willard war zu schnell für sie und das Geräusch erstarb. Moloch hörte, wie eine Autotür geschlossen wurde. Schritte auf dem Gehweg; ein Schlüssel, der ins Schloss gesteckt wurde. Die Haustür wurde geöffnet und wieder geschlossen. Eine Frau kam ins Haus.

Sie trat ins Wohnzimmer. Sie war älter, als Moloch sie in Erinnerung hatte, allerdings war es schon vier Jahre her, seit sie sich das letzte Mal getroffen hatten. In der Zwischenzeit hatte man ihn verraten und sie waren alle abgehauen, hatten sich in alle vier Winde verstreut und sich eine neue Identität zugelegt. Obwohl Moloch hinter Gittern saß, befürchteten sie offenbar Vergeltungsmaßnahmen.

Patricia hatte volles langes Haar wie ihre jüngere Schwester, aber mehr graue Strähnen. Sie war auch nicht so hübsch und hatte schon immer irgendwie verhärmt gewirkt, aber das war vermutlich auf die Ehe mit einem Arsch wie Bill zurückzuführen. Moloch, dem das im Grunde ziemlich egal war, fragte sich dennoch, warum sie eigentlich bei ihm geblieben war. Vielleicht brauchte sie bei all ihrer Angst jemanden, auf den sie sich halbwegs verlassen konnte.

Patricia sah ihren Mann zusammengekauert auf dem Boden, die Pistole der Frau in seinem Mund, Dexter, dem noch das Hemd aus der Hose hing, und Braun mit einem Patronenmagazin auf dem Schoß.

Und Moloch, der sie breit aus seinem Sessel angrinste.

»Hallo, meine Liebe«, sagte er. »Ich bin wieder zu Hause.«

In ihren Augen erstarb jede Hoffnung.

Alles war ruhig. Selbst Bill hatte aufgehört zu flennen und hielt sich nur die verletzte Hand, während er seine Frau anschaute. Sie stand mit gesenktem Kopf vor Moloch. Ihre linke Wange war gerötet vom ersten Schlag, ihre Oberlippe aufgeplatzt.

»Sieh mich an«, sagte er.

Sie rührte sich nicht und er schlug erneut zu. Es war nur ein leichter Schlag, aber die Demütigung war schlimmer, als hätte er sie quer durch den Raum geprügelt. Sie spürte, wie ihr die Tränen über die Wangen liefen, und verabscheute sich selbst dafür, dass sie ihm gegenüber Schwäche zeigte.

»Ich werde dich am Leben lassen«, sagte Moloch. »Wenn du mir hilfst, lasse ich dich und Bill am Leben. Einer wird hier bei euch bleiben und dafür sorgen, dass ihr keine Dummheiten macht, aber ihr dürft weiterleben. Ich werde sie nicht umbringen. Ich will einfach nur mein Geld. Ich will nicht mal den Jungen. Hast du verstanden?«

Ihre Mundwinkel zogen sich nach unten bei dem Versuch, nicht laut zu schluchzen. Sie warf ihrem Mann einen Hilfe suchenden Blick zu. Sie wollte, dass er ihr beistand, stark für sie war, stärker, als er je gewesen war. Sie wollte, dass er sich Moloch widersetzte, ebenso der Frau mit der Pistole, dass er ihr sogar bis in den Tod folgte. Aber eine solche Stärke hatte er noch nie gezeigt. Er hatte immer versagt, und sie hatte das Gefühl, dass er sie auch jetzt, wo sie ihn am meisten brauchte, im Stich lassen würde.

Moloch wusste das. Er beobachtete genau, was sich zwischen den beiden abspielte. Vielleicht gab es etwas, was er sich zunutze machen könnte, wenn nur –

Willard kam aus dem Schlafzimmer. Seine Hände und sein Hemd waren blutbeschmiert. Ein roter Spritzer teilte sein Gesicht in zwei Hälften. Allmählich schien das Leben wieder in seine Augen zurückzuströmen. Er sah aus wie ein Mann, der aus einem Traum erwachte, einem Traum, in dem er auf grausame Weise eine Frau getötet hatte, deren Namen er kaum kannte und an deren Gesicht er sich schon nicht mehr erinnerte.

Bill schrie den Namen der toten Frau im Schlafzimmer, und seine Frau begriff, dass all ihre Vermutungen und Befürchtungen richtig gewesen waren.

»Nein, Bill« war alles, was sie herausbrachte.

Und dann passierte etwas. Sie sahen einander an und es gab einen Moment der Verständigung zwischen der betrogenen Frau und ihrem erbärmlichen Ehemann, dessen Schwächen diese Leute zu ihrem Haus geführt hatten.

»Es tut mir Leid«, sagte er. »Alles tut mir Leid. Sag ihm nichts.«

Bill lächelte. Auch wenn das Lächeln etwas Absurdes hatte, so war es doch etwas außergewöhnlich, wie eine Blüte in der Ödnis, und trotz ihrer Verletzung und Angst fand Patricia die Kraft, sein Lächeln mit mehr Liebe und Warmherzigkeit zu erwidern, als sie es je für möglich gehalten hätte. Ihnen würde alles genommen werden, das Wenige, das ihnen noch geblieben war, aber in diesen letzten Momenten würden sie endlich zusammenhalten.

Sie drehte sich um und sah Moloch in die Augen.

»Wie könnte ich weiterleben, wenn ich meine Schwester und meinen Neffen an dich ausliefern würde?«, flüsterte sie.

Moloch ließ die Schultern hängen. »Dexter«, sagte er, »sorg dafür, dass sie uns sagt, was sie weiß.«

Dexters Miene hellte sich auf. Er löste sich von seinem Platz und für einen Augenblick schaute Leonie zu ihm hinüber. Das war Bills Chance und er ergriff sie. Er schlug mit seiner unverletzten Hand zu und traf Leonie an der rechten Wange, direkt neben dem Auge. Sie taumelte nach hinten, sofort griff er nach der Pistole, während er ihr noch einen Stoß mit dem Ellbogen versetzte. Es gelang ihm, ihr die Waffe zu entwinden.

Auf der anderen Seite des Zimmers langte Braun nach seiner Pistole. Willard war noch ganz weggetreten, versuchte aber, seine Waffe aus dem Gürtel zu ziehen. Bill schwenkte die Pistole in Molochs Richtung. Moloch packte Patricia blitzschnell und zog sie als Schutzschild vor sich.

Aus dem Augenwinkel registrierte Bill die Waffen in den Händen der beiden Männer, Willard, der erstarrt stehen blieb, Leonie, die, noch benommen von den Schlägen, wieder auf die Beine zu kommen versuchte, und die Stimmen, die auf ihn einschrien.

Er sah seine Frau an und wieder erschien dieses Lächeln auf ihrem Gesicht und Bill liebte sie.

Er drückte ab und eine rote Wunde klaffte in der Brust seiner Frau. Für einen Augenblick ging alles drunter und drüber.

Dann herrschte Stille.

Sie sagten nichts. Bill lag tot an der Wand. Shepherd und Tell standen in der Tür, der Krach hatte sie aufgeschreckt. Patricia Gaddis war noch am Leben. Moloch stand über sie gebeugt.

»Sag's mir«, herrschte er sie an. »Sag's mir!«

Er bohrte seinen Finger in die Wunde in ihrer Brust, dass sie sich vor Schmerz aufbäumte.

»Sag's mir und ich hör auf.«

Sie spuckte Blut nach ihm und begann zu zittern. Er packte sie an den Schultern, als sie starb.

»Ich werde sie finden«, versprach er. »Ich werde sie beide finden.«

Aber sie war bereits tot.

Moloch stand auf, ging hinüber zu Willard und schlug ihm mit voller Wucht ins Gesicht. Während der Junge rückwärts taumelte, versetzte Moloch ihm einen weiteren Schlag, sodass er in die Knie ging.

»Mach das nie wieder«, sagte Moloch. »Ich sage dir, was ich von dir will, und das tust du. Von jetzt an atmest du nur noch, wenn ich dir erlaube zu atmen.«

Willard murmelte irgendetwas.

»Was hast du gesagt?«

Willard nahm die Hand von seiner gebrochenen Nase.

»Ich hab sie gefunden«, erwiderte er. »Ich hab die Kassette gefunden.«

Die Briefe waren in Portland, Maine, abgestempelt. Patricia hätte sie nicht aufbewahren sollen – ihre Schwester hatte sie davor gewarnt –, aber diese Briefe waren alles, was sie von Marianne hatte, daher hatte sie sie gehütet wie ihren Augapfel. Manchmal hatte sie allein in ihrem Schlafzimmer gesessen, um noch den leisesten Hauch ihrer kleinen Schwester in sich aufzunehmen, und wenn es nur ihr Parfüm war. Selbst wenn ihr Duft schon völlig verflogen war, entdeckte sie immer noch einen schwachen Rest, denn die Erinnerung an ihre Schwester würde sie nie verlieren.

»Es ist keine große Stadt, trotzdem wird sie nicht leicht zu finden sein«, sagte Dexter. Sie waren bereits unterwegs und ließen Camp Hill hinter sich. Anfangs war Moloch sich nicht sicher gewesen, ob die Nachbarn die Schüsse überhaupt mitbekommen hatten, denn niemand hatte sich auf dem Rasen oder in der Haustür blicken lassen, als sie aufgebrochen waren. Aber Minuten später hatten sie Sirenen gehört. Sie hatten sich bereits des Vans entledigt, den sie vorsichtshalber hinter dem Haus geparkt hatten, aber das Risiko hatte sich gelohnt.

»Ganz sicher wird sie nicht ihren eigenen Namen benutzen«, fuhr Dexter fort.

Moloch brachte ihn mit einer Handbewegung zum Schweigen.

Sie wird nicht ihren eigenen Namen benutzen.

Wenn sie einen Tarnnamen benutzte, brauchte sie auch Papiere, doch die konnte sie sich nicht selbst besorgt haben. Sie musste sich an jemanden gewandt haben, jemand, von dem sie annehmen konnte, dass er sie nicht verraten würde. Moloch ging die in Frage kommenden Namen im Kopf durch, zog alle Möglichkeiten in Betracht, bis er schließlich fündig wurde.

Meyer.

Karen Meyer. Wenn sie sich an jemanden gewandt hatte, dann an eine Frau.

Sie fuhren in Richtung Philadelphia, wo sie sich Zimmer in verschiedenen Motels abseits der Autobahn nahmen. Dexter und Braun aßen im Denny's und brachten den anderen etwas zu essen mit. Sowohl Willard als auch Leonie waren verletzt und hätten Aufmerksamkeit erregen können und Moloch durfte sein Gesicht nirgendwo zeigen. Shepherd und Tell sahen sich die Nachrichten im Fernsehen an, wo die Kommentatoren über den bevorstehenden Krieg spekulierten.

»O Mann, wir werden das Pack in die Steinzeit zurückbomben«, sagte Tell.

Soweit Shepherd an ihren Häusern ablesen konnte, waren diese Leute ohnehin nicht weit von der Steinzeit entfernt. Wenn man alles in Betracht zog, würde es wahrscheinlich für alle Beteiligten ein kurzer, aber ereignisreicher Ausflug werden. Letztlich hatten die Idioten sich das selbst zuzuschreiben, dachte Shepherd.

»Auge um Auge«, bemerkte Tell.

»Das ist der Lauf der Dinge«, stimmte Shepherd zu.

Wie üblich teilten sich auch Dexter und Braun ein Zimmer. Braun las ein Buch, während Dexter sich auf seinem tragbaren DVD-Player ein Video ansah.

»Was guckst du dir an?«, fragte Braun.

»Sie kannten kein Gesetz.«

»Aha. Was hast du sonst noch auf Lager?«

»Butch Cassidy und Sundance Kid. The Thing. Der letzte Scharfschütze.«

Braun legte kurz sein Buch zur Seite.

»Du siehst dir wohl am liebsten Filme an, in denen die Helden am Ende sterben?«

Dexter warf Braun einen Blick zu.

»Die kamen mir ... passend vor.«

Braun hielt seinem Blick stand.

»Tja«, erwiderte er. »Wie auch immer.«

Er widmete sich wieder seinem Buch, *Die Geschichte des Peloponnesischen Krieges* von Thukydides. Braun hielt sich für jemanden, der sich mit Geschichte auskannte, vor allem was militärische Dinge betraf, schließlich war er auch einmal in der Armee gewesen. Die Athener waren im Begriff, gegen den Rat besonnener Stimmen ihre riesige mit Bogenschützen, Steinschleudern und Kavallerie bewaffnete Flotte loszuschicken, um Sizilien zu erobern. Zwar wusste Braun nicht genau, wie die ganze Geschichte sich dann abgespielt hatte, deswegen hatte er überhaupt angefangen, das Buch zu lesen, aber er kannte sich gut genug in Militärgeschichte aus, um zu wissen, dass die Athener ihrem Untergang entgegengesegelt waren.

Moloch lag in seinem Zimmer auf dem Bett und zappte durch die Fernsehprogramme, bis er eine Nachrichtensendung fand, wo er sah, wie sie den Land Cruiser aus dem Fluss zogen und die zugedeckten Leichen in die Rettungswagen verfrachteten. Ein Foto von Misters erschien auf dem Bildschirm. Zum Zeitpunkt der Aufnahme hatte er noch seine Augen und seine Zunge gehabt. Die Polizei suchte nach Augenzeugen für den Vorfall. Sie nahmen auch Reifenabdrücke von den beiden Vans. Sie würden wohl nicht lange brauchen, um eine Verbindung zwischen den Morden in Philadelphia und seiner Flucht herzustellen. Moloch überschlug, dass sie vierundzwanzig Stunden, vielleicht auch achtundvierzig Stunden Zeit hatten, das Nötige in die Wege zu leiten, bevor sie sich in Richtung Norden auf den Weg machten.

5

Inzwischen kam es ihr seltsam vor, aber früher hatte Marianne sein Name gefallen. Er nannte sich Edward. Nicht Ted oder Ed oder Eddie, sondern Edward. Der Name klang irgendwie vornehm und erwachsen, nicht so jungenhaft.

Mit seinem Familiennamen hatte sie sich allerdings nie anfreunden können, und seine wahre Bedeutung hatte sie erst begriffen, als es zu spät war. Je mehr sie ihn kennen lernte und seine Fassade durchschaute, umso mehr wurde ihr der Charakter des Mannes bewusst, auf den sie sich eingelassen hatte. Irgendwann hatte sie einen Zeitungsartikel über eine Bildhauerin gelesen, die mit Stein arbeitete und die Auffassung vertrat, das Wesen des Stücks, das sie herstellen wolle, sei bereits im Rohmaterial vorhanden. Ihre Aufgabe bestehe lediglich darin, die überflüssigen Schichten zu entfernen, um das unter ihnen liegende verborgene Wesen freizulegen. Im Nachhinein verglich Marianne sich selbst mit dieser Bildhauerin, denn sie hatte ganz allmählich erkannt, dass das, was unter der äußeren Hülle ihres Exmannes verborgen lag, unendlich komplexer und beängstigender war, als sie sich je hätte ausmalen können. Denn als sie schließlich angefangen hatte, nach Hinweisen zu suchen, die ihr über den Mann, den sie geheiratet hatte, und über sein geheimnisvolles Treiben Aufschluss gaben, war ihr der Name zunehmend unheimlich geworden.

Der Name existierte in vielen verschiedenen Schreibweisen unterschiedlichen Ursprungs: Moloch, Malik, Melek, Molek. Er kam bei den Ammonitern vor, den Kanaanitern und den Semiten. Moloch: der antike Sonnengott; Herr der Plagen; der Gott des Wohlstands für die Kanaaniter. Moloch:

der Prinz des Landes der Tränen; Miltons Molek, befleckt mit dem Blut von Menschenopfern. Die Israeliten brachten ihm ihre Erstgeborenen als Brandopfer dar. Salomon hatte ihm der Legende nach in der Nähe der Dschehenna, des Tores zur Hölle, einen Tempel errichtet.

Moloch. Was war das für ein Mann, dem man einen solchen Namen gab?

Anfangs war er nett zu ihr gewesen. Wenn man in Biloxi, Mississippi, lebte, wo die Spielkasinos am Fluss nur die übelsten Gestalten anzogen, die sich entweder keinen Ausflug nach Florida oder Las Vegas leisten konnten oder denen es völlig egal war, wie es um sie herum aussah, Hauptsache, es gab einen Tisch und Spielkarten und dazu noch Cocktailkellnerinnen, die für einen 50-Dollar-Chip bereitwillig ihre Liebesdienste anboten, dann konnte man jeden Mann, der einem nicht gleich an den Hintern packte, leicht für ein besonders außergewöhnliches Exemplar seiner Gattung halten.

Und Moloch *war* anders gewesen. Sie hatte einen Job auf der *Biloxi Black Beauty* gehabt, einer Raddampferattrappe, die – auch wenn der Name etwas anderes verhieß – derart scheußlich in allen erdenklichen Pinkschattierungen getüncht war, dass man bei ihrem Anblick Zahnschmerzen bekam. Wie Huren aus dem neunzehnten Jahrhundert mussten die Cocktailkellnerinnen weiße Korsetts tragen und Röcke, die zu jener Zeit bestenfalls ein bisschen Bein freigegeben hatten, jetzt aber so hochgebunden waren, dass die unteren Kurven der Pobacken zu sehen waren, umrahmt von den Rüschen, die aussahen wie Bühnenvorhänge, die hochgezogen waren, um den Blick auf den Hauptakt freizugeben. Theoretisch war es den Männern untersagt, die Frauen außer am Arm oder auf dem Rücken zu berühren. Aber in der Praxis fielen die Trinkgelder umso höher aus, je weniger man sich an die Buchstaben des Gesetzes hielt und je weniger die Damen sich zierten, wenn die Männer sich ein bisschen vergnügen wollten. Wurden sie jedoch zu übermütig, reichte es, den Sicherheitsleuten ein Zeichen zu geben, die in ihren grünen Blazern über das Kasino verteilt waren, allgegenwärtig wie die künstlichen Topfpalmen, die allerdings eine individuellere Ausstrahlung hatten als die Hilfssheriffs der *Beauty.* Die Jungs waren im Notfall schnell zur Stelle, nahmen den betrunkenen Übeltäter (meist waren es Betrunkene, die sich danebenbenahmen) von beiden Seiten in die Zange, sammelten seine Chips und sogar seinen Drink ein, während sie ihn vom Spieltisch wegzogen, beruhigend auf ihn einredeten und ihn in Bewegung hielten, denn solchen Betrunkenen fiel es schwer, gleichzeitig zu diskutieren, sich vorwärts zu bewegen und dabei die verbliebenen Chips im Auge zu behalten.

Der Kartengeber nahm es in der Regel nicht weiter zur Kenntnis, dass ein Spieler verschwunden war, und meist dauerte es nicht lange, bis der Nächste den frei gewordenen Platz am Tisch einnahm. Allerdings war es nicht ratsam, sich allzu häufig zu beschweren. Es gab genügend Anwärterinnen, die nur darauf warteten, den Job zu übernehmen, wenn eine Frau in den Ruf geriet, zickig zu sein, und sich als unfähig erwies, »harmlose« Annäherungsversuche von Männern hinzunehmen, die es nicht erwarten konnten, ihre Ersparnisse für ein paar zusätzliche verwässerte Bourbons zu opfern.

Marianne stammte aus Tunica, einer Kleinstadt im Baumwollgebiet im Nordwesten von Mississippi, nicht weit von der Grenze zu Arkansas. Sie war beinahe in Sichtweite von Sugar Ditch aufgewachsen, einem Armenviertel, in dem nur einige Blocks von der Main Street entfernt die Nachkommen schwarzer Sklaven in unmittelbarer Nachbarschaft von offenen Abwasserkanälen lebten. Ihr Vater hatte einen kleinen Imbiss in der Magnolia Street betrieben, aber die Leute in Tunica waren so arm, dass sein kärgliches Geschäft nur mit

Ach und Krach überlebte. Schließlich übernahm die Bank den Imbiss und ließ die Fenster mit Brettern vernageln. Ihr Vater wurde damit nicht fertig und ließ die ganze Familie darunter leiden. Zuerst wurde er depressiv, dann gewalttätig. Nachdem er Marianne einmal so heftig geohrfeigt hatte, dass sie eine Woche lang auf einem Ohr taub war, packte ihre Mutter am nächsten Tag die Koffer, zog mit ihren beiden Kindern zu ihrer Schwester nach Biloxi und kehrte nie wieder nach Tunica zurück. Sie lebten knapp oberhalb der Armutsgrenze, aber Mariannes Mutter drehte jeden Penny dreimal um, sodass die Mädchen zur Schule gehen und sich später eine eigene Wohnung leisten konnten. Nach einigen Jahren versöhnte sie sich wieder mit ihrem Mann, worauf er die letzten drei Jahre seines Lebens zusammen mit seiner Frau und seiner Schwägerin verbrachte, ein bemitleidenswerter Mann, der zerbrochen war an Pech, Fehlentscheidungen und der Unfähigkeit, mit dem Trinken aufzuhören, bevor die Flasche leer war. Beerdigt wurde er in Tunica, seine Frau folgte ihm zwei Jahre später ins Grab, aber mittlerweile hatte die Stadt sich verändert. Spielkasinos hatten der ehemaligen Durchgangsstation auf dem Weg in bessere Zeiten einen gewissen Wohlstand beschert. Es gab jetzt nicht nur einen Turm mit Glockenspiel in einem kleinen Park in der Stadtmitte, das stündlich ein Kirchenlied anstimmte, sondern eine kostenlose öffentliche Müllabfuhr und sogar Straßenschilder (zu Mariannes Jugendzeit konnte die Stadt es sich noch nicht leisten, Ortsfremden den Luxus von Orientierungstafeln zu bieten, was der kürzlich verstorbene Harry Rylance zweifellos missbilligt hätte). Eine gewisse Zeit hatte Marianne mit dem Gedanken gespielt, Biloxi den Rücken zu kehren und wieder nach Tunica zu ziehen, wo die Lebensqualität um einiges höher war als an der Golfküste und die Spielkasinos Arbeit boten, doch dann hatte sie Edward Moloch kennen gelernt.

Der psychische Verfall ihres Vaters und die Szenerie, die sich ihr allabendlich in den Kasinos bot, hatten sie selbst gegenüber Männern, die relativ wenig tranken, misstrauisch und unduldsam gemacht. Moloch trank überhaupt nicht. Nachdem er Platz genommen und vorsichtig seine Chips auf den Tisch gelegt hatte, hatte sie sich nach seinen Wünschen erkundigt, aber anstelle von Cocktails oder Bier bestellte er Mineralwasser und gab ihr zehn Dollar Trinkgeld für jedes Glas, das sie ihm servierte. Er pokerte ruhig und gekonnt und trug ein tadelloses schwarzes Leinenjackett über einem sauberen weißen Hemd mit offenem Kragen. Er war nicht groß, aber sehr muskulös, mit breiten Schultern, einer schlanken Taille und kräftigen Schenkeln. Seine Haare waren schwarz ohne eine Spur von Grau, er hatte ein schmales Gesicht mit ausgeprägten senkrechten Falten von den Wangenknochen bis zum Mund, die aussahen wie verheilte Narben, und blau-grüne Augen mit langen, dunklen Wimpern. Marianne fand ihn nicht ausgesprochen gut aussehend, aber er strahlte etwas aus. Außerdem duftete er gut. Sein Aftershave war von der Sorte, die Frauen innehalten ließ, wenn sie an ihm vorbeigingen. Und er gewann; nicht so hoch, dass er aufgefallen wäre, aber doch so häufig, dass die Betreiber des Kasinos aufatmeten, wenn er seinen Platz räumte. Vor allem seiner Großzügigkeit hatte Marianne es zu verdanken, dass sie ihre Schicht an jenem Abend mit zweihundert Dollar mehr im Portemonnaie beendete. Das entschädigte sie halbwegs für die Säufer und Grapscher.

Sie beschloss, zu Fuß nach Hause zu gehen, um noch ein bisschen frische Luft zu schnappen und ihre Gedanken schweifen zu lassen. Marianne war eine attraktive Frau, die gelernt hatte, ihre Vorzüge während der Arbeit im Kasino zu betonen, auf der Straße jedoch zu verbergen, sodass sie nur wenige Blicke auf sich zog, als sie sich in Richtung Lameuse Boulevard und Old Biloxi auf den Weg machte.

Der Mann kam aus einer Gasse neben einer verbretterten Imbissbude. Obwohl ihr kaum Zeit blieb, sein Gesicht zu sehen, bevor seine linke Hand sich ihr über den Mund legte und seine rechte sie am Hals packte, erkannte sie ihn. Man hatte ihn am selben Abend aus dem Kasino geworfen, weil er ihr so fest zwischen die Beine gefasst hatte, dass sie sich nicht hatte befreien können. Selbst die bescheuerten Aufpasser hatten mitbekommen, wie fertig sie war, die Lippen so fest zusammengepresst, dass sie schon ganz weiß waren. Der Manager hatte sie nachher gefragt, ob sie Anzeige erstatten wollte, aber sie hatte nur den Kopf geschüttelt. Den Job im *Biloxi Black Beauty* wäre sie los gewesen und einen anderen Job würde sie kaum finden, wenn sich herumsprach, dass sie die Polizei gerufen hatte und der Name des Kasinos im Polizeibericht und womöglich sogar in den Lokalblättern auftauchte. Nein, eine Anzeige kam nicht in Frage. Als sie zu den Tischen zurückkehrte, verlor der Mann im schwarzen Leinenjackett und mit dem Mineralwasser vor sich zwar kein Wort, aber sie war sich sicher, dass er den Vorfall registriert hatte.

Und jetzt hatte dieser Grapscher sie erwischt. Auf seiner Wange bemerkte sie blaue Flecken, wahrscheinlich hatte er den Sicherheitsleuten gegenüber den Mund zu voll genommen. Seine blonden Haare klebten ihm schweißnass am Kopf, sein brauner Anzug war zerknittert und an der linken Schulter eingerissen. Er verlagerte seinen Griff, zerrte sie rückwärts in die dunkle Gasse und flüsterte ihr dabei ins Ohr.

»Na, du Schlampe. Erinnerst du dich an mich, du verdammte Schlampe?« Immer wieder. Schlampe. Schlampe. Schlampe.

Die Gasse war L-förmig angelegt und bildete an ihrem Ende eine Nische, die von der Straße her nicht einsehbar war. Er drehte sie geschickt zu sich herum und warf sie rücklings auf einen Stapel schwarzer Müllsäcke. Etwas Scharfes drückte sich gegen ihren Oberschenkel. Als sie schreien wollte, hielt er ihr das Messer vor die Nase.

»Wenn du schreist, schlitz ich dich auf, dass dir Hören und Sehen vergeht, du Schlampe. Los, Hose runter, mach schon!«

Währenddessen fummelte er an seiner eigenen Hose herum. Sein Hosenstall stand offen und er griff hinein. Er kam näher und fuchtelte mit dem Messer vor ihrem Gesicht herum.

»Hast du kapiert, du Schlampe?« Er beugte sich über sie und sie konnte den Speichel auf seinem Kinn sehen. »Runter mit der Hose! Wird's bald?«

Sie brach in Tränen aus und verabscheute sich zugleich dafür, dass sie weinte, während sie an ihrem Hosenknopf nestelte und innerlich darüber fluchte, dass er sich so leicht öffnen ließ, und darüber, dass ihr das passierte, und ausgerechnet mit diesem Mann.

Verflucht. Verflucht. Verflucht.

Plötzlich gab es ein klickendes Geräusch und der Mann erstarrte. Er ließ seinen Blick ganz langsam nach rechts wandern, ohne den Kopf zu bewegen, als hoffte er, seine Augäpfel würden sich so lange weiterdrehen, bis er durch seine Haare hindurch den Mann hinter sich sehen konnte, der ihm eine Waffe an den Hinterkopf drückte.

Der Mann in dem weißen Hemd und dem tadellosen Leinenjackett.

»Lass das Messer fallen«, sagte er.

Das Messer fiel mit der Spitze nach unten zu Boden, prallte noch einmal zurück und blieb dann zwischen den Müllsäcken liegen.

»Rüber an die Wand.«

Der Grapscher gehorchte. Als er an ihr vorbeiging, verriet ihr der scharfe Ammoniakgeruch, dass er sich vor Angst in die Hose gemacht hatte.

Geschah ihm recht.

»Hinknien«, befahl der Mann mit der Pistole.

Als der Typ sich nicht rührte, trat der Mann einen Schritt zurück und versetzte ihm mit dem Lauf der Waffe einen Schlag auf den Hinterkopf. Der Grapscher taumelte vorwärts und fiel auf die Knie.

»Hände an die Wand!«

Der Mann mit der Pistole drehte sich zu Marianne um.

»Alles in Ordnung?«, fragte er.

Sie nickte. Sie spürte etwas Galliges in der Kehle und schluckte es herunter. Er half ihr auf die Füße.

»Warten Sie am Ende der Gasse auf mich.«

Sie ging, ohne weiter zu fragen. Der Beinahevergewaltiger kniete noch immer mit dem Gesicht zur Wand, aber sie hörte ihn schluchzen. Am Ende der Gasse lehnte sie sich gegen die Hauswand, stützte die Hände auf die Knie und beugte sich vornüber. Sie atmete stoßweise und hatte einen ekelhaft schalen Geschmack im Mund. Sie zitterte am ganzen Körper und ihre Beine schienen jeden Moment nachgeben zu wollen. Hätte die Mauer sie nicht gestützt, wäre sie sicherlich zusammengebrochen. Passanten schauten ohne eine Spur von Anteilnahme zu ihr herüber. Sie waren unterwegs, um sich zu vergnügen, und hatten keine Lust, sich von einer Frau, die auf die Straße kotzte, den Spaß verderben zu lassen.

Ihr Retter – denn dafür hielt sie ihn mittlerweile – folgte ihr nach wenigen Minuten. In der Zwischenzeit hatte sie Geräusche gehört, als würde ein nasses Handtuch gegen eine Wand geschlagen. Beim Näherkommen zupfte er sich ein Hosenbein zurecht.

»Los. Kommen Sie.«

»Was haben Sie mit ihm gemacht?«

»Ich hab ihm eine Tracht Prügel verpasst.«

»Wir sollten die Polizei rufen.«

»Warum?« Es schien ihn tatsächlich neugierig zu machen, welchen Grund sie vorbringen würde.

»Er könnte es wieder versuchen.«

»Das wird er nicht tun. Wenn Sie die Polizei rufen, dann nur, weil Sie das brauchen, weil Sie sich dann besser fühlen. Glauben Sie mir, er wird so etwas nie wieder versuchen. Also, wollen Sie immer noch die Polizei rufen?«

Er wartete auf ihre Antwort. Sie stellte sich das Verhör vor, das sie würde über sich ergehen lassen müssen, die Fragen, die im Kasino gestellt würden, das Gesicht ihres Chefs, wenn er ihr mitteilte, am Montag bräuchte sie nicht zur Arbeit zu erscheinen und auch sonst nicht mehr, tut mir Leid, Sie wissen ja, wie das ist.

»Nein«, erwiderte sie. »Gehen wir.«

Sie gingen ein paar Blocks weit, dann hielt er ein Taxi an. Er setzte sie vor ihrer Wohnung ab, doch ihre Einladung, noch mit reinzukommen, lehnte er ab.

»Vielleicht sehen wir uns mal wieder?«, fragte er.

Sie schrieb ihre Telefonnummer auf die Rückseite eines Kassenbons und reichte sie ihm.

»Sehr gern. Sie haben mir noch nicht gesagt, wie Sie heißen.«

»Mein Name ist Edward.«

»Danke, Edward.«

Als sie im Haus war, fuhr das Taxi los. Sie schloss die Wohnungstür hinter sich, lehnte sich dagegen und ließ ihren Tränen freien Lauf.

Dem Führerschein entnahm Moloch, dass der Typ Otis Barger hieß. Otis kam aus Anniston, Alabama.

»Du bist ganz schön weit weg von zu Hause, Otis.«

Barger antwortete nicht. Er konnte nicht antworten. Seine Hände und Füße waren mit Draht gefesselt, den Moloch aus dem Kofferraum seines Wagens geholt hatte, und sein Mund war mit Klebeband geknebelt. Ein Auge war geschwollen und eine Wange blutverschmiert. Sein rechter Fuß war in einem unnatürlichen Winkel nach innen gedreht. Er war gebrochen, als Moloch mit dem Absatz auf ihn getreten hatte, um zu verhindern, dass der Mann verschwand, während er die Frau zu ihrer Wohnung begleitete. Er lag auf den Müllsäcken wie zwanzig Minuten zuvor Marianne, als er noch vorhatte, sie zu vergewaltigen.

Moloch zog ein Foto aus Bargers Brieftasche. Darauf waren eine dunkelhaarige Frau – nicht hübsch, nicht hässlich – und ein lächelnder Junge mit dunklen Haaren zu sehen.

»Deine Frau und dein Sohn?«

Barger nickte.

»Seid ihr noch zusammen?«

Barger nickte wieder.

»Sie hat was Besseres verdient. Ich kenne sie zwar nicht, aber so heruntergekommen kann sie gar nicht sein, dass sie dich verdient hätte. Glaubst du, sie wird dich vermissen?«

Diesmal nickte Barger nicht, sondern seine Augen weiteten sich.

Moloch trat gegen den verletzten Knöchel und Barger stieß unter dem Knebel einen erstickten Schrei aus.

»Ich habe dich was gefragt. Glaubst du, sie wird dich vermissen?«

Barger nickte zum dritten Mal. Moloch zog ein Hosenbein hoch und nahm die Pistole aus dem Knöchelhalfter. Er sah sich um, trat gegen die Müllsäcke, bis er ein weggeworfenes Stuhlkissen fand. Dann ging er zu Barger und kniete sich neben ihn.

»Das glaub ich dir nicht«, sagte er. »Wie hast du die Frau genannt, die du vergewaltigen wolltest? Schlampe? So hast du sie genannt, stimmt's?«

Er schlug Barger auf den Kopf.

»*Stimmt's?*«

Barger nickte zum vierten und letzten Mal.

»Ab jetzt«, sagte Moloch, »ist sie meine Schlampe.«

Dann hielt er Berger das Kissen gegen den Kopf, schob den Pistolenlauf in den Stoff und drückte ab.

Marianne wusste nichts davon, aber im Laufe der Jahre hatte sie oft an jene Nacht gedacht und sich gefragt, was aus dem Mann in der Gasse geworden war. Moloch hatte ihr gesagt, er hätte ihn verprügelt und aufgefordert, aus der Stadt zu verschwinden. Da er nie wieder in Biloxi gesehen wurde, nahm sie an, dass es der Wahrheit entsprach.

Außer –

Außer dass sie während der knapp vier Jahre, die sie mit ihm verbracht hatte – davon dreieinhalb Jahre als seine Ehefrau in einem kleinen Haus in Danville, Virginia –, immer mehr Angst vor diesem Mann bekommen hatte: vor seinen Launen, seiner Durchtriebenheit und seiner Grausamkeit ihr gegenüber. Er wusste sie so zu schlagen, dass er ihr höllische Schmerzen zufügte, ohne blaue Flecken zu verursachen. Er kannte Stellen an ihrem Körper, wo ein bloßer Fingerdruck von ihm genügte, um sie aufschreien zu lassen. Zwar hatten sie Geld – er hatte immer Geld –, aber er teilte ihr gerade nur so viel Haushaltsgeld zu, dass sie ihre kleine dreiköpfige Familie ernähren konnte, denn zu Beginn jenes schrecklichen zweiten Jahres hatte Marianne einen Sohn geboren. Für sämtliche Ausgaben musste sie Quittungen vorlegen und über jeden Penny Rechenschaft ablegen, ebenso darüber, wie und wo sie ihre Zeit verbracht hatte.

Gleich nach der Hochzeit hatte es begonnen. Anscheinend war es ihm einzig und allein um die Hochzeitsurkunde gegangen. Er hatte Marianne umworben, ihr Versprechungen gemacht und ein Haus gemietet. Zwei Wochen vor der Hochzeit hatte sie ihren Job in Biloxi aufgegeben und er hatte sie gebeten, sich vorläufig keine neue Stelle zu suchen, damit sie reisen und sich ein bisschen in ihrem wunderschönen Land umsehen könnten. Sie hatten eine kurze Hochzeitsreise nach Mexiko unternommen, die überschattet war von schlechtem Wetter und Molochs Launen, aber zu der versprochenen Rundreise kam es nie. Sie lernte bald, das Thema nicht mehr anzusprechen, denn wenn sie es tat, schnauzte er sie entweder an, er habe viel zu tun, oder er nahm ihr Gesicht in die Hand, wie um sie zu liebkosen, nur um dann seinen Griff mit Daumen und Zeigefinger allmählich so zu verstärken, dass sie gezwungen war, den Mund zu öffnen, und erst wenn ihr vor Schmerz die Tränen in die Augen schossen, küsste er sie und ließ sie wieder los.

»Ein andermal«, sagte er dann. »Ein andermal.« Und sie wusste nicht, ob er damit die Reise meinte oder ein spezielles Vergnügen, das er sich vorgenommen hatte.

Richtig wehgetan hatte er ihr zum ersten Mal, als er von einer »Geschäftsreise« in Tennessee nach Hause kam, ungefähr fünf Monate nach der Hochzeit. Sie erzählte ihm, sie hätte einen Job in einem Buchladen gefunden. Nur für samstags und zwei Nachmittage in der Woche, aber so würde sie ein bisschen aus dem Haus kommen.

»Ich will nicht, dass du arbeiten gehst«, erklärte er.

»Aber ich muss arbeiten«, hielt sie ihm entgegen. »Ich langweile mich hier.«

»Mit mir?«

Die Falten in seinem Gesicht vertieften sich bedrohlich.

»Nein, nicht mit dir. Das habe ich nicht gemeint.«

»Und was hast du dann gemeint? Wenn du sagst, du langweilst dich, da mache ich mir doch so meine Gedanken. Bin ich dir nicht mehr gut genug? Willst du einen anderen? Vielleicht hast du ja schon einen, deshalb willst du den Job, damit du einen Vorwand hast, aus dem Haus zu gehen.«

»Nein, das ist es nicht. Das ist es überhaupt nicht.«

Er redete, als wäre er eifersüchtig, wirkte aber keineswegs

gekränkt. Er spielte eine Rolle, das erkannte sie trotz ihrer Angst, aber da sie nicht begriff, was ihn so aufbrachte, wurde es schwierig für sie, sich mit ihm auseinander zu setzen. Sie streckte ihre Hand nach ihm aus und sagte: »Komm schon, Liebster, darum geht es doch überhaupt nicht. Du bist –«

Sie hatte nicht einmal gesehen, dass er sich bewegt hatte. Eben noch hatten sie sich unterhalten und sie hatte ihre Hand nach ihm ausgestreckt, dann plötzlich wurde ihr Gesicht gegen die Wand gepresst und ihr der Arm auf den Rücken gedreht. Sie spürte seinen Atem an ihrem Ohr.

»Ich bin *was?* Sag's mir. Du glaubst wohl, du kennst mich. Da irrst du dich. Vielleicht sollte ich dafür sorgen, dass du mich etwas besser kennen lernst.«

Mit seiner linken Hand und dem Gewicht seines Körpers hielt er sie fest, während seine rechte Hand sich unter ihren Pullover schob und seine Finger suchend über ihre Haut glitten.

Und dann begann der Schmerz: im Magen, in den Nieren, im Unterbauch. Ihr Mund öffnete sich zu einem stummen Schrei, die Qualen wurden immer schlimmer, ihr wurde gelb, dann rot, schließlich schwarz vor Augen, und die letzten Worte, die sie hörte, waren: »Na, lernst du schon ein bisschen dazu?«

Als sie wieder aus ihrer Bewusstlosigkeit erwachte, lag sie auf dem Küchenboden und er auf ihr. Einen Monat später bemerkte sie, dass sie schwanger war. Selbst jetzt, Jahre später, schmerzte sie der Gedanke, dass Danny, ihr wundervoller, einzigartiger Danny, das Ergebnis dieser Nacht war. Vielleicht war das der Preis, den sie hatte zahlen müssen, um ihn bekommen zu dürfen. Wenn ja, hatte sie noch lange Zeit für ihn zahlen müssen, und manchmal, wenn ihr gemeinsames Baby auch nur ein bisschen zu viel schrie, sah sie das Flackern in Molochs Augen, dann stürzte sie zu ihrem Kind und drückte es in dem verzweifelten Versuch, es zu beruhigen, so fest an sich, dass es beinahe erstickte.

Aus seiner Sicht war das Kind ein Fehler gewesen. Moloch wollte keine Kinder und hatte auf eine Abtreibung gedrängt, schließlich jedoch nachgegeben. Sie vermutete, dass er sich nur hatte umstimmen lassen, weil er hoffte, sie damit enger an sich zu binden, auch wenn er davon geredet hatte, sie seien nun eine Familie und würden immer eine Familie bleiben.

Er hasse sie nicht. Er liebe sie. Das behauptete er sogar, wenn er ihr wehtat.

Ich liebe dich.

Aber solltest du je versuchen, mich zu verlassen, werde ich dich töten.

Er beging den Fehler, sie zu unterschätzen. Die Männer hatten sie immer unterschätzt: ihr Vater, ihr Onkel (dem sie sich, als er an Thanksgiving in der Küche versucht hatte, sie zu küssen und zu begrapschen, mit beschwichtigenden Worten entwand, damit er sich nicht beleidigt fühlte und sie und ihre Mutter auf die Straße setzte) und später die Männer, für die sie gearbeitet oder mit denen sie geschlafen hatte. Ihr war das nur recht. Wo sie aufgewachsen war, fürchteten und verabscheuten die Männer Frauen, die sie für klüger oder stärker als sich selbst hielten. Es war besser, den Kopf einzuziehen und das Dummchen zu spielen. Das verschaffte einem mehr Bewegungsfreiheit, wenn man sie brauchte.

Und so hatte sie angefangen, Molochs Telefongespräche zu belauschen, und war ihm in ihrem kleinen Wagen nachgefahren, soweit es ihr die geringen Benzinrationen, die er ihr zuteilte, erlaubten. Von ihren Einkäufen brachte sie immer wieder Quittungen über nie gekaufte Dinge mit, denn Molochs Aufmerksamkeit hatte allmählich nachgelassen, weshalb er nicht mehr jedes Teil in der Küche und im Bad überprüfte. Sie hielt Ausschau nach Sonderangeboten, wo man drei Teile zum Preis für zwei oder zwei zum Preis von einem bekam, und bewahrte die Gratispackungen für später auf. Sie brauchte dafür fast ein Jahr, aber nach und nach gelang es ihr, etwas Geld zusammenzusparen.

Im Haus gab es Räumlichkeiten, zu denen er ihr den Zutritt untersagt hatte – der Schuppen, der Dachboden –, aber nach einer Weile wagte sie sich sogar dorthin. In einem Anfall von Wagemut, der ihr mehrere schlaflose Nächte bescherte, ließ sie jemanden vom Schlüsseldienst kommen, erklärte ihm, sie hätte die Schlüssel zum Gartenschuppen und zum Dachboden verlegt und ihr Mann bekäme einen Tobsuchtsanfall, wenn er das erfuhr.

Dann begann sie mit ihren Erkundungen.

Als Erstes zeichnete sie auf einem Stück Papier einen Lageplan der Gegenstände im Schuppen und achtete sorgfältig darauf, jedes Teil an seinen Platz zurückzulegen. Beim Dachboden, der scheinbar wahllos mit Müll und alten Klamotten voll gestopft war, war es schon schwieriger, aber auch davon fertigte sie eine Zeichnung an.

Im Schuppen fand sie zuerst nichts weiter als eine in ein Öltuch gewickelte Pistole, die in einer Kiste mit Schrauben und Nägeln versteckt war. Sie brauchte zwei weitere Anläufe – bei einem war Moloch sogar unverhofft nach Hause gekommen, und sie musste die Hände in den Taschen verbergen, damit er ihre verdreckten Finger nicht sah –, bis sie das Loch in einer Bodendiele entdeckte. Zuerst hatte sie es für ein Astloch gehalten, aber als sie die Diele entfernte, hatte sie die Tasche entdeckt.

Sie hatte nicht genügend Zeit gehabt, das Geld zu zählen, aber nach ihrer Schätzung mussten es 900.000 Dollar sein, alles in Zwanziger- und Fünfzigerscheinen. Sie legte die Diele wieder an ihren Platz zurück und ging noch zweimal in den Schuppen, um sich zu vergewissern, dass sie keinerlei Hinweise auf ihre Anwesenheit hinterlassen hatte.

Auf dem Dachboden fand sie Schmuck, teils alten, teils relativ neuen, und einen kleinen Stapel Schuldscheine im Wert von ungefähr 50.000 Dollar. Sie entdeckte Bankkontenunterlagen mit den Namen ihr unbekannter Männer und Frauen und penibel zusammengestellte Kreditkartendaten, die selbst die dreistelligen Sicherheitscodes auf der Rückseite der Karten enthielten.

Und ihr fiel der Führerschein einer Frau in die Hände, ausgestellt auf Carol-Anne Brenner, ein Name, der ihr irgendwie bekannt vorkam. Als sie am nächsten Tag zum Einkaufen in der Mall war, ging sie in ein Internetcafé, gab den Namen Carol-Anne Brenner in die Suchmaschine ein und fand vier Kandidatinnen: eine Ärztin, eine Sportlerin, eine Kandidatin für die Seligsprechung.

Und ein Mordopfer.

Carol-Anne Brenner, Witwe, dreiundfünfzig Jahre alt. Drei Monate zuvor in ihrem Haus in Pensacola, Alabama, getötet. Die Polizei vermutete Raub als Motiv. In Zusammenhang mit dem Mord wurde ein Mann gesucht. Der Bericht enthielt ein Phantombild, auf dem ein junger Mann zu sehen war, blond, eher hübsch als gut aussehend, fand Marianne. Die Polizei ging davon aus, dass das Opfer möglicherweise mit dem jungen Mann eine Affäre hatte und dieser sich ihr Vertrauen erschlichen hatte in der Absicht, sie zu berauben. Dem Foto war kein Name zugeordnet. Brenners Bankkonten waren in den Tagen vor der Entdeckung ihrer Leiche leer geräumt worden und ihr gesamter Schmuck fehlte.

Am nächsten Tag fand Marianne auf dem Dachboden noch mehr Schmuck, leere Portemonnaies und Fotos von Frauen, teils allein, teils im Kreise ihrer Familien. Darüber hinaus entdeckte sie vier Führerscheine und zwei Pässe, alle mit Fotos ihres Mannes, aber jeweils mit einem anderen Namen versehen. Die Führerscheine waren mit einem Plastikband verschnürt, während die Pässe in einem braunen Briefumschlag steckten. Auf der Außenlasche befand sich eine Telefonnummer.

Marianne konnte sich noch daran erinnern, wie der Umschlag abgegeben worden war. Eine Frau hatte ihn abgeliefert, eine Frau mit kurzen, dunklen Haaren und einem irgendwie maskulinen Gang. Sie hatte Marianne mitleidig gemustert, vielleicht auch mit einem Anflug von Interesse. Der Umschlag war versiegelt und Moloch wütend gewesen, dass die Überbringerin ihn Marianne anvertraut hatte. Er beruhigte sich jedoch wieder, als er feststellte, dass das Siegel noch intakt war.

Marianne prägte sich die Nummer ein.

Zwei Tage später rief sie an.

Der Name der Frau lautete Karen Meyer. Marianne traf sie in der Mall, während Danny im Kinderwagen schlief. Sie wusste nicht, warum sie der Frau vertraute, aber Marianne hatte irgendetwas gespürt, als Karen an jenem Tag mit dem Umschlag vor der Tür gestanden hatte. Und für das, was sie brauchte, hatte Marianne niemanden sonst, an den sie sich hätte wenden können.

»Warum haben Sie mich angerufen?«, fragte Meyer.

»Ich brauche Ihre Hilfe.«

»Ich kann Ihnen nicht helfen.«

»Bitte!«

Meyer sah sich um und musterte die Gesichter der Leute in ihrer Nähe. »Ich meine es ernst. Ich kann nicht. Ihr Mann wird mir etwas antun. Er wird uns allen etwas antun. Sie wissen doch selbst am besten, wie er ist.«

»Ich weiß. Ich meine, ich weiß es eben nicht. Ich weiß überhaupt nicht mehr, was ich von ihm halten soll.«

Karen zuckte die Achseln.

»Nun, ich weiß, wie er ist. Deswegen kann ich Ihnen auch nicht helfen.«

Marianne spürte, wie ihr die Tränen über die Wangen liefen. Sie war völlig verzweifelt.

»Ich habe Geld.«

»Nicht genug.«

Karen stand auf, um zu gehen.

»Nein, bitte!«

Marianne streckte die Hand aus, um Karen aufzuhalten, und fasste sie am Handgelenk. Karen blieb stehen und sah auf die Hand der jungen Frau hinunter.

Marianne schluckte, ohne ihren Blick von Karens Gesicht abzuwenden. Sie löste den Griff und legte ihre Hand in Karens Hand. Zaghaft begann sie sie zu streicheln. Einen Moment lang hatte sie das Gefühl, dass Karens Hand zitterte, bis sie plötzlich weggezogen wurde.

»Rufen Sie mich nicht wieder an«, sagte Karen. »Wenn doch, schwöre ich Ihnen, dass ich's ihm sage.«

Marianne blickte Karen nicht hinterher. Gedemütigt und verängstigt verbarg sie ihr Gesicht in den Händen, bis Karen weg war.

Drei Tage später klingelte es bei Marianne. Als sie die Tür öffnete, stand Karen vor ihr, zehn Minuten nachdem Moloch das Haus verlassen hatte.

»Sie haben gesagt, Sie hätten Geld.«

»Ja, ich kann Sie bezahlen.«

»Was brauchen Sie?«

»Neue Papiere für Danny und mich, am besten auch für meine Schwester und ihren Mann.«

»Das kostet Sie fünfundzwanzigtausend Dollar, und wehe, Sie zahlen nicht!«

Marianne musste unwillkürlich lächeln und nach einem Augenblick des Schweigens erwiderte die Frau das Lächeln.

»Also gut«, sagte Karen. »Ich sage Ihnen, wie es ist. Der Preis ist viel höher als normalerweise, aber ich muss mich absichern. Wenn er dahinterkommt, muss ich vor ihm fliehen. Verstehen Sie?«

Marianne nickte.

»Ich will die Hälfte jetzt, den Rest später.«

Marianne schüttelte den Kopf. »Das geht nicht.«

»Was soll das heißen? Sie haben gesagt, Sie hätten Geld.«

»Ja, aber ich kann es nicht anrühren, bevor ich verschwinde.«

Karen starrte sie an.

»Es ist *sein* Geld, stimmt's?«

Marianne nickte.

»Mist!«

»Es ist mehr als genug, um Ihnen zu zahlen, was Sie verlangen.«

»Ich brauche aber jetzt etwas.«

»Die Hälfte hab ich aber nicht, nicht mal annähernd.«

»Und wie viel können Sie mir geben?«

»Zweihundert.«

»*Zweihundert?*«

Karen sank gegen die Wand und schwieg eine ganze Weile.

»Geben Sie's mir«, sagte sie schließlich.

Marianne ging nach oben und nahm die zusammengerollten Scheine aus dem einzigen Versteck, das ihr eingefallen war: eine volle Tamponschachtel. Das war eine Eigenart Molochs: Er schlief nicht einmal neben ihr, wenn sie ihre Periode hatte. Sie reichte Karen die Rolle aus Ein- und Fünfdollarnoten.

»Wollen Sie es nachzählen?«

Karen wog die Scheine in ihrer Hand.

»Ich nehme an, das ist alles, was Sie beiseite geschafft haben, hab ich Recht?«

Marianne nickte. »Das heißt, fünfzig habe ich noch behalten. Mehr habe ich nicht.«

»Dann muss es jetzt erst mal reichen.«

Sie machte Anstalten, zu gehen.

»Wie lange wird es dauern?«

»Die Papiere sind in zwei Wochen fertig. Sie können sie abholen, wenn Sie abreisen, und dann will ich den Rest meines Geldes.«

»In Ordnung.«

Marianne öffnete die Tür. In diesem Moment streckte die Frau ihre Hand aus und streichelte ihr über die Wange. Marianne ließ es geschehen.

»Sie hätten es wirklich getan, stimmt's?«, sagte Karen sanft.

»Ja.«

Karen lächelte.

»Sie müssen noch ein bisschen an Ihren Verführungskünsten arbeiten«, sagte sie.

»Bisher musste ich sie noch nie einsetzen – unter solchen Bedingungen.«

»Wahrscheinlich waren Sie nicht so recht mit dem Herzen dabei.«

»Wahrscheinlich nicht.«

Karen schüttelte traurig den Kopf, ging zu ihrem Wagen und fuhr los.

Marianne hatte nie verstanden, warum Moloch die Führerscheine, die Portemonnaies und die persönlichen Dinge der Frauen aufbewahrt hatte. Vermutlich dienten sie ihm als Souvenirs oder als eine Art Gedächtnisstütze, um die einzelnen Gegenstände den jeweiligen Besitzerinnen zuordnen zu können. Vielleicht war es aber auch reine Eitelkeit.

Moloch hatte ihr nie erzählt, womit er sein Geld verdiente. Wenn sie ihn anfangs danach gefragt hatte, hatte er sich als »Geschäftsmann«, »unabhängiger Berater«, »Handelsvertreter« oder »Organisator« bezeichnet. Marianne glaubte, dass die Frauen und das, was ihnen zugestoßen war, lediglich einen Teil seiner Persönlichkeit widerspiegelten. Wenn sie jetzt von Überfällen auf Geschäfte oder Banken las und gleichzeitig sah, wie die Bargeldbestände ihres Mannes wuchsen; als sie von einem Geschäftsmann hörte, der in seinem Wagen wegen seines Aktenkoffers getötet worden war, der, wie sich später herausstellte, Schwarzgeld in Höhe von 150.000 Dollar enthielt, und sich das Geld im Schuppen um genau diesen Betrag vermehrte; als die Tochter eines nicht allzu wohlhabenden Geschäftsmannes aus Altoona verschwand, deren Leiche in einem Abwassergraben gefunden wurde, nachdem das Lösegeld bezahlt worden war, dachte sie an Moloch. Sie dachte an Moloch, als sie das Geld in die Hand nahm; sie dachte an Moloch, als sie den Geruch verbrannten Pulvers an der Pistole bemerkte, die zwischen den Nägeln und Schrauben lag; und sie dachte an Moloch, als sie den ausgehärteten Dreck im Profil unter seinen Stiefeln entdeckte, ihn sorgfältig herauskratzte und in einem Verschlussbeutel verpackte, den sie fest zusammenrollte und in ein Einführröhrchen für Tampons presste.

In jenen letzten Tagen fiel ihr seine zunehmend hektische Betriebsamkeit auf. Auf dem Telefon, das für sie tabu war, gingen mehr Anrufe ein als sonst. Moloch war häufiger und für längere Zeit unterwegs. Der Kilometerzähler seines Wagens zeigte jedes Mal dreihundert Kilometer mehr an. Er wurde zusehends unkonzentrierter, warf kaum noch einen Blick auf ihre Einkaufsquittungen und vergaß sogar, die tatsächlich ausgegebenen Summen gegen das ihr zugeteilte wöchentliche Haushaltsgeld aufzurechnen.

Durch aufmerksames Lauschen und anhand der Landkarten und Notizen, die Moloch im Dachboden wegschloss, konnte Marianne dreierlei über seinen geplanten Coup in Erfahrung bringen. Erstens, dass er in Cumberland stattfinden sollte, im hohen Norden des Staates und in unmittelbarer Nähe zu den Grenzen von Maryland und Pennsylvania. Zweitens, dass es sich um eine Bank handelte.

Und drittens, dass der Coup auf den letzten Donnerstag des Monats festgesetzt war.

Sie plante ihre Flucht äußerst sorgfältig. Aus einer Telefonzelle rief sie Karen an und teilte ihr die genaue Uhrzeit mit, zu der sie eintreffen würde, um das Material entgegenzunehmen. Sie nahm Kontakt zu ihrer Schwester Patricia auf, die nur einige Kilometer entfernt wohnte, von der sie sich jedoch aufgrund von Molochs Paranoia entfremdet hatte, informierte sie über ihren Fluchtplan und erklärte ihr, sie werde ihr Geld zukommen lassen, da sie und ihr nichtsnütziger Mann womöglich ebenfalls demnächst würden untertauchen müssen. Überraschenderweise schien Patricia die Aussicht auf einen Tapetenwechsel nicht sonderlich zu beunruhigen. Bill hatte erst kürzlich seinen Job in einer Baufirma verloren, weshalb sie Mariannes Vorschlag als Chance zu einem Neubeginn betrachtete.

Marianne wollte nur das Allernötigste mitnehmen. Von dem wenigen Geld, das ihr geblieben war, kaufte sie für sich und Danny bei Marshalls ein paar neue Sachen: Jeans, unbedruckte T-Shirts und Sweatshirts von einem Grabbeltisch, die sie unter ihren Sachen im Kleiderschrank verstaute. Aber sie hätte sich keine Sorgen zu machen brauchen, denn Moloch wurde immer abwesender, je näher der Tag des geplanten Bankraubs rückte. Offenbar sollte dies sein großer Coup werden.

Was sie nicht wissen konnte, war, dass Molochs Aktivitäten der jüngsten Vergangenheit nur einen kleinen Teil einer Serie von Verbrechen darstellten, die er über Jahre hinweg in die Wege geleitet hatte, und dass andere Männer mit von der Partie waren, die sich an Versicherungsbetrug, Drogengeschäften und Banküberfällen in Kleinstädten beteiligt hatten.

Und an Morden.

Und dies waren nur die Unternehmungen, bei denen es um Geld ging, aber darüber hinaus hatte Moloch noch seine Hobbys. Er hatte mehr mit dem verhinderten Vergewaltiger Otis Barger gemein, als man hätte meinen können, nur dass er seine Opfer ganz bewusst unter Huren, Süchtigen und anderen verlorenen Seelen wählte und stets dafür sorgte, dass später keine von ihnen plaudern konnte, indem er ihre Leichen, wenn er mit ihnen fertig war, in Wäldern und hoch gelegenen Mooren verschwinden ließ. Molochs Besonderheit – eine von vielen – war seine Abneigung gegen vaginalen Sex mit seinen Opfern.

Schließlich wollte er seiner Frau nicht untreu sein.

Doch selbst wenn Marianne damals alles über ihn gewusst hätte, selbst wenn sie sich über die Perversionen ihres Mannes im Klaren gewesen wäre, hätte sie genau so gehandelt, wie sie es schließlich tat. Sie hätte Karen aufgesucht und ihre Flucht in die Wege geleitet.

Und die Polizei über die Einzelheiten des Banküberfalls informiert.

Sie rief sie an, kurz nachdem sie das Geld aus dem Loch im Boden des Schuppens geholt und zusammen mit den beiden kleinen Taschen, die alles enthielten, was sie mitnehmen wollte, im Kofferraum ihres Autos verstaut hatte. Sie würde Karen am vereinbarten Ort treffen, dann zum Busbahnhof fahren und den Wagen dort stehen lassen. Sie würde an drei verschiedenen Schaltern je zwei Tickets zu drei verschiedenen Zielorten kaufen. Dann würden sie zu einem der Zielorte fahren, nach New York, dort wieder Tickets zu drei verschiedenen Orten kaufen und dann zu einem davon fahren. Es schien ihr ein guter Plan zu sein.

Sie schnallte ihren Sohn im Kindersitz fest, fuhr zur Mall, parkte neben einer Telefonzelle, nahm ihren schlafenden

Sohn aus dem Auto und ging zu dem Telefon. Sie wählte die Nummer der Polizei in Cumberland und ließ sich mit Detective Cesar Aponte verbinden. Seinen Namen hatte sie eine Woche zuvor in der Zeitung gelesen, die ihn im Zusammenhang mit den Ermittlungen in einem Fall ehelicher Gewalt, bei dem die Ehefrau mit lebensgefährlichen Verletzungen auf der Intensivstation gelandet war, interviewt hatte. Für den Fall, dass er nicht im Dienst war, hatte sie sich drei andere Namen aus der Zeitung notiert.

Sie musste einen Moment warten, dann hörte sie eine männliche Stimme: »Detective Aponte am Apparat.«

Sie holte Luft.

»Heute um sechzehn Uhr soll die First United Bank in Cumberland ausgeraubt werden. Verantwortlich für den Überfall ist ein Mann namens Edward Moloch. Er wohnt in …«

Der Anruf wurde zu einer Telefonzelle in der Mall zurückverfolgt. Aber als der Streifenwagen dort eintraf, war Marianne bereits verschwunden, und niemand konnte sagen, wie die Frau, die telefoniert hatte, ausgesehen hatte. Eine ältere Frau am Tresen der Beanie Baby Boutique konnte sich lediglich daran erinnern, dass sie einen kleinen Jungen in den Armen hatte, der an ihrer Schulter eingeschlafen war. Hinter dem Telefon steckte ein Umschlag, wie Marianne es dem Polizisten gesagt hatte. Darin befanden sich Molochs diverse gefälschte Ausweise und einige Beweisstücke vom Dachboden, die nach Mariannes Vermutung mit früheren Verbrechen in Zusammenhang standen. Die meisten Sachen hatte sie allerdings im Haus gelassen.

Zu diesem Zeitpunkt war Marianne schon am vereinbarten Treffpunkt angekommen, einer stillgelegten Tankstelle einen Kilometer vor der Stadt. Sie hatte sich um fünf Minuten verspätet. Karens Wagen war nirgends zu sehen. Einen Moment geriet sie in Panik und fürchtete schon, die Frau hätte sie versetzt. Doch dann erschien Karen an der Rückseite der Tankstelle und winkte sie zu sich. Marianne fuhr auf den Parkplatz und hielt neben einem verbeulten Oldsmobile.

Als sie ausstieg, sah sie, dass Karen einen Umschlag in der Hand hielt.

»Haben Sie die Sachen? Sind sie vollständig?«

»Haben Sie das Geld?«

Marianne öffnete den Kofferraum. Der schwarze Rucksack, in den sie das Geld verstaut hatte, war mit einem Reißverschluss versehen. Als sie ihn öffnete, blinzelten lauter tote Präsidenten in das helle Sonnenlicht. Fünf der mit einer Banderole versehenen Bündel waren geöffnet und wieder zugebunden worden. Marianne übergab sie an Karen.

»Fünfzigtausend. Ich habe sie heute Morgen nachgezählt.«

»Ich vertraue Ihnen.«

Marianne riss den Umschlag, den Karen ihr reichte, mit dem Fingernagel auf.

»Vertrauen *Sie mir* nicht?«

»Glauben Sie etwa, ich würde meinen Kofferraum vor Ihrer Nase öffnen, wenn ich kein Vertrauen zu Ihnen hätte?«

»Wahrscheinlich nicht.«

Sie überprüfte den Pass, den Führerschein, die Sozialversicherungskarte. Jetzt hieß sie Marianne Elliot anstatt Marian Moloch. Der Name ihres Sohnes lautete entsprechend seiner neuen Geburtsurkunde Daniel. In der Zeile »Vater des Kindes« stand »Unbekannt«.

»Sie haben ja meinen Vornamen kaum geändert.«

»Sie haben so etwas noch nie gemacht. Wenn Sie sich mit Ihrem Namen vertun, verraten Sie sich womöglich. Damit erregen Sie ganz schnell Verdacht und ziehen unnötige Aufmerksamkeit auf sich. Marianne ist Ihrem wirklichen Vornamen ziemlich ähnlich, sodass Sie dieses Problem schon mal vermeiden können.«

»Und Dannys Vater?« Sie hatte Karen gebeten, ihrem Sohn den Namen Daniel zu geben. Es war der Name, den sie sich für ihren Sohn gewünscht hatte, aber Moloch hatte auf Edward bestanden. Jetzt hieß er Daniel. Für sie hatte er immer Daniel geheißen.

»Falls man Sie fragt: Sein Name war Lee Server und er ist tot. In dem Umschlag finden Sie seine Todesanzeige und den Nachruf. Sie enthält alles, was Sie über ihn wissen müssen.«

Marianne nickte. Auch für Patricia und Bill waren in dem Umschlag Ausweispapiere und Führerscheine, allerdings mit älteren Fotos, da sie keine anderen zur Hand gehabt hatten, als Karen sich bereit erklärt hatte, Marianne zu helfen. Auch sie hatten ihre Vornamen behalten.

»Eigentlich müsste ich noch mehr Geld von Ihnen verlangen«, sagte Karen. »Ich musste ein paar Leute bezahlen. Die Geschichte Ihrer Familie ist dokumentiert bis hin zu den Sterbeurkunden Ihrer Eltern. In dem Umschlag finden Sie ein maschinengeschriebenes Blatt Papier mit den Informationen. Prägen Sie sich alle Einzelheiten gut ein und verbrennen Sie es anschließend. Das ist Ihre neue Familie, Sie werden sie allerdings nie kennen lernen. Sie sind ein Einzelkind. Ihre Eltern sind tot. Alles in allem eine traurige Geschichte.«

Marianne verstaute alle Papiere wieder in dem Briefumschlag.

»Ich danke Ihnen.«

»Wie zum Teufel sind Sie eigentlich an diesen Typen geraten?«, fragte Karen plötzlich.

»Ein Mann hat versucht, mich zu vergewaltigen«, erwiderte sie. »Er hat mich gerettet.«

Einen Moment lang schwiegen beide.

»Tatsächlich?«, fragte Karen traurig.

»Ich habe ihm vertraut. Er war … stark.«

Sie machte Anstalten, zu ihrem Wagen zu gehen.

»Ich habe ihm all diese Namen gegeben, die Sie in den Papieren auf dem Dachboden gefunden haben«, sagte Karen.

Marianne blieb stehen.

»Was wollen Sie damit sagen?«

»Ich habe sie erfunden, bis auf einen.«

»Wer ist er? Wer ist er wirklich?«

»Ich weiß es nicht. Der einzige Name, den ich ihm nicht gegeben habe, ist der, den er Ihnen gegenüber benutzt hat. Unter dem Namen Moloch habe ich ihn kennen gelernt. Ich glaube, der Name bedeutet ihm viel.«

Sie drückte Marianne einen Bund mit Autoschlüsseln in die Hand.

»Das ist jetzt Ihr Wagen. Die Papiere liegen im Handschuhfach. Er ist sauber.«

»Ich gebe Ihnen noch mehr Geld.«

»Der hat mich nicht viel gekostet. Ich hatte ihn gut versteckt für den Fall, dass ich mal verschwinden müsste. Aber ich glaube, Sie brauchen ihn im Moment dringender als ich.«

Karen half ihr, die Taschen im Kofferraum des Oldsmobile zu verstauen, dann befestigte sie den Kindersitz in dem Wagen, während Marianne Danny trug. Er war mittlerweile wach und hatte angefangen zu schreien.

»Sie sollten jetzt losfahren«, sagte Karen.

Marianne zurrte Danny im Kindersitz fest und blieb dann unschlüssig neben der Fahrertür stehen.

»Ich –«

»Ich weiß.«

Dann, ohne recht zu wissen warum, machte Marianne ein paar schnelle Schritte auf die Frau zu, küsste sie zärtlich auf den Mund und umarmte sie herzlich. Es dauerte einen Augenblick, bis Karen reagierte, aber dann erwiderte sie die Umarmung und drückte Marianne fest an sich.

»Viel Glück«, flüsterte sie.

»Das wünsche ich dir auch.«

Marianne stieg in den Wagen und fuhr los.

In Cumberland gab es drei Filialen der First United Bank und nach Mariannes Warnung wurden alle drei überwacht. Es war nicht ihr Fehler, dass die Information, die sie weitergegeben hatte, falsch war. Cumberland stellte lediglich die Basis dar: Das eigentliche Ziel war die Bank in Fort Ashby, fünfzehn Kilometer südlich von Cumberland. Sie überfielen sie, als zum Feierabend die Türen geschlossen wurden. Zwar gab es keine Toten, aber der Wachmann wurde mit der Pistole niedergeschlagen und würde nie völlig von seinen Verletzungen genesen. Die Alarmanlage wurde erst betätigt, nachdem die Bankräuber – sie waren zu fünft – die Bank bereits verlassen hatten. Als die Polizei eintraf, waren sie längst über alle Berge.

Moloch kehrte erst kurz vor Tagesanbruch nach Hause zurück. Die Straße war ruhig. Er fuhr einmal um den Block, parkte schließlich am Ende der Auffahrt und betrat das Haus. Er ging direkt zum Hinterausgang, durchquerte den Garten im Dunkeln und schloss die Schuppentür auf.

Er entdeckte die Öffnung, wo die Diele hätte liegen sollen, und das leere Loch, wo sich sein Geld befunden hatte, und plötzlich blitzten Taschenlampen auf, wurden Befehle gerufen und bellten Hunde.

Und als er sich blinzelnd vor der Phalanx bewaffneter Männer aufrichtete, dachte er:

»Du Schlampe, dafür werde ich dich töten.«

Tag drei

Verwitwetes Weib und vermählte Maid
Verlobte, Betrügerin und Betrogene!

Sir Walter Scott, »The Betrothed«

6

Kurz vor Morgengrauen näherten sie sich ihrem Ziel. Im Osten war bereits ein schwaches Leuchten zu erkennen wie von einem weit entfernten Feuer. Sie hatten sich darauf geeinigt, abwechselnd zu fahren und zu schlafen, denn Moloch widerstrebte es, Pausen einzulegen. Er hatte ihre Witterung bereits aufgenommen, dessen war er sich sicher. Alles war leichter gelaufen als erwartet, denn ihm waren Faktoren außerhalb seines Einflussbereichs zu Hilfe gekommen: Verso, der so dämlich gewesen war zu glauben, er könnte sein Leben gegen Molochs eintauschen; sein Schwager, dieser Idiot, der mit Glücksspiel, bei dem es kaum etwas zu gewinnen gab, seine Anonymität aufs Spiel gesetzt hatte; und Dexters beiläufige Bemerkung, dass seine Frau nicht ihren wirklichen Namen benutzen werde – all das hatte ihm auf die Sprünge geholfen.

Den größten Teil der Fahrt verbrachte er schweigend und hellwach und beobachtete, wie die Schlusslichter der Autos auf der Straße vor ihnen sich in der Ferne verloren, bis sie von der Dunkelheit verschluckt wurden. Moloch war so lange eingesperrt gewesen, dass ihn die kleinen Dinge des Lebens um ihn herum faszinierten, obwohl sein Interesse von Distanz und einer gewissen Kühle geprägt war: Es war die Neugier eines kleinen Jungen, der sich über die Geschäftigkeit von Termiten oder Ameisen wundert, kurz bevor er ihren Hügel zerstört oder ihr Nest in Brand steckt. Er betrachtete die vorbeifahrenden Autos, deren Insassen nur hin und wieder kurz beim Aufflackern eines Streichholzes oder im Widerschein der Armaturenbeleuchtung sichtbar wurden, und er fragte sich, wie so viele Leute um diese Zeit auf der

Straße sein konnten, was sie wohl so Dringendes zu erledigen hatten und welches Ziel so zwingend sein mochte, dass sie nachts unterwegs waren und auf ihren Schlaf verzichteten. Moloch vermutete, dass einige von ihnen gar kein Ziel hatten. Niemand wartete auf sie, kein schlummernder Ehemann, keine schlafende Ehefrau, keine träumenden Kinder. Es ging nur um die Illusion des Vorwärtskommens und der Bewegung, die der Kokon des Automobils in der nächtlichen Umgebung bot. Diese Menschen reisten nicht; sie waren auf der Flucht, getrieben von dem Irrglauben, dass sie, wenn sie nur schnell genug fuhren und das Gaspedal durchdrückten, ihrer Vergangenheit oder ihrer Gegenwart entfliehen konnten, vielleicht sogar sich selbst. Moloch schloss die Augen und rief sich all diejenigen in Erinnerung, die seinen Weg gekreuzt hatten und deswegen aus dem Blickfeld der Welt verschwunden waren. Für einige, dachte er, war es womöglich eine Erlösung gewesen. Er leckte sich die Lippen und wartete auf die Ankunft seines Traums.

Braun, mittlerweile Willards freudloser Gesellschaft überdrüssig, hatte sich zu Dexter und Moloch im vorderen Wagen gesellt, während Leonie das Steuer des zweiten Vans übernommen hatte. Im dritten Wagen, der mit einigem Abstand folgte, waren Tell und Powell in eine ausgiebige Diskussion über ihre jeweiligen sexuellen Eroberungen vertieft, sowohl reale als auch fiktive, während Shepherd seine Meinung über die beiden für sich behielt. Im Verlauf der Fahrt hatte Shepherd sich nicht nur von den jüngeren Männern im Wagen, sondern von der gesamten Gruppe zunehmend distanziert. Seit Molochs Flucht hatte sich keine Möglichkeit ergeben, mit Dexter und Braun zu reden, aber die Notwendigkeit erschien ihm immer dringlicher. Die drei kannten einander gut, denn sie hatten schon zusammengearbeitet, bevor Moloch sie angeheuert hatte. Auch Leonie und Dexter kannten sich lange, aber sie behielt ihre Gedanken weitgehend für sich, äußerte sie lediglich gegenüber Dexter und überließ es ihm, sie, wenn nötig, dem Rest der Gruppe mitzuteilen.

Shepherd machte sich Sorgen wegen der jüngsten Entwicklungen, einschließlich des Mordes an dem Ermittler am Dismal-Creek-Gefängnis, der Verstümmelung von dessen Partner sowie der Ermordung von Molochs Schwägerin und deren Ehemann. Außerdem hatte er ernsthafte Bedenken, was die geistige Verfassung zumindest eines Mitglieds der Gruppe betraf.

Über Powell wusste er nur wenig und eigentlich war ihm bereits das zu viel. Er war mit den besten Empfehlungen zu ihnen gekommen, er hatte einige Zeit in Maryland und in Tennessee im Gefängnis gesessen. Shepherd fand ihn rüpelhaft und ignorant, und die Gesprächsfetzen, die er von seiner Rechten vernahm, gaben ihm keinen Anlass, seine Meinung zu ändern. Tell mochte er, aber obwohl er die mögliche Rechtfertigung für den Mord an dem jungen Pizzaauslieferer halbwegs nachvollziehen konnte (der Junge war intelligent, hatte Tell nach der Tat erklärt, und hatte möglicherweise mehr mitbekommen, als er zugab), war er keineswegs von der Notwendigkeit überzeugt; und Tells Unfähigkeit, diese Unterscheidung zu treffen, gab ihm zu denken. Der Vorfall mit dem Handy war für Shepherd ein weiteres Anzeichen dafür, dass Tells Temperament irgendwo zwischen cholerisch und unberechenbar lag. Auch Shepherd war kein Freund von Handys. Er fand, dass sie zu der Entwicklung einer roheren, rücksichtsloseren Gesellschaft beitrugen. Er konnte sich noch an Zeiten erinnern, und diese lagen noch nicht einmal sehr lange zurück, als die Menschen in der Öffentlichkeit leise redeten, nicht nur weil sie sich Privatsphäre für ihre Gespräche wünschten, sondern auch weil lautes Gerede andere um einen herum störte. Diese Zeiten waren mit der Verbreitung von Handys endgültig vorbei. Trotzdem wäre Shepherd nie auf die Idee gekommen, das Problem zu lösen, indem er jemanden, der sein Handy in ungebührlicher Weise benutzte, einfach erschoss. Leider würde nie jemand erfahren, dass übermäßig lautes Telefonieren der Grund für den Mord an dem Araber war. Andernfalls hätte er anderen ein warnendes Beispiel sein und sie von der Notwendigkeit eines höflicheren Verhaltens überzeugen können. Tell könnte ganz in Ordnung sein, wenn er es schaffte, die Ruhe zu bewahren, vielleicht hin und wieder mal tief durchatmete, anstatt gleich abzudrücken, dachte Shepherd. Mit etwas Geduld würde man ihn vielleicht dahin erziehen können.

Aber die Hauptursache für Shepherds Sorge war Willard, und er wusste, dass Dexter diese Sorge teilte. Shepherd legte großen Wert darauf, seine Gelüste steuern zu können. Er wusste aus Erfahrung, dass Disziplin und Selbstbeherrschung bei jeder Unternehmung die Erfolgschancen erhöhten, während der Mangel daran unweigerlich Pannen nach sich zog. Willard war ganz offensichtlich unfähig, sich zu beherrschen, im Vergleich zu ihm wirkte Tell wie ein Buddhist. Willard war unreif, bestimmt von seinen Trieben. Shepherd hatte keine Ahnung, was Willard mit Moloch verband oder was den älteren Mann so viel Nachsicht gegenüber dem jüngeren walten ließ. Manchmal schien Moloch Willard gegenüber die Zärtlichkeit eines Liebhabers an den Tag zu legen. Bei anderen Gelegenheiten erschien er ihm fast väterlich, dann beschützte er den jungen Mann und war nicht bereit, ihn zur Rechenschaft zu ziehen. Was auch immer Moloch für ihn empfinden mochte, Willard wurde zunehmend unberechenbarer. Die Konsequenz war, dass sie eine Spur zurückließen, die sich verfolgen ließ, und dafür würden sie bezahlen müssen. Shepherd hatte nicht vor, in der Todeszelle zu landen und abzuwarten, ob er aus Altersschwäche sterben würde, bevor er auf dem elektrischen Stuhl endete. Sein Anteil würde ihm ein angenehmes Leben ermöglichen, wenn er sich vorsah, und er war wild entschlossen, lange genug zu leben, um das Geld ausgeben zu können. Er musste mit Dexter und Braun reden, denn irgendetwas musste in Bezug auf Willard unternommen werden.

Falls sich Leonie bei der Aussicht, ihre Zeit in Gesellschaft von Willard zu verbringen, unwohl fühlte, ließ sie es sich nicht anmerken, als Braun sie darum bat, das Fahrzeug mit ihr zu tauschen. Braun vermutete, dass es bei ihr mit Gefühlen sowieso nicht weit her war, dass sie und Willard womöglich sogar ähnlich gestrickt waren. Dexter hatte mit Molochs Zustimmung einige Jobs mit ihr durchgezogen, dennoch wusste Braun nicht mehr von ihr als eine Geschichte, die Dexter ihm einmal erzählt hatte. Leonie war irgendwann aus einer Lesbenkneipe in North Carolina gekommen – zu erfahren, dass Leonie vom anderen Ufer war, hatte Braun weniger überrascht als die Tatsache, dass es ihr gelungen war, in North Carolina einen Aufreißerschuppen zu finden –, als ein paar Typen sie auf dem Parkplatz überfielen. Braun kannte die Sorte Männer, er war unter ihnen aufgewachsen: Sie hassten Frauen, vor allem unabhängige Frauen, und es gab nichts Unabhängigeres als eine Frau, die für Sex keinen Mann brauchte. Sie fesselten Leonie, packten sie in den Kofferraum ihres Wagens und fuhren mit ihr in eine Waldhütte. Braun brannte nicht darauf, zu erfahren, was danach mit Leonie geschehen war, und Dexter sagte nicht viel dazu, aber es gehörte nicht viel Fantasie dazu, es sich selbst auszumalen. Als die Typen hinterher feststellten, dass Leonie nicht kleinzukriegen war, schlugen sie sie zusammen und setzten sie mit zerrissenen und blutverschmierten Kleidern an der Lesbenkneipe ab. Aber anstatt wieder hineinzugehen, stieg sie in ihren Wagen, wo ihre Pistole unter dem Armaturenbrett befestigt war – sie hatte nicht daran gedacht, sie mit in die Kneipe zu nehmen, ein Fehler, der ihr nie wieder unterlaufen würde –, und fuhr in ihre Wohnung, wo sie sich wusch und duschte und ihre Verletzungen behandelte. Dann nahm sie ein paar Schlaftabletten und legte sich ins Bett.

Am nächsten Morgen rief sie Dexter an. Sie berichtete ihm ausführlich, was vorgefallen war, woraufhin er zu ihr fuhr, um sie zu trösten. Dexter griff die beiden Typen auf der Straße auf und brachte sie zu der Hütte, in der Leonie bereits auf sie wartete. Dann setzte er sich in seinen Pick-up, rauchte und hörte sich Songs von R. L. Burnside an, während er die Straße im Auge behielt. Später hörte er, dass Jäger die beiden Männer nach einigen Tagen gefunden hatten. Einer von ihnen lebte noch, starb jedoch in dem Augenblick, als die Sanitäter versuchten, ihn zu bewegen. Dexter nahm an, dass Leonie sich ärgern würde, wenn sie erführe, dass nur einer der beiden so lange überlebt hatte. Gewöhnlich war sie ausgesprochen präzise in solchen Dingen, andererseits war sie so aufgebracht gewesen über das, was ihr zugestoßen war, dass möglicherweise ihr Urteilsvermögen ein wenig beeinträchtigt gewesen war.

Aber nicht dieser Teil der Geschichte war Braun besonders im Gedächtnis haften geblieben. Die Typen hatten bekommen, was sie verdient hatten, daran bestand kein Zweifel, und Braun würde ihnen keine Träne nachweinen. Nein, was ihm ein wenig Einblick in Leonies Innenleben verschafft hatte, war das, was die Männer gesehen hatten, bevor sie starben. Einer war verheiratet gewesen, der andere hatte eine Beziehung mit einer Frau gehabt, die nachts bei einem Internetdienst arbeitete. Leonie hatte die beiden Frauen aufgesucht, während sie darauf wartete, dass Dexter sich die beiden Männer schnappte, und genau so, wie die Männer sich mit ihr vergnügt hatten, hatte sie ihren Spaß mit den Frauen. Sie hatte sogar Fotos gemacht, bevor sie wieder verschwand.

Dexter hatte gemeint, die Fotos seien ziemlich gut geworden, wenn man in Betracht zog, wie viel Rot darauf zu sehen war.

Nein, Willard würde es sich nicht mit Leonie verderben, wenn er auch nur einen Funken Grips in seinem hübschen Schädel hatte.

Tell und Shepherd schienen sich mittlerweile verbündet zu haben. Shepherd hatte Braun erzählt, er sei ziemlich beeindruckt davon, wie Tell die Geschichte mit Verso durchgezogen hatte. Wie Shepherd war auch Braun nicht besonders überzeugt davon, dass Tell den Pizzajungen hätte töten müssen, aber man konnte ja nicht wissen, wie viel er mitbekommen hatte, daher konnte man Tells Fehler als Vorsichtsmaßnahme verbuchen.

Was auch immer geschehen würde, zumindest war Dexter da. Braun kannte Dexter länger als irgendeinen anderen Menschen, sogar länger als seine eigenen Eltern. Sie waren wie Blutsbrüder. Sie hatten Autos, Zimmer und sogar Frauen miteinander geteilt; sollte Braun allerdings irgendwann auf eine Frau treffen, die er ebenso mochte wie Dexter, dann würde er sie heiraten und mit niemandem teilen, nicht mal mit Dexter.

Der Gedanke kam Braun kein bisschen seltsam vor.

»Hast du schon mal über Namen nachgedacht?«, fragte Dexter völlig aus dem Nichts.

»Wie nachgedacht?«, gab Braun zurück.

»Darüber, wie manche Farben es zu Namen bringen und andere nicht.«

»Zum Beispiel?«

»Wie zum Beispiel Mr Black. Oder Mr White. Es gibt auch Mr Green oder Mr Brown, aber das war's auch schon. Hast du schon mal einen Mr Blue kennen gelernt oder Yellow oder Red? Das kommt nicht vor, außer vielleicht in Filmen. Findest du das nicht merkwürdig?«

»Ist mir bisher noch nie aufgefallen.«

»Und findest du es interessant?«

»Nein. Du hast einfach zu viel Zeit, glaube ich. Tu lieber was Nützliches, anstatt dir über so einen Scheiß den Kopf zu zerbrechen. Fahr einfach.«

»Es gab mal eine Zeit«, sagte Dexter, »als du noch der Meinung warst, ich hätte eine Menge interessanten Scheiß zu erzählen.«

»Damals dachte ich, du wärst tiefsinnig. Aber dann hab ich dich kennen gelernt.«

»Du meinst also, ich bin nicht tiefsinnig?«

»Wenn du ein Tümpel wärst, könnten Kleinkinder in dir rumplantschen.«

»Wenn *du* ein Tümpel wärst, würden kleine Jungs in dich reinpinkeln.«

»Mensch, fahr einfach, okay? Je eher wir da sind, wo wir hinwollen, desto eher bin ich dich los, du schwarzer Dünnbrettbohrer.«

Aber beide Männer grinsten, als Dexter das Gaspedal durchdrückte, und eine Zeit lang vergaßen sie Moloch in der Dunkelheit hinter ihnen.

Es waren die fehlenden Scheinwerfer, die Karen Meyer alarmierten. Sie hörte den Wagen, der sich ihrem Haus näherte, sah aber kein Licht. Zuerst dachte sie, es wäre die Polizei, und sie ging in Gedanken eine Liste von Dingen durch, während sie aus dem Bett stieg und in ihre Jeans schlüpfte. Die gefälschten Pässe und Führerscheine waren in der Wandverkleidung hinter dem Gasherd versteckt, an die man nur herankam, wenn man den Backofen von innen her auseinander nahm. Und den säuberte sie absichtlich nicht von Fett und Angebranntem, um jeden abzuschrecken, der dort nach etwas suchen wollte, auch wenn das bedeutete, dass der Backofen praktisch unbenutzbar war. All ihre Tinten, Stifte und

Farbmittel befanden sich in ihrem Atelier und ließen sich nicht von den Materialien unterscheiden, die sie als Designerin benutzte. An Kameras besaß sie eine teure Nikon, eine billigere Minolta und eine digitale von Canon. Sie konnte immer behaupten, dass alle drei für ihre Arbeit unerlässlich waren, schließlich stellten Fotos einen Teil ihrer Vorbereitungen dar. Sie hatte die letzten Materialien vor ein paar Tagen verbraucht, zurzeit war nichts in Arbeit. Sie glaubte, sauber zu sein.

Sie war nach Norwich, Connecticut, gezogen, um in der Nähe ihrer Mutter zu sein. Ihre Mutter hatte einen Schlaganfall erlitten, durch den sie in ihrer Beweglichkeit eingeschränkt war, und Karen, die einzige Tochter, hatte sich für sie verantwortlich gefühlt. Karens Brüder wohnten an der Westküste, einer in San Diego, der andere in Tacoma, aber beide beteiligten sich an den Kosten, weil das Geld von der Versicherung nicht reichte und um Karen zu unterstützen, was eigentlich überflüssig war, zumindest inoffiziell, da ihre Nebenbeschäftigung ziemlich lukrativ war. Andererseits war sie niemand, der zusätzliches Geld verschmähte, immerhin hatte sie davon das hübsche Haus auf der Perry Avenue mieten können, in dem sie jetzt wohnte. Sosehr sie auch ihre Mutter liebte, mit ihr zusammenleben wollte sie nicht. Zum Glück war es auch ihrer Mutter wichtig, sich einen gewissen Grad an Eigenständigkeit zu bewahren. In ihrer Wohnung gab es einen Alarmknopf und tagsüber kam eine Pflegerin, außerdem wohnte Karen nur drei Minuten weit entfernt von ihr. So war die Situation für alle Beteiligten optimal geregelt.

Sie schaute aus dem Fenster und sah den Van. Er war schwarz und relativ gepflegt – nicht zu verbeult, aber auch nicht so sauber, dass er auffiel.

Kein anderes Fahrzeug war zu sehen.

Das sind nicht die Bullen, dachte sie.

Es klingelte an ihrer Tür.

Keine Bullen.

Sie trat an ihre Kommode und nahm die Pistole aus der Schublade. Es war eine Smith & Wesson Lady Smith Automatic, eine typische Waffe für eine eher zierliche Frauenhand. Sie hatte außerhalb des Schießplatzes nie einen Schuss damit abgegeben, aber sie in der Wohnung zu haben vermittelte ihr ein Gefühl von Sicherheit. Zwar hatte sie längst nichts mehr mit Gewaltverbrechern zu tun, aber man konnte nie wissen, wozu manche Leute in ihrer Verzweiflung fähig waren.

Barfuß schlich sie die Treppe hinunter, die Pistole an den Oberschenkel gedrückt. Sie machte kein Licht. Die Straßenlaternen warfen den Schatten einer Frau gegen die Tür.

»Wer ist da?«

Sie warf einen Blick nach rechts auf das Display der Alarmanlage und überprüfte die Einstellung der Sensoren für jeden Bereich des Hauses. Haustür: O.K.

»Karen?«, sagte eine Frauenstimme. »Karen Meyer?«

»Ich habe gefragt: ›Wer ist da?‹«

Wohnzimmer: O.K.

»Mein Name ist Leonie. Ich stecke in Schwierigkeiten. Man hat mir gesagt, Sie könnten mir helfen.«

»Wer hat Ihnen das gesagt?«

Esszimmer: O.K.

»Er heißt Edward.«

Garage: O.K.

»Edward. Und weiter?«

Küche: ABGESCHALTET.

Ihr blieb fast das Herz stehen. Sie spürte etwas Metallisches in ihrem Nacken. Im nächsten Moment legte sich eine Hand über ihre Waffe.

»Du solltest meinen Namen kennen«, sagte eine Stimme. »Schließlich ist das der einzige Name, den ich nicht von dir habe.«

Dupree erwachte mit Schmerzen.

Seine Gelenke und Muskeln und sogar das Zahnfleisch taten ihm immer noch weh, obwohl er am Abend mehrere Schmerztabletten genommen hatte. Er fühlte sich zu schwach, um seinen schweren Körper aus dem Bett zu hieven, deshalb blieb er reglos liegen und betrachtete die Schatten an der Decke, die abwechselnd deutlicher und schwächer wurden, wie Rauch. Manchmal fragte er sich, ob seine Symptome auch nur Phantome waren, Schatten, vorausgeworfen von seinem Wissen um seine eingeschränkte Lebenserwartung. In den letzten Monaten wurde er immer häufiger von Schmerzen geplagt. Der alte Doc Bruder hatte ihn darauf hingewiesen, dass seine Größe und sein Körperbau mit der Zeit eine Reihe von Leiden mit sich bringen und die Schmerzen der Beginn davon sein könnten.

»Sie sind keinesfalls gebrechlich«, hatte der pensionierte Arzt gesagt, als Joe bei ihm zu Hause auf der Couch saß, während im Fernsehen Gary Cooper eine staubige Straße hinunterschritt, verlassen von seiner Liebsten, »aber Sie sind auch nicht so stark, wie Sie aussehen oder wie die Leute es offenbar von Ihnen annehmen. Ihr Job setzt Ihnen zu. Sie klagen über Schmerzen in der Brust und in den Gelenken. Ich kann Ihnen nur empfehlen, Ihren Job an den Nagel zu hängen.«

Aber Dupree hatte Bruders Rat nicht beherzigt, womit dieser auch nicht gerechnet hatte. Dupree hatte Angst. Wenn man ihm sagte, er könne seine Aufgaben nicht mehr hundertprozentig erledigen, würde man ihm den Job wegnehmen. Doch die Arbeit auf der Insel war ihm wichtiger als alles andere. Ohne sie wäre er verloren. Er würde sterben.

Dupree war jetzt achtunddreißig, im Mai würde er neununddreißig werden. Er erinnerte sich an ein Foto von Robert Pershing Wadlow, dem so genannten »Riesen von Alton«, dem größten Menschen der Geschichte. Auf diesem Foto war Wadlow zwischen zwei Männern zu sehen, die ihm kaum bis zu den Ellbogen reichten. Mit einer Größe von zwei Metern zweiundsiebzig überragte er sogar das gewaltige Bücherregal hinter ihm. Er hatte die Hände in den Taschen seines dunklen Anzugs vergraben und schien nach links zu taumeln, als würde er gleich umfallen, als würde sein dünner Körper von einem unsichtbaren Sturm umgeworfen. Dupree schätzte, dass Wadlow zum Zeitpunkt der Aufnahme zwanzig Jahre alt war. Zwei Jahre später war er tot, dahingerafft vom Fluch seines Riesenwuchses.

Während Dupree auf dem Bett lag, in dem Haus, in dem er aufgewachsen war, wanderten seine Erinnerungen zu den Geschichten von alten Riesen, die ihm sein Vater erzählt hatte, um einen Jungen zu trösten, der sich aufgrund seiner Größe von den Gleichaltrigen ausgestoßen fühlte. Sein Vater hatte die Unwahrheit gesagt. Er hatte zwar nicht gelogen, aber eben auch nicht die ganze Wahrheit gesagt, denn er hatte seine Geschichten auf den Jungen und seine Probleme maßgeschneidert, Dinge weggelassen und verzerrt, um sie erträglich erscheinen zu lassen.

Denn seine Geschichten handelten nicht eigentlich von Riesen.

Sie handelten vom Tod der Riesen.

Draußen war es immer noch dunkel. Normalerweise wäre er jetzt schon unterwegs zur Polizeiwache gewesen, aber er hatte die Schicht getauscht, um den Abend mit Marianne verbringen zu können. Er streckte sich wieder aus und versuchte sich auszuruhen.

Sharon Macy saß in der winzigen Küche ihrer Wohnung, vor sich eine Tasse heiße Milch. Ihr ging vielerlei durch den Kopf. Ihr Vater sollte kommende Woche für eine Reihe von Untersuchungen ins Krankenhaus gehen, nachdem er über Schmerzen im Rücken und in der Brust geklagt hatte. Zwar hatte er über die sorgenvollen Mienen seiner Frau und seiner Tochter gelacht, aber in der Familie waren bereits einige an Krebs gestorben, und Macy wusste, dass die Angst davor in jedem von ihnen steckte. Unter anderen Umständen wäre sie sofort nach Hause gefahren, aber das Department stöhnte ohnehin schon unter der Last von Krankmeldungen und Urlaub – nur aus diesem Grund war Macy, obwohl noch in der Probezeit, zum Inseldienst eingeteilt worden –, und sie hatte das Gefühl, dass nur ein tatsächlicher Notfall sie zum Wegbleiben vom Dienst berechtigte. Außerdem hatte ihr Vater sich unmissverständlich verbeten, dass sie nach Hause kam, nur um ihn zu bemuttern. Nach ihrem Einsatz auf Sanctuary würde sie fünf Tage dienstfrei haben. Sobald sie wieder auf dem Festland war, konnte sie nach Providence fahren und vor Ort entscheiden, was zu tun war, je nachdem, was die Untersuchungen im Krankenhaus ergaben.

Macy dachte auch an Barron und die Drogen, die sie ihn Terry Scarfe hatte abnehmen sehen. Vielleicht irrte sie sich ja bei ihrer Einschätzung dessen, was vorgefallen war, aber eigentlich glaubte sie das nicht. Sie wünschte, sie hätte jemanden, mit dem sie über diese Dinge reden könnte, und zum ersten Mal seit sie ihre Beziehung mit Max beendet hatte, vermisste sie ihn oder zumindest das, was er ihr mal bedeutet hatte.

Soll er sich zum Teufel scheren, dachte sie. Sollten sie sich doch alle zum Teufel scheren.

Sie stellte die leere Tasse in die Spüle, ging wieder ins Bett und schlief schließlich ein, als ein Schiff in die Bucht einlief, dessen Sirene sich anhörte wie der Schrei eines Meerestieres, das sich in der Dunkelheit verirrt hatte und zurück in die Geborgenheit seiner Artgenossen wollte.

Der Anruf weckte Terry Scarfe aus einem tiefen, alkoholisierten Schlaf, und er brauchte ein paar Sekunden, bis er die Stimme und den unverwechselbaren osteuropäischen Akzent erkannte.

»Wir haben einen Job für dich. Ein Kunde hat für deinen Sachverstand bezahlt.«

Selbst in seinem benommenen Zustand wusste Terry, dass sein Sachverstand, egal worum es ging, so ziemlich gleich null war.

»Klar«, erwiderte er. Terry hatte nicht vor, zu diskutieren. Er brauchte Geld. Selbst wenn er es nicht gebraucht hätte – diesen Leuten verweigerte man sich nicht. Sie hatten ihn in der Hand und das wusste er.

»Du wirst angerufen, der übliche Ort, fünfzehn Minuten«, sagte der Mann und legte auf.

Terry stand auf, schwankte ein wenig, schlüpfte in Trainingshose und Turnschuhe, zog sich ein altes T-Shirt über seinen dürren Körper, schnappte sich seinen dicksten Mantel und machte sich auf den Weg zur Telefonzelle zwei Blocks weiter. Unterwegs holte er sich einen Kaffee im Dunkin Donuts. Dann wartete er, zitternd trotz des heißen Kaffeebechers in den Händen.

Das Leben war nicht besonders freundlich mit Terry Scarfe umgesprungen. Die meiste Zeit hatte es ihn behandelt, als hätte er es persönlich beleidigt. Er hatte eine misslungene Ehe hinter sich, für deren Scheitern seiner Meinung nach mehrere Faktoren verantwortlich gewesen waren: ein exzessives Alkoholgelage vor dem Hochzeitstag, seine Festnahme und Haft unmittelbar nach der Hochzeit und das nachtragende (oder besser gesagt, geradezu unangenehme) Naturell der Frau, mit der er sich zusammengetan hatte. Seine Frau hatte sich von ihm scheiden lassen, während er wegen Diebstahls im Knast saß, und einen anderen geheiratet, während er eine Strafe wegen Drogenbesitzes verbüßte. Die wesentlichen Ereignisse im Leben seiner Frau schienen sich immer dann abzuspielen, wenn er Urlaub auf Staatskosten machte. Wenn es ihm gelänge, sich eine Weile vom Gefängnis fern zu halten, würde ihr Leben weit weniger angenehm verlaufen, während sich die Qualität seines eigenen beträchtlich verbessern würde.

Ein klügerer Mann als Terry hätte vielleicht die Schlussfolgerung gezogen, dass seine kriminellen Ambitionen seine Fähigkeiten bei weitem überstiegen, aber wie die meisten Verbrecher war auch Terry nicht besonders scharfsinnig. Leider waren seine beruflichen Fähigkeiten mittlerweile noch begrenzter als zu Anfang und nur wenige davon würden bei der Polizei auf Verständnis stoßen. Genau das war auch der Grund dafür, dass er mitten in der Nacht neben einer Telefonzelle stand und darauf wartete, mit jemandem zu reden, den er nicht kannte und der ihm sicherlich keinen Job anbieten würde, bei dem er Biersorten probieren oder Federbetten auf ihre Bequemlichkeit testen sollte. Als Terry gerade auffiel, dass er seine Füße nicht mehr spürte, klingelte es.

»Terry Scarfe? Mein Name ist Dexter.«

Terry hatte den Eindruck, dass der Mann sich wie ein Schwarzer anhörte. Das störte ihn zwar nicht, aber es gab nicht besonders viele Schwarze in Portland, und wenn der Typ vorhatte herzukommen, konnte allein das schon zu Problemen führen.

»Was kann ich für Sie tun?«

»Es gibt eine Insel, irgendwo da oben vor der Küste. Sie heißt Dutch Island.«

»Ja, Dutch. Sanctuary.«

»Wie?«

»Einige Leute nennen sie immer noch Sanctuary, aber von mir aus Dutch, das ist auch okay.«

Er hörte den schwarzen Typen seufzen.

»Fertig?«

»Ja. Entschuldigung.«

»Wir wollen, dass du so viel wie möglich darüber herausfindest.«

»Zum Beispiel?«

»Bullen. Fähren. Wo man anlegen kann.«

»Da muss ich erst jemand fragen. Ich kenne einen, der da draußen wohnt. Er hat nicht viel übrig für den großen Polizisten auf der Insel.«

»Ein großer Polizist?«

»Na ja, das ist so ein Riese.«

»Willst du mich verarschen?«

»Nee, das stimmt.«

»Also gut, sieh zu, dass du möglichst viel rauskriegst. Und setz deinen Freund auf eine bestimmte Frau an. Sie benutzt den Namen Marianne Elliot. Sie hat einen kleinen Sohn, fünf Jahre alt. Ich will wissen, wo sie wohnt, mit wem sie zu tun hat, Liebhaber, all so was.«

»Bis wann wollen Sie das alles wissen?«

»Bis heute Abend.«

»Ich werde mein Bestes tun.«

Terry meinte, im Hintergrund ein dumpfes Geräusch zu hören. Terry kannte das Geräusch. Irgendjemandem war gerade eine Kugel verpasst worden.

»Nein«, sagte Dexter. »Du wirst mehr als dein Bestes tun.«

Dexter starrte auf Karen Meyers Leiche. Sie war keine hübsche Frau gewesen, aber Leonie und Willard hatten dafür gesorgt, dass ihr auch der letzte Rest Attraktivität abhanden gekommen war. Die beiden arbeiteten so gut zusammen, dass es schon beängstigend war. Dexter würde mit Leonie reden müssen. Er wollte nicht, dass sie zu viel mit Willard zusammensteckte. Mit Shepherd hatte er schon gesprochen, und so wie es aussah, würden sie sich bald von Willard trennen.

Meyer war leicht zu finden gewesen. Sie hatte ihre Aktivitäten in den Norden verlagert, aber für die Leute, die ihre Dienste auch in Zukunft benötigen würden, ihre Adresse hinterlassen. Es hatte Dexter lediglich einen Anruf gekostet, herauszufinden, wo sie steckte.

Er war immer davon ausgegangen, dass sie intelligent war und ziemlich unsentimental. Ihr ging es nur ums Geld und vermutlich hatte die Frau ihr einen großen Anteil von Molochs Ersparnissen für ihre Hilfe überlassen. Das musste schon ein ordentlicher Batzen gewesen sein, wenn sie dafür riskierte, Moloch in die Quere zu kommen. Er konnte nur hoffen, dass sie sich damit eine schöne Zeit gemacht hatte, denn in ihren letzten Minuten da unten im Keller hatte sie richtig geblutet für das, was sie getan hatte.

»Hast du jemanden gefunden?«, fragte Moloch.

»Ja. Das kostet uns fünftausend für die Leute in Boston, zusätzlich zehn Prozent von dem, was auf der Insel für uns abfällt, außerdem noch ein paar Gefälligkeiten in der Zukunft.«

»Wehe, er ist es nicht wert.«

»Sie haben noch eine Prämie draufgesetzt, als Zeichen ihres guten Willens.«

Moloch sah ihn erwartungsvoll an und Dexter grinste.

»Sie haben einen Bullen für uns.«

Der Schichtwechsel ging glatt über die Bühne. Lockwood und Barker trafen mit der ersten Fähre ein und begannen ihren Dienst mit der wöchentlichen Überprüfung der Erste-Hilfe- und der Feuerschutzausrüstung in der Polizeiwache. Um elf Uhr stieß Dupree zu ihnen, anschließend fuhr er die Main Street entlang zur Post und parkte den Explorer auf dem Parkplatz des mit Schindeln verkleideten Hauses. Am frühen Morgen hatte er Larry Amerling angerufen, um ihm mitzuteilen, dass er gern etwas mit ihm besprechen würde. Merkwürdigerweise schien Amerling auf seinen Anruf gewartet zu haben.

Amerling wusste mehr über die Insel als jeder andere, vielleicht sogar mehr als Dupree selbst. In seinem Haus gab es reichlich Bücher und Papiere über die Geschichte der Casco

Bay, einschließlich einiger Exemplare seiner Broschüre, die er aus eigenen Mitteln hatte drucken lassen und im Supermarkt sowie in den Buchhandlungen von Portland verkaufte. Amerling war seit zehn Jahren Witwer, und seine Kinder lebten auf dem Festland, kamen ihn aber regelmäßig besuchen, immer mit einer wachsenden Schar von Enkeln im Schlepptau. Dupree verbrachte Thanksgiving gewöhnlich mit Amerling, dessen Familie sich aus alter Tradition auf der Insel einfand, um das Fest gemeinsam zu begehen. Das waren anständige Leute, auch wenn es Larry Amerling gewesen war, der ihm den Spitznamen »Melancholie-Joe« verpasst hatte. Nur eine Hand voll Menschen benutzten diesen Namen, und kaum jemals in Joes Gegenwart, aber bei den Polizisten, die Dienst auf der Insel versahen, war der Name hängen geblieben.

Dupree hatte damit gerechnet, den Postmeister allein anzutreffen, da er gewöhnlich vormittags um elf Uhr die Tür schloss und eine halbe Stunde Pause machte, um Papierkram zu erledigen und seinen grünen Tee zu trinken, aber an diesem Morgen hatte er Gesellschaft. Der Maler Giacomelli lehnte an der Wand und trank einen Kaffee, den er sich aus dem Supermarkt mitgebracht hatte. Er wirkte beunruhigt, Amerling ebenfalls. Dupree nickte den beiden zum Gruß zu.

»Störe ich?«

»Nein«, erwiderte Amerling. »Wir warten schon auf dich. Möchtest du Tee?«

Dupree goss grünen Tee in eine von Amerlings zierlichen chinesischen Tassen. Er umfasste die Tasse vorsichtig mit seiner Hand. Die drei Männer scherzten eine Weile miteinander und tauschten sich über den neuesten Inseltratsch aus, doch dann herrschte eine Zeit lang verlegenes Schweigen. Dupree hatte den Vormittag über versucht, seine Sorgen in Worte zu fassen, um sie auf eine Weise erklären zu können, die ihn nicht als abergläubischen Narren erscheinen ließ. Zum Glück rettete Amerling die Situation.

»Jack ist aus demselben Grund hier wie du, glaube ich«, begann er.

»Und der wäre?«

»Irgendetwas geht auf der Insel vor.«

Dupree sagte nichts. Es war Jack, der als Nächster das Wort ergriff.

»Erst dachte ich, es liegt an mir, aber das stimmt nicht. Die Stimmung im Wald wirkt verändert, und …«

»Erzähl weiter«, sagte Amerling.

Jack warf dem Polizisten einen Blick zu.

»Ich habe nichts getrunken, falls du das denkst, zumindest nicht genug, um Gespenster zu sehen.«

»Das habe ich auch nicht angenommen«, erwiderte Dupree. Es war nicht ersichtlich, ob er die Wahrheit sagte oder nicht.

»Tja, womöglich änderst du deine Meinung, wenn du dir das hier anhörst. Meine Bilder verändern sich.«

Dupree wartete einen Moment.

»Soll das heißen, sie werden besser?«

Alle brachen in lautes Gelächter aus, das die Spannung ein wenig löste, und der Maler schien sich zu entspannen.

»Nein, du Klugscheißer. Sie sind so gut, wie sie eben sind. Auf der Leinwand erscheinen Zeichen. Sie sehen aus wie Menschen, aber sie stammen nicht von mir. Sie zeigen sich auf den Bildern vom Meer und mittlerweile auch in den Landschaftsbildern.«

»Du meinst, jemand schleicht sich in dein Haus und malt Männchen in deine Bilder?«

Er bemühte sich, nicht ungläubig zu klingen. Fast wäre es ihm gelungen, aber Jack spürte es.

»Ich weiß, das klingt bescheuert. Aber diese Figuren sind nicht aufgemalt.«

Er bückte sich und hob eine in ein altes Tuch gewickelte Leinwand vom Boden auf. Als er das Tuch zurückschlug, kam eine seiner Meereslandschaften zum Vorschein. Dupree trat näher heran und entdeckte etwas, was aussah wie zwei Menschen im flachen Wasser. Sie waren kaum mehr als Strichmännchen, aber sie waren da. Er streckte einen Finger aus.

»Darf ich mal fühlen?«

»Sicher.«

Dupree glitt mit dem Finger über das Bild, spürte die Struktur der Pinselstriche. Als er zu den Figuren kam, verharrte er einen Moment, dann hob er seine Fingerspitzen an die Nase und roch daran.

»Du hast es erfasst«, sagte Jack, »sie sind in das Bild eingebrannt.«

Er hob ein zweites Bild auf und reichte es Dupree.

»Weißt du, was das ist?«

Dupree beschlich ein seltsames Gefühl, als er das Bild betrachtete. Es handelte sich zweifellos um einen von Jacks gelungeneren Versuchen. Mit dem Meer und den Hügeln hatte er Probleme, aber die Bäume bekam er gut hin. Die meisten waren unbelaubt, und im Hintergrund, beinahe im Nebel verborgen, erkannte Dupree ein Steinkreuz. Das Bild wich eindeutig von der sonstigen Darstellungsweise des Malers ab.

»Das ist der Weg, der zur Stätte führt«, sagte er. »Aber eins sage ich dir, Jack, das Bild wird dir niemand abkaufen. Allein beim Ansehen krieg ich ja schon 'ne Gänsehaut.«

»Das ist auch nicht zu verkaufen. Manche Bilder male ich, na ja, sagen wir, aus reiner Neugier. Sag mir, was du siehst.«

Dupree hielt das Bild auf Armeslänge vor sich und versuchte sich darauf zu konzentrieren.

»Ich sehe Bäume, Gras, Sumpfland. Ich sehe das Kreuz. Ich sehe –«

Er hielt inne, um ein Detail auf der Leinwand genauer zu betrachten.

»Was ist das?«

Etwas Graues hing im Schatten zwischen zwei Bäumen in der Nähe des Kreuzes. Er wollte es gerade mit dem Finger berühren, überlegte es sich jedoch anders.

»Ich weiß nicht«, antwortete Jack. »Ich habe das nicht gemalt. Davon gibt's noch mehr, wenn du genau genug hinsiehst.«

Er hatte Recht. Je länger Dupree hinsah, desto mehr Flecken entdeckte er. Einige waren nur schemenhaft, wie auf verwackelten Fotos. Andere waren deutlicher. Dupree hatte das Gefühl, sogar Gesichter zu erkennen: dunkle Augenhöhlen, schwarze Münder.

»Sind die gemalt?«

Jack zuckte die Achseln. »Sehen die vielleicht gemalt aus?«

»Nein, eher wie Fotos.«

»Glaubst du immer noch, ich würde zu viel trinken?«

Dupree schüttelte den Kopf. »Ich würde eher sagen, du trinkst nicht genug.«

Amerling ergriff das Wort.

»Jetzt mal raus mit der Sprache: Bist du hergekommen, weil die Waschbären Ärger machen, oder hast du etwa auch so ein komisches Gefühl?«

Dupree seufzte. »Es ist nichts Spezielles, aber irgendwas macht mich nervös. Ich kann es nicht beschreiben, außer dass etwas in der Luft liegt, es ist wie vor einem Gewitter.«

»Das ist eine treffende Beschreibung dessen, was ich schon von anderen gehört habe. Es geht noch mehr Leuten so, vor allem den älteren. Aber es ist nicht das erste Mal, dass sich so was ereignet. Das hat es zur Zeit deines Vaters auch schon mal gegeben.«

»Wann?«

»Kurz bevor George Sherrin verschwand, aber es war

nicht ganz so wie diesmal. Damals hat es sich ganz schnell zusammengebraut, vielleicht an einem oder zwei Tagen, und genauso schnell war es wieder weg. Diesmal ist es ganz anders. Das bahnt sich schon seit längerer Zeit an.«

»Seit wann?«

»Seit Monaten, würde ich sagen, aber es geht so allmählich vonstatten, dass die meisten Leute es bis heute nicht gemerkt haben. Wenn sie es überhaupt mitkriegen.«

»Aber du schon?«

»Ich spüre es schon seit geraumer Zeit. Der Unfall hat es bestätigt; und das, was Sylvie Lauter vor ihrem Tod gesagt hat.«

»Sie hatte Schmerzen. Sie wusste nicht, was sie da redete.«

»Das glaube ich nicht. Und du selbst wahrscheinlich auch nicht.«

»Sie hat von den Toten geredet.«

»Ich weiß.«

Dupree trat ans Fenster des kleinen Büros und blickte auf die Island Avenue hinaus. Alles war ruhig, aber es war nicht friedlich. Stattdessen schien die Gemeinde vor dem Ausbruch eines seit langem schwelenden Konflikts zu stehen. Vielleicht waren sie aber auch nur ein von Schmerzen geplagter Polizist, ein Trunkenbold und ein alter Romantiker, die der unschuldigen Welt ihre eigene Interpretation überstülpen wollten.

»Auf der Insel sind schon immer Menschen gestorben, manche auch durch Gewalt«, sagte Dupree. »Wir hatten hier Autounfälle, Feuer, sogar einige Morde. Glaubst du vielleicht, die haben alle Geister gesehen, bevor sie starben?«

»Vielleicht.«

Amerling überlegte.

»Aber ich glaube es eigentlich nicht.«

»Tja, und warum die kleine Lauter und warum ausgerechnet jetzt?«

»Hat dein Vater dir etwas über die Insel erzählt?«

Dupree warf wieder einen Blick zu Jack hinüber. Er musste daran denken, wie er den Alten auf die Veranda geführt hatte, nachdem Danny Elliot ihn mit einer blutenden Platzwunde am Kopf gefunden hatte. Er war wütend auf den Maler gewesen, vielleicht weil er bei ihm einige seiner eigenen Fehler entdeckte, aber vor allem weil Jack den Jungen so geängstigt hatte. Egal wie lange Jack schon auf der Insel lebte, er war immer noch ein Außenseiter.

Amerling erriet seine Gedanken.

»Wenn du dir wegen Jack Sorgen machst, dann kann ich dich beruhigen. Er hat mehr Gespür für die Stätte als so manch einer, der seine Eltern hier auf dem Friedhof begraben hat. Ich denke, du kannst in seiner Gegenwart ganz frei reden.«

Dupree warf hilflos die Arme in die Luft.

»Ich verstehe«, sagte Jack. »Ist schon in Ordnung.«

»Also«, begann Dupree, »mein Vater hat mir alles über die Geschichte der Familien erzählt, und zwar von Beginn an. Er wollte, dass ich mir alles einpräge. Er hat mir von dem Massaker und der späteren Neubesiedlung erzählt, von George Sherrin und warum der geholt wurde, alles, auch wenn ich manches nicht verstanden habe. Und manches hab ich ihm auch nicht abgenommen.«

»Aber er hat versucht, es dir zu erklären?«

»Ja, er hat mir gesagt, zu welchem Schluss er gekommen ist. Er glaubte, dass die Insel schon immer anders war. Die Indianer haben sie gemieden, während sie die meisten anderen dieser Inseln bewohnten, bevor die ersten Weißen hier auftauchten, also musste es dafür irgendeinen Grund geben.«

Amerling mischte sich ein. »Sie hatten gute Gründe, nicht hierher zu kommen. Dutch Island stellt eine Ausnahme dar. Die Insel ist zwar groß, aber sie liegt ziemlich weit draußen auf dem äußeren Inselring. Und die Indianer hatten nur Einbäume. Ich glaube, sie lag einfach zu weit weg, als dass sie dafür die Mühe der Überfahrt auf sich genommen hätten.«

»Also gut, wie auch immer, schließlich kamen die Siedler«, fuhr Dupree fort, »und sie wurden getötet. Mein Vater dachte ebenso wie sein Vater, dass die damaligen Geschehnisse der Insel ihren Stempel aufgedrückt haben und dass irgendeine schwache Erinnerung an diese Ereignisse nach wie vor mit ihr in Verbindung gebracht wird. Die Gewalttätigkeit der Vergangenheit ist nie ganz verschwunden. Ein Teil davon ist hier geblieben, wie in Stein gemeißelt. Mittlerweile gibt es ein Gleichgewicht auf der Insel, und wenn dieses Gleichgewicht gestört wird, muss es wiederhergestellt werden. Wenn nicht …«

Er trank seinen Tee aus.

»Wenn es nicht wiederhergestellt wird, dann wird irgendetwas auf der Insel dafür sorgen. Mein Vater glaubte, dass die Insel über eine Art Selbstreinigungsmechanismus verfügt, um Gefahren abzuwehren, wie der Mensch, der Antikörper gegen Gifte bildet. Genau das ist angeblich mit Sherrin geschehen. Er war Gift, also hat sich die Insel seiner entledigt. Davon war mein Vater jedenfalls überzeugt.«

Damit schloss er seinen Bericht und betrachtete die Teeblätter auf dem Boden seiner Tasse. Es mochte absurd klingen, aber er erinnerte sich noch an den Gesichtsausdruck seines Vaters, als der ihm die Geschichte der Insel erzählt hatte. Sein Vater war alles andere als abergläubisch gewesen, im Gegenteil, er stand so fest mit beiden Füßen auf der Erde wie kaum ein anderer.

Amerling schenkte sich noch Tee ein und bot auch Dupree welchen an. Der Polizist lehnte ab.

»Warum trinkst du das Zeug eigentlich?«

»Es beruhigt mich«, erwiderte Amerling.

Nach einer Weile hatte es sich Dupree offenbar anders überlegt und hielt seine Tasse hin. »Schaden kann's ja nicht«, sagte er, während der Postmeister seine und Jacks Tassen nachfüllte.

»Dein Vater wusste, dass die Insel anders ist«, sagte Amerling. »Wir haben uns des Öfteren darüber unterhalten und beide mehr oder weniger dieselben Schlussfolgerungen gezogen. Manchmal passieren an einem Ort üble Dinge und der Ort erholt sich nie mehr davon. Die Erinnerung daran spukt herum. Manche Menschen sind dafür empfänglich, manche nicht. Ich habe gelesen, dass der Schauspieler Tommy Lee Jones in der Hütte gewohnt hat, wo Marilyn Monroe Selbstmord verübt hat oder ermordet wurde oder was auch immer. Tommy Lee Jones hat das nicht im Geringsten gestört, er war nicht der Typ, der sich über so was Gedanken macht. Aber ich hätte dort nicht leben können mit dem Wissen, was dort vorgefallen ist. Ich glaube, und von mir aus könnt ihr mich für vertrottelt halten, dass irgendetwas aus der Vergangenheit dort hängen geblieben ist, wie Feuchtigkeit, die im Mauerwerk steckt.

Und was auf Sanctuary geschehen ist, war erheblich schlimmer als ein einzelner Mord. Wie du schon gesagt hast, es hat die Insel für immer gezeichnet. Später dann hat eine Bande von Vergewaltigern eine Frau hierher gebracht und sie sind alle verschwunden. Oder betrachten wir die jüngere Vergangenheit, die Geschichte mit George Sherrin, der unter den Wurzeln eines Baums geendet ist. Ich war dabei, als sie ihn ausgegraben haben, und habe gesehen, was die Wurzeln angerichtet hatten.«

Amerling beugte sich vor und ergriff die Teetasse mit beiden Händen.

»Er war ein ganz übler Mistkerl. Nachdem er gestorben war, wurde so einiges über ihn erzählt. Er hat seine Kinder verprügelt und missbraucht, und es heißt, auch auf dem Festland hätte er Kinder gequält.«

»Davon habe ich auch gehört«, sagte Dupree. »Mein Vater ging fest davon aus, dass es so war.«

»Nun, wenn dein Vater es auch geglaubt hat, dann entspricht es wohl der Wahrheit. Die Insel, oder was auch immer hier im Verborgenen lauert, hat ihn nicht akzeptiert und sich seiner entledigt. Es gibt keine andere Erklärung dafür.«

»Aber welche Erklärung gibt es dann für den Tod von Sylvie Lauter und Wayne Cady? Willst du etwa behaupten, sie hätten ihr Schicksal verdient?«

»Nein, bei dieser Geschichte glaube ich nicht, dass die Insel eine Rolle gespielt hat. Sie sind gestorben, weil sie betrunken in einem geklauten Auto gefahren sind. Aber ich glaube, dass irgendwas von der Unfallstelle angezogen wurde, als sie starben. Irgendetwas ist erwacht. Diese Spannung, die wir alle seit einiger Zeit empfinden, hat einen Grund. Vermutlich hat der tragische Unfall, dieses so plötzliche, erschreckende Ereignis, irgendwas herbeigelockt. Es ist gekommen, um zu sehen, was los war.«

»Etwas? Und was soll das sein?«

»Keine Ahnung. Bist du in letzter Zeit mal an der Stätte gewesen?«

»Ist schon eine Weile her.«

»Es ist fast unmöglich, dorthin zu gelangen. Die Wege sind überwuchert. Umgestürzte Bäume, Dornengestrüpp. Selbst das Moor scheint sich auszuweiten.«

»Du hast gesagt ›fast unmöglich‹. Heißt das, du warst draußen?«

Amerling schwieg einen Moment. »Gestern. Jack hat mich begleitet. Wir sind nicht sehr lange geblieben.«

»Warum?«

»Weil dieses merkwürdige Gefühl dort noch stärker ist. Es ist so, als käme man zu nahe an die Gitterstäbe eines Löwenkäfigs. Man spürt die Gefahr.«

»Und es gibt dort keine Vögel.«

»Nicht da draußen und auch sonst nirgendwo«, sagte Amerling. »Ist dir das noch nicht aufgefallen?«

Dupree hatte es tatsächlich nicht bemerkt, aber als er jetzt darüber nachdachte, fiel ihm auf, dass auf der Insel eine Stille herrschte, die er vorher noch nie erlebt hatte. Der einzige Vogel, den er gesehen hatte, war die sterbende Möwe auf Mariannes Rasen gewesen.

»In einem Punkt waren dein Vater und ich verschiedener Meinung, was die Insel betraf. Er glaubte, dass es sich um etwas Unbewusstes handelt, um eine Art Naturkraft. Ein Baum denkt nicht darüber nach, Löcher in seiner Rinde zu reparieren, er tut es einfach. Und dein Vater meinte, bei der Insel funktionierte es genauso.«

»Aber du nicht?«

»Nein, und Sylvies letzte Worte bestätigen nur, was ich denke. Was auch immer da draußen zugange ist, es handelt bewusst. Es denkt und schlussfolgert. Es ist *neugierig*. Und es wird stärker.«

Herrgott nochmal, dachte Dupree, nicht zu fassen, dass ich hier so ein Gespräch führe! Wenn die aus dem Department mich hören könnten, würden sie mich auf der Stelle mit einer Zwangsjacke abholen und in eine Gummizelle stecken. Aber die Kollegen sind ja nicht hier draußen, deshalb wissen sie nicht, wie es ist. Sie verstehen das nicht. Die meisten von ihnen haben schon von den anderen Inseln kaum eine Ahnung, aber diese hier übersteigt ihr Vorstellungsvermögen. Ich kann nur hoffen, dass nichts passiert und ich nicht gezwungen sein werde, es ihnen zu erklären.

Also, Chief, man kann getrost sagen, dass es auf der Insel spukt, und ich glaube, dass ein paar Tote aufgetaucht sind, um einen Blick auf Sylvie Lauter zu werfen. Ach ja, die hatten Lichter bei sich, hab ich das schon erwähnt? Die müssen eine Menge Batterien gebraucht haben, das dürfte wohl unsere wichtigste Spur sein. Wir suchen jetzt die Insel nach Batterien ab …

»Aber warum ausgerechnet jetzt? Warum sollte es gerade zum jetzigen Zeitpunkt stärker werden?«

»Vielleicht kommen mehrere Dinge zusammen. Ein neuer Umstand auf der Insel, den wir nicht erkennen oder noch nicht bemerkt haben.«

»Du meinst etwas Gefährliches?«

»Könnte sein.«

»Glaubst du, es ist –« Dupree hielt inne, er zögerte, den Ausdruck zu gebrauchen, der ihm in den Sinn kam, gab sich dann aber einen Ruck.

»Glaubst du, es ist das Böse?«

»Das Böse, na ja, das ist ein moralischer Begriff, eine menschliche Vorstellung«, erwiderte Amerling. »Es könnte ja sein, dass das, womit wir es hier zu tun haben, keine Vorstellung von Moral hat und sie auch gar nicht benötigt. Es will nur einfach, was es will.«

»Und das wäre?«

»Weiß ich auch nicht. Wenn ich es wüsste, könnten wir uns dieses Gespräch sparen.«

»Ich bin mir gar nicht so sicher, ob ich dieses Gespräch überhaupt führen will, ehrlich gesagt.«

Der Postmeister grinste.

»Jeder andere würde sagen, da sitzen zwei alte Spinner und ein Riese, dem seine Krankheit das Gehirn vernebelt.« Larry Amerling war niemand, der um den heißen Brei herumredete, dennoch hatte Dupree das Gefühl, dass der Alte seine Gedanken erraten hatte.

Jack schaltete sich ein.

»Ich habe von Sylvies Vater gehört, dass ihr Tod einige Fragen offen lässt«, sagte er.

»Ja, das habe ich auch gehört«, erwiderte Amerling, »allerdings von dir.« Er warf dem Maler einen fragenden Blick zu.

»Ich dachte einfach, es würde dich interessieren«, sagte Jack. »Du weißt doch sonst fast alles. Außerdem habe ich mir gedacht, dass dich Wissenslücken mehr nerven als andere Leute.«

Dupree antwortete nicht gleich. Er war sich nicht sicher, ob er es überhaupt tun sollte, andererseits schienen die beiden Männer fast genauso viel zu wissen wie er, vielleicht sogar mehr.

»In ihrem Mund hat man Spuren von Insekten gefunden, auch unter den Fingernägeln«, sagte er. »Es handelt sich um eine Motte, einen Tomatenschwärmer. Die sind ziemlich groß und hässlich, normalerweise überleben die den September nicht, außerdem habe ich sie auf der Insel jetzt zum ersten Mal gesehen.«

»Ich habe so einen Falter auf dem Friedhof an einem Baum entdeckt, als Sylvie Lauter beerdigt wurde«, sagte Jack. »Ich habe ihn mit nach Hause genommen, in meinen Büchern nachgesehen, um welche Art es sich handelt, und ihn aufgespießt. Vielleicht male ich ihn irgendwann mal.«

»Das wird ja was werden«, wandte Amerling ein. »Am besten hängst du einen Zettel daneben, damit die Leute wissen, was es sein soll.«

»So schlecht male ich nun auch wieder nicht«, erwiderte Jack.

»Doch.«

»Und warum warst du dann auf meiner Ausstellung im Lions Club?«

»Weil es was umsonst zu essen gab.«

»Hoffentlich ist dir davon schlecht geworden.«

»Kein bisschen, es war ziemlich gut, bis auf das, was an den Wänden hing.«

Dupree unterbrach sie.

»Gentlemen! Ihr seid wie zwei alte Köter, die sich balgen. Ist ja peinlich.«

Er nahm seine Mütze und klopfte den Staub ab.

»Ich war bei Doug Newton. Da war genauso ein Vieh. Ich hab es auf den Vorhängen im Schlafzimmer seiner Mutter gesehen.«

Er sagte es mehr zu sich selbst als zu den beiden anderen. Er fuhr sich mit den Händen durch die Haare und setzte die Mütze sorgfältig auf. Motten. Warum ausgerechnet Motten? Motten wurden vom Feuer, vom Licht angezogen. Was hatte sie zu Sylvie Lauter und der alten Dame hingezogen? Was hatten die beiden miteinander gemein?

Die Antwort fiel ihm wie Schuppen von den Augen.

Was die beiden verband, war der Tod. Es war ihr Lebenslicht, das erlosch.

»Wie lange haben wir noch?«, fragte Dupree.

»Nicht mehr lange«, erwiderte Amerling. »Wenn ich rausgehe, kommt es mir vor, als würde die ganze Insel summen. Die Vögel waren der letzte Hinweis. Wenn sogar die Vögel Angst haben zu fliegen, dann ist das ein ganz schlechtes Zeichen.«

»Also, was machen wir?«, fragte Dupree.

»Abwarten, würde ich sagen. Wir verriegeln die Türen. Wir gehen nachts nicht in die Nähe der Stätte. Was es auch sein mag, es kommt bald. Dann werden wir es erfahren. Ob es gut oder schlecht ist, darüber werden wir bald Gewissheit haben.«

7

Moloch erlaubte ihnen, sich für den Rest des Tages auszuruhen, denn er zog es vor, die Fahrt Richtung Norden im Schutz der Dunkelheit fortzusetzen. Am späten Vormittag machten Powell und Shepherd sich auf den Weg zu Marie's Home Cooking und kauften Essen für den ganzen Tag ein. Auf dem Rückweg zur Perry Avenue hielten sie an einem Spirituosenladen und holten noch zwei Flaschen Wild Turkey, um sich gegen die Kälte zu wappnen. Nachdem Dexter und Braun sich in Karen Meyers Küche noch eine Weile leise mit Shepherd unterhalten hatten, legten sie sich aufs Ohr.

Moloch wusste aus früheren geschäftlichen Begegnungen mit Karen Meyer, dass sie nur wenig Besuch bekam. Ihr Haus war das letzte in der Straße und durch hohe Bäume gegen die Blicke von Nachbarn geschützt. Er wusste nicht, ob sie einen Liebhaber hatte, zumindest gab es keine Fotos auf dem Kühlschrank oder irgendwelche kleinen Liebesgaben auf dem Regal neben den Kochbüchern. Er durchsuchte ihr Atelier, ohne darauf zu achten, ob er seine Fingerabdrücke hinterließ. Wenn man ihn schnappte, würden die Beweise gegen ihn auch so schon für die Todesstrafe reichen. Es war ihm ziemlich gleichgültig, ob sie ihm Karen Meyer noch mit auf die Rechnung setzten.

Das Atelier war ordentlich aufgeräumt und der Zugang zum Computer durch ein Passwort geschützt. Wahrscheinlich war er so eingestellt, dass die Festplatte spätestens nach dem dritten Anlauf automatisch gelöscht wurde. Im Schlafzimmer entdeckte er auf dem obersten Regal des Wandschranks einen Schuhkarton, der einen Stapel Briefe von einer Frau namens Jessica enthielt, die meisten Liebesbriefe. Im letzten Brief, datiert vom Oktober 1997, nannte Jessica ihre Gründe für die Beendigung der Beziehung. Offenbar hatte sie eine andere Frau kennen gelernt. Moloch wunderte sich, dass Karen Meyer den Abschiedsbrief aufbewahrt hatte. Anscheinend besaß sie eine masochistische Ader. Vielleicht hatte Karen sogar genossen, was Willard und Leonie im Keller mit ihr gemacht hatten, obwohl er das eher bezweifelte.

Ihre Leiche lag immer noch auf dem Fußboden im Keller. Zu seiner Überraschung hatte sie länger durchgehalten als erwartet, dabei hatte er sie immer für eine pragmatische Frau gehalten. Ihr musste klar gewesen sein, dass sie ihm letztlich alles sagen würde, aber irgendetwas hatte sie so lange standhalten lassen, dass er schon befürchtet hatte, sie würde sterben, bevor sie mit dem Aufenthaltsort seiner Frau und seines Sohnes herausrücken konnte. Offenbar hatte sie die beiden gemocht. Moloch fragte sich, ob Meyer und seine Frau ein Verhältnis gehabt hatten. Diese Vorstellung machte ihn wütend, zugleich erregte sie ihn.

Marianne Elliot. Sie hatte ihren Vornamen nur unwesentlich verändert, einfach nur das ursprüngliche Marian verlängert. Es war ein geschickter Schachzug, typisch für Meyer. Moloch wusste, dass Leute mit einer neuen Identität sich häufig dadurch verrieten, dass sie nicht reagierten, wenn man sie mit ihrem neuen Namen ansprach, oder dass sie Schecks, Mietverträge oder Bankdokumente mit ihrem alten Namen unterschrieben. Die einfachste Methode, solche Patzer zu vermeiden, bestand darin, den Leuten einen Namen zu geben, der mit demselben Buchstaben oder mit den ersten beiden Buchstaben begann wie ihr alter Name. So wurde aus James Jason und aus Linda wurde Lindsay.

Marian wurde zu Marianne.

Sein Sohn hieß jetzt Danny und nicht Edward, worauf sie sich geeinigt hatten. Na ja, »geeinigt« war vielleicht nicht das passende Wort. Marianne hatte sich einen einfachen Namen gewünscht, der zu einem Jungen passte, aber Moloch hatte mehr für förmliche Namen übrig. Sah der Schlampe ähnlich, dass sie seinem Sohn einen Namen wie Danny gab, nachdem sie aus seinem Blickfeld verschwunden war.

Was mit dem Jungen geschehen würde, interessierte Moloch nicht besonders. Vielleicht würde er ihn mitnehmen, wenn er die Insel wieder verließ, vielleicht würde er ihn aber auch dort lassen. Bisher war er noch zu keinem Schluss gekommen. Er hegte keinerlei väterliche Gefühle für ihn, aber bevor seine Frau starb, sollte sie erfahren, dass es in seiner Macht stand, mit seinem Sohn zu tun und zu lassen, was er wollte. Wenn er mit dem Wissen darum die Qualen seiner Frau vor ihrem Tod noch steigern könnte, würde er ihn ohne zu zögern an irgendwelche Kinderschänder verkaufen. Er hatte sogar schon den passenden Kandidaten im Auge, falls es dazu kommen sollte. Mit irgendwas würden sie den Bullen schließlich bezahlen müssen. Es würde dem Typen helfen, die Klappe zu halten, und sie hätten etwas gegen ihn in der Hand für den Fall, dass sich irgendwann sein Gewissen regen sollte.

Er kippte den Schuhkarton aus und ein Stapel Fotos verteilte sich über Karen Meyers ungemachtes Bett. Mit den Fingerspitzen fuhr er durch die Fotos und drehte diejenigen um, die mit der Vorderseite nach unten gelandet waren, bis er fand, wonach er suchte. Sie hatte sich verändert: Ihre Haare waren dunkler, offenbar spielte sie ihre natürliche Attraktivität herunter. Als er ihr in Biloxi zum ersten Mal begegnet war, hatte es ihn beeindruckt, wie dezent sie sich schminkte im Gegensatz zu den meisten Bardamen, die aussahen, als wären sie in ihre Schminktöpfe gefallen. Auf dem Foto jedoch, das offenbar aus einem Automaten stammte, war Mariannes Gesicht gänzlich ungeschminkt und das Haar strähnig. Sie wirkte blass und übernächtigt. Ein aufmerksamer Betrachter hätte vielleicht etwas von der Schönheit entdeckt, die sie zu verbergen suchte, vielleicht sogar etwas von ihren Erfahrungen mit Schmerz und Misshandlung geahnt, die sie zu diesem Schritt veranlasst hatten. Der Junge saß auf ihrem Schoß mit einer Geburtstagskrone auf dem Kopf und zeigte mit dem Finger in die Kamera.

Er hatte sie unterschätzt und das beunruhigte ihn mehr als alles andere, mehr noch als ihr Verrat. Er hatte geglaubt, sie zu kennen, sie so intim zu kennen, wie es nur jemand konnte, der die Höhen der Lust und die Tiefen des Schmerzes mit ihr ausgelotet hatte. Er hatte angenommen, er hätte ihre Persönlichkeit gebrochen, denn sie war nichts weiter für ihn gewesen als ein Mittel zur Tarnung, ein Requisit für seine Fassade als liebevoller Familienvater mit einem netten Haus, einer hübschen Frau und einem kleinen Sohn als erstem Schritt zu einem Haus voller Kinder und Enkelkinder.

Moloch gehörte nicht zu der üblichen Sorte von Trinkern und lächerlichen Sadisten, die das Objekt ihres Hasses so lange quälten, bis es mit einer Pistole oder einem Messer auf sie losging, um sein nacktes Leben zu retten. Molochs Fähigkeit, Schmerzen zuzufügen – emotional, körperlich und seelisch –, war weit ausgefeilter. Die Qualen durften nie unerträglich werden. Sie mussten unterbrochen werden durch Augenblicke der Zuwendung und der Zärtlichkeit, um die Liebe, die Sehnsucht und die Abhängigkeit wachzuhalten. Doch trotz allem war es ihr irgendwie gelungen, ihm etwas zu verbergen, eine vitale Kraft, an die er nicht herangekommen war und die sie befähigt hatte, ihm zu entkommen. Er war davon beeindruckt, was sie zu Stande gebracht hatte. Vielleicht waren sie sich ja ähnlicher, als er sich je hatte träumen lassen.

Er steckte das Foto in seine Jackentasche, ging nach unten und schaltete den Fernseher ein. Die Nachrichtensender berichteten bereits, wie die Suche nach dem entflohenen Sträfling von den Südstaaten ausgehend bis hinauf in den Norden von Maryland ausgedehnt wurde. Schlimmer war, dass man mittlerweile seine Komplizen kannte und neben Willard auch Dexter und Shepherd zu Risikofaktoren geworden waren. Sämtliche Nachrichtensender hatten Fotos von ihnen gezeigt, einschließlich aller bekannten Decknamen. Aber noch war das Risiko überschaubar. Wenn sie erst einmal in Maine waren, konnten sie ihren Plan innerhalb weniger Stunden umsetzen und sich dann nach Kanada absetzen. Die meisten Straßen zur Grenze wurden nicht überwacht und man konnte die Grenze relativ leicht passieren. Dafür würde Dexter sorgen.

Dexter war clever. Deswegen hatte Moloch ihm den größten Teil der Organisation anvertraut, als sich abgezeichnet hatte, dass er selbst vor der Grand Jury befragt werden sollte. Braun und Leonie würden Dexter überallhin folgen. Shepherd dagegen war ein merkwürdiger Vogel. Er wirkte stets in sich gekehrt und schien Extreme wie Lust oder Hass zu meiden. Vom Leben verlangte er offenbar nicht viel, höchstens hin und wieder vom Leben anderer. Jede Sentimentalität schien ihm fremd; er zeigte sich zwar loyal, aber seine Loyalität beschränkte sich lediglich auf das, was ein geschlossener Vertrag von ihm verlangte. Jeder Vertragsbruch eines anderen Beteiligten würde den Vertrag auf der Stelle ungültig machen und Shepherd würde sich seinerseits sämtlicher Verpflichtungen entledigen.

Über den Texaner Powell und über Tell, dessen Cornrows so eng geflochten waren, als wären sie Ausdruck seiner aufgestauten Wut auf die ganze Welt, wusste Moloch kaum etwas, außer dass Dexter sich für sie beide verbürgt hatte. Sie waren Männer, die für Geld einen Auftrag erledigen würden, basta! Zwar konnte Moloch nicht einschätzen, wie viel von seinem Geld die Schlampe mittlerweile ausgegeben hatte, aber es würden schon noch 500.000, vielleicht sogar 600.000 Dollar da sein, die sie unter sich aufteilen konnten. Der schwierigste Teil – die Flucht, die notwendigen Morde und das Herausfinden von Mariannes Aufenthaltsort – lag bereits hinter ihnen.

Mit ein bisschen Glück würden sie den Rest schnell über die Bühne bringen und in zwei Tagen wären sie in alle Himmelsrichtungen verstreut. Falls weniger Geld als erwartet vorhanden war, würden Powell und Tell halt dran glauben müssen. Die anderen konnten sich den Rest teilen. Er selbst brauchte nur so viel, wie nötig war, um außer Landes zu gelangen. Danach würde er schon Mittel und Wege finden, neues Geld aufzutreiben. Vielleicht würde er Dexters Dienste wieder in Anspruch nehmen, wenn die Zeit dafür reif war.

Dexter allerdings schien neuerdings einen Fatalismus zu entwickeln, der ihm vorher nicht aufgefallen war. Bei Männern wie ihm hatte er das schon häufig beobachtet. Nach Jahren der Gewalttätigkeit nahm das Risiko, selbst ein gewalttätiges Ende zu finden, immer mehr zu. Sie hatten dieses Leben zu lange geführt, um sich in diesem späten Stadium noch einen leichten Ausstieg vorstellen zu können. Dexter war nicht leichtsinnig geworden wie manche von seiner Sorte und auch nicht übervorsichtig. Aber dieser Fatalismus, diese Resignation standen ihm ins Gesicht geschrieben. Er wirkte wie ein Mann, der schlafen wollte, nur noch schlafen und vergessen.

Moloch hatte beobachtet, wie Dexter mit Braun und Shepherd geredet hatte. Er hatte sich nicht eingeschaltet. Er wusste, worum es bei dem Gespräch ging: um Willard, der im Zimmer gegenüber schlief. Moloch liebte Willard und wusste, dass seine Liebe erwidert wurde. Willard war von einer Reinheit, die seiner Schönheit entsprach, und im Gegensatz zu Shepherd würde er loyal sein bis in den Tod. Moloch konnte nur ahnen, was in Willards Kopf vor sich ging, und fragte sich manchmal, wie es wäre, einen Blick in sein Innenleben zu werfen. Wahrscheinlich war es wie bei einer Spinne, die kaum ein Bewusstsein von sich selbst hatte: Leere, Geduld und ein grenzenloser Hunger, der sich nie befriedigen ließ, aber gleichzeitig auch Neugier, Zorn und Sinnlichkeit.

Moloch hatte keine Ahnung, woher Willard kam. Nicht er hatte Willard ausgesucht, eher hatte dieser ihn gefunden und sich an ihn geheftet. Das erste Mal hatte Willard ihn in einer Vorortkneipe von Saranac Lake angesprochen, nachdem er schon eine Woche lang immer wieder am Rande von Molochs Blickfeld aufgetaucht war. Moloch hatte nichts gegen ihn unternommen, aber vorsichtshalber mit griffbereiter Waffe geschlafen und die Tür seines Hotelzimmers sorgfältig verriegelt. Der Junge interessierte ihn, ohne dass er hätte sagen können warum.

Dann, genau sieben Tage nachdem er ihm zum ersten Mal aufgefallen war, betrat der Junge die Kneipe und nahm ihm gegenüber Platz. Als Moloch gesehen hatte, wie er seinen Tisch ansteuerte, hatte er die Pistole aus dem Halfter genommen, unter dem Tisch den Schalldämpfer auf den Lauf geschraubt und die Waffe in ein paar Servietten eingewickelt. Jetzt lag sie in seinem Schoß und Molochs rechter Zeigefinger ruhte am Abzug.

Der Junge setzte sich vorsichtig hin und legte seine Hände flach auf den Tisch.

»Mein Name ist Willard«, sagte er.

»Hallo, Willard.«

»Ich beobachte Sie schon die ganze Zeit.«

»Ich weiß. Und ich frage mich allmählich, was das soll.«

»Ich habe etwas für Sie.«

»Damit das klar ist«, erwiderte Moloch, »mich interessiert nicht, was du zu verkaufen hast.«

Willard ließ sich durch die barsche Zurückweisung nicht einschüchtern. Er runzelte kaum merklich die Stirn, als hätte er die Bedeutung von Molochs Antwort nicht recht verstanden.

»Ich glaube, es wird Ihnen gefallen«, fuhr er fort. »Es ist nicht weit von hier.«

»Ich esse gerade.«

»Ich kann warten, bis Sie fertig sind.«

»Willst du was essen?«

»Ich habe schon gegessen.«

Mit der linken Hand aß Moloch das Hähnchen mit Reis, während er die rechte Hand unter dem Tisch hielt. Nach dem Essen legte er das Geld für das Essen und das Bier auf den Tisch und forderte Willard auf vorauszugehen. Er nahm seine Jacke, wickelte die Pistole darin ein und folgte dem Jungen aus der Kneipe auf den Parkplatz, auf dem nur wenige Autos standen. Willard steuerte auf einen roten Pontiac zu, aber Moloch hielt ihn zurück.

»Wir nehmen meinen Wagen«, sagte er.

Er warf Willard die Schlüssel zu.

»Du fährst.«

Als der Junge die Schlüssel auffing, schlug Moloch ihm heftig mit dem Pistolengriff auf den Kopf und schob ihn gegen den Pontiac. Er durchsuchte ihn, während er ihm die Pistole an den Kopf hielt. Er fand nichts, nicht einmal Münzen. Als er einen Schritt zurücktrat, sah er, dass Blut aus der Platzwunde am Kopf über Willards Stirn lief. Sein Gesichtsausdruck war völlig entspannt.

»Sie können mir vertrauen.«

»Wenn wir an Ort und Stelle sind, helfe ich dir, die Wunde zu reinigen.«

»Ist nicht meine erste«, erwiderte Willard. »Die heilt schon wieder.«

Sie stiegen in den Wagen und Willard fuhr schweigend ungefähr fünfzehn Kilometer weit, bis sie in der Nähe von High Falls Gorge waren. Er bog von der 86 in eine abgelegene Einfahrt ab und hielt vor einem zweistöckigen Sommerhaus, einer Blockhütte aus Ahornholz.

»Es ist da drinnen.«

Er öffnete die Verandatür und ging in Richtung Haustür. Moloch blieb dicht hinter ihm.

»Wenn irgendwas passiert, egal was, erschieße ich dich«, sagte Moloch.

»Ich habe Ihnen doch gesagt: Sie können mir vertrauen.«

Willard kniete sich hin und nahm einen Schlüssel aus dem Blumentopf neben der Haustür, öffnete sie und trat ein. Er schaltete das Flurlicht ein, damit Moloch sehen konnte, dass sie allein waren. Trotz Willards Beteuerungen durchsuchte Moloch das Haus, wobei er den Jungen als Schutzschild vor sich herschob. Das Haus war leer.

»Wem gehört die Hütte?«

Willard zuckte die Achseln. »Ich kenne die Namen der Eigentümer nicht.«

»Und wo sind sie jetzt?«

»Sie sind am Sonntag weggefahren. Sie kommen manchmal zum Wochenende her. Wollen Sie jetzt sehen, was ich für Sie habe? Es ist im Keller.«

Willard öffnete die Kellertür und schaltete das Licht ein. Eine Treppe führte nach unten, Willard ging voran, Moloch folgte.

An der hinteren Wand des Raums stand ein Stuhl, auf dem eine junge Frau saß. Sie war siebzehn oder achtzehn. Der Mund war mit Klebeband verschlossen, ihre Arme und Beine waren gefesselt. Sie hatte sehr dunkle Haare und ein sehr bleiches Gesicht. Sie trug ein schwarzes T-Shirt und einen kurzen schwarzen Rock. Ihre Netzstrümpfe waren zerrissen. Selbst in dem Dämmerlicht konnte Moloch die Striemen an ihren Armen sehen.

»Niemand wird sie vermissen«, sagte Willard. »Absolut niemand.«

Die junge Frau fing an zu weinen. Willard warf ihr einen letzten Blick zu und sagte: »Ich lasse Sie mit ihr allein. Ich bin oben, falls Sie irgendwas brauchen.«

Sekunden später hörte Moloch, wie die Kellertür ins Schloss fiel.

Jetzt, Jahre später, musste Moloch an jenen ersten Abend und an das gefesselte Mädchen denken. Willard hatte ihn erkannt, er durchschaute seine Gelüste, weil er sie teilte. Das Mädchen war eine Art Werbegeschenk an ihn, und Moloch hatte es mit Freuden angenommen.

Moloch liebte Willard, aber Willard hatte die Kontrolle über seine Gier verloren, falls er überhaupt je in der Lage gewesen war, sie zu zügeln. Der Tod von Jenna und die Verstümmelung der Frau, die sie bei seiner Flucht als Köder benutzt hatten, waren Anzeichen dafür, dass Willard sich auf einer Abwärtsspirale in irgendeinen düsteren Abgrund befand, aus dem er nicht wieder zurückkehren würde. Moloch liebte Willard und Willard liebte Moloch, und Liebe brachte ihre eigenen Verpflichtungen mit sich.

Andererseits, das wusste Moloch nur zu gut und seine Frau würde es auch bald wissen, tötet jeder Mann das, was er liebt.

Danny machte einen Riesenaufstand, wie immer, wenn seine Mutter vorhatte, abends wegzugehen. Wahrscheinlich, so glaubte sie, weil kein Vater im Haus war. Es hatte ihn von ihr abhängig gemacht, vielleicht war er dadurch auch ein bisschen zu weich geworden, und das gab ihr zu denken. Sie wollte, dass er stark war, weil er irgendwann einmal etwas über die Welt erfahren musste, die sie hinter sich gelassen hatten, und über den Mann, der zu seiner Entstehung beigetragen hatte. Aber dass er stark war, wollte sie auch aus ganz eingennützigen Gründen. Sie war erschöpft; erschöpft von der ständigen Angst und davon, immerzu auf der Hut sein zu müssen, erschöpft, weil sie niemanden hatte, an den sie sich anlehnen konnte. Sie wünschte sich, dass Danny zu einem großen, starken Mann heranwuchs, der sie beschützen konnte, so wie sie ihn jetzt beschützte. Aber dieser Tag lag noch in weiter Ferne.

»Wo gehst du hin?«, fragte er erneut in dem weinerlichen Tonfall, den er immer dann anschlug, wenn er das Gefühl hatte, von der Welt ungerecht behandelt zu werden.

»Hab ich dir doch schon gesagt. Ich gehe essen.«

»Mit Joe?«

»Ja.«

»Ich kann Joe nicht leiden.«

»Sag das nicht, Danny. Du weißt, dass das nicht stimmt.«

»Doch, es stimmt. Ich hasse ihn. Er hat einen Vogel getötet.«

»Darüber haben wir schon oft genug geredet. Er musste den Vogel töten, weil er verletzt war und solche Qualen hatte, dass Joe keine andere Wahl hatte.«

Sie hatte ihm die Möwe gegeben, die Dupree für ihn geschnitzt hatte. Er hatte sie kaum eines Blickes gewürdigt und sie in die Ecke geworfen. Als sie die Möwe später aufheben wollte, lag sie nicht mehr dort. Aber sie hatte sie auf dem Regal in Dannys Zimmer gesehen, bevor sie das Haus verlassen hatten. Ihr Sohn war ein kleiner Junge mit widersprüchlichen Gefühlen.

Als der Wagen durch ein Schlagloch rumpelte, warfen die Scheinwerfer einen Moment lang ihr Licht in die Baumkronen. Marianne überlegte, ob sie das, was sie seit dem frühen Abend beschäftigte, zur Sprache bringen sollte oder ob es besser war, die Sache bis zum nächsten Morgen auf sich beruhen zu lassen.

Sie war nach draußen gegangen, um Wasser im Auto nachzufüllen, und dabei war ihr Blick auf das kleine Grab gefallen, das Joe für die tote Möwe errichtet hatte. Der Stein, der die Stelle markierte, war beiseite geschoben und die Erde aufgebuddelt worden, sodass ein flaches Loch entstanden war. Der Vogel war weg, aber in der Nähe entdeckte sie Blut und einige verstreute Federn. Vielleicht hatte ein Tier den Vogel ausgegraben, dachte sie, andererseits hatte Danny beim

Abendessen Dreck unter den Fingernägeln gehabt, und als sie hatte wissen wollen woher, war er bockig geworden. Erst als sie sich später das Grab genauer ansah, hatte sie geahnt, was geschehen war.

Sie beschloss, erst einmal nichts zu unternehmen. Sie wollte den Abend genießen und sich nicht im Streit von ihrem Sohn verabschieden.

»Meinst du, dass Richie bei Bonnie ist?«

»Bestimmt«, erwiderte Marianne. Richie war in geistiger Hinsicht nicht weiter als Danny, aber er mochte Danny sehr, und Danny war froh, dass der ältere Junge sich mit ihm beschäftigte. So etwas erlebte Danny nicht häufig, denn er tat sich schwer damit, Freunde zu finden und sich in der Schule einzugewöhnen.

Sie bog in Bonnies Einfahrt ein und schaltete den Motor ab. Danny löste den Sicherheitsgurt und wartete darauf, dass sie um das Auto herumkam und ihm die Tür aufmachte. Aus dem Haus fiel ein Lichtstrahl auf die beiden, als Bonnie mit offenen Haaren und einer Zigarette in der Hand in der Tür erschien. Bonnie Claessen hatte ein hartes Leben hinter sich: ein Ehemann, der sie geschlagen hatte, bis sie mit einem Tanzlehrer durchgebrannt war; ein Sohn, der immer von ihr abhängig sein würde; schließlich eine Reihe von Männern, die nicht zu ihr gepasst hatten und ziemlich windige Burschen gewesen waren. Manchmal kam es Marianne so vor, als führte Bonnie Claessen ein Leben, bei dem sie nach Tränen bezahlt wurde. Dann war ihr Neffe Wayne Cady auch noch bei einem Unfall ums Leben gekommen. Wie fast alle Bewohner der Insel hatte Marianne an der Beerdigung teilgenommen und zugesehen, wie der Sarg in das Grab auf dem kleinen Friedhof neben der Baptistenkirche der Insel hinabgelassen worden war. Als im Verlauf der Zeremonie die Trauergäste Erde auf den Sarg streuen sollten, hatte sich Bonnies Schwester aus lauter Verzweiflung auf die Knie fallen lassen und ihr Gesicht in die feuchte Erde gepresst, so als wollte sie ihrem toten Sohn ins Grab folgen und gemeinsam mit ihm beerdigt werden.

An jenem Tag war Bonnie ihrer Schwester eine große Stütze gewesen, aber sie war in vielerlei Hinsicht stark: Es war nicht leicht für sie, einen behinderten Sohn aufzuziehen, und von dem überlasteten staatlichen Gesundheitssystem hatte sie nicht viel Unterstützung bekommen. Traditionell wurden viele Mittel dafür ausgegeben, geistig behinderte Kinder in psychiatrischen Kliniken oder betreuten Wohnheimen unterzubringen, aber Bonnie hatte sich von Anfang an dagegen gewehrt. Nachdem ihr Mann sie verlassen hatte, war ihr für eine Zeit lang eine Hauspflege bewilligt worden, doch Mittelkürzungen und die enormen Kosten, die erforderlich waren, um eine regelmäßige Pflegekraft auf die Insel zu schicken, hatten schließlich dazu geführt, dass diese Leistung nach weniger als einem Jahr eingestellt wurde. Plötzlich war Marianne heilfroh darüber, dass Danny nicht so abhängig von ihr sein würde und dass sie vielleicht sogar irgendwann in der Zukunft auf seine Unterstützung würde zählen können.

Bonnie war vom ersten Tag an nett zu ihr gewesen, und Marianne hatte sich revanchiert, wo sie konnte, indem sie Richie hin und wieder abends zu sich holte oder ihn zusammen mit Danny am Wochenende ins Kino mitnahm, um Bonnie eine Verschnaufpause zu verschaffen. Über ihre Vergangenheit hatte sie nie mit Bonnie geredet, aber Marianne wusste, dass eine lebenserfahrene Frau wie Bonnie mehr ahnte, als sie zugab. Bonnie war lange genug selbst das Opfer übler Typen gewesen, um eine Leidensgenossin auf den ersten Blick zu erkennen.

»Danke, dass du das für mich tust«, sagte Marianne, als sie, eine Hand auf Dannys Schulter, auf Bonnie zuging.

»Kein Problem, Liebes. – Wie geht's dir, Danny?«

»Okay«, murmelte Danny.

»Nur okay? Na, dann wollen wir mal sehen, ob sich das ändern lässt. Drinnen gibt's Popcorn und Limo, und Richie hat ein neues Computerspiel, das er dir bestimmt unbedingt vorführen will. Na, wie klingt das?«

»Okay«, erwiderte Danny ebenso tonlos wie zuvor.

Marianne verdrehte die Augen und Bonnie erwiderte die Geste mit einem »Kenn-ich-doch«-Achselzucken. »Wenn es nicht zu spät wird, hole ich ihn noch heute Abend ab. Sonst komme ich morgen früh als Erstes her.«

»Keine Panik, Liebes. Genieß den Abend.«

Marianne gab Danny einen Kuss auf die Wange, umarmte ihn und ermahnte ihn, sich zu benehmen, bevor sie zu ihrem Wagen ging. Als sie losfuhr, winkte sie noch zum Abschied, aber Danny war schon unterwegs ins Haus und seine Gedanken an sie und seine schlechte Laune würden bei der Aussicht auf neue Spiele bald vergessen sein. Auf der Hauptstraße, die in die Island Avenue überging, beschleunigte sie das Tempo. Am Good Eats, dem einzigen Restaurant der Insel, das ganzjährig geöffnet hatte, parkte sie und überprüfte ihr Make-up im Rückspiegel. Sie zog die Lippen nach, richtete sich das Haar und seufzte.

Sie war zweiunddreißig Jahre alt und ging zu ihrem ersten Date seit Jahren.

Mit einem Riesen.

Joe Dupree erwartete sie bereits an einem Tisch im hinteren Teil des Restaurants, vor sich ein Bier. Seine Beine hatte er seitwärts platziert, damit er nicht gegen die Unterkante des Tisches stieß. Wieder kam ihr der Gedanke, wie fehl am Platz er sich häufig fühlen musste.

Nichts hat die richtige Größe für ihn. Alles ist zu klein, zu schmal, zu eng. Selbst die Insel scheint nicht groß genug zu sein für ihn. Er sollte irgendwo in den offenen Weiten von Montana leben, wo die schiere Wucht der Natur selbst einen Riesen wie ihn in den Schatten stellen würde.

Als er sich erhob, um sie zu begrüßen, wackelte der Tisch, weil er mit dem Schenkel dagegen stieß. Er streckte seine Hand aus, um eine Blumenvase vor dem Umfallen zu retten, dabei schwappte Wasser auf den Tisch, und die Rose verlor ein Blatt, als er sie unbeholfen auffing. Das Restaurant war zur Hälfte besetzt, vorwiegend mit Einheimischen, aber Marianne entdeckte ein junges Paar, das verstohlene Blicke zu dem großen Mann herüberwarf. Touristen. Merkwürdig, dass die Anwesenheit von Fremden sie störte, obwohl sie selbst erst ein Jahr hier lebte.

»Hallo«, sagte Dupree. »Ich dachte schon, Sie kämen nicht mehr.«

»Danny hat mal wieder Theater gemacht. Er kann es immer noch nicht leiden, wenn ich ohne ihn weggehe. Wenn's nach ihm ginge, würde er jetzt hier sitzen und Fritten und Limo verlangen.«

»Dagegen wäre doch nichts einzuwenden.«

Sie hob fragend die Augenbrauen. »Soll ich zurückfahren und ihn holen?«

Er hob abwehrend die Hände. »Nein, so hab ich das nicht gemeint.«

Er errötete, überlegte kurz, ob er erklären sollte, was er gemeint hatte, ließ es dann aber bleiben, um es nicht noch komplizierter zu machen.

Es war schon lange her, dass Joe Dupree mit einer Frau ausgegangen war, und er fürchtete, dass sein Talent in dieser Hinsicht, mit dem es nie weit her gewesen war, inzwischen reichlich Patina angesetzt hatte. Hin und wieder hatten sich Frauen an ihn herangemacht, wenn er sich eine Auszeit von der Insel gegönnt hatte und mit der letzten Abendfähre hinüber aufs Festland gefahren war, um die Kneipen im Old Port aufzusuchen. Meist hatte er sich bis ein oder zwei Uhr morgens in den Kneipen der Stadt herumgetrieben und sich dann von Thorson abholen lassen. Dem alten Fährmann hatte das gewöhnlich nichts ausgemacht. Er schlief ohnehin nicht sehr viel. Wenn Thorson nicht kommen konnte, was selten vorkam, fuhr Dupree entweder mit einem Wassertaxi zur Insel zurück oder leistete sich ein Zimmer in einem billigen Hotel, wo er die Matratze aus dem Bett hob und sie auf den Boden legte, dazu noch ein paar Kissen, um seine Beine zu stützen, die über die Matratze hinausragten.

Und in diesen Kneipen, besonders in solchen, die kaum von Touristen besucht wurden, zog er hin und wieder die Aufmerksamkeit von Frauen auf sich. Er hörte sie, wenn sie zu zweit oder zu dritt zusammensaßen und lachten, wie Frauen lachen, die vom Alkohol benebelt und auf Sex aus sind, ein raues, ordinäres Lachen, das aus dem tiefsten Innern kommt, Frauen mit schweren Lidern, die Augen halb offen, die Lippen zu Schmollmündern geschürzt. Ihre Bemerkungen krochen über den staubigen Fußboden …

Ich wüsste zu gern, ob er überall so groß ist.

Diese Hände und diese Füße! Man kann gar nicht aufhören hinzusehen.

… oder waberten wie Rauch zwischen den Tischen …

Der würde bei mir schon reinpassen.

Schätzchen, aus dir müssten sie erst was rausnehmen, damit der bei dir reinpasst.

… bis sie seine Ohren erreichten und er sie schmallippig lächelnd zur Kenntnis nahm, woraufhin die Frauen noch mehr kicherten und wegsahen oder ihm vulgäre, viel versprechende Blicke zuwarfen.

Manchmal hatte er ein Angebot angenommen, es hinterher aber meist bereut. Beim letzten Mal hatte er die Frau in ihr kleines Haus in Saco begleitet, das so ordentlich und typisch weiblich war, dass er sich noch mehr fehl am Platz vorgekommen war als sonst und kaum gewagt hatte, sich zu bewegen, um ja nicht eine der chinesischen Puppen umzustoßen, die ihn von jedem Regal und jedem Fenstersims mit bleichen Gesichtern anzustarren schienen. Sie zog sich im Badezimmer aus und kam zurück ins Schlafzimmer, nur noch bekleidet mit einem zu engen BH und einem schwarzen Slip. Fettröllchen quollen ihr über die Riemchen am Rücken und über den Bund an der Hüfte. Sie hielt eine Zigarette in der Hand, die sie zwischen die Lippen steckte, als sie die Bettlaken zurückschlug. Dann öffnete sie den Verschluss ihres BHs, ließ ihn über ihre Arme gleiten, schob mit den Daumen ihren Slip hinunter und stieg aus ihm heraus, ohne Joe auch nur eines Blickes zu würdigen. Sie legte sich ins Bett, zog die Bettlaken bis über die Hüften und rauchte ihre Zigarette weiter, während er sich auszog und Schweißausbrüche bekam vor Scham und Abscheu vor sich selbst.

In ihrem Gesicht konnte er weder Lust noch Gier entdecken, noch nicht einmal Neugier, sondern nur die Aussicht auf die kurzzeitige Linderung ihrer Langeweile. Sie zog ein letztes Mal an ihrer Zigarette, drückte sie im Aschenbecher auf dem Nachttisch aus, schlug das Laken zurück und schaute ihn an. Als er sich neben sie ins Bett legte, hörte er die Federn unter seinem Gewicht ächzen, roch den abgestandenen Qualmgeruch in den Kissen und spürte, wie ihre Fingernägel vier weiße Furchen in seinen Oberschenkel kratzten, während ihre Hand sich seinem Penis näherte.

Sie schnarchte schon, als er, teilnahmslos beobachtet von den chinesischen Puppen, auf Socken durchs Haus schlich, die Schuhe in der Hand. Auf den Verandastufen zog er sie an, rief von einer Telefonzelle aus ein Taxi und kehrte zum Alten Hafen zurück. Auf einer Bank neben der Anlegestelle der Fähre wartete er bis zum Morgengrauen, dann ging er zum Miss Portland Diner, um mit den Fischern zusammen zu frühstücken. Tief über den Teller gebeugt aß er sein Rührei mit Speck, darauf bedacht, jeden Blickkontakt mit anderen

Gästen zu meiden. Als Thorsons Fähre anlegte, um die Pendler von der Insel aussteigen zu lassen, nickte Joe Dupree den Leuten nur flüchtig zu und wartete, bis alle Passagiere das Boot verlassen hatten. Er setzte sich auf einen Platz im Heck der Fähre, und als keine weiteren Fahrgäste erschienen, ließ Thorson den Motor an und brachte Joe Dupree weg von Portland. Der Wind fegte den Geruch nach Parfüm, Alkohol und Zigaretten aus seinen Kleidern und Haaren und tilgte so die Spuren seiner Sünden.

Seither war er nicht mehr in den Kneipen im Alten Hafen gewesen und trank auch kaum noch. Als er sich erhob, um die Frau zu begrüßen, die jetzt an seinen Tisch kam, konnte er Dale Zippers Lächeln und die Verblüffung in den Gesichtern der Bedienung sehen. Er scherte sich nicht darum. Er hatte fast ein Jahr gebraucht, um seinen ganzen Mut zusammenzunehmen und sie zu einem Abendessen einzuladen. Er mochte ihren Sohn. Er mochte sie. Jetzt sagte sie etwas, aber er war so in seine Gedanken vertieft, dass er sie bitten musste, es zu wiederholen.

»Ich sagte, dass es schwierig ist, hier irgendetwas im Geheimen zu tun. Man hat das Gefühl, dass alle anderen besser über einen informiert sind als man selbst.«

Er lächelte. »Ich kann mich noch daran erinnern, wie Dave Mahoney – er ging auf die siebzig zu, der alte Haudegen – sich an eine Witwe namens Annie Jabar herangemacht hat, die einen Kilometer weiter in derselben Straße wohnte wie er. Nichts war zwischen den beiden vorgefallen außer vielleicht ein paar Blicke über den Bingotisch hinweg oder ein flüchtiger Handkontakt quer durch die Regale des Supermarkts hindurch, aber sie hat ihm zweifellos schöne Augen gemacht. Also beschließt Dave eines Tages, etwas zu unternehmen. Er zieht seinen besten Anzug unter dem Regenmantel an und macht sich im strömenden Regen auf zu Annie Jabars Haus. Als er dort eintrifft, erwartet sie ihn bereits.«

Er schüttelte belustigt den Kopf.

»Wer?«, fragte Marianne. »Die Witwe?«

»Nein, nein. Seine Frau. Keine Ahnung, wie sie es geschafft hat, aber sie war vor ihm da. Wahrscheinlich ist sie durch den Wald gelaufen, um ihn abfangen zu können, dabei war sie nicht viel jünger als Dave. Sie hatte ein Gewehr mitgebracht, Daves Gewehr. Als er sie erblickte, machte er auf dem Absatz kehrt und sah zu, dass er nach Hause kam. Die Witwe hat er nie wieder angeschaut, auch sonst keine Frau außer seiner eigenen. Sie ist vor ein paar Jahren gestorben, und es heißt, Annie Jabar hätte gehofft, sie und Dave könnten nach dem Tod seiner Frau ein Paar werden, aber soweit ich weiß, hat er sich nie wieder in ihrer Nähe blicken lassen seit dem Tag, an dem ihm seine Frau seine eigene Flinte unter die Nase gehalten hat.«

»Er hat sie also geliebt.«

»Er hat sie geliebt und er hatte eine Heidenangst vor ihr. Vielleicht glaubt er auch, sie könnte ihm immer noch aufs Dach steigen, wenn er wieder über die Stränge schlägt, oder vielleicht fehlt sie ihm auch mehr, als er sich je vorgestellt hätte. Manchmal plaudere ich ein bisschen mit ihm, und ich habe den Eindruck, dass er nur darauf wartet, ihr ins Grab zu folgen. Wahrscheinlich ist ihm klar geworden, wie sehr sie ihn geliebt hat, als sie ihn lieber erschießen wollte, als ihn einer anderen Frau zu überlassen, selbst im Alter von siebzig Jahren. Vielleicht muss man jemanden wirklich sehr lieben, um bereit zu sein, ihn zu töten.«

Dupree ließ sich kurz ablenken, als sich an einem Nebentisch zwei Leute erhoben, deshalb bemerkte er Mariannes Gesichtsausdruck nicht. Hätte er ihn bemerkt, hätte ihr gemeinsamer Abend ein abruptes Ende finden können, denn er hätte sich gezwungen gefühlt, sie zu fragen, was los war. Stattdessen beobachtete er einen massigen Mann in einem rot karierten Hemd, der in Begleitung seiner nicht minder korpulenten Frau dem Ausgang zustrebte. Beim Hinausgehen verabschiedete sich der Mann von Dupree mit einem Nicken, in dem gleichermaßen Anerkennung und Missbilligung lagen. Als Marianne, dankbar für die Ablenkung, einen Blick über die Schulter warf, lächelte der Mann ihr zu, bis seine Frau ihm mit dem Ellbogen so heftig in die Rippen stieß, dass er fast zur Tür hinausstolperte.

»Tom Jaffe«, sagte Dupree.

»Seinem Vater gehört die Baufirma, nicht wahr?«

»Stimmt. Der ist mittlerweile fast siebzig, kann sich aber einfach nicht dazu durchringen, das Geschäft an seinen Sohn zu übergeben. Er traut ihm nicht. Tom hält sich immer noch für den großen Zampano. Er hat mit mir gemeinsam die High School beendet und damals die Abschlussrede für unseren Jahrgang gehalten. Er hielt sich für einen großen Redner.«

»Und wie war die Rede?«

»Fürchterlich. Im Prinzip war sie ein wortreiches ›Ihr könnt mich mal‹ an alle, die er je kennen gelernt hatte. Irgendjemand hat anschließend versucht, ihn auf dem Parkplatz zu überfahren.«

»Vielleicht war es nur ein Missverständnis.«

»Bestimmt nicht. Ich hab nochmal kehrtgemacht für einen zweiten Versuch, nachdem er mir beim ersten entwischt ist. Laufen konnte er, das muss ich ihm lassen.«

Sie musste herzhaft lachen und zum ersten Mal an diesem Abend begann Dupree sich zu entspannen. Im Verlauf der nächsten Stunden füllte sich das kleine Restaurant zusehends, aber niemand musste für einen Tisch anstehen. Sie unterhielten sich über Musik und Filme und beide erzählten ein wenig aus ihrer Vergangenheit, aber nicht zu viel. In Joes Fall lag die Zurückhaltung an seiner Verlegenheit und Schüchternheit, außerdem fürchtete er, diese Frau mit dem leichten Südstaatenakzent, die einen Sohn hatte und offenbar weit herumgekommen war, könnte sein Leben auf der Insel fade und hinterwäldlerisch finden.

Aber die Frau? Nun, sie hatte einen ganz anderen Grund für ihre Zurückhaltung.

Sie gab wenig über ihre Vergangenheit preis, weil sie ihm nur hätte Lügen auftischen können.

Sie waren gerade beim Nachtisch, als Sally Owens das Restaurant betrat. Sie kellnerte im Rudder, seit Dupree denken konnte. Angeblich hatte sie in jungen Jahren einmal einen Mann über die Theke gezerrt, weil er seiner Bestellung kein »bitte« beigefügt hatte. Mittlerweile war sie älter und etwas ruhiger und gab sich damit zufrieden, ungehobelten Kunden finstere Blicke zuzuwerfen. Jetzt kam sie mit eiligen Schritten direkt auf Joe zu.

»Tut mir Leid, Joe, dass ich dich störe, aber Lockwood kümmert sich gerade um einen Einbruch drüben auf der Kemps Road, und Barker ist mit einem Feuerwehrwagen unterwegs, um ein brennendes Auto zu löschen.«

Dupree konnte sein Missfallen nicht verbergen. Er hatte die Polizisten der Nachtschicht gebeten, ihn heute Abend in Ruhe zu lassen, selbst wenn sie bis zum Hals in Arbeit stecken sollten, wonach es am Morgen nicht ausgesehen hatte. Natürlich war es nicht ihre Schuld, dass Autos brannten und Häuser aufgebrochen wurden, aber falls sie die Übeltäter schnappten, würden diese es mit Joe Dupree zu tun kriegen.

»Was gibt's, Sally?«

»Terry Scarfe ist im Rudder und er ist nicht allein. Er ist mit Carl Lubey da und die beiden sind ein Herz und eine Seele. Ich hab mir gedacht, das solltest du wissen.«

Marianne beobachtete, wie Duprees Gesichtsausdruck sich verfinsterte. Sie meinte auch Kummer darin zu sehen, über Ereignisse, die er am liebsten vergessen würde. Sie kannte die Geschichte mit Carl Lubeys Bruder. Jeder auf der Insel kannte sie.

Ronnie Lubey war ein Kleinkrimineller gewesen, der wegen Drogenhandels und schweren Diebstahls im Knast gesessen hatte. In der Nacht, in der er starb, hatte er einen Cocktail aus Amphetaminen und Alkohol intus und war auf Streit aus gewesen. Er hatte auf die Fenster der Häuser in der Nachbarschaft geschossen und irgendetwas von Baumstümpfen und Grenzen geschrien. Als Joe und Daniel Snowman, der inzwischen im Ruhestand war, bei ihm eintrafen, saß Ronnie schlaff und von oben bis unten voll gekotzt an einem Baumstamm und brabbelte unverständliches Zeug vor sich hin.

Kaum waren die beiden Polizisten aus ihrem Wagen gestiegen, hob Ronnie die Schrotflinte und schoss wild um sich. Snowman ging zu Boden, von einer Schrotladung im linken Bein getroffen, und nach einer Warnung, auf die Lubey nicht reagierte, zog Dupree die Dienstwaffe. Er zielte absichtlich tief und traf Ronnie auch nur in den Oberschenkel, aber leider zerfetzte die Kugel die Oberschenkelarterie. Joe tat für Ronnie, was er konnte, aber sein Partner hatte Vorrang. Snowman hatte überlebt, Ronnie Lubey nicht, und das hatte dessen jüngerer Bruder Carl, der ebenfalls auf der Insel lebte, dem großen Polizisten nie verziehen.

Marianne wusste nicht, wer Terry Scarfe war, aber wenn er Carl Lubeys Kumpel war, dann wollte sie ihn auch nicht kennen lernen. Ein paar Wochen nachdem sie auf der Insel angekommen war, hatte Carl versucht, sich an sie heranzumachen, als sie mit Bonnie im Rudder an der Theke saß. Nachdem sie seine Einladung auf einen Drink abgelehnt hatte, war Carl ausfallend geworden, hatte sie aufs Gröbste beschimpft und nach ihrem Busen gegrapscht, um sich wenigstens damit schadlos zu halten. Sie hatte ihn von sich gestoßen und Jeb Burris war über den Tresen geklettert und hatte Carl aus der Kneipe geworfen. An diesem Abend war der junge Officer Berman im Dienst gewesen. Marianne erinnerte sich daran, dass er sehr nett zu ihr gewesen war und Carl aufgefordert hatte, sich von ihr fern zu halten. Seitdem bekam sie ihn nur gelegentlich zu sehen, wenn er in den Supermarkt kam. Wenn er ihr auf der Straße oder auf der Fähre begegnete, begnügte er sich damit, ihr auf die Brüste oder zwischen die Beine zu starren.

»Ich geh lieber mal nachsehen«, sagte Dupree, als Sally sich mit einem Nicken verabschiedete und in die Kneipe zurückkehrte. »Sie entschuldigen mich für ein paar Minuten? Ich bin gleich wieder da.«

Er stand auf und legte ihr im Vorbeigehen sanft die Hand auf die Schulter, und als Marianne sie mit ihren Fingern streifte, ließ er sie noch für einen kurzen Moment liegen, bevor er ging.

Dupree ging die Island Avenue hinunter und bog dann rechts ab. Am Ende der Straße lag linker Hand die Anlegestelle der Inselfähre und direkt gegenüber auf der rechten Seite die Rudder Bar. Auf ihrer Rückseite befand sich eine offene Terrasse, die im Sommer von Touristen bevölkert, jetzt im Winter aber leer war. Von außen konnte Joe ein halbes Dutzend Gäste im Rudder sehen, die tranken und Poolbillard spielten.

Er betrat die Kneipe und entdeckte Scarfe und Lubey augenblicklich. Sie hockten aneinander gelehnt an der Theke. Lubey hob sein Glas, als Sally aus der kleinen Küche hinter der Theke kam.

»Hey, Sally, hast du Schnaps da, der nach Muschi schmeckt?«

»Ich hab keine Ahnung, wonach Muschi schmeckt«, erwiderte Sally, die Dupree einen Blick zuwarf, als er näher trat.

Lubey streckte ihr einen Finger hin.

»Dann leck mal hier dran«, sagte er, woraufhin die beiden Männer in schallendes Gelächter ausbrachen.

»Hallo, Jungs, wie geht's denn so?«, fragte Dupree.

Lubey und Scarfe drehten sich gleichzeitig um.

»Wir sind nicht deine Jungs«, raunzte Lubey. Seine Augen waren glasig. Er geriet leicht ins Schwanken, als er versuchte Dupree anzusehen.

»Sieh mal einer an, da ist ja der Riese vom Dienst«, sagte Scarfe. »Was ist los, Mr Riese? Ist es Ihnen zu langweilig auf der Wache?«

»Lange nicht gesehen, Terry. Ich dachte, du sitzt im Knast.«

»Hab Bewährung gekriegt. Wegen guter Führung.«

»Heute Abend scheint es mit der guten Führung aber nicht weit her zu sein.«

»Was hast du für ein Problem, Of-fi-cer?«, fragte Lubey. »Ich trinke ein Bier mit meinem Kumpel. Wir stören niemand.«

»Ich glaube, ihr habt genug getrunken.«

»Und was willst du jetzt tun?«, fragte Lubey. »Mich erschießen?«

Dupree sah ihn an. Lubey hielt dem Blick eine ganze Weile stand, dann schaute er dämlich grinsend weg. Dupree wandte sich wieder an Scarfe.

»Ich will, dass du die Insel verlässt, Terry. Thorson fährt in zehn Minuten rüber. Und du fährst mit ihm.«

Scarfe schaute Lubey an, zuckte die Achseln, glitt vom Barhocker und nahm seine Jacke.

»Der Riese vom Dienst will mich von der Insel haben, also muss ich wohl gehen. Wir sehen uns.«

»Ja, wir sehen uns, Terry. Halt die Ohren steif.«

Dupree trat zur Seite und sah zu, wie Scarfe zur Tür schwankte, dann knöpfte er sich Lubey vor.

»Bist du mit dem Auto hier?«, fragte er.

Lubey antwortete nicht.

»Ich hab dich was gefragt, Carl.«

»Ja, ich bin mit dem Auto hier«, gab Lubey schließlich zu.

»Gib mir die Schlüssel.«

Carl wühlte in seinen Taschen, bis er die Schlüssel gefunden hatte. Als Dupree die Hand danach ausstreckte, ließ Lubey sie auf den Boden fallen.

»Uups«, sagte er.

»Heb sie auf.«

Lubey stieg vom Hocker, bückte sich vorsichtig und kippte vornüber. Dupree half ihm auf die Füße und nahm die Schlüssel an sich. Als Lubey wieder aufrecht stand, schüttelte er die Hand des Polizisten ab.

»Hände weg!«

»Wenn du willst, kann ich dir auch Handschellen verpassen. Wir können ein Boot kommen lassen und du verbringst die Nacht in einer Zelle.«

Lubey langte nach seinem Mantel.

»Ich geh ja schon.«

»Morgen früh kannst du die Schlüssel auf der Polizeiwache abholen.«

Lubey winkte zum Abschied und ging zur Tür. Hinter dem Tresen legte Jeb Burris die Schürze ab und sagte: »Ich fahr ihn nach Hause.«

Dupree nickte.

»Ja, tu das.«

Draußen vor der Tür sah er zu, wie Terry Scarfe und zwei andere Leute, Touristen, die im Restaurant gegessen hatten, Thorsons Fähre bestiegen, die nach Portland ablegte.

Scarfe blickte die ganze Zeit zurück zur Insel, und Dupree schaute der Fähre nach, bis sie aus seinem Blickfeld verschwunden war.

Marianne hatte zum Abendessen einige Gläser Wein getrunken und Dupree ein Bier. Er bot ihr an, sie nach Hause zu fahren, und versprach, dafür zu sorgen, dass ihr Wagen am nächsten Morgen um acht Uhr vor ihrer Tür stehen würde. Sie nahm auf dem Beifahrersitz von Duprees Jeep Platz und starrte schweigend zum Seitenfenster hinaus. Dupree hätte gerne geglaubt, dass es ein entspanntes Schweigen war, aber er spürte ihre Traurigkeit.

»Alles in Ordnung?«

Sie nickte, aber ihre Lippen bebten, und er sah, dass sie den Tränen nahe war.

»Es ist schon lange her, wissen Sie?«

Nein, er wusste nicht und kam sich blöd vor.

»Was ist lange her?«

»Dass ich einen netten Abend mit einem Mann verbracht habe. Ich hatte schon ganz vergessen, wie das ist.«

Er hustete, um seine Verlegenheit und seine Freude zu verbergen.

»Müssen Sie am Ende eines netten Abends immer weinen?«

Sie lächelte und wischte sich mit den Fingerspitzen die Tränen fort.

»O Gott, mein Gesicht muss ja fürchterlich verschmiert sein!«

»Nein, Sie sehen gut aus.«

»Lügner.«

Er bog in die Auffahrt zu ihrem kleinen Haus ein und hielt vor ihrer Haustür. Er sah sie an. Sie erwiderte seinen Blick.

»Wollen sie noch mit reinkommen? Ich kann Ihnen einen Kaffee machen.«

»Gern. Kaffee ist eine gute Idee.«

Er folgte ihr ins Haus und nahm im Wohnzimmer auf der Ecke des Sofas Platz, während sie im Bad ihr Make-up richtete. Anschließend ging sie in die Küche und stellte den Wasserkessel auf den Herd. Er hörte sie leise vor sich hin fluchen.

»Tut mir Leid«, rief sie. »Ich hab nur noch Instantkaffee!«

»Dann werde ich mich wie zu Hause fühlen.«

Sie lugte um die Ecke, um zu sehen, ob er sie auf den Arm nehmen wollte.

»Nein, ehrlich, das ist wirklich wie zu Hause. Ich mache mir immer nur Instantkaffee.«

»Na, wenn Sie das sagen. Wenn Sie wollen, können Sie ein bisschen Musik auflegen.«

Er stand auf und ging zu einer Sammlung CDs, die auf dem Boden vor der Wand aufgestapelt waren. Auf dem dritten Regalbrett ihres Bücherschranks stand eine Stereoanlage. Er hockte sich vor das Regal, legte den Kopf zur Seite, um die Schrift auf den CDs zu lesen, ging auf die Knie, legte sich schließlich flach auf den Boden und fuhr mit dem Finger über die Rücken der CD-Hüllen.

»Von dem Zeug kenne ich überhaupt nichts«, sagte er, als sie mit zwei Tassen Kaffee auf einem Tablett ins Zimmer trat.

»Sie sind nicht auf dem Laufenden«, meinte sie.

»Der Radioempfang ist ganz schlecht hier draußen und ich fahre auch nicht mehr so oft rüber aufs Festland. Sagen Sie mal, sind die Doobie Brothers eigentlich noch zusammen?«

»Ich hab gehört, dass Michael McDonald ausgestiegen ist«, sagte sie. »Und bei Simon and Garfunkel sieht's auch nicht besonders gut aus.«

Er roch ihr Parfüm, als sie sich neben ihn kniete, und ihr Arm streifte seine Haare, als sie über ihn hinweglangte und vorsichtig eine CD aus dem Stapel zog. Mit einer Hand hielt er den CD-Stapel fest, damit er nicht umfiel. Sie legte eine leuchtend blaue CD in das Abspielgerät und wählte das sechste Stück aus. Aus den Lautsprechern ertönte Slow Funk.

»Hört sich an wie Prince«, sagte er.

Sie sah ihn mit hochgezogenen Augenbrauen an. »So ganz ahnungslos sind Sie wohl doch nicht. Sie sind schon ziemlich nah dran. Das ist Maxwell. Das Stück heißt: ›Til the Cops Come Knockin‹. Könnte mir vorstellen, dass Ihnen der Humor gefällt.«

»Nicht schlecht«, erwiderte er. »Das Stück, meine ich. Bei dem Humor bin ich mir nicht so sicher.«

Sie gab ihm einen neckischen Klaps, stand auf und trank von ihrem Kaffee, während sie sich leicht im Rhythmus der Musik wiegte. Dupree sah ihr vom Fußboden aus zu, dann wandte er sich verlegen ab und rappelte sich auf. Er nahm die Kaffeetasse, die er instinktiv mit der ganzen Hand griff, weil der Versuch, einen Finger durch den Henkel zu schieben, zum Scheitern verurteilt wäre. Kleine Dinge, dachte er. Es sind die kleinen Dinge, an die man denken muss.

Marianne trat ans Fenster und blickte hinaus in den dunklen Wald. Reglos blieb sie dort stehen. Er wartete darauf, dass sie etwas sagte.

»Der Vogel –«, setzte sie an, und er spürte, wie sich sein Rücken anspannte. Hat sie auch schon bemerkt, dass es keine Vögel mehr auf der Insel gab? Er musste an das Gespräch mit Amerling und Jack denken und seine gute Stimmung verflog wie Rauch.

»Die Möwe, die Sie von ihrem Elend erlöst haben.«

Einen Moment lang fühlte er sich erleichtert, bis er sich an den Blick erinnerte, mit dem Danny ihn angesehen hatte, nachdem er den Vogel getötet hatte.

»Wie gesagt, es tut mir Leid«, unterbrach er sie. »Ich hätte den Jungen wegschicken sollen.«

»Nein, das meine ich nicht. Ich glaube, Danny hat die Möwe wieder ausgegraben, nachdem Sie weg waren. Ich glaube, er hat sie ausgegraben und … und irgendwas damit angestellt.«

»Was denn?«

»Ich habe Blut und Federn entdeckt.« Sie ließ ihre Befürchtung unausgesprochen in der Hoffnung, der Polizist würde das Thema aufgreifen.

Dupree stellte seine Tasse ab und trat auf Marianne zu.

»Er ist ein Junge. Solche Dinge machen Jungs neugierig. Wenn Sie möchten, kann ich mit ihm reden.«

»Wahrscheinlich mache ich mir zu viele Gedanken.«

»Hat er schon mal lebende Tiere gequält?«

»Ich habe ihm verboten, mit Steinen nach Katzen zu werfen, und er ärgert gern Käfer und Krabbeltiere, aber ich glaube nicht, dass er sie wirklich quält.«

»Nun, dann würde ich es diesmal vielleicht auf sich beruhen lassen.«

Sie nickte, aber er spürte erneut, dass sie weit weg von ihm war, unterwegs im Land ihrer Vergangenheit. Er trank seinen Kaffee aus und stellte die Tasse vorsichtig auf dem Tablett ab.

»Dann werde ich mich mal auf die Socken machen«, sagte er.

Sie antwortete nicht, aber als er seine Jacke nehmen wollte, streckte sie ihre Hand nach ihm aus und legte sie sanft auf seinen Arm. Er konnte ihre Körperwärme durch den Stoff seines Hemdes fühlen. Sie schaute ihn an, aber ihr Gesichtsausdruck war schwer zu deuten.

»Es tut mir Leid«, sagte sie. »Wie gesagt, es ist schon lange her. Ich habe vergessen, wie so was geht.«

Dann beugte er seinen Kopf und seinen Rumpf zu ihr hinunter – er musste sich ziemlich tief bücken – und küsste sie. Sie erwiderte den Kuss und schmiegte sich an ihn. Später nahm sie ihn mit in ihr Schlafzimmer, wo sie sich im Dunkeln auszogen. Er sah nur das Weiße ihrer Augen und ihre blasse Haut und spürte den schwächer werdenden Duft ihres Parfüms. Und eine Weile vergaßen sie all ihre Qualen, während die Nacht sie für eine kurze Zeit in Frieden hüllte.

Und während sie sich liebten, saß der Maler Giacomelli in seinem Atelier, wo die Tischleuchte die Pinsel und Farben und die gegen die Wände gelehnten Bilder in ein hartes Licht tauchte. Jack wollte einen Drink. Er sehnte sich nach einem Drink, aber seine Angst war zu groß. Er wollte bereit sein und klar im Kopf. Nach seinem Gespräch mit Dupree und Larry Amerling hatte er am späten Nachmittag einen Spaziergang über die Waldpfade gemacht, die sich kreuz und quer durch das Zentrum der Insel zogen, aber die Stätte hatte er gemieden. Stattdessen war er vor einem Wald aus verdorrten Bäumen stehen geblieben, deren Wurzeln im Sumpf abgestorben waren, und hatte zu der düsteren Stelle hinübergeschaut, wo die Ruinen lagen. Über dem Zentrum der Insel hatte Stille gelegen wie an spätsommerlichen Tagen, wenn der Himmel bedeckt und die Hitze drückend und gnadenlos ist und die Welt nur darauf wartet, dass endlich ein erlösendes Gewitter kommt und die Schleusen des Himmels sich öffnen. Er stand auf dem Pfad, blickte über die toten Buchen hinweg, deren graue Stämme schief im Wasser standen, weil die verrotteten Wurzeln sie nicht mehr aufrecht halten konnten. Sie waren von Nebel eingehüllt – nein, eigentlich war es kein Nebel, eher schien es der sichtbar gewordene Verrottungsprozess zu sein, der einen Schleier aus winzigen Fäulnispartikeln über die Bäume und den Boden legte. Giacomelli strich mit den Fingern über seine Jacke, dann hob er die Hand vor die Augen in der Erwartung, eine graue Schicht auf den Fingern zu entdecken, aber sie waren sauber.

Weiter als bis zu dieser Stelle war er an diesem Tag nicht gegangen.

Jetzt saß er da und starrte auf eins seiner fehlerhaften Gemälde, die auf ihre Weise besser waren als alles, was er bisher gemalt hatte, denn die Wellen schienen sich über den Körpern zu bewegen und diese in ihrer Bewegung mitzunehmen, und über dem Wasser und den Felsen lag ein silbriges

Licht, das wiederzugeben ihm bisher nie gelungen war, einfach weil er es nie wahrgenommen hatte. Tatsächlich konnte er sich nicht daran erinnern, dieses schimmernde Licht aufgetragen zu haben, zumal auf seinem Bild gar kein Mond am Abendhimmel schien.

Oder auf dem, was einmal sein Bild gewesen war.

Moloch wachte auf.

Einen Moment lang hatte er das Gefühl, sich im Halbdunkel des Gefängnisses zu befinden, denn der Zellenblock war selbst nachts in dämmriges Licht gehüllt. Er hörte Männer schnarchen und Schritte. Er erhob sich von seinem schweißnassen Kissen und fuhr sich mit den Händen durch die Haare, dann erkannte er Willard, der mittlerweile ebenfalls wach war und ihn von seinem Platz unter dem Fenster beobachtete, vor dem die Vorhänge gegen neugierige Blicke zugezogen waren.

Er hatte wieder geträumt, aber diesmal nicht von einem Mädchen und vom Morden. Er war allein unter den Bäumen, lief über Waldpfade, Laub raschelte unter seinen Füßen und das Mondlicht ließ die Bäume schimmern. Als er jedoch zum Himmel blickte, war kein Mond da, sondern nur der Himmel voller schwarzer Wolken. Vor ihm lag Dunkelheit, nur durchbrochen von den schwachen Umrissen abgestorbener Buchen, die auf die Erde gespießt schienen wie die Speere von Riesen.

Und irgendetwas wartete in der Dunkelheit auf ihn.

Ich könnte schon fast eine Karte zeichnen von dieser Landschaft in meinen Träumen, dachte er. Ich kenne sie fast auswendig, denn seit einem Jahr sehe ich sie Nacht für Nacht vor mir und jedes Mal wird sie mir vertrauter. Ich kenne die Pfade, die Felsen, die Landeplätze entlang der Küste. Nur jene Dunkelheit, und alles, was darin verborgen ist, entzieht sich meinen Blicken.

Aber wenn die Zeit reif ist, werde ich ihr Geheimnis entdecken.

Er stand auf. Willard blieb sitzen und schaute ihn unverwandt an.

»Alles in Ordnung?«, fragte Moloch.

»Dexter kann mich nicht ausstehen«, erwiderte Willard. »Und Shepherd auch nicht.«

»Sie müssen dich nicht mögen.«

»Ich glaube, die wollen mich umbringen.«

Moloch war froh, dass es dunkel war.

»Das werden sie nicht. Sie werden das tun, was ich ihnen sage.«

»Was du ihnen sagst«, echote Willard tonlos.

»Richtig. Lass uns nach unten gehen und was essen.«

Er wartete darauf, dass Willard sich erhob. Einen Moment lang standen sie gemeinsam im Türrahmen, jeder unwillig, dem anderen den Rücken zuzukehren. Schließlich ging Willard vor und Moloch folgte ihm, wie er ihm vor Jahren aus der Kneipe gefolgt war.

Ich vertraue dir.

Ihm in ein Haus gefolgt war.

Sie tun, was ich ihnen sage.

Ihm zu einer Frau gefolgt war.

Was du ihnen sagst.

Ihm in den Untergang gefolgt war.

Der letzte Tag

Und wie kann ein Mensch einen besseren Tod finden
Als im Angesicht von Gefahren …

Macaulay, »Horatius«

8

Der Riese war weg. Er hatte sie vor fünf Uhr verlassen, denn er würde bald die Streifenpolizisten ablösen müssen, damit sie die Fähre zurück aufs Festland nicht verpassten. Mit der Retourfahrt würde eine neue Polizistin auf die Insel kommen, eine Berufsanfängerin, hatte er gesagt, die noch nie Dienst auf der Insel getan hatte. Beim Sprechen hatte er ihr über die Haare gestreichelt und sie in den Armen gehalten, während sie nach ihrem Liebesspiel in trügerischer Vertrautheit beieinander lagen.

Denn die Vertrautheit war nicht ungetrübt. Dupree wollte ihr nah sein, doch wie konnte er sich ihr nah fühlen, wenn sie ihm so wenig von sich erzählte und wenn er den Wahrheitsgehalt selbst der wenigen Einzelheiten, die sie ihm preisgab, anzweifelte? Im Restaurant hatte ihn ihre Schönheit verblüfft. Seit sie auf der Insel lebte, hatte er den Eindruck gewonnen, dass sie alles daransetzte, möglichst wenig Aufmerksamkeit zu erregen, ihr gutes Aussehen herunterzuspielen oder gar zu verbergen. Aber als sie am Abend ins Good Eats gekommen war, hatten sich alle nach ihr umgedreht, und während sie auf seinen Tisch zuschritt, musste sich Dupree alle Mühe geben, nicht allzu selbstzufrieden dreinzublicken. In dem Augenblick hatte er sich vorgenommen, dafür zu sorgen, dass es für sie beide ein ganz besonderer Abend werden würde. Dale Zipper hatte sie unaufgefordert ganz persönlich bedient, war zwischen Küche und Gastraum hin und her geeilt und hatte sich um sie gekümmert, ohne aufdringlich zu sein. Von ihrem Tisch am Fenster mit Blick aufs Meer konnten sie die Lichter der Nachbarinseln leuchten sehen wie kleine Sonnen, die versuchten, die Sterne am Himmel in den

Schatten zu stellen. In der Kerzenlichtatmosphäre war er völlig hingerissen gewesen von ihr und hatte sich so sehr darauf konzentriert, nichts zu zerbrechen oder zu verschütten, dass ihm nach dem Essen der Kopf schmerzte. Das Einzige, was den Abend ein bisschen verdorben hatte, war die Begegnung mit Lubey und Scarfe im Rudder gewesen und Duprees nagendes Unbehagen darüber, dass seine Begleiterin ihm noch immer so viel vorenthielt.

Marianne spürte sein Unbehagen. Die Jahre auf der Flucht hatten ihr Gespür dafür geschärft, wie andere sie wahrnahmen. Jetzt, wo sie allein war, ging sie die Ereignisse des vergangenen Abends noch einmal in Gedanken durch, erinnerte sich an seine Reaktionen, an sein Zögern, daran, wie sein Gesichtsausdruck sich immer wieder kaum merklich verändert hatte, während sie sprach. Sie hatte nicht vorgehabt, den Abend so enden zu lassen, und wenn doch, dann hatte sie es sich nicht eingestanden. Aber im Verlauf des Abends, als der Wein seine Wirkung zu zeigen begann, hatte sie sich gefragt, wie es wohl sein würde, mit ihm zu schlafen, ihn in sich zu spüren. Sie hatte sich ein bisschen gefürchtet, vor seinem Gewicht, vor seiner Massigkeit und der dadurch bedingten Unbeholfenheit, denn Dupree bewegte sich fast nie selbstverständlich. Er war ein Mann, der immerfort auf das Geräusch umkippender Gegenstände wartete, ein Mann, dem es schwer fiel, im Takt mit der Welt zu bleiben. Doch als er schließlich zu ihr ins Bett kam, war er zärtlich und seine Berührungen waren erstaunlich behutsam.

Sie hatte ein schlechtes Gewissen, weil sie ihn, was ihre Vergangenheit betraf, angelogen hatte, aber was dieses Thema anging, hatte sie keine andere Wahl. Wenn sie ihm die Wahrheit sagte, konnte sie Danny verlieren. Schlimmer noch, sie würde ihre Tarnung aufgeben und am Ende würde *er* davon erfahren.

Und dann würde er seine Leute schicken.

Umgeben von Vogelgezwitscher und seiner Wärme, die noch in den Kissen spürbar war, begann Marianne zu weinen.

Dupree fuhr zuerst nach Hause, um zu duschen und sich seine Uniform anzuziehen. Während er im Badezimmer das Duschwasser rauschen hörte, nahm er Mariannes Geruch an sich wahr und bedauerte es, dass dieser Duft gleich von seinem Körper gewaschen werden würde. Später, nachdem er sich umgezogen hatte, nahm er das Hemd vom vergangenen Abend noch einmal in die Hände und drückte es sich ans Gesicht. Wo sie ihr Gesicht an seine Schulter geschmiegt hatte, war immer noch ein kleiner Fleck zu sehen, und er fuhr mit der Fingerspitze über die Make-up-Spuren. Dann verstaute er das Hemd vorsichtig im Badezimmerschrank über dem Wäschekorb.

Als er auf der Polizeiwache eintraf, saß Barker dort und las einen Roman. Aus dem offenen Bad, wo Lockwood sich gerade die Zähne putzte, hörte man Wasser laufen.

»Gut geschlafen?«, fragte Barker grinsend.

»Ziemlich gut«, erwiderte Dupree, ohne eine Miene zu verziehen.

»War das Essen gut?«

»Auch das war in Ordnung.«

»Und das Frühstück?«

»Ich habe noch nicht gefrühstückt.«

»Du solltest lieber frühstücken. Du musst bei Kräften bleiben. Ich hab es immer gern, wenn eine Frau mir am nächsten Morgen ein Frühstück vorsetzt.«

Dupree warf ihm einen tadelnden Blick zu. »Redest du von der realen Welt oder von einer Fantasiewelt?«

Diesmal zog Barker die Brauen zusammen. »Also, meine Frau macht mir jeden Morgen Frühstück, wenn ich's mir recht überlege. Manchmal haben wir auch am Abend vorher Sex. Nicht oft, aber manchmal.«

»So genau möchte ich das gar nicht wissen«, sagte Dupree.

Lockwood kam aus dem Bad. Wie ein Tänzer ging er auf den Fußballen. Er und der übergewichtige Barker waren ein ungleiches Paar, aber Dupree mochte jeden von ihnen auf seine Weise.

»Kann ich dich mal kurz beanspruchen, Lockwood?«, fragte Dupree. Er wollte, dass ihm jemand dabei half, Mariannes Auto zu ihrem Haus zurückzufahren, wollte aber Barker nicht darum bitten. Bei Lockwood war weniger damit zu rechnen, dass er über Duprees nächtliche Aktivitäten lästerte.

»Sicher.«

Lockwood schnappte sich seine Jacke und folgte Dupree nach draußen.

»Ich muss einen Wagen zu seiner Eigentümerin bringen. Du brauchst mir nur in dem Explorer zu folgen und mich nachher wieder mit hierher zu bringen, sonst nichts.«

»Kein Problem.«

»Nett von dir.«

Sie fuhren zu Marianne Elliots Haus. Dupree parkte ihren Wagen vor der Haustür und ließ den Zündschlüssel stecken. Er blickte zu ihrem Schlafzimmerfenster hinauf, aber die Vorhänge waren zugezogen. Er fragte sich, was sie wohl gerade tat, als sich auf einmal die Vorhänge bewegten. Im nächsten Moment stand Marianne am Fenster und schaute zu ihm herunter. Sie lächelte verlegen und winkte ihm zu. Er winkte zurück, dann ging er zu dem Explorer und setzte sich auf den Beifahrersitz neben Lockwood.

Lockwood sah ihn an.

»Und? Hat sie dir Frühstück gemacht?«

Dupree errötete.

»Ich habe dich gebeten, mich zu begleiten, weil ich dachte, du wärst nicht so ein Riesenarsch wie Barker.«

Lockwood zuckte die Achseln.

»Nicht kleiner, nur stiller.«

Eine Weile fuhren sie schweigend, bis Lockwood sich bei Dupree erkundigte, ob Sally Owens ihn am Vorabend angetroffen habe.

»Ja, ich hab mich darum gekümmert.«

»Hat Lubey dir Ärger gemacht?«

»Nee, hatte nur 'ne große Klappe.«

»Glaubst du, die beiden haben sich nur getroffen, um über alte Zeiten zu plaudern?«

»Ich weiß nicht. Vielleicht haben sie vor, einen Buchclub zu gründen.«

»Einen Bilderbuchclub. Die Typen sind doch strohdumm.«

»Lubey ja, aber Scarfe ist ein bisschen durchtriebener. Wie eine Ratte. Der würde noch die Leiche seiner Mutter verkaufen, wenn er sich dazu aufraffen könnte, sie auszubuddeln.«

»Glaubst du, er ist auf die Insel gekommen, um zu dealen?«

Dupree verzog das Gesicht. Er war in Gedanken so sehr mit Marianne beschäftigt gewesen, dass er weder Scarfe noch Lubey durchsucht hatte. Andererseits glaubte er nicht, dass Scarfe dumm genug war, um Drogen auf die Insel zu schmuggeln. Aber er hatte nicht gewusst, dass Scarfe und Lubey Freunde waren, und selbst als die beiden im Rudder zusammen kicherten, hatte er nicht den Eindruck gehabt, dass sie einander sehr nahe standen. Scarfe wollte irgendwas von Carl Lubey, und das konnte nichts Gutes sein, denn Carl Lubey hatte niemandem etwas Gutes zu bieten.

»Ich werde Lubey im Auge behalten«, sagte er schließlich. »Falls du in Portland irgendwas über Scarfe hörst, könntest du mich vielleicht anrufen.«

»Mach ich«, sagte Lockwood. Sie bogen auf die Island Avenue ein. Es war immer noch dunkel, begann aber bereits zu dämmern.

»Sonst noch was, das ich wissen sollte?«, fragte Dupree.

»Na ja, wir haben immer noch Probleme mit den Funkgeräten. Und mit den Telefonen.«

Die Probleme mit den Funkgeräten waren neu. Die Funkanlage im Explorer bestand aus zwei Systemen. Als das Department in Portland die Funkausrüstung auf der Insel umgerüstet hatte, hatte man das alte Gerät im Explorer belassen und zusätzlich ein zweites, tragbares, angeschlossen. Über das neue Funkgerät konnten die Streifenpolizisten sowohl mit der Polizeiwache auf der Insel als auch mit der Basis in Portland in Kontakt bleiben, während das alte es der Inselpolizei ermöglichte, mit anderen Dienststellen wie der Staatspolizei und der Feuerwehr zu kommunizieren. Seit drei Wochen gab es immer wieder Funkstörungen. Die Inselpolizisten, einschließlich Dupree, hatten Schwierigkeiten gehabt, Portland oder das Inselrevier zu erreichen, und bei anderen Gelegenheiten hatte es Funksalat gegeben, sodass man während eines normalen Funkgesprächs immer andere Stimmen im Hintergrund hatte hören können. Die Funkgeräte waren überprüft und als völlig intakt befunden worden. »Geister in der Leitung«, hatte Lockwood gemeint. Inzwischen schien sich das Problem auf die Telefonleitungen ausgedehnt zu haben.

»Was ist mit den Telefonen?«, fragte Dupree.

»Dasselbe wie bei den Funkgeräten. Gestern Abend war mindestens vier Mal die Leitung tot, jeweils nur für ein paar Sekunden. Ich nehme ab, höre nichts, und plötzlich habe ich ein Freizeichen. Bei anderen Gelegenheiten war nur Rauschen zu hören. Könnte am Wetter liegen. Laut Wetterbericht braut sich ein Sturm zusammen, der irgendwann heute Abend die Küste erreicht. Obwohl ich noch nie was davon gehört habe, dass ein heraufziehender Schneesturm solche Auswirkungen auf den Funkverkehr hat.«

Dupree sagte nichts. Er musste an sein Gespräch mit Amerling und Jack denken – *Irgendwas liegt in der Luft, es ist wie vor einem Gewitter* – und an das, was er seitdem vor sich herschob und sich für den Tag nach dem Abendessen mit Marianne vorgenommen hatte: den Besuch der Stätte.

»Weißt du irgendwas über diese unerfahrene Polizistin namens Macy?«, fragte Dupree.

»Ich weiß nur, dass sie ganz hübsch ist.«

»Das wird ihr bestimmt viel nützen.«

»Bei allem Respekt, Joe, aber es ist ja nicht so, als würde sie ein Kriegsgebiet betreten.«

»Nein«, sagte Joe, »das wohl nicht.«

Während die beiden Männer in ihrem Streifenwagen saßen, stand Sharon Macy in der Warteschlange für die kleine Fähre. Sie hatte schon alle möglichen Geschichten über Thorson und seine Fähre gehört, die allerdings größtenteils (so hoffte sie) stark übertrieben waren. Eine ihrer Ausbilderinnen, Christine McCalmon, hatte ihr im Scherz eine Schwimmweste für die Überfahrt angeboten. Macy war am Tag zuvor an die Anlegestelle gegangen, um zuzusehen, wie die Fähre am Morgen auslief. Die Fähre wirkte ein bisschen klapprig, aber Macy hatte sich gesagt, eine Überfahrt mit dem alten Kahn sei immer noch besser, als in einer Nussschale über die Casco Bay zu rudern.

Außer ihr warteten noch drei Leute am Kai in der Commercial Street, die alle wie gebannt auf das kleine Dieselboot starrten, auf dem Thorson und sein Bootsmann herumwuselten. Thorson schien es nicht besonders eilig zu haben. Macy hatte den Eindruck, dass er ziemlich verkatert war. Wahrscheinlich hätte sie ihn wegen irgendeines Verstoßes gegen die Seefahrtsregeln verhaften können, dachte sie, aber dafür würde sich wohl niemand bei ihr bedanken. Dagegen würde sie vermutlich die Unterstützung und Bewunderung der anderen Passagiere ernten, wenn sie Thorson mit vorgehaltener Dienstwaffe zwang, seinen Arsch in Bewegung zu setzen. Es war kalt auf dem Kai und der Wind biss ihr schmerzhaft in Nase und Ohren.

»Käpt'n!«, rief der Mann neben ihr. »Worauf zum Teufel warten wir eigentlich?«

»Auf eine Ladung«, sagte Thorson. »Ich hab Huddie Harris versprochen, ihm ein paar Maschinenteile mitzubringen. Seine Schwester hat gesagt, sie bringt sie bis halb sechs her.«

»Es ist schon halb sechs.«

»Ja, ja.«

Das war's, dachte Macy. Thorsons »Ja, ja« war wie ein Schulterzucken, die Ablehnung jeglicher Verantwortung. Er hatte Huddie seine Maschinenteile versprochen, Huddie hatte ihm wahrscheinlich im Gegenzug ein paar Sixpacks und ein bisschen Bargeld versprochen, und Thorson würde nicht zulassen, dass ihm irgendjemand den Deal vermasselte. Sie trat gegen einen Stein und schob die Hände tiefer in ihre Taschen, als eine Frau in einer Steppjacke den Kai entlanggeschlurft kam und eine schwere, zerbeulte Metallkiste auf Rädern hinter sich herzog. Erin Harris: Sie wohnte in Portland, verbrachte jedoch häufig die Wochenenden bei ihrem Bruder auf Dutch Island. Macy erinnerte sich an ihr Gesicht von einer Auseinandersetzung vor dem Hotel Eastland vor ein oder zwei Monaten, als der Ehefrau eines der diversen Liebhaber von Erin der Geduldsfaden gerissen war und sie Erin angeschrien hatte, sie solle die Finger von ihrem Mann lassen. Macy konnte sich nur schwer vorstellen, was der Mann an den beiden Frauen fand, denn Erin war äußerlich hässlich und innerlich noch hässlicher, aber im Vergleich zu der Frau, mit der sie sich an dem Abend gestritten hatte, war sie ein echtes Schnäppchen. Barron hatte versucht einzugreifen, aber Erin hatte ihm einen Faustschlag verpasst, sodass Macy gezwungen war, sie mit Reizgas außer Gefecht zu setzen. Die ganze Sache war ziemlich unangenehm gewesen. Macy zog den Kopf ein und sah zu, wie die Metallkiste zu Thorson hinuntergereicht wurde. Erin warf ihr im Vorbeigehen einen feindseligen Blick zu, dem Macy jedoch standhielt.

»Okay«, sagte Thorson. »Alle an Bord. Fertig zum Ablegen.«

Die vier Passagiere bestiegen die kleine Fähre, setzten sich jeder auf eine der Holzbänke unter dem Verdeck, und wenige Minuten später legten sie ab, begleitet von Möwen, die kreischend über ihnen kreisten, während graue Wellen sich am Bug brachen. Macy trug bereits ihre Uniform. Zu ihren Füßen lag ihr Rucksack. Sie hatte Barrons Rat beherzigt und ein paar Bücher eingepackt, ebenso wie einen Discman und einige CDs. Sie legte eine CD ein, als Portland hinter ihr immer kleiner wurde, und während ihr Gischtwasser ins Gesicht spritzte und die ersten Takte von »Freight of Fire« von den Scud Mountain Boys erklangen, deren Leadsänger Joe Pernice ihr riet, alle ihre Schusswaffen und dazu ausreichend Munition mitzunehmen, spürte sie das Gewicht ihrer Pistole unter ihrer Jacke und lächelte bei der Erinnerung an Barrons gruselige Geschichten von Riesen auf der Insel und von menschlichen Knochen, die unter Kiefern begraben lagen.

Dupree unterhielt sich mal wieder mit einem Journalisten, der offenbar während seiner Frühschicht die Zeit totschlagen musste. Der Mann rief aus Florida an, Dupree musste also immerhin nicht von Angesicht zu Angesicht mit ihm reden. Wie die meisten erschöpften Polizisten war Dupree Journalisten gegenüber äußerst misstrauisch. Auf den Inseln vor der Küste Floridas hatte es vor einigen Tagen einen Unfall gegeben, bei dem drei Teenager mit einem gestohlenen Wagen von einer Brücke gestürzt und ertrunken waren. Nun versuchte der Journalist, einen Artikel über den gefährlichen Leichtsinn missratener Teenager zu schreiben, und der schreckliche Unfall auf Dutch Island war ein guter lokalpolitischer Aufhänger.

»Ja, der junge Mann war schon tot, als wir eintrafen«, sagte Dupree. »Wir konnten nichts mehr für ihn tun. Die junge Frau war schwer verletzt. Sie starb noch am Unfallort.« Er verzog bekümmert das Gesicht, als er die Worte aussprach, dann hörte er sich die nächste Frage des Journalisten an.

»Wir tun, was wir können, um zu verhindern, dass sich eine solche Tragödie noch einmal ereignet. Wir ziehen in Erwägung, das gesamte Gebiet einzuzäunen und vielleicht den Hang mit Schrottteilen zu spicken, damit man nicht mehr mit dem Auto da runterfahren kann.«

Das hätte man schon vor Jahren tun sollen, dachte Dupree. Ich hätte sie einfach dazu zwingen sollen, aber die Inselbewohner hatten darauf bestanden, das Gelände so zu belassen, wie es war. Außerdem machten Jungendliche doch ohnehin, was sie wollten. Bis zu dem Tag, als Wayne Cady und Sylvie Lauter ums Leben gekommen waren, hatte es an dem Hang noch nie einen Unfall gegeben. So lief das eben manchmal, auch wenn es traurig war.

Der Journalist bedankte sich bei Dupree, dann legte er auf. Auf der Wanduhr war es 6.25 Uhr. Die Fähre würde bald anlegen und die Polizistin mitbringen, die die nächsten vierundzwanzig Stunden mit ihm zusammenarbeiten würde. Barker stand bereits am Anlegesteg, rauchte eine Zigarette und trat unruhig von einem Bein aufs andere, während Lockwood still neben ihm saß.

Dupree dachte wieder über Sharon Macy nach. Es war immer schwierig, wenn jemand Neues kam. Die älteren Cops hatten sich mittlerweile an Joe gewöhnt, aber die jüngeren konnten ihre Gefühle nie verbergen, wenn sie ihm zum ersten Mal begegneten: Gewöhnlich waren sie einfach nur verblüfft, manche fühlten sich belustigt und, was jedoch eher selten vorkam, unbehaglich. Er wusste, dass es Kollegen gab, die ihn als Missgeburt bezeichneten. Normalerweise wurden Berufsanfänger nicht auf die Insel geschickt, aber das Rotationssystem war durch Krankheitsfälle, familiäre Verpflichtungen und Resturlaub durcheinander geraten, also füllte das Department die Lücken mit Leuten, die gerade verfügbar waren.

Er stieg in den Explorer, fuhr zur Anlegestelle hinunter und versuchte, die kleine Fähre in der Ferne zu entdecken. Die Fähre wurde durch eine geringe Steuer subventioniert, die die Inselbewohner jährlich zu entrichten hatten. Niemand beschwerte sich über die Steuer: Einerseits legten die Insulaner zwar großen Wert auf ihre Unabhängigkeit, andererseits jedoch brauchten sie das Sicherheitsnetz, das Portland ihnen mit seinen Geschäften, Krankenhäusern, Kinos und Restaurants bot. In ärztlichen Notfällen wie damals, als Sarah Froness beim Anbringen ihrer Weihnachtsbeleuchtung vom Dach gefallen war und sich einen Rückenwirbel gebrochen hatte, konnten die Dienst habenden Polizisten einen Hubschrauber anfordern, der nördlich von Liberty stationiert war. Damals hatte der Hubschrauber eine knappe halbe Stunde bis nach Dutch Island gebraucht, und Sarah Froness kam immer noch regelmäßig in den Supermarkt, um sich ihre Boulevardzeitschriften und ihr wöchentliches Sixpack zu kaufen, auch wenn sie im Dezember nicht mehr auf Leitern herumkletterte und ihr das Gehen schwerer fiel als früher. Sylvie Lauter hatte nicht so viel Glück gehabt und Dupree machte sich deswegen Vorwürfe. Immer und immer wieder gingen ihm die Ereignisse jenes Abends durch den Kopf, und jedes Mal fragte er sich, was passiert wäre, wenn sie ein bisschen früher am Unfallort eingetroffen wären, wenn der alte Buck Tennier sie angerufen hätte, als er das Aufheulen des Motors gehört hatte, anstatt zu warten, bis es zu dem Unfall gekommen war. Aber es war nicht seine Schuld. Dupree und die anderen Polizisten hätten sich häufiger in dem Gebiet zeigen und es für die Jugendlichen riskanter machen sollen, sich dort auszutoben. Aber für nur zwei Streifenpolizisten war selbst Sanctuary immer noch eine zu große Insel, sie konnten nicht überall gleichzeitig sein. Doch jetzt waren zwei junge Menschen tot.

Sanctuary: Neuerdings benutzte er den Namen wieder häufiger, und zwar nicht nur, wenn er mit älteren Inselbewohnern wie Amerling und Giacomelli sprach, sondern auch, wenn er sich mit Besuchern oder neu Zugezogenen unterhielt. Er hatte den Namen sogar gegenüber dem Journalisten gebraucht, mit dem er am Morgen telefoniert hatte. Für ihn selbst hatte die Insel nie anders als Sanctuary geheißen, aber mit den Jahren hatte er es geschafft, auf dienstlicher Ebene zwischen dem alten und dem offiziellen Namen zu unterscheiden. Sanctuary war die Vergangenheit der Insel, Dutch Island ihre Gegenwart. Dass er zunehmend den alten Namen benutzte, war ein Anzeichen dafür, dass die Vergangenheit wieder in seine Wahrnehmung der Insel durchsickerte, dass sie ihn und alle anderen im Griff hatte.

Er dachte an Sylvies letzte Minuten, an ihre Schmerzen und an das Blut, das an seinen Kleidern geklebt hatte. Und er dachte an die Autopsie und an die Merkwürdigkeiten, die dabei entdeckt worden waren: Sylvie Lauter hatte Verletzungen an der Zunge und im Rachen gehabt, so als hätte man ihr etwas mit Gewalt in den Mund geschoben. Vielleicht hatten Sylvie und Cady sich vor dem Unfall gestritten oder irgendwelchen Blödsinn angestellt und sie hatte sich dabei verletzt. Wie er Jack und Amerling schon erzählt hatte, war in einer der Schnittwunden eine graue Substanz gefunden worden, die von den Flügeln einer Motte stammte, wie später ermittelt wurde: von einem Exemplar der *Manduca quinquemaculata*, dem Tomatenschwärmer, der zur Familie der Sphinxmotten gehörte. Dupree hatte noch nie einen solchen Falter zu Gesicht bekommen und wusste nicht einmal, wie das Insekt aussah, bis ihm ein freundlicher Forscher von der Universität in Orono ein Exemplar zugeschickt hatte. Das Ding hatte eine Spannweite von fünfzehn Zentimetern und einen großen Körper, der zum Ende hin fast spitz zulief und dessen Unterseite mit zwei Reihen von jeweils fünf oder sechs gelben Punkten gezeichnet war. Die Flügel, die selbst bei diesem toten Exemplar auf eigenartige Weise schimmerten, waren von einer gewissen Schönheit, aber insgesamt fand Dupree das große Insekt, das mit seinem seltsam spitzen Körper an eine Mischung aus Motte und Reptil erinnerte, eher abstoßend.

Er konnte sich beim besten Willen nicht vorstellen, wie Fragmente dieser Insektenart, und seien sie auch noch so winzig, ihren Weg in Sylvie Lauters Mund gefunden hatten. Die meisten Motten waren spätestens im Juli oder August tot. Diese Art Nachtfalter lebte von Juni bis September, aber jetzt war Januar und keine Motte konnte bei den winterlichen Temperaturen auf der Insel überleben. Dupree hatte sich umgehört, aber niemand auf der Insel züchtete solche Viecher. Die Leute schlugen jede Menge davon tot, aber keiner züchtete sie. Und dennoch war Sylvie Lauter irgendwie mit einem Tomatenschwärmer in Kontakt gekommen, derselben Mottenart, wie Dupree sie im Schlafzimmer der alten Mrs Newton gefunden hatte und die jetzt zusammen mit dem Exemplar aus Orono tot in einem Marmeladenglas lag. Es war zwar seltsam, sagte er sich, aber mehr auch nicht. Einen Augenblick lang glaubte er das beinahe selbst.

Inzwischen war die Fähre, die einen dünnen Streifen von Dieselabgasen hinter sich herzog, deutlich am Horizont zu erkennen. Joe hob sein Fernglas vom Boden auf und richtete es auf die Fähre. Sie war immer noch zu weit weg, als dass er Gesichter hätte erkennen können, aber er zählte sechs Personen an Bord. Er spürte ein Kribbeln in den Fingern. Seine Füße fühlten sich zu groß an für seine Schuhe und trotz der Kälte war es warm und stickig in dem Explorer. Er kurbelte das Fenster herunter, und als der eisige Wind ihm ins Gesicht schlug, merkte er, dass er schwitzte.

Die Fähre, von deren Fenstern rostige Striemen herunterliefen, passierte Fort Gorges und folgte dann der Postbootroute zwischen Diamond Island und Peaks Island, ließ Pumpkin Knob Island und Long Island rechts liegen, schipperte an Great Chebeague vorbei in den Luckse Sound und von dort hinein in den Broad Sound und zwischen all den zahllosen Inseln der Casco Bay hindurch, die man die Kalenderinseln getauft hatte, weil man einst geglaubt hatte, es wären 365 an der Zahl.

Allmählich kam eine größere Insel in Sicht, mit einem bewaldeten Hügel, auf dessen Spitze ein weißer Aussichtsturm emporragte, und mit einem kleinen, unbemannten Leuchtturm an der nordöstlichen Spitze: Dutch Island. Aber Macy bevorzugte den alten Namen Sanctuary. Sie hatte sich gefragt, warum Sanctuary unter der Gerichtsbarkeit von Portland geblieben war. Schließlich gehörte Long Island zum Verwaltungsbereich des Cumberland County Sheriff's Department, während Sanctuary viel weiter draußen lag, noch weiter sogar als Jewell Island.

Barron hatte nur die Achseln gezuckt, als sie ihn darauf angesprochen hatte. »Das ist schon ewig so«, hatte er gesagt. »Es hat was mit den ersten Siedlern zu tun, die sich auf der Insel niedergelassen haben, und mit denen, die danach kamen. Und auch mit den Duprees. Die waren früher ziemlich wohlhabend und haben eine Menge Geld in die Stadtentwicklung von Portland gesteckt, vor allem nach dem Brand im Jahre 1866. Von dem Geld ist nichts mehr übrig, aber die Verbundenheit ist geblieben. Die Leute auf Dutch Island haben sich in einer Abstimmung dafür entschieden, unter der Gerichtshoheit von Portland zu bleiben, sie zahlen Steuern, und solange Melancholie-Joe dort den Märtyrer spielt und sich den Arsch aufreißt, kostet es die Stadt nicht allzu viel.«

Macy sah einen schwarz-weißen Explorer oberhalb der Anlegestelle stehen. In der Windschutzscheibe spiegelte sich das Licht der frühen Morgensonne.

Der Riese wartete.

Die Fähre legte an und Macy schulterte ihre Tasche. Erin Harris ging als Erste von Bord. Ihr Bruder stand neben einem roten Dodge Pick-up und wartete auf seine Maschinenteile. Macy fiel die Ähnlichkeit zwischen Bruder und Schwester auf, sie waren beide hässlich und sahen beide aus wie Männer. Harris schaute kurz zu Macy herüber, offenbar erinnerte er sich daran, dass er ihr schon einmal begegnet war, als er seine Schwester gegen Kaution aus dem Knast geholt hatte, aber in seinem Blick lag keine Feindseligkeit. Schließlich hatte sie nicht ihn, sondern seine Schwester eingebuchtet, und es hatte ohnehin nicht den Anschein, als würde er sie besonders mögen. Macy entdeckte die beiden Cops, Barker und Lockwood, und tauschte ein paar Begrüßungsworte mit ihnen aus. Sie wünschten ihr viel Glück, sie bedankte sich und ging dann zu dem Explorer.

Die Tür des Fahrzeugs öffnete sich und ein Mann stieg aus. Bei seinem Anblick fragte sie sich, wie er es geschafft hatte, in das Auto hineinzukommen. Seine riesige Gestalt entfaltete sich wie der Körper eines ungewöhnlich großen, dunklen Insekts, bis er sie um zwei Haupteslängen überragte. Seine Augen waren hinter einer Sonnenbrille verborgen und er trug keine Mütze. Er streckte ihr eine Hand von der Größe einer Schaufel entgegen.

»Joe Dupree«, sagte er.

Ihre Hand fühlte sich in seiner an wie ein kleiner Fisch, der von einem Aal verschlungen wurde.

»Sharon Macy.«

Er ließ ihre Hand los. »Legen Sie Ihre Sachen in den Kofferraum. Sind Sie an einer Inselrundfahrt interessiert?«

»Sicher. Können wir unterwegs anhalten, um Fotos zu machen?«

Er lachte. Es klang wie die Reibung tektonischer Platten unter der Erdoberfläche.

»Ich glaube, Sie können Ihre Kamera getrost in der Tasche lassen.«

Er wendete seinen Wagen, dann fuhr er die schmale Straße hinauf, die vom Anlegeplatz zur Hauptkreuzung führte. Dupree bog nach links ab.

»Kommen Sie immer an die Fähre?«

»Wenn's geht. Im Sommer ist es wichtiger als im Winter. Im Juli und August kommen eine Menge Leute hierher. Das mit den Fotos war nur ein Scherz. Diese Insel ist wunderschön im Sommer, es gibt hier einige ziemlich teure Ferienhäuser. Mantle zum Beispiel, der Mann, dem die Computerfirma Fable gehört, hat hier ein Haus. Sandra Morgan, eine Geschäftsführerin bei Big Time Warner, besitzt ein Haus in der Beech Cove, um nur einige zu nennen. Die wären stocksauer, wenn jemand ihre Häuser verwüsten würde.«

Er hielt vor dem Gemeindehaus, einem Gebäude aus rotem Ziegelstein.

»Wir sind hier für alles zuständig. An zwei Nachmittagen in der Woche kommt ein Arzt vom Festland auf die Insel, und der alte Doc Bruder ist auch noch da, obwohl er eigentlich schon im Ruhestand ist, aber wir werden immer als Erste informiert. Außerdem fungieren wir als Feuerwehr, Wildhüter, Verkehrspolizisten und Hundefänger.«

Er stieg aus. Macy ebenfalls. Die großen Garagentore standen weit offen, dahinter waren vier Fahrzeuge zu sehen.

»Sani 14«, sagte Dupree und zeigte auf den Krankenwagen in der Garage. »In Notfällen fahren wir damit raus, helfen dem Patienten, so gut wir können, und bringen ihn zur Fähre oder, wenn's ganz eilig ist, zum Hubschrauberlandeplatz.«

Er ging zu den roten Feuerwehrwagen hinüber und tätschelte die Kühlerhaube des ersten.

»Das ist Wagen 14. Wir benutzen ihn hauptsächlich, um Wasser aufzunehmen. Da drüben, das ist Leiter 14, unser großes Löschfahrzeug. Damit fahren wir schon mal los, wenn es irgendwo brennt, während die freiwilligen Feuerwehrleute sich bereitmachen. Der kleinere Wagen da in der Ecke ist Tankwagen 14, im Prinzip nichts weiter als ein großer Eimer auf Rädern. Den benutzen wir, wenn es in einem Haus auf der Insel brennt, in dessen Nähe es keine Hydranten gibt.«

»Und davon gibt es viele?«

»Einige«, erwiderte Dupree in einem Ton, der darauf schließen ließ, dass es wahrscheinlich kaum Hydranten auf der Insel gab. Sie betraten die Polizeiwache. Auf der einen Seite des Raums standen ein Tisch und zwei Stühle, auf dem Tisch lagen mehrere Bücher und Zeitschriften. Die linke Raumseite beherbergte Technik und Information: ein Funkgerät und ein Computer, darüber ein schwarzes Brett voller Bekanntmachungen, Notizzettel und Landkarten. Daneben hing eine große Karte der Insel.

»Haben wir eine Sekretärin?«

»Nein. Alle 911-Notrufe gehen über die Zentrale in Portland, aber die meisten Leute rufen uns direkt an. Akten ablegen, den ganzen Papierkram, tja, das machen wir alles selbst.«

Im Nebenraum befanden sich ein Generator für den Notfall, diverse Ausrüstungsgegenstände und ein Schrank mit einer einzelnen Schrotflinte.

»Ist das alles, was Sie hier an Waffen haben?«, fragte Macy.

»Hier gibt es selten Bedarf für Einsatzkommandos«, erwiderte Dupree. »Das letzte Mal habe ich die Flinte benutzt, um einen tollwütigen Waschbär zu erschießen. Ich hatte schon ewig nicht mehr damit geschossen und war heilfroh, dass mir das Ding nicht um die Ohren geflogen ist.«

Macy nahm die Schrotflinte von Dupree entgegen. Ihr fiel auf, dass sie erst kürzlich gereinigt worden war.

»Sieht gar nicht so schlecht aus«, bemerkte sie.

»Ich hab sie vor ein paar Tagen ordentlich geputzt«, sagte Dupree.

Sie schaute ihn an, verwundert über seinen Tonfall.

»Warum, ist irgendwas vorgefallen?«

»Nein«, sagte er. »Aber man kann nie wissen.«

Im ersten Stock gab es ein Klappsofa, einen Fernseher, ein paar Stühle, eine kleine Küchenecke und ein Bad mit einer Duschkabine und einer Toilette.

»Keine Zellen«, sagte Macy.

»Nein. Wenn wir jemanden verhaften, rufen wir Portland an. Die schicken dann ein Boot und holen den Gefangenen ab. Neben dem Eingang haben wir zwei Stahlringe, die in der Wand befestigt sind. Die habe ich schon einige Male benutzen müssen.«

»Haben wir nur *einen* Streifenwagen?«

»Wir hatten auch noch so einen Golfwagen, aber der hat irgendwann den Geist aufgegeben. Ich wohne nur zweihundert Meter von hier entfernt und benutze meinen eigenen Jeep, wenn wir noch ein Fahrzeug brauchen. Kommen Sie, ich spendiere Ihnen einen Kaffee und stelle Sie ein paar Leuten vor.«

Während Macy ihm nach draußen folgte, rieb sie ihre Fingerspitzen aneinander, an denen noch etwas Öl haftete. Sie war sich nicht ganz sicher, aber dem Geruch nach zu urteilen war erst kürzlich mit der Schrotflinte geschossen worden.

Irgendjemand hatte zweifellos damit Schießübungen gemacht.

Dupree stellte sie den Leuten im Supermarkt vor, den Tooker-Schwestern im Diner (Nancy Tooker ermahnte sie scherzhaft, die Finger von »ihrem« Berman zu lassen), Dale Zipper und Jeb Burris und schließlich Larry Amerling. Amerling hatte gerade Mittagspause, und Dupree schlug Macy vor, den Explorer zu nehmen und mit dem Postmeister eine Inselrundfahrt zu machen. Er selbst wollte in der Zwischenzeit ein paar Anrufe erledigen. Amerling, der alte Schwerenöter, hatte nichts dagegen, sich von einer attraktiven jungen Frau über die Insel kutschieren zu lassen.

»Falls er zudringlich wird«, sagte Dupree, »erschießen Sie ihn.«

»Und was ist, wenn *sie* zudringlich wird?«, wollte Larry wissen.

Dupree fixierte Macy mit einem festen Blick. »Falls Sie es so nötig haben sollten, erschießen Sie sich selbst.«

Keine Straße führte direkt zur Stätte, die auf drei Seiten von Sumpfland umgeben war. Dupree parkte am Ende der Ocean Street, die von der Island Avenue nach Norden bis fast zur Mitte der Insel reichte, und ging zu Fuß den Pfad zur Grabstätte entlang. Der Wald bestand hauptsächlich aus Nadelgehölzen, aber hier und da gab es auch einige Buchen und Ahornbäume. Amerling hatte Recht: Trockenes Laub und heruntergefallene Zweige machten den Zugang unwegsam, zudem hatten Winter-Lyonien, deren runde Samenkapseln unter seinen Füßen knackten, grau-schwarze Stechpalmen und verkrüppelte Lärchen den Pfad teilweise überwuchert. Nach zehn Minuten ging es überhaupt nicht mehr weiter. Der Pfad war nicht mehr auszumachen, und nur aufgrund seiner guten Kenntnis der Insel wusste Dupree halbwegs, in welche Richtung er sich bewegen musste. Er war regelrecht schockiert, als er plötzlich ein Stück Straße vor sich sah und erkannte, dass er offenbar nach Südwesten anstatt nach Südosten gegangen war und sich jetzt wieder auf der Ocean Street befand, nur einen halben Kilometer unterhalb der Stelle, an der er losgegangen war.

Frustriert ging er denselben Weg zurück und stellte fest, dass er einen Nebenpfad für den richtigen Weg gehalten hatte, weil Gestrüpp und Ranken den eigentlichen Pfad so überwuchert hatten, dass er nicht mehr zu erkennen war, es sei denn, man wusste, wo man danach suchen musste. Mithilfe seiner Stablampe teilte er das Gestrüpp, wobei er sich beinahe noch zweimal verirrt hätte. Als er sich schließlich der Stätte näherte, fiel ihm auf, dass eine große Anzahl von Bäumen abgestorben war und das Moor im Zentrum der Insel sich auszudehnen schien. Wie ein schwarzer Spiegel stand das Wasser fast auf gleicher Höhe mit dem schmalen Weg, der durch das Moor führte. Wenn es im Frühjahr heftig regnete, würde der Pfad überflutet werden. Hier war es wenigstens verständlich, dass das Grünzeug nur so wucherte, denn Moorpflanzen waren dafür bekannt, dass sie Wasser speicherten. Behaarte Rosmarinheide, Lorbeerrosen und Sumpfporst wuchsen neben grünen röhrenförmigen Schlauchpflanzen, in deren Blatttrichtern noch die Überreste von Insekten schwammen. Hier waren die Bäume verkümmert, halb im Moor versunken. Andere waren mit einer dicken Moosschicht bedeckt und von grünen Ranken umschlungen. Das Leben spielte sich hier im Verborgenen ab, sichtbar nur für jene, die geduldig und bewandert genug waren, um es zu entdecken: Rückenschwimmer und andere Käfer, Libellenlarven und Larven von Eintagsfliegen sowie kleine Säugetiere wie Wühlmäuse und Eichhörnchen wuselten emsig in dieser Welt herum. Was still und tot wirkte, war von geheimnisvollem Leben erfüllt, ständig auf der Hut, aber lebendig.

Doch es gab hier keine Vögel. Mehr und mehr wurde Dupree sich der Stille bewusst, die ihn umgab. Es war so still, dass das Knacken von Zweigen unter seinen Füßen sich anhörte wie Pistolenschüsse und ihm seine eigenen Atemgeräusche so laut vorkamen, als könnte man sie bis hinaus aufs Meer hören. Er ließ das Moor hinter sich und ging noch tiefer in den Wald hinein. Endlich entdeckte er vor sich zwischen den Bäumen die Gemäuerreste. Auch hier schien der Pfad frisch überwuchert zu sein, aber diese Ranken waren nicht grün. Als Dupree sie berührte, fühlten sie sich trocken an und zerbrachen zwischen seinen Fingern. Sie schienen längst abgestorben zu sein, dennoch wuchsen sie weiter.

Er hatte den Zugang zur Stätte fast erreicht, als er eine Bewegung wahrnahm. Zwischen den Bäumen, etwa fünfzehn Meter entfernt am äußersten Rand der Stätte, sah er etwas Graues huschen. Einen Augenblick lang schien es innezuhalten, dann verschwand es in einem Baumstamm. Dupree musste an Jacks Aquarelle mit den grauen Schatten denken, die fast aussahen wie Gestalten. Eine Illusion, weiter nichts. Dennoch nahm er seine Pistole aus dem Halfter, hielt sie jedoch auf den Boden gerichtet, während er sich seinen Weg durch Gestrüpp und Ranken bahnte, bis er endlich vor den Überresten der Siedlung stand. Selbst von hier aus konnte er erkennen, wo einst die Mauern der Häuser gestanden hatten, die Kamine, die Türrahmen. Im Winter waren die Ruinen deutlicher zu erkennen, denn im Sommer lagen sie verborgen unter allerlei Grünzeug. Auch hier waren einige Ranken auf unerklärliche Weise gewuchert, wenn auch nicht in dem Ausmaß wie auf dem Pfad. In der Mitte der Stätte erhob sich das steinerne Kreuz, das sein Vorfahr errichtet hatte, fast so hoch wie Dupree selbst. Die Namen derjenigen, die hier den Tod gefunden hatten, waren in den Stein gemeißelt, ebenso wie die Namen derjenigen, deren Überreste man nie gefunden hatte, darunter auch die Siedler, die ins Moor geworfen worden waren. Dupree hatte den Eindruck, diesen Ort noch niemals so still erlebt zu haben.

Vorsichtig ging er zwischen den umgekippten Grabsteinen hindurch, bis er vor dem Kreuz stand. Er lehnte sich mit der Hand an das Kreuz, um zu verschnaufen, zog sie jedoch sofort wieder weg, als hätte er heißes Metall berührt. Er trat drei Schritte zurück, blickte an dem Kreuz hoch, streckte seine Hand langsam aus und legte sie erneut auf das steinerne Mahnmal.

Er hatte sich nicht geirrt. Das Kreuz vibrierte. Er konnte es beinahe summen hören.

Dupree kniete sich auf den Boden, ohne seine Hand von dem Kreuz zu nehmen. Die Stärke der Vibration schien nach unten hin zuzunehmen. Schließlich legte er seine Hand flach auf den Boden. Er spürte, wie das Pulsieren durch seine Finger in seine Arme und seinen Körper drang, bis es in seinen Ohren dröhnte und er das Gefühl hatte, als schlüge sein Herz im selben Rhythmus. Es war, als stünde er auf einem Bergwerk und spürte das rhythmische Pochen der Maschinen.

Zwischen den Bäumen am Rand der Stätte sah er wieder den grauen Schatten. Dupree erhob sich und ging darauf zu, die Pistole im Anschlag.

Sieben Meter.

Fünf.

Drei.

Etwas berührte sein Gesicht. Er schrie auf und wankte ein paar Schritte rückwärts. In seiner Panik hätte er beinahe einen Schuss abgefeuert, während er mit der linken Hand um sich schlug, um das Ding in der Luft abzuwehren. Er blickte nach unten und sah die Motte, deren spitz zulaufende Flügel sich noch bewegten, betäubt auf dem Boden liegen. Ein Tomatenschwärmer. An dem Baumstamm vor ihm entdeckte er noch mehr davon, die gelben Flecken an ihren Körpern wirkten wie Schimmel auf der Rinde. Plötzlich flogen sie auf, flatterten umeinander und ließen sich erneut nieder. Als er näher an den Baum herantrat, entdeckte er auch Motten auf den Zweigen und Ästen um ihn herum, Motten auf den Steinen, Motten unter dem Gestrüpp aus toten Ranken. So etwas hatte Dupree noch nie gesehen. Diese Falter gehörten nicht auf die Insel, egal zu welcher Jahreszeit, denn selbst im Sommer gab es hier keine Tabakpflanzen, keine Kartoffeln und keine Tomaten, von denen sie sich hätten ernähren können. Im Winter wären sie erst recht dem Tod geweiht gewesen. Wenn es welche gäbe, müssten sie eigentlich alle tot sein, dachte Dupree.

Sie müssten tot sein.

Dann drehte er sich um und sah, dass die Überreste der Häuser, die Grabsteine, selbst das steinerne Kreuz von tausenden von Motten umschwirrt wurden, und als er von dem Ort flüchtete, erhoben sie sich in einer riesigen Wolke, streiften sein Gesicht und seine Hände, verfingen sich in seinen Haaren und seinen Kleidern, flatterten gegen seine Augenlider und seine Lippen.

Und hinterließen auf seiner Zunge den Geschmack nach Tod.

9

Barron hatte einen verdammt schlechten Tag.

Es war sogar schon der zweite schlechte Tag. Der erste hatte mit dem Anruf aus Boston angefangen, bei dem er erfahren hatte, dass man demnächst seine Dienste in Anspruch nehmen werde. Barron hatte versucht, dem Mann am anderen Ende der Leitung zu erklären, dass es zurzeit für ihn ungünstig sei, weil er sehr unter Druck stehe. Dass Parker in der Kneipe aufgetaucht war, hatte ihn ziemlich nervös gemacht. Er hatte keine Ahnung, wie viel der Privatdetektiv wusste oder ahnte, aber was ihn wirklich nervös machte, war dessen Beharrlichkeit. Er würde sich lieber eine Zeit lang bedeckt halten und sich wie ein mustergültiger Polizist benehmen. Immerhin hatte er dem Anrufer nichts über Parker gesagt, weil er befürchtete, sie würden Ärger riechen und ihn ans Department verpfeifen. Die hatten Fotos. Himmel, die hatten sogar ein Video! Eher würde Barron sich erschießen, denn er war auf keinen Fall bereit, noch einmal in den Knast zu gehen. Auf gar keinen Fall.

Dann war da noch Terry Scarfe. Barrons Deal mit den Russen beinhaltete, dass er auf Terry Scarfe aufpasste. Scarfe hatte Kontakte. Er war ein Fixer. Außerdem war er ihnen was schuldig, und wenn er im Gefängnis saß, konnte er seine Schulden nicht zurückzahlen. Barron wusste, dass sie Scarfe vollkommen in der Hand hatten und er niemals in der Lage sein würde, seine Schulden restlos zu begleichen. Das begriff Barron, denn er fürchtete, dass er sich in genau derselben Situation befand. Was Barron beunruhigte, war, dass Scarfe über ihn Bescheid wusste, denn Scarfe war ein Volltrottel. Der Idiot war an dem Abend, als er mit Macy Streife gefahren war, vor ihm abgehauen. Hätte er sich ganz normal benommen, wäre er Macy wahrscheinlich gar nicht weiter aufgefallen. Stattdessen war Barron gezwungen gewesen, ihm nachzustellen, ihn zu filzen und ihm den Stoff abzunehmen, den der Penner bei sich hatte. Wenn eine andere Streife ihn zehn Minuten später aufgegriffen und die Drogen bei ihm gefunden hätte, hätte Barron erklären müssen, warum er das Zeug bei seiner Durchsuchung übersehen hatte, und sich darauf verlassen, dass Scarfe ihn den Kollegen nicht auf einem Silbertablett servieren würde, um seinen eigenen Hals zu retten. Zwar hätte er behaupten können, Scarfe sei sauber gewesen, als er ihn überprüft habe, und niemand hätte ihm das Gegenteil beweisen können, aber es bestand immer die Gefahr, dass die anderen Verdacht schöpften.

Und dazu musste er sich noch mit Macy herumplagen. Er wusste nicht, wie viel sie gesehen hatte, als er mit Scarfe beschäftigt war, aber Berufsanfänger waren leicht unter Druck zu setzen, und er konnte nicht einschätzen, ob Macy bei einer intensiven Befragung standhalten würde. Aber selbst wenn sie den Mund hielt, behagte Barron der Gedanke nicht, dass sie möglicherweise etwas gegen ihn in der Hand hatte.

Der Russe hatte Barrons Einwände ignoriert. Die hatten ihn gekauft und bezahlt, also musste er sich auf Abruf bereithalten. Als der Anruf am nächsten Morgen kam, hatte Barrons zweiter schlechter Tag begonnen.

Denn der Anrufer war Scarfe.

Dupree war rechtzeitig um 12.30 Uhr, als die Nachmittagsfähre eintraf, zurück in der kleinen Stadt, immer noch aufgewühlt von dem Erlebnis an der Stätte. Amerling hatte Recht. Irgendetwas ging vor sich, und sie konnten nichts tun als durchhalten und beten, dass es schnell vorübergehen würde.

Er roch Parfüm in seiner Nähe. Er wandte sich nach links

und sah, dass Marianne Elliot neben ihm stand und ihn schüchtern anlächelte. Sie hatte einen Rucksack geschultert und trank Kaffee aus einer Thermosflasche.

»Hi«, sagte sie.

»Hi. Du fährst aufs Festland?«

»Ich hab ein paar Dinge zu erledigen«, sagte sie. »Ich komme mit der Abendfähre wieder zurück.«

»Und Danny?«

»Er ist immer noch bei Bonnie Claessen. Ich bin kurz vorbeigegangen und hab Bescheid gesagt. Ich glaube, er hat mir wegen gestern Abend verziehen. Jedenfalls hab ich ihm versprochen, ihm aus Portland was mitzubringen, damit schien er zufrieden zu sein.«

Sie berührte seinen Arm.

»Es war schön mit dir, letzte Nacht«, sagte sie leise.

»Danke.«

»Eigentlich müsstest du jetzt sagen, dass es dir auch gefallen hat«, scherzte sie.

»Es war wunderbar«, sagte er.

Sie schob ihren Kopf durch das Wagenfenster, hauchte ihm einen schnellen Kuss auf die Lippen, dann betrat sie den Anlegesteg. Nancy Tooker, die die Szene vom Diner aus beobachtet hatte, hob eine Hand und winkte ihm freundlich lächelnd zu.

Dupree wäre am liebsten in seinem Sitz versunken.

Barron traf sich mit Scarfe in Freeport hinter dem Levi's-Laden. Es war ziemlich ruhig auf dem Parkplatz und die meisten Wagen stammten den Kennzeichen nach aus anderen Staaten. Sie saßen in Barrons Plymouth und beobachteten den Parkplatz.

»Sie kommen heute her«, sagte Scarfe. »Sie wollen dich treffen.«

»Kommt nicht in Frage«, sagte Barron.

»Ich glaube kaum, dass du in einer Position bist, dich mit ihnen anzulegen.«

Barron schlug Scarfe mit der rechten Hand ins Gesicht, sodass der mit dem Kopf gegen die Fensterscheibe schlug.

»Wag es nicht, nochmal so mit mir zu reden! Für wen hältst du dich eigentlich?«

Er starrte geradeaus und hielt das Lenkrad mit beiden Händen umklammert. Scarfe sagte nichts. Barron hätte am liebsten geschrien, sich die Kehle aus dem Hals gebrüllt über diese Ungerechtigkeit. Diese Leute hatten kein Recht, ihm das zuzumuten. Er konnte Scarfe neben sich riechen. Der Typ stank nach Schweiß und ungewaschenen Klamotten und Verzweiflung. Barron musste unbedingt von ihm weg.

»Gib mir die Schlüssel.«

Scarfe reichte ihm die Schlüssel zu einem Isuzu Trooper, der draußen vor der Mall stand. Der Trooper, den Scarfe organisiert hatte, war mit einem Nachtsichtgerät ausgerüstet. Barron sollte den Wagen benutzen, um seinen Part bei dem Job zu erledigen, ihn dann mit dem Schlüssel im Zündschloss stehen lassen und sich verziehen. Scarfe würde das Fahrzeug anschließend verschwinden lassen.

»Und jetzt mach, dass du rauskommst!«, blaffte Barron.

Scarfe stieg schweigend aus. Seine linke Wange war gerötet und sein linkes Auge tränte.

»Du hättest mich nicht zu schlagen brauchen«, sagte Scarfe.

»Ich weiß«, erwiderte Barron. »Ich hab's getan, weil mir danach war.«

Dann fuhr er los.

10

Sie entledigten sich der Vans auf einem Schrottplatz außerhalb von Brockton und machten sich auf die Suche nach Ersatzfahrzeugen. Powell und Tell kümmerten sich um die Einzelheiten, doch Powell, der den Econoline gern gefahren hatte, äußerte sein Bedauern darüber, den Wagen aufgeben zu müssen.

»Na ja, vielleicht könnten wir ihn dir zuliebe behalten«, meinte Tell. »Wir könnten einen Schriftzug auf die Seite drucken lassen, etwas wie: WIR SIND DIE TYPEN, DIE IHR SUCHT!«

Sie sahen zu, wie das Dach des Econoline unter dem Druck der Krangreifer einknickte. Die Scheiben zersplitterten, und der Van erzitterte, als litte er große Schmerzen. Es erinnerte Powell daran, wie das Gesicht eines Menschen sich verzerrte, wenn man ihn erschoss.

»Ja, du hast Recht. Aber wir haben ein paar schöne Stunden erlebt in dem Van.«

Tell überlegte, ob Powell nur scherzte, war sich jedoch nicht sicher. »Du solltest dir noch ein paar Freunde zulegen, Mann«, sagte er.

Sie gingen zurück zu dem zerbeulten Wohnwagen, der als Schrottplatzbüro diente. Drinnen herrschte schlechte Luft. Aus einer halb offenen Schublade in einem uralten grauen Aktenschrank quoll vergilbtes Papier, der Teppich war übersät mit Brandlöchern. Die Schnapprollos waren braun vom Nikotin.

»Sieht so aus, als würde das Geschäft boomen«, sagte Powell. »Schätze, ihr habt vor, demnächst mit dem Laden an die Börse zu gehen.«

Drei Männer erwarteten sie und keiner von ihnen lächelte. Zwei muskelbepackte Kalter-Krieg-Kämpfer standen zu beiden Seiten neben einem dritten Mann, der hinter einem billigen Kunststoffschreibtisch saß. Der Sitzende trug eine karierte Jacke über einem schmuddeligen Hemd. Die anderen beiden trugen Lederjacken von der Sorte, wie schlechte Discjockeys sie bei offiziellen Veranstaltungen trugen. Selbst Powell, der den Zeiten nachtrauerte, als man noch die Ärmel bis an die Ellbogen hochkrempelte, fand, dass die Männer ziemlich schlecht gekleidet waren.

Tell überlegte derweil, woher die Typen wohl stammten. Dexter hatte ihm gesagt, der Chef sei Russe, also nahm er an, dass die anderen ebenfalls Russen waren. Ihre schäbige Kleidung schien seine Vermutung zu bestätigen. Diese kriminellen Immigranten, dachte Tell, hatten einen Geschmack wie Zirkuspferde. Alles musste glänzen. Wenn diese Pfeifen Geld in der Tasche hatten, gaben sie es nur für Plastikklamotten aus.

Der Mann hinter dem Schreibtisch hatte eine Haut wie eine Kraterlandschaft. Offenbar versuchte er, sie mit einem Bart zu verbergen, der jedoch nur spärlich wuchs. Die Haare schienen ihm in Büscheln auszufallen. Über seinem linken Ohr war eine rosafarbene Stelle zu sehen. Wahrscheinlich hatte der Typ irgendeine Krankheit, und Tell war froh, dass er ihm nicht die Hand schütteln musste. Er hatte sich als Phil vorgestellt. Klar, dachte Tell, eine Abkürzung von Wladimir.

»Wieso ist Dexter nicht selbst gekommen?«, wollte Phil wissen.

»Dexter hat zu viel zu tun«, erwiderte Tell.

»Es ist beleidigend, dass er sich nicht die Zeit nimmt, einen alten Freund zu besuchen.«

»Haben Sie seine Weihnachtskarte bekommen? Ich erinnere mich nämlich, dass er eine geschickt hat.«

»Keine Weihnachtskarte«, sagte Phil.

»Tja, das ist eine Schande«, meinte Tell.

»Ja«, sagte Phil. »Das stimmt.«

Er wirkte tatsächlich gekränkt.

Tell wurde allmählich ziemlich unruhig. Dexter hatte ihm geraten, die Ruhe zu bewahren, ebenso wie Shepherd, aber dieser Phil raubte ihm schon nach wenigen Minuten den letzten Nerv.

»Wir haben es ziemlich eilig«, sagte Tell.

»Immer diese Eile«, erwiderte Phil. »Zu viel Hast.«

»So ist das nun mal auf der Welt«, meinte Powell. »Die Leute nehmen sich nicht mehr die Zeit, an Rosen zu schnuppern.«

Tell blickte ihn verwundert an, aber Powell schien es ernst zu meinen. Das Einzige, was Tell in dem Wohnwagen riechen konnte, waren vergammelte Teppiche und billiges Aftershave.

»Ihr Freund weiß Bescheid«, sagte Phil. »Der versteht das.«

Tell würde sich Powell vorknöpfen, sobald sie hier raus waren. Der sollte bloß nicht anfangen, sich für einen Mystiker zu halten.

Phil nahm einen braunen Umschlag und warf ihn Tell zu. »Zwei Vans«, sagte er.

»Wir wollten drei.«

»Keine drei. Nur zwei. Keine Zeit.«

»Zu viel Hast«, sagte Tell.

Zum ersten Mal lächelte Phil. »Ja, ja, zu viel Hast. Sagen Sie Dexter, er soll herkommen und mich besuchen.«

Tell hob den Umschlag zum Gruß und rang sich ein Lächeln ab. »Mach ich.«

Sie wandten sich zum Gehen. Als sie gerade hinausgehen wollten, sagte Phil: »Hey, noch was!«

Sie drehten sich um. Phil war aufgestanden und alle drei Männer hielten jetzt Pistolen in den Händen.

»Sagen Sie ihm, er soll mein Geld mitbringen, wenn er kommt«, knurrte Phil. »Und sagen Sie ihm, er soll sich beeilen.«

Macy machte es Spaß, mit Larry Amerling durch die Gegend zu fahren. Offenbar war er ein alter Charmeur, der die Frauen, die auf die Post kamen, nach Strich und Faden bezirzte, aber er war lustig und wusste eine Menge, sodass Macy schon anfing, ein Gefühl für die geografische Beschaffenheit der Insel zu entwickeln.

Amerling bat sie, rechts abzubiegen. Dann folgten sie der Straße bis zum Aussichtsturm. Der Turm hatte fünf Stockwerke, vier davon mit horizontalen Fensterschlitzen zu drei Seiten hin, die jeweils von einem Betonvorsprung überdacht waren. Auf dem Dach war ein einzelner Schornstein zu sehen. Fünf mit Glassplittern übersäte Stufen führten zu der stählernen Sicherheitstür, die offen stand.

»Jugendliche«, sagte Amerling. »Joe bemüht sich, die Türme verschlossen zu halten, aber die brechen sie einfach immer wieder auf.«

»Darf ich mal einen Blick reinwerfen?«, fragte Macy.

»Halten Sie sich die Nase zu«, erwiderte Amerling. »Ich warte hier draußen und rauche eine Zigarette.«

Sie stiegen aus dem Explorer. Amerling ging ein paar Schritte die Straße entlang und warf verstohlen einen Blick zu Macy hinüber, während er sich eine Zigarette anzündete. Hübsche Frau, dachte er. Wenn ich doch nur …

Er versuchte den Altersunterschied zu errechnen, gab es jedoch auf, weil es ihn zu sehr deprimierte.

Macy schob die Tür auf und betrat den Turm. Zu ihrer Linken, über einem ehemaligen offenen Kamin, waren mit Sprayfarbe die Worte HIER TOILETTE an die Wand gesprüht worden. Sie vermied es, nach unten zu sehen. Auf dieser Ebene gab es keine Fenster, der Boden bestand aus blankem Beton. Links führte eine Betontreppe nach oben. Macy stieg in den ersten Stock. Die Fensterschlitze waren mit mehreren Scheiben Plexiglas abgedeckt, zwischen denen sich tote Insekten angesammelt hatten. Macy stieg von Stockwerk zu Stockwerk. Die Stufen zum fünften Stock waren nicht aus Beton, sondern aus Holz. Von einer rechteckigen Dachluke hing eine Leiter herunter. Macy kletterte hinauf und schob den Riegel der Falltür zur Seite.

Als sie auf das Dach trat, wehte ihr ein scharfer Wind entgegen und ließ ihre Jacke flattern. Macy schloss den Reißverschluss und trat an die Dachkante. Der Turm überragte selbst die höchsten Bäume, und von ihrem Aussichtspunkt aus sah Macy die Bucht, die kleineren Türme entlang der Küste, die Nachbarinseln, einige Schiffe, die aufs offene Meer hinausfuhren, selbst das Festland in der Ferne. In der klaren, frischen Luft lag ein leichter Geruch nach Rauch, der Himmel war schwer und grau, der Wind beißend kalt. Sie schaute nach rechts und sah Amerling seine Zigarette rauchen. Er blickte zu ihr herauf und winkte ihr zu, und sie winkte zurück, wurde jedoch im nächsten Moment abgelenkt von einem hellblauen Pick-up, der die Straße heraufgefahren kam. Der Wagen schien in ziemlich schlechtem Zustand zu sein, denn die graublauen Abgasschwaden kamen nicht nur aus dem Auspuff, sondern schienen das ganze Fahrzeug einzuhüllen. Da stimmt irgendwas nicht, dachte Macy. Er fährt schnell und er hat Gegenwind. Wie kann er da in Abgaswolken eingehüllt sein?

Dann wurde der Wagen langsamer, die Qualmwolken formten sich zu zwei Säulen, die nach rechts und links in den Wald waberten und sich auflösten. Macy wartete noch eine Weile ab, immer noch unsicher, was sie da gesehen hatte, dann kletterte sie wieder über die Leiter in den Turm und ging nach unten.

Sie bemerkte nicht die primitiven Zeichnungen von sterbenden Menschen und brennenden Häusern, die mit einem Stein in den Beton geritzt worden waren, auch nicht die lange weiße Haarsträhne, die sich an der untersten Sprosse der Leiter verfangen hatte.

Und auch nicht die kleine Stoffpuppe, die sie aus der Ecke des Raums teilnahmslos beobachtete und auf deren Körper lauter schimmernde Motten herumkrabbelten.

Der Pick-up hatte neben Larry Amerling gehalten. Der Mann, der sich aus dem Fenster lehnte, trug eine schmuddelige grüne Windjacke und eine Sea-Dogs-Baseballmütze. Sein Gesicht war dunkelbraun vom jahrelangen Arbeiten im Freien, aber seine Nase war rot und geschwollen und seine Wangen waren blaurot geädert. Er schnalzte anzüglich mit der Zunge, als Macy sich näherte, und ließ seinen Blick die Innenseiten ihrer Oberschenkel hinaufwandern. Erleichtert stellte sie fest, dass Amerling das Benehmen des Mannes peinlich war.

»Das ist Carl Lubey«, sagte Amerling. »Er wohnt ein Stück die Straße rauf. – Carl, das ist Officer Macy.«

»Freut mich, Sie kennen zu lernen«, sagte Lubey. Es klang wie eine Einladung ins Bett.

Macy begnügte sich mit einem Nicken und ließ sich nicht anmerken, dass sie den Namen schon einmal gehört hatte. Das war also der Bruder des Mannes, den Dupree getötet hatte. Es ärgerte sie, dass sie Barron mit seiner Einschätzung des Mannes Recht geben musste, aber wenn der Bruder ein ähnliches Exemplar gewesen war wie Carl, dann hatte Dupree der Menschheit womöglich einen Gefallen getan. Carl Lubey jagte ihr kalte Schauer über den Rücken.

»Haben Sie Probleme mit Ihrem Wagen?«, erkundigte sich Macy.

»Nee, der läuft wie geschmiert«, erwiderte Carl.

»Ich hatte den Eindruck, dass er eine Menge Abgase ausstößt. Sie sollten ihn mal überprüfen lassen.«

»Nicht nötig. Wie gesagt, er läuft wie geschmiert.«

»Wie Sie meinen. Wenn das nochmal passiert, könnte es sein, dass Sie eine offizielle Aufforderung erhalten.«

Wieder schnalzte Lubey mit der Zunge.

»Falls Sie scharf drauf sind, mal bei mir vorbeizukommen und mir beim Säubern meiner Rohre zu helfen, tun Sie sich keinen Zwang an«, sagte er. Er zwinkerte ihr grinsend zu, legte einen Gang ein und fuhr los. Diesmal waren kaum Auspuffgase zu sehen.

»Wohnt er allein da oben?«, fragte Macy.

»Sieht Carl aus wie ein Typ, dem die Weiber die Tür einrennen? Ja, er lebt allein. Ich glaube, er hat es nie verwunden –«

Er unterbrach sich.

»Ich weiß Bescheid«, sagte Macy.

»Na ja, dann verstehen Sie wohl. Carl steckte schon immer voller Aggressionen. Und seit der Sache mit seinem Bruder ist er ein noch größerer Kotzbrocken. Nehmen Sie's mir nicht übel, aber ich hatte nicht unbedingt den Eindruck, dass mit seinem Pick-up was nicht stimmte.«

Macy schüttelte den Kopf. »Als er die Straße hochgefahren kam, war der ganze Wagen in Rauch eingehüllt. Dann haben die Schwaden sich einfach … aufgelöst. Es war wirklich sehr merkwürdig.«

Sie schaute Amerling an, aber der hatte sich umgedreht und blickte die Straße hinunter, über die Lubey gerade gefahren war, als hoffte er, dort noch Spuren der Abgaswolke zu entdecken.

»Ich muss zurück«, sagte er. Er trat seine Zigarette aus, hob die Kippe auf und steckte sie sich in die Tasche. »Die Post sortiert sich nicht von allein.«

Einige Minuten fuhren sie schweigend. Schließlich sagte Macy: »Vom Turm aus konnte ich die Stätte nicht sehen. So wird der Ort doch genannt, nicht wahr: die Stätte?«

Amerling antwortete nicht gleich.

»Sie ist unter den Bäumen versteckt.«

»Sogar im Winter?«

»Sogar im Winter. Da draußen gibt's eine Menge Nadelbäume.«

»Die Stätte liegt drüben in Richtung Süden, stimmt's?«

»Ja, stimmt, aber mit dem Auto kommt man da nicht hin, und selbst zu Fuß muss man schon genauestens wissen, wohin man will. Jetzt im Winter, wo es so früh dunkel wird, bin ich mir nicht mal sicher, ob ich die Stelle finden würde.«

»Dann vielleicht ein andermal«, sagte Macy.

»Sicher«, log Amerling. »Ein andermal.«

Moloch sah, dass Dexter ihn im Rückspiegel betrachtete. Leonie und Dexter saßen vorne, Braun hinter ihnen und Moloch ganz hinten. Im Boden des Wagens befand sich ein Hohlraum, groß genug, dass notfalls ein Mann darin liegen konnte, allerdings würde er wahrscheinlich ersticken, wenn er länger als zehn Minuten da drinbleiben musste, dachte Moloch. Der Hohlraum war für Waffen gedacht, vielleicht auch für Drogen. Es wäre ein Notversteck für ihn, falls sie in eine Polizeikontrolle gerieten, mehr nicht.

»Alles in Ordnung?«, fragte Dexter.

Moloch nickte. Sie waren seit etwa drei Stunden unterwegs und der Rücken tat ihm weh. Um kurz nach neun hatten sie die Mautstelle an der Staatsgrenze von New Hampshire passiert und schließlich Maine erreicht. Es herrschte wenig Verkehr, die meisten fuhren nach Süden, in Richtung Boston. Sie nahmen die Abfahrt nach Kittery und hielten vor einem kleinen Laden. Braun und Leonie gingen hinein und ließen Moloch mit seiner rasenden Wut allein.

Während sie Maine immer näher gekommen waren, hatte er fürchterliche Kopfschmerzen bekommen. Zwischendurch waren ihm immer wieder die Augen zugefallen und das Kinn war ihm auf die Brust gesunken, doch jedes Mal hatte ihn etwas wie ein elektrischer Schlag wieder aus dem Schlaf gerissen. Und in diesen Momenten des Halbschlafs und der Erschöpfung wurde er von Visionen gequält, von Bildern aus der Vergangenheit, bekannten und unbekannten, die ihm zugleich vertraut und fremd waren.

Er sah sich selbst als kleinen Jungen, die Hände an die Fenster eines schwarzen Autos gedrückt, das vor einem Haus in der Vorstadt losfuhr, sein Fahrrad hatte er ganz vergessen, als seine Finger über die Scheibe glitten und der Wagen schneller wurde, auf dem Rücksitz ein Mann mit panikartig aufgerissenen Augen, der sich gegen zwei Männer wehrte, die ihn festhielten. Der Mann streckte eine Hand aus, als könnte der Junge ihm irgendwie helfen, aber niemand konnte ihn retten.

Dad?

Nein, nicht sein Vater, aber der, den er Dad genannt hatte, ein Pflegevater und eine Pflegemutter in einer Straße mit lauter gleich aussehenden Häusern, jedes mit einem kleinen, viereckigen Stück Rasen vor der Tür, wo die Ruhe höchstens durch das Zischen der Rasensprenger gestört wurde und jetzt durch den aufheulenden Motor des Wagens, der davonfuhr.

Im Haus weinte eine Frau. Sie lag in sich zusammengesunken in der Küche in einer Ecke, Blut lief ihr aus Nase und Mund. Sie war dabei gewesen, einen Kuchen zu backen, jetzt lagen überall um sie herum Mehl und zerbrochene Eier. Der Junge ging zu ihr hin, sie nahm ihn in die Arme und drückte ihn an sich.

Am nächsten Tag kamen noch mehr Männer und zwangen sie, das Haus zu verlassen. Der Junge flüchtete mit seiner Nichtmutter, zog mit ihr von Stadt zu Stadt, beobachtete, wie sie immer mehr verzweifelte, wie sie in einen schrecklichen dunklen Raum ging, den er nicht betreten durfte, wo Männer hinkamen, sich auf ihren Körper warfen und Stapel zerfledderter Geldscheine auf der Kommode liegen ließen, wenn sie fertig waren. Und als der Junge älter wurde, fragte er sich: Wer bin ich und woher komme ich? Denn diese Frau hat mich nicht in die Welt gesetzt.

Dann tauchten andere Frauen vor seinem geistigen Auge auf – Mütter, Schwestern, Töchter –, und er hörte, wie halb vertraute Namen erwähnt wurden. Er befand sich in einem Haus am See. Dann in einer Straßenbahn, ein Mann hielt ihn an der Hand.

Er befand sich auf der Insel, und seine Stimme flüsterte: *Du wirst mich kennen lernen, Frau.*

Moloch fuhr wieder aus dem Schlaf. Dexter las eine Zeitung. Moloch schloss die Augen.

Das ist nicht meine Vergangenheit. Es ist eine Vergangenheit, aber nicht meine. Ich bin mehr als das.

Er nahm die Insel wieder wahr, er roch das Meer und die Kiefern, und er hörte ein Geräusch wie von einer Motte, die gegen eine Fensterscheibe flattert und versucht, der Dunkelheit zu entrinnen.

Oder in sie zurückzukehren.

Die anderen kamen eine halbe Stunde später zurück. Sie hatten warme Kleidung gekauft, Öljacken und eine Auswahl kleinerer Waffen: einige Messer, ein Beil und für Dexter einen Jagdbogen. An Schusswaffen hatten sie bereits alles, was sie brauchten.

Powell reichte Dexter den Kasten mit dem Bogen. Dexter öffnete ihn und nahm den Bogen heraus.

»Ich weiß nicht, wozu du das Ding brauchst«, sagte Moloch. Er fühlte sich immer noch erschöpft und krank. Er brauchte Schlaf, richtigen, ordentlichen Schlaf. Das scharrende Geräusch, das er in seinem Traum gehört hatte, war nicht weggegangen, als er aufgewacht war. Es war immer noch da, als würde in seinem Innenohr ein Wasserhahn tropfen.

»Es geht nicht ums Brauchen, ich mag es einfach, so einen Bogen in den Händen zu halten.«

»Hast du schon mal jemanden mit einem Bogen getötet?«, fragte Braun.

»Nein. Aber mit einem Pfeil.« Dexter grinste.

»Glaubst du wirklich, dass wir all das Zeug hier brauchen werden?«, wollte Braun von Moloch wissen.

Moloch schüttelte den Kopf, sowohl als Antwort auf die Frage als auch, um sich von dem höllischen Geräusch in seinem Kopf zu befreien.

»Wir fahren hin, stöbern sie auf, zwingen sie, mir mein Geld zurückzugeben, dann töten wir sie. Wir wollen schließlich kein Aufsehen erregen, dass wir hinterher noch die Polizei am Hals haben. Wenn alles nach Plan läuft, dann haben wir sie, bevor jemand merkt, dass wir jemals auf der Insel waren.«

»Deswegen frage ich nochmal: Wozu brauchen wir das ganze Zeug?«

Moloch sah ihn an wie ein begriffsstutziges Kind.

»Weil nichts jemals nach Plan läuft«, erwiderte er.

Die Fähre nach Portland hatte nur zwei Passagiere an Bord: einen alten Mann, der zu einem Termin beim Onkologen fuhr, und Marianne. Danny fehlte ihr, und sie wünschte, sie hätte ihn mitnehmen können, aber sie hatte einiges in verschiedenen Banken zu erledigen und er würde sich zu Tode langweilen, während sie all die Formulare ausfüllte.

Bonnie hatte sie nach ihrem Date mit Dupree nicht gelöchert, sondern nur gefragt, ob sie einen schönen Abend gehabt hätte. Sie hatte ihr erzählt, Danny und Richie hätten viel Spaß miteinander gehabt und es würde ihr nichts ausmachen, wenn der Junge auch den nächsten Tag bei ihr verbrachte. Richie hatte die Nachricht mit Freudenschreien aufgenommen. Richie war ein netter Junge – Marianne betrachtete ihn immer als Kind – und die Leute auf der Insel passten alle auf ihn auf. In gewisser Weise war Dutch Island der beste Ort für einen Jungen wie ihn. Hier konnte ihm nichts zustoßen und in der vertrauten Gemeinde fühlte er sich aufgehoben. Für Danny war er fast so etwas wie ein großer Bruder, obwohl der aufgeweckte Danny begriff, dass sein Spielkamerad anders war und Danny manchmal mehr auf ihn aufpassen musste als umgekehrt.

Aber Marianne hatte Danny eingeschärft, Richie niemals auf seinen Erkundungstouren über die Insel zu folgen. Sie wusste, dass Richie sich gern im Wald herumtrieb und dass Bonnie es aufgegeben hatte, ihn davon abzuhalten, denn Richie würde sich trotzdem aus dem Haus schleichen und sie weiterhin in Angst und Schrecken versetzen. Es war ihr lieber, wenn er ihr sagte, wo er hinging, anstatt ohne ein Wort zu verschwinden. Marianne mochte Richie, aber sie wusste, dass er nicht in der Lage war, auf ihren Sohn aufzupassen, und sie hatte Danny angedroht, ihm bis an sein Lebensende Stubenarrest zu erteilen und das Taschengeld zu streichen, wenn er mit Richie irgendwohin ging, ohne dass Bonnie dabei war.

In einiger Entfernung konnte sie die Boote an den Anlegestellen an der Commercial Street schaukeln sehen. Nachdem sie sich damit abgefunden hatte, den Tag ohne Danny zu verbringen, freute sie sich, dass sie endlich dazu kam, ein paar Dinge zu erledigen. Sie wollte zum Friseur gehen, ein bisschen durch die Geschäfte bummeln, vielleicht sogar noch zur Mall rausfahren und ins Kino gehen. Sie würde sechs bis sieben Stunden für sich ganz allein haben.

Aber zuerst musste sie sich um ihr Geld kümmern. Wenn sie das erst einmal hinter sich hatte, konnte sie sich entspannen. Sie trug einen Geldgürtel unter ihrem Pullover. Zwar widerstrebte es ihr, so viel Geld mit sich herumzutragen, aber die Straßen von Portland stellten keine Gefahr dar. Schließlich war sie nicht im Dunkeln unterwegs.

Hinter ihr zogen sich graue Wolken zusammen. In den Nachrichten gestern Abend hatten sie Schnee angekündigt. Aber Marianne hatte sich vor ihrer Abfahrt den Wetterbericht angehört und erfahren, dass mit Schnee erst im Laufe der Nacht zu rechnen war. Thorson hatte angekündigt, dass die Fähre um halb sieben in Portland ablegen würde und noch ein letztes Mal um neun. Wahrscheinlich würde sie die Fähre um halb sieben rechtzeitig erwischen, wenn nicht, würde sie die spätere nehmen, auch dann wären Danny und sie längst gemütlich zu Hause, bevor der erste Schnee fiel.

Bonnie Claessen sah sich in der Küche die Nachrichten auf CNN an, während sie das Gemüse fürs Abendessen schnippelte. Da Danny zu Besuch war, wollte sie etwas Besonderes kochen, einen Braten vielleicht und eine Kürbispastete.

Im Fernsehen sah sie, wie irgendwo im Süden ein Auto aus einem Fluss gezogen wurde. Es schien heiß zu sein da unten, die Hemden der Polizisten waren auf dem Rücken nass geschwitzt. Sie überlegte, ob Mike, ihr derzeitiger Freund, sich wohl dazu überreden lassen würde, ein bisschen Geld springen zu lassen, damit sie im Sommer mit Richie in Urlaub fahren konnten. Wenn sie ihn am nächsten Wochenende sah, würde sie mit ihm darüber reden. Mike war Lastwagenfahrer und von Natur aus wortkarg, aber er war geduldig im Umgang mit Richie und nett zu ihr, und das reichte Bonnie vorerst.

Jetzt erschien das Gesicht eines Mannes auf dem Bildschirm. Er sah gut aus, dachte sie, bis auf die Augen. Sie waren ziemlich schmal, ein Eindruck, der durch senkrechte Linien auf den Wangen noch unterstrichen wurde, und sie strahlten Intelligenz aus, gepaart mit Verachtung. Vielleicht verachtete er nur das Gesetz, überlegte sie, oder doch eher nicht. Wahrscheinlich verachtete dieser Typ einfach alles.

Bonnie drehte die Lautstärke gerade rechtzeitig hoch, um seinen Namen zu hören.

Moloch. War das nicht ein Name aus der Bibel? Hörte sich irgendwie biblisch an. Bonnie war keine eifrige Kirchgängerin oder Bibelleserin, aber der Name war ihr unheimlich. Bonnie kümmerte sich wieder um ihr Essen. In Kürze würden die Seifenopern anfangen, ihre »Geschichten«, wie ihre Mutter sie immer genannt hatte.

Schon bald hatte sie den Mann namens Moloch ganz vergessen.

Aber ihr Sohn nicht. Richie schaute konzentriert auf den Bildschirm und betrachtete die Gesichter, die nacheinander gezeigt wurden. Da war der Mann mit den durchdringenden Augen, dann der Schwarze, dann der junge Mann mit den blonden Haaren. Ihre Fotos waren in letzter Zeit häufig im Fernsehen gezeigt worden.

Richie saß ganz still da und nahm ihre Gesichtszüge in sich auf.

Kurz vor eins trafen sie in Portland ein. Moloch war auf den Beifahrersitz gewechselt, nachdem er es satt hatte, hinten im Van eingesperrt zu sein. Er hatte sein Äußeres so verändert, dass ihn jemand schon sehr eingehend mustern müsste, um ihn mit dem Gesicht in den Nachrichten in Verbindung bringen zu können, und falls jemand es wagen sollte, ihn derart anzustarren, würde er sowieso nicht lange genug leben, um irgendjemandem zu berichten, was er gesehen hatte.

Sie hielten auf der Commercial Street und blickten hinaus aufs Meer. In der Nähe lag der Anlegeplatz der Inselfähre. Es war niemand an Bord. Braun war losgegangen, um einen Blick auf den Fahrplan zu werfen.

»Die letzte Fähre geht um neun«, berichtete er, als er zurückkam. »Morgen früh kehrt sie zum Festland zurück.«

Moloch überlegte. »Wir ruhen uns erst mal ein bisschen

aus, besorgen uns Motelzimmer außerhalb der Stadt. Sobald wir Scarfe getroffen haben, reden wir weiter.«

Dexter nickte. Draußen bei der Mall gab es ein Days Inn. Er hatte das Reklameschild gesehen, als sie nach Portland hineingefahren waren. Dexter mochte Days Inns. Wenn man sich einmal daran gewöhnt hatte, dass sie alle gleich aussahen, konnte man sich dort fast wie zu Hause fühlen.

Marianne hatte keine Probleme bei den Banken. Insgesamt hob sie 8.000 Dollar von drei verschiedenen Konten ab und verstaute die Geldscheine sorgfältig in ihrem Geldgürtel. Nachdem das erledigt war, gönnte sie sich ein Taxi zur Mall und ließ sich ausgiebig beim Frisör verwöhnen. Anschließend fühlte sie sich so gut wie seit Monaten nicht mehr. Sie aß eine Kleinigkeit in einem China-Imbiss und ging dann über den Parkplatz zu T. J. Maxx, wo sie sich eine DKNY-Lederjacke kaufte, die laut Preisschild um 300 Dollar reduziert war. Für Danny kaufte sie ein paar neue Sportschuhe und ein Harry-Potter-Kartenspiel.

Sie überlegte, ob sie noch ins Kino gehen sollte. Sie hatte schon ewig nicht mehr in einem Kino gesessen und etwas anderes als einen Zeichentrickfilm oder eine Kinderkomödie gesehen. In einiger Entfernung war die Leuchtreklame des Kinos neben dem Days Inn zu sehen. Marianne warf einen Blick auf ihre Uhr. Es war schon fast Viertel nach sechs. Sie beeilte sich.

»Was für einen beschissenen Mund hat die denn?«, ereiferte sich Dexter.

Er und Braun schauten sich in ihrem Motelzimmer einen Film im Fernsehen an. Tom Cruise spielte irgendeinen schrägen Typen, der in eine schwarzhaarige Spanierin verliebt war. Tom hatte Cameron Diaz wegen der Dunkelhaarigen sitzen lassen, was Dexter überhaupt nicht verstehen konnte, vor allem, wo diese dunkelhaarige Tussi so einen bescheuerten Mund hatte.

»Und?«, sagte er zu Braun. »Sieh sie dir doch mal an.«

»Mir gefällt sie«, erwiderte Braun. Dexter hatte den Fernseher eingeschaltet, weil ihm die DVDs ausgegangen waren. Während die Glotze lief, hatte Braun sich nicht auf sein Buch konzentrieren können und sich nach einer Weile dem Bildschirm zugewandt. Im Moment gab es ohnehin nichts anderes für sie zu tun, jedenfalls nicht, solange sie Scarfe nicht getroffen hatten.

»Ich sag ja nicht, dass sie nicht hübsch ist oder nichts darstellt. Verdammt, ich würd sie sogar umsonst ficken. Aber ihr Mund ... Ich weiß nicht, der ist irgendwie zu groß für ihr Gesicht. Wer ist das überhaupt?«

»Penelope Cruz.«

»Ist die mit ihm verheiratet, oder was?«

»Nein, ihr Name schreibt sich Cruz mit z. Aber es heißt, die beiden wären ein Paar.«

»Tom Cruise, dieser Arsch. Glaubst du, es stimmt, was die Leute über ihn erzählen?«

»Was? Dass er –«

»Ja.«

»Nein. Glaubst du etwa, der würde mit der Alten rumturteln, wenn er schwul wär?«

»Könnte Tarnung sein.«

»Tolle Tarnung! Und toller Arsch.«

»Yeah, aber dieser Mund. Sieht irgendwie *unecht* aus ...«

Tell und Shepherd saßen im IHOP neben dem Days Inn und aßen Pfannkuchen mit Zucker, Butter und Zimt. Shepherd hörte Tell zu. Tell erzählte manchmal nur Mist, aber es war interessanter Mist.

Jetzt zum Beispiel saßen sie in diesem IHOP und eben war ein Mann im Rollstuhl vorbeigefahren. Er trug eine Khakihose und so ein schwarzes POW/MIA-T-Shirt. Seine Beine waren von den Knien abwärts amputiert und seine Hosenbeine eingeschlagen. Er hatte muskulöse Arme. Wahrscheinlich robbte der Typ an Berghängen hoch, meinte Shepherd, um solche Arme zu bekommen. Tell sagte: »Weißt du, dass mein Bruder ein Krüppel war?«

»Kein Scheiß?«

»Hat in Vietnam ein Bein verloren, ein paar Monate vor der Tet-Offensive.«

»Welches denn?«

»Das rechte.«

»Kein Scheiß?«

»Kam auf Krücken nach Haus, mit einem Hosenbein hochgebunden, genau wie der Typ da, nur dass er noch ein gesundes Bein hatte. Er war stinksauer.«

»Dazu hatte er auch allen Grund. Schließlich hatte er ein Bein verloren.«

»Sicher. Schlimm, wenn einem so was passiert. Er ist überhaupt nicht mehr aus seinem Zimmer rausgekommen, hat gesoffen und in seinem eigenen Dreck geschlafen. Niemand kam an ihn ran. Dann hat er diesen Anruf gekriegt. Ed Sullivan – erinnerst du dich an Ed Sullivan?«

»Ja, der Typ sah echt komisch aus. Als würden sein Kopf und sein Körper nicht zusammenpassen.«

»Der hatte einfach nur zu kurze Arme. Jedenfalls hat Ed den Krieg immer unterstützt und er wollte seinen Teil dazu beitragen. Also hat er ein paar Kriegsveteranen in seine Show eingeladen, einer davon war mein Bruder. Der stand total auf Ed Sullivan.«

»Er ist in der Show aufgetreten?«

»Klar. Die haben ihn und seine Kumpels einfliegen lassen, mit dicken Limousinen ins Studio gefahren, ihnen Plätze in der ersten Reihe gegeben, das ganze Brimborium. Die hatten alle in Vietnam irgendwelche Körperteile verloren – Arme,

Beine, weiß der Teufel. Ed hat nur Krüppel eingeladen, sonst hätte ja jeder kommen können. Jedenfalls, bei der Generalprobe für die Show verlangt Ed, dass die Beleuchtung und die Kameras auf die Veteranen gerichtet werden, und er macht einen Riesenzirkus darum und die Leute im Publikum fangen an zu johlen und zu pfeifen. Ed sieht die Jungs an und grinst von einem Ohr bis zum anderen und sagt ihnen, sie sollen sich verbeugen. Ich meine, es ist schließlich Ed Sullivan, der sie da auffordert, sich zu verbeugen. Also stehen mein Bruder und seine Kumpels auf und verbeugen sich.«

»Und? Die stehen also auf …«

»Und mein Bruder fällt vornüber. Er hatte ja nur ein Bein. Er rappelt sich auf, wankt ein bisschen und kippt zur Seite um. Schlägt sich den Kopf auf. Die meisten anderen, die ein Bein verloren hatten, haben es irgendwie geschafft, stehen zu bleiben, indem sie sich an ihren Stühlen festhielten, aber sie sahen trotzdem ziemlich wackelig aus. Aber nicht mein Bruder. Er wollte aufrecht dastehen und sich verbeugen, wenn Ed Sullivan ihn dazu aufforderte. Er liebte Ed Sullivan.«

»Ein Mann muss einen anderen Mann schon sehr lieben, um auf einem Bein strammzustehen, bloß weil der das von ihm verlangt. Aber dein Bruder muss trotzdem ziemlich sauer auf Ed gewesen sein.«

»Nein, überhaupt nicht. Er meinte, er sei froh gewesen, dass jemand ihn behandelt hätte, als hätte er noch beide Beine. Und danach hat er sich eine Beinprothese zugelegt. Er wollte unbedingt gerade stehen können, wenn ihn das nächste Mal eine bedeutende Persönlichkeit dazu aufforderte. Aber zum Schlafen hat er die Prothese immer abgelegt. Und so ist er gestorben. In dem Haus, in dem er wohnte, ist ein Feuer ausgebrochen, und als die Sirene losging, war seine ganze Wohnung schon voll Rauch und Flammen, und er ist verbrannt, weil er nach seinem Ersatzbein gesucht hat. Er wollte nicht als Krüppel aus dem Haus humpeln. Das hatte die *Ed Sullivan Show* ihm beigebracht. Er liebte Ed Sullivan.«

»Kein Scheiß?«

»Kein Scheiß.«

Shepherd fand das ziemlich interessant. Das mochte er an Tell.

»Wir haben mal drüben in Pensacola eine Bank überfallen«, sagte Shepherd, der zeigen wollte, dass er auch Geschichten zu erzählen hatte. »Zwei Wochen lang hatten wir den Laden ausgekundschaftet. Das war damals, bevor die diese modernen Sicherheitsanlangen hatten mit Lichtschranken und dem ganzen Scheiß.«

»Damals war das noch was anderes. Heutzutage braucht man einen Doktortitel, um eine Bank auszurauben.«

»Ja, die machen es einem heutzutage ganz schön schwer, man darf sich keinen Fehler mehr erlauben. Also, jedenfalls, wir gehen am geplanten Morgen zu der Bank. Der Manager geht rein, dann folgen die Angestellten und wir gleich hinterher, bevor die Zeit hatten, die Tür hinter sich zuzumachen.«

»Und?«

»Und da stehen bereits zwei Typen mit Masken in der Bank, die darauf warten, die Bank auszurauben. Die waren in der Nacht übers Dach reingekommen und standen schon da, als der Manager die Bank betrat.«

»Kein Scheiß?«

»Na ja, wir waren ziemlich verdattert. Wir müssen die Bank während derselben zwei Wochen ausgekundschaftet haben, ohne uns gegenseitig zu bemerken.«

»Kann passieren.«

»Sicher. Wir stehen also alle einen Moment lang da, starren die Typen mit den Masken an, die starren uns mit unseren Masken an und der Manager und die Angestellten starren uns alle an. Ich sage also: ›Was zum Teufel macht ihr hier? Das ist unsere Bank.‹ Und der andere Typ sagt: ›Von wegen. Wir haben uns einen Monat lang auf den Job vorbereitet.‹«

»Blödsinn!«

»Nein, das glaub ich nicht. Durchs Dach einsteigen – so was erfordert einiges an Planung.«

»Wahrscheinlich«, meinte Tell.

»Die Situation ist also ziemlich kompliziert. Schließlich sage ich: ›Wie wär's, wenn wir uns die Beute teilen?‹ Die beiden Typen sehen sich an, zucken die Achseln und sagen: ›Okay.‹«

»Ihr habt euch die Kohle also geteilt?«

»Fifty-fifty, weil die ja durchs Dach reingekommen waren mit allem Drum und Dran.«

»Das war aber verdammt großzügig von euch.«

»Ja, stimmt. Wie du eben richtig bemerkt hast, das waren andere Zeiten. Heutzutage würde so was in einem Blutbad enden. Aber damals hatten die Leute noch Prinzipien. Die hatten Maßstäbe.«

»Ihr seid also alle zufrieden abgezogen.«

»So ungefähr. Die beiden Typen sind zu ihrem Wagen gegangen, da haben wir sie überfallen und ihnen ihren Anteil abgeknöpft.«

»Der Stärkere überlebt.«

»Absolut. Aber wir haben sie nicht getötet.«

»Natürlich nicht. Ihr hattet eure Prinzipien.«

»Ganz genau. Und es waren andere Zeiten.«

»Du sagst es. Andere Zeiten. – Noch ein paar Pfannkuchen?«

Tell zuckte die Achseln. »Sicher, warum nicht?«

Willard stand auf dem Parkplatz des Days Inn und rauchte eine Zigarette. In etwa dreißig Metern Entfernung gab es ein IHOP, in das Shepherd und Tell essen gegangen waren. Willard konnte sie durchs Fenster sehen. Sie hatten ihn nicht eingeladen, sie zu begleiten. Wahrscheinlich redeten sie gerade über ihn und überlegten sich, wie sie ihn loswerden konnten. Tell beunruhigte ihn nicht sonderlich, aber Shepherd und Dexter waren gefährlich und Braun womöglich ebenfalls.

Willard konnte Shepherd, Dexter und Braun auf den Tod nicht ausstehen.

Er zog seine Baseballmütze tiefer ins Gesicht und betrachtete sich im Seitenspiegel des Vans. Die blonden Haare unter der Mütze verborgen und mit den Bartstoppeln im Gesicht sah er dem Foto, das sie im Fernsehen von ihm gebracht hatten, nicht besonders ähnlich. Moloch hatte ihm gesagt, er solle lieber drinnen bleiben, aber Willard brauchte unbedingt ein bisschen frische Luft.

Er schlenderte in Richtung Gehweg und hatte seine Zigarette fast aufgeraucht, als er dort ankam. Als er einen letzten, tiefen Zug nahm, sah er die Frau auf sich zukommen. Sie blieb am Eingang des Kinoparkplatzes stehen und studierte das Kinoprogramm. Willard nahm die Enttäuschung in ihrem Gesicht wahr.

»Was wollten Sie sich denn ansehen?«, fragte er sie.

Sie schaute ihn an. Nach kurzem Zögern antwortete sie.

»Ach, irgendwas.«

»Sie fangen alle gegen sieben an.«

»Ja. Na ja.«

Er schenkte ihr sein freundlichstes Lächeln – »Also, Wiedersehn« – und fragte sich, wie es sich anfühlen würde, sie aufzuschlitzen.

Marianne erwiderte sein Lächeln und wandte sich zum Gehen. Sie ging schnell, aber nicht zu schnell. Sie wollte sich nicht verraten, obwohl sich ihr der Magen umdrehte bei dem Gedanken: Willard. Das ist Willard.

Sie sind hier.

Der pure Zufall hatte sie mit dem Mann namens Willard zusammengebracht. Es war während der letzten Tage gewesen, als ihre Angst vor Moloch immer größer geworden war. Sie hatte gefürchtet, dass er seinerseits misstrauisch wurde, dass er sich Gedanken darüber machte, was sie wissen könnte und was passieren würde, falls die Polizei sie zwang, ihr Wissen über seine Aktivitäten preiszugeben, oder falls sie von sich aus zur Polizei ging und freiwillig auspackte. Eines Tages, eine Woche vor dem Tag ihrer geplanten Flucht, hatte sie Willard vor dem Haus in einem Auto sitzen sehen und sofort gewusst, dass Moloch ihm aufgetragen hatte, sie zu beobachten. Sie hatte den Mann anhand des Fotos aus der Zeitung erkannt, das, auf dem er im Zusammenhang mit dem Mord an der älteren Frau abgebildet war, und von einer anderen Gelegenheit, als sie zu einer der äußerst seltenen Verabredungen zum Abendessen mit ihrem Mann etwas zu früh eingetroffen war und gesehen hatte, wie Moloch eindringlich auf den jungen Mann eingeredet hatte, die Lippen so nah an dessen Ohr, dass sie es fast berührten, was sie im ersten Augenblick zu der Annahme veranlasst hatte, die beiden seien ein Liebespaar. Sie hatte sich im Hintergrund gehalten und war erst zu ihrem Mann gegangen, nachdem der junge Bursche weg war.

Karen Meyer hatte ihr den Namen des jungen Mannes genannt, nachdem Marianne ihr berichtet hatte, dass ihr in der Nähe ihres Hauses mehrmals ein verdächtiger Typ aufgefallen war. Deswegen hatte sie sich nicht bei Karen gemeldet. Karen war ziemlich sauer gewesen. Es war ihr vorletztes Treffen gewesen, lange geplant, um letzte Einzelheiten und Fragen zu besprechen. Sie standen in einer Kabine auf der Damentoilette in der Mall.

»Es war riskant, hierher zu kommen. Riskant für uns beide.«

»Nein. Er ist mir zwei Tage lang gefolgt. Er weiß nicht,

dass ich ihn entdeckt habe, und ich habe ihm nicht zu erkennen gegeben, dass ich etwas weiß. Ich habe mich benommen wie ein Unschuldsengel, und ich weiß, dass er das Edward berichtet hat.«

Karen entspannte sich ein wenig.

»Wer ist er?«, fragte Marianne.

»Er heißt Willard. Mehr weiß ich nicht über ihn. Er sieht gut aus. Aber irgendwas stimmt nicht mit ihm. Schauen Sie ihm in die Augen und Sie werden sich tausend Tode sterben sehen unter seinen Händen. Wenn Sie ihm das nächste Mal begegnen, machen Sie sich aus dem Staub, verstanden? Dann verschwinden Sie und kommen nie wieder zurück. Wir werden schon eine Möglichkeit finden, Ihnen die Unterlagen zu beschaffen, die Sie brauchen; aber falls Willard in Ihrem Garten aufkreuzt, dann kann das nur einen Grund haben. Es könnte sein, dass er mal wieder in der Nähe Ihres Hauses herumschnüffelt, um Sie zu kontrollieren, also benehmen Sie sich möglichst normal in den nächsten Tagen. Geben Sie ihm auf keinen Fall einen Anlass, Verdacht zu schöpfen.«

Und genau das hatte sie getan. Sie hatte sich ganz entspannt gegeben und den Mann gar nicht beachtet, den Moloch womöglich geschickt hatte, um sie zu töten. Am letzten Tag, dem Tag des geplanten Bankraubs, hatte sie gewusst, dass ihr nichts passieren konnte. Willard würde bei ihm sein oder zumindest in seiner Nähe; aber erst als sie über dreihundert Kilometer von der Stadt entfernt war und Danny in seinem Kindersitz eingeschlafen war, hatte sie sich ein wenig entspannt. Sie war von Stadt zu Stadt, von Ort zu Ort gezogen, hatte sich nirgendwo lange aufgehalten, bis sie sich schließlich auf der Insel niedergelassen hatte, dem Ort, den sie als Zuflucht gewählt hatte, nachdem sie vor Monaten in einem Reisemagazin einen Artikel über die Maine-Inseln gelesen hatte. Sie war überzeugt, dass ihre Spur zumindest eine Zeit lang nicht aufzuspüren war.

Aber sie hatte Willard nie vergessen und auch nicht die Gefahr, die ihr Mann selbst im Gefängnis für sie darstellte. Natürlich konnte es Zufall sein, dass Willard sich hier im Norden herumtrieb, aber das schien ihr unwahrscheinlich. Nein, sie waren hier und sie waren hinter ihr her, denn wenn sie in Portland waren, dann wussten sie auch, dass sie auf der Insel wohnte, und dann würden sie schon sehr bald dort auftauchen. Als sie sich von Willard entfernte – nicht zu schnell, nicht zu langsam –, überlegte sie krampfhaft, wie sie sie gefunden haben konnten. Es gab nur zwei Menschen, die es ihnen gesagt haben konnten.

Karen.

Und ihre Schwester.

Marianne ging zur Straße, winkte nach einem Taxi und warf bei der Gelegenheit einen Blick zurück zu der Stelle, wo Willard immer noch stand. Er sah nicht in ihre Richtung. Plötzlich drehte er sich um und schien ihr Gesicht in Augenschein zu nehmen. Marianne wartete darauf, dass er in das IHOP ging oder auch zurück ins Motel. Stattdessen kam Willard den Gehweg entlang.

Er kam direkt auf sie zu.

Willard redete nicht viel. Er vermutete, dass viele ihn für dumm hielten, weil er nicht viel Zeit in der Schule verbracht hatte, vielleicht dachten sie auch, er machte den Mund nicht auf, weil er fürchtete, für das, was herauskam, ausgelacht zu werden. Aber Willard fürchtete sich vor niemandem, und wer sich veranlasst fühlte, über ihn zu lachen, unterdrückte den Impuls, sobald er ihm in die Augen sah. Sicher, Willard konnte nicht besonders gut lesen und im Rechnen war er auch keine Leuchte, aber er besaß den Instinkt und die Intelligenz eines Jägers, gepaart mit der Neugier darauf, was passierte, wenn man anderen Schmerz zufügte.

Er hatte irgendetwas an der Frau gespürt, als sie ihn angesehen hatte. Es war mehr als die natürliche Angst, die er häufig bei Frauen beobachtete: wie sie darauf achteten, nie allein mit einem Fremden zu sein, wie sie ihre Handtaschen umklammerten, wie sie sich möglichst unauffällig umsahen, bevor sie auf einem Parkplatz in ihr Auto stiegen. Nein, das war anders gewesen. Geschieden, dachte Willard, von einem Mann, der darüber stinksauer ist; oder vielleicht auch auf der Hut vor einem ehemaligen Liebhaber, der sie nicht in Ruhe lassen will, weil er keine Lust hat, sich eine Neue zu suchen, auf der er rumhacken kann. Willards Nüstern hatten beinahe gebebt, als sie vor ihm gestanden hatte. Ihr Geruch hatte ihm gefallen. Er hatte das Raubtier in ihm geweckt.

Aber mit ihren Haaren stimmte irgendwas nicht. Sie hatte es in einer schäbigen Farbe getönt, die überhaupt nicht zu ihr passte, und statt es komplett zu färben, hatte sie nur einige Strähnen verändert. Er konnte sich nicht vorstellen, warum jemand so etwas tat, hatte aber im Fernsehen gehört, dass diese Art Strähnen vor einigen Jahren modern gewesen waren. Wenn dem so war, dann lebte diese Frau offenbar ziemlich hinterm Mond.

Willard schaute ihr nach, als sie sich entfernte. Sie hatte schlanke Beine und einen knackigen Hintern, dessen Wohlgeformtheit er begutachten konnte, als sie den Mantel enger um sich zog. Unter anderen Umständen wäre er ihr vielleicht gefolgt und hätte mehr über sie in Erfahrung gebracht für den Fall, dass er sie irgendwann aufsuchen wollte, aber nach dem Vorfall mit der Frau in dem Schlafzimmer hatte Moloch ihn gewarnt. Es hatte Willard überhaupt nicht gefallen, wie Moloch ihn angeherrscht hatte. Und auch die bedeutsamen Blicke, die Moloch und Dexter hinterher ausgetauscht hatten, wie ein Schuldirektor und ein Lehrer, die sich wortlos darüber verständigten, einen renitenten Schüler von der Schule zu verweisen, hatten ihm nicht behagt.

Willard sah, wie die Frau versuchte, ein Taxi heranzuwinken. Seltsam, dachte er. Sie geht zu Fuß von der Mall zum Kino, scheint es überhaupt nicht eilig zu haben, und plötzlich braucht sie ein Taxi? Er trat den Zigarettenstummel aus, der auf dem Boden immer noch vor sich hin glomm. Und dann diese Haare: Sie sahen beschissen aus, fast, als wollte sie gewöhnlicher aussehen, als sie war. Sie war eine hübsche Frau, die absichtlich versuchte, ihre Reize zu verbergen. Plötzlich tauchte ein Bild vor seinem geistigen Auge auf: eine Frau mit dunkelbraunen Haaren, die auf dem Jahrmarkt neben Moloch stand und verlegen lächelte. Willard verglich das Bild von der Frau mit den getönten Haaren mit dem Bild von Molochs Frau.

Scheiße!

Fast im selben Augenblick, als Willard seine Schritte beschleunigte, entdeckte Marianne das Taxi. Vor dem Restaurant Chili sprang die Ampel auf Gelb und der Taxifahrer schien bremsen zu wollen. Sie winkte ihm verzweifelt, einige Autofahrer hupten, als sie über die Straße lief, der Taxifahrer warf einen Blick nach rechts, wo ein Konkurrent mit einem leeren Taxi vom Parkplatz des Hampden Inn fuhr. In dieser Sekunde traf er seine Entscheidung, gab Gas und fuhr über die Ampel, die gerade auf Rot sprang. Er hielt neben ihr und sie stieg im selben Augenblick ein, als Willard losrannte.

»Commercial Street«, sagte Marianne. »Und schnell bitte.«

Der Taxifahrer schaute in den Rückspiegel, bevor er losfuhr, und entdeckte Willard.

»Kennen Sie den Typen?«

Marianne wandte sich um. Willard lief quer über die Straße und wich geschickt den Autos aus. Er war höchstens noch zehn Meter von dem Taxi entfernt.

»Ein Exfreund«, sagte sie. »Ich habe im Moment nicht die geringste Lust, mit ihm zu sprechen. Ich gebe Ihnen zehn Dollar extra.«

»Für zehn Dollar verabrede ich mich selbst mit ihm«, sagte der Taxifahrer. Er gab Gas und fuhr los. Marianne hörte hinter sich ein Geräusch wie von Fingern, die vergeblich über den Kofferraum kratzten, drehte sich jedoch nicht um.

Willard stand am Straßenrand und sah dem Taxi nach, das in Richtung Portland davonfuhr. Wäre die Ampel an der Einfahrt zur Mall auf Rot gesprungen, hätte er sie vielleicht einholen können, aber das Taxi hatte freie Fahrt in Richtung Hauptkreuzung. Willard holte tief Luft und überlegte, ob er Moloch erzählen sollte, was vorgefallen war. Natürlich konnte es sein, dass er sich geirrt hatte, was die Frau betraf, aber der Blick in ihren Augen, als sie ihn auf das Taxi hatte zukommen sehen, hatte seinen Verdacht bestätigt. Sie war es. Sie wusste, wer er war, und falls das stimmte, wusste sie auch, dass sie gekommen waren, um sie zu erledigen. Das Entsetzen in ihrem Gesicht hatte ihm auch noch etwas anderes gesagt: Sie wusste nicht, dass Moloch frei war, sonst hätte sie sich nicht die Zeit genommen, in der Stadt bummeln zu gehen und sich anschließend noch einen Kinobesuch zu gönnen.

Er musste es Moloch sagen. Die Frau würde erneut zu fliehen versuchen.

Willard wunderte sich, wie ruhig Moloch wirkte, zumindest anfangs. Leider hielt dieser Zustand nicht lange an.

»Bist du sicher, dass sie es war?«, fragte Moloch.

»Ziemlich sicher. Sie hat sich die Haare gefärbt und sie sah ziemlich runtergekommen aus, aber ich hab ihr Gesicht gesehen, als das Taxi losgefahren ist. Sie hat mich erkannt.«

»Wie denn? Sie kann unmöglich wissen, wer du bist.«

»Vielleicht hat sie mich gesehen, als ich sie damals beschattet habe.«

»Wenn, dann bist du der beschissenste Beschatter, der mir je untergekommen ist.«

Willard ärgerte sich über die Beleidigung, sagte jedoch nichts.

»Du hättest sie dir schnappen sollen. Jetzt weiß sie, dass wir hier sind.«

»Wo kann sie denn schon hin? Die Fähre hat sie garantiert nicht mehr gekriegt.«

»Glaubst du etwa, das ist das einzige Schiff, das zwischen dem Festland und den Inseln verkehrt? Es gibt auch Wassertaxis. Sie könnte auf eine andere Insel fahren und sich den Jungen von jemandem bringen lassen. Glaubst du, wir haben Zeit, sämtliche Inseln nach ihr abzuklappern? Ruf die anderen. Beschreib sie ihnen und schick sie in die Stadt, um nach ihr zu suchen. Wenn wir sie bis sieben nicht gefunden haben, ziehen wir die ganze Sache wie geplant durch.« Willard ging. Moloch rief Braun an. Braun hörte zu, dann legte er auf.

»Wir müssen los«, sagte Braun zu Dexter.

»Wovon zum Teufel redest du?«, fragte Dexter. »Dieser Scheiß fängt grade erst an, spannend zu werden.«

»Willard hat Molochs Frau gesehen. Er glaubt, sie hat ihn erkannt.«

Fluchend schaltete Dexter den Fernseher aus. Sie packten ihre Sachen zusammen und trafen sich mit Moloch und den anderen in Molochs Zimmer. Shepherd und Tell waren gerade erst aus dem Restaurant gekommen. Tell hatte immer noch Zucker auf dem Pullover.

»Wer sie findet, kriegt zwanzigtausend extra«, sagte Moloch. Er schaute Willard an. »Und ich will sie unversehrt, kapiert?«

Willard nickte nicht einmal, aber er sah, dass Dexter ihn angrinste. Einmal mehr erinnerte er sich an den Blick, den Dexter und Moloch ausgetauscht hatten. Willard kam zu dem Schluss, dass er Dexter würde ausschalten müssen, und zwar je eher, desto besser.

Der Taxifahrer ließ Marianne auf der Commercial Street aussteigen, nur wenige Schritte entfernt von der Anlegestelle. Niemand stand am Kai, und Marianne sah, wie die Lichter der Fähre in die Dunkelheit entschwanden. Sie fluchte vor sich hin. Panik ergriff sie. Am liebsten hätte sie auf der Stelle losgeheult, doch sie bemühte sich, Haltung zu bewahren.

Sie würden damit rechnen, dass sie versuchte, auf die Insel zu gelangen, und sei es nur, um Danny zu holen. Wenn sie jemanden fand, der Danny holen und von der Insel bringen könnte, musste sie vielleicht nicht mehr nach Dutch Island zurück. Sie überlegte kurz, ob sie die Polizei anrufen und ihnen alles erzählen sollte, doch sie fürchtete, dass sie ihr Danny wegnehmen und sie womöglich ins Gefängnis stecken würden. Nein, die Polizei kam nicht in Frage.

Außer …

Sie wählte 911 und erklärte dem Dienst habenden Officer, sie hätte in der Mall einen Mann gesehen, der so aussah wie der Mann im Fernsehen, Sie wissen schon, der Blonde. Sie beschrieb Willards Kleidung bis hin zu seiner Baseballmütze, dann legte sie auf.

Jetzt würden sie sich mit einem kleinen Problem herumschlagen müssen.

Ihr blieb nicht viel Zeit. Sie warf noch ein paar Münzen ein und wählte Bonnie Claessens Nummer. Nach dem dritten Klingeln nahm Bonnie ab.

»Hallo?«

Es rauschte in der Leitung, aber es war kein regelmäßiges Rauschen, es kam und ging. Es klang wie Meeresrauschen, umgewandelt in elektrische Impulse.

Dann hörte sie ihre eigene Stimme, diesmal verzerrt.

Hallooo.

Plötzlich waren viele Stimmen zu hören, die immer dasselbe wiederholten.

Hallohallohallohallohallohallo.

Dann war die Leitung tot.

Sie versuchte es noch einmal, bekam jedoch nur das Besetztzeichen. Sie probierte drei weitere Nummern, einschließlich der von Jack, aber alle Leitungen waren besetzt.

Marianne schnappte sich ihre Tasche und rannte los, um sich ein Wassertaxi zu nehmen. Die ersten Schneeflocken fielen.

Shepherd traf als Erster am Pier ein, nur um das Wassertaxi in der Dunkelheit verschwinden zu sehen. Die winzige Abgaswolke schien ihn zu verspotten. Er nahm ein Fernglas aus seiner Tasche und entdeckte die Frau, die am Bug des Bootes stand. Soweit er erkennen konnte, waren außer ihr keine weiteren Passagiere an Bord. Während er sie beobachtete, wandte sie sich um, und er war sich sicher, dass sie ihn ansah. Er meinte sogar, Angst in ihren Augen zu entdecken.

Tell erschien neben ihm und Shepherd lächelte.

»Sie fährt nach Hause.«

Willards Instinkte waren zur Perfektion geschärft. Er sah den Streifenwagen, bevor der Polizist darin ihn entdecken konnte, und huschte in das Starbucks am Alten Hafen, während er gleichzeitig seine Jacke auszog und sich die Baseballmütze vom Kopf riss. Er wusste nicht, nach wem sie suchten, aber er konnte es sich denken. Die Frau hatte ihn erkannt und die Bullen angerufen, um ihm das Leben schwer zu machen.

Das kümmerte Willard nicht. Für ihn war das Leben schon immer schwer gewesen.

Er bestellte sich einen Kaffee, dann ging er wieder hinaus und verdrückte sich.

Nachdem Willard ihm von seiner Begegnung mit Marianne berichtet hatte, rief Moloch bei Scarfe an und machte sich zu dem Treffpunkt auf, den Scarfe vorgeschlagen hatte: dem

Felsvorsprung in der Nähe des Leuchtturms in Cape Elizabeth. Die Felsen und der kleine Strand waren menschenleer. Vor dem sich nähernden Schneesturm hatten sich selbst die Einheimischen in ihren Häusern verkrochen.

Zwei Männer warteten am Strand, Schultern und Haare bereits weiß vom Schnee. Der eine war Scarfe. Der andere war Barron.

»Das also ist der zahme Bulle?«

Moloch musterte den Cop mit einer Mischung aus Abscheu und Belustigung. Barron trug Jeans, Sportschuhe und eine wattierte Jacke. Er wirkte nervös.

»Ich bin nicht Ihr zahmer Bulle«, sagte er.

»Wie würden Sie denn lieber genannt? Päderast? Kinderschänder? Sie brauchen es mir nur zu sagen. Ich möchte, dass Sie sich so wohl wie möglich fühlen, solange Sie für mich arbeiten.«

Barron errötete, sagte jedoch nichts.

»Sie hätten vorsichtiger sein sollen, Officer. Ihre Vorlieben machen Sie zur Hure von jedem, dem Ihre Gläubiger Ihre Dienste anzubieten belieben.«

»Sagen Sie mir einfach, was Sie von mir wollen«, sagte Barron leise.

Moloch wandte sich an Scarfe. »Ich habe viel von Ihnen gehört, nichts davon hat mich sehr beeindruckt. Ich rate Ihnen, mich nicht zu enttäuschen. Und jetzt berichten Sie mir von der Insel.«

In den nächsten zehn Minuten erzählte Scarfe Moloch alles, was er durch Carl Lubey in Erfahrung gebracht hatte, unter anderem über den Riesen Dupree und dessen Tagesablauf und über den weiblichen Officer namens Macy, eine Berufsanfängerin, die am Morgen auf der Insel eingetroffen war. (»Eine Anfängerin?«, hatte Moloch ihn unterbrochen. »Vielleicht ist uns das Glück ja doch noch hold.«)

»Und was ist mit dieser Frau? Was ist mit Marianne Elliot?«

»Sie ist auf der Insel. Sie wohnt in einem Haus im Südosten. Auf dieser Seite der Insel gibt es nur wenige Häuser. Der Junge ist auch bei ihr.«

»Hat sie einen Freund?«, fragte Moloch.

Scarfe schluckte.

»Lubey sagt, sie ist ein paarmal mit dem Bullen gesehen worden, diesem Dupree. Gestern Abend waren sie zusammen essen.«

Moloch bedeutete ihm fortzufahren, doch Scarfe schien das alles nicht zu gefallen.

»Unten bei der Marine Company wartet ein Boot auf Sie. Sobald es dunkel ist, legen Sie an der nördlichen Küste an, in einiger Entfernung von dem Haus, in dem die Frau wohnt. Da, wo sie wohnt, gibt es keine gute Anlegestelle, bis auf eine kleine Bucht, die einem alten Maler gehört, aber der beobachtet den Strand mit Argusaugen. Wenn Sie da anlegen und der Sie sieht, ruft er sofort die Polizei. Außerdem gibt es dort viele Felsen auf dem Grund. Selbst erfahrene Seeleute meiden diese Stelle. Sie sollten sich so weit wie möglich vom Kai an der Island Avenue fern halten und auch von den Häusern entlang der Küste. Genau wie der Maler beobachten die Leute dort alles, was vor sich geht, sie passen genau auf, wer kommt und geht. Aber die nordöstliche Küste ist praktisch unbewohnt. Lubey wird Sie an der Anlegestelle erwarten. Er hat einen Pick-up. Er bringt Sie zu dem Haus der Frau, und wenn Sie alles erledigt haben, bringt er sie zurück zum Boot. Er will kein Geld. Er bittet Sie nur um einen Gefallen.«

»Und zwar?«

»Er möchte, dass Sie Dupree umlegen, falls Sie eine Gelegenheit dazu haben.«

»Keine Bullen«, mischte Barron sich ein. »Keiner wird verletzt, das war der Deal.«

»Ich kann mich nicht erinnern, mit Ihnen einen Deal ausgehandelt zu haben, Officer«, sagte Moloch kühl. »Sie werden genau das tun, was man Ihnen sagt, andernfalls werden Ihre Vorgesetzten Sie zur Hure jedes perversen Vergewaltigers machen, den die Staatsgefängnisse zu bieten haben. Mischen Sie sich also nicht wieder in unser Gespräch ein.«

Moloch wandte sich wieder an Scarfe.

»Was diesen Bullen angeht, mache ich keine Versprechungen.«

»Es könnte uns die Sache erleichtern, wenn wir ihn gleich zu Beginn ausschalten«, meinte Leonie.

Moloch biss sich auf die Lippe. Wenn dieser Dupree mit seiner Frau rummachte, dann hatte er verdient, was ihn erwartete. Es gab nichts Schlimmeres als die Vorstellung, dass ein anderer Mann seine Frau fickte.

Scarfe zog eine Landkarte aus der Tasche und faltete sie auseinander. »Das ist eine Karte von der Insel. Ich habe ein paar Kopien davon gemacht. Sie ist nicht besonders genau, aber die wichtigsten Straßen und Wege sind eingezeichnet, die Stadt, das Haus, in dem die Frau wohnt, und die Nachbarhäuser.«

Moloch nahm die Karte, betrachtete sie, faltete sie zusammen und gab sie mitsamt den Kopien an Leonie zurück.

»Mir ist aufgefallen, dass Sie bei der Beschreibung der Einzelheiten ›Sie‹ gesagt haben, und nicht ›wir‹. Das beunruhigt mich.«

»Ich habe getan, worum Sie mich gebeten haben.«

»Sie kommen mit uns.«

»Sie brauchen mich nicht.«

»Sie wissen über Boote Bescheid und kennen sich hier in der Gegend aus. Einige meiner Mitarbeiter haben durchaus Erfahrung mit diesen Dingen, aber hier befinden wir uns in unbekannten Gewässern, zudem ist ein Schneesturm im Anmarsch. Und falls Ihr Freund Mr Lubey uns hängen lassen sollte, haben wir jemanden, auf den wir zurückgreifen können, und zwar in jeder Hinsicht.«

Scarfe nickte.

»Verstehe.«

Moloch wandte sich an Barron.

»Ihre Rolle bei dieser Unternehmung ist ganz simpel, Officer. Sie kümmern sich um den Polizeifunk. Sollte sich auch nur die leiseste Andeutung von Polizeiaktivitäten abzeichnen, möchte ich, dass Sie sie augenblicklich unterbinden. Soweit ich weiß, funktionieren auf der Insel keine Handys?«

»Es gibt ein paar Gebiete mit Empfang, aber die befinden sich in der Nähe der Stadt. Die östliche Küste liegt außerhalb des Frequenzbereichs.«

»Sie werden auf dem Pier Position beziehen. Falls unsere Rückfahrt aufs Festland in irgendeiner Weise gefährdet sein sollte, werden Sie uns mit Ihren Scheinwerfern ein Zeichen geben. Haben Sie das verstanden?«

»Ist das alles?«

»Vorerst. – Mr Scarfe, Sie kommen mit uns. Wir brechen sofort auf.«

Moloch, Dexter und Willard setzten Leonie und Braun an der Commercial Street ab. Moloch und Dexter blieben in der Nähe der Fähranlegestelle in der Casco Bay im Van sitzen, während Willard sich im Schatten hielt und die Commercial Street beobachtete. Der Plan war fast unverändert geblieben: Eine Gruppe würde sich zusammen mit Scarfe auf den Weg zur Insel machen, während Leonie und Braun mit einem Wassertaxi folgen und an der Fährenanlegestelle an Land gehen sollten, da die letzte Fahrt der Fähre aufgrund von Thorsons extremer Vorsicht und wegen des nahenden Schneesturms ausfiel. Barron würde den Anlegesteg im Auge behalten für den Fall, dass Marianne ihnen entwischte und es zurück nach Portland schaffte.

»Ich wollte nicht, dass sie uns entdeckt, bevor wir zu ihr kommen«, sagte Moloch zu Dexter. »Ich wollte nicht, dass sie Bescheid weiß. Ich wollte den Schrecken im Gesicht der Schlampe mit eigenen Augen sehen.«

»Den wirst du schon noch zu sehen kriegen. Sie wird sich noch genug erschrecken.«

Moloch wirkte ziemlich frustriert, dachte Dexter. Er hatte schlecht geschlafen. Dexter hatte ihn schreien hören.

Das passierte Männern, die im Knast gewesen waren, das wusste Dexter. Selbst nach ihrer Freilassung blieb ein Teil von ihnen eingesperrt und dieser Teil verfolgte sie in ihren Träumen.

Aber Dexter hatte inzwischen seine eigenen Sorgen.

»Diese ganze Geschichte mit der Insel gefällt mir nicht«, sagte er. »Es gibt zu viel, was schief gehen kann. Es gefällt mir nicht, dass wir nur *einen* Fluchtweg haben. Es gefällt mir nicht, wenn ich auf demselben Weg, auf dem ich gekommen bin, wieder abhauen muss. Und über diesen Lubey wissen wir rein gar nichts.«

»Wir haben ein Boot. Einer von uns wird die ganze Zeit auf dem Boot bleiben. Ich hab dir ja gesagt, wir werden sie schnappen und wieder weg sein, bevor irgendjemand erfährt, dass wir überhaupt da waren. Wir müssen nur dafür sorgen, dass wir keine Probleme kriegen. Und dieser Lubey ist ein Fahrer, mehr nicht.«

»Traust du diesem Bullen?«

»Nein, aber ich glaube, er hat viel zu viel Angst vor den Konsequenzen, um uns zu linken. Außerdem haben ihm unsere Freunde in Boston ein kleines Geschenk für seine Mitarbeit versprochen. Seine Angst und seine Gier werden ihn schon bei der Stange halten.«

»Und der Polizist auf der Insel?«

»Braun und Leonie werden ihn töten, sobald sie auf der Insel angelangt sind, allein schon, weil er so unbesonnen war, meine Frau zu ficken.«

»Und Willard?«

Etwas wie Bedauern huschte kurz über Molochs Gesichtszüge.

»Keine Schmerzen«, sagte er. »Ich will nicht, dass er Schmerzen leidet.«

Im Schutz einer Mauer studierte Willard eine kleine von einer Plexiglasscheibe geschützte Karte der Bucht. Er hatte seine Kleidung gewechselt und trug jetzt eine für Touristen typische Vliesjacke mit einem Hummer vorne drauf. Auf einer Herrentoilette hatte er sich mit einer Haarfarbe aus der Drogerie die Haare schwarz getönt. Mit dem Zeigefinger der rechten Hand verfolgte er die Route der Fähre so sorgfältig, als würde er sie auf ein darunter liegendes Blatt kopieren. Als sein Finger die Insel erreichte, zuckte er plötzlich zurück.

Eine Spinne krabbelte über die Karte. Ihr Körper verdeckte die gesamte Insel. Irgendwie war die Spinne hinter die Scheibe geraten und versuchte jetzt vergeblich zu entkommen. Vielleicht hatte sie Schutz vor der eisigen Kälte gesucht, aber jetzt würde der Schaukasten zu ihrem Grab werden. Da drinnen gab es keine Insekten, die sie fressen konnte, sie würde mit der Zeit immer dünner werden und schließlich sterben. Willard beobachtete, wie sie auf der Karte herumkrabbelte, wie sie immer wieder abrutschte und ein paar Zentimeter tief fiel, bis ein Spinnfaden sie wieder auffing. Schließlich krabbelte sie in die obere rechte Ecke des Schaukastens und kauerte sich dort zusammen, um auf ihr Ende zu warten.

Willard hatte einen trockenen Mund. Er blickte von der Karte auf und sah hinaus aufs Meer. Er suchte nach einem Licht in der Ferne, konnte jedoch keins entdecken. Sein Magen rebellierte. Dexter und Shepherd machten ihn nervös, aber auch die Insel war ihm nicht geheuer. Willard witterte Gefahr, und seine innere Stimme, auf die er sich schon so oft verlassen hatte, riet ihm abzuhauen, das Weite zu suchen, solange er noch die Möglichkeit dazu hatte. Aber Willard würde nicht davonlaufen. Tief in seinem Innern vertraute er Moloch immer noch. Er *wollte* ihm vertrauen. Er brauchte ihn. Molochs Anerkennung war für ihn ein Lebenselixier. Das war seine Schwäche. Willard war verrückt, noch verrückter, als ihm selbst bewusst war, noch verrückter, als Moloch ahnte, aber tief in seinem Innern wollte er einfach nur geliebt werden.

11

Der Typ, dem das Boot gehörte, war Powell zuwider. Er war fett, alt und beschränkt und sein Hemd voller Fettflecken. Und er stank. Jedes Mal wenn der Typ etwas sagte, wandte Powell sich ab, weil er sich vor dessen Mundgeruch ekelte. Powell konnte nur hoffen, dass das Boot nicht ebenso stank. Er fühlte sich nicht wohl auf dem Meer. Es brauchte nicht viel, um ihn seekrank werden zu lassen, und er fürchtete, dass schon der Gestank auf dem Boot von diesem Ekelpaket dazu führte, dass er über die Reling kotzen musste.

Der Kahn war sieben Meter lang und verfügte über eine winzige Kajüte, die gerade groß genug für zwei Personen war. Powell beugte sich zu der Kajüte vor, schnupperte kurz und wich zurück. Sie stank nach faulem Fisch und dem Atem des Eigners, als wäre der so giftig, dass er an den Wänden und an den Fensterscheiben haftete. Powell hatte irgendwo gelesen, dass Gerüche Partikel enthielten, was bedeutete, dass sich jetzt gerade winzige Moleküle des Mundgeruchs von diesem Scheusal in seine Atemwege vorarbeiteten. All das verstärkte nur die Abneigung, die er gegen den Bootsbesitzer empfunden hatte, noch bevor er in die Nähe des stinkenden Kahns gekommen war. Eigentlich hatte der Typ hier überhaupt nichts zu suchen, aber das schlechte Wetter hatte ihn nervös gemacht, deswegen war er an den Kai gekommen, um seine Sorgen um den alten Kahn zu demonstrieren. Jetzt konnte Powell zusehen, wie er den Schlamassel beseitigte, bevor Moloch und die anderen eintrafen, denn wenn ihm das nicht gelang, würde der Bootsmensch das nicht überleben. So wie Powell die Sache sah, war ein weiterer Toter das Letzte, was sie im Augenblick gebrauchen konnten. Sie hatten auch so schon genug Leichen für eine Polonaise von hier bis Virginia. Scarfe hatte Powell versichert, dass der Mann absolut zuverlässig sei und die Klappe halten würde. Powell konnte nur im Interesse des Mannes hoffen, dass er möglichst bald damit anfangen würde, die Klappe zu halten, denn seine Geduld hing an einem seidenen Faden.

»Sie sind doch bezahlt worden, oder?«, sagte Powell. »Ich weiß das, weil Scarfe mir gesagt hat, er hätte das persönlich erledigt.«

»Ja. Ich hab mein Geld.«

»Und?«

»Das Boot ist mehr wert, als was Sie mir bezahlt haben.«

»Wir mieten es ja nur«, erwiderte Powell ungehalten. »Wir müssen Ihnen nicht bezahlen, was das Boot wert ist. Deswegen heißt es mieten und nicht kaufen.«

»Aber mal angenommen, es wird beschädigt. Scarfe hat gesagt –«

Der fette Typ blickte über Powells Schulter hinweg zu Scarfe hinüber, der sich im Schatten herumdrückte. Scarfe wandte sich ab. Der Mann musste schon allein klarkommen. Powell packte ihn an den Schultern, bereute jedoch augenblicklich, ihn angefasst zu haben.

»Was Scarfe gesagt hat, interessiert mich einen Scheißdreck. Wenn alles gut geht, kriegen Sie Ihr Boot heute Abend noch zurück. Wir brauchen es höchstens für vier, fünf Stunden. Und wir haben Sie mehr als großzügig bezahlt. Sie sind doch versichert, oder?«

»Klar, bin ich versichert, aber die Versicherungen zahlen nie, was einem zusteht.«

»Was erzählen Sie *mir* das? Schreiben Sie an Ihren Kongressabgeordneten. Ich will bloß Ihr Boot mieten.«

»Sie haben doch hoffentlich nichts Illegales vor?«

Powell sah den Mann durchdringend an. »Sind Sie noch bei Trost? Was bezwecken Sie mit solchen Fragen? Wollen Sie eine Antwort von mir?«

Der Kapitän machte einen Rückzieher. »Nein, ich will's gar nicht wissen.«

»Dann nehmen Sie Ihr Geld und machen Sie, dass Sie mir aus den Augen kommen. Dieser Schrottkahn ist doch hoffentlich aufgetankt?«

»Klar. Das Boot ist startklar.«

»Also gut. Sollten wir irgendwelche Probleme mit dem Kahn haben, werden wir keine Regressansprüche geltend machen, okay? Dann werden wir uns auf andere Art und Weise schadlos halten.«

»Verstehe. Sie werden keine Probleme damit haben.«

»Keine Probleme«, wiederholte er. »Sehr gut. Und jetzt machen Sie, dass Sie Land gewinnen.«

Kurz nachdem der Mann gegangen war, tauchten Moloch, Dexter und Willard auf, dann auch Tell und Shepherd. Sie hatten sich alle warm eingepackt für die Überfahrt und zusätzlich Öljacken übergezogen, die sie in Kittery gekauft hatten. In der letzten halben Stunde hatte der Wind zugenommen. Leicht amüsiert bemerkte Powell, dass die Schneeflocken säuberlich entlang von Tells Cornrows haften blieben und einen Kontrast zu seiner dunklen Hautfarbe bildeten. Das sah regelrecht dekorativ aus, fand er, auch bei Dexter machte der Schnee sich gut. Er zog es jedoch vor, seine Beobachtungen für sich zu behalten.

»Der Schneesturm kommt mit Macht«, bemerkte Powell.

»Gut«, sagte Moloch. »Wir auch.«

Powell, Shepherd und Dexter stiegen nach Moloch ins Boot, gefolgt von Scarfe und Willard. Scarfe ließ den Motor an. Er drehte sich um und sah zu, wie die vier Männer sich Schwimmwesten überzogen und sich auf den Plastikbänken niederließen. Powell, der ein grimmiges Gesicht machte, hielt sich abseits von den anderen. Tell machte die Leinen los, warf das Tau an Deck und sprang ins Boot.

Moloch ging zu Scarfe, der am Steuer stand. Scarfe betrachtete den Himmel und den immer dichter fallenden Schnee. Der Kai war schon fast außer Sichtweite und das Meer vor ihnen war nur weißes Rauschen. Sie waren allein auf dem Wasser.

»Wie lange werden wir für die Überfahrt brauchen?«, fragte Moloch.

»Wir haben Gegenwind und die Sicht ist beschissen. Wir müssen das langsam angehen. Falls wir nicht irgendwo auflaufen, brauchen wir allerhöchstens anderthalb Stunden.«

»Bis wir auf der Insel ankommen, ist sie womöglich schon über alle Berge.«

Scarfe schüttelte den Kopf. »Nee, nee. Sie hat dieselben Probleme wie wir, und ich kann mir nicht vorstellen, dass vor morgen früh noch irgendein Boot von der Insel zum Festland fährt. Die Fähre ist über Nacht festgemacht. Thorson geht kein Risiko ein. Der legt nicht ab, solange auch nur ein Hauch von Gefahr besteht. Falls sie keinen findet, der sie in einem Privatboot zum Festland bringt, was ich zu bezweifeln wage, sitzt sie auf der Insel fest. Das Problem ist, dass wir ebenfalls dort festsitzen könnten.«

Moloch packte Scarfe am Kinn und zwang ihn, ihm in die Augen zu sehen.

»Das wird nicht passieren, kapiert?«

Scarfes Antwort war nicht zu verstehen, weil Moloch den Griff nicht gelockert hatte, aber es war klar, dass er wusste, was die Stunde geschlagen hatte. Moloch ließ ihn los und Scarfe legte vom Kai ab.

Powell war bereits grau im Gesicht. Ihm gegenüber nahm Dexter ein Päckchen aus der Tasche und wickelte eine Frikadelle aus. Als das Boot Geschwindigkeit aufnahm, blähten sich Powells Backen.

»Kotz mir bloß nicht auf die Schuhe«, sagte Dexter.

Powell hielt sich daran.

Er kotzte sich selbst auf die Schuhe.

Braun und Leonie hatten einige Mühe, den Fahrer des Wassertaxis dazu zu überreden, sie nach Sanctuary zu bringen. Er wollte nicht mehr rausfahren, also erzählte Leonie ihm unter Tränen, sie sei eine Kusine von Sylvie Lauter und mehrere hundert Kilometer weit gereist, um Sylvies Mutter beizustehen. Einen weichherzigeren Mann hätte Leonies Geschichte vielleicht umgestimmt, aber der Typ in dem Wassertaxi schien aus Hartholz gemacht zu sein, mit einem Herz aus Stein. Braun hielt sich aus der Sache heraus, denn wenn sie den Mann zu zweit bearbeiteten, sagte er sich, würden sie ihn womöglich derart einschüchtern, dass er sich zu gar nichts mehr bewegen ließ.

Leonie drückte dem Mann hundert Dollar in die Hand, worauf der endlich nachgab. Sie sah ihm zu, wie er die Scheine zusammenfaltete, in einen wasserdichten Brustbeutel stopfte und diesen unter sein Hemd schob. Zufrieden wandte sie sich ab.

Leonie plagte sich nicht mit solchen Skrupeln wie Powell und Braun. Es lag ihr nicht, irgendetwas auf sich beruhen zu lassen.

Sie würde ihr Geld zurückbekommen, wenn sie den Mann tötete.

Marianne saß unter dem Verdeck ihres Wassertaxis, die Arme fest um sich geschlungen, das Kinn in Mantel und Schal vergraben. Sie konnte gar nicht aufhören zu zittern. Der Wassertaxifahrer, der annahm, ihr sei kalt, bot ihr eine Tasse Kaffee an, die sie dankend annahm.

Aber das Zittern ließ nicht nach.

Bevor das Boot losgefahren war, hatte sie versucht, ihre Schwester anzurufen, aber niemand war ans Telefon gegangen. Auch bei Karen Meyer hatte sich niemand gemeldet. Tief in ihrem Herzen wusste sie, dass sie beide tot waren, dass sie ihnen den Tod gebracht hatte. Es war ihre Schuld, alles ihre Schuld.

Aber wenn sie starb, würde Danny auch sterben, und dann wäre alles umsonst gewesen. Sie hatten immer noch eine Chance, wenn sie rechtzeitig zu ihm gelangte. Thorson hatte den Fährverkehr für den Abend eingestellt und er würde auch nicht mit sich verhandeln lassen. Wahrscheinlich würde er nicht mal eine einfache Fahrt machen und riskieren, dass er dann in Portland festsaß. Und selbst wenn sie ihn überreden könnte, sie aufs Festland zu bringen, fürchtete sie, dass jemand die Fähre beobachten würde für den Fall, dass sie zu entkommen versuchte. Mit Sicherheit würde man den Fährbetrieb vom Festland aus überwachen, wahrscheinlich aber auch von der Insel aus.

Aber es gab noch andere, die bereit sein könnten, sie und Danny von der Insel zu schaffen, vielleicht nicht bis zum Festland, aber zumindest auf eine der größeren Nachbarinseln. Carl Lubey besaß ein Boot und unternahm manchmal Fahrten, wenn jemand verzweifelt genug war und ihm genug Geld dafür bot. Das wäre eine Möglichkeit, auch wenn ihr bei dem Gedanken, ihm ausgeliefert zu sein, ein kalter Schauer über den Rücken lief. Eine andere Möglichkeit wäre Jack, der Maler. Auch er hatte ein Boot, und sie wusste, dass er Danny sehr mochte. Falls er nüchtern war, könnte er ihre Rettung sein.

Rechts und links waren Lichter zu sehen: die Häuser auf nahe gelegenen Inseln. Die erleuchteten Fenster schimmerten in der Dunkelheit wie Risse im dunklen Stoff der Nacht, wie die Verheißung einer anderen Welt. Sie stellte sich vor, sie könnte Danny an die Hand nehmen, durch einen dieser Risse verschwinden und den Riss hinter sich zunähen, sodass niemand sie je würde finden können. Der Schnee begann dichter zu fallen, der Wind nahm zu und die Lichter verschwanden. Das kleine Boot wurde auf den Wellen hin und her geworfen. Marianne klammerte sich an den Halteseilen fest, eisiges Gischtwasser schlug ihr ins Gesicht und auf ihre kalten Hände. Der Bootsbesitzer hatte ihr eine Öljacke geliehen, aber das Wasser drang am Hals und an den Ärmeln ein. Sie dachte an Danny und sie dachte auch an Joe Dupree. An ihn könnte sie sich wenden, aber das Risiko war zu groß. Sie wäre gezwungen, die Wahrheit über sich preiszugeben, und das konnte sie nicht.

Aber noch aus einem anderen Grund wollte sie ihn nicht um Hilfe bitten. Sie hatte Willard gesehen, und das bedeutete, dass Moloch ebenfalls in der Nähe war. Bestimmt hatte er noch mehr Leute mitgebracht, die vielleicht nicht ganz so gefährlich waren wie er selber und wie dieser hübsche Junge, aber gefährlich genug.

Joe Dupree hatte gegen sie keine Chance.

Wenn sie ihn um Hilfe bat, würden sie ihn kaltblütig töten.

Sie würden sie alle töten.

Dupree stand in der Tür der Polizeiwache und betrachtete das Schneetreiben. Die Island Avenue war bereits menschenleer. Die Geschäfte hatten früher als gewöhnlich geschlossen und weder das Rudder noch das Good Eats würden heute Abend ihre Pforten öffnen. Die Fähre würde jeden Augenblick in den Hafen einlaufen, anschließend würde Thorson die Lichter am Steg ausschalten und ein Schild mit der Aufschrift FÄHRVERKEHR EINGESTELLT aufhängen. Auf den Gehwegen hatte sich bereits eine dünne weiße Schicht gebildet und die Schneeflocken sahen im Licht der Straßenlaternen riesengroß aus. Nirgendwo auf der Insel fuhr ein Auto. Die Gefahr, in einem Graben zu landen oder, schlimmer noch, ins eiskalte Meer zu stürzen, war einfach zu groß.

Dupree hörte Schritte hinter sich. Macy hatte sich warm eingepackt. Sie hatte sich eine zusätzliche Jacke über die Uniform gezogen und ihre Hände steckten in zwei Paar wollenen Handschuhen.

»Kein Glück«, sagte sie. Seit einer Stunde versuchte sie vergeblich, Funkkontakt zum Department in Portland herzustellen. In der Telefonleitung war statt des Rufzeichens nur ein Rauschen zu hören. Dupree war zu Larry Amerling hinübergegangen, der hinter der Post wohnte, aber auch dessen Telefon funktionierte nicht. Anscheinend gab es auf der ganzen Insel keine Möglichkeit, Kontakt mit der Außenwelt aufzunehmen.

»Bist du an der Stätte gewesen?«, hatte Amerling sich erkundigt, als Dupree sich wieder auf den Rückweg machen wollte.

»Ja.«

»Und?«

»Da gab's Motten.«

»War das alles?«

Dupree überlegte kurz, ob er Amerling von den Vibrationen im Boden erzählen und ihm beschreiben sollte, welche Unmengen von Motten er gesehen hatte, entschied sich jedoch dagegen. Der Postmeister schien schon nervös genug, so wie die Dinge standen.

»Mehr nicht. Und nach diesem Schneesturm werden wir wohl bis zum Sommer keine Motten mehr auf der Insel zu sehen kriegen. Halt dich warm, Larry. Ich schau morgen früh mal auf der Post bei dir vorbei.«

Er ging hinaus und zog die Tür hinter sich zu. Einen Augenblick später hörte er, wie die Tür von innen verriegelt wurde.

Einen Augenblick später stand Macy neben ihm und versuchte, mit ihrem Handy zu telefonieren. Auf dem Display erschien ein kleines, klingelndes Telefon, um anzuzeigen, dass es daran arbeitete, eine Verbindung herzustellen, dann war nur noch das Logo der Telefongesellschaft zu sehen. Selbst der Fernseher im Aufenthaltsraum hatte einen miserablen Empfang.

»Ich schätze, wir machen am besten die Luken dicht«, sagte sie.

»Sicher.«

Er schaute sie nicht mal an.

Nicht viel los, dachte sie. Hier kann ich eine ruhige Kugel schieben. Ich wünschte bloß, er würde die verdammte Tür zumachen.

Den Tag über hatte Macy hauptsächlich mit banalen Dingen zu tun gehabt. Ein Einbruch war gemeldet worden, doch es hatte sich herausgestellt, dass der Ehemann der Anruferin während der vergangenen Nacht im Rausch durchs Küchenfenster eingestiegen war, dabei einige Teller zerdeppert, den Fernseher von der Anrichte gestoßen und sich im Gästezimmer schlafen gelegt hatte, um seine Frau nicht zu wecken, die jedoch so viele Schlaftabletten geschluckt hatte, dass sie ausgereicht hätten, die halbe Einwohnerschaft von San Francisco trotz eines Erdbebens tief und fest schlafen zu lassen. Als die Frau irgendwann zu sich gekommen war, hatte sie die Verwüstung in der Küche entdeckt und daraufhin die Polizei gerufen. Ihr Mann hatte von all dem erst etwas mitbekommen, als Macy an der Tür erschienen war, während er gerade dabei war, ins Klo zu kotzen. Die Frau hatte einen Tobsuchtsanfall bekommen und ihn lauthals beschimpft, während er nur peinlich berührt dagestanden und sich den schmerzenden Kopf gehalten hatte.

Macy hatte die beiden Streithähne einfach sich selbst überlassen.

Später hatte sie den Besitzern eines räudigen Mischlingshundes, der versucht hatte, vorbeifahrende Autos zu beißen, eine Verwarnung erteilt und mit einem Ehepaar gesprochen, dessen jugendliche Sprösslinge draußen am ehemaligen Schießplatz geraucht und wahrscheinlich getrunken hatten (die Bierdosen hatten sie irgendwo im Gebüsch versteckt, aber Macy würde den Teufel tun und auf der Suche nach ein paar Dosen Miller Light durchs Unterholz kriechen). Sie hatte sich die Namen der jugendlichen Missetäter notiert und ihnen gesagt, sie sollten sich verziehen. Eine junge Frau in einer schwarzen Motorradlederjacke, Armeehose und einem mit Nieten besetzten Hundehalsband war noch geblieben.

»Werden Sie es meinen Eltern erzählen?«, fragte sie Macy. Laut Führerschein hieß die junge Frau Mandy Papkee.

»Ich weiß nicht. Kannst du mir einen Grund nennen, warum ich das nicht tun sollte?«

»Wir haben doch überhaupt nichts Schlimmes angestellt. Wir sind nur hier rausgekommen, um Wayne und Sylvie zu gedenken.«

Macy wusste von dem Unfall, der sich vor einigen Wochen auf der Insel ereignet hatte. Viele Inselbewohner, denen sie begegnet war, hatten davon gesprochen, und sei es nur, um ihr zu versichern, dass so etwas nicht sehr oft auf Dutch Island passierte. Einige der Älteren hatten betont von »Sanctuary« gesprochen, wie um die doppelte Natur der Insel zu unterstreichen.

»Hast du die beiden gekannt?«

»Hier kennt jeder jeden«, sagte Mandy. »Pff, das ist halt eine Insel.«

»*Pff*?«, wiederholte Macy.

»Sorry«, sagte Mandy. »Hören Sie, wir werden bestimmt so schnell nicht wieder hier rauskommen. Das verspreche ich Ihnen.«

»Warum nicht?«

»Weil es hier unheimlich ist. Das war, na ja, wie eine blöde Mutprobe. Wir hätten nicht herkommen sollen. Es ist kein gutes Gefühl.«

»Wegen des Unfalls, der euren Freunden neulich zugestoßen ist?«

»Vielleicht.«

Offenbar hatte Mandy nicht vor, mehr dazu zu sagen, aber sie blickte sich um, als rechnete sie fast damit, dass Sylvie und Wayne blutverschmiert aus dem Wald hervortreten würden, um ein Bier zu trinken und eine Zigarette zu rauchen.

»Hören Sie, können Sie uns denn nicht einfach laufen lassen?«

Macy ließ sich schließlich erweichen. »Okay«, sagte sie und schaute Mandy nach, als sie ihren Freunden in Richtung Straße folgte. Irgendetwas huschte über das Gras und landete vor Macys Füßen. Es war ein Nachtfalter, ein hässlicher, grauer Nachtfalter. Macy trat danach und das Insekt flatterte davon. Sie ging zu dem Baum hinüber, gegen den das gestohlene Auto gekracht war, und sah den kleinen Altar, der dort zum Gedenken an die beiden toten Teenager errichtet worden war. Sie rührte nichts an. Als sie zum Streifenwagen zurückkam, waren Mandy und die anderen Jugendlichen bereits verschwunden.

Das waren die Höhepunkte ihres ersten Tages gewesen. Die meiste Zeit über war sie einfach auf der Insel herumgefahren, hatte sich mit den Straßen und Wegen vertraut gemacht und sich mit Leuten unterhalten, die ihren täglichen Beschäftigungen nachgingen. Hin und wieder hatte sie sich bei Dupree gemeldet, doch der hatte abwesend gewirkt. Bei Einbruch der Dunkelheit war sie zur Polizeiwache zurückgekehrt und dort geblieben.

Sie ging nach oben in die kleine Küche neben dem Aufenthaltsraum, schüttete den Inhalt einer Dose Hühnersuppe in eine Plastikschüssel und stellte diese in die Mikrowelle. Sie nahm ein Buch aus ihrem Rucksack, legte sich aufs Sofa und begann zu lesen. Sie musste sich noch ein bisschen die Zeit vertreiben, bis die Fähre eintraf.

In der Sunset Road schaute Doug Newton nach seiner Mutter. Ihr Atem ging flach und die dunklen Ränder unter ihren Augen hatten die Farbe blauer Flecken. Er berührte die Haut der alten Frau mit dem Handrücken. Sie fühlte sich kalt an, obwohl die Heizung auf höchster Stufe lief. Doug ging in den Flur und nahm noch eine Decke aus dem Schrank. Er bedeckte seine Mutter damit bis unters Kinn, trat ans Fenster und blickte hinaus in den Garten. Die Außenbeleuchtung war eingeschaltet, und er konnte sehen, wie die Schneeflocken die Bäume mit einer weißen Schicht überzogen. Dahinter war alles dunkel.

Doug fühlte am Fenster. Es war fest verriegelt, so wie alle Fenster im Haus. Er dachte an das, was er meinte gesehen zu haben: ein kleines Mädchen, das versuchte, das halb offene Schlafzimmerfenster seiner Mutter mit seinen kleinen Händen weiter zu öffnen. Als Doug ins Zimmer gekommen war, hatte das Mädchen ihn höchstens eine oder zwei Sekunden lang angestarrt und war dann zurückgewichen. Bis er das Fenster erreicht hatte, war das Mädchen verschwunden. Es war fünf oder sechs Jahre alt gewesen, und das hatte er Joe Dupree berichtet, wenn auch mit einem leicht zweifelnden Unterton, denn das Mädchen mochte zwar den Körper eines Kindes gehabt haben, aber seine Augen waren viel älter gewesen und ihr Mund hatte ganz komisch ausgesehen. Rund, wie zum Küssen gespitzt.

Das Komische daran war, dass Joe Dupree, der alte Melancholie-Joe, ihn weder ausgelacht noch ihm vorgeworfen hatte, er würde der Polizei die Zeit stehlen, so wie Tuttle, der andere Cop, geknurrt hatte. Stattdessen hatte Joe ihm geraten, seine Mutter warm einzupacken und für alle Fälle Türen und Fenster verschlossen zu halten.

Für alle Fälle.

Doug ging zurück nach unten, schaltete den Fernseher ein, um sich einen Film anzusehen, aber auf dem Bildschirm herrschte schlimmeres Schneegestöber als draußen.

In der Church Road stritten Nancy und Linda Tooker sich wegen ihrer Hunde. Sie hatten den Collie und den Schäferhund wegen des Schnees ins Haus geholt und jetzt hörten die beiden Köter überhaupt nicht mehr auf zu jaulen. Nancy hatte die Küchentür geöffnet, um sie wieder nach draußen zu lassen, aber daraufhin hatten sie sich auf die obere Etage verkrochen und lagen nun immer noch jaulend auf dem Treppenabsatz.

»Du wolltest ja unbedingt Rassehunde haben«, schimpfte Nancy. »Die Viecher sind doch total überzüchtet. Ich hab's dir gleich gesagt.«

»Lass mich in Ruhe!«, keifte ihre Schwester zurück. Sie versuchte vergeblich, sich bei AOL einzuloggen. Schließlich stürzte der Computer ab, und sie konnte nichts anderes tun, als den Stecker zu ziehen. Als sie ihn erneut starten wollte, passierte überhaupt nichts.

»Nancy«, sagte sie. »Ich glaub, ich hab den Computer kaputtgemacht.«

Aber Nancy hörte ihr gar nicht zu. Sie starrte aus dem Küchenfenster nach draußen, wo graue Schatten über den Schnee tanzten. Ihre Schwester stellte sich neben sie, und gemeinsam beobachteten sie die Motten, die zwischen den Schneeflocken umherflogen, anscheinend ungestört von dem Wind, der an den Fenstern und Türen rüttelte. Ein paarmal kamen einige von den Motten so nah an die Fensterscheibe, dass die Schwestern die hässlichen Insekten genau betrachten konnten.

Ohne einander abzusprechen verriegelten sie sämtliche Fenster und Türen im ganzen Haus und kauerten sich zu ihren Hunden.

In seinem kleinen Schlafzimmer packte Carl Lubey sich warm ein und stieg in ein Paar Stiefel mit Stahlkappen. Der Wind rüttelte so heftig an den Fenstern, dass die Rahmen klapperten. Das bisschen Wärme, das in den Räumen herrschte, verzog sich durch Ritzen und Spalten in den Holzwänden. Ron war derjenige mit dem handwerklichen Geschick gewesen, nicht Carl. Carl war der Autobastler, sein

Bruder war der Heimwerker gewesen. Jetzt war Ron tot, und Carl musste zusehen, wie er sein Haus gegen Wind, Regen und Schnee schützte.

Er trat an sein Bett und nahm seine Browning aus dem Nachtschränkchen. Sie hatte einen billigen Plastikgriff, der aussehen sollte wie Holz, und die Magazinhalterung klemmte immer mal wieder, aber Carl war nicht anspruchsvoll. Er würde wahrscheinlich nicht viel Gebrauch davon machen müssen, jedenfalls nicht, wenn die Besucher ihm die Arbeit abnahmen. Wenn alles lief wie geplant, würde sein Bruder heute Nacht ruhig in seinem Grab schlafen.

Im Herzen der Insel, in der Nähe der Stätte, herrschte Bewegung zwischen den Bäumen und unter der Erde. Obwohl der Wind mit Macht von Westen her blies, bogen sich die Sträucher nach Westen, und die Schneeflocken tanzten umeinander, bildeten Formen, die beinahe aussahen wie menschliche Körper, bevor sie wieder auseinander stoben und sanft zu Boden trudelten. Von oben betrachtet, hätte man meinen können, dass graues Licht aus dem Boden drang oder ein feiner, schmutziger Rauch, der keinerlei Spuren auf der Schneedecke hinterließ.

Und der Wind hörte sich an wie Stimmen und die Stimmen klangen fröhlich.

12

Vom Fenster im ersten Stock aus sah Macy die Fähre im Hafen anlegen. Wegen des schlechten Wetters war sie mit Verspätung angekommen, da Thorson nicht bereit gewesen war, mit normaler Geschwindigkeit zu fahren. Die dünne Rauchfahne war bei dem dichten Schneetreiben kaum zu erkennen, obwohl Thorson das Boot beleuchtet hatte wie einen Weihnachtsbaum, dass einem das Hinsehen fast in den Augen wehtat.

»Die Fähre ist da!«, rief sie Dupree zu.

Dupree saß in seinem kleinen Büro und erledigte liegen gebliebenen Papierkram. Die Eingangstüren hatte er fest verschlossen, und allmählich war es drinnen so warm, dass er seine Jacke hatte ablegen können.

»Sie brauchen nicht hinzugehen«, sagte er. »Ich glaube, ich bin an der Reihe.«

»Nein, nein, ich hab mich extra warm angezogen. Außerdem bringt es mir ein bisschen Abwechslung.«

»Danke«, sagte er und wandte sich wieder seiner Arbeit zu.

Eisige Kälte schlug Macy entgegen, als sie aus der Tür der Polizeiwache trat. Der Wind war mittlerweile stärker geworden und fegte ihr die Schneeflocken direkt ins Gesicht. Sie nahm die Abdeckung von der Windschutzscheibe des Explorer, warf sie auf den Beifahrersitz und ließ den Motor an. Vorsichtig fuhr sie zur Anlegestelle und parkte neben dem Wartehäuschen für Passagiere. Die Schneeketten knirschten auf dem Asphalt, und der Schneepflug, den sie und Dupree am frühen Abend angebracht hatten, klapperte gegen die Motorhaube.

Eine Hand voll Passagiere gingen von Bord der Fähre, anscheinend ausnahmslos Einheimische, die zu ihren Wagen liefen oder von Freunden oder Verwandten abgeholt wurden. Macy schaute den Leuten nach, dann sah sie ein kleineres Boot, das sich dem Hafen näherte. Das Wassertaxi legte an und der Kapitän half einer gequält dreinblickenden Frau beim Aussteigen. Die beiden schienen eine Auseinandersetzung zu haben, und Macy wollte gerade hingehen, um den Streit zu schlichten, als der Mann sich abrupt umdrehte und ablegte. Er tauschte ein paar Worte mit Thorson aus, der sich kurz über die Reling der Fähre beugte, dann setzte er seine Fahrt fort.

Die Frau zuckte sichtlich zusammen, als sie den Explorer erblickte, und eilte die Straße hinauf zu ihrem Wagen. Macy folgte ihr und hielt, als sie gerade die Autotür aufschließen wollte.

»Alles in Ordnung, Ma'am?«

Die Frau schaute sie verwundert an und versuchte zu lächeln.

»Ja, danke, alles in Ordnung. Ich bin nur ein bisschen spät dran und muss noch meinen Sohn abholen. Er wird sich bestimmt schon Sorgen machen.«

Macy lächelte, als wüsste sie, wie man sich fühlte, wenn ein Kind auf einen wartete, aber die Frau sah sie schon gar nicht mehr an, sondern schaute über ihre Schulter hinweg aufs Meer hinaus. Macy warf einen Blick in den Rückspiegel, aber die Fähre war das einzige Boot weit und breit. Das Wassertaxi war bei dem dichten Schneetreiben längst nicht mehr zu sehen.

»Darf ich Sie nach Ihrem Namen fragen, Ma'am?«

Die Frau fuhr zusammen, als hätte sie einen elektrischen Schlag abbekommen.

»Marianne Elliot«, sagte sie. »Mein Name ist Marianne Elliot.«

»Hatten Sie Probleme mit dem Taxi?«

»Nur ein kleiner Streit um den Fahrpreis, mehr nicht. Ich habe ihm am Ende ein bisschen mehr gegeben als ausgemacht, aber es herrscht ja auch ein fürchterliches Wetter. Es war sehr nett von ihm, mich hierher zu bringen, nachdem ich die Fähre verpasst hatte.«

Macy musterte das Gesicht der Frau, sah jedoch keinen Grund, warum sie ihre Worte anzweifeln sollte.

»Fahren Sie vorsichtig, Miss Elliot«, sagte sie. »Ich weiß, Sie haben es eilig, aber Sie wollen doch gesund bei Ihrem Sohn ankommen, nicht wahr?«

Zum ersten Mal schien die Frau Macy wirklich wahrzunehmen.

»Ja«, erwiderte sie. »Unbedingt.«

Thorson saß in seiner Kajüte und trank Kaffee, als Macy an Bord kam.

Er bot auch ihr Kaffee an, doch sie lehnte dankend ab.

»Sie fahren heute Abend nicht mehr nach Portland zurück, nicht wahr?«, fragte sie. Dupree hatte sie gebeten, das zu überprüfen, obwohl er sich ziemlich sicher gewesen war, dass Thorson keine Fahrt mehr machen würde.

Thorson starrte in die Nacht hinaus. Der sieht sogar aus wie ein Fährmann, dachte Macy: weißer Bart, rote Wangen, gelbe Öljacke. Dupree hielt ihn für einen guten Kapitän. In all den Jahren, seit Thorson die Fähre betrieb, hatte es nicht einen einzigen Unfall gegeben. Er hatte einfach mehr Respekt vor dem Meer als andere.

»Sie machen wohl Witze«, sagte er. »Die Casco-Bay-Fähre hat den Verkehr schon um sieben eingestellt. Jetzt fährt da keiner mehr raus. Sobald ich meinen Kaffee ausgetrunken habe, gehe ich nach Hause und da bleibe ich bis morgen früh.«

»In Ordnung, ich wollte mich nur vergewissern. Sagen Sie

mal, kennen Sie den Kapitän des Wassertaxis, das da eben gekommen ist?«

»Sicher, das ist Ed Oldfield. Hab mich gewundert, dass er bei so einem Wetter so weit rausfährt.«

»Hat er irgendwas über die Frau gesagt, die er rübergebracht hat?«

»Marianne? Nein, nur dass sie ihn gebeten hat, auf sie zu warten und sie wieder mit zurück nach Portland zu nehmen. Aber dazu war er nicht bereit. Wenn er noch länger gewartet hätte, hätte er wahrscheinlich über Nacht hier festgehangen, und er hat da drüben Familie.«

Macy bedankte sich, ging zum Explorer und fuhr durch die Stadt zurück zur Polizeiwache. Dupree saß immer noch über seinen Schreibtisch gebeugt und tippte sorgfältig Aufzeichnungen in seinen uralten Computer ein, wobei er wie immer aufpassen musste, mit seinen riesigen Fingern nicht auf zwei Tasten gleichzeitig zu drücken. Er blickte auf, als Macy eintrat und sich den Schnee von der Jacke klopfte.

»Irgendwas Ungewöhnliches?«

»Ein paar Einheimische und ein Wassertaxi. Nur eine Frau an Bord. Sie hat gesagt, ihr Name wäre Marianne Elliot.«

Macy bemerkte den Blick in Duprees Augen.

»Kennen Sie sie?«

»Ja«, sagte er.

Ist er eben errötet?, fragte sie sich.

»Sie ist eine Freundin.«

»Sie hatte es ziemlich eilig. Meinte, sie sei spät dran, um ihren Sohn abzuholen. Thorson hat mir erzählt, dass sie unbedingt noch heute Abend zurück nach Portland wollte.«

Dupree runzelte die Stirn. »Heute Abend fährt niemand mehr nach Portland. Vielleicht fahre ich später mal bei ihr vorbei und sehe nach, ob alles in Ordnung ist.«

Unwillkürlich hob Macy die Brauen.

»Was ist?«, fragte Dupree.

»Nichts«, erwiderte Macy, bemüht, möglichst beiläufig zu klingen. »Es geht doch nichts über besorgte, aufmerksame Polizisten.«

»Genau.« Er wirkte misstrauisch. »Apropos besorgt und aufmerksam – würde es Ihnen etwas ausmachen, nochmal kurz rauszufahren?« Inzwischen war Dupree ernstlich in Sorge um Marianne. Er konnte sich nicht erklären, warum sie unbedingt heute noch nach Portland zurückwollte, es sei denn, irgendetwas stimmte nicht. Sobald er mit dem Papierkram fertig war, würde er mit seinem eigenen Jeep zu ihr rausfahren.

»Kein Problem, aber es schneit ziemlich heftig und der Wind wird stärker. Wir werden schon bald Schneeverwehungen haben.«

»Ich erwarte nicht von Ihnen, dass Sie eine Inselrundfahrt machen, nicht bei dem Wetter. Larry Amerling hat mir erzählt, dass Sie heute oben am alten Aussichtsturm waren. Glauben Sie, Sie würden da nochmal hinfinden?«

»Das ist ja wirklich nicht schwer: an der Division Street rechts und dann immer geradeaus, richtig?«

»Ganz genau. Ich habe gehört, Sie haben dort Carl Lubey kennen gelernt.«

»Charmanter Typ. Und auch noch ledig. Bestimmt eine gute Partie.«

»Ja, wenn man sich die Tollwut einfangen will. Könnten Sie mal bei Lubey vorbeifahren?« Er zeigte ihr auf der Inselkarte, wo Carl Lubey wohnte. »Es ist ein runtergekommenes Rattenloch, Sie können's nicht verfehlen, selbst bei dem Wetter. In der Einfahrt stehen ein paar alte Schrottkisten und im Garten hat er eine riesige Satellitenschüssel. Gestern Abend musste ich ihn zusammen mit einem kleinen Ganoven namens Terry Scarfe drüben aus dem Rudder werfen. Thorson sagt, Terry ist heute nicht auf die Insel zurückgekommen, aber es gefällt mir einfach nicht, dass die beiden gestern Abend so traulich zusammengehockt haben.«

Macy zog den Reißverschluss ihrer Jacke zu und wollte sich auf den Weg machen, aber Dupree hielt sie zurück.

»Ich schätze, Sie wissen es schon, aber Carl Lubey ist der Bruder von dem Mann, den ich erschossen habe. Carl ist ein Widerling, aber ziemlich harmlos. Wenn ich da rausfahre, wird er sich nur aufregen, dann müssen wir ihn am Ende noch mit Handschellen an den Stuhl da drüben fesseln und seine Gesellschaft bis morgen früh ertragen. Das würde ich Ihnen an Ihrem ersten Abend ungern zumuten, aber es würde mich ungemein beruhigen zu wissen, dass Carl Lubey in seinem Bett liegt und tief und fest schläft. Wegen der Bäume wird die Straße noch einigermaßen schneefrei sein, aber falls sich irgendwelche Schwierigkeiten ergeben sollten, kommen Sie auf der Stelle zurück, verstanden?«

Macy versprach, sich daran zu halten. Insgeheim war sie froh, aus der Polizeiwache wegzukommen. Im Fernsehen war nur Schneegestöber zu sehen und wahrscheinlich würde sie ohnehin noch die ganze Nacht hier verbringen müssen. Eine kurze Fahrt zum Haus von Carl Lubey war eine willkommene Abwechslung, zudem würde sie noch ein bisschen länger von ihrem Buch haben, das sie gerade las. Vorsichtig fuhr sie die Island Avenue entlang, bis sie die Straßenlaternen hinter sich wusste, dann schaltete sie das Fernlicht ein und folgte der Küste bis zur Division Street.

Carl Lubey lag nicht in seinem Bett, wünschte sich jedoch allmählich, er wäre dort geblieben. Seltsamerweise dachte er ebenso an Macy, wie sie an ihn dachte, denn er stand in seiner Garage und betrachtete gerade das Innenleben seines Pick-ups, der einfach nicht anspringen wollte.

Die Polizistin hatte ihn gewarnt. Sie hatte gesehen, dass der Wagen Rauchwolken ausstieß, aber er hatte ja nicht auf sie hören wollen.

Mistkarre!

Am Morgen war die Kiste noch einwandfrei gelaufen, aber jetzt, wo er sie dringend brauchte, gab der Motor nur ein Klicken von sich. Die Batterie war neu, daran konnte es also nicht liegen. Er nahm einen Lappen und wischte sich das Öl von den Händen. Vielleicht war es der Anlasser, überlegte er, aber um den zu reparieren, würde er Zeit brauchen und die hatte er jetzt nicht. Er musste sich mit ein paar Leuten treffen, und wenn er Scarfe Glauben schenkte, dann würden diese Leute nicht besonders freundlich reagieren, wenn man sie warten ließ. Er wollte sie auch gar nicht warten lassen. Je eher die bekamen, was sie wollten, desto eher würde er bekommen, was er wollte, und das war ein großer, toter Polizist.

Carl war ein Feigling. Er wusste, dass er ein Feigling war. Manchmal allerdings, wenn er genug getrunken hatte, redete er sich ein, dass er einfach nur schlau war und Männer wie er, die kleiner und schwächer waren als ihre Artgenossen, andere Möglichkeiten finden mussten, um sich zur Wehr zu setzen, wenn man ihnen übel mitspielte. Wenn das bedeutete, dass man jemandem ein Messer in den Rücken stoßen musste, dann war das eben nicht zu ändern. Wer ihm nichts zuleide tat, brauchte sich auch keine Sorgen um seinen Rücken zu machen.

Carls Bruder war anders gewesen – stark und zäh und, na ja, vielleicht auch ein bisschen bösartig, aber ein richtiger Mann, einer, der sich immer wieder für seinen kleinen Bruder eingesetzt hatte.

Und weil Ron sich immer für Carl stark gemacht hatte, hatte Carl sich auch für Ron stark gemacht, als die Zeit dafür gekommen war.

Carl erinnerte sich noch gut an den Anruf. Sie waren in Portland zusammen auf einer Sauftour gewesen, und Ron hatte sich mit einer Frau verzogen, die er im Three Dollar Dewey's aufgegabelt hatte. Sie war Carl irgendwie bekannt vorgekommen. Ron behauptete, sie hieße Jeanne Aiello und sei volljährig. Die Aiellos hatten seit Generationen auf Dutch Island gelebt, bis Jeannes Eltern die Abgeschiedenheit satt hatten und in eine »zivilisiertere« Gegend gezogen waren. Jetzt war die kleine Jeanne nach Maine zurückgekehrt und arbeitete in einem von diesen Touristenschuppen am Alten Hafen. Und sie schien sich darüber zu freuen, Ron wieder einmal zu begegnen.

Carl hatte die beiden sich selbst überlassen, denn er hatte immer noch Durst und noch dazu einen Mordshunger. Er war mit einem Taxi zum Great Lost Bear auf der Forest Avenue rausgefahren und hatte sich eine Riesenportion Chicken Wings bestellt. Das Bear war nicht gerade sein Lieblingslokal, vor allem weil die Polizisten von Portland sich dort häufig auf ein Bier trafen, aber er hatte einfach Hunger und dort konnte man auch spätabends noch etwas zu essen bekommen. Er hatte seine Hähnchenflügel zur Hälfte aufgegessen, als sein Handy klingelte. Dann hörte er die Stimme seines Bruders. Aber Ron war nicht in Panik oder ängstlich. Er sagte Carl bloß, er solle sich ein Taxi nehmen und nach Wyndham rüberfahren, und genau das tat Carl. Etwa einen halben Kilometer von der Adresse entfernt, die Ron ihm gegeben hatte, stieg er wie befohlen aus dem Taxi. Ron erwartete ihn schon in der Tür des Hauses und winkte ihn zu sich, als er dort auftauchte. Im Gesicht hatte er mehrere Schnittwunden. Er sah aus, als hätte er geheult.

Die Frau lag auf dem Badezimmerfußboden, mit blutigem Gesicht. Der Spiegel über dem Waschbecken war zersplittert und eine große Scherbe ragte aus ihrem Auge. Kleinere Scherben steckten in ihren Wangen und in ihrer Stirn. Carl betrachtete die rechte Hand seines Bruders und sah Haare an seinen Fingernägeln kleben, die offenbar von der Frau stammten.

»Ich bin einfach durchgedreht, Mann«, sagte Ron. »Ich

weiß gar nicht, was passiert ist. Sie hat mich mit hierher genommen, wir haben zusammen getrunken und rumgemacht. Dann sind wir rauf ins Schlafzimmer. Als ich gerade richtig zur Sache kommen will, stößt sie mich plötzlich weg und schreit, ich wär ein Tier. Wir haben uns gestritten, sie ist ins Bad gerannt, dann hab ich sie gegen die Wand gedrückt und konnte einfach nicht mehr aufhören.«

Er brach in Tränen aus.

»Ich konnte nicht mehr aufhören, Charlie. Ich konnte einfach nicht mehr aufhören.«

Und da kam Carls große Stunde. Er sagte seinem Bruder, er solle Gummihandschuhe und Reinigungsmittel auftreiben, irgendwas, womit sie die Sauerei beseitigen konnten. Während Ron alles aufwischte, wickelte Carl die Frau erst in ein paar Laken, dann in mehrere Lagen schwarze Plastikmüllsäcke und zurrte das Paket mit Klebeband fest. Sie schrubbten das ganze Haus, bis es so sauber war wie noch nie, und packten einen Koffer mit Kleidung, Schminkzeug und dem wenigen Schmuck, den sie finden konnten. Der Spiegel im Bad war nicht mehr zu reparieren, also entfernte Carl einfach die letzten Scherben aus dem Rahmen und stellte einen kleinen Standspiegel, den er im Schlafzimmer gefunden hatte, aufs Waschbecken. Jeder, der es sah, so hoffte er, würde annehmen, Jeanne hätte den Badezimmerspiegel selbst zerbrochen und benutzte jetzt den kleinen Standspiegel, bis sie sich einen neuen beschaffen konnte. Sie verstauten den Koffer und die Leiche im Kofferraum ihres Wagens und fuhren damit zu ihrem Boot. Dort verfrachteten sie Jeanne in die Kajüte und bedeckten sie mit einer Plane. Anschließend parkte Carl den Wagen auf der India Street und ging zu Fuß zurück zum Boot. Als sie weit genug draußen auf dem Meer waren, beschwerten sie die Leiche mit Carls alter Werkzeugkiste, die sie für Notfälle im Boot aufbewahrten, und warfen sie über Bord. Sie wurde von keiner lebenden Seele jemals wiedergesehen, denn sie sank auf den Grund des Meers, wo sie vor den Augen der Welt verborgen blieb, nur bewacht vom Geist eines kleinen Jungen, der dort unten hauste.

Zwei Tage später wurde Jeanne Aiello von ihren Eltern als vermisst gemeldet, aber inzwischen war ihr Auto schon gefunden worden. Die Polizei hatte bereits Verdacht geschöpft, vielleicht weil Carl und Ron es beim Putzen ziemlich übertrieben hatten. Jedenfalls fragten sich die Cops, warum eine Frau, die wortlos verschwinden wollte, zuvor einen derart gründlichen Hausputz vornahm. Aber es wurde keine Leiche gefunden, und die Beschreibung des Mannes, mit dem man sie an dem Abend die Kneipe hatte verlassen sehen, war so allgemein, dass sie auf etwa die Hälfte aller Männer in Portland gepasst hätte. Es sah so aus, als wären Carl und Ron mit einem Mord davongekommen.

Aber die Erleichterung war nur von kurzer Dauer. Carl konnte es kaum mit ansehen, wie es seinem Bruder zunehmend schlechter ging. Ron hörte auf zu arbeiten und trank immer mehr, dann fing er auch noch an, dummes Zeug über den Wald zu erzählen. Das war Carl besonders unheimlich, dieses Gefasel über den Wald. Sein Bruder verbrachte mehr und mehr Zeit im Wald. Er ging gern auf die Hirschjagd; bis zum Reduktionsabschuss von 99 hatte es auf der Insel von Hirschen nur so gewimmelt. Niemand störte sich daran, wenn jemand die Viecher abschoss und seinen Eisschrank mit Wildbret füllte, auch wenn Ron und Carl nie einen Tiefkühlschrank besessen hatten, der groß genug gewesen wäre, um das ganze Fleisch zu fassen, das Ron anschleppte. Aber jetzt ging Ron nicht einmal mehr auf die Jagd. Er verzog sich einfach mit ein paar Sixpacks und einer Flasche Schnaps in den Wald, und wenn er zurückkam, führte er Selbstgespräche, die offenbar schon einige Zeit vorher angefangen hatten und die Fortsetzung irgendeines Dauerstreits darstellten.

»Nein, ich sag's euch, ich hab's nicht getan. Es war nicht

meine Schuld. Nein, nein, nein. Lasst mich endlich in Frieden, okay?«

Er hatte auch längst aufgehört, sich zu rasieren und sich die Haare zu kämmen, denn dazu hätte er in einen Spiegel schauen müssen, und das wollte er nicht, weil er dort nicht nur sein eigenes Spiegelbild erblickte.

An dem Abend, als Ron starb, hatte Carl ihn allein gelassen, weil er sich im Rudder mit ein paar Freunden treffen wollte. Ron hatte eigentlich ziemlich normal gewirkt, jedenfalls klarer im Kopf als in den vergangenen Monaten.

»Hey, kleiner Bruder«, sagte er, als Carl zur Tür ging. Ron flegelte sich in einem Sessel und starrte ins Kaminfeuer. »Ich hab mir ein paar Gedanken gemacht. Damals in der Nacht, da hab ich dich gezwungen, mit dieser Frau was Schlimmes zu machen. Ich hätte dich da nicht mit reinziehen sollen.«

»Du bist mein Bruder«, sagte Carl. »Für dich würde ich alles tun.«

»Sie werden mich dafür bezahlen lassen«, sagte Ron. »Ich muss für das bezahlen, was ich getan habe. Es gibt Grenzen, die man nicht überschreiten darf. Das dulden sie nicht, deswegen muss ich bezahlen.«

»Wer? Wer lässt dich bezahlen?«

Doch Ron schien ihn gar nicht zu hören.

»Aber ich schätze, wenn ich bezahle, wird es genug sein. Vielleicht geben sie sich damit zufrieden. Vielleicht lassen sie dich dann in Frieden.«

Als Carl versucht hatte, mehr aus ihm herauszubekommen, war Ron bereits volltrunken eingeschlafen.

Er erinnerte sich, wie er im Rudder an einem Tisch gesessen hatte. Er hatte nicht viel getrunken, weil die Worte seines Bruders ihn so aufgewühlt hatten. Er hörte das Geräusch des sich nähernden Hubschraubers, dann kam jemand herein und sagte, Snowman, der Bulle mit dem bescheuerten Namen, sei angeschossen worden, und –

Dann hatte der Typ Carl angesehen und Carl hatte sofort Bescheid gewusst.

Später hatte es geheißen, sein Bruder hätte auf die Nachbarhäuser geschossen und sich fürchterlich über einen eingebildeten Streit um irgendwelche Grundstücksgrenzen ereifert, aber das hatte Carl nie geglaubt. Ron hatte nicht auf Häuser geschossen, und die Grenzen, von denen er gesprochen hatte, hatten nichts mit Hecken oder Gärten zu tun. Er hatte auf die Gestalten geschossen, von denen er sich einbildete, dass sie im Wald mit ihm redeten, und es war die Überschreitung *ihrer* Grenzen gewesen, die zu seinem Tod geführt hatte. Ron war von seiner Schuld erdrückt worden und am Ende einfach durchgedreht. Aber seitdem hielt Carl sich fern von dem Wald, der sein Haus umgab, und achtete darauf, möglichst nicht von den Straßen und Wegen abzuweichen. Das, was seinen Bruder gequält hatte, mochte sich in dessen Kopf abgespielt haben, aber Carl erinnerte sich an einen Vorfall vor ein oder zwei Wochen, kurz nachdem sich Rons Todestag zum zweiten Mal gejährt hatte. Carl war vom Einkaufen gekommen und hinters Haus gefahren, um alles auszuladen, als er einen Blick in den Wald riskierte und dort jemanden sah, der ihn beobachtete. Aber Carl war nicht in Panik geraten. Er hatte die braunen Papiertüten auf den Boden gestellt, ohne die Gestalt zwischen den Bäumen aus den Augen zu lassen, und seine Schrotflinte von der Ladefläche genommen. Im Schutz seines Pick-ups hatte er die Flinte geladen und war auf die Bäume zugegangen.

Die Gestalt war ganz in Grau gekleidet und schien zu schimmern.

»Wer bist du?«, fragte Carl, als er näher kam.

Und dann war die Gestalt explodiert, ihre Fetzen waren überallhin geflogen, in die Bäume, auf das Gras.

Und auf Carl.

Carl wandte sich ab und versuchte, sein Gesicht mit seinem Arm zu schützen. Er spürte, wie die Fetzen ihn berührten und wie sie sich bewegten. Als er seinen Arm schließlich sinken ließ, sah er nichts als Bäume und Dunkelheit vor sich. Aber etwas hatte sich an seiner Jacke verfangen. Es flatterte und zappelte, bis er es befreite und davonfliegen ließ.

Es war ein Falter, ein grauer Nachtfalter. Irgendwie hatte Carl es geschafft, jede Menge davon in den Bäumen aufzuscheuchen. Das war die einzige Erklärung, die er dafür finden konnte, während er sich hinter seinen Pick-up zurückzog und sich an die Gestalt erinnerte, die die Motten gebildet hatten: die Gestalt einer Frau.

Aber das war alles Vergangenheit. Joe Dupree, diese Missgeburt von einem Cop, hatte Carls Bruder getötet und jetzt würde er dafür bezahlen. Für die Aussicht auf Rache war Carl bereit, sich in den Wald zu wagen. Schließlich würde er nicht allein sein.

Carl warf einen Blick auf seine Uhr, fluchte vor sich hin und beugte sich wieder über den Motor.

Das erste Boot, gesteuert von Scarfe, legte um kurz vor neun an der Cray Cove an. Im dichten Schnee konnten sie kaum etwas von der Insel erkennen, aber Scarfe kannte sich aus. Ohne ihn wären sie auf Grund gelaufen und ertrunken, ehe sie die Insel auch nur gesichtet hätten.

Der Schnee, dachte Moloch, war nicht nur von Vorteil: Zwar würde das Wetter dafür sorgen, dass die Leute in ihren Häusern blieben, was es Moloch und seinen Kumpanen erlaubte, sich freier zu bewegen; gleichzeitig jedoch liefen sie Gefahr, sich zu verirren oder voneinander getrennt zu werden. Und falls irgendjemand sie erwischte, würde es ihnen schwer fallen zu erklären, warum sie in einem Schneesturm auf der Insel herumliefen.

Doch kaum hatte er einen Fuß auf die Insel gesetzt, schienen sich Molochs Befürchtungen zu verflüchtigen. Bilder kamen ihm in den Sinn, Bilder aus seinen Träumen und andere, weniger vertraute Gedanken. Er sah Pfade, die den Augen der anderen verborgen blieben. Er erinnerte sich an die Namen von Bäumen und Pflanzen. Eine Welle tiefen Verständnisses überkam ihn.

Ich kenne diesen Ort.

Ich kenne ihn.

Moloch bedeutete Dexter, Powell, Shepherd und Scarfe, ihm zu folgen. Tell sagte nichts. Willard schaute nur schweigend zu.

»Ihr bleibt vorerst hier«, sagte Moloch zu Tell und Willard. »Passt auf das Boot auf. Wenn wir zurückkommen, müssen wir schnell hier weg.«

Dann gingen sie los und waren in dem Schneetreiben bald nicht mehr zu sehen.

Als das Wassertaxi sich der Insel näherte, trat Leonie neben den Bootseigner. Die Überfahrt war rau gewesen, sie und Braun waren durchnässt und durchgefroren, auf ihren Köpfen und Schultern hatte sich Schnee gesammelt.

»Wie finden Sie Ihren Weg von hier in den Hafen?«, fragte Leonie.

Der Mann zuckte die Achseln. »Das Schlimmste haben wir hinter uns. Von hier ab ist es ein Kinderspiel. Im Prinzip könnte ich hier irgendwo anlegen. Der Steg ist genauso gut wie jede andere Stelle.«

Er lächelte und sie erwiderte sein Lächeln. Sie war eine gut aussehende Frau. Einen Mann und eine Frau verschiedener Rassen zusammen lächeln zu sehen war schön, dachte er. Er schaute zu dem kleinen Parkplatz neben dem Wartehäuschen hinüber, in Erwartung, dort den Streifenwagen zu sehen, doch er stand nicht da. Wahrscheinlich nicht nötig, weil Thorson den Fährdienst für den Abend eingestellt hatte, sagte er sich.

»Falls Sie ein Zimmer für die Nacht brauchen, das Motel ist da drüben«, sagte er und zeigte nach rechts. Das Motel hatte vier Zimmer und lag an dem Hang über der kleinen, felsigen Bucht, die der Stadt ihren Namen gegeben hatte. »Falls niemand mehr an der Rezeption ist, gehen Sie einfach rüber in die Kneipe. Jeb Burris betreibt beides. Er wohnt gleich hinter der Kneipe.«

Leonie bedankte sich. Dann fügte sie hinzu: »Sieht ziemlich ruhig aus.«

»Ja, sieht wirklich nicht so aus, als wäre noch jemand unterwegs.«

Leonie trat einen Schritt zurück, hob ihre schallgedämpfte Pistole und schoss dem Mann in den Kopf.

Willard blickte den anderen nach. Cray Cove war eine kleine Bucht mit einem aus Felsbrocken errichteten Anlegesteg. Sie war ziemlich abgelegen und entlang der Küste konnte er weit und breit keine Lichter entdecken. Von dem steinigen Strand führte ein Pfad landeinwärts. Die tanzenden Lichtkegel der Taschenlampen waren das einzige sichtbare Zeichen dafür, dass einige Männer unterwegs in Richtung Straße waren.

Während der Überfahrt hatte Moloch sich neben ihn gesetzt und ihm erklärt, dass er nicht mit von der Partie sein würde.

»Du vertraust mir nicht«, hatte Willard sich beschwert.

Moloch hatte ihm eine Hand auf die Schulter gelegt. »Ich mache mir Sorgen um dich, das ist alles. Vielleicht war das Wochenende zu viel für dich. Ich möchte einfach, dass du einen Gang runterschaltest und mal tief durchatmest. Und was das Vertrauen angeht, es ist Tell, dem ich nicht traue. Wir haben noch nie mit ihm zusammengearbeitet. Falls irgendwas schief geht und er versucht, ohne uns abzuhauen, erledigst du ihn, kapiert?«

Willard nickte und Moloch kehrte zurück ins Ruderhaus.

Willard wollte ihm glauben. Er wollte ihm so gern glauben. Und vielleicht wäre es ihm gelungen, seine Zweifel zu unterdrücken, wenn Dexter nicht gewesen wäre. Beim Aussteigen hatte Dexter zu Willard herübergeschaut, und da war Willard klar geworden, dass Dexter davon ausging, dass sie sich zum letzten Mal sahen.

Dexter hatte ihn sogar angelächelt.

Die fünf Männer kamen nur langsam voran, rutschten auf dem frisch gefallenen Schnee aus und stolperten gegeneinander. Dexter erreichte die Anhöhe als Erster, dicht gefolgt von Powell. Moloch, Shepherd und Scarfe hielten sich ein Stückchen hinter ihnen.

Dexter entdeckte den Mann zuerst. Er stand in der Tür eines kleinen, zweistöckigen Turms mit schlitzartigen Fenstern und hielt sich eine behandschuhte Hand über die Augen, damit er die Lichter der Männer besser sehen konnte. Anfangs hatte Dexter den Eindruck, dass der Mann ihm Grimassen schnitt, ihn verspottete, doch dann erkannte er die schweren Augenlider, die stumme Neugier in den Augen, den offenen Mund.

»Wir haben ein Problem«, sagte Dexter.

Richie Claessen liebte Schnee mehr als fast alles andere auf der Welt. Er hatte überlegt, Danny zu wecken und ihn zu fragen, ob er Lust hatte mitzukommen, sich dann jedoch dagegen entschieden. Danny war noch ziemlich klein, er kannte sich im Wald nicht so gut aus wie er. Richie zog sich leise an, schlüpfte in seine Stiefel, zog seine dicke Jacke, seine Mütze und seine Handschuhe über und schlich nach draußen. Seiner Mama sagte er nichts. Sie war vor dem Fernseher eingeschlafen, er wollte sie nicht wecken. Sie würde ihm ohnehin bloß verbieten, nach draußen zu gehen. Er konnte es nicht erwarten, die Insel im Schnee zu sehen. Aber anstatt direkt in den Wald zu laufen, hatte er sich dicht an der Straße gehalten, bis er die Küste erreichte.

Normalerweise empfand Richie den Wald nicht als Bedrohung, obwohl er, auch wenn er das nie so hätte ausdrücken können, sehr empfänglich war für jede Art von Gefahr, eine aus Not erworbene Eigenschaft, die ihn geschützt hatte, wenn größere Jungs ihn ärgern wollten, oder damals, als er mit seiner Mutter in Portland gewesen war und ein alter Mann versucht hatte, ihn mit der Aussicht auf ein paar Comic-Hefte in eine dunkle Gasse zu locken. Er hatte die Gefahr gerochen, die der alte Mann darstellte, einen Gestank nach ekelhaften Ausdünstungen und ungewaschenen Kleidern wahrgenommen und war einfach weitergegangen, den Kopf gesenkt, die linke Schulter dicht an der Hauswand, den Blick leicht nach rechts gewandt für den Fall, dass der Alte ihm folgte.

Im Wald war es anders. Im Wald war er in Sicherheit. Auch im Wald hauste ein unbekanntes Wesen, doch davon fühlte Richie sich nicht bedroht. Im Wald roch es, wie es dort riechen sollte, nach Kiefernnadeln und Laub und Tieren, im Wald herrschte Stille, eine Wachsamkeit, bei der er sich sicher fühlte, so als würde ein starker Erwachsener über ihn wachen, genauso wie Mrs Arbinot im Kindergarten sie damals alle beschützt hatte, bevor Richie auf die Sonderschule in Portland gekommen war. In der Sonderschule hatte es ihm gefallen. Dort hatte er zum ersten Mal Freunde gefunden, richtige Freunde. Er hatte sogar ein Mädchen geküsst, Abbie, und er wurde immer noch verlegen, wenn er sich an die Gefühle erinnerte, die sie in ihm geweckt hatte, und wie er von Abbie weggelaufen war, weil ihn das alles so durcheinander gebracht hatte.

Aber in letzter Zeit hatte der Wald sich verändert. In der Vergangenheit hatte Richie den Jungen schon öfter gesehen, den Jungen, der immer an der Küste stand und aufs Meer hinausschaute, der Junge, der keine Fußspuren im nassen Sand hinterließ. Richie hatte ihn gerufen, ihm zugewinkt, aber der Junge hatte sich nie nach ihm umgedreht, und irgendwann hatte Richie es aufgegeben, mit ihm reden zu wollen. Manchmal sah er den Jungen im Wald, meistens jedoch stand er am Strand und sah zu, wie die Wellen sich brachen. Aber der Junge machte Richie keine Angst. Der Junge war tot. Er wollte nur einfach die Insel nicht verlassen, was Richie gut verstehen konnte. Auch Richie wollte die Insel nicht verlassen.

Aber das Graue Mädchen, das machte ihm Angst. Er hatte die Kleine nur zwei oder drei Mal gesehen, sie schwebte in der Luft, ihre Füße berührten den Boden nicht, ihre Augen sahen aus wie die Panzer schwarzer Käfer, die in ihren Kopf gekrochen waren und sich in ihren Augenhöhlen eingenistet hatten. Sie hatte Richie einen solchen Schrecken eingejagt, dass er sich vor Angst in die Hose gemacht hatte. Das Mädchen war böse, wütend auf jeden, der lebte, weil sie auch leben wollte. Der Junge wartete auf irgendetwas, aber das kleine graue Mädchen wollte nicht warten. Sie wollte es *jetzt* haben. Deswegen hatte Richie angefangen, sich von der Stätte, wo der Wald am dichtesten war, fern zu halten, und auch von dem hohen Wachtturm in der Mitte der Insel. Früher hatte er den großen Wachtturm sehr gemocht. Von dort oben hatte er meilenweit sehen können, der Wind hatte ihm die Haare zerzaust und er hatte das Meer auf der Zunge schmecken können, wenn er den Mund aufgemacht hatte. Aber dort wohnte jetzt das Graue Mädchen. Joe Dupree kontrollierte den Turm regelmäßig und vergewisserte sich, dass die Tür verriegelt war. Aber das Graue Mädchen konnte es nicht leiden, wenn die Tür verschlossen war, sie fand immer wieder Möglichkeiten, sie zu öffnen. Das Graue Mädchen wollte, dass die Tür offen blieb, denn wenn sie offen war, kamen Leute herein.

Und wenn Leute in den Turm gingen und da drinnen nicht aufpassten, würden sie mit dem Grauen Mädchen spielen müssen.

Sie war die Schlimmste, aber es gab noch andere und ihnen gehörte die Gegend um den Turm und um das Kreuz herum. Sich dorthin zu wagen, wäre etwa so, als würde man sich vor einen fahrenden Zug stellen. Der Zug würde einen nicht mit Absicht umfahren und verletzen, aber wenn man sich ihm in den Weg stellte, würde er einen töten. So erlebte Richie den Wald seit einiger Zeit: wie einen dunklen Tunnel, durch den ein Zug raste, der alles zermalmte, was sich ihm in den Weg stellte.

Aber an der Küste fühlte er sich immer noch sicher, dort gab es auch Bäume, unter denen man sich verstecken konnte. Nur heute Nacht schneite es sehr heftig, Richie hatte noch nie so dichten Schnee fallen sehen, dazu ging ein starker Wind, der Richie den Schnee in die Augen blies. Er hatte in einem der alten Wachttürme Schutz gesucht, in einem kleinen in der Nähe der Straße, und gehofft, der Schnee und der Wind würden sich legen. Dann war das Boot gekommen. Er hatte es kaum erkennen können, bis es sich der Küste genähert hatte, aber er hatte die Männer gehört, als sie ausgestiegen waren.

Und plötzlich hatte er Angst.

Er wollte nach Hause.

Er wollte gerade den Turm verlassen, als der schwarze Mann auftauchte und ihn entdeckte.

Tells Stimme riss Willard aus seinen Gedanken. Er konnte Moloch und die anderen nicht mehr hören, denn sie hatten die Anhöhe erklommen, aber er meinte im dichten Schneetreiben immer noch ihre Taschenlampen zu erkennen. Er hatte bohrende Magenschmerzen, die so heftig waren, dass er sich am liebsten zusammengerollt hätte wie ein kleines

Kind. Ihm brannten die Augen und er spürte, wie ihm Tränen über die Wangen liefen.

»Ich hab dich gefragt, ob du die wegpacken kannst.«

Willard wischte sich hastig das Gesicht ab, als Tell ihm einen Stapel Schwimmwesten reichte und auf die Kiste im Heck des Boots deutete.

»Da rein.«

Willard nahm die Schwimmwesten entgegen und bückte sich, um sie in der Kiste zu verstauen. Hinter sich hörte er Tell in seinem Rucksack herumkramen, dann spürte er, wie der kleine Mann sich ihm näherte. Als er sich umdrehte, blickte er in die Mündung einer Pistole. Tells 45er Colt steckte immer noch in dessen Gürtel. Die Pistole, die er in der Hand hielt, war eine einschüssige 22er mit riesigem Schalldämpfer.

Kein Geräusch, das hatte Moloch Tell eingeschärft. Kein Geräusch und keine Schmerzen.

»Du bist ein verrücktes Arschloch, weißt du das?«, sagte Tell. »Du bist uns allen unheimlich.«

Willard zuckte mit keiner Wimper, als Tell abdrückte.

»Ein Schwachsinniger«, sagte Dexter.

Powell sah ihn an.

»Was hast du gesagt?«

»Der Typ ist schwachsinnig«, wiederholte Dexter. »Er ist behindert.«

Richie stand reglos auf der anderen Straßenseite. Powell kniff die Augen zusammen zum Schutz gegen den Schnee und betrachtete das Gesicht des Mannes, aber als er jetzt genauer hinsah, wirkte der Kerl jünger, eher wie ein Kind. Aber Dexter hatte Recht. Der Junge oder der Mann oder was zum Teufel er auch sein mochte, war behindert.

»Was machen wir mit ihm?«, fragte Powell.

»Ich würde sagen, wir bringen ihn runter zum Boot«,

sagte Scarfe. »Tell soll ein Auge auf ihn werfen, bis wir abhauen, dann kann er ihn wieder laufen lassen.«

Er hörte ein Rascheln hinter sich, und als er sich umdrehte, sah er, wie Moloch sich an einem jungen Baum hochzog, um auf die Straße zu gelangen.

Moloch schaute Richie an, der seinen Blick erwiderte.

»Böse Männer«, sagte Richie.

»Was hat er gesagt?«, fragte Powell.

Der Behinderte entfernte sich mit schnellen Schritten, aber sie hörten, wie er vor sich hin murmelte.

»Er hat mich erkannt«, sagte Moloch.

»Wie zum Teufel hätte er dich denn erkennen sollen? Dex sagt, er ist schwachsinnig.«

»Ich hab keine Ahnung wie. Vielleicht vom Fernsehen. Haltet ihn auf.«

Dexter und Powell liefen hinter Richie her, aber hier oben fiel der Schnee noch dichter, und sie rutschten dauernd aus und stolperten, während sie versuchten, ihn einzuholen.

»He, warte!«, rief Dexter, aber Richie hielt den Kopf gesenkt, den Blick entschlossen nach vorn gerichtet. Das tat er immer, wenn andere Jungs ihn ärgerten oder ihm Bilder von nackten Frauen zeigen wollten.

Immer wenn er Angst hatte und sich bemühte, nicht zu weinen.

»Böse Männer«, flüsterte er vor sich hin. »Bösemännerbösemännerbösemänner.«

Hinter sich hörte er den schwarzen Mann laut fluchen.

Richie begann zu rennen.

Carl Lubey geriet allmählich in Panik. Er hatte alles ausprobiert, doch der Motor gab immer noch kein Lebenszeichen von sich. Als allerletzten Versuch beschloss er, die Batterie auszuwechseln. Er war gerade dabei, die Ersatzbatterie aus der hinteren Ecke der Garage herbeizuschleppen, als sich plötzlich das Autoradio einschaltete und die letzten Takte von »Freebird« in ohrenbetäubender Lautstärke aus dem Pick-up dröhnten. Das Radio war immer auf den Amateursender der Insel eingestellt, den Dickie Norcross auf seinem Dachboden betrieb. Aber Dickie war nur zwischen zwei und sechs Uhr nachmittags auf Sendung.

»Und hier kommt ein Stück für alle Inselbewohner, die gerade für die stürmische Nacht die Schotten dicht machen«, sagte die Stimme des Discjockeys. Sie kam Charlie seltsam bekannt vor. Das war nicht Dickie Norcross, auf keinen Fall. Dickie hatte eine ziemlich hohe Stimme, außerdem meldete er sich kaum jemals zu Wort, nur wenn er Geburtstagsgrüße ausrichtete oder einen Nachruf brachte. Das war eine Frauenstimme.

»Ganz besonders für Charlie Lubey da draußen im tiefen, dunklen Wald, der gerade große Probleme mit seinem Pick-up hat. *Stimmt's, Charlie*?«

Die Stimme klang verzerrt, als hielte die Frau sich das Mikrofon viel zu dicht vor den Mund.

»Das hier ist für dich, Charlie«, sagte die Stimme, und dann ertönten die ersten Takte von »Freebird«, dem Lieblingsstück seines Bruders.

»Heute gibt's den ganzen Abend ›Freebird‹«, fuhr die Stimme fort, und plötzlich erinnerte Carl sich an sie. Er hatte sie an dem Abend im Old Port gehört, als sein Bruder sich über die kleine Jeanne Aiello gebeugt hatte und die beiden zusammen zu irgendeinem blöden Stück mitgesungen hatten, das aus der Jukebox dudelte.

Carl Lubey schnappte sich ein Brecheisen und zertrümmerte das Autoradio mit einem einzigen Hieb, schickte die Stimme der toten Frau zurück in das Nichts, aus dem sie gekommen war.

»Verdammt!«, fluchte Dexter. Der Schwachsinnige geriet außer Sichtweite. Selbst in seiner leuchtend orangefarbenen Winterjacke würde er in dem dichten Schnee bald verschwunden sein. Schon jetzt war er nur noch undeutlich zu erkennen. Aber aus irgendeinem Grund hielt er sich vom Wald fern. Dexter konnte seine Gestalt am Rand der Klippe ausmachen, die gut zwölf Meter tief zum Meer hin abfiel. Der Kerl bewegte sich seltsam unbeholfen, die Arme fest seitlich an den Körper gedrückt.

Dexter nahm seinen Bogen vom Rücken und spannte einen der schweren Beman-Camo-Jagdpfeile in die Sehne. Der Pfeil hatte eine dreieckige Spitze, die aus drei scharfen, in der Mitte zulaufenden Klingen bestand.

»Was machen Sie da?«

Dexter spürte Scarfes Hand an seinem Arm, die ihn von der Kühle des Pfeils an seiner Wange ablenkte.

»Nimm deine Hand weg, Mann!«

»Der ist behindert. Der ist keine Gefahr für uns.«

»Ich hab gesagt, nimm deine Finger weg!«

»Tun Sie, was er sagt«, raunzte Moloch.

Nach kurzem Zögern nahm Scarfe seine Hand von Dexters Arm.

Dexter zielte, dann ließ er den Pfeil los.

Richie konnte die Männer nicht mehr hinter sich hören. Vielleicht war er ja in Sicherheit. Vielleicht ließen sie ihn laufen. Er dachte an seine Mutter und fing an zu weinen. Seine Mutter sagte ihm immer wieder, er sei kein kleiner Junge mehr, sondern ein erwachsener Mann, und Männer weinten nicht, aber er hatte so schreckliche Angst, er wollte nach Hause und zurück ins Bett. Er wollte schlafen. Er wollte …

Richie spürte einen Schlag im Rücken, als hätte eine riesige Hand ihn geschubst, dann fuhr ein stechender Schmerz durch seinen Körper hindurch und brach aus seiner Brust heraus. Er stolperte und blickte auf seine Brust hinunter. Seine Fingerspitzen berührten die Pfeilspitze, während er zu begreifen versuchte, was geschehen war.

Es war ein Pfeil. Und er steckte in ihm. Er hatte ihn durchbohrt. Es tat furchtbar weh.

Richie drehte eine kleine Pirouette auf den Zehenspitzen, dann stürzte er von der Klippe ins eiskalte Meer. Der Kreis war geschlossen, nun würde es von vorn beginnen, wie es schon einmal begonnen hatte, vor vielen Jahren, mit dem Tod eines Jungen und der Ankunft von Männern auf der Insel. Die lange Wartezeit der Insel Sanctuary hatte ein Ende. Es war der Anfang und das Ende.

Auf der ganzen Insel erloschen die Lichter, der Strom fiel aus und Sanctuary versank in Finsternis.

Carl Lubey stieß das Bier auf dem kleinen Tisch neben seinem Sessel um und fluchte über die Dunkelheit. Der Fernseher, der immer eingeschaltet war, flimmerte leicht, dann wurde der Bildschirm schwarz. Die schweren Vorhänge an den Fenstern waren wie immer zugezogen, denn Carl widerstrebte die Vorstellung, dass jemand hereinlugen und sehen könnte, was er trieb. Er schlurfte über den Teppich, stieß sich das Schienbein am Tisch und blieb mit dem Fuß an einem Kabel hängen, sodass er beinahe der Länge nach hingeschlagen wäre. Schließlich fand er den Lichtschalter, den er vergeblich ein paarmal ein- und ausschaltete. Nicht dass er sich viel davon versprochen hätte, aber Carl war im Grunde seines Herzens ein Optimist und hatte gelernt, dass die einfachste oft die beste Lösung war. Andere, vor allem jene, die den Fehler begangen hatten, ihn damit zu beauftragen, ihre Einfahrt zu asphaltieren oder die Außenverkleidung ihrer Häuser zu reparieren, bezeichneten ihn als faulen, schlampigen Gauner. Carl jedoch betrachtete sich lieber als Optimisten. Das klang einfach positiver.

Carl war ins Haus gegangen, um sich erst mal einen ordentlichen Drink zu genehmigen; plötzlich war das Licht ausgegangen. Der Vorfall mit dem Radio hatte ihn ziemlich aus der Fassung gebracht, aber je länger er darüber nachdachte, umso mehr kam er zu der Überzeugung, dass irgendein Arschloch auf der Insel sich einen Scherz mit ihm erlaubt hatte. Zwar konnte er sich nicht vorstellen, wer so etwas tun würde, aber es war die einzige Erklärung, die ihm einfiel. Während er nun in seinem dunklen Haus umhertaperte, schwor er dem Übeltäter blutige Rache, wer auch immer es sein mochte.

In der Küche fand er eine Taschenlampe, aber die Batterien waren leer. Er durchwühlte seine Schubladen, bis er ein paar Kerzen und eine Schachtel Streichhölzer fand. Er zündete eine Kerze an und steckte sie auf eine leere Bierflasche, damit ihm das Wachs nicht auf die Hand tropfte.

Carl hörte ein scharrendes Geräusch am Fenster, dann flog ein Schatten über ihn hinweg. Es war eine Motte, die das Licht der Kerze angelockt hatte. Carl beobachtete sie, bis sie sich kurz auf der Spüle niederließ. Ein Riesenvieh, dachte er, mit gelben Punkten auf dem langen, dicken Körper. Die Motte hatte in seiner Küche nichts verloren. Verdammt, mitten im Winter hatte sie nicht mal das Recht, überhaupt am Leben zu sein! Er war so durcheinander, dass er sie gar nicht mit den Faltern in Verbindung brachte, die er vor einer Woche im Wald gesehen hatte, mit den Nachtfaltern, die für einen Moment die Gestalt einer Frau angenommen hatten.

Stattdessen zerdrückte er das Insekt mit dem Boden der leeren Bierflasche.

Der Sicherungskasten befand sich im Keller, dort hatte er auch einen Vorrat an Ersatzsicherungen. Vielleicht war ja bloß die Hauptsicherung durchgebrannt. Schließlich hatte Carl die Stromleitungen im Haus selbst gelegt, und manchmal, wenn er sich beispielsweise tatsächlich dazu aufraffte, zu duschen, konnte es passieren, dass in dem Moment, wo er das heiße Wasser aufdrehte, sämtliche Lampen im Haus ausgingen und sogar der Kühlschrank sich abschaltete.

Scheiße, dachte Carl. Er hatte mehr als eine halbe Kuh im Tiefkühlschrank im Keller. Wenn er nicht wieder Strom hatte, bevor es wärmer wurde, würde ein Großteil seiner Wintervorräte zum Madenfraß werden. Er hob die Kerze und ging in Richtung Keller. Kurz bevor er die Tür erreichte, hörte er Geräusche von unten. Sie waren ganz leise, kaum zu hören, so als würde jemand ganz vorsichtig zwischen dem ganzen Müll und dem Diebesgut herumschleichen, mit dem Carls Keller bis oben hin voll gestopft war. Irgendjemand war in den Keller eingedrungen, vielleicht derselbe, der die Sicherungen rausgedreht hatte, um Carl im Dunkeln leichter überwältigen zu können. Carl hatte keine Ahnung, wer das sein könnte, aber er würde kein Risiko eingehen.

Er zog die Browning aus seinem Gürtel und öffnete die Kellertür.

Macy war noch zehn Minuten von Carl Lubeys Haus entfernt, als der Motor des Jeeps den Geist aufgab. Sie hielt an und trat in das Schneetreiben hinaus. Alles, was sie sehen konnte, waren die Schneeflocken und die Bäume ringsum. Sie stieg wieder ein und probierte das Funkgerät, aber es kam keine Reaktion. Kein Rauschen, kein Knacken, nichts. Sie drehte den Schlüssel im Zündschloss, doch es klickte nur. Frustriert schlug sie mit den Fäusten aufs Lenkrad und legte den Kopf auf ihre Arme. Sie hatte drei Möglichkeiten: Sie konnte im Wagen sitzen bleiben, was eigentlich gar keine Möglichkeit war; sie konnte zurück in die Stadt gehen und versuchen, Dupree zu erreichen; oder sie konnte zu Fuß zu Lubey gehen und nachsehen, was er gerade trieb, so wie Dupree es ihr aufgetragen hatte, dann konnte sie sein Telefon benutzen, um Hilfe zu rufen, oder ihn bitten, sie mit seinem Pick-up zurück in die Stadt zu schleppen. Sie stieg erneut aus, nahm eine Taschenlampe und den Erste-Hilfe-Kasten aus dem Kofferraum und machte sich auf den Weg zu Carl Lubeys Haus.

Carl Lubey öffnete die Kellertür und lugte die Treppe hinunter. Es gab keinen anderen Zugang zum Keller, und die beiden Kellerfenster waren so klein, dass höchstens ein ziemlich kleines Kind hindurchpassen würde. Außerdem waren die beiden Fenster fest verschlossen, damit nicht irgendwelche Nager oder andere Tiere aus dem Wald es sich in Carls Keller gemütlich machten.

Jetzt war unten alles still. Carl fragte sich, ob er sich das alles nur eingebildet hatte. Vielleicht hatte es auch nur einen Luftzug gegeben und irgendetwas im Keller war umgefallen oder verrutscht. Carl holte tief Luft und da nahm er zum ersten Mal den Gestank wahr. Es war ein intensiver, fauliger Geruch wie nach abgestandenem Meerwasser. Aber es roch noch nach etwas anderem, es stank absolut widerlich, es erinnerte Carl daran, wie er und Ron einmal einen toten, halb verrotteten Seehund am Strand gefunden hatten. Danach hatte Carl zwei Tage lang nichts essen können, weil der Gestank des toten Tiers an seiner Haut und in seinen Nasenlöchern zu kleben schien.

Carl konnte sich keinen Reim darauf machen. Draußen schneite es und seit Tagen herrschte klirrende Kälte. In dieser Kälte faulte nichts. Selbst das Rindfleisch im Tiefkühlschrank könnte sich noch ein paar Tage halten, wenn das Wetter so blieb. Aber der Gestank war da, daran bestand kein Zweifel. Er drang ins Haus ein, heftete sich an seine Kleider, und er kam eindeutig aus dem Keller. Vielleicht hatte eins der Heizungsrohre da unten ein Leck und das auslaufende Wasser hatte die Stapel Zeitungen und die Pappkartons und vielleicht sogar die Kleider seines Bruders durchnässt, von denen Carl sich nicht hatte trennen können.

Carl trat auf den Treppenabsatz. Die Kerzenflamme erleuchtete die hölzerne Treppe, die in den Keller führte, dazu den vorderen Teil des Kellerraums. Beim Hinuntergehen knarrten die Stufen unter seinen Füßen, und im Schein der Kerze sah er die mit Farbdosen und Werkzeug voll gestopften Regale, die vielen aufeinander gestapelten Kartons, auf der anderen Seite eine Plane, mit der die wertvolleren Gegenstände – ein paar tragbare Fernseher, ein paar Toaster und Videorecorder – abgedeckt waren.

Etwas hatte sich im Dunkeln bewegt. Carl war sich ganz sicher.

»He, du da unten! Komm sofort raus! Ich kann dich sehen. Es hat keinen Zweck, dass du dich versteckst.«

Die Gestalt zog sich in den Schatten unter der Treppe zurück.

»Los, komm sofort raus!«, sagte Carl. Er lugte zwischen den hölzernen Stufen hindurch in der Hoffnung, die Gestalt zu erkennen. »Ich tu dir nichts, aber du hast mir einen gehörigen Schrecken eingejagt. Wenn du nicht rauskommst, kann ich für nichts garantieren.«

Lubey ging zwei Stufen weiter nach unten. Plötzlich fiel die Kellertür hinter ihm ins Schloss. Einen Augenblick lang wankte er auf der Stufenkante, dann verlor er das Gleichgewicht und stürzte die Treppe hinunter.

Beim Fallen dachte er: Hände.

Ich habe Hände an meinen Beinen gespürt.

Scarfe blickte Dexter durchdringend an, verkniff sich jedoch jeden Kommentar.

»Wolltest du was sagen?«, fragte Dexter.

»Wir hätten ihn lebend schnappen können.«

»Ach ja? Ich konnte ihn kaum gut genug erkennen, um den verdammten Pfeil abzuschießen. Und wenn ich nicht geschossen hätte, wäre er uns entwischt.«

»Sie hätten ihn nicht töten müssen.«

Dexter sah sich Hilfe suchend nach Moloch um, aber der war schon weitergegangen und folgte der abschüssigen Straße. Zu seiner Linken rauschte das Meer.

»Hör zu«, sagte Dexter zu Scarfe. »Ich habe noch sechs Pfeile übrig. Wenn du mir noch länger auf die Nerven gehst, könnte ich einen davon für dich reservieren.«

»Sie vergessen etwas.«

»Und das wäre?«

Scarfes Gesicht war gerötet vor Kälte und Empörung. Vor lauter Wut vergaß er völlig, wie sehr er sich vor Dexter fürchtete. »Ich bin kein Schwachsinniger, der vor Ihnen davonläuft«, sagte er. »Ich werde es Ihnen nicht so leicht machen, mich zu töten.«

Dexter machte einen Satz auf Scarfe zu, aber der war zu schnell für ihn. Er lief geschickt an Dexter vorbei und zog in Sekundenschnelle seine Pistole. Im nächsten Augenblick starrte Dexter in die Mündung einer Glock. Die Pistole zitterte in Scarfes Hand.

»Du hast es hinter dir, Bürschchen.«

»Sie sind derjenige, auf den eine Schusswaffe gerichtet ist.«

»Dann rate ich dir abzudrücken, du Jammerlappen, denn sonst bringe ich dich um.«

Scarfe hörte Schritte hinter sich und das Geräusch eines Abzughahns, der gespannt wurde.

»Hört auf damit«, sagte Moloch. »Alle beide. Regt euch ab.«

Scarfe ließ seine Pistole sinken. Dexter wollte auf ihn losgehen, aber Powell streckte seinen Arm aus und hielt ihn zurück.

»Das wirst du mir büßen«, sagte Dexter zähneknirschend.

Scarfe, dessen Adrenalinspiegel wieder sank, wich zurück. Shepherd, der die ganze Zeit schweigend zugesehen hatte, folgte Moloch in Richtung Wald.

»Er müsste längst hier sein«, knurrte er. »Lubey müsste längst hier sein.«

»Das ist das Wetter«, sagte Moloch. »Das hat ihn aufgehalten.«

Er rief Scarfe zu sich, aber der schenkte ihm keine Beachtung, sondern starrte wie gebannt hinunter aufs Meer.

»Hey«, sagte er leise. Etwas in seinem Ton ließ die anderen aufhorchen. Sie gingen zu Scarfe hinüber, selbst Dexter vergaß seine Wut und wollte wissen, was Scarfe entdeckt hatte.

»Hey«, wiederholte Scarfe leise. »Der Junge. Er lebt noch.«

Carl Lubey, der auf dem Rücken zwischen Zeitungsstapeln und umgekippten Kartons lag, kam langsam zu sich. Sein Kopf schmerzte fürchterlich. Er wusste nicht, wie lange er da gelegen hatte, schätzte aber, dass es nicht mehr als ein paar Minuten gewesen sein konnten. Von irgendwoher kam ein Lichtschein und ein beißender Geruch stieg ihm in die Nase.

Feuer.

Er drehte sich um und sah Flammen unter der Kellertreppe. Carl versuchte aufzustehen, aber irgendetwas Schweres lag auf seiner Brust, außerdem spürte er seine Beine nicht. Er streckte seine Hand aus, konnte jedoch keine Gegenstände ertasten. Stattdessen fühlte er nur die Kälte, die ihm trotz der wachsenden Hitze in die Finger fuhr. Die Flammen leckten an der hinteren Kellerwand, verschlangen Papier und Klamotten und alte Koffer. Bald würden sie die Regale mit den Farben und den Terpentinflaschen erreichen.

Auch zu seiner Linken sah Carl jetzt Flammen züngeln. Er konnte sich nicht erklären, wie das Feuer sich bis dorthin hatte ausbreiten können, denn der Brandherd unter der Kellertreppe war viel zu weit weg, aber er konnte die flackernden Lichter dicht über dem Boden deutlich erkennen. Sie bewegten sich ganz langsam auf ihn zu, wurden jedoch nicht größer und verbreiteten keine Wärme. Und sie schienen in der Luft zu schweben wie Funken, die vom Wind getragen werden.

Plötzlich begriff Carl, dass das, was er vor sich sah, nicht Feuer war, sondern die Reflexion des Feuers in Spiegelscherben, die immer näher kamen. Der Gestank nach totem Fisch, Verwesung und verfaultem Tang wurde immer heftiger. Das entstellte Gesicht einer Frau tauchte aus dem Schatten auf, und Carl öffnete den Mund, als die Flammen die Farbdosen und die Terpentinflaschen auf dem Regal erreichten, und sein Todesschrei ging in einem riesigen Feuerball unter.

13

Dupree lehnte sich auf seinem Stuhl zurück und streckte sich. Als der Stuhl und seine Knochen gleichzeitig knackende Geräusche von sich gaben, hielt er mitten im Strecken inne und beugte sich vorsichtig wieder auf den Schreibtisch. Wenn er den Stuhl ruinierte, würde er einen neuen beantragen müssen, und das würde erneute Sticheleien bedeuten, weil die Klugscheißer von der Materialverwaltung – in diesem Fall sogar zu Recht – annahmen, dass der Schaden auf seine überdimensionale Körpergröße zurückzuführen war. In diesem Fall wäre es für alle Beteiligten besser, wenn er sich seinen eigenen Stuhl kaufte.

Er warf einen Blick auf seine Armbanduhr und schob den erledigten Papierkram auf eine Seite des Schreibtischs. Nichts davon war sehr dringend gewesen, aber in den letzten Wochen hatten sich ungetippte Berichte gestapelt und der Schneesturm hatte ihm einen guten Vorwand geliefert, auf der Polizeiwache zu bleiben und sich die banalen Protokolle von Strafmandaten wegen Geschwindigkeitsübertretungen und Alkohol am Steuer vorzunehmen. Außerdem hatte die Schreibarbeit ihn zumindest vorübergehend von seinen Sorgen über die Insel abgelenkt.

Sobald Macy zurückkam, würde er kurz zu Marianne rüberfahren und sich erkundigen, ob alles in Ordnung war. Er wollte wissen, warum sie es so eilig hatte, nach Portland zurückzukehren, und seit der Ankunft des Wassertaxis war genügend Zeit vergangen, dass es nicht so aussah, als würde er sie kontrollieren wollen. Vielleicht hatte es etwas mit Danny zu tun. Andererseits, wenn Danny wirklich krank war, dann hätte sie sich an ihn gewandt und ihn gebeten, einen Nottransport zu organisieren. Insgesamt war ihm das Ganze ein Rätsel.

Er hörte, wie die Haupteingangstür geöffnet wurde, dann Schritte in der Halle. Dupree hatte beim Hauptquartier schon mehrmals um die Aufstellung eines Tresens gebeten, um das Büro vom öffentlichen Wartebereich abzutrennen, aber bisher war noch nichts geschehen. Jetzt in der kalten Jahreszeit war das alles kein Problem, aber im Sommer, wenn die Häufigkeit von kleineren Diebstählen, Meldungen über vermisste Kinder und geklaute Fahrräder plötzlich steil anstieg, drängten sich manchmal bis zu einem Dutzend Leute um die Bürotür.

Er stand auf und ging hinaus in die Halle. Zu seiner Rechten fuhr eine hübsche Schwarze mit den Fingern der linken Hand über den Kotflügel des Feuerwehrwagens. Sie trug eine Jacke mit Kapuze und Jeans, die sie in ihre Stiefel gestopft hatte. Am Kunstpelzbesatz ihrer Kapuze glitzerten schmelzende Schneeflocken.

»Kann ich etwas für Sie tun, Ma'am?«

Die Frau musterte ihn von oben bis unten, dann weiteten sich ihre Augen.

»Meine Güte, sind Sie nicht der Riese?«, sagte Leonie.

Dupree ignorierte die Frage. »Kann ich Ihnen irgendwie behilflich sein, Ma'am?«

»Sicher, Baby, du kannst mir behilflich sein«, antwortete sie. Als sie von dem Fahrzeug wegtrat, sah er die schallgedämpfte Pistole in ihrer Hand. »Du kannst mir helfen, indem du mit Daumen und Mittelfinger deiner linken Hand deine Waffe aus deinem Halfter nimmst. Meinst du, das wirst du schaffen?«

Dupree nahm wahr, dass sich rechts von ihm etwas bewegte, dann trat ein Mann aus dem Schatten hinter dem Feuerwehrwagen. Er hatte rote Haare und trug eine dunkelblaue, wattierte Jacke, aber es war nicht zu übersehen, dass er auch ohne die dicke Jacke von kräftiger Statur war. Auch er hielt eine Pistole in der Hand, deren Schalldämpfer wie ein Krebsgeschwür aus der Mündung zu wuchern schien, und auch die war auf Dupree gerichtet.

»Los!«, sagte Braun. »Mach schon!«

Ganz langsam griff Dupree nach seinem Halfter, öffnete die Lasche und zog mit Daumen und Mittelfinger die Pistole heraus. Die beiden Fremden zuckten derweil mit keiner Wimper und ihn verließ der Mut. Von solchen Leuten hatte er bisher nur in Zeitungen und internen Polizeiberichten gelesen.

Das waren Killer. Richtige, eiskalte Killer.

»Leg sie auf den Boden und schieb sie mit dem Fuß zu mir rüber«, sagte der Mann.

Dupree tat, wie ihm geheißen. Der Mann hielt die Pistole mit dem Fuß an. Die Frau neben ihm schloss die Tür zur Polizeiwache und drehte den Schlüssel um.

»Wer sind Sie?«, fragte Dupree.

»Das tut nichts zur Sache«, sagte Braun. »Sag mir, wo deine Partnerin ist.«

»Das weiß ich nicht.«

»Verarsch mich nicht.«

»Sie ist auf Streife. Ich weiß nicht, wo genau sie sich aufhält.«

»Ruf sie über Funk.«

Der Mann und die Frau kamen näher auf ihn zu.

»Ich kann sie über Funk nicht erreichen.«

Braun zielte links an Dupree vorbei und gab einen Schuss ab. Die Kugel schlug in den Computerbildschirm ein.

»Glaub ja nicht, dass ich scherze, Joe. Ruf sie und sag ihr, sie soll herkommen.«

Dupree schaute die Frau an. Er wusste nicht, ob das Funkgerät wieder funktionierte, aber selbst wenn, hatte er nicht vor, es zu benutzen. Gegen diese Leute hatte Macy keine

Chance. So wie er die Sache sah, hatte nicht mal er eine Chance gegen sie.

»Das geht nicht«, sagte er.

»Du meinst, du weigerst dich.«

»Läuft aufs selbe hinaus. Warum tun Sie das?«

Braun lächelte betrübt.

»Tja, du hättest seine Frau nicht ficken sollen«, sagte er.

Er hob seine Pistole und zielte.

»Du hättest seine Frau wirklich nicht ficken sollen.«

Und dann gingen überall die Lichter aus.

Doug Newton saß im Wohnzimmer in seinem Lieblingssessel, als der Strom ausfiel. Als Erstes tat er dasselbe wie die meisten Leute auf der Insel: Er schnappte sich eine Taschenlampe, um den Sicherungskasten zu überprüfen. Als die Taschenlampe nicht funktionierte, machte er sich auf die Suche nach einer Kerze und fand schließlich eine Schachtel mit Teelichtern hinter den Ersatzglühbirnen im Küchenschrank. Er stellte ein Teelicht in einen Aschenbecher, zündete es an und stellte ein zweites auf eine Untertasse. Seine Mutter würde sich ängstigen, wenn sie aufwachte und feststellte, dass ihr Fernseher nicht lief. Sie mochte das Licht, das der Bildschirm verströmte, es beruhigte sie. Ihre größte Angst war, dachte Doug, dass sie allein sein könnte, wenn sie starb, und ein Fernsehmoderator war immerhin besser als niemand.

Doug war auf halbem Weg die Treppe hinauf, als die Kerzenflamme leicht zu flackern begann und er einen kalten Luftzug spürte: Ein Fenster stand offen. Im selben Augenblick hörte er ein Schlurfen im ersten Stock, dann ein Tappen wie von kleinen, nackten Füßen auf dem Holzfußboden.

Dann hörte er seine Mutter aufschreien.

Doug wusste, dass die Polizisten, mit Ausnahme vielleicht

von Joe Dupree, ihm nicht geglaubt hatten, als er ihnen von dem kleinen Mädchen erzählt hatte. Verdammt, Doug war sich nicht mal ganz sicher, ob er es selbst glaubte, aber er hatte das Mädchen gesehen, und er war davon überzeugt, dass seine Mutter es ebenfalls gesehen hatte, auch wenn sie sich später eingeredet hatte, es wäre nur ein Traum gewesen. Seit dem Vorfall hatte Doug, wie er Dupree anvertraut hatte, stets eine Pistole auf dem Nachttisch liegen und eine Schrotflinte griffbereit neben der Garderobe im Flur. Er stellte die beiden Teelichter ab und schnappte sich die Schrotflinte. Durch das kleine Fenster am Treppenabsatz fiel ein wenig Licht, aber das brauchte er eigentlich nicht. Doug kannte sich in seinem Haus aus: Er war dort geboren, hatte sein ganzes Leben dort gewohnt, und wenn es nach ihm ging, würde er auch dort sterben.

Das Zimmer seiner Mutter lag im ersten Stock rechts. Die Tür stand wie immer einen Spaltbreit offen, und Doug meinte Schatten zu sehen, die sich auf der Wand bewegten. Aus dem Zimmer waren Geräusche zu hören, als würde jemand um sich schlagen, und ein leises Wimmern, vielleicht von seiner Mutter.

Doug stieß die Tür auf und stürmte, die Schrotflinte im Anschlag, ins Zimmer.

Die Decken waren vom Bett seiner Mutter gerutscht und lagen auf dem Boden. Schnee trieb durch das offene Fenster herein, die Flocken tanzten umeinander und landeten sanft auf dem Teppich. Das Graue Mädchen hockte über Dougs Mutter, den Mund auf die Lippen der alten Frau gedrückt, während seine Mutter verzweifelt versuchte, das Kind mit ihren dünnen, zerbrechlichen Armen von sich wegzuschieben. Ihre Hände verfingen sich im Kleid des Grauen Mädchens, das sich unabhängig von dem Körper, den es bedeckte, zu bewegen schien. Es schien ein Teil des Mädchens zu sein, als hätte ihr Körper sich mit dem Totenkleid verbunden, in dem es beerdigt worden war, und eine neue Haut geschaffen, die wie Flügel um ihre Arme hing.

Als Doug das Zimmer betrat, ließ das Graue Mädchen von seiner Mutter ab und drehte sich nach dem Eindringling um. Da sah er, dass die Kleine alt war, uralt, nur der Erscheinung nach ein Kind. Ihr Haar, das von weitem blond gewirkt hatte, war aus der Nähe silberweiß. Ihre Wangen waren eingesunken und Doug sah Knochen durch die papierdünne Haut unter ihren rabenschwarzen Augen schimmern. Ihr Mund war seltsam rund, wie zum Kuss gespitzt, und erinnerte Doug an ein Neunauge, einen Fisch, der von der Natur so geschaffen war, dass er sich an einem anderen Fisch festsaugen konnte, um von ihm zu schmarotzen. Unter dem Grauen Mädchen sah er das Gesicht seiner Mutter. Ihre Lippen zitterten und Tränen liefen ihr über die Wangen. Ihr Atem war kaum noch hörbar, und als Doug näher an ihr Bett trat, wich das Licht aus ihren Augen. Er hörte ein Rasseln in ihrer Brust, als sie ihren letzten Atemzug tat.

Das Graue Mädchen zischte Doug an, und er sah den Zorn in ihren toten Augen, die Wut über das, was er getan hatte: Er hatte sie um den Genuss gebracht, den sie gesucht hatte. Sie streckte eine Hand aus, ihre Finger waren kaum mehr als von hauchdünnem, löchrigem Pergament überzogene Knochen.

Und Doug schoss.

Durch die Wucht des Schusses wurde das Graue Mädchen vom Bett und gegen die Wand geschleudert. Sie rollte über den Boden, richtete sich wieder auf, im nächsten Moment stand sie vor ihm, eingerahmt vom Fenster. Die Schrotladung hatte ihr Kleid und die Haut darunter durchlöchert, aber sie blutete nicht, und wo sie die Wand gestreift hatte, war nichts als ein grauer Fleck zu sehen. Sie starrte Doug mit einer Bosheit an, dass er am liebsten die Flucht ergriffen und sich in einem Schrank versteckt hätte, bis sie wieder verschwunden war. Einen Augenblick lang stellte er sich vor, wie er zusammengekauert im Wandschrank hockte und in die Dunkelheit lauschte, wie er das Tappen der nackten Füße hörte, die sich seinem Versteck näherten, wie die Tür ganz langsam geöffnet wurde und –

Doug schoss noch einmal und das Graue Mädchen löste sich auf in einen Schwarm grauer Falter.

Das Zimmer war erfüllt von Schneeflocken und Insekten und Glasscherben und von Doug Newtons Schluchzen, der um seine tote Mutter weinte und um sich selbst.

Nancy Tooker wollte sich gerade nach unten in die Küche schleichen, um für ihre Schwester und die Hunde etwas zu essen zu holen, als ohne Vorwarnung die Lichter ausgingen. Sie war ziemlich dick, wie Officer Berman bemerkt hatte, und als sie die Stufe verfehlte, konnte sie ihr Gleichgewicht nicht halten. Sie stürzte die Treppe hinunter, schlug mit dem Kopf auf dem Steinboden auf und stieß einen Seufzer aus. Ihre Schwester rief ihren Namen, dann tastete sie sich mit der einen Hand an der Wand und mit der anderen am Geländer entlang und ging die Treppe hinunter. Die beiden Hunde folgten ihr nach kurzem Zögern.

Die Wunde an Nancys Kopf blutete. Ein Knochensplitter ragte aus der Kopfhaut und der linke Arm und das linke Fußgelenk waren offenbar gebrochen. Ihr Atem ging sehr flach, weshalb Linda fürchtete, dass ihre Schwester innere Verletzungen davongetragen hatte, die nur in einem Krankenhaus behandelt werden konnten. Sie ging ans Telefon und wählte die Nummer der Polizeiwache, aber die Leitung war tot. Sie zog das Telefonkabel aus der Steckdose, stöpselte es wieder ein und versuchte es noch einmal, aber es war immer noch kein Ton zu hören.

Linda lief ins Wohnzimmer, nahm die Kissen vom Sofa und von den Sesseln und tat ihr Bestes, um ihre Schwester möglichst bequem zu lagern. Sie traute sich nicht, Nancy zu bewegen, war sich nicht einmal sicher, ob sie es gekonnt hätte, wenn sie es gewollt hätte, denn Linda war mindestens dreißig Kilo leichter als ihre Schwester. Vorsichtig hob sie Nancys Kopf und schob ein Kissen darunter, dann tat sie dasselbe mit ihrem Arm und ihrem Fuß. Während der ganzen Prozedur stöhnte Nancy nur ein Mal leise auf, als Linda zwei Kissen unter ihr Bein schob. Darüber erschrak Linda zutiefst, denn es hätte Nancy eigentlich fürchterlich wehtun müssen, als sie das Bein bewegt hatte. Sie ging an den Wandschrank im Flur, nahm sämtliche Mäntel und Jacken heraus, die sie finden konnte, und deckte ihre Schwester damit zu. Ihre nächsten Nachbarn waren die Newtons, sie wohnten gleich auf der anderen Seite der Fern Avenue. Wenn sie zu ihnen ging, konnte sie deren Telefon benutzen, vorausgesetzt, der Stromausfall betraf nicht die gesamte Insel. Darüber, was mit Nancy passieren könnte, falls dies der Fall war, wollte sie lieber nicht nachdenken. Irgendjemand würde zu Joe Dupree runterfahren müssen und ihm berichten, was passiert war, damit er vom Festland Hilfe herbeirufen konnte.

Sie beugte sich über ihre Schwester und strich ihr die Haare aus den Augen.

»Nancy«, flüsterte sie, »ich gehe Hilfe holen. In fünf Minuten bin ich wieder bei dir.«

Linda küsste ihre Schwester auf die Stirn, die sich feucht und heiß anfühlte. Sie stand auf und zog sich ihren Mantel an. Die Hunde fingen an, bellend und jaulend um sie herumzulaufen.

»Nein, ihr dummen Köter, wir gehen nicht spazieren.«

Aber die Hunde folgten ihr nicht zur Tür, sondern wichen davor zurück. Max, der Deutsche Schäferhund, ließ sich auf die Vorderpfoten nieder, klemmte den Schwanz ein und begann zu knurren. Beim Anblick der Hunde übertrug sich deren Angst auf Linda.

»Was zum Teufel ist bloß in euch gefahren?«, fragte sie.

Sie öffnete die Haustür und das Graue Mädchen stürzte sich auf sie.

Einen Moment lang herrschte Verwirrung auf der Polizeiwache. In Duprees Büro waren die Jalousien geschlossen, die dichten Wolken verdeckten den Mond. Da auch die Straßenlaternen erloschen waren, herrschte vollkommene Dunkelheit. Die schallgedämpften Pistolen spuckten leise, aber Dupree war bereits in Bewegung. Braun und Leonie hörten, wie in der hinteren rechten Ecke des Raums eine Tür geöffnet wurde, und schossen beide in die Richtung.

»Geh hintenrum«, zischte Leonie. »Lass ihn nicht in den Wald entkommen.«

Braun rannte hinaus auf die Straße, bog nach links ab und lief hinter das Gebäude. Leise schlich Leonie auf das Hinterzimmer zu. Ihre Augen gewöhnten sich allmählich an die Dunkelheit, vor sich konnte sie eine Tür erkennen. Sie drückte sich rechts von der Tür gegen die Wand und lauschte. Aus dem Zimmer war kein Laut zu hören. Leonie hockte sich hin und riskierte einen Blick. Sie sah einen großen Wassertank und dahinter einen Generator. An mehreren Haken an der Wand hingen Öljacken. Daneben befanden sich zwei Spinde, einer davon stand offen. Ebenso die Tür hinter den Spinden, auf dem Boden hatte sich bereits eine dünne Schneedecke gebildet.

Langsam ging Leonie in den Raum hinein. Zu ihrer Rechten erspähte sie einen schmalen Spalt zwischen dem Wassertank und der Wand. Aus dem Spalt ragte das Ende eines Rohrs heraus. Leonie stutzte einen Augenblick, dann spuckte das Rohr plötzlich Feuer. Sie hörte das Krachen einer Schrotflinte, als sie vom Boden gehoben und gegen die Wand geschleudert wurde, dann eine Stimme, die ihren Namen rief. Braun. Es war Braun. Sie versuchte, etwas zu sagen, bekam jedoch kein Wort heraus. Sie spürte, wie sie an der Wand entlang zu Boden glitt.

»Bra–«

Ihr Mund war mit Blut gefüllt.

»Br–«

Und dann starb sie.

Braun hatte fast die Hausecke erreicht, als er den Schuss hörte. Vor ihm tauchte die offene Hintertür der Polizeiwache auf. Im Schnee davor waren keine Fußabdrücke zu sehen.

»Leonie!«, rief er. Keine Antwort.

Braun schaute zum Wald hinüber. Der Bulle konnte irgendwo in dem Gebäude sein. Falls Braun sich der Tür näherte, würde er eine gute Zielscheibe abgeben. Er zog sich zurück und ging in einem großen Bogen auf die Bäume hinter dem Gebäude zu. Er bewegte sich so lautlos wie möglich, froh, dass der Schnee seine Schritte dämpfte. Die Tür stand weit offen, aber drinnen war es dunkel, er konnte unmöglich erkennen, ob sich in dem Raum etwas bewegte. Dann plötzlich schlug die Stahltür zu, die Dupree mit einem wuchtigen Tritt zugeworfen hatte. Braun fluchte laut vor sich hin. Er konnte den Bullen nicht lebend in dem Gebäude zurücklassen. Der Typ würde über Funk Hilfe anfordern, und ehe sie sichs versahen, würde eine blaue Armee auf der Insel anrücken. Braun wollte sich gerade in Bewegung setzen, als er hinter sich ein Geräusch hörte. Er fuhr herum, sodass er mit dem Rücken zur Polizeiwache stand. Irgendetwas Großes stand zwischen den Bäumen, ein Hirsch vielleicht oder womöglich diese junge Polizistin, die zurückgekommen war und sich hinter ihn geschlichen hatte.

Wieder das Geräusch, diesmal von weiter rechts. Zuerst dachte er, dass, wer oder was es auch immer sein mochte, ziemlich flink war, doch dann wurde ihm klar, dass nichts sich so schnell im Wald bewegen konnte, ohne dass man

Äste rascheln und Zweige knacken hörte, selbst im Schnee. Jetzt vernahm er noch mehr Geräusche, auch über sich, so als würde ein großer Vogel zwischen den Bäumen hindurchfliegen.

Braun richtete sich auf und ging rückwärts, bemüht, sowohl den Wald als auch die Wache im Auge zu behalten. In der Dunkelheit sah er Gestalten umherhuschen. Sie waren grau und schienen zu schimmern wie Pelztiere im Mondlicht und sie glitten über den Schnee oder flitzten zwischen den Ästen der Nadelbäume herum. Dann hielt eine von den Gestalten inne und er sah graue Haut und sein eigenes Spiegelbild in einer dunklen Pupille.

Und Zähne. Faulige gelbe Zähne.

»Was zum Teufel?«

Die graue Gestalt fiel in sich zusammen wie ein Stück Papier, das von einer großen Faust zerdrückt wird, und stob dann auf ihn zu. Braun schoss, aber das Ding kam immer näher. Braun stolperte aus dem Wald, und als er sich umdrehte, sah er Joe Dupree, der an der Wand des Gebäudes lehnte, die Schrotflinte im Anschlag. Er ließ sich fallen, als die Schrotflinte in Duprees Händen ruckte. Rinde und Holzsplitter flogen aus dem Baumstamm über Brauns Kopf. Er hörte einen zweiten Schuss und spürte ein Ziehen an seinem linken Arm. Als er einen Blick nach unten warf, sah er Blut über seinem Ellbogen. Ein Teil seines Unterarms war nur noch rohes Fleisch. Ein stechender Schmerz fuhr durch seinen Oberkörper.

Braun taumelte in den Wald, gefolgt von den grauen Gestalten.

Linda Tooker gehörte nicht gerade zu den Schnellsten. Selbst wenn der Diner brechend voll war (mehr als ein Dutzend Gäste passten nicht in den Laden, doch schon davon fühlten die Schwestern sich überfordert), bediente sie langsamer, als Nancy kochte, sodass alle lauwarmes Essen bekamen. Doch in dem Augenblick, als sie die graue Gestalt erblickte – die zerfledderte Haut, die schwarzen Augen, den saugenden Mund –, reagierte sie so schnell wie seit der High School nicht mehr. Sie schlug dem Grauen Mädchen die Tür ins Gesicht. Doch die Tür ließ sich nicht schließen, zu ihrer Rechten sah sie die Finger des Kindes zwischen Tür und Rahmen eingeklemmt. Die Nägel waren scharf und gelb und auf den Knochen war kein Fleisch. Die Finger sahen aus wie in verkohltes Papier gewickelte Zweige, so zart, dass sie eigentlich unter dem Druck der Tür brechen müssten.

Aber die Finger brachen nicht.

Sie krallten sich um das Holz.

Linda spürte, wie ihre Füße nach hinten wegrutschten, als die Tür aufgedrückt wurde.

Das ist unmöglich, dachte sie. Kein Kind konnte eine solche Kraft besitzen. Wahrscheinlich war noch jemand da draußen, der dem Mädchen half. Dann erschien eine zweite Hand in dem größer werdenden Spalt, diesmal am Türrahmen, und kurz darauf tauchte das Gesicht des Grauen Mädchens auf, die schwarzen Augen nicht auf Linda, sondern auf ihre Schwester gerichtet.

»Nein!«, schrie Linda. Sie stemmte sich mit dem rechten Fuß gegen die unterste Treppenstufe, lehnte sich mit dem Unterarm gegen die Tür und schlug dem Grauen Mädchen mit der rechten Faust ins Gesicht. Sie hörte Knochen krachen und der Kopf des Mädchens wackelte ein bisschen. Dann tauchte das Gesicht wieder in dem Türspalt auf, die graue Haut über der Nase aufgerissen, sodass der eklige Knochen zum Vorschein kam. Der Faustschlag schien das Kind nur wütend gemacht und ihm noch mehr Kraft gegeben zu haben. Lindas Beine gaben nach, der Spalt vergrößerte sich so weit, dass das Mädchen fast hindurchpasste. Linda begann zu schluchzen, als der Spalt noch größer wurde und die Tür sich weit öffnete.

Ein dunkler Schatten flog von hinten an ihr vorbei, und sie spürte das Hundefell an ihrer Schulter, als Max das Graue Mädchen ansprang, seine Zähne in dessen Hals grub und es von der Tür wegriss. Linda knallte die Tür zu, drehte den Schlüssel im Schloss um und schob den Sicherheitsriegel vor, dann sank sie erschöpft zu Boden. Claude, der Collie, begann an der Tür zu kratzen, versuchte verzweifelt, hinaus zu seinem Gefährten zu gelangen. Von draußen waren scharrende Geräusche zu hören und Max' Knurren.

Dann jaulte der Hund einmal laut auf und Stille kehrte ein.

14

Die fünf Männer beugten sich über den Rand der Klippe und starrten auf den steinigen Strand fünfzehn Meter unter ihnen, wo eine Gestalt in den Wellen stand. Sie konnten die Gesichtszüge der Gestalt nicht erkennen, aber der Pfeil, der ihren Oberkörper durchbohrt hatte, war nicht zu übersehen. Der Mann stand reglos da, trotz des heftigen Wellengangs. Weiter rechts befand sich ein Felsvorsprung, sodass Tell und Willard den durchbohrten Mann vom Boot aus nicht sehen konnten.

»Unmöglich«, sagte Dexter. »Das ist einfach unmöglich. Mit so einem Pfeil hab ich einen Schwarzbär erlegt. Das kann er nicht überlebt haben.«

Moloch blickte schweigend aufs Meer hinaus, dann wandte er sich an Shepherd.

»Geh runter und erledige ihn.«

Shepherd schüttelte den Kopf.

»Ich nicht«, sagte er. »Nein.«

»Ich glaube, du hast mich nicht richtig verstanden. Du scheinst statt eines Befehls eine Bitte gehört zu haben.«

Shepherd rührte sich nicht. Er hatte Moloch während der Überfahrt beobachtet, und was er gesehen hatte, hatte ihn zunehmend beunruhigt. In der kurzen Zeit auf der Insel war seine Unruhe noch gewachsen. Ihm war aufgefallen, dass Moloch jedes Mal wenn er sich unbeobachtet fühlte, einen glasigen Blick bekam und seine Lippen sich bewegten, als würde er Selbstgespräche führen. Als sie den Hang hochkletterten, war Moloch häufiger ausgerutscht als alle anderen, sein Blick weniger auf den Weg als auf das dünne Gestrüpp geheftet, das zwischen den Felsen wuchs. Als sie oben angekommen waren, hätte er den Schwachsinnigen gar nicht wahrgenommen, wenn Dexter ihn nicht auf ihn aufmerksam gemacht hätte. Moloch hatte weder den Turm angesehen noch den Mann in der orangeroten Jacke. Stattdessen hatte er auf den Wald gestarrt und seine Lippen hatten sich wieder bewegt. Diesmal hatte Shepherd ein paar Worte und Sätze aufschnappen können.

Wir gehen weiter.

Haben sie dir gesagt, du sollst nach mir Ausschau halten?

Ich habe dir gesagt, ich würde zurückkehren.

Den letzten Satz hatte er endlos wiederholt wie ein Mantra.

Ich habe dir gesagt, ich würde zurückkehren. Ich habe dir gesagt, ich würde zurückkehren. Ich habe dir gesagt …

»Ich wiederhole: Ich nicht«, sagte Shepherd. Er hielt Molochs Blick stand, aber ihm war nicht entgangen, dass der eine Pistole in der Hand hielt. Während des kurzen Gesprächs hatte Shepherds Hand lässig am Griff der Mossberg Persuader gelegen, die an einem Lederriemen über seiner Schulter hing. Er hatte die Waffe gleich nach ihrer Ankunft auf der Insel geladen, jetzt war sein Finger nur wenige Zentimeter vom Abzug entfernt. Shepherd wusste nicht, was passieren würde, falls er gezwungen sein sollte, Moloch zu töten. Wahrscheinlich würde er dann Dexter ebenfalls erledigen müssen. Powell konnte sich auf die eine oder die andere Seite schlagen. Über Scarfe brauchte er sich keine Gedanken zu machen. Der war nur daran interessiert, diese Unternehmung zu überleben.

Moloch musterte Shepherd eingehend, dann schien er einen Entschluss zu fassen.

»Dieses eine Mal«, sagte er.

Shepherd nickte und Moloch wandte sich an Powell. Shepherd bemerkte, dass Dexter einen Pfeil in den Bogen gespannt hatte. Er fragte sich, ob der Pfeil wohl für ihn gedacht war. Das wird sich womöglich noch zeigen, dachte er.

»Du übernimmst das«, sagte Moloch zu Powell. »Anschließend folgst du uns.«

»Verdammt!«, sagte Powell und zeigte auf Dexter. »Dieses Arschloch war zu blöd, den Trottel zu töten, und jetzt soll ich da runtergehen?«

Dexter reagierte nicht auf die Provokation. Innerhalb weniger Minuten hatten vier Weiße ihn auf die Palme gebracht, jeder auf eine andere Weise: Scarfe hatte ihn angefasst, Powell hatte ihn beleidigt, Shepherd hatte ihn beinahe gezwungen, ihn zu töten, und ein Schwachsinniger mit einem Pfeil in der Brust weigerte sich zu sterben. Angesichts so vieler Zielscheiben hatte Dexters Zorn sich einfach aufgelöst, weshalb er im Augenblick eher verwirrt als wütend war.

»Tu's einfach«, sagte Moloch zu Powell. »Und zwar geräuschlos.«

Powell seufzte dramatisch und nahm seine Pistole aus dem Halfter. Er kramte in seinen Jackentaschen, bis er den Schalldämpfer fand, und schraubte ihn auf den Lauf. Es wunderte ihn, dass Moloch von ihm verlangte, geräuschlos vorzugehen. Schließlich war niemand in der Nähe, der den Schuss hätte hören können, und selbst wenn sich irgendjemand im Freien aufhielt, würden der Wind und der Schnee jedes Geräusch verschlucken. Aber Powell wollte sich nicht mit Moloch anlegen. Ebenso wie Shepherd fand er Molochs Benehmen äußerst merkwürdig, aber er wollte nicht riskieren, sich eine Kugel einzufangen, indem er eine unbedachte Bemerkung dazu machte.

»Wie finde ich euch, wenn ich fertig bin?«

»Es gibt einen Pfad, der durch den Wald führt. Er fängt gleich hinter dem Turm an. Wenn du dich an diesen Pfad hältst, wird er dich zu uns führen. Wir gehen weiter.«

Er wirkte verwirrt, als er die letzten Worte aussprach.

Wir gehen weiter.

Shepherd sagte nichts, aber sein Finger krümmte sich um den Abzug der Mossberg.

»Warten wir nicht auf Carl Lubey?«, fragte Scarfe.

»Er ist nicht hier und ich will von der Straße weg und von der Bildfläche verschwinden«, sagte Moloch. »Falls Ihnen das noch nicht aufgefallen sein sollte, wir stehen unter ziemlichem Zeitdruck. Wir gehen zu ihm und lassen uns von dort aus fahren.«

»Wir haben einen Schneesturm«, sagte Scarfe. »Und Sie kennen die Insel nicht.«

»Sie irren sich«, erwiderte Moloch. »Ich kenne diese Insel sehr gut.«

Scarfe schüttelte ungläubig den Kopf und schaute die anderen Hilfe suchend an, doch die waren bereits entschlossen, ihrem Anführer zu folgen. Powell warf Dexter einen verächtlichen Blick zu, bevor er seinen Abstieg zum Strand begann. Scarfe sah ihm zu, bis Dexter ihn am Arm packte.

»Nach meiner Rechnung«, zischte er, »hast du kein Leben mehr übrig, du Jammerlappen!«

Dexter ließ ihn los und spuckte ihm vor die Füße. Scarfe warf einen letzten Blick auf die Gestalt, die dort unten in den Wellen stand, dann rückte er seinen Rucksack zurecht und folgte Moloch, Shepherd und Dexter über die schneebedeckte Straße, die am Waldrand entlangführte. Er hatte damit gerechnet, dass Moloch stehen bleiben und eine Landkarte und einen Kompass zu Rate ziehen würde, doch der marschierte entschlossen und ohne zu zögern in den Wald hinein. Innerhalb weniger Minuten befanden sich die vier Männer auf einem alten Pfad, der sich zwischen den Bäumen hindurch bis zur Mitte der Insel wand. Das Gehen war beschwerlich, aber nach einer Weile zog Scarfe die Karte aus seiner Tasche und versuchte sie zu lesen, behindert durch Dunkelheit, Schnee und Wind. Es war mühsam, aber er fand bestätigt, was er seit ihrem Eintritt in den Wald vermutet hatte:

Der Weg war auf keiner Karte verzeichnet.

Irgendwie hatte Moloch es geschafft, einen unmarkierten Weg zu finden.

Moloch ließ sich treiben. Mal ging er neben Dexter her durch einen verschneiten Wald, während Schneeflocken auf seinem Gesicht und in seinen Haaren schmolzen. Dann wieder gab es keinen Schnee, nur einen scharfen Wind und gefrorenen Boden, und um ihn herum waren andere Männer, Männer in Felljacken und grob zusammengenähten Lederwämsen. Nach einer Weile begannen die beiden Welten nebeneinander zu existieren wie zwei übereinander liegende Transparente, er war zugleich Moloch und jemand anders, er selbst und ein Fremder. Was er erlebte, verwirrte Moloch, aber es ängstigte ihn nicht, denn was er mehr als alles andere empfand, war das Gefühl, hierher zu gehören, zurückzukehren. Er war hier nicht zu Hause. Dieser Ort bot ihm weder Trost noch Wohlgefühl. Dieser Ort bot ihm keinen Schutz, dennoch war es der Anfang. Hier hatte Moloch, oder wer immer er war, seinen Ursprung genommen. Was auch immer hier geschehen würde, hier würde er endlich sich selbst begreifen, und die zerrissenen Bilder, die ihn immer wieder in seinen Träumen quälten, würden an Klarheit gewinnen und ihn befähigen, sich so zu sehen, wie er wirklich war.

Ihm wurde immer deutlicher bewusst, dass all das vom Schicksal vorherbestimmt war. Es war Bestimmung gewesen, dass seine Frau hierher geflohen war, und es war Bestimmung, dass er ihr nun folgte. Männer würden ihn begleiten, weil Männer ihn schon einmal hierher begleitet hatten, weil es von Anfang an so gewesen war. Sie hatten das Geschehen nicht mehr in der Hand, sie konnten nichts anderes tun, als dem Pfad bis zum Ende zu folgen, bis zu der Offenbarung, die sie erwartete.

Powell brauchte nur wenige Minuten, um den Hang teils hinunterzuklettern, teils hinunterzurutschen. Als er den steinigen Strand erreichte, keuchte er vor Anstrengung und seine Hände schmerzten vor Kälte. Er spürte kaum noch den Finger, den er um den Abzughahn krümmte. Er ging bis in die Nähe des Wassers und hob die Pistole, den Lauf auf seinen Unterarm gestützt.

Der Mann mit dem Pfeil im Oberkörper stand in den Wellen. Das Wasser reichte ihm fast bis an die Brust, aber die Wellen konnten ihm offenbar nichts anhaben. Er stand reglos da, seine orangefarbene Jacke schimmerte in dem schwachen Licht, das irgendwie durch die dichte Wolkendecke drang. Powell konnte sogar die Pfeilspitze über dem Wasser glänzen sehen.

Er ist tot, dachte Powell. Er ist tot und einfach nur zu blöd, um es zu begreifen. Er ist wie ein Dinosaurier, bei dem es ewig dauert, bis die Botschaft in seinem Gehirn ankommt. Also gut, ich werde ein bisschen nachhelfen. Ich werde ihm die Botschaft per Express direkt in den Kopf liefern.

Powell zielte, gab kurz hintereinander zwei Schüsse ab und beobachtete befriedigt, wie sich auf der Brust der Gestalt in den Wellen zwei rote Flecken bildeten.

Der Mann fiel nicht um.

Powell ließ die Pistole sinken und wartete. Es kam ihm so vor, als wäre der Schwachsinnige näher an den Strand herangekommen. Es hatte den Anschein, als hätte er fast zwei Meter zurückgelegt, denn jetzt ging ihm das Wasser nur noch bis zum Nabel. Powell zielte erneut und feuerte das ganze Magazin auf den Verwundeten ab. Er meinte zu sehen, wie der Mann zusammenzuckte, als die Kugeln ihn trafen, aber das war das einzige Anzeichen, an dem Powell ablesen konnte, dass er sein Ziel nicht verfehlt hatte.

Er warf das leere Magazin aus, legte ein neues ein und machte ein paar Schritte ins Wasser. Die Kälte war unglaublich, aber er ließ sich nicht beirren. Diesmal konzentrierte er sich auf den Kopf des Mannes. Ungeachtet der Wellen ging er auf ihn zu und bei jedem Schritt gab er einen Schuss ab. Der letzte traf die Stirn des Mannes, als Powell kaum noch anderthalb Meter von ihm entfernt war. Das Kinn lag auf seiner Brust, aber er rührte sich nicht. Powell konnte die Schusswunden erkennen, sah in dem Loch im Kopf des Mannes sogar etwas Weißes schimmern.

Er ist wirklich tot, dachte Powell. Irgendetwas verhindert, dass er umfällt – weicher Sand vielleicht oder Felsbrocken oder die Überreste eines Wracks –, aber er ist garantiert tot. Was auch immer ihn aufrecht hielt, auf keinen Fall lag es an seinem freien Willen.

In diesem Augenblick glaubte Powell, etwas hinter sich zu spüren. Als er sich umdrehte, sah er einen Jungen, der ihn vom Strand aus beobachtete. Die Kleidung des Jungen wirkte altmodisch, Wellen umspülten seine Füße. Seine Haut war bleich und er hielt sich den Hals, wie in Erinnerung an eine vor uralten Zeiten erlittene Wunde. Powell wollte den Jungen gerade ansprechen, als der Tote in den Wellen den Kopf hob, wobei ein leises Klicken in seiner Kehle Powell auf die Bewegung aufmerksam machte. Langsam drehte Powell sich um, als ihn der Schock traf und er gleichzeitig von einer Welle erfasst wurde. Es war der Schwachsinnige und doch war er es nicht. Die verzerrten Züge – der hängende Mund, die viel zu weit auseinander stehenden Augen, sein seltsamer Gesichtsausdruck – waren verschwunden. Der Mann, der vor ihm stand, war schön, und in seinen Augen leuchtete eine Intelligenz, die er im Leben nie gehabt hatte.

Powell kramte in seiner Tasche nach einem neuen Magazin, aber in der feuchten Kälte waren seine Finger fast gefühllos geworden, das Magazin rutschte ihm aus der Hand und landete mit einem leisen Platschen im Meer. Er blickte nach unten, sah das Magazin auf den Grund sinken und hob den Kopf gerade rechtzeitig, um zu sehen, wie eine riesige Welle sich hinter dem Toten erhob, der direkt vor ihm stand. Die Welle hob den Toten hoch, trug ihn wie ein Stück Treibholz mit sich und warf ihn gegen Powell. Powell schrie, als er spürte, wie die Pfeilspitze in seine Brust eindrang, als der Tote ihn mit den Armen umschlang und sein grinsendes Gesicht gegen Powells drückte.

Dann brach die Welle über ihnen und sie versanken im Meer.

Carl Lubeys Haus stand bereits in Flammen, als Macy dort eintraf. Schon von weitem hatte sie den Rauch aufsteigen sehen, der Wind hatte den Geruch zu ihr herübergetragen. Deshalb hatte sie sich beeilt, zu dem Haus zu gelangen. Sie machte ein paar halbherzige Versuche, die Haustür zu erreichen, musste jedoch schließlich wegen der Hitze aufgeben. Ihre größte Sorge war, dass das Feuer den Wald erreichen könnte, aber Lubey hatte das Land um sein Haus herum gerodet, um einen Garten anlegen zu können, und so eine natürliche Feuerbarriere geschaffen. Mit ein bisschen Glück würden die Barriere und der dicht fallende Schnee einen Waldbrand verhindern. Aber für alle Fälle musste sie irgendjemanden über das Feuer informieren.

Macy löste das Funkgerät von ihrem Gürtel und versuchte zum dritten Mal, seit sie ihr Fahrzeug verlassen hatte, irgendeinen Funkkontakt herzustellen. Bei den ersten zwei Versuchen hatte das Gerät nur ein Klicken von sich gegeben, wie ein Motor, dessen Batterie leer ist. Als sie es jetzt vor Lubeys brennendem Haus noch einmal versuchte, hörte sie zumindest ein Rauschen. Sie hielt sich das Funkgerät an den Mund.

»Hier spricht Macy. Hören Sie mich? Over.«

Sie versuchte es noch einmal und benutzte diesmal ihr Rufzeichen. »Hier spricht sechs-neun-eins. Over.«

Rauschen, sonst nichts. Sie wollte das Gerät gerade wegstecken, als sie ein anderes Geräusch hörte. Sie presste das Gerät ans Ohr und lauschte.

Das war kein Rauschen. Vielleicht war es auch vorher keins gewesen. Was sie hörte, erinnerte sie an ein unregelmäßiges Zischen, als versuchte jemand, austretendes Gas zu regulieren. Sie lauschte noch angestrengter. Schließlich meinte sie, bestimmte Muster aus dem Zischen herauszuhören, eine Art Rhythmus.

Das war weder Rauschen noch Zischen.

Das war Geflüster.

Am Waldrand sahen Moloch und seine Männer das Glühen über den Baumwipfeln. Ihre Taschenlampen hatten längst ihren Geist aufgegeben, und während sie dort standen, nutzte Dexter die Gelegenheit, im schwachen Schein des fernen Feuers die Ersatzbatterien aus seinem Rucksack zu holen. Nichts passierte. Die Taschenlampe blieb dunkel.

»Diese Batterien hab ich gerade erst neu gekauft«, sagte Dexter. Scarfe wechselte ebenfalls die Batterien in seiner Taschenlampe aus, mit demselben Ergebnis.

»Mist«, sagte er. »Sieht so aus, als hätten wir kein Glück.«

Er nahm sein Feuerzeug aus der Jackentasche, zündete es an und hielt es dicht über die Landkarte. Mit dem Finger zeigte er auf die einzelnen Markierungen.

»Ich nehme an, wir befinden uns hier. Soweit ich das einschätzen kann, müsste Carls Haus da drüben liegen.«

Er hob eine Hand und zeigte dorthin, wo das Feuer brannte.

»Da sein Haus das einzige in diesem Teil der Insel ist, heißt das –«

Dexter beendete den Satz für ihn.

»Dass wir es entweder mit einem Waldbrand zu tun haben, was eher unwahrscheinlich ist, oder dass Lubeys Haus zurzeit so ziemlich der wärmste Ort auf der Insel ist. Das erklärt, warum er nicht zu unserem Rendezvous erschienen ist. Das kann einen schon ablenken, wenn einem das Haus über dem Kopf abbrennt.«

»Es werden Leute kommen«, sagte Scarfe. »Die Bullen übernehmen hier auch die Funktion der Feuerwehr. Dupree wird jeden Augenblick hier aufkreuzen.«

»Das glaube ich kaum«, sagte Moloch, der sich zum ersten Mal zu Wort meldete. Er schaute Scarfe einen Augenblick lang an, bis Scarfe begriff und sich ungläubig abwandte.

Moloch fuhr mit einem Finger über die Landkarte.

»Wir gehen weiter und sehen uns von einem Versteck aus an, was da vor sich geht. Wir werden Lubeys Pick-up brauchen, wenn wir weg sein wollen, bevor die Bullen kommen. Das Feuer wird uns den Weg weisen.«

Dupree blickte nach Osten, wo ein schwaches rotes Leuchten über den Bäumen zu sehen war. Larry Amerling stand neben ihm. Der alte Postmeister, der gleich neben der Polizeiwache wohnte, hatte die Schüsse gehört. Dupree hätte beinahe auf ihn geschossen, denn Braun war gerade erst in den Wald geflüchtet und Dupree drauf und dran, die Verfolgung aufzunehmen, als der Postmeister aufgetaucht war. Amerling ging in den Generatorraum, um sich die Leiche der Frau anzusehen. Kurz darauf kam er bleich und nach Luft schnappend wieder heraus.

»Wir müssen ein paar Männer da raufschicken, damit sie sich um das Feuer kümmern«, sagte Dupree. »Aber da oben ist mindestens ein Bewaffneter, womöglich mehrere.«

»Wie kommst du darauf?«

»Vor dem Stromausfall hat der Mann irgend so was zu mir gesagt. Geh und schnapp dir Frank Macomber und so viele von der freiwilligen Feuerwehr, wie du auftreiben kannst. Die Telefonleitungen sind tot, du musst also von Haus zu

Haus gehen. Sag Frank, er soll eine Pistole mitnehmen. Dann möchte ich, dass du hierher zurückkommst und versuchst, irgendjemanden über Funk zu erreichen. Wenn du innerhalb einer halben Stunde keinen Funkkontakt kriegst, fängst du an, vom Anlegesteg aus Leuchtraketen abzuschießen. Und sorg dafür, dass die Leute in ihren Häusern und von den Straßen wegbleiben.«

Einige Anwohner der Island Avenue kamen bereits zur Polizeiwache, um sich zu erkundigen, was es mit dem Stromausfall auf sich hatte. Unter ihnen war der dicke Earl Kruhm, ein Mann mit klarem Verstand.

»Darum kann Earl sich kümmern«, sagte Amerling. »Mit dem wird niemand sich anlegen.«

»Rede mit ihm«, sagte Dupree. »Mach ihm klar, dass die Leute sich in Gefahr begeben, wenn sie nicht in ihren Häusern bleiben. Es dürfte nicht allzu schwer sein, sie zu überzeugen, vor allem bei dem Schneesturm. Und, Larry, sag Pete und den Feuerwehrleuten, sie sollen sich so weit wie möglich aus dem Wald raushalten, verstanden? Sorg dafür, dass sie auf den Wegen bleiben.«

Amerling nickte und ging zu seinem Wagen. Wenige Minuten später, als Dupree gerade dabei war, sich die Taschen mit Patronen voll zu stopfen, war er wieder da.

»Joe, mein Wagen springt nicht an. Und der von meiner Frau auch nicht.«

Dupree sah ihn beinahe gereizt an, dann nahm er die Schlüssel von Wagen 14 von dem Haken in seinem Büro und versuchte, den Feuerwehrwagen anzulassen. Der Motor gab nur ein klickendes Geräusch von sich.

»Kein Funkverkehr, tote Telefonleitungen, Motoren, die nicht anspringen, Stromausfall«, sagte er.

»Keine Hilfe«, fügte Amerling hinzu.

»Es hat angefangen, nicht wahr?«

»Sieht so aus.«

»Macy ist da draußen«, sagte Dupree. »Sie ist zu Carl Lubey rausgefahren, kurz bevor das Feuer ausgebrochen ist.«

Er war plötzlich sehr in Sorge um die junge Frau. Er konnte nur hoffen, dass sie sich beim Anblick des Feuers nicht zu irgendwelchen Dummheiten hatte hinreißen lassen. Aber sie war ihm nicht vorgekommen wie ein unbesonnener Typ. Er schob den Gedanken beiseite, dass Macy und der Brand irgendetwas miteinander zu tun haben könnten und dass sie verletzt war oder schlimmer.

»Wir halten uns an den Plan«, sagte Dupree. »Du gehst von Tür zu Tür. Die müssen einfach zu Fuß da rauf und sehen, was sie gegen das Feuer ausrichten können.«

Er schulterte seine Schrotflinte und ging zur Tür.

»Wo willst du hin?«

»Ich will mir den Partner der Toten vorknöpfen. Anschließend schaue ich mal bei Marianne Elliot vorbei. Ich fürchte, sie steckt in großen Schwierigkeiten.«

Amerling sah ihm nach, sagte aber nicht, was er dachte.

Ich fürchte, wir stecken alle in großen Schwierigkeiten.

Die Zeit zerrann.

Scarfe war sich dessen deutlicher bewusst als die anderen. Sie hätten inzwischen längst bei Lubey sein müssen, stattdessen stapften sie immer noch durch den Wald und der Feuerschein war nicht mehr ständig zu sehen. Selbst Moloch schien es aufzufallen. Er blieb stehen und blickte sich verwirrt um.

»Wir haben uns verlaufen«, sagte Scarfe.

»Nein«, entgegnete Moloch. »Wir sind immer noch auf dem Pfad.«

»Dann führt uns der Pfad im Kreis herum.«

»Powell hätte uns längst einholen müssen«, bemerkte Dexter.

Moloch nickte. »Geh zurück und sieh nach, ob er kommt.«

Dexter machte sich eilends auf den Weg, während Moloch die Landkarte aus der Tasche nahm. Nach kurzem Zögern beugte Scarfe sich ebenfalls über die Karte, Shepherd lehnte sich schweigend an einen Baum.

»Ungefähr hier sind wir auf den Pfad eingebogen«, sagte Scarfe und zeigte mit dem Finger auf die Stelle. »Und Lubeys Haus ist hier. Für die Strecke braucht man normalerweise eine Viertelstunde, bei schlechtem Wetter wie heute zwanzig Minuten oder mehr.«

»Es muss ganz in der Nähe sein. Vielleicht sind wir daran vorbeigegangen.«

Aber als sie aufblickten, sahen sie den Feuerschein in ziemlicher Entfernung vor sich.

»Das ergibt keinen Sinn«, sagte Scarfe. Er blickte sich Hilfe suchend nach Shepherd um, aber der blickte noch nicht einmal in ihre Richtung. Er starrte in den Wald, die Hände schützend vor den Augen. Moloch rief ihn beim Namen.

»Ich dachte, ich hätte was gesehen«, sagte Shepherd. »Da drüben.«

Er zeigte in die Tiefen des Walds. Scarfe kniff die Augen zusammen, konnte jedoch nichts entdecken. Der Schnee trieb ihm dermaßen ins Gesicht, dass er kaum die etwas entfernter stehenden Bäume erkennen konnte. Aber er nahm Rauchgeruch wahr.

»Das ist das Feuer«, sagte er. »Vielleicht haben Sie den Rauch gesehen.«

Nein, dachte Shepherd, das war kein Rauch. Er wollte gerade noch etwas sagen, als Dexter von seinem Erkundungsgang zurückkehrte.

»Keine Spur von ihm«, sagte er zu Moloch.

Moloch trat gegen den frisch gefallenen Schnee. »Falls er sich verlaufen hat, wird er zum Boot zurückgehen.«

»Falls er sich verlaufen hat«, wiederholte Dexter.

»Glaubst du etwa, der Schwachkopf mit dem Pfeil in der Brust hat ihn erwischt? Soll ihn doch der Teufel holen. Wenn er ertrunken ist, bedeutet das nur mehr Geld für den Rest von euch. Wir gehen weiter.«

Sie schulterten ihre Waffen und folgten Moloch tiefer in den Wald hinein.

15

Marianne war immer noch mitgenommen von ihrer Begegnung mit der neuen Polizistin. Sie hatte schon befürchtet, dass die Frau sie mit auf die Polizeiwache nehmen würde, weil irgendetwas in ihrem Gesicht die Wahrheit über ihre Situation verraten hätte. Sie konnte es in ihren Augen sehen. Warum hätte sie sie sonst ansprechen sollen?

Sie weiß, dass ich auf der Flucht bin. Sie weiß, dass ich schlimme Dinge getan habe. Sie wird mich mit auf die Wache nehmen und dann werde ich zusammenbrechen und ihnen alles erzählen und dann werden sie mir Danny wegnehmen und mich ins Gefängnis stecken, weil ich das Geld gestohlen habe und …

Marianne zwang sich, die Ruhe zu bewahren. Zitternd versuchte sie, den Schlüssel ins Zündschloss zu stecken, und beobachtete im Rückspiegel, wie die Polizistin kurz stehen blieb und noch einmal über sie nachzudenken schien. Dann glitt der Schlüssel ins Schloss und der Motor sprang an. Marianne gab vielleicht ein bisschen zu viel Gas beim Anfahren, aber die Polizistin hielt sie nicht auf. Als sie den Explorer in Richtung Fähranlegestelle fahren sah, entspannte sie sich ein wenig, bis die Ungeheuerlichkeit ihrer Situation ihr wieder bewusst wurde und sie das Lenkrad so fest umklammerte, dass die Venen an ihren Handrücken hervortraten wie Baumwurzeln und ihre Knöchel sich so weiß abzeichneten, als wollten sie durch die Haut brechen.

Sie war in den vergangenen Tagen so voller Unruhe gewesen, dass sie abgesehen von Seifenopern nicht mehr ferngesehen hatte, und da sie seit einer Woche nicht mehr im Supermarkt gewesen war, hatte sie auch keine Zeitung mehr gelesen. Irgendetwas Schlimmes musste passiert sein, jetzt war *er* auf freiem Fuß, denn er würde niemals jemand anderen schicken, der sie in seinem Auftrag bestrafte. Nein, das würde er höchstpersönlich erledigen wollen. Wenn seine Leute in Maine waren, dann war auch er dort. Sie hatten sie gefunden und wahrscheinlich war Moloch bereits unterwegs zur Insel. Womöglich hatte er sogar schon ein paar von seinen Männern hierher geschickt, die auf sie warteten. Wenn sie zu Bonnie kam, würde sie Danny vielleicht weinend in den Händen von Fremden vorfinden und Bonnie und Richie verletzt oder tot. Dann würde ihr nichts anderes zu tun bleiben, als Danny zu trösten, während sie auf Moloch warteten. Sie dachte an ihre Schwester Patricia und an deren nichtsnutzigen Ehemann, den sie im Verdacht hatte, dass er sie betrog, mit dem sie jedoch trotz allem zusammenblieb, weil sie ihn liebte und immer noch glaubte, dass er einen guten Kern hatte. Vielleicht hatte Patricia Recht, denn als Marianne den beiden von ihren Fluchtplänen erzählt und ihnen erklärt hatte, dass sie wahrscheinlich ebenfalls würden fliehen müssen, hatten sie ihre Entscheidung voll und ganz akzeptiert. Bill hatte sogar die Hand seiner Frau gehalten und seiner Schwägerin versichert, sie würden sie so weit wie möglich unterstützen. Zwar hatte Bill seinen Job verloren, weshalb sie beide nichts mehr an ihrem Wohnort gehalten hatte, trotzdem konnte Marianne nach wie vor ihre Verwunderung über seine Reaktion nicht verleugnen. Die Erinnerung daran erfüllte sie mit Scham, denn tief in ihrem Herzen wusste sie, dass die beiden tot waren und dass sie ihretwegen gestorben waren. Gleichzeitig hatte sie das Gefühl, dass sie nicht dafür verantwortlich waren, dass Moloch sie hier gefunden hatte. Bill wusste nicht, wo sie sich aufhielt, und Patricia würde sie niemals verraten.

Marianne wischte sich mit dem Handrücken die Tränen von den Wangen.

Patricia würde sie niemals verraten. Eher würde sie sterben.

Gott, Pat, es tut mir so Leid. Ich hatte solche Angst vor ihm. Ich dachte, ich hätte keine andere Wahl. Er hat mir wehgetan, und er fing an, Danny wehzutun. Ich hätte ihn töten sollen, aber dann wäre ich ins Gefängnis gekommen und hätte Danny nie aufwachsen sehen. Aber wenn ich es nochmal tun müsste, würde ich versuchen, ihn zu töten. Ich würde ein Messer nehmen und ihn im Schlaf erstechen, ich würde so lange auf ihn einstechen, bis sein Blut durch die Matratze auf den Boden tropfen würde. Ich würde immer wieder zustechen für alles, was er uns angetan hat. Ich würde sein Gesicht zerschneiden, bis man ihn nicht mehr erkennen könnte. Das alles würde ich tun, um Danny zu beschützen, außer …

Doch manchmal, wenn sie in jenen letzten Monaten in ihrem gemeinsamen Bett aufgewacht war und sich im schwachen Licht der ersten Dämmerung, das durch die Vorhänge drang, zu ihm umgedreht hatte, hatte er dagelegen und sie träge angestarrt, als könnte er ihre Gedanken lesen, als wollte er sie herauszufordern, sich mit ihm zu messen. Und wenn sie nicht reagierte, zog er sie ohne jede Zärtlichkeit an sich, drückte ihre Arme aufs Bett und drang wortlos in sie ein. Das war seine Art, sie wissen zu lassen, dass er mit ihr tun und lassen konnte, was er wollte, dass sie einzig aufgrund seiner Gnade noch am Leben war und dass diese Gnade jederzeit erschöpft sein konnte.

Wäre sie bei ihm geblieben, hätte sie das Jahr nicht überlebt, dessen war sie sich sicher. Womöglich hätte er Danny am Leben gelassen, aber was wäre das für ein Leben für den Jungen gewesen, zusammen mit einem solchen Mann?

Also waren sie geflohen, hatten durch ihre Flucht jedes Leben vergiftet, das sie berührt hatten, und jetzt waren Patricia und Bill ihretwegen tot.

Und Karen. Die beiden Frauen waren in Kontakt geblieben, erst kürzlich hatte Marianne Karen ein Foto von Danny geschickt, das an seinem letzten Geburtstag aufgenommen worden war. Darauf war sein Mund mit Schokolade verschmiert und er hatte eine Krone auf dem Kopf, auf der in bunten Buchstaben sein Name stand. Sie hatte das Foto von Boston aus geschickt, als sie dort einen Nachmittag mit Bummeln verbracht hatte. Sie hatte sich zum ersten Mal aus Maine herausgewagt, eine Sonnenbrille auf der Nase, die Haare zu einem Knoten zusammengesteckt, das Gesicht ungeschminkt, um möglichst nicht aufzufallen. Am Abend, bevor sie mit dem Bus zurück in Richtung Norden gefahren war, hatte sie Karen von einer Telefonzelle am Busbahnhof aus angerufen. Die Nummer, die sie von Karen hatte, gehörte zu einem privaten, nicht registrierten Zweitanschluss. Nur eine Hand voll Leute, ihre Angehörigen und ein paar Freunde, kannten die Nummer. Wenn Karen nicht in der Nähe des Telefons war, wurde der Anruf automatisch auf ihr privates Handy umgeleitet. Über diese Nummer konnte man Karen Tag und Nacht erreichen.

Aber bei Mariannes letztem Anruf hatte Karen sich nicht gemeldet. Ob Karen sie verraten hatte? Wahrscheinlich, aber sicherlich nicht freiwillig. Marianne empfand keinen Groll, keinen Zorn darüber, dass Karen Moloch ihren Aufenthaltsort preisgegeben hatte. Aber sie empfand Karen gegenüber dieselben schrecklichen Schuldgefühle wie gegenüber Patricia und Bill. Durch ihre Dummheit und ihren Egoismus hatte sie ihnen allen den Tod gebracht, sie hatten für ihre Zuneigung zu Marianne den höchsten Preis gezahlt. Sie konnte nur hoffen, dass Karen ziemlich schnell ausgespuckt hatte, was sie wusste, und sich damit die schlimmsten Qualen erspart hatte.

Sie näherte sich Bonnies Haus. Marianne verlangsamte das Tempo und schaltete die Scheinwerfer aus, aber im und ums Haus wirkte alles ruhig und in der Einfahrt stand nur der alte, rostige Plymouth ihrer Freundin. Durch das Wohnzimmerfenster sah sie Bonnie vor dem Fernseher dösen. Sie bremste scharf und hielt direkt vor dem Fenster, die Räder ihres Wagens machten ein Geräusch auf dem Kies wie Brandungswellen, dann rannte sie zur Tür und klopfte. Nach einigen Sekunden erschien Bonnie an der Tür.

»Wo ist Danny?«, fragte Marianne.

Bonnie trat zur Seite und ließ sie ins Haus. »Im Bett. Du kannst ihn noch hier lassen, wenn du willst. Hey, Liebes …« Sie streckte eine Hand aus, aber Marianne wandte sich ab und lief zur Treppe. »Was ist denn los?«

Zwei Stufen auf einmal nehmend, rannte Marianne die Treppe hoch, Bonnie hinterher. Als sie die Tür zu Richies Zimmer aufstieß, sah sie ein leeres Bett. In dem anderen lag Danny und schlief. Sie ließ sich gegen die Wand sinken, stützte die Hände auf die Knie und ließ erleichtert den Kopf hängen.

»Ach Gott«, sagte Bonnie. »Richie hat sich mal wieder rausgeschlichen. Der Junge ist einfach unglaublich. Ich werde Joe anrufen und ihn bitten, nach ihm zu sehen.«

Marianne legte eine Hand auf ihre.

»Ich muss Danny von hier wegbringen, bevor du irgendjemanden anrufst, Bonnie.«

»Aber Richie ist da draußen.«

»Er ist doch immer da draußen, Bonnie. Ich muss Danny von hier wegbringen.«

»Warum? Hab ich was falsch gemacht?«

»Bonnie, ich kann's dir nicht erklären, nicht jetzt. Ein paar Männer sind auf dem Weg hierher, die Danny und mir was antun wollen. Wir müssen schnellstens weg aus dem Haus, und dann muss ich irgendeine Möglichkeit finden, von der Insel zu verschwinden.«

Bonnie schaute sie bestürzt an. »Liebes, ich verstehe überhaupt nichts mehr. Was für Männer? Wenn du Probleme hast, müssen wir die Polizei rufen.«

Marianne schüttelte den Kopf. Am liebsten hätte sie Bonnie gepackt und geschüttelt, damit sie endlich begriff. Am liebsten hätte sie um sich geschlagen, um wenigstens etwas von ihrer Wut und ihrer Angst loszuwerden. Aber vor allem wollte sie Danny in die Arme nehmen und ihn fortbringen. Sie waren unterwegs. Moloch und seine Männer waren unterwegs zu ihr. Womöglich waren sie sogar schon ganz in der Nähe und schnüffelten um ihr Haus herum.

»Nein, keine Polizei. Ich habe vor ein paar Jahren etwas Schlimmes getan, aber ich hatte keine andere Wahl. Ich musste Danny und mich außer Gefahr bringen. Und jetzt muss ich wieder fliehen. Bitte, Bonnie, hilf mir, ihn anzuziehen.«

Bonnie fasste sie an den Schultern. »Hör zu«, sagte sie. »Wenn es etwas gibt, womit ich mich auskenne, dann sind es Männer: Männer, die zu Verbrechern geworden sind oder es von vorneherein waren. Wenn diese Leute dich einmal gefunden haben, dann werden sie dich auch wieder finden. Du kannst nicht bis ans Ende deines Lebens weglaufen. Du musst mit Joe reden. Du musst ihm vertrauen.«

»Bonnie, ich habe das Gesetz gebrochen. Ich habe Geld genommen, das mir nicht gehörte. Aber wenn ich es schaffe, von der Insel runterzukommen, werde ich das in Ordnung bringen.«

»Liebes, du kommst nicht von der Insel weg. Draußen tobt ein Schneesturm, falls du das noch nicht bemerkt haben solltest. Bei dem Wetter fährt kein Boot mehr. Sie haben es in den Nachrichten gesagt. Kein Taxi wird hierher kommen, um dich abzuholen, und niemand auf der Insel wird dich irgendwohin fahren. Es ist zu gefährlich.«

Marianne war drauf und dran aufzugeben. Es wurde ihr alles zu viel. Sie sollte aufhören davonzulaufen. Sie sollte mit Joe reden. Oder, noch besser, sie sollte sich einfach mit Danny in den Armen vor ihr Haus legen und auf Moloch und seine Männer warten. Dann wäre es endlich vorbei und sie hätten für immer ihre Ruhe.

»Bonnie«, sagte sie in einem Ton, der ihre Freundin zusammenzucken ließ. »Ich muss weg!«

Tell starrte Willard über den Lauf seiner Pistole hinweg an. Das stumpfe, leere Klicken des Abzughahns schien noch immer in der Luft zu hängen. Tell spürte das Echo in seinem Gehirn. Als er in Willards Augen blickte, wusste er, dass dieses Echo seinen Tod ankündigte, so als wäre er es, der in den Lauf der Pistole blickte und darauf wartete, dass er gleich eine Kugel in den Kopf bekam. Er schluckte, dann schlug er mit der Pistole nach Willard. Aber Willard wich geschickt aus und plötzlich blitzte etwas in dessen Hand auf. Ein scharfer Schmerz durchzuckte Tell, als die Klinge in seinen Bauch eindrang. Willard richtete sich auf und riss gleichzeitig das Messer nach oben. Tell konnte Willards Atem an seinem Gesicht spüren. Er roch süßlich, wie billiges Parfüm.

»Ich hab es in deinen Augen gesehen«, flüsterte Willard. »Ich habe gerochen, was du vorhattest, noch ehe wir am Hafen abgelegt haben. Du hast es regelrecht ausgedünstet. Du hättest deine Pistole nie aus den Augen lassen sollen.«

Tell klammerte sich zitternd an Willards Schultern fest.

»Er hat dir gesagt, du sollst es tun, stimmt's? Er hat dir gesagt, du sollst mich töten.«

Tell versuchte etwas zu sagen, konnte jedoch nur Blut spucken.

»Adieu«, sagte Willard, als Tell in seinen Armen starb.

Marianne hatte Danny, der sich schläfrig darüber beschwerte, dass sie ihn geweckt hatte, in fünf Minuten angezogen. Sie ließ Bonnie, die ihr von der Haustür aus ängstlich nachschaute, einfach stehen. Sie brauchten etwas zum Anziehen und Waschzeug. Vor allem brauchten sie Geld. Sie schnallte Danny im Kindersitz an und warf einen Blick auf ihre Armbanduhr. Ihnen blieb nicht mehr viel Zeit. Sie ließ den Motor an und schaltete die Scheinwerfer ein. Hinter ihr war Danny schon wieder eingeschlafen.

Gott, Danny, es tut mir Leid, dass ich dir das antun muss. Es tut mir so Leid.

Kaum war Marianne außer Sichtweite, lief Bonnie Claessen an ihren Getränkeschrank und schenkte sich einen ordentlichen Wodka ein. Sie betrachtete den Wodka, dann, einem spontanen Impuls folgend, ging sie in die Küche und leerte das Glas in die Spüle.

Sie machte sich Sorgen um Marianne und Danny, aber vor allem machte sie sich Sorgen um Richie. Wahrscheinlich war er nicht weit weggegangen, auch war ihm auf seinen Wanderungen über die Insel bisher noch nie etwas zugestoßen. Zudem kannte er sich gut aus und hielt sich gewöhnlich in der Nähe der Straßen und Wege. Aber das Wetter wurde immer garstiger, daran hatte ihr Sohn sicher nicht gedacht, als er sich diesmal auf den Weg gemacht hatte. Nein, sie musste Joe anrufen, um ihrer aller willen.

Sie ging in den Flur, nahm den Telefonhörer auf und begann die Nummer zu wählen, dann hielt sie inne. Sie hatte gar kein Freizeichen gehört. Sie legte den Hörer wieder auf und versuchte es noch einmal, doch die Leitung blieb tot.

Nein, sie war nicht ganz tot. Bonnie konnte leise Geräusche hören. So ähnlich, wie wenn man sich eine Muschel ans Ohr hielt und meinte, das Meeresrauschen zu vernehmen.

Dann hörte sie Richies Stimme.

Mama! Mama! Böse Männer. Bösemännerbösemännerbösemännerbösemännerböse–

»Richie!«, rief sie.

Ein schrilles Wehklagen, eine Art elektronischer Schrei zerriss ihr fast das Trommelfell und sie hielt den Hörer weit von sich. Als das Geräusch verstummte, drückte sie ihn wieder ans Ohr.

»Richie?« Sie hatte angefangen zu schluchzen, sie spürte seinen Tod wie eine ungeheure Dunkelheit, die sich über sie legte, die ihren Körper und ihren Kopf umfing und sie fast zu ersticken drohte. Dann kam der Stromausfall und es wurde tatsächlich dunkel, die Lichter gingen aus, der Fernseher verstummte, der Kühlschrank hörte auf zu summen wie ein Insekt, das zertreten wurde. Und mitten in ihrem Kummer und Schmerz hörte Bonnie ein Ausatmen, als hätten tausend Seelen endlich die Erlösung gefunden, auf die sie so lange gewartet hatten.

Marianne war kaum ein paar Meter gefahren, als ihr Motor den Geist aufgab.

»Nein!«, schrie sie. »Nicht jetzt!«

Sie drehte den Zündschlüssel um, aber nichts tat sich. Sie könnte zu Bonnie zurückgehen und sie fragen, ob sie den Plymouth ausleihen konnte, aber inzwischen hatte Bonnie bestimmt die Polizei angerufen und sie würde wieder anfangen, mit ihr zu diskutieren, oder ihr erklären, sie müsse zuerst Richie finden. Es würde sie aufhalten und dann würde Joe kommen und es gäbe keinen Ausweg mehr.

Sie stieg aus, öffnete die hintere Tür und befreite Danny aus dem Kindersitz.

»Nein, Mama, ich bin so müde.«

»Tut mir Leid, Danny, wirklich, aber es geht nicht anders.«

Sie nahm ihn in die Arme und begann zu laufen.

Shepherd verirrte sich als Erster. Er bildete das Schlusslicht hinter Dexter, der wie ein riesiger schwarzer Bär vor ihm herstapfte. Die Gestalten im Wald hatten ihn nervös gemacht. Womöglich hatte Scarfe Recht: Es könnte Rauch von dem

Feuer gewesen sein oder einfach Schatten von den höchsten Bäumen. Shepherd hatte sie nur flüchtig wahrgenommen, aber er hatte den Eindruck gehabt, als bewegten sie sich *gegen* den Wind, als schwebten sie neben ihnen her. Er versuchte, mit Dexter darüber zu reden, aber der wirkte keineswegs beunruhigt.

»Vielleicht waren das Einheimische, unterwegs, um das Feuer zu löschen«, sagte er. »Um die können wir uns kümmern, wenn wir bei Lubeys Haus sind, oder wir gehen ihnen einfach aus dem Weg.«

Shepherd stellte sich das nicht so einfach vor. Die Gestalten hatten ausgesehen wie Menschen, aber er hätte schwören können, dass sie in Felle gehüllt waren, und selbst hier oben im Norden liefen die Leute garantiert schon längst nicht mehr in Fellen herum.

Während sie weitergingen, blickte Shepherd immer häufiger hinter sich oder spähte in den Wald hinein, anstatt darauf zu achten, dass er Dexter nicht aus den Augen verlor. Der Schnee fiel immer dichter, die Bärengestalt vor ihm war bald nur noch dadurch von den Bäumen zu unterscheiden, dass sie sich bewegte. Shepherd stolperte über einen Stein und landete auf Händen und Knien im Schnee. Als er sich wieder aufrichtete, war vor ihm niemand mehr zu sehen und der Pfad war verschwunden.

»Scheiße«, murmelte er vor sich hin. Er steckte zwei Finger in den Mund und pfiff. Keine Reaktion. Er pfiff noch einmal, dann rief er laut nach den anderen. Inzwischen waren ihm die seltsamen Gestalten egal. Er hatte schließlich eine Schusswaffe, und wer auch immer sich bei dem Wetter im Wald herumtrieb, musste noch verrückter sein als –

Als Moloch. Denn Moloch war zweifellos verrückt. Sie wussten es alle, auch wenn keiner den Mut hatte, es laut auszusprechen. Molochs besessene Suche nach der Frau hatte sie alle in unbekanntes Gebiet geführt, noch dazu mitten im schlimmsten Schneesturm, den Shepherd je erlebt hatte. Und jetzt hatte er auch noch die Orientierung verloren und das machte ihn stinksauer. Er hatte sich auf diesen Job eingelassen, weil es so ausgesehen hatte, als könnte er innerhalb von ein paar Tagen mal eben 100.000 Dollar verdienen. Von diesem Geld würde er sich eine Menge leisten können: ein kleines Haus irgendwo in einer ruhigen Gegend, vielleicht eine Beteiligung an einer Firma. Ebenso wie Dexter und Braun war Shepherd ausgelaugt. Er hatte einige Jahre abgesessen und mit den Jahren ließ einen die Zeit im Knast immer schneller altern. Während die Jahre im Bau unendlich langsam vergingen, schien sich der Alterungsprozess zu beschleunigen. Dexter hatte erlebt, wie junge Männer das Gefängnis nach einer relativ kurzen Strafe als alte Säcke verließen und ältere Männer als Greise. Shepherd war sich nicht sicher, ob er noch eine Gefängnisstrafe überleben würde. Diese Sache hier musste sein letzter Coup sein und dasselbe galt für Dexter und Braun, davon war er überzeugt. Allerdings hatte Dexter sich verändert, seit sie zusammengekommen waren. Wenn er gerade nichts Besseres zu tun hatte, starrte er entweder ins Leere oder sah sich diese Scheiß-DVDs an, in denen am Ende alles glorreich in Flammen aufging. Dexter hatte die Hoffnung aufgegeben, und Shepherd fürchtete, dass er schon genauso verrückt war wie Moloch. Dexter hatte seinen Wahnsinn nur besser organisiert.

Shepherd warf einen Blick auf den Kompass seiner Armbanduhr. Wenn er sich in Richtung Nordosten hielt, die Richtung, aus der sie gekommen waren, würde er wieder auf die Straße gelangen, dann konnte er zurück zum Boot gehen. So wie die Dinge standen, war das Boot der einzige Orientierungspunkt für Verirrte. Er machte einen letzten Versuch, die anderen zu rufen, dann drehte er sich um und machte sich auf den Weg zurück in Richtung Meer.

Dexter fiel als Erstem auf, dass Shepherd fehlte, aber der Wind hatte an Stärke noch zugenommen und peitschte ihnen ins Gesicht. Als er zum Sprechen ansetzte, flogen ihm Schneeflocken in den Mund wie Käfer an einem Sommertag.

»Hey!«, rief er noch einmal. Moloch und Scarfe blieben stehen.

»Shepherd ist nicht mehr hinter uns!«

Moloch kämpfte sich durch das Schneegestöber zu ihm vor. »Seit wann?«

»Keine Ahnung. Ich hab mich eben umgedreht und da war er verschwunden.«

Scarfe, der zu ihnen gestoßen war, steckte zwei Finger in den Mund und pfiff. Der Pfiff klang laut und schrill trotz des dicht fallenden Schnees, der alle Geräusche ringsum dämpfte. Es kam keine Reaktion. Dexter beugte sich zu Molochs Ohr vor.

»Das läuft beschissen.«

»Was schlägst du vor?«

»Wir kehren um.«

»Nein.«

»Wir sind nur noch zu dritt, und wir haben keine Möglichkeit, mit irgendjemand Kontakt aufzunehmen. Ich finde, wir sollten zum Boot zurückgehen und warten, bis dieses Unwetter vorüber ist.«

»Und dann? Die werden garantiert morgen früh die Straßen räumen.«

»Wir brechen beim ersten Tageslicht auf, Mann. Wir ziehen das Ding durch, bevor die Leute hier auf der Insel überhaupt mit dem Frühstück angefangen haben.«

»Sie weiß, dass wir hier sind. Beim ersten Tageslicht wird sie verschwinden. Oder sie kommt womöglich auf die Idee, sich an die Bullen zu wenden und denen alles zu erzählen, und dann, mein Freund, sind wir geliefert. Wir gehen weiter.«

»Hör zu –«

Moloch stieß ihm in die Rippen.

»Wir gehen weiter! Die Schlampe versucht schon wieder zu flüchten. Uns bleibt nicht viel Zeit.«

Shepherd brauchte nicht lange, um festzustellen, dass er sich heillos verirrt hatte. Der Wald hätte sich längst lichten müssen. Aber stattdessen schien er immer dichter zu werden, obwohl er sich laut Kompass in Richtung Nordosten bewegte. Er musste niedrig hängende Äste wegschieben, damit sie ihm nicht ins Gesicht schlugen. Seine Handschuhe waren von Harz verklebt und seine Wangen verschrammt. Zum Glück lag inzwischen eine dicke Schneeschicht auf dem Boden und den Bäumen und schützte ihn vor schlimmeren Verletzungen.

Er lehnte sich gegen einen Baumstamm, nahm sein Feuerzeug aus der Tasche und zündete sich eine Zigarette an, die er mit der Handfläche schützte. Er tat einen tiefen Zug, schloss die Augen und blies den Rauch durch die Nase aus.

Als er die Augen wieder öffnete, sah er in etwa fünfzehn Metern Entfernung drei Männer durch den Wald stapfen. Shepherd pfiff, und als sie nicht reagierten, trat er seine Zigarette aus und ging hinter den Männern her. Als er sich ihnen bis auf knapp zehn Meter genähert hatte, drehte der letzte Mann sich um.

Das war nicht Dexter.

Denn Dexter trug eine schwarze Jacke und eine Armeehose. Aber dieser Typ trug eine Art Kapuzenhemd aus Fell und Leder. Sein Gesicht war unter der Kapuze gar nicht zu erkennen. Als dieser Mann stehen blieb, hielten die beiden anderen auch an und alle drei starrten Shepherd an.

Dann hob der Mann, der das Schlusslicht bildete, seine Waffe, und selbst bei dem dichten Schneetreiben konnte

Shepherd erkennen, dass es sich um ein uraltes Gewehr handelte, einen Vorderlader.

Shepherd ging in Deckung, als das Mündungsfeuer aufblitzte, Rauch aufstieg und ein Schuss so laut wie Kanonendonner durch den Wald krachte. Als er wieder aufblickte, sah er, wie die Männer ausschwärmten. Der Mann, der auf ihn geschossen hatte, war dabei, sein Gewehr neu zu laden.

Shepherd zielte mit seiner Schrotflinte und feuerte zwei Schüsse ab. Es kümmerte ihn nicht, dass er Lärm machte und dadurch seine Anwesenheit verriet. Im Moment ging es für ihn ums nackte Überleben. Er entdeckte einen der Männer und schoss auf ihn, sah, wie die Kugel das Fell zerriss und der Getroffene zu Boden ging.

Und wieder aufstand.

»Unmöglich«, murmelte Shepherd. »Das kann einfach nicht sein.«

Die Männer kreisten ihn ein. Einer von ihnen versuchte gerade, hinter Shepherd zu gelangen, um ihm den Rückweg abzuschneiden. Er zog sich schießend zurück und suchte immer wieder Deckung hinter den Bäumen. Zweimal hörte er das laute Dröhnen aus den Vorderladern, und ein Schuss ging so dicht an ihm vorbei, dass er die Hitze der Kugel an seiner Wange spürte.

Er hatte sich etwa dreißig Meter weit rückwärts bewegt, als er sich plötzlich auf einer Lichtung befand. Am Rand der Lichtung standen ein paar grob gezimmerte Blockhütten, insgesamt sechs oder sieben. In einer Eingangstür stand eine Frau, die von der Taille abwärts nackt war. Ihr Gesicht und ihr Hals waren blutverschmiert. Überall in seiner Nähe lagen Leichen herum, teilweise nackt und verstümmelt. Brandgeruch stieg ihm in die Nase.

»Nein«, sagte er laut und erinnerte sich an die Karte von der Insel, die Moloch benutzt hatte. »Ich bin in Richtung

Meer gegangen. Das ist –« *Der Süden. So weit kann ich nicht vom Weg abgekommen sein.*

Das Bild verschwand und auf einmal befand er sich inmitten von Felsbrocken und alten Grabsteinen. Und vor ihm stand ein riesiges steinernes Kreuz, das seinen Schatten auf ihn warf.

Er hörte den Schuss fast im gleichen Augenblick, als ein heftiger Schmerz in seinem Bauch explodierte. Er ließ seine Schrotflinte fallen, sank auf die Knie und hielt sich mit beiden Händen den Bauch. Sein Körper begann zu brennen, als stünde er in einem Flammenmeer. Der Schmerz war unerträglich. Er hob die Hände, um die Wunde zu untersuchen, aber seine Jacke war intakt.

Aber ich habe höllische Schmerzen.

Er hörte Schritte im Schnee knirschen. Als er aufblickte, sah er die drei Männer auf sich zukommen, die Köpfe unter den Kapuzen gesenkt, die Waffen im Anschlag. Zwei von ihnen blieben stehen, während der dritte so dicht auf ihn zutrat, dass Shepherd den Gestank von toten Tieren wahrnahm, der von dem Jäger ausging. Er versuchte wegzukriechen, doch der Mann packte ihn am Bein und zog ihn zurück. Shepherd griff in seine Jacke und ertastete seinen Colt. Er drehte sich um, zielte auf den Mann, der ihn zurück auf die Lichtung zerrte, und feuerte nacheinander sechs Schüsse ab.

Der Jäger ließ ihn los und streifte seine Kapuze vom Kopf.

»Scheiße!«, murmelte Shepherd, als er endlich erkannte, was ihn erwischt hatte. Er begann zu weinen. Sie hätten nie hierher kommen dürfen. Es war ein Fehler gewesen, ein schrecklicher Fehler.

»Scheiße, Scheiße, Scheiße, Scheiße …!«

Er hielt sich den Colt an den Kopf.

»Scheiße, Scheiße, Scheiße …!«

Und drückte ab.

Moloch und seine Männer hatten die Schüsse gehört, auch den letzten, einzelnen, als Shepherd seine Waffe gegen sich selbst richtete. Dexter und Moloch tauschten Blicke aus, sagten jedoch nichts.

Willard, der die Straße am Waldrand entlangging, blieb kurz stehen, als er die Schüsse hörte, dann begann er zu rennen. Er wollte Antworten, und Tote konnten ihm nichts mehr sagen. Und er wollte an Moloch glauben, er wollte sich vergewissern, dass Tell auf Wunsch von Dexter und Shepherd gehandelt hatte und nicht in Molochs Auftrag. Falls Moloch in Schwierigkeiten steckte, würde er seine Hilfe brauchen. Willard würde ihm seine Loyalität beweisen und zum Dank mit seiner Liebe belohnt werden.

Auch Sharon Macy, die versuchte, sich an den Flammen zu wärmen, die Lubeys Haus verschlangen, hörte die Schüsse. Sie schienen von ziemlich weit her zu kommen. Macy spähte in den Wald hinein, dessen Ausläufer nun von dem Feuer beleuchtet wurden, doch es war nichts zu sehen. Sie ging um das Haus herum und zog sich in den Schatten der Bäume zurück.

Moloch war stiller geworden. Dexter beobachtete ihn, während sie sich dem Feuer näherten, sprach seine Gedanken jedoch nicht aus. Sie hatten bereits zwei Männer verloren. Aber womöglich hatte Moloch Recht: Vielleicht hatte Powell einfach aufgegeben und war zum Boot zurückgegangen und vielleicht hatte Shepherd dasselbe getan. Doch beides hielt Dexter für ziemlich unwahrscheinlich. Es passte einfach nicht zu ihnen. Dexter hatte diese Männer angeheuert, weil er wusste, dass er sich auf sie verlassen konnte. Shepherd ging es in erster Linie ums Geld, Powell um die Action. Aber sie hatten den Job auch angenommen, weil es für Männer wie sie selten genug die Möglichkeit gab, sich an allem zu rächen, was sie abgrundtief hassten, indem sie einen Gefangenen befreiten, eine Verräterin bestraften und einen Polizisten töteten. Sie besaßen eine beinahe militärische Disziplin. Sie waren nicht die Sorte Männer, die beim ersten Problem den Rückzug antraten.

Moloch schlug nach etwas, als würde er eine Fliege verscheuchen. Nein, dachte Dexter, keine Fliege.

Eher unwillkommene Gesellschaft.

Moloch hörte Stimmen in seinem Kopf. Sie flüsterten ihm zu, sprachen zu ihm in einem spöttischen, vertrauten Tonfall, aber er konnte nicht verstehen, was sie sagten. Und jedes Mal wenn er ausrutschte und sich an einem Ast oder einem Felsbrocken festhielt, blitzten Bilder vor seinem geistigen Auge auf.

Blut.

Männer zwischen den Bäumen.

Eine Frau unter ihm, die starb, während er sie vergewaltigte und ihr gleichzeitig die Klinge in den Leib bohrte.

Und Dunkelheit. Das Gefühl, in einem Minenschacht oder einem Tunnel oder einer Bienenwabe gefangen zu sein.

Er spürte eine Hand auf der Schulter und dachte: *Grau. Sie sind grau.*

»Alles in Ordnung?«

Es war Dexter.

»Ja, alles in Ordnung«, sagte er. »Es –«

Sie sind grau und sie tragen Lichter bei sich.

»– geht mir wirklich gut.«

Braun hinterließ eine Blutspur im Schnee. Er konnte nichts dagegen tun. Er hatte versucht, die Blutung zu stoppen, aber der Schuss des Polizisten hatte seinen Arm furchtbar zugerichtet. Trotz der Kälte schwitzte und fieberte er. Am liebsten hätte er sich einfach hingesetzt, gegen einen Baumstamm gelehnt und geschlafen, aber Dupree war ihm auf den Fersen. Er hatte den riesigen Cop zwischen den Bäumen erspäht und kurz überlegt, ob er warten und ihm in der Dunkelheit aus dem Hinterhalt auflauern sollte, hatte jedoch gefürchtet, dass er womöglich das Bewusstsein verlieren würde, sobald er aufhörte, sich zu bewegen, und so eine leichte Zielscheibe abgeben würde.

Außerdem lief er nicht nur vor Dupree davon. Jedes Mal wenn er stehen blieb, um Atem zu schöpfen und sich mit Schnee auf Schultern und Haaren an eine Kiefer lehnte, um einen Blick auf die grob gezeichnete Karte der Insel zu werfen, hörte er Geflüster um sich herum und sah graue Gestalten umherhuschen, die versuchten, ihm den Weg abzuschneiden. Vor lauter Schmerzen fing er wahrscheinlich schon an zu fantasieren, sagte er sich. Sein Verstand spielte ihm Streiche und gaukelte ihm vor, er würde graue Gestalten sehen, die über den Boden krochen und sich mit dürren Fingern an Wurzeln und Steinen vorwärts hangelten.

Braun warf einen Blick auf seinen Kompass. Er wusste nur, dass er, wenn er sich in östlicher Richtung hielt, im Herzen der Insel landen würde und dass von dort ein Pfad, den man für die Touristen in den Wald geschlagen hatte, zu Lubeys Haus führte. Er brach durch immergrünes Gebüsch und fand sich auf einer Lichtung wieder, auf der ein paar abgestorbene Bäume standen, von denen nur noch kahle, weiße Äste und Stämme übrig waren. Einige waren umgefallen und wurden teilweise von den anderen gehalten, sodass sie Bögen über dem Weg bildeten. Als Braun den schwarzen Boden rechts und links des Wegs testete, sank sein Fuß sofort ein. Offenbar war er in ein Moor geraten. Er überquerte die Lichtung, darauf bedacht, möglichst bald wieder in den Schutz des Walds zu gelangen. Hier gab er eine allzu gute Zielscheibe für den Bullen ab.

Auf halbem Weg über die Lichtung bemerkte er, dass die grauen Schatten ihm nicht länger folgten. Als er sich umwandte, meinte er eine einzelne Gestalt zu erkennen, die über den Schnee huschte wie ein angeketteter Hund, der immer und immer wieder dieselben paar Meter lief. Braun hob seine Waffe und feuerte einen Schuss ab. Der Bulle war ihm mittlerweile egal, sogar Moloch und die Frau und das Geld waren ihm schnuppe. Er wollte einfach nicht hier draußen in dieser unheimlichen Umgebung sterben.

Dann nahm er wieder eine Bewegung wahr. Das sumpfige Wasser kräuselte sich. Irgendwelche Wesen schwammen dort herum und brachen hin und wieder durch die Oberfläche. Braun feuerte einen Schuss ab, sah eine kleine, dunkle Fontäne aufsteigen, die gleich darauf wieder in sich zusammenfiel. Hinter sich hörte er ein schlitterndes Geräusch, fuhr herum und sah eine dunkle Gestalt ins Moor zurückgleiten – schwarze, welke Füße lugten unter dem nassen Gewand hervor, das an ihren runden Hüften klebte, ihr weißer Haarschopf breitete sich kurz auf dem Wasser aus, bevor sie in der Tiefe versank.

Es ist eine Frau, dachte Braun.

Nein, es *war* eine Frau.

Dann hörte er eine Stimme. Er wandte seinen Kopf und sah Dupree, der hinter einem Baum Deckung suchte und mit seiner Schrotflinte auf ihn zielte.

»Ich hab gesagt, lass die Waffe fallen.«

Braun begann zu kichern.

Dupree konnte sich nicht erklären, was der Mann machte. Er hatte gesehen, wie er unvermittelt auf dem Weg stehen geblieben war und dann wie verrückt auf die Bäume und in den Sumpf geschossen hatte. Vielleicht hatte er so starke Schmerzen, dass er halluzinierte. Wenn ja, würde ihn das noch gefährlicher machen. Er ergriff seine Chance, als der Mann sich plötzlich umdrehte, weil er offenbar etwas auf dem Boden hinter sich wahrgenommen hatte. Dupree ging hinter einer großen Fichte in Deckung und rief dem Mann eine Warnung zu.

Der Mann drehte sich um.

Dupree warnte ihn noch einmal.

Der Mann brach in Gelächter aus, hob seine Waffe und schoss in Duprees Richtung.

Dupree drückte ab und der Mann stürzte in den Sumpf.

Der Schuss traf Braun mit voller Wucht in den Bauch, seine Füße rutschten unter ihm weg und er fiel hintenüber. Die Bäume drehten sich wie wild, einen Augenblick lang taumelte er inmitten von Schneeflocken zwischen dem Pfad und der schwarzen Brühe. Dann schlug sein Rücken auf dem Wasser auf, sein Kopf versank im Morast. Er schmeckte Fäulnis und Verfall, und selbst als der Schmerz den Körper vom Geist und das Leben vom Tod trennte, versuchte er sich noch aufzurichten. Sein Gesicht tauchte aus dem Wasser auf, er spuckte Schlamm und Pflanzenteile aus. Er öffnete die Augen, aber alles um ihn herum war verschwommen. Schemenhaft konnte er Dupree erkennen, der mit der Flinte im Anschlag auf ihn zukam, rechts und links bewegten sich schwarze Schatten, die über ihm ineinander flossen.

Jetzt stand der Bulle direkt vor ihm. Braun rang mit dem Tod. Er spürte es wie eine wachsende Dunkelheit, die durchbrochen war von roten Flecken wie Wunden in verbrannter Haut. Es kam langsam, viel zu langsam. Die schwarzen Schatten im Moor waren schneller. Sie würden ihn zuerst kriegen, aber das wollte er nicht. So wollte er nicht sterben.

Mit allerletzter Kraft hob Braun seine Waffe aus dem Sumpf und starb im erlösenden Krachen der Schrotflinte.

Moloch trat aus dem Wald und blieb vor den brennenden Überresten von Carl Lubeys Haus stehen. Die Garage stand offen, und darin konnte er den Pick-up sehen, der mit seiner offenen Motorhaube und dem Führerhaus dahinter aussah wie der Kopf eines riesigen, kreischenden Vogels. Scarfe und

Dexter standen rechts und links neben ihm. Eine Weile sagte keiner von ihnen etwas.

»Sieht aus, als wäre unser Taxi hinüber«, bemerkte Dexter schließlich.

Scarfe schützte sein Gesicht mit den Händen vor der Hitze des Feuers. Er überlegte, ob er einfach wegrennen sollte. Mit den Russen in Boston würde er schon klarkommen. Die waren zwar brutal, aber zumindest nicht verrückt. Sie hatten ihm einen ganz einfachen Job angekündigt: Er sollte diesen Typen Informationen liefern, sie mit Carl Lubey zusammenbringen und dann verschwinden. Stattdessen hatten diese Leute hier ihn zuerst gezwungen, sie mit dem Boot auf die Insel zu bringen, und jetzt wurden Polizisten getötet, Schwachsinnige mit Pfeilen erschossen und das Haus seines Freundes Carl brannte wie ein Freudenfeuer – und Carl mit, da war er sich sicher. Was die Frau anging, hinter der sie her waren, oder auch den Jungen, machte er sich keine großen Hoffnungen. Das Geld würde Moloch nicht reichen. Was auch immer sie ihm angetan hatte, es musste etwas ziemlich Schlimmes gewesen sein.

Zu seiner Rechten hörte Scarfe etwas rascheln, dann stand plötzlich eine Polizistin da. Sie hatte eine Pistole in der Hand. Scarfe schaute sie an. Auch Moloch und Dexter sahen zu ihr hin.

Scarfe erkannte Macy im selben Augenblick, als sie ihn erkannte.

»Na, das ist ja großartig!«, sagte Scarfe.

Bevor die Polizistin dazu kam, etwas zu sagen, schoss Dexter auf sie.

Ich war zu langsam, dachte Macy benommen, aber der Schwarze hatte so schnell reagiert, dass sie nur noch hatte davonrennen können. Jetzt waren sie alle drei hinter ihr her und überall um sich herum hörte Macy das Krachen von toten Ästen und das Zischen von Kugeln. Sie stolperte über einen Stein, stürzte den Hang am Ende von Carl Lubeys Grundstück hinunter, verdrehte sich dabei das Fußgelenk und landete schließlich in einem Berg aus Abfall und rostigen Metallteilen. Sie lag offenbar in Lubeys privater Müllkippe. Macy rappelte sich auf, konnte jedoch mit dem Fuß, an dem sie sich den Knöchel verstaucht hatte, nicht auftreten und stützte sich gegen einen Baum. Über sich hörte sie die Männer näher kommen, aber die Bäume in dem Hang boten ihr Schutz vor dem Feuerschein. Als ein weiterer Kugelhagel kam, presste sie ihr Gesicht fest gegen den Baum. Eine Kugel schlug nur wenige Zentimeter von ihrem Gesicht entfernt in die Rinde des Baumes ein, Staub und Splitter flogen ihr in Augen und Mund, sodass sie einen Moment lang nichts sehen konnte und fürchterlich husten musste. Sie hielt sich ihren Ärmel vor den Mund, um das Geräusch zu dämpfen.

Aber die Männer hörten sie.

Zwischen den Bäumen oberhalb war ein Krachen zu hören, als einer der Männer den Hang herunterkam.

Macy, verletzt und verängstigt, flüchtete in den Wald.

Sie schickten Scarfe.

Falls sie sich auf das verlassen konnten, was der verstorbene Carl Lubey ihnen erzählt hatte, mussten sie sich laut Molochs Karte ziemlich in der Nähe des Hauses befinden, in dem Molochs Frau wohnte. Scarfe konnte sich die Polizistin vorknöpfen, während sie sich die Frau schnappten. Sie würden in dem Haus auf Scarfe warten, sich dann ein Auto besorgen und zurück zum Boot fahren.

Klang ziemlich einfach.

Selbst Scarfe kam es einfach vor. Allerdings hatte er nicht vor, sich wieder mit den beiden Männern zu treffen. Scarfe war eigentlich kein Killer. Er hatte noch nie jemanden getötet, auch wenn er sich sicher war, dass er es könnte, wenn es darauf ankäme. Die Polizistin kannte ihn. Wenn sie ihm entkam, würde er richtig in der Scheiße stecken. In Maine gab es keine Todesstrafe, aber wenn die Polizistin aussagte, was sie gesehen hatte, würde er wegen Beihilfe zum Mord hinter Gittern sterben. Scarfe war ein Schwächling und ein Feigling, aber unter solchen Umständen war er durchaus in der Lage, eine Polizistin zu töten.

Allmählich ging es steiler aufwärts, ihr rechtes Bein begann zu ermüden. Sie versuchte, ihren linken Fuß so wenig wie möglich zu belasten, obwohl der Schmerz etwas nachgelassen hatte. Sie hatte sich den Fuß ziemlich schlimm verstaucht, aber zum Glück war das Gelenk nicht gebrochen. Ihr Verfolger kam näher. Sie konnte ihn in dem Schneegestöber nicht erkennen, aber sie konnte ihn hören. Es war nur einer, aber der war unverletzt und besser bewaffnet als sie.

Vor ihr erhob sich ein hohes Gebäude aus dem Schnee: der Aussichtsturm, den sie an ihrem ersten Tag auf der Insel besichtigt hatte. Die verrostete Tür stand offen. Sie hatten den Riegel vorgeschoben und die Kette darumgewickelt. Irgendjemand war seither dort gewesen. Hinter sich hörte sie ihren Verfolger. Mit dem verstauchten Knöchel konnte sie nicht weiterlaufen. Nach kurzem Zögern betrat sie den Turm. Unter ihren Füßen knirschten Glasscherben. Die Tür hatte auf der Innenseite keinen Riegel. Zu ihrer Rechten führte die Treppe auf die nächsthöhere Ebene. Macy stieg ein paar Stufen hoch, dann blieb sie stehen.

Eine Motte flog immer wieder gegen eins der Fenster. Als Macy nach oben blickte, sah sie jede Menge Falter im Raum umherfliegen. Einer davon streifte ihr Gesicht, Macy schlug danach, berührte ihn mit der Handfläche und rieb sich instinktiv die Hand an der Hose ab, als fürchtete sie, sich an dem Tier vergiftet zu haben.

Von oben war ein Geräusch zu hören wie von knarrenden Dielen unter schweren Schritten. Es drehte Macy den Magen um. Sie hätte nicht in den Turm gehen dürfen. Die Erkenntnis traf sie wie ein Faustschlag. Irgendetwas stimmte nicht an diesem Ort. Sie fühlte sich wie eine Ratte in einem Labyrinth, an dessen Ausgang keine Belohnung wartete, oder wie ein Insekt am Rand eines Glases mit Zuckerwasser.

Wieder hörte sie das Geräusch, diesmal deutlicher. Sie meinte, jemanden weinen zu hören. Es klang wie das Weinen eines kleinen Mädchens.

»Hallo?«, rief Macy leise. »Hallo, du da oben! Alles in Ordnung?«

Scarfe sah etwas Graues, das sich dicht über dem Boden bewegte. Er hob seine Pistole, dann, als er eine Bewegung in den Bäumen wahrnahm, fuhr er nach rechts herum, doch im selben Augenblick regte sich etwas hinter ihm. Schatten im Zustand ständiger Bewegung kreisten ihn ein, näherten sich ihm aus dem Schutz des Waldes.

»Wer ist da?«, flüsterte er, mehr zu sich selbst. Dann lauter: »Wer ist da?«

Das Heulen des Windes in den Bäumen war beinahe ohrenbetäubend laut. Vor ihm schien sich Nebel zu bilden, dann meinte er, Gestalten zu erkennen und einen Augenblick lang sogar Gesichter. Plötzlich verteilten sich die Gestalten, bewegten sich schneller und versuchten ihn zu umzingeln.

Scarfe rannte den Hang hinauf, bis er auf die Lichtung gelangte, wo der Turm stand.

Macy durchquerte den Raum auf der oberen Ebene. Am Fuß der Treppe, die weiter nach oben führte, blieb sie stehen. Oben war alles dunkel, aber sie konnte den Rand des Holzbodens erkennen, wo die Treppe aufhörte. Sie stützte sich mit einer Hand an der Wand ab, zuckte jedoch augenblicklich zurück, als etwas ihre Haut streifte. Auch hier oben war alles voller Motten. Bei näherem Hinsehen entdeckte sie, dass die Wand neben der Treppe vollständig von ihnen bedeckt war. Als Macy einen Schritt zurückwich, sah sie eine Gestalt am oberen Ende der Treppe vorüberhuschen. Klein, grau, mit weißblonden Haaren. Ein zerrissenes Gewand schien von ihren Gliedern zu hängen wie bei einem sich häutenden Insekt.

Es war ein Mädchen, ein kleines, grau gekleidetes Mädchen.

Dann war das Weinen wieder zu hören.

»Liebes, komm runter«, sagte Macy. »Du brauchst keine Angst zu haben.«

Nein, komm lieber rauf.

Aber Macy rührte sich nicht. Das war keine Kinderstimme. Sie klang älter. Und sie klang krank. In dieser Stimme lag trotz der Tränen eine Art Gier. Macy blieb unschlüssig stehen und wieder kam ihr das Bild von einem Honigglas in den Sinn.

Doch dann wurde ihr die Entscheidung abgenommen. Ein Schuss krachte, dann ein zweiter. Gleich darauf hörte sie, wie die Tür unter ihr zugeschlagen wurde. Im nächsten Augenblick war alles still.

Willard hatte alle möglichen außergewöhnlichen Eigenarten, eine davon war sein absoluter Mangel an Fantasie. Er las keine Bücher, er mochte keine Filme, sah kaum fern. Er brauchte keine von anderen geschaffene Fantasiewelt. Willard lebte in seiner Welt und schuf sich seine eigene Realität.

Aber selbst Willard spürte, dass mit dieser Insel irgendetwas nicht stimmte. In seinem Kopf war ein Rauschen wie in einem Radio, das auf keinen Sender eingestellt war. Er meinte um sich herum Bewegungen wahrzunehmen, aber wenn er sich umsah, konnte er nichts entdecken. Willard kam sich vor, als wäre er Gegenstand einer Unterhaltung, die er nicht richtig verfolgen konnte, oder die Pointe eines Witzes, der noch nicht erzählt worden war.

Er überlegte, welche Möglichkeiten er hatte. Er konnte zum Boot zurückgehen und aufs Festland fahren, aber mit Booten kannte er sich nicht aus, und selbst wenn er den Motor in Gang bekam, würde er das Festland bei diesem Wetter nicht einmal finden. Aber er hatte auch noch einiges zu erledigen und einige Fragen, auf die er eine Antwort haben wollte. Sobald er alle Informationen zusammen hatte, konnte er sich entscheiden, wie er gegen die anderen vorgehen würde.

Macy schlich so leise wie möglich die Treppe hinunter, setzte vorsichtig einen Fuß nach dem anderen auf, um zu verhindern, dass sie ausrutschte und stolperte. Sie lauschte angestrengt, und ein paarmal meinte sie das schwere Atmen eines Mannes zu hören, der sich völlig verausgabt hatte. Sie blieb mit dem Rücken zur Wand stehen und versuchte, gleichzeitig auf die Geräusche von oben und unten zu lauschen.

Sie erreichte die Betontreppe, die nach unten führte. Plötzlich huschte ein Schatten über die Fensterscheibe, Macy war so verblüfft, dass sie sich einen Moment lang ablenken ließ. Dann kam der Schatten wieder und dahinter etwas Dunkles, das nicht zu erkennen war, aber ihr das wenige Licht nahm, das durch das Fenster fiel. Sie stieg die Betonstufen hinunter und beschrieb mit der Pistole, die sie in der Hand hielt, einen Bogen, zielte zuerst auf den unbekannten Mann im Erdgeschoss, dann in die Schatten über ihr und auf das Kind, das kein Kind war. Die Finsternis auf der Treppe war beinahe wie eine schwarze Flüssigkeit, die aus den Wänden drang und die Stufen hinunterkroch. Auf halbem Weg nach unten hörte Macy ein leises Zischen, im nächsten Augenblick tauchte die Hand des Grauen Mädchens auf und schubste sie.

Macy verlor den Halt und stolperte die letzten Betonstufen hinunter.

Die Verandabeleuchtung war ausgeschaltet und auch sonst war alles völlig dunkel, als Marianne bei sich zu Hause eintraf. Selbst die Nachtbeleuchtung, die sich in der Dämmerung automatisch einschaltete, brannte nicht.

Sie sind hier. Sie haben den Strom abgeschaltet und warten auf mich.

Doch dann schaute sie nach rechts zu Jacks Haus hinüber und sah, dass es ebenfalls dunkel war. Das kam normalerweise nie vor, denn der alte Mann war immer bis in die frühen Morgenstunden wach und malte. Manchmal, wenn sie in den warmen Sommermonaten nicht schlafen konnte und nachts auf ihrer Veranda saß, sah sie ihn an seinen schrecklichen Bildern arbeiten. Es war ein Stromausfall, mehr nicht, was allerdings nicht erklärte, warum ihr Motor den Geist aufgegeben hatte. Zufall, sagte sie sich. Welchen anderen Grund konnte es dafür geben?

Sie nahm ihre Schlüssel aus der Tasche, öffnete die Tür und stieß sie mit dem Fuß hinter sich zu. Sie trug den schlafenden Danny nach oben und legte ihn aufs Bett, nahm zwei Reisetaschen aus dem Schrank und stopfte sie mit Kleidungsstücken voll, zuerst mit ihren, dann mit Dannys. Sie packte noch ein paar Spielsachen und Bücher in Dannys Tasche, dann machte sie den Reißverschluss zu.

Schließlich zog sie die Speicherleiter herunter und stieg auf den Dachboden. Ihre Taschenlampe funktionierte nicht, sie war ziemlich sicher, dass sie lauter Sachen in ihre Reisetasche gepackt hatte, die überhaupt nicht zusammenpassten. Aber das spielte jetzt keine Rolle. Wichtig war nur der Rucksack, den sie im hinteren Teil des Dachbodens unter allem möglichen Krempel versteckt hatte. Einen Arm vor sich ausgestreckt, um zu verhindern, dass sie sich den Kopf an den Dachsparren stieß, ging sie vorsichtig weiter. Dann kniete sie sich hin und räumte Tüten und Kartons beiseite, bis sie die Rucksackgurte ertastete. Sie zog den Rucksack aus seinem Versteck, trug ihn zur Luke und warf ihn nach unten in den Flur.

Er landete mit einem Geräusch, das nur eine Dreiviertelmillion Dollar machen konnte.

Scarfe hatte die schwarzen Schatten draußen ebenfalls gesehen. Panik ergriff ihn, er packte seine Pistole mit beiden Händen und zielte auf die Gestalten, die vor dem Fenster umherhuschten.

Dann waren gleichzeitig zwei Geräusche zu hören: über ihm ein Schlurfen und hinter ihm ein Krachen, als sich etwas von außen gegen die Tür warf. Scarfe drückte sich erschrocken gegen die Wand, Macy schrie: »Polizei! Lassen Sie die Waffe fallen!«

Im gleichen Augenblick wurde die Tür aufgerissen und der Mann, auf den Macy zielte, starrte in die Dunkelheit hinaus. Er hob seine Waffe und schoss. Macy, die nichts anderes wahrnahm als die Pistole und die Gefahr, die von ihr ausging, drückte gleichzeitig ab und sah, wie der Mann zusammenzuckte, die Waffe fallen ließ und an der Wand hinunter zu Boden glitt.

Macy schritt auf Scarfe zu und stieß die Waffe mit dem Fuß weg. In der Tür stand niemand. Nur Schnee wehte herein. Der Schuss hatte Scarfe in die Brust getroffen, aus seinem Mund lief Blut. Sie versuchte, seine Jacke zu öffnen, aber er packte sie am Handgelenk.

»Warum sind Sie hier?«, fragte Macy.

»Elliot«, flüsterte Scarfe. »*Moloch!*«

Er starrte sie mit weit aufgerissenen Augen an und zog

sie näher zu sich, dann wanderte sein Blick zu einem Punkt über ihrer Schulter und sein Griff wurde fester. Noch bevor Macy sich umdrehte, spürte sie etwas Mottenartiges im Dunkeln herumflattern.

Das Graue Mädchen hing in der Luft hinter ihr, bewegte sich behände hin und her, versuchte an den sterbenden Mann heranzukommen. Macy sah die pechschwarzen Augen, umrahmt von runzliger Haut, und die Zähne, die sich hinter den wie zum Küssen gespitzten Lippen verbargen.

Sie hob ihre Pistole, während Scarfe neben ihr von einem krampfartigen Zucken befallen wurde. Seine Fingernägel gruben sich schmerzhaft in ihre Haut. Das Graue Mädchen schoss vorwärts, zog sich jedoch wieder zurück, als Macy den Sterbenden mit ihrem Körper schützte. Scarfe hustete einmal, dann lösten sich seine Finger von Macys Handgelenk, als er sein Leben aushauchte. Macy sah, wie sich das Gesicht des Grauen Mädchens vor Wut verzerrte, wie seine Arme und Beine vor Zorn zitterten. Schließlich zog es sich in die dunkle Ecke unter der Treppe zurück. Sekunden später stob ein Schwarm grauer Falter aus der Ecke und verschwand hinaus in die Nacht. Die Motten bildeten eine Nebelwolke, die sich gegen den Wind bewegte und tiefer und tiefer in den Wald eindrang, auf dem Weg zum Herzen der Insel.

16

Dexter und Moloch wandten sich von Carl Lubeys brennendem Haus ab und gingen nach Südwesten, bis sie zu einer Straße gelangten, die an beiden Seiten von Fichten so hoch wie Tempelsäulen gesäumt war.

»Brauchst du die Karte?«, fragte Dexter.

»Ich weiß, wo wir hinmüssen«, erwiderte Moloch. Er wirkte zerstreut, beinahe abwesend. »Wir müssen uns verteilen, uns ihnen von allen Seiten nähern.«

Dexter starrte ihn an.

»Verteilen? Wir sind nur noch zu zweit.«

Moloch benahm sich wie jemand, der gerade aus einem Traum aufwachte. Wieder hatte er den Eindruck, dass sich zwei verschiedene Welten überlagerten, aber diesmal war dieser Eindruck begleitet von dem unangenehmen Gefühl des Getrenntseins. Noch vor wenigen Augenblicken war er von Männern umgeben gewesen, von Männern, die auf seine Befehle hörten. Er hatte Kraft und Autorität besessen. Jetzt war nur noch Dexter da, und Moloch spürte, dass seine Kräfte schwanden. Zunehmend war ihm zumute, als wäre er im Hier und Jetzt weniger lebendig als in der Vergangenheit und als ließe er jedes Mal, wenn er von der einen Welt in die andere wechselte, etwas von sich in einem früheren Leben zurück.

»Sind die anderen noch nicht zurückgekommen?«, fragte er.

»Wer? Shepherd und Scarfe? Nein, die sind noch nicht zurück.«

Moloch nickte. Dann zeigte er in eine Richtung. »Das Haus, in dem sie wohnt, liegt hinter diesem Hügel da. Wahrscheinlich brauchen wir nicht länger als –«

Er warf einen Blick auf seine Armbanduhr. Sie war stehen geblieben.

»Weißt du, wie spät es ist?«

Dexter trug eine Digitaluhr von Seiko. Die Leuchtziffern zeigten 88:88 Uhr an.

»Keine Ahnung. Meine Uhr spinnt.«

»Egal«, sagte Moloch, aber wieder nahm Dexter ein Zögern in seiner Stimme wahr. Dreh mir jetzt nicht durch, Mann!, dachte er. Nicht nach allem, was wir durchgemacht haben.

Sie sprangen über einen schmalen Graben, der entlang der Straße verlief und jetzt fast gänzlich mit Schnee gefüllt war, und bogen in einen engen Pfad ein. Beinahe wären sie mit einer Frau kollidiert. Sie stieß einen leisen Schrei der Verblüffung aus, dann sah sie die Schusswaffen und wich zurück.

»Wo wollen Sie denn hin?«, fragte Dexter. Er trat auf sie zu, packte sie an den Haaren und zerrte sie zu Moloch hinüber.

Bonnie Claessen hatte ihre Versuche aufgegeben, zu telefonieren, ihr Auto anzulassen oder Joe Dupree zu erreichen. Überhaupt hatte sie jede Hoffnung aufgegeben. Etwas in ihr war zerbrochen, als sie die Stimme ihres Sohnes in der toten Telefonleitung gehört hatte, und sie hatte sich in eine tröstende Illusion zurückgezogen. Richie, ihr trauriger, verwirrter, lieber Sohn, lief allein draußen im Schnee herum und bestimmt war er müde und ängstlich. Sie musste ihn finden und nach Hause bringen. Sie trug eine offene Jacke über ihrem Pullover und ihren Jeans, ihre Kleider waren inzwischen von Schnee verkrustet. Ihre billigen Stiefel konnten ihre Füße nicht wärmen, doch sie spürte die Kälte nicht. Sie war in den Wahnsinn abgedriftet und wartete nun darauf, dass ihr Sohn in seiner leuchtend orangefarbenen Jacke aus der Dunkelheit auftauchte, erleichtert und glücklich, dass seine Mutter ihn holen kam und an ihr Herz drückte.

»Ich suche meinen Jungen«, sagte sie. »Haben Sie ihn vielleicht gesehen?«

Sie musterte zuerst Dexter, dann Moloch. Die beiden Männer kamen ihr irgendwie bekannt vor. Einen Augenblick lang konnte sie klar denken. Sie schüttelte den Kopf, während sie die Männer unverwandt anstarrte.

Das waren die bösen Männer, vor denen Richie sich gefürchtet hatte, die Männer aus dem Fernsehen. Noch einmal hörte sie die letzten Worte ihres Sohnes.

Mama! Mama! Böse Männer! Bösemännerbösemännerbösemännerböse …

Dexter las in ihren Augen, dass sie sie erkannte.

»Scheiße!«, sagte er. »Jetzt müssen wir auch noch –«

Ein Schuss krachte so dicht neben seinem Kopf, dass er entsetzt zurückwich. Die Frau sank zu Boden und der Schnee färbte sich rot. Neben ihm steckte Moloch seine Pistole zurück ins Halfter.

»Wir hätten sie mitnehmen können«, sagte Dexter. »Sie hätte uns womöglich helfen können.«

»Wirst du plötzlich sentimental, Dex?«, fragte Moloch, und auf einmal war Dexter sich ganz sicher, dass Moloch den Verstand verloren hatte. In der unausgesprochenen Drohung hörte er das Todesurteil, das Moloch über Willard gesprochen hatte, die Gleichgültigkeit, mit der er Powell, Shepherd und Scarfe ihrem Schicksal überlassen hatte, und die Besessenheit, die sie alle hierher gebracht hatte. Es ging längst nicht mehr um Geld oder um eine Frau und ein Kind. Das mochte Moloch vielleicht einmal angenommen haben, aber das war es nicht. Moloch war aus einem geheimnisvollen, ganz persönlichen Grund hier, und alle, die ihn begleiteten, waren nur Werkzeuge und entbehrlich.

Wir werden hier sterben, erkannte Dexter. Wahrscheinlich habe ich es immer gewusst und nur gehofft, dass es nicht stimmte, aber hier wird es enden. Ich habe keine andere Wahl, als bis zum Schluss durchzuhalten und das Ende zu akzeptieren, wenn es kommt.

»Nein«, sagte Dexter. »Ich werde nicht sentimental.«

Er ging zu der Frau hinüber und schaute auf sie hinunter. Sie lag reglos da. Ihre Augenlider flatterten, und er meinte zu sehen, wie sich ihr Brustkorb hob und senkte, während aus der Wunde über ihrer linken Brust Blut sickerte. Ihre Lippen formten ein Wort.

»Richie«, flüsterte sie, denn der Junge war jetzt bei ihr. Er war ihr immer wundersam vorgekommen, immer freundlich, aber jetzt wirkte er ganz verändert, seine Gesichtszüge waren von außergewöhnlicher Schönheit und seine Augen strahlten eine Intelligenz aus, die er im Leben nie besessen hatte.

»Richie«, flüsterte sie noch einmal. Richie nahm sie an die Hand, hob sie auf und trug sie fort, sodass sie die Kugel nicht spürte, die Dexter auf sie abschoss.

Und aller Schmerz war für immer vorüber.

Marianne stand gerade an ihrer Haustür, als sie die Schüsse hörte. Sie kamen ganz aus der Nähe. Zwei prall gefüllte Reisetaschen standen zu ihren Füßen, der Rucksack hing über ihrer Schulter. Danny, immer noch verschlafen, saß auf einer der Taschen. Als er die Schüsse hörte, blickte er kurz zu ihr auf, dann legte er den Kopf wieder in seine Hände, die Augen fast geschlossen.

»Komm, Danny, wir müssen gehen.«

»Wohin denn?«, jammerte er, und zum ersten Mal verlor sie die Geduld mit ihm.

»Wir gehen rüber zu Jack. Los, steh auf, Danny! Ich mein's ernst! Wenn du nicht sofort aufstehst, verpasse ich dir eine Tracht Prügel, dass du eine Woche lang nicht mehr richtig sitzen kannst. Hast du mich verstanden? Steh auf!«

Der Junge fing an zu weinen, aber wenigstens setzte er

sich endlich in Bewegung. Marianne nahm die beiden Taschen und bugsierte Danny mit einer davon zur Tür. Mit dem Fuß zog sie die Tür hinter sich zu und scheuchte Danny den Weg entlang, der zu Jacks Haus führte. Sie hoffte, den Alten überreden zu können, sie von Dutch Island fortzubringen. Selbst wenn sie nicht weiter kamen als bis zu einer der Nachbarinseln, würde ihr das schon reichen. Hauptsache, sie kamen von hier weg. Die schwere Pistole in ihrer Jackentasche schlug beim Gehen schmerzhaft gegen ihr Bein, aber das machte ihr nichts aus. Sie hatte die Waffe zusammen mit dem Geld in dem Rucksack aufbewahrt. In den Jahren, seit sie vor Moloch geflohen war, hatte sie die Waffe nur zweimal nach den Anweisungen, die sie in einer Waffenzeitschrift gefunden hatte, gereinigt und geölt. Geschossen hatte sie noch nie damit, nicht einmal zum Üben auf einem Schießplatz. Aber falls sie dazu gezwungen sein sollte, würde sie sie benutzen. Diesmal würde sie keine Angst haben. Sie würde sich ihm entgegenstellen. Sie war stärker, als er je geahnt hatte, sogar stärker, als sie selbst gewusst hatte. Wenn nötig, würde sie ihn töten, und insgeheim hoffte sie sogar, dass sie die Gelegenheit dazu bekam.

Vom Hügel aus beobachteten Moloch und Dexter, wie Marianne und Danny das Haus verließen, doch sie waren nicht die einzigen Beoabchter. Weiter rechts, am Rand von Jacks Grundstück, stand ein hübscher, blonder junger Mann zwischen den Bäumen und bewunderte einmal mehr die schönen Beine in den engen Jeans der Frau, die Wölbung ihrer Brüste unter der offenen Jacke. In gewisser Weise war sie schuld an allem, was ihm widerfahren war, sie war dafür verantwortlich, dass der Mann, den er so sehr liebte, ihn verlassen hatte. Sie hatte seinen geliebten Moloch betrogen, dafür würde sie bezahlen. Er erinnerte sich vage daran, dass Moloch gesagt hatte, er dürfe ihr kein Leid zufügen, aber jetzt war seine Gier erwacht. Er würde sie zuerst zwingen, ihm zu sagen, wo das Geld war, und sie dann töten.

Schließlich hatte auch Willard seine Bedürfnisse.

Als Jack gerade ins Schlafzimmer gehen wollte, hörte er das Pochen an seiner Küchentür. Er hatte versucht zu malen, aber ihm war nichts eingefallen. Stattdessen hatte er immer wieder wie gebannt auf das Bild gestarrt, in das die zwei Gestalten hineingebrannt waren, war immer wieder mit den Fingern darübergefahren und hatte zu begreifen versucht, wie sie dort hingelangt waren. Und dann war das Licht ausgegangen und die Heizung ebenfalls. Selbst das kleine Feuer im Kamin war ausgegangen, was er aber erst bemerkt hatte, als ihm kalt geworden war. Er hatte kein Brennholz mehr im Haus, also zog er sich seine Jacke über, öffnete die Tür und wollte in die Kälte hinausgehen, um sich Holz aus dem Schuppen zu holen.

Aber in dem Augenblick sah er einen Schatten hinter dem Haus umherhuschen.

Nein, nicht *einen* Schatten, sondern mehrere.

»Wer ist da?«, rief er, ohne eine Antwort zu erwarten. Dann meinte er durch den dicht fallenden Schnee hindurch zu sehen, wie sich ein Schatten gegen den Wind bewegte, er hob sich grau gegen den Schnee am Boden ab wie ein vor dem Wind dahingleitendes Spinnennetz oder ein alter Umhang. Rechts und links waren noch mehr Schatten, sie schienen das Haus einzukreisen und abzuwarten.

»Geht weg«, sagte er leise. »Bitte, geht weg.«

Er schloss die Tür, verriegelte sie und überprüfte alle Fenster im Haus. Dann holte er sich eine Decke von seinem Bett, wickelte sie sich um die Schultern und setzte sich so nah wie möglich vor den Kamin, in dem noch ein Rest Glut vor sich hin glomm. Er meinte, eine Weile geschlafen zu haben, denn er hatte von Schatten geträumt, die immer näher an das große Panoramafenster herangekommen waren, von Gesichtern, die sich gegen die Scheibe drückten, Gesichtern mit grauer, welker Haut, mit braunen Zähnen, schmalen, blutleeren Lippen und schwarzen, hungrigen Augen. Sie klopften mit ihren langen Fingernägeln ans Fenster, bis die Scheibe in tausend Stücke zersprang. Im nächsten Augenblick waren die Gestalten in sein Haus eingedrungen, hatten sich auf ihn gestürzt und begonnen, ihn zu verschlingen.

Jack riss die Augen auf. Das Klopfen war immer noch zu hören und einen Moment lang konnte er zwischen Traum und Wirklichkeit nicht unterscheiden. Dann hörte er, wie Marianne Elliot seinen Namen rief. Mühsam raffte er sich auf, seine Gelenke waren ganz steif vom langen Sitzen im Sessel, und ging in die Küche. Durch das Fenster in der Tür sah er die Gesichter der beiden, Marianne mit Panik in den Augen, Danny verschlafen und mit tränenverschmierten Wangen. Er öffnete die Tür.

»Kommt rein«, sagte er. »Was ist passiert?«

Marianne ließ ihre Taschen fallen, kniete sich hin und drückte Danny an sich.

»Es tut mir Leid, dass ich dich so angeschrien habe, Danny. Es tut mir so Leid.«

Der Junge fing wieder an zu weinen, aber zumindest legte er seine Arme um ihren Hals. Während sie ihren Sohn in den Armen wiegte, schaute sie Jack flehend an.

»Wir müssen weg von der Insel.«

»Ihr könnt unmöglich von hier weg, solange der Schneesturm da draußen tobt«, sagte Jack. »Man kann überhaupt nichts sehen und der Wind ist zu stark. Ihr müsst warten, bis er sich ein bisschen gelegt hat.«

»Wir können nicht lange warten.«

Jack sagte nichts. Marianne begriff, dass er weitere Erklärungen von ihr wollte.

»Danny«, sagte sie, »geh rein und leg dich ein paar Minuten hin.«

Das brauchte sie dem Jungen nicht zweimal zu sagen. Er drückte sich an dem alten Mann vorbei und lief zum Sofa hinüber, wo er augenblicklich einschlief.

»Ich habe alle angelogen«, sagte Marianne, als sie sah, dass ihr Sohn sich neben dem kalten Kamin zusammengerollt hatte. »Mein Mann ist nicht tot. Er war im Gefängnis. Ich habe ihn an die Polizei verraten, damit Danny und ich vor ihm fliehen konnten. Und … ich habe ihm Geld gestohlen. Viel Geld.«

Sie öffnete den Rucksack und zeigte Jack die Geldbündel. Er öffnete verblüfft den Mund und klappte ihn wieder zu.

»Ich weiß nicht, woher er das ganze Geld hatte, aber ich kann es mir denken und du sicherlich auch. Jetzt ist er hier auf der Insel, zusammen mit einigen Männern, die er mitgebracht hat. Sie sind schon ganz in der Nähe. Eben habe ich Schüsse gehört.«

Sie griff nach der Hand des Malers.

»Mein Auto springt nicht an, aber du hast ein Boot. Du musst uns von hier wegbringen, auch wenn wir es nur bis zur nächsten Insel schaffen. Wenn wir hier bleiben, wird er uns finden. Er wird mich töten und Danny mitnehmen.«

Sie schaute ihn an.

»Oder sie bringen auch Danny um. Mein Mann hat Danny nie geliebt.«

Der alte Mann warf einen Blick auf die Küchentür, hinter der der Junge schlief.

»Hast du Joe Dupree davon erzählt?«

Marianne schüttelte den Kopf.

»Er wird dir helfen, das weißt du. Er ist anders.«

»Ich hatte Angst, dass man mich ins Gefängnis stecken und mir Danny wegnehmen würde.«

»Ich kenne mich mit dem Gesetz nicht gut genug aus, um dir sagen zu können, was dir blühen würde, aber ich könnte mir gut vorstellen, dass die Richter nicht so hartherzig wären.«

»Bring uns einfach von der Insel weg, bitte. Wenn wir erst mal in Sicherheit sind, werde ich mit irgendjemandem über alles reden.«

Jack biss sich auf die Lippe, dann nickte er. »Also gut, wir können es versuchen. Ist das dein ganzes Gepäck?«

»Ich hatte keine Zeit, noch mehr einzupacken.«

Jack nahm die beiden Taschen und stieß mit dem Fuß gegen den Rucksack. »Um das da kümmerst du dich wohl am besten selbst.«

Jack ging voraus ins Wohnzimmer. Marianne war so dicht hinter ihm, als der Schuss ihn traf, dass sein Blut ihr ins Gesicht spritzte, bevor er zu Boden stürzte. Er hielt sich die verletzte Schulter und biss die Zähne zusammen, dann, als der Schockzustand einsetzte, begann er zu zittern. Danny war aufgewacht und weinte laut, aber sie konnte nicht zu ihm gehen. Sie war stocksteif vor Schreck.

Sie konnte nur hilflos ihren Ehemann anstarren, während Dexter sie abtastete und die Pistole aus ihrer Jackentasche nahm. Er hob sie hoch, damit Moloch sie sehen konnte.

Moloch grinste.

»Ist das eine Pistole in deiner Tasche oder freust du dich nur einfach nicht, mich zu sehen?«, fragte er.

Er trat auf sie zu und schlug ihr mit der rechten Hand so hart ins Gesicht, dass sie rückwärts aufs Sofa taumelte. Einen Augenblick lang blieb sie reglos liegen, dann kroch sie auf allen vieren zu Danny hinüber und nahm ihn in die Arme.

»Das solltest du auskosten«, sagte Moloch. »Denn euch bleibt nicht mehr viel Zeit zusammen.«

Moloch betrachtete sein Spiegelbild in dem Gemälde. Sein Gesicht schien über den dunklen Wellen zu schweben, die der alte Mann gemalt hatte, die beiden Felsvorsprünge rechts und links der Bucht schienen ihm wie Hörner aus dem Kopf zu wachsen und sich über seinen Haaren zu berühren. Er ging zum nächsten Bild, einem Aquarell aus Grün- und Blautönen, dann kehrte er wieder zum ersten Bild zurück. Auf diesem Gemälde waren die Wellen sehr dunkel, fast schwarz, mit Schaumkronen, die aussahen wie bleiche Körper von Ertrinkenden. Silbriges Mondlicht erhellte den dunklen Himmel. Sterne waren keine zu sehen.

»Das gefällt mir«, sagte er.

Jack, der auf dem Boden saß, die Hände vor dem Körper mit einem Stück Wäscheleine gefesselt, schaute den Eindringling an. Der alte Mann war leichenblass, bis auf einige Blutflecken auf seiner Wange. Im Halbdunkel wirkte das Blut schwarz im Vergleich zu der blassen Haut, was dem Maler eine seltsame Ähnlichkeit mit dem Bild verlieh, vor dem Moloch gerade stand.

»Gehen Sie, dann überlasse ich es Ihnen umsonst«, sagte Jack.

Molochs Mundwinkel zuckten, das einzige Anzeichen dafür, dass ihn der Witz amüsierte.

»Eins habe ich gelernt«, sagte er. »In diesem Leben bekommt man nichts umsonst. Aber ich kann Ihnen versichern, dass Sie sich nie wieder mit Geldsorgen plagen müssen, falls Sie vorhaben, mich zu verarschen.«

Dexter stellte sich hinter das Sofa. Seit sie die Frau und das Geld gefunden hatten, schien Moloch sich wieder halbwegs im Griff zu haben. Er wirkte nicht mehr ganz so abwesend. Dexter hegte die vage Hoffnung, dass sie vielleicht doch irgendwie lebend hier rauskommen würden. Er hatte seine Hand an Dannys Hals gelegt, was beinahe wie eine schützende Geste hätte aussehen können, wenn seine Fingerspitzen sich nicht schmerzhaft in die Haut des Jungen gegraben hätten.

»Sag, er soll damit aufhören«, flehte Marianne. »Er ist dein Sohn. Sag ihm, er soll aufhören, ihm wehzutun.«

Moloch ging auf den Jungen zu, der ängstlich vor ihm zurückzuweichen versuchte, doch Dexters Hand hinderte ihn daran. Moloch streichelte dem Jungen mit dem Handrücken über die Wange.

»Du frierst«, sagte er. »Wenn du nicht aufpasst, wirst du dir noch den Tod holen.«

Er schaute zu Marianne hinüber.

»Er sieht mir nicht besonders ähnlich. Bist du sicher, dass er mein Sohn ist? Vielleicht ist er ja das Resultat von irgendeinem Experiment, das du und diese Lesbenschlampe ausgeheckt habt. Sie ist übrigens tot, aber ich schätze, das wusstest du schon.«

Marianne schloss die Augen. Sie biss sich auf die Lippe, um nicht zu weinen.

»Tja, ich muss sagen, eine Menge Leute haben deinetwegen ins Gras beißen müssen. Deine Schwester, dein Schwager, weiß der Teufel, wie viele Leute hier auf der Insel, alles nur, weil du eine geldgierige Schlampe bist, die ihren eigenen Mann ans Messer geliefert hat. Bin gespannt, wie das deinem Gewissen bekommt.«

Er wandte sich an Dexter.

»Wie lange sind wir schon hier?«

»Zehn Minuten, eine Viertelstunde vielleicht.«

»Wir können es uns nicht leisten, noch länger auf die anderen zu warten. Aber da wir jetzt ein Boot ganz in der Nähe haben«, Moloch trat Jack gegens Bein, dass der alte Mann zusammenzuckte, »sieht es ganz so aus, als hätte ich noch ein bisschen Zeit zum Totschlagen, wie man so schön sagt.«

Er packte Marianne am Arm, zog sie hoch und bugsierte sie in Richtung Schlafzimmer. Danny versuchte, sich an ihr festzuklammern, aber Dexter presste ihn unerbittlich auf die Couch.

»Ich habe sehr lange auf das Wiedersehen mit dir gewartet«, flüsterte Moloch Marianne ins Ohr. Er packte sie brutal an der linken Brust. »Betrachte es als eheliche Pflicht.«

Marianne versuchte sich von ihm loszureißen, doch er stieß sie vorwärts, sodass sie in den Flur taumelte.

»Es gab mal eine Zeit«, sagte Moloch, »da hast du mich um das angefleht, was ich dir jetzt gleich geben werde.« Er schob sie gegen die Wand, presste sich mit seinem ganzen Körpergewicht gegen sie, langte mit der Hand in ihr Gesicht und presste ihre Wangen zusammen, sodass ihr Mund sich wie zum Küssen spitzte. Dann setzte er ein gespielt trauriges Gesicht auf.

»Vielleicht hast du die guten alten Zeiten einfach vergessen«, sagte er. »Ich jedenfalls kann dir ehrlich gestehen, dass ich in all den Jahren, die wir getrennt waren, mit keiner anderen Frau zusammen war.«

Er küsste sie trotz ihres Widerstands auf den Mund. Sie versuchte verzweifelt, sich zu wehren, leise, erstickte Schreie drangen unter seinen Lippen hervor. Dann entspannte sich ihr Körper und ihre Lippen gaben sich seinen hin. Er lockerte den Griff seiner Hand, mit der er immer noch ihre Wangen zusammenpresste.

Da biss sie ihn so unerwartet und heftig, dass sie ihm fast die Unterlippe abgetrennt hätte. Moloch schrie vor Schmerz laut auf. Er schlug ihr mit der Faust ins Gesicht, sie taumelte und stürzte gegen einen kleinen Tisch, auf dem eine Vase mit Blumen stand, die krachend zu Boden fiel.

Danny begann zu schreien.

Moloch hielt sich die verletzte Lippe mit der Hand, Blut rann ihm durch die Finger. Er betrachtete sich im Garderobenspiegel, dann blickte er auf Marianne hinunter. Seine Worte klangen verzerrt, als er zu sprechen versuchte, ohne seine Unterlippe zu bewegen, doch sie verstand, was er sagte. Alle verstanden es.

»Das wirst du mir büßen«, sagte er. »Wenn ich dich erst gefickt habe, werde ich dich aufschlitzen und in Stücke schneiden. Und als Nächstes werde ich mir den Jungen vornehmen.«

Er zog das Messer aus seinem Gürtel, klappte es auf und ging auf sie los. Er packte sie an den Haaren und zerrte sie in Richtung Schlafzimmer, während Danny schrie wie am Spieß und Jack versuchte, sich von seinen Fesseln zu befreien.

Plötzlich zersplitterte die Terrassentür und aus Dexters Brust schoss Blut. Er wirbelte herum, dann traf ihn eine zweite Kugel und ließ ihn vor dem Kamin zusammenbrechen. Er rollte sich von der glimmenden Asche weg. Dann traf ihn ein dritter Schuss in die Lendenwirbel und endlich blieb er reglos liegen.

Willard trat durch die zerbrochene Scheibe, Scherben knirschten unter seinen Füßen.

»Ihr scheint alle überrascht, mich zu sehen«, sagte er.

Joe Dupree war fast in Sichtweite von Jacks Haus, als er die Schüsse und das Klirren von Glas hörte. In Mariannes Haus hatte er niemanden vorgefunden. Wahrscheinlich war sie mit Danny zu Jack rübergegangen, sagte er sich. Er näherte sich dem Haus von Westen, die Terrassentür lag jedoch auf der anderen Seite, sodass er nicht sehen konnte, was drinnen vor sich ging.

Die Schrotflinte im Anschlag, ging er um das Haus herum.

Moloch lächelte Willard an.

»Ich wusste, dass du es schaffen würdest«, sagte er.

Willard wirkte verwirrt.

»Du hast ihnen befohlen, mich zu töten.«

Moloch schüttelte den Kopf. »Nein, das war Dexters Idee, und er hat mir erst davon erzählt, als hier alles anfing schief zu laufen. Am liebsten hätte ich ihn gleich erschossen, aber ich brauchte jede Hilfe, die ich kriegen konnte. Irgendwas auf dieser verdammten Insel will uns alle töten, wir müssen zusammenhalten, wenn wir hier lebend rauskommen wollen.«

Willard schaute ihn an, und Moloch sah, dass er ihm glauben wollte. Wenn Willard überhaupt für irgendetwas auf der Welt Liebe empfand, dann für Moloch.

»Wenn du Dexter nicht getötet hättest, hätte ich es selbst getan, sobald wir wieder auf dem Festland gewesen wären. Ich weine ihm keine Träne nach.«

Trotz seiner blutenden Lippe versuchte Moloch, sich Willards Kummer gegenüber mitfühlend zu zeigen. Es schien zu funktionieren. Die Pistole, die auf Moloch gerichtet war, zitterte, dann fiel sie zu Boden.

»Danke, Willard«, sagte Moloch.

Willard nickte.

»Und was jetzt?«

Moloch schüttelte Marianne an den Haaren. »Meine Frau und ich wollten uns gerade dem Liebesspiel hingeben, aber jetzt werde ich wohl gleich zum Nachspiel übergehen.«

»Was ist mit deiner Lippe passiert?«

Moloch lächelte, seine Zähne waren rot. »Sollte wohl ein Knutschfleck werden«, sagte er, dann sah er zu Jack hinüber. »Gibt's hier einen Erste-Hilfe-Kasten?«

»In der Küche, unter der Spüle.«

Moloch deutete mit dem Kinn in Richtung Küche. »Los, geh mal nachsehen, ob du etwas für meine Lippen findest«, forderte er Willard auf.

Willard warf einen letzten Blick auf Dexter, der reglos am Boden lag, dann nahm er die Pistole, steckte sie in seinen Gürtel und ging in die Küche. Nur an seinem kaum merklichen Widerstreben, Moloch aus den Augen zu lassen, waren seine Zweifel zu erkennen. Er schaute ihn immer noch unverwandt an, als die Küchentür hinter ihm zufiel, die ihn nun vor den Blicken derjenigen im Wohnzimmer verbarg, und sich Joe Duprees riesige Hand um seinen Hals legte. Willard versuchte, seine Waffe zu ziehen, aber Dupree nahm sie mit der Linken aus seinem Gürtel und legte sie lautlos auf die Küchenanrichte.

Willards Füße hoben sich vom Boden. Er versuchte zu schreien, aber der Griff des Riesen war zu fest. Er strampelte mit den Füßen in der Hoffnung, mit einem Tritt gegen die Wand oder den Schrank Moloch zu warnen, doch der Riese hielt ihn mitten in der Küche hoch, weit weg von allem, was es Willard ermöglicht hätte, sich bemerkbar zu machen. Willard langte nach dem Gesicht des Riesen, aber seine Arme waren zu kurz. Er grub seine Fingernägel in die Hände des Riesen, während ihm die Augen aus den Höhlen traten und seine Lunge brannte. Speichel lief ihm aus dem Mund und er begann zu zittern.

Dann verstärkte Dupree seinen Griff und brach Willards Hals wie den eines Vogels.

In diesem Augenblick fuhr Moloch herum und schaute in Richtung Küche.

»Willard?«, rief er. »Alles in Ordnung da drin?«

Er warf sein Messer weg und zog seine Pistole, während er Marianne immer noch an den Haaren gepackt hielt. Den Lauf an ihre Schläfe gedrückt, schob er sie langsam in Richtung Wohnzimmer. Er sah, wie Jack und der Junge nach rechts blickten. Moloch riskierte einen Blick um die Ecke.

In der zerstörten Terrassentür stand eine Polizistin, die Pistole im Anschlag. Sie schoss. Das Glas an dem Gemälde an der Wand, das Molochs Kopf am nächsten war, zerbarst. Im selben Augenblick tauchte Dupree aus der Küche auf, sein massiger Körper füllte den Türrahmen aus, als er den Kopf einzog, um sich hindurchzuzwängen. Moloch zerrte Marianne auf die Füße und hielt sie wie einen Schutzschild vor sich, den Lauf der Pistole in das weiche Fleisch unter ihrem Kinn gedrückt. Nur Dupree konnte ihn sehen. Macy stand unschlüssig in der Terrassentür. Moloch veränderte seine Position so, dass er Macy im Garderobenspiegel sehen konnte.

»Kuckuck! Ich kann Sie sehen!«, rief er. »Rühren Sie sich nicht von der Stelle, Fräulein.«

Dupree blieb stehen, die Schrotflinte auf Moloch gerichtet. Die beiden Männer standen sich zum ersten Mal gegenüber, zusammengebracht von Mächten, die keiner von beiden wirklich begriff, aneinander gekettet durch Umstände, die ihnen nicht wirklich klar waren: ihr Wissen um die Frau, die zwischen ihnen stand, ihre Verbundenheit mit der Insel und ihrer merkwürdigen, blutigen Geschichte, und schließlich ihre eigenartigerweise ähnliche Situation, denn sie waren beide auf ihre Art fehl am Platz in der Welt, sodass Sanctuary der einzige Ort war, zu dem sie sich zugehörig fühlen konnten.

»Lassen Sie sie los«, sagte Dupree. »Es ist vorbei.«

»Meinen Sie?«, erwiderte Moloch. »Ich würde sagen, es fängt gerade erst an.«

»Ihre Leute sind alle tot und auch Sie werden diesen Ort nicht lebend verlassen. Lassen Sie sie los.«

»Äh, nein. Dazu sehe ich keine Veranlassung. Meine Frau und ich sind nach Jahren der Trennung endlich wieder vereint. Wir haben eine Menge nachzuholen.«

Moloch riss Mariannes Kopf nach hinten und küsste sie trotz seiner schmerzenden Lippe auf die Wange, sodass ihr Gesicht mit Blut verschmiert war.

»Ich wette, sie hat Ihnen nichts von mir erzählt. Ich bin erschüttert. Man sollte von Anfang an offen und ehrlich zueinander sein, das ist die einzige Chance, die zwei Liebende haben.«

Marianne wagte nicht, Dupree anzusehen. Zu ihrer Rechten konnte sie sehen, wie Macy ihre Waffe auf Moloch gerichtet hielt und auf eine Gelegenheit wartete, auf ihn zu schießen.

»Ja, ich weiß alles über Sie und meine Frau. Ich habe nichts übrig für einen Mann, der in fremden Revieren wildert, egal was man ihm erzählt hat. Aber ich bin geneigt, Ihnen zu verzeihen. Schließlich hat sie Sie nur benutzt.«

Dupree konnte seine Verwirrung nicht verbergen.

»Was haben Sie denn gedacht? Haben Sie im Ernst geglaubt, sie hätte sich zu Ihnen *hingezogen* gefühlt, Sie verdammte Missgeburt? Das hier ist nicht ›Die Schöne und das Tier‹. Das hier ist das wirkliche Leben. Sie hat uns beide reingelegt, aber nehmen Sie es sich nicht zu Herzen. Sie ist gerissener, als ich angenommen hatte, und sie ist zweifellos eine Schönheit. Vielleicht nicht mehr lange, aber noch würden nicht wenige Männer eine Menge dafür geben, sie durchvögeln zu dürfen. Sie hat Sie als eine Art Frühwarnsystem benutzt, um sich rechtzeitig mit dem Geld aus dem Staub machen zu können.«

Marianne versuchte etwas zu sagen, aber Moloch drückte ihr den Pistolenlauf so brutal in den Hals, dass sie das Gefühl hatte, er würde sich bis in ihren Mund bohren. Doch endlich wagte sie es, Dupree in die Augen zu sehen und mit ihrem Blick ihre Scham, ihr Bedauern, ihre Angst und ihre Gefühle für ihn zum Ausdruck zu bringen.

Das sind lauter Lügen. Er lügt. Ich habe nie jemandem wehtun wollen, am wenigsten dir.

»Sie wird natürlich versuchen, alles zu leugnen. Aber ich kenne sie. Verdammt, schließlich bin ich lange genug mit ihr verheiratet, trotzdem hat sie mich hintergangen. Vielleicht hat sie sogar gehofft, Sie würden sie beschützen, falls irgendetwas schief geht. Tja, in dem Punkt zumindest scheint ihre Rechnung aufgegangen zu sein, denn da sind Sie ja.«

Im Spiegel sah Moloch, wie Macy einen Versuch machte, sich zu entfernen. Sie wollte zur Haustür gelangen, um ihm den Fluchtweg abzuschneiden. »Fräulein, ich sagte, dass ich Sie sehen kann. Wenn Sie sich noch einmal rühren, puste ich diesem Miststück von Ehefrau das Gehirn raus.«

Macy blieb stehen.

»Legen Sie die Flinte weg!«, befahl Moloch Dupree. »Und die Smith, die in Ihrem Gürtel steckt, können Sie auch gleich wegwerfen. Ich werde nicht mal die Zeit vergeuden, um bis drei zu zählen.«

Ganz gegen seinen Instinkt tat Dupree wie ihm geheißen und legte erst die Schrotflinte, dann die Smith & Wesson vorsichtig auf den Boden.

»Sie auch, Fräulein«, sagte Moloch. Er drückte sich mit dem Rücken an die Wand, damit er genau sehen konnte, was Macy tat. Sie rührte sich nicht.

»Glauben Sie etwa, ich mache Witze? Weg mit der Waffe!«

Ganz langsam begann Macy, ihre Pistole auf den Boden zu legen, während Moloch sich wieder Dupree zuwandte.

»Sieh sich bloß einer diese Missgeburt an«, sagte er. »Ein Riese, der den tapferen Ritter spielt. Aber Sie haben Ihre Märchen nicht richtig gelesen, Mr Riese.«

Unvermittelt nahm er die Pistole von Mariannes Hals weg und richtete sie auf Dupree.

»Am Ende der Geschichte muss der Riese immer sterben.«

Er drückte ab und Blut spritzte aus dem Hals des Polizisten.

Für Joe Dupree lief alles wie in Zeitlupe ab. Ihm war, als konnte er die Kugel durch die kalte Luft fliegen sehen. Ganz langsam schien sie in seine Haut einzudringen, sein Fleisch zu zerreißen und seine Knochen zu zerschmettern, bis sie rechts von seinem Rückgrat aus seinem Körper austrat. Er stürzte rückwärts durch die Küchentür und landete direkt neben Willards Leiche auf dem Boden. Er versuchte zu atmen, doch sein Hals füllte sich bereits mit Blut. Die Küchentür wurde von seinen Füßen offen gehalten, so konnte er sehen, wie Marianne herumwirbelte, Moloch auf seinen blutigen Mund schlug und sich gegen ihn warf, um ihm ihre Pistole zu entreißen. Er sah Macy durchs Wohnzimmer laufen, die Pistole in den ausgestreckten Händen, den Blick mit Entsetzen auf ihn gerichtet. Er sah, wie Moloch Marianne von sich stieß und schießend zur Tür rannte, wie seine Frau in der Ecke Deckung suchte, während die Kugeln in die Wände einschlugen und Putz und Farbe durch den Flur flogen.

Plötzlich war Moloch verschwunden und Macy zögerte kurz, unschlüssig, ob sie die Verfolgung aufnehmen oder sich um ihren verwundeten Kollegen kümmern sollte. Dann lief sie zu Dupree hinüber. Sie humpelte leicht, ihr linker Fuß schien zu schmerzen.

»Halten Sie durch, Joe«, sagte Macy. »Wir rufen Hilfe …«

Er fasste sie an der Jacke und dann stieß er sie weg.

Sie zögerte. Er konnte nicht sprechen, zeigte aber mit der Hand auf die Tür, durch die Moloch geflohen war. Macy nickte und rannte los, nicht ohne sich noch einmal nach dem sterbenden Polizisten umzudrehen.

Marianne kam zu ihm herüber. Sie weinte. Der Junge stand hinter ihr und starrte auf die beiden Männer auf dem Küchenboden.

»Es tut mir Leid«, flüsterte Marianne. »Es tut mir so Leid.«

Sie zog sich die Jacke aus, um ihn damit zuzudecken.

»Nein«, sagte sie. »Stirb nicht. Lass mich dir helfen. Wir müssen dich warm halten.«

Dann sah sie das Blut, das unter seinem Kopf eine immer größer werdende Lache bildete, Blut, das aus der Austrittswunde lief, die sie nicht sehen konnte, und sie begriff, wie es um ihn stand.

»Nein«, flüsterte sie noch einmal. »Bitte nicht.«

Der Riese hustete, sein Körper wurde von Krämpfen geschüttelt. Sie versuchte ihn am Boden zu halten, aber ihre Kraft reichte nicht aus. Sein riesiger Körper zuckte, während seine Finger sich in den Boden zu krallen versuchten, und aus seinem Hals drang ein unregelmäßiges klickendes Geräusch.

Dann hörten die Krämpfe auf und Joe Duprees Augen weiteten sich im Sterben, als hätte er plötzlich das Wesen dieser Welt erkannt.

17

Moloch floh.

Um sich herum nahm er Bewegungen wahr – Zweige, die sich im Wind bogen, totes Laub, das durch die Luft tanzte, und die Gestalten am Rand seines Gesichtsfelds, die sich nicht mehr darum scherten, ob er sie bemerkte oder nicht, nur darauf bedacht, ihm auf seinem Weg durch den Wald auf den Fersen zu bleiben. Blut klebte in seinem Gesicht und auf seinem Hemd; er spürte, wie es in der Nachtluft abkühlte. Seine Lippe schmerzte, bei jedem Atemzug fühlte es sich an wie tausend Nadelstiche in seinem Mund. Er hörte Geräusche hinter sich. Die Polizistin verfolgte ihn. Er dachte an alles, was er mit der Frau machen wollte, an all die Schmerzen, die er ihr und seiner Frau gern zugefügt hätte. Zumindest hatte er dem riesigen Bullen den Garaus gemacht. Das war immerhin etwas.

Er stieß mit dem Kopf gegen einen herunterhängenden Ast, der durch den Sturm fast abgebrochen war, und schrie auf, als er rückwärts gegen den Baum stürzte. Als die Schmerzen in seinem Mund und in seinem Kopf nachließen, holte er tief Luft und stolperte weiter über einen schmalen Pfad, der sich durch einen Sumpf wand, bis er schließlich eine Lichtung im Herzen der Insel erreichte. Flache Steine lagen halb begraben auf dem Waldboden, in der Mitte stand ein einfaches Steinkreuz. Langsam ging er auf das Kreuz zu. Die in den Stein gemeißelten Namen waren immer noch lesbar. Moloch streckte eine Hand aus und fuhr mit einem blutverschmierten Finger über die Buchstaben. Er berührte den Stein und –

Männer. Wald. Schüsse. Frauen.

Frau.

Seine Zahnfüllungen fühlten sich an, als wären sie elektrisch geladen, und plötzlich wurde ihm schwindlig. Er taumelte rückwärts, als der Boden unter seinen Füßen zu wanken begann. Bilder von Leid und Tod tauchten vor ihm auf. Er fühlte Fleisch unter seinen Händen und roch Pulverdampf. Ein Grummeln ertönte, als die Erde sich unter ihm auftat und Moloch in die Finsternis stürzte.

Marianne zog Danny von Joe Duprees Leiche weg und verbarg sein Gesicht in ihrer Jacke, genauso, wie er selbst es vor wenigen Tagen – Jahren? – getan hatte, um den toten Vogel nicht sehen zu müssen. Willards Leiche lag in der Ecke, teilweise verdeckt vom Frühstückstresen. Danny hörte gar nicht mehr auf zu weinen. Er klammerte sich so fest an Marianne, dass seine Fingernägel fast ihre Haut blutig kratzten. Jack war es gelungen, sich aufzurichten, er stand hinter ihnen in der Küchentür. Marianne nahm ein Messer aus einer Schublade und schnitt ihm die Fesseln an seinen Händen durch, dann löste sie sanft Dannys Finger von ihren Beinen.

»Ich möchte, dass du hier bei Jack bleibst, einverstanden?«

Danny fing erneut an, lauthals zu plärren, und wollte sich wieder an Marianne klammern, doch sie hielt ihn von sich fort und schob ihn in die Arme des alten Mannes. Jack hielt ihn mit seinem unverletzten Arm so fest, wie er konnte. Marianne hob Duprees Pistole vom Boden auf und ging zur Haustür.

»Ich bin bald wieder da, Danny. Pass du solange auf Jack auf, ja?«

Aber Danny konnte nur weinen, und in all der Verwirrung und all dem Entsetzen bemerkte niemand, dass Dexters Leiche verschwunden war.

Moloch war es vorgekommen, als würde er eine Ewigkeit fallen, und doch schien er nicht tiefer als sechs Meter gestürzt zu sein, denn unten angekommen, konnte er immer noch ein ausgefranstes Loch über sich sehen. Lockere Erdklumpen lösten sich von den Rändern und purzelten zusammen mit Schneeflocken herunter. In dem fahlen Licht, das von oben hereinfiel, schien Moloch eine graue Farbe anzunehmen wie jemand, der schon gar nicht mehr zu dieser Welt gehörte. Von dem Sturz war ihm so übel, dass er würgen musste, während er keuchend dalag. In seinem Mund schmeckte er Blut und Galle.

Moloch roch feuchte Erde und Fäulnis. Als er im Dunkeln seine Hand ausstreckte, fühlte er struppige Haare.

Frau. Die Haare einer Frau.

Er zog seine Hand zurück, versuchte, gegen die Angst anzukämpfen. Die Polizistin war hinter ihm her. Wenn er hier blieb, bis sie ihn fand, würde er wie ein Tier in der Falle sitzen. Er musste irgendwie hier rauskommen. Er musste wissen, was sich um ihn herum befand.

Langsam arbeitete er sich in die Schatten vor, froh, dass seine Augen sich in den Stunden, in denen er sich ohne Taschenlampe durch den Schnee kämpfen musste, an die Dunkelheit gewöhnt hatten. Er entdeckte, dass er vorhin Baumwurzeln berührt hatte, die aus den Wänden des Lochs ragten, in dem er sich befand. Er brach in erleichtertes Lachen aus, das aber augenblicklich erstarb, als er seine Umgebung erkundete.

Er steckte in einem halbkreisförmigen Hohlraum mit einem Durchmesser von etwa fünf Metern. An den beiden äußeren Enden entdeckte er Öffnungen, die groß genug waren, um auf allen vieren hindurchzukriechen. Moloch näherte sich der größten dieser Öffnungen und streckte vorsichtig eine Hand hinein. Er ertastete Käfer, die davonkrabbelten, und Wurzeln, die von der Decke des engen Tunnels hingen.

Er lauschte. In einiger Entfernung war das Geräusch von fließendem Wasser zu hören. Er blickte zu dem Loch hinauf, durch das er gestürzt war, dann betrachtete er die Wände der Grube. Unmöglich, dort hinaufzuklettern. Entweder er wartete hier, bis die Polizistin ihn fand, oder er ging das Risiko ein, in einen der Tunnel zu kriechen. Moloch hatte keine Angst vor engen Räumen – selbst der Aufenthalt im Gefängnis hatte ihn nicht sonderlich beunruhigt –, aber bei der Vorstellung, sich in das enge Loch vor ihm zu zwängen, war ihm unwohl. Er konnte nicht wissen, ob dieser unterirdische Tunnel sich im weiteren Verlauf verengte, und er konnte sich nicht erklären, zu welchem Zweck diese Tunnel angelegt worden waren. Aber das Geräusch von plätscherndem Wasser war deutlich zu hören, was vielleicht bedeutete, dass der Tunnel zu einem Bach- oder Flussufer führte. Außerdem meinte er, am Ende des Tunnels einen schwachen Lichtschein wahrzunehmen.

Er traf eine Entscheidung.

Er zog die Schultern ein und kroch in den dunklen Gang.

Sechs Meter über ihm betrat Macy die Lichtung. Sie war immer noch erschüttert über Duprees Tod und von ihren Erlebnissen in dem Aussichtsturm. Bisher hatte sie ihre Schusswaffe noch nie im Dienst benutzen müssen. Doch nun hatte sie einen Mann erschossen, ein anderer war vor ihr auf der Flucht, und Joe Dupree war tot, weil sie nicht schnell genug gewesen war.

Joe Dupree war tot, weil sie versagt hatte.

Sie stieß mit dem Fuß gegen einen Stein. Sie betrachtete den Gedenkstein, der aus der Erde ragte, und die Grabsteine im Umkreis, dann wanderte ihr Blick zu dem großen steinernen Kreuz in der Mitte des kleinen Friedhofs. Sie war unschlüssig, ob sie die Lichtung überqueren sollte. Der Mann, den sie verfolgte, war immer noch bewaffnet, sie wollte keine

Zielscheibe für ihn abgeben. Sie kauerte sich hin und spähte in den Wald hinein.

Im Schnee vor dem Kreuz waren frische Blutspuren zu erkennen.

Sie schluckte, dann ging sie vorsichtig auf das Kreuz zu. Kurz bevor sie es erreichte, trat sie mit einem Fuß ins Leere, sie stolperte und ihr Bein verschwand in einem Loch. Sie ließ sich nach hinten fallen und kroch auf allen vieren von dem Loch weg in der Erwartung, dass von da unten auf sie geschossen wurde, doch alles blieb still. Sie zählte bis fünf, dann kroch sie vorsichtig wieder zurück. Die Grube war frisch. Sie sah feuchte Erde, auch die Baumwurzeln fühlten sich feucht an. Macy reckte den Kopf gerade so weit, dass sie einen kurzen Blick in die Grube riskieren konnte. Es war nichts zu sehen als lockere Erde, abgebrochene Zweige und eine dünne Schneeschicht auf dem Grund.

Joe Duprees Mörder war da unten. Er konnte nirgendwo anders sein.

Sie wollte gerade hinunterklettern, als sich eine Hand auf ihre Schulter legte. Als sie aufblickte, sah sie Marianne Elliot hinter sich.

»Tun Sie das nicht«, sagte Marianne. »Sie müssen von hier weg. Wir müssen beide von hier weg. Und zwar jetzt gleich.«

Obwohl es weiterhin heftig schneite, hatte Marianne Molochs und Macys Spuren leicht erkennen können. Sie führten zur Stätte. Marianne folgte den Spuren, während sie sich ständig nach allen Seiten umblickte und immer wieder hinter dicken Bäumen Deckung suchte. Aber sie konnte keinen von den beiden sehen. Sie hatten einen zu großen Vorsprung.

Kurz bevor sie die Lichtung erreichte, streifte etwas ihre Füße. Sie schaute nach unten und sah eine graue Gestalt an ihr vorüberhuschen. Zerlumpte Kleider hingen über der mumifizierten Haut und unter der Kapuze lugten weiße Haare hervor. Die Gestalt schien über den Boden zu schweben, ohne eine Spur zu hinterlassen, während sie sich mit den knochigen Händen an Wurzeln und Steinen vorwärts zog wie ein Taucher, der den Meeresboden nach etwas absucht. Als Marianne erschrocken zurückwich, berührten ihre Beine eine weitere graue Gestalt, die an ihr vorbeihuschte, ohne sich an ihrer Gegenwart zu stören.

Dann waren sie auf einmal überall um sie herum. Graue Gestalten, die über den Waldboden flitzten, manche so groß wie ausgewachsene Männer, manche so klein wie Kinder. Hier und da konnte sie unter den Kapuzen undeutlich Gesichter und große dunkle Augen erkennen, unter den Gewändern aufgerissene Füße, verletzte Haut. Sie versuchte zu schreien, doch kein Ton entrang sich ihrer Kehle.

Schließlich hörte sie eine Stimme. Es war ihre eigene Stimme und doch kam sie nicht von ihr.

Lauf weg, sagte die Stimme, und Marianne meinte eine Hand an ihrer Haut zu spüren und sie sah –

Einen Mann, der sich auf sie warf, es war Moloch und doch nicht Moloch, und sie spürte, wie er in sie eindrang und wie gleichzeitig die Klinge in ihre Eingeweide fuhr. Sie starb und andere starben um sie herum.

Dann hörte sie wieder die Stimme. Eine sanfte Frauenstimme.

Lauf weg.

Die grauen Gestalten wuselten immer noch um sie herum, verschwanden unter Steinen und unter Baumstämmen, stiegen durch all die dunklen Öffnungen in die Unterwelt hinab.

Die letzte Gestalt, die in den Boden sank, war eine Frau. Marianne konnte die Wölbung der Brüste unter ihrem Gewand erkennen, das lange Haar, das bis auf den Boden wallte und sanft über den Schnee strich. Als die Frau sich umdrehte, blickte Marianne in ihr eigenes Gesicht. Es war ein von alten Wunden entstelltes Gesicht, die Nase und die Wangenknochen waren gebrochen, die Augen tief eingesunken wie vom Krebs zerfressen, aber es war ein Gesicht, das Mariannes eigenem zum Verwechseln ähnelte.

Dann fand die Frau eine Öffnung zwischen den Wurzeln einer großen Buche und verschwand.

Dexter hatte es halb stolpernd, halb kriechend durch den Garten des alten Mannes bis an den Waldrand geschafft. Er hatte sich lauter Geldbündel in den Hosenbund gestopft, die inzwischen blutdurchtränkt waren. Weiter vorne war ein schmaler Pfad zu erkennen, der vom Klippenrand zur Küste führte. Da unten musste das Boot liegen. Wenn er es erreichen konnte, würde er sein Glück auf dem Meer versuchen. Wenn er auf der Insel blieb, würde man ihn finden. Oder er würde sterben.

Er lehnte sich an einen Baumstamm, um zu verschnaufen, aber als er sich wieder aufrichten wollte, gelang es ihm nicht. Er hatte zu viele Kugeln abbekommen und zu viel Blut verloren. Seine Kraft verließ ihn.

Dexter glitt an dem Baumstamm hinunter, bis er auf dem Boden saß. Es schneite jetzt nicht mehr so heftig. Er streckte die Beine aus und zog die Geldbündel aus seinem Hosenbund. Sie waren so blutverschmiert, dass er die Zahlen darauf kaum noch lesen konnte. Er entfernte die Banderole von einem Bündel, fächerte die Scheine auf und sah zu, wie der Wind sie davontrug, in die Luft hob oder über den Schnee fegte.

Dann sah er zwischen den Geldscheinen kleine, graue Gestalten umherhuschen. Eine landete auf seinem Bein. Vorsichtig berührte Dexter die Flügel der Motte. Sie flatterte gegen seine Finger, dann flog sie davon. Er schaute ihr nach, bis sie sich auf einem kleinen Mädchen niederließ, das zwischen den Bäumen stand und ihn beobachtete. Dexter konnte ihr langes, helles Haar erkennen, aber ihr Gesicht lag im Schatten verborgen. Die Kleine sah beinahe genauso aus wie dieser Falter, dachte er. Sie trug eine Art Cape, und als sie die Arme ausstreckte, sah es beinahe so aus, als hätte sie Flügel.

»Hey, du«, sagte Dexter. »Kannst du mir vielleicht helfen?«

Er schluckte.

»Ich will runter zur Küste. Ich habe Geld. Davon könntest du dir was Schönes kaufen.«

Er hielt ihr eins von den Geldbündeln hin. Sie kam auf ihn zu.

»Ja, genau«, sagte Dexter. »Komm her. Wenn du mir hilfst, von hier wegzukommen, dann –«

Die Füße des Grauen Mädchens berührten den Boden gar nicht. Sie schwebte mit ausgestreckten Armen auf Dexter zu, ihre dunklen Augen funkelten in ihrem runzligen, halb verwesten Gesicht. Dexter öffnete den Mund, um zu schreien, doch da legten sich die Lippen des Grauen Mädchens auf seine. Sie packte ihn mit einer Hand am Kopf und drückte mit den Knien seine Arme gegen den Baumstamm. Blut floss zwischen ihren Mündern hervor, und Dexter begann zu zittern, als das Graue Mädchen ihm das Leben aussaugte, ein Leben für das Leben, das ihr gestohlen worden war.

Dann löste sich das Graue Mädchen von dem Toten und schloss die Augen in ekstatischem Genuss. Tote graue Falter fielen um sie herum in den Schnee, als sie ihren Gefährten am Ende in die Tiefe folgte.

Moloch hatte sich drei Meter tief in den Tunnel vorgearbeitet, der nicht enger, sondern weiter zu werden schien. Er hielt inne und lauschte. Falls die Polizistin auf die Idee käme, ihm in den Tunnel zu folgen, würde er arg in der Klemme sitzen, aber er nahm nicht an, dass sie das tun würde. Es war ein sehr tiefes Loch, in das er gestürzt war. Nein, sie würde abwarten, vielleicht versuchen, sich ein Seil zu besorgen. Sie würde nicht riskieren, mit ihm zusammen in einem unterirdischen Tunnel festzustecken. Er kroch weiter.

Nachdem er etwa weitere zwei Meter zurückgelegt hatte, meinte er hinter sich eine Bewegung wahrzunehmen. Er hielt an, doch um ihn herum war nur Stille.

Meine Nerven. Ich werde allmählich nervös.

Dann hörte er es wieder. Diesmal deutlicher. Einen Augenblick lang dachte er, es handle sich um fallende Erdklumpen, und bei der Vorstellung, dass der Tunnel um ihn herum einstürzte und er in der Falle saß, ergriff ihn Panik. Er lauschte angestrengt. Schließlich erkannte er, dass es nur ein Kratzen war, das er hörte, das Geräusch von über die Erde scharrenden Händen und Fingernägeln, wahrscheinlich dasselbe Geräusch, das er selbst machte, seit er in den Gang gekrochen war. Er versuchte sich umzudrehen, aber der Tunnel war immer noch zu eng, als dass er hätte erkennen können, was sich hinter ihm befand.

Die Polizistin. Es musste die Polizistin sein. Sie war tatsächlich in die Grube geklettert. Vielleicht hatte sie ein Seil bei sich gehabt oder etwas Brauchbares im Wald gefunden.

Verdammt!

Er kroch weiter, diesmal schneller. Er war sich sicher, dass er Wasser plätschern hörte. Er konnte es sogar riechen. Kühle Luft wehte ihm entgegen. Er spürte sie in seinem Gesicht und atmete tief ein –

Dann hörte es auf. Wieder hielt Moloch inne. Der Luftzug war verschwunden. Er hatte kein Geräusch gehört, das auf einen Einsturz des Tunnels hätte schließen lassen. Irgendjemand musste den Tunnel versperrt haben.

Die Geräusche hinter ihm kamen näher und es roch nicht länger nach Wasser und Wald. Stattdessen stieg ihm ein Gestank in die Nase wie nach Fleisch, das zu lange in einem

Topf gekocht wurde, ein Gestank wie von Abfall und Fäulnis. Moloch musste würgen. Dann nahm er ein fahles Licht wahr, das silbrig, beinahe grau schimmerte. Er war dankbar für das Licht, auch wenn er sich nicht erklären konnte, woher es kam. Er wollte nicht hier in der Dunkelheit festsitzen, zusammen mit –

Mit was?

Erneut versuchte er sich umzudrehen und diesmal gelang es ihm. Er spähte in die Dunkelheit hinter ihm. Der Tunnel machte eine leichte Biegung, aber Moloch hörte ein Geräusch. Er hatte den Eindruck, dass es näher kam. Wenn es die Polizistin war, würde sie ihn warnen.

Falls es die Polizistin war.

»Wer ist da?«, rief er.

Das Geräusch verstummte, doch er spürte, dass sein Verfolger dicht hinter ihm war.

»Ich habe eine Pistole«, sagte er. »Sie ziehen sich besser zurück. Wenn ich merke, dass Sie mir folgen, dann schieße ich.«

Das Licht um ihn herum schien heller zu werden. Grauweiße Würmer krochen aus den Tunnelwänden …

Dann entdeckte Moloch die Fingernägel an den bleichen Fingern und die Wunden auf dem Handrücken, Wunden, die nun nie mehr heilen würden.

Er wandte sich um und hörte sich selbst vor Angst schluchzen.

In den letzten Sekunden, die ihm blieben, sah er ein Gesicht mit Haut wie Pergament, mit einem Schädel, an dem büschelweise dünne Haare klebten, mit verfaulten Zähnen, die zwischen den geöffneten Lippen zum Vorschein kamen. Er konnte die Wunden im Gesicht der Frau erkennen, die ihr Fäuste und Messer zugefügt hatten. Die Lampe in ihrer Hand warf ein fahles Licht auf ihn, denn an den finstersten Orten brauchen sogar die Toten Licht.

Er roch ihren stinkenden Atem und hörte ihre Stimme – Du wirst mich kennen lernen, Mann –, dann erstarb das Licht und er wurde von Finsternis eingehüllt.

»Er ist da unten«, sagte Macy. »Da kommt er nicht mehr raus.«

Aber Marianne zog sie von der Grube fort.

»Sie begreifen nicht«, sagte sie. »Da unten ist auch noch etwas anderes.«

Macy schaute sie an. Sie erinnerte sich an den Turm, an das schwebende Kind und an den Blick in Scarfes Augen, als er in den Wald gestarrt und gesehen hatte, was ihm auf den Fersen war.

Macy rannte los. Ein Grummeln kam aus dem Boden unter ihren Füßen, und sie spürte, wie die Erde unter ihr zu wanken begann. Sie rannte immer schneller neben Marianne her. Die beiden Frauen flohen aus dem Wald, als die Erde um die Stätte herum zusammenstürzte, die Grabsteine und die Mauerreste und das Kreuz verschlang und Molochs Todesschreie im Tosen der Zerstörung erstickte.

18

Barron saß in der Nähe der Portland Marine Company in seinem SUV. Im Tassenhalter rechts von ihm steckte ein leerer Kaffeebecher vom 7-Eleven in der Congress Street, und im Radio spielten sie für die Nachtschwärmer gerade Cheap Trick. Ein paarmal waren Streifenwagen vorbeigefahren, aber er hatte sich tief in seinen Sitz sinken lassen. Die Bullen hatten den SUV auf dem halb gefüllten Parkplatz nicht weiter beachtet und noch nicht einmal ihr Tempo verlangsamt.

Barron zerbrach sich schon den ganzen Abend den Kopf darüber, was er mit dem Privatdetektiv machen sollte, der überall herumschnüffelte. Die Leute hörten diesem Parker zu, da war es nur eine Frage der Zeit, bis irgendjemand mit einer Machtbefugnis seinem Gerede von einem Sexualtäter, der möglicherweise eine Uniform trug, Aufmerksamkeit schenkte.

Die Leute in Boston waren seine einzige Chance. Er war ihr zahmer Polizist, sie hatten ihn mittlerweile so fest in der Hand, dass er ihnen nie wieder entkommen würde. Wenn die hörten, dass er in Gefahr war, wären sie vielleicht bereit, das Problem für ihn zu lösen. Die Russen interessierten sich einen Scheißdreck dafür, ob er einen schlechten Ruf hatte. Denen ging es nur ums Geld, deshalb würden sie alles, was ihre Einnahmequellen oder ihre sorgfältig geknüpften Kontakte gefährdete, eliminieren, ohne mit der Wimper zu zucken. Früher hatte er noch gehofft, sie würden ihn irgendwann aus ihren Fängen entlassen, aber diese Hoffnung hatte er längst aufgegeben. Deswegen war es das Beste, er fand sich mit seinem Schicksal ab und versuchte, die Situation zu seinem Vorteil zu nutzen.

Er warf einen Blick auf die Uhr im Armaturenbrett: fast Mitternacht. Alles war ruhig. Falls Scarfes Kumpels heute Abend noch von der Insel zurückkehrten, würden sie wahrscheinlich ohne Probleme im Hafen anlegen können. Barron hatte sogar ein oder zwei Schiffe mit voller Beleuchtung ablegen sehen, seit der Schneesturm sich einigermaßen gelegt hatte. Die Straßen waren menschenleer und Scarfes zerbeulter Grand Am stand zusammen mit zwei Vans wenige Meter von Barrons SUV geparkt. Sie verfügten also über Fahrzeuge. Sobald sie in Portland eintrafen, konnten sie sich in ihre Wagen setzen und abhauen. Er hatte gewartet und den ganzen Abend über den Polizeifunkverkehr verfolgt. Er hatte sein Handy eingeschaltet. Die Nummer, die die Leute in Boston ihm gegeben hatten, war nicht eingespeichert, sondern auf einer Serviette notiert für den Fall, dass dieser ganze Scheiß aufflog.

Plötzlich knisterte es in seinem Funkgerät, der Polizeifunk schaltete sich ein, Barron hörte, dass ein Hubschrauber einsatzbereit gemacht wurde, um nach Dutch Island zu fliegen, und dass die Küstenwache im Einsatz war. Ferner erfuhr er, dass derart viele Polizisten im Hafen zusammengezogen wurden, als wäre eine Invasion geplant. Barron ließ den Motor an und fuhr los.

Es war alles schief gelaufen, genau wie er es erwartet hatte.

Barron ließ den SUV am Hoyt's Pond stehen, stieg in seinen eigenen Wagen und fuhr nach Hause. Die nächsten zwei Stunden lief er in seiner Wohnung auf und ab und überlegte, ob er die Flucht ergreifen sollte. Womöglich waren seine Kollegen bereits unterwegs, um ihn zu verhaften, weil Scarfe ihn verraten hatte, um seine eigene Haut zu retten. Nach einer Weile kam er zu dem Schluss, dass er sich zuerst Gewissheit verschaffen musste. Er fuhr zurück zur Commercial Street und richtete es so ein, dass er einem der Detectives über den Weg lief, der ihm das Gröbste über die Situation berichtete. Dupree war tot, von Unbekannten erschossen. Einige, vielleicht alle der Beteiligten waren ebenfalls tot, aber die Insel wurde immer noch durchsucht. Macy hatte Terry Scarfe, der offenbar mit den anderen im Bunde gestanden hatte, erschossen. Über diese Information freute Barron sich ganz besonders. Wenn Scarfe überlebt hätte, hätte dieser ihn wie einen Fischköder an die Bullen verkauft.

Barron kehrte in seine Wohnung zurück. Er spürte, wie das alte Verlangen ihn ergriff, ausgelöst von der Erleichterung über das, was er über die Ereignisse auf Dutch Island in Erfahrung gebracht hatte. Seine Gier hatte ihn so weit getrieben, dass er seinen Job aufs Spiel gesetzt und Männer ins Gefängnis gebracht hatte, die er gar nicht kannte, aber es gelang ihm nach wie vor nicht, seine Gier zu beherrschen. Lipska, der kleine Pole, der die Russen in Maine vertrat, hatte ihm, während er ihn in ihrem Namen erpresste, eine Belohnung versprochen, wenn er tat, was man ihm aufgetragen hatte. Barron spürte, wie ihm das Wasser im Mund zusammenlief und sich in seinen Lenden ein angenehmes Gefühl der Erwartung aufbaute. Er nahm sein Handy und wählte die Nummer des Polen.

»Ja, ich bin's. Irgendwas ist schief gelaufen, die Bullen geben sich auf der Insel ein Stelldichein.«

Er berichtete Lipska kurz, was er wusste. »Jetzt möchte ich meine Belohnung kassieren.«

Er seufzte, als er die Antwort des Polen vernahm.

»Ja, ich weiß, dass ich immer noch was zahlen muss, aber Sie haben mir für meine Dienste ein bisschen Frischfleisch versprochen.«

Barron grinste.

»Mann, Sie sind ein Witzbold, das muss ich Ihnen lassen. Ich warte.«

Barrons Wohnung lag an der Forest Street, in der Nähe der Universität. Er bewohnte die gesamte oberste Etage, während die Zimmer unter ihm an Studenten und Schwesternschülerinnen vermietet waren. Ohne es zu wissen, zahlten sie ihre Miete an Barron. Er bediente sich einer Hausverwaltung. Für die anderen im Haus war er einfach ein Mieter. Barron wollte von ihnen nicht mit irgendeinem Scheiß belästigt werden.

Er nahm eine Dose Bier aus dem Kühlschrank, ging ins Bad, zündete ein paar Kerzen an und ließ Badewasser einlaufen. Mit den Fingern testete er die Wassertemperatur. Es sollte ein bisschen zu heiß sein, damit es auf die richtige Temperatur abgekühlt war, wenn die Lieferung eintraf. Er zog sich aus, schlüpfte in seinen Morgenrock und legte leise Musik auf. Als er sich gerade noch ein Bier aus der Küche holen wollte, klopfte es an seiner Tür. Es hatte nicht geklingelt, über die Gegensprechanlage hatte er keine Stimme gehört. Er nahm seine Pistole aus dem Nachttisch und ging zur Tür, die Waffe hinter dem Rücken versteckt. Nachdem er einen Blick durch den Spion geworfen hatte, entspannte er sich und öffnete.

Vor ihm stand ein Junge von vielleicht fünfzehn, höchstens sechzehn Jahren, genau das Alter, das Barron bevorzugte. Er hatte dunkles Haar und blasse Haut und Ringe unter den Augen. Barron fand, dass er irgendwie krank aussah, und einen Moment lang fürchtete er, der Junge könnte Aids haben, aber Lipska hatte ihm versichert, dass er sauber war, und eins musste man Lipska lassen: In solchen Dingen war er korrekt.

»Wie bist du hier reingekommen? Hab ich die Tür offen gelassen? Wahrscheinlich«, hörte Barron sich faseln. Aber der Bursche strahlte etwas aus, das ihn neugierig machte. Er wirkte beinahe, als wäre er nicht von dieser Welt. An diesem Knaben würde er sicherlich ein ganz besonderes Vergnügen haben. Als er zur Seite trat, um den Jungen einzulassen, fielen ihm dessen verwaschene, einfache Jeans auf, sein grobes Baumwollhemd, seine nackten Füße. Nackte Füße? Was zum Teufel dachte sich Lipska dabei, vor allem bei dem Sauwetter?

»Hast du deine Schuhe an der Haustür ausgezogen?«, fragte Barron.

Der Junge nickte. Er roch sauber, wie das Meer.

»Ja, wahrscheinlich waren sie klatschnass. Vielleicht gehen wir morgen einkaufen und besorgen dir ein Paar Sportschuhe.«

Der Junge antwortete nicht. Er schaute in Richtung Badezimmer. Dampf stieg aus der Wanne auf.

»Liebst du das Wasser?«

Zum ersten Mal machte der Junge den Mund auf.

»Ja«, sagte er.

Als er Barron ins Bad folgte, rieb er sich die Fingerspitzen mit den Daumen, fühlte die Rillen, die das Meerwasser in seiner Haut hinterlassen hatte wie ein altes Lied, das darauf wartet, dass die Nadel des Grammofons es zu neuem Leben erweckt.

»Ich liebe das Wasser.«

Vierzig Minuten später erschien Lipska und drückte auf Barrons Klingel. Keine Reaktion. Er versuchte es noch zweimal, dann drückte er gegen die Tür. Sie ließ sich leicht öffnen. Er winkte dem Jungen, der im Wagen wartete, und der junge Mann stieg aus. Er trug Jeans, ein weißes T-Shirt und eine schwarze Lederjacke. Zitternd folgte er Lipska ins Haus.

Die Tür zu Barrons Wohnung stand einen Spaltbreit offen. Lipska klopfte ein Mal, dann ein weiteres Mal lauter. Schließlich drückte er die Tür ganz auf. Auf dem Boden in der Wohnung waren Wasserlachen zu sehen, so als wäre jemand aus der Badewanne oder aus der Dusche gestiegen, ohne sich ordentlich abzutrocknen. Die Badezimmertür zu Lipskas Linken stand halb offen und er hörte Wasser tropfen. Das Bad war das einzige Zimmer, in dem Licht brannte.

»Barron?«, rief er. »Barron, Mann, sind Sie da? Ich bin's, Lipska.«

Er drückte die Badezimmertür auf. In der Badewanne lag ein nackter Mann, dessen Knie aus dem Wasser ragten. Der Kopf – Augen und Mund weit offen – lag unter Wasser, ein Arm hing über dem Wannenrand. Lipska meinte den Geruch von Salzwasser wahrzunehmen.

Er drehte sich zu dem Jungen um, der immer noch in der Wohnungstür stand.

»Gehen wir«, sagte er.

»Was ist mit meinem Geld?«, fragte der Junge.

»Du bekommst dein Geld«, sagte Lipska. »Vergiss, dass wir hier waren. Vergiss es einfach ...«

Epilog

Um sich vorstellen zu können, was kommen wird,
erinnert man sich am besten an die Vergangenheit.

George Halifax (1633–1693)

Marianne blickte aus dem Fenster zum Ende des Gartens hin, wo der Junge auf der kleinen Holzbank saß. Von der Bank aus konnte man durch die Zweige der Nadelbäume das Meer sehen. Sie stand an der Spüle, die Hände im Schaumwasser, und wartete darauf, dass er sich bewegte, aber er saß ganz reglos da.

Er weint nicht mehr, dachte sie. Seit der Nacht, als Joe Dupree gestorben ist, hat er nicht mehr geweint. Er hat mich nicht darum gebeten, mit ihm von hier fortzugehen, und vorerst können wir das auch nicht. Die Polizei versucht immer noch herauszufinden, was sich hier abgespielt hat. Mehrere Männer sind getötet worden, und Journalisten schwärmen über die Insel und löchern jeden, der sich eine Minute Zeit nimmt, um mit ihnen zu reden. Zwei Wochen sind vergangen und immer noch stellen sie Fragen.

So viele waren ihretwegen gestorben: Bonnie Claessen war tot, Richie ebenfalls. Seine Leiche war kurz nach dem Schneesturm an den Strand gespült worden, zusammen mit der Leiche eines Mannes, beide durch einen Pfeil im Oberkörper miteinander verbunden. Joe Dupree, der Mann, der das Bett mit ihr geteilt hatte, war vor einer Woche beerdigt worden. Sie hatte an seinem Grab geweint, gequält von dem Gedanken, dass er in dem Bewusstsein gestorben war, sie hätte ihn nur benutzt und nichts für ihn empfunden. Die Polizei hatte ihr gesagt, sie dürfe Maine nicht verlassen, bis die Ermittlungen abgeschlossen seien, und so lagen die Leichen von Patricia und Bill immer noch eisgekühlt in der Leichenhalle. In der Zeitung hatte sie gelesen, dass man Karen Meyers Leiche gefunden hatte. Marianne hatte ihnen allen den Tod gebracht und das würde sie sich nie verzeihen können.

Vor zwei Tagen hatte man in einem Tunnellabyrinth unter dem alten Friedhof die Leiche ihres Mannes gefunden. Offenbar war er ums Leben gekommen, als der Tunnel eingestürzt war. In seinem Mund war Erde gefunden worden; Erde und Überreste von menschlichem Fleisch. In seinem Hals hatten Fingerknochen gesteckt.

Während der Tage nach den schrecklichen Ereignissen war Sharon Macy ihre Verbündete gewesen, ihre Beschützerin. Ihre gemeinsamen Erlebnisse hatten die beiden Frauen zusammengeschweißt. Die Ermittler hatten das Geld beschlagnahmt, aber man hatte ihr versichert, dass man sie nicht vor Gericht stellen würde. Die Staatsanwaltschaften von Maine und Virginia hatten sich ihr gegenüber erstaunlich verständnisvoll gezeigt, vielleicht aus der Einsicht heraus, dass eine misshandelte Frau, die vor ihrem Mann geflohen war, um ihr Kind zu schützen, selbst bei den hartherzigsten Geschworenen auf Mitgefühl stoßen würde.

Aber vor allem um Danny machte sie sich Sorgen. Er hatte Schreckliches erlebt, er hatte Menschen sterben sehen. Sie hatte das Gefühl, dass es das Beste wäre, ihn von der Insel zu bringen, fort von den Erinnerungen, die für ihn mit diesem Ort verbunden waren, mit ihm irgendwohin zu gehen, wo er das alles würde vergessen können. Sie hatten am Frühstückstisch gesessen, und er hatte lustlos in seinen Cheerios herumgestochert, als sie das Thema zum ersten Mal angesprochen hatte.

»Ich will nicht hier weg«, hatte Danny gesagt. »Ich will hier bleiben.«

»Aber nach allem, was passiert ist –«

»Das ist egal. Die bösen Männer sind tot.«

»Vielleicht werden wir fortgehen müssen. Vielleicht wollen die Leute uns nach allem, was passiert ist, nicht mehr hier haben.«

»Die schicken uns nicht weg«, hatte er geantwortet.

Und plötzlich war es ihr vorgekommen, als wäre sie das Kind und er derjenige, der sie zu beruhigen versuchte.

»Woher willst du das wissen?«

»Er hat es mir gesagt.«

»Wer hat es dir gesagt?«

»Joe. Er hat mir gesagt, wir könnten bleiben.«

Sie hatte die Sache auf sich beruhen lassen, denn sie wollte nicht daran erinnert werden, wie Joe sterbend auf dem Boden gelegen hatte, wie sich unter seinem Kopf eine Blutlache gebildet hatte. Nachts, wenn sie versuchte zu schlafen, sah sie das Bild immer wieder vor sich, und sie vermutete, dass es Danny nicht anders ging. Sie wollte nicht, dass er sich auch tagsüber mit diesen Erinnerungen herumquälte.

Aber dann war Larry Amerling mit Jack zu Besuch gekommen und sie hatten zu dritt in ihrem Wohnzimmer gesessen. Amerling erklärte ihr, niemand auf der Insel mache sie für das verantwortlich, was vorgefallen war, zumindest niemand, der auf der Insel Einfluss hatte, und niemand wolle sie für die Taten ihres Ehemannes zur Rechenschaft ziehen. Niemand werde den Tod von Bonnie und Richie und Joe vergessen und in den Herzen der Inselbewohner würden die drei immer weiterleben, aber indem man Marianne und Danny von der Insel jage, könne man sie auch nicht zurückholen.

»Joe hat sich sehr um Sie gesorgt, und ich weiß, dass auch Bonnie und Richie Ihnen zugetan waren«, sagte Amerling. »Sie alle würden wollen, dass Sie bleiben.«

Sie brach in Tränen aus und versprach, darüber nachzudenken, aber Jack, der den rechten Arm immer noch in einer Schlinge trug, nahm ihre Hand und versicherte ihr, da gebe es nichts nachzudenken. Und dann hatte Larry Amerling etwas ganz Merkwürdiges gesagt.

»Vielleicht werde ich auf meine alten Tage noch fatalistisch, aber ich glaube, was passiert ist, war vom Schicksal bestimmt«, erklärte er. »So seltsam es klingen mag, aber Sie und Danny, Sie sind nicht zufällig hierher gekommen. Auch Ihr Mann nicht. In dieser Nacht sind Dinge passiert, die ich nicht verstehe und die ich auch gar nicht verstehen will. Ich habe mit Officer Macy gesprochen, mit Linda Tooker und ihrer Schwester, mit dem alten Doug Newton und auch mit anderen. Viele Leute hier auf der Insel haben in der Nacht die absonderlichsten Dinge gesehen. Für all das sind Sie nicht verantwortlich. Ich glaube, dass diese Dinge schon lange auf eine Gelegenheit gewartet haben, sich endlich Geltung zu verschaffen. Und seither vermittelt uns die Insel ein anderes Gefühl. Sie wurde von allem Bösen geläutert und hat ihren Frieden gefunden. Ihr solltet wirklich bleiben. Ihr gehört zu uns. Manchmal kommt es mir so vor, als hättet ihr schon immer zu uns gehört.«

Als sie jetzt am Fenster stand und ihren Sohn beobachtete, musste sie daran denken, wie sehr er sich in den vergangenen Tagen verändert hatte. Er war viel stiller geworden, zurückhaltender, aber das war nicht anders zu erwarten gewesen. Eigentlich hatte sie damit gerechnet, dass das, was er erlebt hatte, sein Selbstvertrauen erschüttern würde oder dass er sich vor der Welt jenseits der Insel fürchten würde. Stattdessen wirkte er selbstbewusster denn je, als hätten die Ereignisse ihn gestärkt. Die nächtlichen Geräusche, die ihr Angst einjagten, störten ihn überhaupt nicht, im Gegenteil, er verlangte nicht einmal mehr, dass sein Nachtlicht die ganze Nacht anblieb, die kleine Rakete, die sie ihm zu seinem letzten Geburtstag geschenkt hatte. Neuerdings schien er sich im Dunkeln sogar besonders wohl zu fühlen.

Plötzlich sah sie, wie sich ein Schatten über Danny legte.

Wahrscheinlich nur eine Wolke, dachte sie und schaute hinauf in den Winterhimmel. Aber vielleicht ist es auch nur eine optische Täuschung, denn es ist nichts zu sehen. Der Himmel ist wolkenlos, und im Garten ist niemand außer meinem Sohn und dem Schatten, der sich wie ein Wächter über ihm erhebt.

Der Junge auf der Bank blickte unverwandt geradeaus. Er drehte sich nicht um, auch nicht, als er sah, wie der Schatten immer größer wurde, und als er spürte, dass jemand hinter ihm war.

Hör zu, sagte die Stimme des Riesen. *Mein Vater hat mir diese Dinge erzählt und jetzt erzähle ich sie dir. Es ist wichtig, dass wir sie im Gedächtnis behalten, damit wir das Wesen dieser Insel begreifen können. Der Erste, der kam, war Thomas Lunt, und er brachte seine Frau Katie und seine Kinder Erik und Johann mit. Das war im Frühjahr 1691. Mit ihnen kamen Robert und Marie Leggit. Marie war damals schwanger, und sie brachte einen Jungen zur Welt, den sie William nannte. In den folgenden Wochen kamen noch mehr Menschen. Dies sind ihre Namen. Du musst sie dir einprägen, Danny. Es ist sehr wichtig, dass du sie dir einprägst.*

Und der Junge hörte zu und prägte sich alles ein, was der Riese ihm erzählte.

Danksagung

Sanctuary ist zwar eine frei erfundene Insel, aber einige Elemente ihrer Geschichte und Geografie sind den Gegebenheiten auf Peaks Island nachempfunden, das nicht weit entfernt von Portland vor der Küste von Maine in der Casco Bay liegt. Ich möchte mich bei Christopher Hawley und Bob Morton vom Portland Police Department bedanken, die auf Peaks Island Dienst tun und so freundlich waren, mit viel Geduld meine endlosen Fragen über die Insel und ihre Arbeit dort zu beantworten. Des Weiteren gilt mein Dank Captain Russel Gauvin vom Portland Police Department, der mir erneut bei meinen Recherchen behilflich war, und auch Sarah Yates, die mir ihr unerschöpfliches Wissen bereitwillig zugänglich gemacht hat. Eine Reihe von Büchern waren mir von großem Nutzen, unter anderem *Peaks Island: An Affectionate History* von John K. Moulton (1993); *Islands of Maine* von Bill Caldwell (Down East Books, 1981); *The Maine Coast Guide* von Curtis Rindlaub (Casco Bay, 2000) und schließlich *The Handbook of Acromegaly*, herausgegeben von John Wass (BioScientifica, 2001).

Ganz persönlich möchte ich mich bei meiner Lektorin Sue Fletcher, ihrer Assistentin Swati Gamble und allen Mitarbeitern von Hodder & Stoughton für das Vertrauen bedanken, das sie mir wie immer entgegengebracht haben, bei meinem Agenten Darley Anderson und seinen Mitarbeitern für alles, was sie für mich getan haben, und schließlich bei den vielen Buchhändlern und Kritikern, die so großzügig waren, meine Arbeit zu unterstützen.